Knaur.

Knaur.

# Vorbemerkung der Autorin:

Auch diese Geschichte beginnt mit einem »Es war einmal«. Sie spielt auf einer Insel, die tatsächlich existiert, im übrigen dient der Roman aber der Unterhaltung und ist frei erfunden. Ähnlichkeiten der Personen und der Handlung mit wirklich existierenden Namen, Örtlichkeiten und Geschehnissen wären zufällig und nicht von mir beabsichtigt. Ich wünsche Ihnen viel Vergnügen bei der Lektüre.

*Im Knaur Verlag sind bereits*
*folgende Bücher der Autorin erschienen:*
Das Rote Kliff
Ein letzter schöner Sommer

*Über die Autorin:*
Elke Schneefuß, Jahrgang 1960, lebt in Lüneburg, ist verheiratet, hat eine Tochter und arbeitet als Juristin. Ihre Studienzeit verbrachte sie in Berlin und Kiel. In dieser Zeit lernte sie Schleswig-Holstein kennen und lieben und entwickelte ein besonderes Interesse für historische Themen.

Elke Schneefuß

# Im Wechsel der Gezeiten

Roman

Knaur Taschenbuch Verlag

**Besuchen Sie uns im Internet:**
**www.knaur.de**

Vollständige Taschenbuchausgabe Mai 2007
Knaur Taschenbuch.
Ein Unternehmen der Droemerschen Verlagsanstalt
Th. Knaur Nachf. GmbH & Co. KG, München

Umschlaggestaltung: ZERO Werbeagentur, München
Umschlagabbildung: Bilderberg/Finepic
Druck und Bindung: Nørhaven, Viborg
Printed in Denmark
ISBN 978-3-426-63760-9

2 4 5 3 1

# Kapitel 1

*Reichshauptstadt Berlin, im November 1918*

»Kopf runter!«

Die Warnung des unbekannten Mitreisenden erreichte Luise gerade noch, bevor im nächsten Augenblick neben ihr krachend eine Salve aus Gewehrkugeln in die Wand des Eisenbahnwaggons einschlug. Hastig rutschte Luise von ihrem Sitz und warf sich zu Boden. Das Gesicht im Staub, Kopf und Hut unter den Händen verborgen, blinzelte sie hinauf zum Fenster ihres Abteils. Draußen auf dem Bahnhofsgelände ging der Tumult weiter, noch einmal erhob sich das Trommelfeuer aus der Mündung eines Maschinengewehrs. Das hämmernde Stakkato der Einschüsse dröhnte in ihren Ohren, ein splitterndes Geräusch verriet, dass ganz in der Nähe eine größere Menge Glas zu Bruch gegangen war. Auf dem Bahnsteig wurden Befehle gebrüllt, Schritte waren zu hören, während neben Luise ein kleines Kind zu schreien begann. Sie spürte erst jetzt, dass ihr vor Angst der Schweiß auf die Stirn getreten war. Luise wagte kaum, sich zu rühren. War das ihr Ende? Was für ein elender Abgang – alles andere als ehrenvoll, hier auf einem Bahnsteig in Berlin-Spandau massakriert zu werden wie ein Stück Vieh. Luise seufzte tonlos. Damit, dass in der ehedem stolzen Hauptstadt ein regelrechter Bürgerkrieg tobte, hatte sie nicht gerechnet. Hier schossen Deutsche auf Deutsche, sogar Zivilisten mussten als Zielscheiben herhalten. Wozu dieser Aufstand gut sein sollte, wusste sie nicht. Es ging um Politik, sicher, es ging um die Zukunft des Reiches, aber mussten die Leute deshalb mit Waffengewalt aufeinander losgehen? War es nicht schlimm genug, wenn auf den Schlachtfeldern in Frankreich das Blut der deutschen Soldaten in Strömen floss? Jetzt begann das Morden auch noch zu Hause – kein Mensch wusste, wohin

das führen sollte. Warum um Gottes willen war sie nur so leichtsinnig gewesen und hatte sich ganz allein auf den Weg hierher gemacht, mitten in das Chaos, das die Zeitungen so harmlos als »Unruhen in Berlin« bezeichneten? Natürlich, Hedwigs Brief war schuld daran, dass sie hierher gefahren war. Wenn sie geahnt hätte, was sich wirklich in dieser Stadt abspielte, hätte sie sich diesem Ort bestimmt nicht freiwillig genähert.
Luise hob langsam den Kopf. Draußen war es still geworden. Das Kind ihr gegenüber weinte noch immer, leiser jetzt, mit kleinen Pausen. Schluchzend lag es im Arm der Mutter, die neben Luise auf dem Boden kauerte. Da ertönte plötzlich ein Pfiff, der Zug ruckte an. Luise seufzte vor Erleichterung, während der Wagen unter ihr ins Rollen kam. Die Menschen um sie herum sahen sich an, warfen sich fragende Blicke zu. Erst ein paar Minuten später wagten die ersten von ihnen, sich aufzurichten. Der überfüllte Eisenbahnwaggon fuhr inzwischen schneller, der Zug verließ den Bahnhof Spandau, in dem die Reisenden eine bange halbe Stunde verbracht hatten. Warum es jetzt plötzlich weiterging, wusste keiner, aber die Erleichterung darüber war den Anwesenden anzumerken. Die Leute nahmen ihre Plätze wieder ein, während sie lautstark über ihre Erlebnisse diskutierten. Luise zögerte, sie war sich nicht sicher, ob sie dem Frieden da draußen schon trauen durfte. Auf Knien rutschte sie an das Fenster heran und spähte über den Rand des Fensterbretts ins Freie. Graue Häuserzeilen waren zu sehen. Die Pfeiler einer Eisenbahnbrücke und ein wolkenverhangener novemberschwerer Himmel darüber signalisierten, dass der Zug tatsächlich in Bewegung blieb.
»Wir fahren, Gott sei Dank!« Die junge Frau mit dem Kind auf dem Schoß richtete sich ein wenig auf und strahlte Luise an. »Wir sind unterwegs. Das wäre fürs Erste geschafft, nicht wahr? Ich bin so froh, dass der Zug wieder rollt.«
Luise nickte schweigend. Sie fuhren, ja, das schon, aber ob das

wirklich eine gute Nachricht war, musste sich erst noch zeigen. Vermutlich schaukelten sie jetzt erst recht hinein ins Chaos. Es war unwahrscheinlich, dass es in der Stadtmitte Berlins, die der Zug ansteuerte, ruhiger zuging als am Stadtrand in Spandau. Luise stand auf, klopfte sich den Staub vom Rock ihres dunklen Reisekleides und ließ sich dann auf die Holzbank an der Wand hinter ihr sinken. Nein, in der Berliner Innenstadt würde es nicht ruhiger zugehen. Dort befand sich das Stadtschloss, der Stammsitz der Hohenzollern, und auch die Ministerien standen dort. Wenn in der Hauptstadt wirklich Bürgerkrieg herrschte, dann würde sie das in ihrem Zentrum am meisten zu spüren bekommen.
Luise war der jungen Frau mit dem Kind behilflich, sich wieder auf der Sitzbank gegenüber niederzulassen, aber in Gedanken beschäftigte sie sich mit Berlin. Sie würde zusehen müssen, dass sie auf schnellstem Weg in die Petristraße kam, wo Hedwigs Wohnung lag. In was für eine Situation hatte sie sich mit dieser Reise nur gebracht? Sie hätte unterwegs umkehren sollen. In Lübeck hatte sie von einem Mitreisenden gehört, dass die Regierung des Prinzen Max von Baden zurückgetreten war. Der Sozialdemokrat Ebert war jetzt Reichskanzler. Über die Sozialdemokraten hatte sie nicht viel Gutes gehört. Ihr Vater war ein überzeugter Zentrumsanhänger gewesen, der den Sozis glattweg jedes Talent zum Regieren abgesprochen hatte. Während Luise gedankenverloren das Leder ihrer Handtasche putzte, fiel ihr Blick wieder auf die junge Mutter ihr gegenüber, in deren geröteten Gesichtszügen noch immer eine Spur von Besorgnis lag. Die Frau beugte sich vor. »Entschuldigen Sie, dass ich Sie anspreche.« Die Fremde lächelte verlegen und zupfte am Mantelkragen ihrer kleinen Tochter, die mit dem Daumen im Mund auf ihrem Schoß saß. »Darf ich fragen, ob Sie sich in Berlin auskennen?«
»Auskennen? Nein, das wäre übertrieben.« Luise schüttelte sacht den Kopf. Sie bemerkte, dass ihr Hut ins Schwanken ge-

riet, und griff nach der Hutnadel, um ihn wieder festzustecken. »Ich war schon einmal in der Hauptstadt, aber das ist viele Jahre her. Damals war ich noch ein junges Mädchen. Suchen Sie etwas Bestimmtes in Berlin?«

»Ja, ich suche das Diplomatenviertel.«

»Das Diplomatenviertel? Sind Sie sicher?« Luise schüttelte den Kopf. »Es tut mir Leid, doch ein Stadtviertel mit diesem Namen gibt es nicht.«

»Aber das muss es geben. Ich habe dort etwas zu erledigen – etwas sehr Wichtiges, verstehen Sie?« Der ängstliche Blick der jungen Frau glitt zu dem Kind auf ihrem Schoß und dann wieder zurück zu Luise, die bedauernd mit den Schultern zuckte. »Das mag sein, aber die Bezeichnung ›Diplomatenviertel‹ kenne ich nicht. Haben Sie denn keine richtige Adresse? Einen Straßennamen mit Hausnummer?«

»Nein, den weiß ich nicht.« Die Fremde schluckte. Luise sah, wie ihre Augen sich mit Tränen füllten. »Man hat mir gesagt, ich soll die kleine Antonie zu ihrem Vater ins Diplomatenviertel bringen. Die Villa Zielinsky kennt dort angeblich jeder.«

»So? Na ja, wenn das den Tatsachen entspricht, dann wird die Villa sich finden lassen. Die Berliner Droschkenfahrer kennen jeden Winkel ihrer Stadt. Das Kind auf ihrem Schoß gehört Ihnen also gar nicht? Sie sind nicht seine Mutter?«

»Nein, ich bin nur das Kindermädchen. Ilse Bromberg ist mein Name.« Die junge Frau streckte schüchtern die Hand aus, die Luise ergriff und sanft drückte. Das junge Ding tat ihr richtig Leid, die war mit den Nerven offensichtlich am Ende. Bestimmt war Fräulein Bromberg noch nie in Berlin gewesen, jedenfalls wirkte sie nicht sonderlich großstadterfahren. In Luises Augen war es ein haarsträubender Leichtsinn, ein Pärchen wie dieses Kinderfräulein und ihren Schützling ausgerechnet jetzt in die Wirren einer veritablen Revolution zu schicken. Die fahrigen Bewegungen, mit denen die junge Frau ihren eigenen Hut gerade rückte, und die nervöse Art, mit der sie immer wieder an den Kleidungsstücken des kleinen Mädchens zog, ließen erkennen, wie unruhig und ängstlich sie war.

»Mein Name ist übrigens von Lassen – Luise von Lassen.« Luise lächelte Fräulein Bromberg zu. »Freut mich, Ihre Bekanntschaft zu machen, wenn auch unter so außergewöhnlichen Umständen.«

»Ich freue mich ebenfalls, Sie kennen zu lernen, gnädige Frau. Ich bin froh, dass ich mich getraut habe, jemanden anzusprechen – und jetzt habe ich gleich eine Dame von Adel vor mir. Das kann man doch Glück im Unglück nennen, nicht wahr?«

Fräulein Bromberg strahlte. Anscheinend war sie der Meinung, soeben eine wichtige Bekanntschaft gemacht zu haben. Luise beschloss, ihr Vertrauen nicht gleich zu erschüttern. Das Fräulein Bromberg war ja offenbar ganz nett, etwas blauäugig, aber das Herz hatte sie wohl auf dem rechten Fleck. Wie herrlich naiv es doch war zu glauben, eine Dame von Adel sei etwas Besonderes. In einer Zeit wie dieser, in der die Welt von einer Revolution aufgewühlt wurde, durfte man sich von einem Adelstitel bestimmt nichts mehr erhoffen. Titel und Ehrenabzeichen gehörten in die Welt von gestern, der Gleichmacherei gehörte die Zukunft. Aber was half es, wenn sie Fräulein Bromberg darüber belehrte? Solche Eröffnungen würden sie garantiert nur noch unglücklicher machen, also versicherte Luise dem Kindermädchen bloß lächelnd, dass sie sich über die Bekanntschaft mit ihr ebenfalls freue.

Fräulein Bromberg nickte. »Darf ich Sie dann wohl um einen kleinen Gefallen bitten, gnädige Frau? Ich kenne mich in der Großstadt nicht aus und bin deshalb furchtbar aufgeregt. Wenn Sie dabei helfen würden, eine Mietdroschke für mich und das Kind zu finden, wäre ich Ihnen sehr verbunden.«

»Aber sicher doch. Das tue ich gern.«

Fräulein Bromberg strahlte erneut. »Danke. Ich wusste, dass Sie nicht Nein sagen würden. Mit Ihrer Unterstützung finde ich die Villa im Diplomatenviertel ganz bestimmt.« Sie wandte

sich dem Fenster zu, bevor sie gleich darauf das Mädchen von ihrem Schoß hob und aufstand. »Wir sind ja schon da. Das da draußen ist der Lehrter Bahnhof. Ich bin so froh, dass wir jetzt zu dritt sind. Ganz allein mit der Kleinen in einer fremden Stadt, da hätte ich mich bestimmt verlaufen. Wenn ich Tony nur schon bei ihrem Vater abgeliefert hätte.« Ilse Bromberg griff in die Tasche ihres weiten Reisemantels und zog ein weißes Taschentuch hervor, das sie aber gleich wieder in den Mantel zurückschob. »Verzeihen Sie bitte, ich bin sonst nicht ängstlich, aber mit dieser Reise verlangt meine Herrschaft entschieden zu viel von mir. Erst das Unglück mit meiner Gnädigen, und jetzt das Kriegsende, diese Schießereien und ich mit dem Kind mittendrin, das ist zu viel für mich, fürchte ich.«
Luise stand auf. Fest entschlossen, die kleine dunkel gelockte Schönheit mit dem Namen Antonie und ihr verzweifeltes Kindermädchen nicht im Stich zu lassen, griff sie nach der Hand des Mädchens. Über Tonys Kopf hinweg warf sie Fräulein Bromberg einen fragenden Blick zu. »Wollen Sie damit etwa sagen, dass die Mutter der Kleinen …«
Ilse Bromberg nickte. »Ja, sie ist gestorben, vor zwei Tagen, an der spanischen Grippe. Man hat uns noch vor ihrer Beerdigung aus Hamburg fortgebracht, in der Hoffnung, dass Tony sich nicht angesteckt hat.«
»Und? Hat man den Vater schon von der Ankunft seiner Tochter verständigt?«
»Es wurde versucht, ihm ein Telgramm zu schicken. Ob er es bekommen hat, weiß ich nicht. Es ging alles so schnell bei unserer Abreise. Und dann bringt ja dieses ganze Revolutionsdurcheinander zusätzlich alles in Unordnung. Der Kaiser hat doch abgedankt, oder? Und jetzt haben wir anstelle eines richtigen Monarchen diese merkwürdigen Arbeiterräte.« Fräulein Bromberg schnaufte. »Wo soll es nur hinführen, wenn uns zukünftig irgendwelche Leute von der Straße regieren? Das kann doch gar nicht gut gehen, oder was meinen Sie?« Das Kinder-

mädchen schaute sich um. Ihr Gesicht wirkte vorwurfsvoll, es sah aus, als wollte sie einen der Anwesenden für die Wirren der Revolution persönlich verantwortlich machen.
Luise nahm ihre Reisetasche an sich. »Was die Zukunft bringt, werden wir sehen. Schauen wir erst mal, was wir für Ihren Schützling tun können, Fräulein Bromberg. Ich nehme die Kleine und Sie kümmern sich um das Gepäck. Bleiben Sie immer schön dicht hinter mir, ja? Falls wir uns aus den Augen verlieren sollten, warten Sie in der Bahnhofsmission auf mich und Tony, einverstanden?«
»Ja, einverstanden.« Fräulein Bromberg holte ihr Gepäck aus dem Netz über dem Sitz, aber als sie sich gleich darauf noch einmal umschaute, zeigte ihr Gesicht schon wieder erste Spuren von Verunsicherung. Luise folgte ihrem Blick. Das Gedränge der Mitreisenden, die sich in Richtung Tür schoben, war groß. Der Zug war überfüllt, in den Gängen und zwischen den Bänken standen die Menschen in dichten Trauben. Die Leute klammerten sich an ihre mitgebrachten Koffer, an Pappkartons und Taschen. Es wimmelte von gerade heimgekehrten Frontsoldaten, aber auch jede Menge Frauen und Kinder waren unterwegs – sie alle schienen wie auf ein geheimes Kommando aufgebrochen zu sein, um aus irgendwelchen unerfindlichen Gründen ausgerechnet heute nach Berlin zu reisen. Um diesem Gedränge zu entgehen, hatte Luise ursprünglich in Kiel einen Fahrschein erster Klasse gelöst, doch weil die erste Klasse von verwundeten Frontsoldaten belegt gewesen war, hatte sie nur noch einen Platz in der so genannten Holzklasse abbekommen. Hier stand sie jetzt, die kleine Tony auf dem Arm, eingezwängt zwischen fremden Leibern, und wartete darauf, dass der Zug zum Stehen kam. Der Wagen wurde langsamer, seine Bremsen quietschten. Kaum dass er angehalten hatte, wurden auch schon seine Türen aufgerissen. Luise versuchte einen Blick nach draußen auf den Bahnsteig zu werfen, sah aber nichts außer dem weißen Qualm, den die Lokomotive

ausstieß. Zentimeterweise kämpfte sie sich vorwärts, Stück für Stück schob sie sich, verfolgt von den bangen Blicken des Kindes auf ihrem Arm, der Tür entgegen. Ilse Bromberg konnte sie im Gedränge nicht mehr sehen, aber sie vertraute darauf, dass sie sich auf dem Bahnsteig wiedertreffen würden.

Antonie an sich gepresst, stolperte Luise zur Außentür des Waggons und von dort das Trittbrett hinunter. Bepackt, wie sie war, konnte sie ihre Füße nicht sehen, die sich bei jedem Schritt im Saum ihres Reisekleides zu verheddern drohten. Obwohl das Gewicht des Kindes, das sich ängstlich an ihren Hals klammerte, es ihr schwer machte, sich zu bewegen, fand sie schließlich Halt und kam auf dem Bahnsteig kurz vor einer Litfaßsäule zu stehen. Antonie begann zu wimmern. Sie rief nach Fräulein Ilse, die ihr vertrauter war als die ältere Frau, mit der sie so rücksichtslos aus dem Zug und in das Großstadtgewühl hineingestoßen wurde. Luise strich Tony über den Rücken und drehte sich einmal um die eigene Achse, um nach dem Fräulein zu suchen, fand aber in dem Gewimmel um sie herum keine Spur von ihr. Der Bahnhof war voll, er drohte aus den Nähten zu platzen. Die Bahnsteige waren genauso überfüllt wie zuvor der Zug. Überall lungerten Soldaten herum – einige von ihnen waren bewaffnet, die meisten trugen rote Armbinden. Es herrschte eine merkwürdige Stimmung unter den Leuten. Obwohl der Bahnhof vor Waffen und Militärs strotzte, schienen die Berliner sich vor den Bewaffneten nicht zu fürchten.

Luise stellte ihre Tasche ab, die ihr zu schwer zu werden drohte, und versuchte Tony dazu zu überreden, sich auf die Bank hinter ihnen zu setzen, aber die Kleine weigerte sich, indem sie stumm den Kopf schüttelte. Um keinen Preis der Welt schien sie jetzt auch noch von Luise getrennt werden zu wollen, hatte man ihr doch schon das Fräulein Ilse weggenommen. Luise überlegte fieberhaft, was sie tun sollte, als ihr die Bahnhofsmission wieder einfiel. Sie hatten sich doch dort verabredet. Ilse

Bromberg wartete da, es konnte gar nicht anders sein. Luise packte ihre Reisetasche und machte sich mit Tony auf dem Arm auf den Weg hinüber zum anderen Ende der Bahnhofshalle. Das Gewicht des Kindes drückte sie, das Gedränge um sie herum machte es ihr schwer, voranzukommen. Ihr rechter Arm fühlte sich schon taub an, als sie endlich die unscheinbare braune Holztür erreichte, über der das Zeichen der Bahnhofsmission hing. Luise griff nach der Türklinke und wollte eintreten, als sie im letzten Moment das kleine weiße Schild bemerkte, das neben dem Türrahmen befestigt war. »Wegen Krankheit geschlossen« stand dort in schnörkelloser Schreibmaschinenschrift – eine Mitteilung, die keinen Platz für weitere Fragen ließ.

Luise schluckte. Wegen Krankheit geschlossen, das auch noch. Was sollte sie denn jetzt tun? Wo mochte das Fräulein Bromberg sein, wenn nicht hier, vor dieser verschlossenen Tür? War sie vielleicht schon da gewesen und wieder gegangen, oder hatte sie es noch gar nicht bis hierher geschafft? War sie noch auf dem Bahnsteig? Luise schaute sich um. War es richtig, hier zu bleiben, oder sollte sie besser auf dem Bahnhofsvorplatz warten? Luise drehte sich immer wieder in verschiedene Richtungen und ließ die Blicke über die Menge schweifen, aber von Fräulein Bromberg war nichts zu sehen. Luise war allein mit Tony, die sich noch immer fest an sie klammerte. Um das Kind nicht weiter zu verschrecken, seufzte Luise so leise wie möglich. Worauf lief dieses Abenteuer nur hinaus? Ob Fräulein Bromberg sich mit Absicht abgesetzt hatte? Hatte sie das Gedränge vielleicht bewusst dazu benutzt, um ihren Schützling loszuwerden? Nein, das war Unsinn, so verantwortungslos war Tonys Kinderfräulein bestimmt nicht. Tony war ein liebes Kind, und Fräulein Bromberg hatte nicht den Eindruck gemacht, eine verantwortungslose Person zu sein. Das Kindermädchen und Antonie hatten einander gern, das war ihnen beiden anzumerken. Das Ganze konnte nur ein Irrtum und ein

Unglück sein. Fräulein Bromberg war hier gewesen, hatte das Schild gesehen und war weitergegangen – so hatten sie sich schlicht und einfach verpasst. Luise stand da und überlegte, aber es fiel ihr schwer, eine Entscheidung zu treffen. Seit Stunden hatte sie nichts gegessen und nicht geschlafen. Erschöpft und hungrig, wie sie war, sehnte sie sich nach einem Stuhl und einer warmen Mahlzeit, gleichgültig, woraus letztere bestand. Luise schaute sich noch einmal nach Ilse Bromberg um, konnte sie aber auch diesmal nicht entdecken. Doch dabei fiel ihr ein Flugblatt auf, über dessen am Fußboden klebende Reste die Menge achtlos hinwegtrampelte. »Mitbürger! Der Kaiser hat abgedankt! Ebert ist Reichskanzler! Bewahrt Ruhe und Ordnung!« Luise schüttelte den Kopf. Der Kaiser hatte abgedankt. Seine Hauptstadt Berlin, ehemals die Perle des Reiches, drohte im Tumult zu versinken – und unweit von hier, in ihrer kleinen Dachwohnung in der Petristraße, saß Kusine Hedwig, die ehemalige Palastdame der Kaiserin, und weinte sich bestimmt vor Kummer die Augen aus dem Kopf. Vermutlich wartete Hedwig schon den ganzen Morgen darauf, dass Luise endlich kommen und ihr sagen würde, was jetzt zu tun sei. Luise aber stand hier auf dem Bahnsteig, ein fremdes Kleinkind auf dem Arm, dessen Vater ihr unbekannt war. Das Kind im Stich zu lassen, kam nicht in Frage, das verbot ihr der Anstand. Mitten im Gewühl wartete sie, ohne zu wissen, worauf. Wohin mit der Kleinen? Was konnte sie jetzt unternehmen? Wie sollte diese Geschichte nur weitergehen?

*Westerland, im November 1918*

»Platz da!«
Im ersten Moment meinte Ingeborg Nicolais Stimme zu hören, aber als sie den Kopf hob, schaute sie nur in fremde Gesichter. Dicht gedrängt standen die Leute im großen Speisesaal des Ho-

tels Seestern, dessen Räume die hiesige Kirchengemeinde gemeinsam mit dem Frauenverein zu einer Volksküche umfunktioniert hatte. Ingeborg bemerkte eine Bewegung, die durch die Wartenden ging. Offenbar gab es eine kleine Rempelei am anderen Ende der Schlange. Keiner derjenigen, die sich so weit hinten hatten einreihen müssen, wollte der Letzte sein und riskieren, von der bevorstehenden Mahlzeit nichts mehr abzubekommen.

»Stillgestanden dahinten, verdammt noch eins! Wer sich danebenbenimmt, fliegt raus!« Die Küchenleiterin war erschienen. Breitbeinig stand sie im Türrahmen. Die Hände in die Hüften gestemmt, musterte sie die Wartenden. Im nächsten Moment drehte sie sich auch schon wieder um und marschierte in die Küche zurück. Ingeborg atmete auf. Wenn sie hier in der Volksküche jemanden fürchtete, dann war das die Küchenleiterin. Die Frau war ein richtiger alter Drachen, eine Giftnudel wie sie im Buche stand. Unter den Anwesenden breitete sich Stille aus. Schweigend, mit gesenkten Köpfen, standen die Hungernden von Westerland vor ihr, bereit, für einen Teller heiße Suppe nahezu jede Demütigung zu erdulden.

»Also, ihr habt es gehört – einer nach dem anderen, Leute.« Ingeborg hob die Stimme, damit sie auch wirklich bis ans andere Ende des Saales zu vernehmen war. »Wer drängelt, muss sich hinten wieder anstellen.« Ingeborg hob den Deckel von dem großen Emailletopf vor ihr. Es gefiel ihr nicht, in diesem Ton mit den Leuten reden zu müssen – aber es half nichts, wer hierherkam, um zu essen, musste sich an die Spielregeln halten. Es gehörte zu ihren Aufgaben, für Ordnung im Saal zu sorgen.

Ingeborg griff nach ihrer Schöpfkelle. Steckrübeneintopf, wieder einmal. Die Brühe war so dünn, dass man fast bis auf den Grund des Emailletopfes sehen konnte. Es machte keinen großen Spaß, hier zu stehen und wässrige Suppe zu verteilen – und dennoch konnte sie froh sein, diese Arbeit tun zu dürfen. Die warme Mahlzeit, die sie jeden Tag aus der Volksküche mit nach Hause nehmen durfte, sorgte dafür, dass sie wenigstens nicht hungern musste. Von dem bisschen, das ihr Café in Kampen noch abwarf, konnte sie schließlich nicht leben. Badegäste kamen seit Kriegsbeginn nicht mehr auf die Insel, Sylt war militärisches Sperrgebiet. Stattdessen benutzten nun die Herren Militärs das Café in Kampen als Unteroffizierskasino. Die lächerlich geringe Summe, die sie von der Reichswehrverwaltung als Ausgleich dafür einstreichen durfte, reichte vorne und hinten nicht.

Mit einem leisen Knacken rückte der Minutenzeiger der großen Standuhr am anderen Ende des Saales auf die Zwölf vor. Es war so weit – die Wartenden drängten vorwärts, das Schlurfen ihrer Schuhe hallte durch den Saal. Kaum dass Ingeborg ihre Suppenkelle in die heiße Brühe getunkt hatte, tauchte auch schon die erste leere Schüssel vor ihrer Nase auf.

»Fräulein – bitte.«

Eine ältere Frau schob ihren mitgebrachten Blechnapf über den Tisch. Ingeborg schwieg, aber sie wusste genau, was diese unaufdringlich vorgetragene Bitte zu bedeuten hatte. Die grauhaarige Alte auf der anderen Seite des Tisches, gekrümmt von der Last ihrer Jahre und in ziemlich fadenscheinige Lumpen gehüllt, bettelte um eine etwas großzügiger bemessene Portion, sie wollte mehr als den üblichen einmaligen Schlag aus dem Suppentopf. Ingeborg war nahe daran, den Kopf zu schütteln, brachte es aber nicht übers Herz, das zu tun. Sie hatte ihre Anweisungen, gleiches Recht für alle. Galt das auch für die Alte vor ihr, Haut und Knochen, die sie war? Ingeborg fasste zu, packte kurzentschlossen den Blechnapf der Alten und füllte ihn bis dicht unter den Rand. Jeder hier hatte bloß Anspruch auf eine Scheibe Brot, aber sie legte zwei Scheiben neben den Napf und drängte die Frau dann mit einer hastigen Kopfbewegung, weiterzugehen. Möglicherweise hungerte sie schon seit Tagen, denn sie wirkte wirklich abgemagert. Wahrscheinlich

hatte sie viele Stunden draußen in der Kälte des Novembertages gefroren, um diesmal nur ja nicht die Letzte im Saal zu sein.
Ingeborg wandte sich gerade dem Nächsten zu, als eine ausgemergelte Gestalt weiter hinten in der Schlange den Hals reckte. Einer der Kriegsheimkehrer hob den Kopf, in seinen dunkel umschatteten Augen blitzte ein Funkeln. Er reckte die Hand in die Höhe und zeigte auf die Alte, die gerade mit ihrem Blechnapf an einem Tisch im Saal Platz genommen hatte. Der Mann machte einen Schritt vorwärts. »Was soll das da vorne? Was treibt ihr beiden Weiber da? Wieso hat die da zwei Scheiben Brot gekriegt? Für jeden nur eine Scheibe, sonst reicht es nicht für alle, verstanden?«
Ingeborg gab vor, nichts gehört zu haben. Mechanisch begann sie in dem großen Topf neben ihr zu rühren, tauchte ihre Suppenkelle ein und bediente die Wartenden. Vielleicht würde sich der Störenfried von alleine wieder beruhigen, wenn er sah, dass es weiterging und er seiner Mahlzeit näher kam.
»He, bist du taub?« Der Mann in Feldgrau schien nicht aufgeben zu wollen. Er humpelte auf seinen Krücken ein Stück auf Ingeborg zu. In seiner Stimme schwang ein Zischen mit, es klang, als hätte er Mühe mit dem Luftholen. Ingeborg hob den Kopf und musterte ihn so geringschätzig wie möglich. Seine Gesichtshaut schimmerte im einfallenden Licht des Wintertages bläulich – vielleicht hatte er von der Front außer einem zerschossenen Bein auch noch einen Lungenschaden nach Hause mitgebracht?
»Gib das Brot zurück!« Der Mann hatte sich abgewandt und drehte sich jetzt nach der Alten um, die tief über ihren Napf gebeugt an ihrem Platz saß.
»Hast du keinen Anstand im Leib? Den anderen das Essen wegfressen! Wir haben auch Hunger! Ich bin Frontsoldat, ich habe mein Leben riskiert für Leute wie dich!« Das Gesicht des Mannes war jetzt von Wut verzerrt, auf seiner hohen Stirn glänzte der Schweiß. Ingeborg spürte, wie ihr Herz zu klopfen

begann. Die rechte Hand, mit der sie die Schöpfkelle hielt, zitterte. Sie musste den Fremden beruhigen. Wenn der so weitermachte, würde die Küchenleiterin auf das Spektakel aufmerksam werden, und dann stand Ärger ins Haus, auch für sie. Es durfte keinen Streit bei der Verteilung des Mittagessens geben. Alle hier waren gleich zu behandeln, das schärfte man ihnen immer wieder ein. Ingeborg überlegte, was sie tun konnte, aber es schien ihr genauso schwierig, gegen einen Kriegsversehrten vorzugehen wie gegen eine alte Frau. Sie senkte den Blick und arbeitete weiter. Hastig füllte sie Napf um Napf, jetzt peinlich darauf bedacht, niemanden mehr zu übervorteilen. Als sie Schritte nahen hörte, sah sie bewusst nicht auf, so lange nicht, bis der Kriegsversehrte mit der Spitze seiner Krücke auf das abgetretene Parkett stieß. Der plötzliche Lärm erschreckte sie. Sie hob den Kopf.

»Was ist los, seit ihr alle taub hier, oder was? Nehmen Sie der Alten endlich das Brot ab, oder …«

Ingeborg stellte ihre Arbeit ein. Sie konnte nicht mehr anders, sie musste jetzt für Ruhe sorgen. Die Frau mit dem schlohweißen Haar hockte zusammengekrümmt da und hielt mit vor Angst geweiteten Augen ihr letztes Stück Brot eisern umklammert. Im nächsten Moment machte der Mann in Grau einen Satz in ihre Richtung, aber bevor er die Greisin erreichte, waren plötzlich zwei jüngere Männer neben ihm und hielten ihn am Ärmel seines Mantels fest.

»Ganz ruhig, Kamerad!« Einer der beiden neu Hinzugekommenen legte ihm eine Hand auf die Schulter. »Sei friedlich, und stell dich wieder hinten an. Du kriegst deinen Anteil, dafür musst du nicht auf andere losgehen. Reiß dich zusammen, hörst du?«

Um den Mund des Kriegsversehrten zuckte es. Er schien noch einmal rebellieren zu wollen, doch dann sackte er in sich zusammen. Er presste die Lippen aufeinander, sein ganzer Körper begann zu zittern. Langsam ließ er den Kopf sinken. Die beiden

jüngeren Männer nahmen ihn in die Mitte und führten ihn in die Reihe der Wartenden zurück. Schweigend schaute Ingeborg zu, wie der Störenfried sich widerstandslos mitnehmen ließ. Einer der beiden Männer, die ihn zur Raison gebracht hatten, war es, der ihre Aufmerksamkeit auf sich zog. Ihr Blick folgte ihm, während sie mechanisch nach dem nächsten leeren Gefäß griff, das ihr unter die Nase gehalten wurde. Plötzlich drehte er sich noch einmal um und lächelte. Ingeborg stutzte. Das war doch Johannes – Johannes Lehmann stand ihr gegenüber, der Herr Doktor war zurück von der Front. Ingeborg strahlte, ihre Freude über das Wiedersehen war groß. Johannes war als Feldarzt in einem Lazarett an der Ostfront gewesen. Er hatte ihr von dort mehrfach geschrieben. Und jetzt war er wieder da, er hatte überlebt und war unverletzt. Er drehte sich noch einmal um und blinzelte ihr zu. Noch immer sah er gut aus, der Herr Doktor. Er war etwas dünner als vor dem Krieg, ein bisschen älter natürlich auch, aber das tat seiner ansonsten blendenden Erscheinung keinen Abbruch.
Ingeborg musterte Johannes aus dem Augenwinkel, während er langsam in der Schlange aufrückte. Ohne hinzuschauen, füllte sie einen Behälter nach dem anderen mit Suppe, bis die Reihe endlich an Dr. Lehmann war.
»Hallo, schöne Frau.« Johannes grinste. »Schön, Sie wiederzusehen. Geht es Ihnen gut?« Er ergriff ihre Hand, um sie flüchtig zu drücken, bevor er gleich darauf von ihr abließ, vermutlich, um nicht erneut einen Aufstand der Wartenden hinter ihm zu provozieren. Sie nickte, während sie den Blechnapf seines Essgeschirrs bis an den Rand füllte. »Ja, mir geht es gut, danke. Und Ihnen? Seit wann sind Sie wieder auf der Insel?«
»Seit gestern. Wann sind Sie hier fertig? Können wir irgendwo ungestört miteinander reden?«
»Um zwei Uhr bin ich fertig, dann darf ich gehen. Wenn Sie wollen, können Sie am Haupteingang auf mich warten. Ich komme dorthin.«

»In Ordnung. Ich werde da sein.« Johannes Lehmann lächelte noch einmal, bevor er seine Blechschüssel nahm und damit zu einem der freien Plätze im Saal ging. Mit klopfendem Herzen verfolgte Ingeborg ihn mit ihren Blicken. Er war also wieder auf der Insel, ihr Verehrer von ehedem. Johannes hatte den Krieg überlebt und war in Westerland. Bestimmt würde er seine Praxis wieder in Gang bringen und erneut sein altes Leben als Badearzt aufnehmen – sein altes Leben wieder aufnehmen, bedeutete das vielleicht auch, dass er noch einmal versuchen würde, sie Nicolai abspenstig zu machen? Damals, kurz vor ihrer Hochzeit, hatte er das versucht, doch es war ihm nicht gelungen, ihre Eheschließung mit Nicolai zu verhindern. Ingeborgs Liebe zu Nicolai war stärker gewesen, damals jedenfalls. Gleich nach ihrer Hochzeit hatte dann der Krieg begonnen, und der hatte so vieles durcheinander gebracht, was ihr im Sommer des Jahres 1914 zunächst noch unerschütterlich erschienen war. Nicolai war eingezogen und an die Westfront geschickt worden. Wahrscheinlich befand er sich noch immer dort. Seit Monaten hatte sie kein Lebenszeichen von ihm erhalten, sie wusste nicht, wie es um ihn stand. Johannes dagegen war jetzt zu Hause. Wenn sie ihn betrachtete, kam es ihr beinahe so vor, als hätte es keinen Krieg gegeben.

Die Küchenleiterin erschien auf der Türschwelle. Ingeborg wartete, bis der leere Suppentopf aus dem Saal gebracht und ein neuer hereingetragen worden war. Sie versuchte sich auf ihre Arbeit zu konzentrieren, aber ihre Blicke glitten unwillkürlich immer wieder hinüber zu Johannes, der mit dem Rücken zu ihr an einem der Tische nahe der Tür saß. Sie war eine verheiratete Frau, und der einzige Mann, an den sie denken durfte, war ihr eigener, egal, wie sehr ihr der Krieg mit seinen einsamen Nächten zugesetzt haben mochte. Der Herr Doktor gehörte nicht zu ihr, er gehörte zu niemandem, er war frei und ledig. Sie dagegen war Nicolais rechtmäßige Ehefrau. Sie hatte Johannes damals einen Korb gegeben. Jeder Gedanke an ihn

war ihr jetzt verboten – und doch konnte sie nicht verhindern, dass sie an ihn dachte. Was würde geschehen, wenn Nicolai nicht von der Front zurückkehrte? Was würde aus ihr werden, wenn er zu den Vermissten oder Gefallenen dieses Krieges gehörte? Ihr ganzes Leben auf der Insel war auf Nicolai ausgerichtet, ihre gesamte Zukunft war mit seiner Existenz verknüpft. Alles hing an dem Café, das sie gemeinsam betrieben, und an dem Hotel, das aufzubauen sie sich vorgenommen hatten. Wenn Nicolai nicht zurückehrte, dann würde sie ganz alleine dastehen – ohne Vermögen und ohne Zukunftsaussichten, mit nichts als einer Hand voll enttäuschter Hoffnungen. Das Friesencafé in Kampen gehörte auf dem Papier ihrer Schwiegermutter, und auch für das Hotel am Roten Kliff, das die Familie kurz vor Kriegsausbruch gekauft hatte, war ihre Schwiegermutter als Eigentümerin in das Grundbuch eingetragen.
Ingeborg starrte hinunter auf ihre von der Küchenarbeit geröteten Hände. Wenn Nicolai nicht zurückkehrte, dann würde sie auf Almosen angewiesen sein – entweder auf die ihrer Schwiegereltern oder auf die ihrer Mutter, die in Glücksburg lebte. Solche Aussichten hoben ihre Stimmung nicht gerade. Bisher hatte sie es vermieden, über ihre Zukunft nachzudenken. Sie hatte sich eingeredet, dass Nicolai bestimmt demnächst nach Hause kommen würde, dass er bloß der Kriegswirren wegen noch nicht geschrieben hatte. Jetzt allerdings, da sie Johannes Lehmann leibhaftig vor sich gesehen hatte, schien ihr das alles unsicher. Von Nicolai gab es keine Spur, stattdessen war ein Mann aufgetaucht, der ihr nicht gleichgültig war. Johannes sah gut aus und war intelligent. Es fiel ihr nicht schwer, sich ihn an ihrer Seite vorzustellen – und sie wusste, dass er etwas für sie empfand. Als Johannes Lehmann im nächsten Moment den Kopf hob und sie ansah, lächelte sie. Was konnte so falsch daran sein, wenn eine Frau in ihrer Lage sich vorsichtshalber alle Möglichkeiten offen hielt?

Johannes Lehmann stand am Haupteingang des Hotels Seestern auf der Strandpromenade, einen glimmenden Zigarettenstummel in der Hand. Immer wieder wanderten seine Blicke hinüber zum Eingang. Der große Zeiger seiner Taschenuhr rückte unaufhaltsam auf die volle Stunde vor. Gleich war es zwei, gleich würde Ingeborg dort vorn aus dem Gebäude treten. War es richtig, dass er sich hinter dem Rücken ihres Ehemannes mit ihr traf? Er hatte ein Rendezvous mit ihr, hier am helllichten Tage mitten in Westerland, wo jeder jeden kannte und ihre Begegnung nicht unbemerkt bleiben würde. Unruhig wechselte er von einem Fuß auf den anderen. Schließlich warf er seine Kippe auf den Sandweg und trat die darin noch schwelende Glut mit der Stiefelspitze aus. An der Ostfront hatte er sich das Rauchen angewöhnt, aber er musste schleunigst wieder damit aufhören. Mit einer Zigarette in der Hand gab er ein schlechtes Beispiel für seine Patienten, denen er im Allgemeinen Enthaltsamkeit predigte, wenn es um Alkohol, üppige Mahlzeiten und Tabak ging.
Jetzt, endlich – die breite Tür des Hotels wurde von innen aufgestoßen. Nervös rückte Johannes Lehmann den Wollschal zurecht, den er sich vorhin beim Verlassen der Suppenküche nachlässig umgeworfen hatte. Wie erhofft war es Ingeborg, die auf den Stufen der Freitreppe stand und nach ihm Ausschau hielt. Sie hatte sich in den letzten Jahren kaum verändert – noch immer wirkte sie genauso zart und mädchenhaft wie damals, als sie einander auf dem Hauptbahnhof in Lübeck zum ersten Mal begegnet waren. Vielleicht ließ der kamelhaarfarbene Mantel sie so jung aussehen – das gute Stück schaute nach einem echten Vorkriegsmodell aus. Langsam verließ er seinen Platz auf der Strandpromenade. Er ging ihr entgegen, die Hände tief in die Taschen seines Mantels geschoben. Ingeborg hatte ihn schon entdeckt und erwartete ihn lächelnd. Warum hatte er diese Begegnung mit ihr unbedingt gewollt? Sie war eine verheiratete Frau, sie war unerreichbar

für ihn – nichts deutete darauf hin, dass sich an ihrem Familienstand in absehbarer Zeit etwas verändern würde. Er hatte sich ganz bewusst trotzdem mit ihr verabredet, und zur Strafe musste er es jetzt eine Weile an der Seite seiner unerreichbaren Liebe aushalten. Er nickte ihr zu. »Hallo. Schön, dass Sie gekommen sind.« Johannes reichte ihr eine Hand, die sie ergriff und leicht drückte. Ihre tiefblauen Augen waren auf ihn gerichtet.

»Ich freue mich, dass Sie gesund und munter sind, Herr Doktor. Lassen Sie uns irgendwo hingehen, ja? An den Strand vielleicht – noch ist es hell.«

»Gern, wenn Sie möchten.« Er bot ihr seinen Arm. Nebeneinander liefen sie auf das Meer zu. Mit einem Mal schien es ihm albern, Sie zu Ingeborg zu sagen, schließlich kannte er diese Frau seit Jahren. Er schaute zu ihr hinunter und sah, wie der Wind nach ihrem Haar griff und damit spielte. »Es kommt vielleicht ein bisschen plötzlich, aber nach allem, was wir zwei durchgestanden haben, würde ich Ihnen gerne das Du anbieten, Ingeborg. Ist es Ihnen recht? Ich denke, wir können es wagen, uns nach all den Jahren zu duzen, oder? » Johannes warf Ingeborg einen fragenden Blick zu. Er wartete beinahe ängstlich auf Antwort, aber seine Furcht war unbegründet. Sie schien sich über das Angebot zu freuen.

»Von mir aus gern. Also dann, Johannes.«

»Ingeborg.«

Sie sah zu ihm auf. Er drückte behutsam ihren Arm. »Und? Wie geht es dir inzwischen? Was macht das Café? Kommst du über die Runden? Hast du alles, was du brauchst?« Er spürte, dass seine Fragen belanglos klangen, so seicht im Ton, als würden ihn die Antworten nicht wirklich interessieren. Er versuchte sich einzureden, dass es Freundschaft war, die ihn dazu trieb, sich nach ihrem Wohlergehen zu erkundigen, so wie er ihr aus reiner Freundschaft das Du angeboten hatte, aber er wusste genau, dass das nicht stimmte. Er liebte Ingeborg – er hatte das vor dem Krieg schon getan und damit in den dunklen Jahren an der Front, die hinter ihm lagen, nicht aufgehört. Wie oft hatte er des Abends vor dem Einschlafen an sie gedacht? Er hatte unter dem mit Sternen übersäten Himmelszelt gestanden und sich nach ihr gesehnt. Insgeheim war er davon überzeugt, dass sie zu ihm und nicht zu Nicolai Boysen gehörte. Und wenn er es auch nicht aussprach, so hoffte er doch immer noch, dass auch sie das eines Tages erkennen würde. In diesem Augenblick sah sie erneut zu ihm auf. Er erinnerte sich, ihr Fragen gestellt zu haben.

»Ach, wie soll es mir schon gehen?« Sie lächelte, aber ihr Gesicht wirkte ernst dabei. Es waren ihre Augen, in denen die Trauer lag, ihr Gesichtsausdruck strafte den leichten Ton in ihrer Stimme Lügen. Sie schaute weg. »Mir geht es wie allen anderen hier. Wir haben Hunger, und wir frieren, und was als Nächstes kommt, weiß keiner. Der Badebetrieb auf der Insel liegt brach. Wann es wieder aufwärts geht, kann niemand sagen. Ich habe keine Einnahmen aus dem Café und halte mich mit Hilfsarbeiten über Wasser. So geht es mir.«

»Das wird wieder besser, glaube mir. Jetzt im Frieden wird sich das Land erholen, davon bin ich überzeugt.« Behutsam drückte er Ingeborgs Hand, doch sie reagierte nicht darauf.

»Da bin ich mir nicht sicher. Die Leute haben einfach kein Geld. Von denen denkt keiner daran, Urlaub zu machen. Ich glaube, es wird auf der Insel noch eine ganze Weile schwierig bleiben. Schau dich doch um – das Kurmittelhaus ist von den Militärs ruiniert, die Strände sind vermint. Wer kommt denn schon freiwillig hierher, um sich zu erholen?«

»Im Augenblick ist die Insel in einem schlechten Zustand, das stimmt. Aber wie ich die Menschen hier kenne, werden die schon bald die Ärmel hochkrempeln und die Spuren des Krieges beseitigen. Sylt ist schön, daran hat sich nichts geändert.«

Johannes blieb stehen. Er hatte das Gefühl, dass Ingeborg ihm nicht zuhörte. Ihr Blick war in die Ferne gerichtet. Sie stand neben ihm, aber sie wirkte geistesabwesend. Er war versucht, sie in den Arm zu nehmen und an sich zu drücken, er hätte sie gern aus ihrer Niedergeschlagenheit erlöst und getröstet. Sie hatten einander nötig, das fühlte er – sie war genauso einsam wie er. Er sehnte sich nach der Wärme ihres Körpers, dem Duft ihrer Haut. Warum wollte er ausgerechnet haben, was unerreichbar und ihm obendrein verboten war? War unerfüllte Sehnsucht alles, was die Liebe zu bieten hatte?

»Ingeborg?« Er beugte sich zu ihr hinüber, doch sie nahm ihn gar nicht wahr. »Woran denkst du? Machst du dir Sorgen um deinen Mann?«

Sie schüttelte den Kopf. »Es ist alles so unsicher, Johannes. Ich frage mich, was aus mir werden soll. Weißt du, manchmal glaube ich, ich habe alles falsch gemacht. Ich hätte mir mit meiner Heirat mehr Zeit lassen sollen. Du hast mich damals gewarnt, und du hattest Recht. Ich hätte nicht so vorschnell alles auf eine Karte setzen sollen.« Sie schlug die Augen nieder. »Aber jetzt ist es zu spät. Jetzt muss ich zusehen, wie ich zurechtkomme – mit dem Café und dem Hotel, mit meinem Leben auf der Insel, auf der ich eine Fremde bin.«

Johannes schwieg einen Moment. Sollte er ihr sagen, dass er die Zweifel an ihrer Entscheidung von damals teilte? Würde sie das nicht nur noch mehr deprimieren? Vielleicht war es besser, ihr vorerst den Rücken zu stärken, sie zu ermuntern, damit sich ihre Stimmung hob. Er nickte ihr zu. »Hör mal, das schaffst du doch. Wenn jemand sein Leben im Griff hat, dann bist du das, glaube mir.«

Er schaute zu ihr hinab, sah hinunter auf den seidig schimmernden Kranz ihrer blonden Haare, die ihr schmales, blasses Gesicht umrahmten. Wenn sie jetzt den Blick gehoben hätte, dann hätte er versuchen können, sie zu küssen, aber sie schaute zu Boden und rührte sich nicht.

»Komm, es ist kalt. Du wirst dich erkälten. Ich bringe dich nach Hause.« Er drückte noch einmal sacht ihren Arm. Sie wirkte so niedergeschlagen und zerbrechlich, dass er nicht wagte, sie jetzt fester zu berühren. Sanft schob er sie vor sich her, fort vom Strand und auf die Straße zu, die nach Norden führte. Es war dumm, diese Situation nicht auszunutzen, das wusste er. Er hasste sich dafür, so feige zu sein.

# Kapitel 2

»Da gehn Se jetzt man besser nich rin.« Der Mann, der Luise entgegenkam, deutete mit einem Kopfnicken auf die geschlossene Tür der Polizeiwache hinter ihm. Luise setzte das Kind, das sie bis eben auf dem Arm hatte, erschöpft auf einer der Stufen der Freitreppe vor dem Portal ab. »Nicht reingehen? Aber warum denn nicht?«

»Da drinnen tobt die Revolution, Gnädigste.« Ihr Gegenüber zeigte ein Lächeln, das in seinem eckigen Gesicht seltsam künstlich wirkte. Der Mann trug die typische Kleidung eines Berliner Bierkutschers – Lederschürze, derbe Hosen aus Drillich und dazu eine dunkle Schirmmütze auf dem rötlich schimmernden Haar. »Die Obrigkeit löst sich jerade in Wohljefallen uff, wenn Se verstehn, wat ick meene.« Der Mann tippte mit dem Zeigefinger der rechten Hand an den Schirm seiner Mütze und lief dann ohne ein weiteres Wort die Treppe hinunter, die Luise eben hinaufgestiegen war. Sie sah ihm nach. Die Revolution tobte da drinnen? Was mochte das zu bedeuten haben? Zuletzt war Luise der Revolution auf dem Bahnhof Spandau begegnet, wo ihr die Kugeln einer Gewehrsalve um die Ohren geflogen waren. Wurde auf einem preußischen Polizeirevier jetzt etwa auch geschossen? War den Sozis und ihren Spießgesellen denn gar nichts heilig? Luise sah zu dem breiten Portal hoch, doch die Doppeltür aus Eichenholz war fest geschlossen. Sie griff nach Antonies Hand und führte das Kind ein paar Stufen weiter hinauf. Welcher Revolutionär würde es wagen, mit Waffengewalt ein Berliner Polizeirevier zu stürmen?

Auf dem oberen Treppenabsatz angekommen, blieb Luise stehen und legte das Ohr an die Tür. Nichts. Sie warf einen letzten zweifelnden Blick auf das kleine Mädchen an ihrer Hand, dann stieß sie die Tür zur Wache auf. Sie brauchte Hilfe, allein würde sie Antonies Vater nicht finden. Ein Schutzmann würde sich der Sache annehmen müssen, sie war damit überfordert. Luise hatte alles versucht, um Tonys Kinderfräulein wiederzufinden. Eine geschlagene Stunde war sie mit dem Mädchen ergebnislos auf dem Vorplatz des Lehrter Bahnhofs herumgeirrt – so lange, bis die Kleine, die von der Reise müde war, zu weinen begonnen hatte. Das Fräulein Bromberg war nicht aufgetaucht, die war verschwunden. Anscheinend hatte sie die Gelegenheit doch genutzt, um sich abzusetzen, auch wenn Luise nicht wusste, wozu diese kopflose Flucht eines Kindermädchens in eine Großstadt, die sich offenbar außer Rand und Band befand, gut sein sollte. Luise selbst jedenfalls war am Ende mit ihrem Latein. Seit vielen Jahren hatte sie sich nicht mehr mit kleinen Kindern beschäftigen müssen. Ihre einzige Tochter war seit langem erwachsen und lebte als verheiratete Frau außer Haus. Das Zusammensein mit der kleinen Antonie, die ganz reizend aussah, aber auf Dauer auch anstrengend war, überforderte sie. Und überhaupt, hatte sie denn nicht schon genug mitgemacht auf der Reise hierher? Sie musste jetzt zu Hedwig, und das möglichst schnell. Es gab nur eine Lösung. Sie würde Tony der Polizei übergeben, damit die sich um das Kind kümmerten.

Fest entschlossen, die Dinge von jetzt an einer höheren Instanz zu überlassen, betrat Luise den dunklen Flur hinter dem Portal. In der Halle befand sich eine Portierloge, aber die war nicht besetzt. Luise musterte die imposante Treppe aus dunklem Holz, die in das obere Stockwerk führte. Wohin sollte sie sich wenden? Antonie begann zu quengeln. Sie wollte auf Luises Arm. Luise bückte sich, um das Kind aufzunehmen, als plötzlich eine Tür im Erdgeschoss aufgestoßen wurde. Mehrere Männer traten hinaus, alle in Uniform und mit hoch über den Köpfen erhobenen Händen. Staunend schaute Luise zu, wie die Uniformierten im Gleichschritt an ihr vorüberzogen, ohne dass einer von ihnen sie auch nur eines Blickes gewürdigt hätte. Gestandene Männer kamen auf sie zu, lauter preußische Beamte, ehrfurchtgebietende Autoritäten – einer nach dem anderen verließ schweigend und mit gesenktem Haupt das Gebäude. Ohne die kleinste Andeutung von Protest ließen die Schutzmänner sich abführen, als wären sie Verbrecher. Den Uniformierten folgten zwei verwegen wirkende Gestalten mit Pistolen. Lässig hielten sie ihre Waffen im Anschlag, die sie auf die Männer vor ihnen gerichtet hatten. Einer der beiden Bewaffneten trug einen Matrosenanzug; goldfarben blitzten in Zweierreihen die Knöpfe auf seiner Jacke aus blauem Tuch. Luise fragte sich im Stillen, warum es den Knaben mit dem zarten, bartlosen Gesicht hierher nach Berlin verschlagen haben mochte, aber sie wagte nicht, ihm diese Frage laut zu stellen, zumal ihr die Antwort wahrscheinlich auch nicht weitergeholfen hätte. Die roten Armbinden der beiden Bewaffneten machten sie als Revolutionäre kenntlich – da schien es ratsam, ihnen nicht in die Quere zu kommen. Den grimmigen Gesichtsausdruck, den beide zur Schau trugen, sah Luise als ausreichenden Beweis ihrer Gefährlichkeit an. Um der ihr entgegenkommenden Prozession auszuweichen, trat sie einen Schritt nach hinten. Beinahe wäre sie dabei über ihre Reisetasche gestolpert, die sie auf dem Fußboden abgestellt hatte. Erschrocken über das Geräusch, das die über den steinernen Boden scharrende Tasche verursachte, sah Luise auf. Der Blick des jüngeren Waffenträgers fiel auf sie – ein ärgerlicher Blick, wie es schien.

»Raus.«

Die Hand des Matrosen deutete erst auf sie, dann auf das Hauptportal, hinter dessen Schwelle die Uniformierten bereits verschwunden waren. Luise schüttelte sacht den Kopf. Sie wollte widersprechen, doch der junge Mann hob drohend seine Waffe und deutete damit ein weiteres Mal auf die Tür.

»Raus hier, habe ich gesagt! Auf diesem Revier passiert heute nichts mehr! Die Wache ist geschlossen!«

Die Stimme des jungen Mannes hallte durch das Treppenhaus. Sie schien sich an den hohen Stuckdecken zu brechen und von dort als Echo hundertfach zurückgeworfen zu werden. Luise sah, wie sich das Gesicht des Matrosen rötete, und da sie es nicht riskieren wollte, den revolutionären Jüngling durch ihren Widerstand zu reizen, nahm sie Tony und ihre Reisetasche und folgte den Polizisten hinaus ins Freie. Draußen vor dem Polizeirevier hatte sich mittlerweile eine Menschenmenge versammelt. Offenbar hatte sich herumgesprochen, dass es hier an der Wache etwas zu sehen gab. Eine gespannte Atmosphäre lag über dem runden Platz vor dem Gebäude, die Augen aller Anwesenden waren auf die Bewaffneten gerichtet, die sich gemeinsam mit den scheinbar ratlos dastehenden Polizeibeamten auf dem Treppenabsatz vor dem Portal aufgestellt hatten. Der ältere der beiden Revolutionäre hob die Hände und brachte die Menge vor ihm so zum Schweigen. Erschrocken über die plötzliche Stille, trat Luise einen Schritt zurück. Sie drängte sich mit Tony an den äußersten Rand der schmalen Empore und blieb dort stehen.

»Bürger und Bürgerinnen Berlins! Der Kaiser hat abgedankt! Es regiert das Volk. Ihr seid dabei, wenn die erste Volksregierung auf deutschem Boden errichtet wird!« Der Mann hielt seine Pistole in die Luft. Im ersten Moment befürchtete Luise, er werde einen Schuss abgeben, doch dann ließ er den Arm wieder sinken, ohne dass etwas passiert war. »Wir fordern: Freiheit für die politischen Gefangenen! Freie Wahlen zu einer dem Volk unterworfenen Reichsregierung! Abschaffung der Monarchie! Das gleiche Wahlrecht für alle!«

Draußen auf dem Platz rührten sich die ersten Hände, es wurde geklatscht. Rote Fahnen flatterten über den Köpfen der Menge im Wind.

»Nieder mit der Monarchie! Es lebe die Freiheit!« Diesmal war es der Matrose, der das Wort ergriffen hatte. Beide Hände trichterförmig um den Mund gehalten, schrie er seine Bot-

schaft auf den Platz hinaus. Wieder wurde geklatscht, wieder wurden Fahnen geschwenkt.
Luise machte vorsichtig einen Schritt zur Seite. An die Mauer des Gebäudes hinter ihr gepresst, stieg sie so langsam wie möglich die Treppe vor dem Polizeirevier hinunter. Zum Glück folgte Tony ihr, und zum Glück verhielt sie sich still dabei. Mit großen Augen, den Daumen im Mund, klammerte sie sich an Luise. Draußen auf dem Platz begann die wogende Menge unterdessen Parolen zu skandieren.
»Es lebe die Republik!«
Der Ruf, der sich in der Menge bildete, wurde lauter, er ging von Mund zu Mund, während Luise behutsam die restlichen Stufen vor der Polizeiwache hinunterstieg.
»Es lebe die Republik!«
Wieder erklang der Ruf aus tausenden von Kehlen, diesmal begleitet von einem donnernden Applaus. Luise atmete auf, sie hatte den Platz vor dem Polizeirevier erreicht. Sie war erschöpft, sie musste sich ausruhen, aber wo sollte sie sich hier hinsetzen? Inmitten dieses Hexenkessels schien es keinen Ort zu geben, an den man sich zurückziehen konnte. Die Menge, die mittlerweile vor der Wache am Brandenburger Tor zusammengeströmt war, war riesengroß und unübersehbar. Luise fühlte sich bedrängt – sie musste fort von hier. Solche Menschenmassen waren ihr nicht geheuer. Sie wollte den Platz verlassen, aber sollte sie sich ohne fremde Hilfe aus diesem Trubel einen Weg in die Freiheit bahnen?
Luise drehte sich um und schaute zum Eingang des Polizeigebäudes zurück. Die Polizeibeamten standen immer noch reglos dort oben, doch der revolutionäre Eifer der Massen schien sie nicht länger unbeeindruckt zu lassen. Luise beobachtete, wie der Erste der Polizisten nach einem seiner Schulterstücke griff und es mit einem Ruck entfernte. Triumphierend hielt er seine Schulterklappe, die ihn als Staatsdiener auswies, in die Höhe. Die Menge unter ihm johlte und klatschte, während der Mann

nach und nach alle Rangabzeichen seiner Uniform von dem dunklen Stoff herunterriss.
Luise wandte sich ab. Was hier vor sich ging, war ihr unheimlich. Früher oder später würde das Militär erscheinen und für Ordnung sorgen, schließlich war Berlin eine Garnisonsstadt für etliche als besonders kaisertreu geltende Garderegimenter. Wenn die Soldaten kamen, würde es ein Gemetzel geben, da musste sie nicht dabei sein.
»Komm, Liebes, komm.« Luise drängte sich mit Tony durch die Reihen der Umstehenden. Ängstlich darauf bedacht, die Kleine nicht zu verlieren, schob sie sich mit ihr durch das Gewühl. Sie musste nach Osten in die Petristraße, doch wo war Osten? Hedwig besaß in einer schmalen Gasse hinter dem Stadtschloss eine eigene Wohnung. Obwohl diese kleine Dachwohnung in all den Jahren als Palastdame der Kaiserin nicht notwendig gewesen war, hatte Hedwig sie doch nie aufgegeben. Früher hatte Hedwig die meiste Zeit in Potsdam verbracht, jetzt empfand sie es sicher als Vorteil, sich in die Petristraße zurückziehen zu können, während in Potsdam die Revolution tobte. Wie unglaublich stolz war Hedwig jahrelang darauf gewesen, zur unmittelbaren Entourage der Kaiserin gehören zu dürfen. Welchen Einschränkungen hatte sie sich ein halbes Leben lang unterworfen, um sich mit dem Titel der Hofdame schmücken zu dürfen. Und nun das – ein verlorener Krieg, eine Volkserhebung, und alles, wofür Kusine Hedwig gelebt hatte, war wie ausgelöscht. Nur gut, dass sie jetzt nicht hier draußen war und mit ansehen musste, wie Preußens Glanz und Gloria den Bach runterging.
»Scheidemann spricht! Zum Reichstag rüber! Scheidemann spricht zum Volk!« Ein Ruf ging durch die Menge, er wurde von einem zum anderen weitergegeben wie eine kostbare Sensation, die ihresgleichen sucht. Und schon formierten sich die Massen neu, das Spektakel vor dem Polizeirevier schien nicht länger spannend zu sein. Alles drängte fort und wandte sich

dem Reichstag zu. Luise spürte, wie die wogende Menschenmenge um sie herum in Bewegung geriet. Sie wurde geschoben und bedrängt, gestoßen und getreten. Eilig zog sie Antonie an sich und nahm sie auf den Arm. Dem Kind durfte um Gottes willen nichts passieren. Irgendwer neben ihr versetzte ihrer Reisetasche einen Stoß. Polternd fiel das Gepäckstück zu Boden. Luise wollte stehen bleiben und es aufheben, aber in dem Gedränge um sie herum konnte sie sich nicht bücken, ohne das Risiko einzugehen, dass man sie umwarf. Luise wurde weitergeschoben, sie musste folgen, die Masse strebte dem Reichstag entgegen. Plötzlich näherte sich von hinten wild hupend ein Lastkraftwagen. Luise entkam seinen Rädern im letzten Moment mit einem Satz zur Seite. Der Wagen raste weiter. Auf der Ladefläche des Automobils standen ein Dutzend Männer, die rote Fahnen schwenkten. Einer von ihnen reckte im Vorbeifahren ein Plakat mit der Aufschrift Es lebe die Republik in die Höhe.

Antonie hatte anscheinend Angst, sie schluchzte und begann zu weinen. Kein Wunder, bei dem Lärm und den vielen Menschen um sie herum musste das Kind ja nervös werden. Die Kleine war bestimmt hungrig und durstig nach all den Strapazen, die sie hinter sich hatte. Luise versuchte Tony zu beruhigen, indem sie das Hütchen aus dunklem Filz gerade rückte, das sie trug.

»Wir sind gleich da, gleich kannst du dich ausruhen, liebes Kind.« Luise lächelte und schob Tony den Daumen zurück in den Mund. In diesem Moment bemerkte sie, das sie jemand am Ärmel ihres Mantels zupfte.

»Lassen Se mir ma das Kind, Gnädigste. Ick trag Ihnen die Kleene ein Stück.« Ein Unbekannter neben ihr streckte die Arme nach Antonie aus, doch Luise umschlang das Mädchen nur noch fester. Das Kind konnte sie nicht hergeben, obwohl der Fremde in seinem mausgrauen Mantel nicht unsympathisch wirkte. Hinter seinen dicken Brillengläsern funkelten

Augen, in denen Anteilnahme zu erkennen war. Trotzdem schüttelte Luise den Kopf. Antonie in diesem Durcheinander zu verlieren, war ihre größte Sorge. Um nicht unhöflich zu erscheinen, lächelte sie. »Danke, das ist sehr liebenswürdig von Ihnen, aber ich schaffe das schon. Die Kleine ist nicht schwer.«
»Nicht schwer? Verzeihn Se, Gnädigste, aber Ihnen steht der Schweiß doch schon uff der Stirne. Und das Mädchen muss ins Bette, würde ick sagen, die hat Fieber, wenn Se mir fragen. Wo wohnen Se denn? Is det noch weit von hier?«
Ohne zu antworten, hob Luise den Blick und musterte eilig Tonys Gesicht. Das Mädchen sah unwohl aus, das stimmte wirklich. Antonie wirkte blass und verstört, aber die Gesichtsfarbe war es nicht allein, die Luise Sorgen machte. Ihre Augen glänzten, sie hatten diesen seltsam unirdischen Schimmer, den ein hohes Fieber bei kleinen Kindern verursacht. Antonies Anblick erinnerte Luise an Ingeborgs letzte schwere Krankheit, an das entsetzliche Lungenfieber, das ihre Tochter mit vierzehn Jahren gehabt hatte. Es hatte genauso begonnen, mit einem blassen, fiebrigen Kind, das nur noch geweint hatte. Luise schluckte. Sie fühlte, dass ihre Hände zitterten und sie augenblicklich keinen vernünftigen Gedanken mehr fassen konnte.
»Wo ist denn der Herr Jemahl, wenn ick fragen darf? Hamse den im Jewühl verloren, wa?« Der Unbekannte im grauen Mantel neben ihr schaute sich um, als könnte er tatsächlich erwarten, Luises bessere Hälfte hier in dem Durcheinander irgendwo zu entdecken.
»Mein Mann? Ich habe keinen mehr. Ich bin Witwe.« Luise hörte ihre eigene Stimme und bemerkte im gleichen Moment, dass sie Unsinn redete. Was tat denn ihr Familienstand zur Sache, jetzt, wo die Kleine in ihren Armen fieberte? In ihrem Alter hatte man offensichtlich kein kleines Kind mehr, da spielten ihre Familienverhältnisse keine Rolle.
»Der verdammte Krieg, was? Na, dann lassen Se mir man machen. Wo wohnen Se denn, Gnädigste, wenn ick fragen darf?«

»Petristraße. Wir müssen in die Petristraße.«
»Denn man nix wie hin. Auf ins Jefecht, wie die Gardeleutnants immer zu sagen pflegen.« Der Fremde neben Luise lächelte aufmunternd. Zögernd erwiderte Luise sein Lächeln. Vielleicht konnte dieses Berliner Urgestein ihr tatsächlich helfen. Der Mann beugte sich vor, breitete beide Arme aus und stieß sie gleich darauf wieder von sich. Es sah aus, als wollte er sich durch die Menge hindurchschaufeln. Seine Stimme erklang voll und wohltönend. »Platz da, Jenossen, wir haben einen Notfall, macht Platz für Muttern und Kind!« Der Fremde wandte sich nach rechts und schob seitwärts davon. Im ersten Moment sah Luise ihm nur zu. Zweifelnd beobachtete sie, wie er sich abmühte, um ihr einen Weg durch die sie umgebende Menschenmasse zu bahnen. Ängstlich drückte sie das Kind an sich. Wie heiß Tony war! Ihre Haut schien zu glühen. Der Kopf der Kleinen war nach vorne gerutscht, das Mädchen war an ihrer Schulter eingeschlafen.
»Platz da, Jenossen, habt ein Herz für Mutter und Kind, wir müssen hier durch, Platz da, bitte!« Der Unbekannte schob, und Luise schloss sich ihm an. Langsam, Schritt für Schritt, rückten sie vorwärts, Zentimeter um Zentimeter ging es im Gänsemarsch weiter. Immer wieder erklang der Ruf ihres Begleiters, immer wieder appellierte der Unbekannte an das Herz seiner Mitmenschen, die auch tatsächlich ein Stück beiseite rückten und nach und nach eine Gasse bildeten. Sie bahnten sich zu dritt einen Weg, schrittweise kamen sie dem Brandenburger Tor immer näher. Obwohl Luises das Gefühl hatte, unter Antonies Gewicht jeden Augenblick zu stolpern und zu fallen, spürte sie doch eine gewisse Erleichterung. Sie würde es schaffen, hier herauszukommen, sie würde die Petristraße erreichen und bei Hedwig in Sicherheit sein. Dort würde sie das Fieber der Kleinen auskurieren und dann in aller Ruhe deren Vater suchen. Alles würde sich finden, die Dinge würden sich fügen.

Luise drückte ihre Lippen auf die schweißnasse Stirn der Kleinen. Arme kleine Tony. Plötzlich fiel ihr ein, was das verschollene Fräulein Bromberg im Zug über den Tod von Antonies Mutter gesagt hatte. Die spanische Grippe, Tonys Mutter war an der spanischen Grippe gestorben. Luise erschrak. Diese Krankheit war gefährlich und grausam, es gab so gut wie kein Entkommen, wenn sie zuschlug. Sie schluckte. Hatte Antonie sich etwa bei ihrer Mutter angesteckt? Luise spürte, wie sich ihr Herzschlag abrupt beschleunigte. Bestand eine echte Gefahr, oder war das Kind einfach nur übermüdet und erschöpft?

Der Fremde vor Luise schritt weiter aus, unermüdlich bahnte er ihr den Weg. Luise folgte ihm, aber sie war verunsichert. Durfte sie Hedwig überhaupt aufsuchen, jetzt, da sie das vielleicht sterbenskranke Kind bei sich hatte? Sie seufzte. Warum nur wurde diese ganze Reise zu einer solchen Tortur für sie? Wie sollte das bloß alles weitergehen?

»Lisa!«

Ingeborgs Stimme hallte durch das leere Haus, aber ihr Ruf verhallte anscheinend ungehört. Vermutlich war das Mädchen mal wieder nicht da. Immer öfter trieb sie sich mit Morten Petersen herum, dem Jungknecht vom Hof Ehlers nebenan. Morten war einer der wenigen Männer, die man weder zur Inselwache, die auf der Insel Küstenschutz betrieb, noch zur Front eingezogen hatte. Morten hinkte nämlich, sein rechtes Bein war kürzer als das linke. Lisa störte das nicht, sie schwärmte heftig für ihn. Seit ein paar Wochen trieb sie sich ständig mit ihm herum – wo Morten war, war Lisa nicht weit. Offenbar hielt sie es für höchste Zeit, sich an einen Mann zu binden, schließlich war sie in diesem Sommer dreiundzwanzig geworden. Weil der Krieg fast alle heiratsfähigen Männer in ihrem Alter in die Schützengräben schickte, machte Lisa sich Sorgen – sie befürchtete, als alte Jungfer zu enden. Ein spätes Mädchen wollte sie nicht werden, das hatte sie mehrfach lautstark verkündet. Dann lieber den Jungknecht Morten zum Ehemann nehmen, der zwar nicht wohlhabend und auch nicht gut aussehend war, bei dem es sich aber zweifellos um einen richtigen Mann handelte.

Ingeborg hängte ihren Mantel an den Haken und blickte sich um. Wie es hier in der Diele wieder ausschaute! Es war nicht zu übersehen, dass Lisa ihre Pflichten vernachlässigte. Ingeborg bückte sich nach einem Holzbecher, der auf dem Fußboden lag. Seufzend griff sie nach ihrem Taschentuch, um einen Fleck von den Dielenbrettern zu reiben, den die aus dem Becher gelaufene Flüssigkeit auf dem Holz hinterlassen hatte. Dass das hiesige Reichswehrkommando ausgerechnet ihr Friesencafé zum Unteroffizierskasino gemacht hatte, störte sie sehr. Zu verdienen war kaum etwas an den Militärs, dafür waren die Verpflegungssätze der Armee viel zu niedrig. Außerdem legten die Herren Offiziere jetzt gegen Ende des Krieges auf gutes Benehmen nicht mehr viel Wert. Nichts half gegen ihren zunehmenden Vandalismus. Hölzerne Becher hatte Ingeborg ausgeben lassen, weil ihr die Militärs bei ihren nächtlichen Gelagen schon so viele ihrer guten Gläser zerschlagen hatten. Bestecke waren verschwunden, die Tapeten in der Gaststube hatten Flecken. Wenn der Krieg endlich zu Ende war, würde sie eine neue Einrichtung für das Café kaufen müssen – es fragte sich nur, wovon. Die Summen, die als Entschädigung an Zivilisten bezahlt wurden, waren lächerlich.

Kopfschüttelnd richtete Ingeborg sich auf. Gut, dass ihre Schwiegermutter dieses Durcheinander hier nicht mit ansehen musste. Hanna hatte das Friesencafé in den Jahren vor dem Krieg mit so viel Elan aufgebaut. Sie wäre entsetzt gewesen, wenn sie mitbekommen hätte, wie viel unter diesem Dach mittlerweile schon zu Bruch gegangen war. Es verging kaum ein Tag, an dem Ingeborg nicht neue Schäden am oder im Haus zu beklagen hatte. Sie beugte sich vor und wischte noch

einmal über den hartnäckigen Fleck, den die Lache auf dem Holzfußboden hinterlassen hatte. In was für Zeiten lebten sie bloß? Dass der Krieg nun angeblich zu Ende sein sollte, dass der Kaiser abgedankt hatte, dass man in Berlin bereit war, ein Waffenstillstandsabkommen zu schließen, und sich die ersten Truppen schon auf dem Rückweg in die Heimat befanden – das waren gute Nachrichten, aber noch herrschte ein Krieg, den keiner mehr wollte. Es reichte, die Bevölkerung hatte genug gelitten, das Maß war voll.
Ingeborg warf einen Blick in ihre gute Stube. Auch dort sah es schlimm aus. Umgekippte Stühle und schmutziges Geschirr lagen herum, die Luft war erfüllt vom Dunst kalter Zigaretten. Kopfschüttelnd wandte sie sich ab und wollte sich gerade auf den Weg in die Küche machen, als sie ein seltsam scharrendes Geräusch aus dem hinteren Teil des Hauses hörte. Ingeborg blieb stehen und lauschte. Das Geräusch wiederholte sich, es kam aus Richtung der Ställe. Langsam wanderte ihr Blick zu der zweiteiligen Holztür hinüber, hinter der die Ställe lagen. Seitdem ihre Schwiegermutter begonnen hatte Gäste im Haus zu bewirten, wurde unter diesem Dach nur noch Geflügel gehalten. Die Kühe hatte Hanna verkauft, an deren Gestank hatten sich zu viele Gäste gestört. Zwei Pferde, Hühner und Gänse besaß Ingeborg allerdings noch ein paar, auch wenn der Krieg ihre Zahl stark verringert hatte, weil Futter für das Federvieh immer schwerer zu bekommen war.
Ingeborg ging zu einer schmalen, in die Wand eingelassenen Holztür neben der Küche und öffnete sie so leise wie möglich. Es wäre nicht das erste Mal gewesen, dass ein Hühnerdieb versuchte, ihr das Geflügel zu stehlen. Letztes Jahr in einer stürmischen Herbstnacht hatte sie schon einmal einen dieser Strolche mit der Flinte im Anschlag quer über den Hof gejagt. Leider hatte ihn die Ladung Schrot, die sie ihm hinterhergeschickt hatte, verfehlt. Dieses Mal würde sie besser zielen. Ingeborg nahm das Gewehr von der Wand neben der Tür, das

Nicolai noch für sie besorgt hatte. Die Waffe funktionierte, Ingeborg putzte und ölte sie regelmäßig. Im Dorf wussten alle, dass dieses Haus nur von Frauen bewohnt wurde. Es schien Ingeborg ratsam, auf der Hut zu sein – der Hunger konnte so manchen Nachbarn auf dumme Ideen bringen.
Ingeborg blieb auf der Schwelle zum Stall stehen und lauschte. Da war es wieder, das verdächtige Geräusch – ein Scharren, gefolgt von einem Rascheln. Mit dem Gewehr unter dem Arm, entriegelte Ingeborg vorsichtig die angrenzende Stalltür. Ihr Herz klopfte laut, sie fürchtete sich, aber sie würde nicht kneifen. Jede noch so magere Henne, die man ihr klaute, fehlte auf dem ohnehin schon eintönigen Speiseplan. Ihr war in den letzten Jahren schon vieles abhanden gekommen, ihr Federvieh würde sie bis zum Letzten verteidigen. Es durfte sich in Kampen ruhig herumsprechen, dass sie nicht feige war, wenn es darum ging, ihr Eigentum zu schützen.
Ingeborg blieb stehen und spähte in das angrenzende Dunkel. Kalter Stallgeruch schlug ihr entgegen. Es war später Nachmittag, draußen dämmerte es. Eine Kerze wäre jetzt nützlich gewesen, aber wenn sie noch einmal zurückschlich, um Licht zu holen, war bei ihrer Rückkehr der Dieb über alle Berge. Im Gang vor ihr herrschte tiefe Finsternis. Nur durch den Spalt der Hoftür am anderen Ende drang ein schmaler Streifen des restlichen Tageslichtes.
Ingeborg drückte das Gewehr fester an sich. Ihr war kalt, ihre Hände waren feucht vor Aufregung, und doch war sie fest entschlossen, nicht wegzulaufen, sondern die Sache hier durchzustehen. Blieb nur zu hoffen, dass der vermeintliche Dieb nicht auch bewaffnet war. Was sollte sie tun, wenn er ebenfalls ein Gewehr dabeihatte und womöglich zurückschoss?
Ingeborg schluckte, zögerte einen Moment, aber dann richtete sie sich auf und ging weiter. Wieder raschelte es irgendwo – das Geräusch kam aus der Ecke, in der die Strohballen aufbewahrt wurden. Ingeborg stutzte. Ein Dieb, der sich an

ihrem Stroh vergriff? Was für ein Dummkopf war das denn? Langsam schlich sie sich näher heran. In diesem Augenblick erklang ein leises Lachen. Ingeborg packte ihr Gewehr und richtete es auf gut Glück mitten in die Dunkelheit.
»Raus da! Stehen Sie auf, und zeigen Sie sich, oder ich schieße!«
Ingeborgs Stimme verhallte im Stall. Nur ein paar Hühner gackerten, sonst blieb es still.
»Ich weiß, dass Sie da sind! Kommen Sie raus, oder ich schieße! Das ist meine letzte Warnung.« Ingeborg legte den Finger um den Abzug ihrer Flinte, bis der ein leises Klicken von sich gab. Sie wollte abdrücken, als plötzlich ein Rascheln zu hören war.
»Nicht schießen, Frau Boysen. Ich bin es bloß, Morten Petersen. Legen Sie bitte die Waffe weg. Lisa ist bei mir. Wir kommen raus.«
»Morten? Du bist das?« Ingeborg kniff die Augen zusammen und starrte in das konturlose Dunkel, aus dem sich in diesem Moment zwei Gestalten lösten, die langsam auf sie zukamen. Lisa erkannte sie zuerst. Das Mädchen trug ihr geblümtes Kattunkleid, das sie sonst nur sonntags und zum Kirchgang anhatte. Ihr Kopftuch war von Strohhalmen bedeckt. Verschämt senkte Lisa den Blick. Morten Petersen hielt sich dicht neben ihr. Er war in Holzschuhen und trug dazu ein Paar Hosen, deren Hosenbeine zu lang waren, so dass ihr Saum auf dem Boden schleifte. Morten hoffte wahrscheinlich, auf diese Weise seine Behinderung verbergen zu können, aber sein rechtes Bein war so viel kürzer als das linke, dass der Unterschied kaum zu übersehen war. Morten wirkte bei allem, was er tat, linkisch. Während er die wollene Mütze vom Kopf zog, trat er mit einem großen, eckig wirkenden Schritt auf Ingeborg zu.
»Verzeihen Sie, Frau Boysen. Wir wollten Ihnen nichts klauen, falls Sie das gedacht haben. Wir wollten bloß …« Er warf Lisa einen hilfesuchenden Blick zu, aber die blieb stumm. Stur

hielt sie den Kopf gesenkt, regungslos starrte sie auf den von Stroh bedeckten Lehmboden.
Morten lächelte unsicher. »Wir beide wollten uns nur bei Ihnen im Stall aufwärmen.«
»Aufwärmen? Aha. Ja, so kann man es natürlich auch nennen, Morten.« Ingeborg ließ ihr Gewehr sinken. »Ihr habt mir einen höllischen Schreck eingejagt, wisst ihr das? Ich dachte, ich hätte es mit einem Hühnerdieb zu tun, genau wie letztes Jahr. Schließlich wird dieser Tage alles geklaut, was nicht niet- und nagelfest ist.«
» Tut mir Leid, Frau Boysen. Ich sagte ja schon, es steckte keine böse Absicht dahinter.« Morten schaute sie an, und in seinen großen Augen lag ein flehender Ausdruck. »Ich wäre Ihnen dankbar, wenn Sie mit niemandem darüber reden würden. Wir hatten nichts Unredliches vor, wirklich nicht.«
»Hühner wolltet ihr jedenfalls nicht klauen, das glaube ich dir, Morten.« Ingeborg verkniff sich mit Mühe das Lächeln, das ihr auf den Lippen lag. Sie hätte allen Grund gehabt, streng mit dem Pärchen zu sein, das sich unter ihrem Dach zu einem Schäferstündchen getroffen hatte. Schließlich stand Lisa in ihren Diensten und wurde nicht dafür bezahlt, dass sie sich mit jungen Männern im Stall herumtrieb. Lisa war zwar nicht mehr minderjährig, aber die moralischen Aspekte dieser Angelegenheit waren nicht ohne. Ingeborg durfte nicht in den Ruf kommen, die außerehelichen Liebschaften ihres Dienstmädchens zu dulden oder zu unterstützen.
Morten schien ihre Zweifel zu spüren. Er machte noch einen Schritt nach vorn und knetete dabei die Wollmütze zwischen den Händen. »Wir wollten nicht … ich meine, wir wollten uns bloß ein bisschen aufwärmen, Frau Boysen, das ist die Wahrheit. Draußen herrscht Frost und …«
»Schon gut, Morten.« Ingeborg setzte das Gewehr ab. »Ich will darüber nichts weiter wissen. Es geht mich nichts an, was du mit Lisa treibst, verstehst du?«

»Danke, Frau Boysen.« Morten strahlte, aber so leicht wollte Ingeborg es ihm nun auch wieder nicht machen. Sicher, alle Menschen waren Sünder – wenn es einen auf Anhieb zutreffenden Satz in der Bibel gab, dann bestimmt den. Sie nahm sich selbst davon nicht aus. Hatte sie nicht gerade heute Mittag eine herrliche Stunde in Westerland verbracht, und das mit einem Mann, der nicht der ihre war? Zusammen mit Johannes Lehmann war sie vom Strand weg und in den Ort hineingewandert, bis sie sich im Café Orth eine Tasse heißen Tee gegönnt hatten. Wunderbar war es gewesen, endlich mal wieder in Gesellschaft eines jungen, attraktiven Mannes zu sein, der sie bewunderte und ihr das auch zeigte. Ingeborg hatte jede Minute der Unterhaltung mit Johannes genossen – obwohl sie eine verheiratete Frau war, die sich solche Eskapaden eigentlich nicht leisten durfte.

Ingeborg musterte zuerst Morten, dann Lisa, die beide versuchten ihrem Blick auszuweichen. Schließlich war es Morten Petersen, der als Erster die Sprache wiederfand. »Ja, ich werd dann mal rübergehen. Die warten bestimmt schon auf mich.«

Er setzte seine Mütze auf und machte Anstalten zu gehen, doch Ingeborg legte ihm eine Hand auf die Schulter und hielt ihn zurück. »Warte mal, ich bin noch nicht ganz fertig, Morten. Wenn ich gesagt habe, dass mich die Sache mit euch beiden nichts angeht, dann deshalb, weil ich gehört habe, dass du ernste Absichten hast. Wenn du dich mit Lisa verloben willst, dann hast du meinen Segen. Du meinst es doch ernst mit ihr, oder?« Ingeborg beugte sich ein wenig vor, um Morten ins Gesicht sehen zu können. Sie nickte ihm zu. »Wenn du ehrliche Absichten hast, will ich eurem Glück nicht im Weg stehen. Wenn das jedoch nicht so ist, dann fordere ich dich auf, nicht mehr herzukommen. Eine Liebelei kann ich unter meinem Dach nicht dulden. Du weißt, wie die Leute im Dorf darüber denken. Entweder du kommst wieder und freist um Lisa, oder du lässt dich hier nicht mehr sehen. Haben wir uns verstanden?«

»Ja, das haben wir.« Morten nickte, seine Miene wirkte undurchdringlich. »Ich werde es mir überlegen, Frau Boysen.«

»Gut. Tu das, überlege es dir. Einen schönen Abend.« Ingeborg ließ Morten los und deutete auf die hintere Stalltür. Der Knecht ging, marschierte davon, ohne sich noch einmal umzudrehen. Mit einem leisen Krachen fiel die Stalltür hinter ihm ins Schloss. Ingeborg wandte sich ab, bemerkte aber trotzdem, dass Lisa sie schweigend musterte. Ihr Blick wirkte finster. Vermutlich fürchtete sie, dass Ingeborg ihren Verehrer mit dem Ultimatum, das sie ihm eben gestellt hatte, vertrieben hatte. Doch was half es dem Mädchen, wenn Ingeborg ihre Abenteuer ignorierte? Falls Morten Lisa tatsächlich heiratete, war das nur zu ihrem Besten. Alles andere würde früher oder später mit einer dieser bekannten Katastrophen enden, die nur Schimpf und Schande über eine junge Frau brachten – das war bitter, aber nicht zu ändern.

Ingeborg warf noch einen letzten Blick auf ihre kostbaren Hühner, die in ihrem Verschlag hockten und dort der bevorstehenden Nacht entgegendämmerten. Sie verriegelte die Hintertür des Stalles. Schweigend sah sie zu, wie Lisa mit hängenden Schultern ins Haus zurückging. Ja, so war das eben. Das Leben teilte seine Lektionen aus und fragte nicht, ob man sie haben wollte – das musste auch eine so einfache Seele wie Lisa lernen.

»Und was ist der hier für einer?«

»Einer von der Infanterie – glatter Lungendurchschuss links, kam vor einer Stunde rein. Lass ihn einfach liegen, bei dem ist sowieso nichts mehr zu machen. Komm mit, wir haben da hinten genug Arbeit.«

Stimmen, die kamen und gingen. Graue Zeltbahnen, die sich im Herbstwind bewegten. Holzplanken, die unter fremden

Schritten knarrten, und das bei Tag und bei Nacht. Immer waren hier Geräusche, ein Stöhnen und Raunen, Gejammer und vereinzelt auch Schreie. Menschliche Schreie, ausgestoßen in Todesangst, markerschütternd und entsetzlich. Wo war er hier eigentlich? War er bei seinen Leuten oder im Feindesland? Er musste bei den Seinen sein, sie sprachen Deutsch. Oder taten sie das etwa nicht? Er hatte ja auch Französisch in den letzten Monaten gelernt. So leidlich jedenfalls. Oder hatte er nur vorgehabt, es zu lernen? Er besaß keine Erinnerung mehr daran, sein Gedächtnis glich einer leeren Fläche, glatt und unbewegt. Einer von der Infanterie war vorhin angekommen, hatte die Männerstimme neben seinem Bett gesagt ... Wer war damit gemeint? Er warf einen kurzen Blick nach rechts. Dort lag auf dem Drahtgestell der Lungendurchschuss und röchelte vor sich hin. Blut klebte an seinem Gesicht, hellrotes Blut. War der Junge gemeint gewesen mit dem abfälligen »bei dem ist sowieso nichts mehr zu machen«?
Die beiden Männer in Weiß waren noch da. In Sicht- und Rufweite unterhielten sie sich miteinander. Er betastete vorsichtig den eigenen Körper und fand nichts Auffälliges, wusste aber immer noch nicht, seit wann er hier war und warum. Mechanisch griffen seine Hände nach der Bettwäsche. Er umklammerte sein Bettzeug und krallte dabei die Finger in das Laken aus lauter Angst, der weiche weiße Stoff könnte ihm weggenommen werden. Die beiden Pfleger da drüben, die sich miteinander berieten, waren gefährlich. Dies war nämlich ein Ort, an dem sie den Sterbenden das Bettzeug unter dem Hintern wegrissen, das hatte er selbst mehr als einmal gesehen.
Erschöpft sank er zurück. Träumte er das alles nur? Vielleicht träumte er, jedenfalls fühlte er sich matt, sein Kopf war leer und watteweich, der Rest kam ihm fiebrig vor. Aber wenn er nicht hierher gehörte, wohin gehörte er dann? Mühsam kramte er in seinem Gedächtnis nach Spuren, verzweifelt versuchte er seinem namenlosen Ich eine Heimat zu geben, die ihm passend

erschien, doch inmitten des hämmernden Schmerzes in seinem Kopf ließ sich kein einziger klarer Gedanke fassen, der ihn weiterbrachte. Aus der Ferne kam Donnergrollen. Kein Gewitter, nein, das war die Artillerie der Franzmänner, die mitten in die deutschen Linien hielt – manchmal auf gut Glück, manchmal nach den Anweisungen ihrer Beobachter, die zur Erkundung des Nachts durch die von Granaten aufgerissenen Erdschollen robbten.

Ein paar Sekunden war draußen Ruhe, dann flatterte eine Frau in Weiß vorbei und warf ihm im Vorübergehen einen kurzen Blick zu. Sie trug blutige Mullbinden in einer Nierenschale weg. Die Frau hatte er schon gesehen, sie lief den ganzen Tag zwischen den Liegen hin und her. Wenn sein Kopf nicht so schwer wäre, könnte er besser nachdenken, aber der Geruch in diesem Zelt machte einen benommen – dieser ewige Gestank nach Urin, Schweiß, Blut und Karbol. Urin und Schweiß waren nicht so schlimm, nach Urin und Schweiß stank alles beim Militär, doch das Blut, dieser süßlich schwere Blutgeruch, mit Fäulnis gepaart, das war Ekel erregend.

Noch einmal raffte er sich auf. Er stützte sich auf den rechten Ellbogen. Misstrauisch blinzelte er zu den beiden Pflegern hinüber, die noch immer in der Nähe seiner Liege herumstanden. Jetzt zogen sie ab. Sie wirkten müde. Mit hängenden Schultern schlurften sie zur anderen Seite des Zeltes, wo sie wieder eine Liege frei machen wollten – für den Nächsten, der hereinkam.

Er hob den Kopf und schaute den unbekannten Männern hinterher, um sicher zu sein, dass sie auch wirklich gingen. Vorsicht war die Mutter der Porzellankiste. Man wusste nie, was diese Grobiane als Nächstes planten. Mit eigenen Augen hatte er gesehen, wie sie einen, der noch lebte, in die Zeltbahn geworfen und rausgeschleppt hatten, als wäre er schon tot. Mit ihm würden sie das nicht machen, mit ihm nicht. Er hatte noch Kraft, er würde schreien und um sich schlagen, damit er keine Minute zu früh in die Grube kam. Aber wenn er noch

Kraft hatte, warum war er dann überhaupt in diesem Zelt zwischen all den röchelnden, stinkenden und jammernden Gestalten, die mit gelb und bläulich umschatteten Gesichtern hier lagen und darauf warteten, abtreten zu müssen?
Er sackte zurück, sein Kopf fiel auf das mit Stroh gefüllte Kissen. Im Schützengraben hatten sie zusammen gelegen, sein ganzer Trupp. Rundherum war nichts als Finsternis gewesen, schwarze, geschundene Erde und eine modrige Feuchtigkeit, die aus den Granatentrichtern aufstieg. In Frankreich roch die Erde immer feucht und modrig, dieser Geruch hatte sich tief in seine Vorstellung eingegraben. »Schanzarbeiten einstellen«, das war der letzte Befehl gewesen, an den er sich erinnern konnte – und dann, im nächsten Moment, ein Aufschrei. »Runter, Männer, Gas!« Erich Langkemper war es gewesen, der das gebrüllt hatte, der kleine Erich mit den rotblonden Haaren, der auf der Mundharmonika spielen konnte wie kein Zweiter. Ob Erich noch lebte? Aus Husum war er gewesen, ein halber Knabe noch, gerade zwanzig Jahre alt. Nur für das Notabitur hatte die Zeit gereicht, dabei hatte er Musiklehrer werden wollen. Sie hatten sich gleich gut verstanden, schon in der Kaserne waren sie Freunde geworden, wahrscheinlich weil sie beide aus dem Norden kamen. Erich Langkemper hatte erzählt, er sei einmal auf Sylt gewesen. In Keitum hatte er im Sommer 1912 zwei ganze Wochen lang mit seinen Eltern gewohnt. Ein netter Kerl war der Langkemper, und schlau – kein Wunder, sein Vater war Studienrat und Erich dessen einziger Sohn.
»Runter, Männer, Gas!«
Erichs Stimme war wieder da, er sah noch einmal seinen strubbeligen rötlichen Schopf, den Helm, die Gasmaske, die er sich eilig überstülpte. Dann kamen auch schon die weißen Schwaden. Das Gift kroch über jedes Hindernis, das gelblich schimmernde Chlor war schwerer als Luft, es fiel in jede Bodensenke. Das Gas verbreitete sich so gründlich, dass es ohne die

Maske kein Atemholen mehr gab. Das allerdings war auch unter der Maske schwierig genug, heiß und stickig, wie es darin war, die beiden Augengläser ständig beschlagen vom eigenem Atem. Lange aushalten konnte man das nicht, aber wer sich die Maske zu früh abnahm, der verbrannte sich die Lungen an dem tödlichen Gift.
Erich Langkemper aus Husum hatte ihm mit seiner Warnung das Leben gerettet. Er selbst hätte das Gift nicht bemerkt. Er war damit beschäftigt gewesen, einen Rekruten festzuhalten, der den Koller gehabt und hinausgewollt hatte – mitten in der Schlacht hinein in die feindlichen Linien.
Er reckte sich noch einmal und blickte sich um. Ob hier irgendwo Kameraden aus seiner Truppe waren? Er drehte sich, sah jetzt aber nur noch den Lungendurchschuss im Bett daneben, der zunehmend unruhiger wirkte und in einem fort um Wasser bettelte, aber nichts zu trinken bekam. Natürlich hätte er nach einem der Pfleger rufen können, denn zu trinken bekamen sie hier doch normalerweise, jedenfalls so weit er sich erinnern konnte. Gestern hatte es einen dünnen Tee und Eintopf mit Graupen gegeben. Gestern? Oder war das noch im Schützengraben gewesen, seine letzte Mahlzeit, bevor er verwundet worden war? Vorgestern Nacht war die Feldküche einmal nahe genug herangekommen, weil die Franzmänner aus irgendeinem Grund eine Pause im Beschuss eingelegt hatten. Dann kam der Gasangriff und danach die Verletzung, Endstation Feldlazarett – eine Kugel hatte ihn getroffen, hatte sie doch, oder? Weshalb lag er sonst hier? Er spürte, wie seine Stirn sich krauste, so heftig dachte er nach, aber die große Anstrengung blieb ohne Ergebnis.
»Und seien Sie sparsam mit dem Verbandszeug, wir haben nicht genug davon. Opiate und Morphin werden nur auf ausdrückliche Anweisung des Arztes verabreicht, sonst nicht.«
Er hob den Kopf und blinzelte. Zwei Unbekannte standen jetzt am Fußende seiner Matratze. Ach so, Krankenschwestern wa-

ren das. Meistens hatte man es hier mit Pflegern zu tun, aber es gab auch ein paar Krankenschwestern, leider nur wenige.

»Das müsste, wie ich von einem seiner Kameraden gehört habe, Nicolai Boysen sein, Pionier der vierten Kompanie«, sagte eine fremde Stimme. Es klang ganz sachlich und auf eine ihn erschreckende Weise harmlos. Der Name Boysen war ihm irgendwie vertraut, obwohl er nicht hätte sagen können, woher er ihn kannte. Nicolai Boysen – ein guter Name, so hätte er heißen mögen, es klang nach einem angenehmen Zeitgenossen. Aber angenehm, was hieß hier schon angenehm? Im Krieg war alles gefährlich – Namen, Krankenschwestern und das Lazarett sowieso. Hier starben sie wie die Fliegen. Sogar das Atmen war gefährlich, das wusste er aus Erfahrung.

»Schussverletzung am linken Schulterblatt, ein Granatsplitter steckt oben rechts. Eine zweite Operation ist vorgesehen, sobald der Patient sich erholt hat und das Fieber gesunken ist. Passen Sie auf ihn auf, er ist zeitweise verwirrt und ohne Orientierung. Er darf nicht aufstehen.«

Die Stimme verstummte, stattdessen war da plötzlich ein Gesicht über ihm. Ein junges und sanftes Gesicht, das Gesicht einer Frau, die ihn anlächelte.

»Ingeborg?«, fragte er leise. Der Mund über ihm verzog sich zu einem neuen Lächeln. Die Unbekannte schien auf seine Frage antworten zu wollen, aber ihre Antwort entging ihm. Er hörte nichts mehr, und gleich darauf wurde es um ihn herum dunkel. Das Schweigen nahm ihn auf und trug ihn hinüber in eine Welt, in der es keine Namen gab – keine Namen und auch keine Schwerverwundeten, keine Granaten und Gasangriffe, sondern nur noch Träume.

# Kapitel 3

Luise sass am Fußende neben der Chaiselongue, die Hedwig in ihrer grenzenlosen Güte der kleinen Antonie als Krankenlager zur Verfügung gestellt hatte. Sie spürte eine Wut in sich, die sie nur mühsam unterdrückte. Es war doch ein Ding der Unmöglichkeit, ein hilfloses, fieberndes Kind auf dieses unbequeme Sofa zu legen, auf dem der kleine Körper keinen Halt fand, wenn er im Schlaf ins Rutschen geriet. Aus Protest gegen Hedwigs hartherzige Entscheidung, Tony im Wohnzimmer einzuquartieren, hatte Luise beschlossen, die Nacht gleichfalls hier zu verbringen. In einem Sessel sitzend, würde sie den Schlaf der kleinen Antonie bewachen.
Luise griff nach der Schüssel mit kaltem Wasser, die neben dem Sofa auf dem Tisch stand. Mit geübtem Handgriff fischte sie zwei Leinentücher heraus und wrang sie aus, bevor sie den nassen Stoff gleichmäßig um Tonys Waden wickelte. Im Nachbarzimmer waren Geräusche zu hören – nebenan rumorte Hedwig. Sie lief hinter der dünnen Schiebetür mit den Glaseinsätzen auf und ab, aber Luise ignorierte ihren Lärm absichtlich. Hedwig wurschtelte seit mindestens einer Stunde nebenan herum. Luise hatte sie gebeten, einen Arzt für Tony zu holen. Zunächst hatte Hedwig das auch versprochen, aber dann hatte sie plötzlich verkündet, dass sich ihrer Meinung nach heute bestimmt kein Arzt finden würde, der an einem Tag wie diesem bereit sei, Hausbesuche zu machen. Die Revolution, glaubte Hedwig, zwinge sie selbst zur äußersten Vorsicht und lasse ihr geraten sein, im Moment nicht aus dem Haus zu gehen. Seitdem sie diese Feststellung getroffen hatte, lief Hedwig drüben im Esszimmer auf und ab, fünf Schritte hin und fünf Schritte wieder zurück. Vermutlich war sie insgeheim beleidigt, weil Luise ein wildfremdes und noch dazu krankes Kind mitgebracht hatte und sich um dieses kleine Mädchen

mehr kümmerte als um ihre eigene Kusine. Schon bei Luises Eintreffen vor einer Stunde hatte Hedwig einen eher konfusen Eindruck gemacht. Angeblich hatte sie heute nach Potsdam ins Neue Palais zur Kaiserin fahren wollen, aber das war ihr natürlich nicht gelungen. Die Revolution in den Straßen Berlins hatte es verhindert. In dem Durcheinander in der Stadt hatte sich kein Chauffeur gefunden, der bereit gewesen wäre, Hedwig bis nach Potsdam zu kutschieren. Luise fand es nur vernünftig, eine so lange Fahrt heute gar nicht erst anzutreten. Schließlich kam es jetzt, da der Tag beinahe zu Ende war, auch nicht mehr darauf an, dass ausgerechnet Hedwig bis zur Kaiserin vorstieß. So wie Luise die Lage einschätzte, hatte die Frau im Moment genug andere Sorgen. Wahrscheinlich hatte Ihre Majestät in dem ganzen Durcheinander noch nicht einmal geruht, die Abwesenheit einer ihrer Hofdamen wirklich zu bemerken. Was das betraf, war Hedwig natürlich anderer Ansicht. Seit Luises Ankunft jammerte sie herum, weil sie in Kaiserin Dohnas schwerster Stunde nicht bei der Gnädigen sein durfte. Und schuld daran war nach Hedwigs Ansicht der Hofarzt, der sie einer Bronchitis wegen vor ein paar Tagen nach Hause geschickt und sie damit quasi vom Hof verbannt hatte. Nun saß sie hier in der Petristraße fest und kam der Straßenunruhen wegen nicht zurück ins Neue Palais. Luise schüttelte stumm den Kopf. Hedwigs Sorgen hätte sie haben mögen. Sie beugte sich vor und legte Tony eine Hand auf die Stirn. Das Kind fieberte noch immer, aber es schien, als wäre die Temperatur zumindest etwas zurückgegangen. Die kleine Patientin schlief jetzt tief, was sicherlich ein gutes Zeichen war. Bevor Tony eingeschlafen war, hatte Luise ihr noch ein bisschen warme Milch und ein paar Löffel von der Brühe eintrichtern können, die Hedwig auf dem Herd gehabt hatte. Echte Bouillon mit Möhren und Kartoffeln hatte es bei Hedwig gegeben, eine Delikatesse im Vergleich zu dem, was dieser Tage bei den meisten Leuten in den Kochtopf wanderte. Zu

Hause in Glücksburg aß Luise seit Wochen nichts anderes mehr als Graupen und trocken Brot – und Hedwig hatte Bouillon, Weißbrot und Apfelmus in ihrer Speisekammer. Zumindest was das Essen anging, war sie immerhin so großzügig gewesen, freiwillig etwas von ihrer Suppe abzugeben.
Luise drehte sich um. Die Schiebetüren hinter ihr hatten sich mit einem Ruck geöffnet. Hedwig stand in Hut und Mantel im Durchgang und betrachtete von dort aus die schlafende Tony. Langsam kam sie näher. Die Pelerine ihres Mantels rauschte leise, während sie sich über den Körper des Kindes beugte.
»Glaubst du, ich muss immer noch einen Arzt holen? Die Kleine sieht schon viel besser aus als vorhin. Ich finde, wir lassen sie heute erst einmal ausschlafen. Schlaf ist die beste Medizin, meinst du nicht?«
Luis schüttelte nur schweigend den Kopf. Hedwig versuchte sich anzubiedern, dabei war ihre Feigheit skandalös. Was verlangte Luise denn schon von ihr? Ein paar Schritte unter freiem Himmel sollte sie machen, ein paar Meter bis zum nächsten Arzt sollte sie zu Fuß laufen. Luise wusste genau, dass der nächste Doktor um die Ecke wohnte. Luise richtet sich auf ihrem Stuhl auf. »Dass Tony schläft, stimmt, aber ob das für sie die beste Medizin ist, können wir zwei wohl kaum beurteilen, oder?«
Hedwig antwortete nicht. Luise musterte sie von Kopf bis Fuß. »Ich fände es schön, Hedwig, wenn du ein bisschen entgegenkommender wärst. Die Kleine hier ist krank, und sie hat außer uns beiden niemanden, der ihr helfen kann.«
Luise wartete, aber von Hedwig kam keine Erwiderung. Sie stand da wie zur Salzsäule erstarrt und rührte sich nicht. Luise seufzte.
»Also gut, dann werde ich mich auf den Weg machen und den Arzt holen. Die Kleine fiebert und ist erschöpft. Meiner Meinung nach muss der Doktor sie sehen, und zwar so bald wie möglich.«

»Schon gut, schon gut. Das Mädchen ist dir wichtiger als ich, ich habe verstanden. Damit dieses fremde Kind gesund wird, soll ich mich in Gefahr bringen. Ich bin ja bloß ein altes Fräulein, auf das man keine Rücksicht nehmen muss.« Hedwig krauste die Stirn. Sie wirkte beleidigt. »Im Übrigen brauchst du dich nicht gleich so aufzuregen, nur weil ich es wage, deine Meinung in Frage zu stellen.« Mit spitzen Fingern zupfte sie die Rüschen der Pelerine ihres Mantels gerade. »Ich bin auch erschöpft, ob du es glaubst oder nicht. Ich bin mindestens genauso müde wie du, schließlich bin ich nicht mehr die Jüngste und habe in letzter Zeit so einiges mitgemacht. Erst hat mir meine Bronchitis zugesetzt, und dann haben mir die Ereignisse am Hof den Schlaf geraubt. Seine Majestät der Kaiser hat sich so unerwartet an die Font begeben, Ihre Majestät war tagelang ohne Nachricht von ihm …«
»Mein Gott, Hedwig!« Luise hob die Augen zur Decke. »Der Kaiser hat sich an die Front begeben, wenn ich das schon höre! Was kümmert dich das, du bist doch nicht mit ihm verheiratet, oder? Und was heißt hier, an die Front? Der Mann ist nach Spa gefahren, warm und sicher hat er sich ins Hauptquartier der Obersten Heeresleitung gehockt. Ganz bequem per Salonwagen erster Klasse ist er da hingegondelt. Außerdem, Spa ist kilometerweit von der Front entfernt.«
»Das mag schon alles sein, doch das wussten wir bei Hofe ja nicht. Allgemein hat man geglaubt, dass seine Majestät sich seinen Truppen für einen letzten, alles entscheidenden Angriff voranstellen und den Ehrentod auf dem Schlachtfeld suchen würde. Aber darüber bist du natürlich nicht unterrichtet. Wie hat die Kaiserin gezittert um ihren Gatten, nachdem sie von seiner Abreise erfahren hatte. Soweit ich weiß, hat sie ihm depeschiert …«
»Das ist doch Schnee von gestern, Hedwig. Der Kaiser hat gekniffen, der hat sich mitnichten in die Schlacht gewagt, wie du das so schön ausdrückst. Der Feigling ist nicht hoch zu Ross in

die Walhalla eingeritten. Der ist von Spa aus nach Holland gefahren und hat sich ins Exil abgesetzt. So steht es heute in allen Zeitungen. Und nun genug davon.« Luise erhob sich. »Ich werde jetzt einen Arzt für Tony holen.«
Hedwig schob die Unterlippe vor, ihr Mund zitterte. Wie ein schmollendes Kind stand sie da und warf Luise unter flatternden Augenlidern einen bösen Blick zu. »Also schön, der Kaiser ist jetzt in Holland, aber was das alles für mich bedeutet, darüber machst du dir keine Gedanken, oder? Was ist, wenn die Kaiserin es ihrem Gemahl gleichtut und auch das Land verlässt? Was ist, wenn sie ihm mit der ganzen kaiserlichen Familie ins Exil folgt?« Hedwig strich sich eine Strähne aus dem Gesicht, die sich aus dem Knoten am Hinterkopf gelöst hatte und ihr in die Augen hing. Ihr Gesicht wirkte verkniffen, sie schien trotzig und empört zugleich. »Mein ganzes Leben lang habe ich der kaiserlichen Familie gedient. Ich habe es nicht bereut, der ersten Familie des Reiches meine Zeit zu widmen. Schließlich war ich mir dafür der besonderen Wertschätzung der Kaiserin bewusst. Ich war eine der wenigen, die Ihre kaiserliche Hoheit aus ihrem Elternhaus mit nach Berlin genommen hat. Ich habe die kaiserliche Hochzeit erlebt, Luise. Bei den Geburten der Kinder war ich in Dohnas Nähe, ich habe sie auf Reisen begleitet und gesehen, wie ihre Kinder aufwuchsen. Was auch immer der Kaiserin zustieß, was auch immer sie glücklich oder unglücklich machte, ich war da, um es mit ihr zu teilen. Und jetzt, in ihrer Schicksalsstunde, sitze ich hier und kann nichts für sie tun. Himmel, grundgütiger!« Hedwig ließ den Kopf sinken. Sie begann leise zu schluchzen. »Was wird Ihre Hoheit von mir denken? Ihre Welt geht entzwei, alles bricht in Scherben, und ich bin nicht da, um ihr beizustehen!«
Luise schob den Stuhl zurück, auf dem sie bis eben gesessen hatte. Schweigend sah sie zu, wie Hedwig sich die Tränen aus den Augenwinkeln wischte. Beim Anblick ihrer Kusine schüttelte sie den Kopf. Warum war sie nur hierher gekommen? Bloß

um das Publikum für Hedwigs theatralische Auftritte abzugeben? Als sie vor ein paar Tagen Hedwigs Brief erhalten hatte, war sie überzeugt gewesen, dass ihre Kusine verzweifelt war, dass sie nicht mehr ein noch aus wusste. Hedwig war eine von diesen typischen, alten Jungfern, durch und durch umständlich. Sie lebte allein und hatte niemanden, der ihr im Ernstfall beistehen und ein paar praktische Dinge für sie regeln konnte. In ihrem Brief hatte sie das Durcheinander, das angesichts der revolutionären Unruhen bei Hofe herrschte, so anschaulich geschildert, dass Luise sich verpflichtet gefühlt hatte, ihrer Kusine zu Hilfe zu kommen. Und nun? Nun saß Luise hier in Berlin fest, durfte an Hedwigs Selbstmitleid teilhaben und hatte im Übrigen eine Menge Ärger am Hals, der sich hätte vermeiden lassen, wenn sie zu Hause geblieben wäre.

Luise sah mit einem letzten sorgenvollen Blick zu Tony, dann wandte sie sich wieder Hedwig zu. »Also gut, Hedwig. Ich weiß nicht, was Ihre kaiserliche Hoheit Auguste Viktoria mitsamt ihren Prinzen und Prinzessinnen in ihrem Palast gerade jetzt erleiden muss, aber ich weiß, dass hier neben mir ein kleines Mädchen liegt, das dringend ein fiebersenkendes Mittel braucht. Ich werde gehen und den Arzt holen. Wäre es zu viel verlangt, wenn ich dich bitte, bis zu meiner Rückkehr bei Tony zu bleiben und dafür zu sorgen, dass es ihr an nichts fehlt?«

»Du willst jetzt noch hinaus auf die Straße?« Hedwig schaute zum Fenster hinüber, hinter dem sich schemenhaft die Umrisse der gegenüberliegenden Häuser abzeichneten. »Aber … es ist dunkel. Wer weiß, was für Verbrechern du jetzt da draußen begegnest.«

»Mein Gott, Hedwig, es ist seit Stunden dunkel! Wir haben November, da dunkelt es um vier Uhr nachmittags. Den Beelzebub in Person werde ich da unten auf der Straße bestimmt nicht treffen. Dieser Dr. Fechtner, der seine Praxis in der Gertraudstraße hatte, praktiziert der noch?«

»Sicher, ich denke schon, aber …«

»Gut, dann gehe ich jetzt zu ihm. Ich komme so bald wie möglich zurück. Falls Tony aufwacht, versuche bitte, ihr etwas zu trinken einzuflössen, hörst du? Ich beeile mich.« Luise machte einen Schritt auf die Tür zu, als von der Straße her plötzlich ein ungewöhnliches Geräusch zum Fenster heraufdrang. Es knallte laut – ein Schuss schlug krachend irgendwo in einer Hauswand ein. Dem Knall folgte eine kurze Stille, dann stürzte Hedwig sich mit einem Aufschrei auf Luise und klammerte sich an ihrem Oberkörper fest.

Schluchzend hing sie an der Schulter ihrer Kusine. »Hast du das gehört, Luise? Sie schießen! Das sind die Bolschewiken! Die sind bewaffnet, die geben keine Ruhe! Du kannst jetzt nicht weggehen, du musst hier bleiben. Du bist meine einzige Verwandte auf der Welt. Was soll ich tun, wenn dir etwas zustößt?«

Luise tätschelte Hedwig die Schulter, dann schob sie die Kusine beiseite. »Es ist ja gut, Hedwig, uns ist ja nichts passiert. Es ist alles in Ordnung, hier drinnen sind wir sicher. Lass mich bitte noch einmal nach Tony schauen, ich glaube, sie hat sich bewegt. Vielleicht wacht sie auf.«

Luise ging zur Chaiselongue hinüber und beugte sich über das schlafende Mädchen. Schien es ihr nur so, oder hatte Tonys Stirn sich noch etwas mehr abgekühlt? In jedem Fall war die heftige Röte aus dem schmalen Kindergesicht verschwunden. Antonies Wangen zeigten jetzt eine gesündere Farbe, da war sie sicher. Das war hoffentlich ein gutes Zeichen. Wenn es dem Kind jetzt besser ging, konnte es eigentlich nicht an der gefährlichen spanischen Grippe leiden, an der seine Mutter gestorben war.

Luise drehte sich um. »Also gut, Hedwig, ich bleibe hier, aber nur unter der Bedingung, dass du Tony dein Bett für heute Nacht abtrittst. Das Mädchen ist krank, es braucht Wärme und ein bequemes Bett, in dem es ruhig schlafen kann. Wir quartieren Tony um. Ich stelle mir einen Sessel neben dein Bett im

Schlafzimmer und passe auf sie auf. Morgen holen wir dann als Erstes den Arzt. Einverstanden?«

Hedwig schien mit ihrer Entscheidung noch einen Moment zu zögern, dann nickte sie schließlich. »Gut, wenn du darauf bestehst. Ich glaube zwar nicht …«

»Aber ich glaube es. Genug geredet jetzt, es wird gemacht, wie ich es sage. Bitte geh in dein Zimmer, und bereite dein Bett für die Nacht vor. Beziehe meinetwegen neu, wenn dir das lieber ist. Ich trage die Kleine hinüber, sobald du damit fertig bist.«

Hedwig gehorchte. Sie wandte sich ab, doch Luise beachtete sie nicht mehr. Noch einmal beugte sie sich zu Tony hinunter, aber deren Zustand wirkte unverändert. Hedwig, diesem egoistischen kleinen Drachen, konnte man nur mit Härte beikommen. Mochte sie auch die vertrauenswürdigste aller Hofdamen Ihrer Hoheit der Kaiserin sein, ein selbstloser Mensch war sie nicht.

Luise ließ sich wieder auf dem Stuhl nieder, auf dem sie zuvor gesessen hatte. Sie würde hier das Kommando übernehmen müssen. Von ihrem Dienst bei Hof war Hedwig es doch gewohnt zu parieren, und genau das tat sie auch jetzt, nachdem Luise energisch genug aufgetreten war. Es fiel ihr zwar nicht leicht, aber nach Lage der Dinge würde sie zusehen müssen, dass Tony wieder gesund wurde und anschließend zu ihrem Vater gebracht werden konnte. Luise lehnte sich auf ihrem Stuhl zurück und schloss die Augen. Was sie danach mit Hedwig anfangen würde, wusste sie allerdings noch nicht. Das würde die Zukunft zeigen – hoffentlich würde sie das.

»Ich will Sie nicht entmutigen, Frau Boysen, aber dass da vorne der Schwamm im Mauerwerk steckt, das sieht ein Blinder mit dem Krückstock. Die Wand muss trockengelegt werden, und zwar sofort. Wo der Schwamm einmal drinsteckt, da ist Holland in Not, das dürfen sie mir glauben.« Maurermeister Cord Meier stand im Speisesaal des Hotels Kliffende und musterte mit besorgter Miene den kreisrunden Fleck an der Wand vor ihm. Ingeborg folgte seinen Blicken. Tatsächlich schimmerte auf der verblichenen Blümchentapete im Speisesaal bräunlich ein etwa handtellergroßer Fleck. Noch zeichneten sich seine Konturen undeutlich ab, aber wenn man näher an die Wand herantrat, entdeckte man schnell weitere Stellen dieser Art.

Ingeborg runzelte die Stirn. »Und Sie meinen wirklich, das ist der Schwamm, Herr Meier? Ganz so schlimm ist es hoffentlich nicht. Natürlich ist der Raum renovierungsbedürftig. Der Saal braucht neue Farbe, und neue Fensterrahmen müssen auch rein, aber danach sieht das alles doch bestimmt wieder sehr gut aus.«

»Mit ein bisschen Farbe ist es nicht getan, Frau Boysen. Ich will Ihnen keinen Schrecken einjagen, aber ich bin mir ziemlich sicher, dass wir es mit dem Hausschwamm zu tun haben. Die Stelle sticht einem Fachmann gleich ins Auge. Das Übel müssen Sie bei der Wurzel packen, sonst haben Sie den gleichen Schlammassel im nächsten Herbst wieder. Und wenn es sich unter ihren Gästen erst einmal rumspricht, dass der Schwamm hier in den Mauern hängt, dann ist das nicht gut für das Geschäft.«

»Nun mach aber mal halblang, Cord Meier.« Thiess Meinert löste sich von seinem Platz neben dem Ofen, an dem er bis eben gestanden hatte. Langsam kam er näher. »Das Hotel ist Baujahr 1905, das ist gerade mal fünfzehn Jahre alt. Seine Mauern sind grundsolide. Ich war doch dabei, als ihr das alles hochgezogen habt. Das war ordentliche Arbeit damals – oder willst du mir sagen, dass deine Leute gepfuscht haben?

»Gepfuscht? Wir pfuschen nicht, Thiess Meinert.« Cord Meier drehte sich um und warf Meinert einen ärgerlichen Blick zu. »Wer bei mir arbeitet, der versteht etwas von seinem Handwerk. Meine Leute liefern anständige Arbeit.«

»Eben.« Meinert nickte. »Deswegen schlage ich auch vor, dass wir erst mal die Tapeten runterholen und uns dann die Sache genau besehen.«

»Das können wir machen, die Tapeten müssen sowieso runter. Und trotzdem wette ich um deine Brotration für einen Monat, dass der Schwamm unter der Tapete sitzt. Der starrt einem doch direkt ins Gesicht, da brauchst du keine Brille dafür.« Cord Meier verschränkte die Arme vor dem Oberkörper. Sein Gesicht hatte einen trotzigen Ausdruck angenommen. Thiess Meinert lachte ihn an, während er Ingeborg kurz zublinzelte.

»So, meinst du. Ich schlage vor, wir warten ab, was wir zu sehen kriegen, wenn die Wand freigelegt ist.«

»Das ist sonnenklar, was wir dann zu sehen kriegen, Thiess Meinert. Das Hotel wurde in den letzten Jahren nicht beheizt und nicht gelüftet, es stand leer. So ein Leerstand im Winter ist Gift für jedes Gebäude. Das schafft beste Voraussetzungen für den Schwamm.« Cord Meier nickte mit Nachdruck. In dem groß karierten Hemd, das er trug, wirkte sein muskulöser Körper besonders imposant. So wie er dastand, breitbeinig und mit vor dem Oberkörper verschränkten Armen, sah er nicht aus wie jemand, mit dem man freiwillig Streit gesucht hätte.

Thiess Meinert schien nachdenklich zu werden. Er machte einen Schritt vorwärts und musterte noch einmal die Wand vor sich. Seine Blicke glitten suchend über die vergilbte Tapete, die an vielen Stellen nur noch in Fetzen vom Mauerwerk hing. Er seufzte. »Natürlich sind die Räume im Krieg nicht beheizt worden, wozu denn auch? War ja keiner hier. In solchen Zeiten sammelt sich Feuchtigkeit in den Wänden, das ist wahr. Aber das ändert sich, wenn das Hotel wieder in Betrieb ist …«

»Schon gut, schon gut, wir werden ja sehen, wie es weitergeht.« Cord Meier zuckte mit den Schultern. Es schien, als hätte er von einem Moment auf den nächsten das Interesse an der Debatte verloren, die sie gerade miteinander geführt hatten. Er wandte sich ab. »Lassen wir die Mauer da drüben freilegen, dann kann ich mehr sagen. Ich muss jetzt weiter,

ich habe noch eine Verabredung mit einem Architekten vom Festland.«
»Sie haben eine Verabredung mit einem Architekten vom Festland?« Ingeborg trat Cord Meier in den Weg. »Geht es etwa um die Grundstücke neben unserem Hotel? Ich habe gehört, der Hoogenkamp soll bebaut werden.« Ingeborg sah den Maurermeister fragend an. Seit ein paar Tagen kursierten im Dorf Gerüchte darüber, dass die Heidefläche neben Kliffende aufgekauft und für eine Bebauung vorbereitet werden sollte.
Meier nickte. »Genau darum geht es, Frau Boysen. Ein paar Kaufleute vom Festland wollen hier eine Feriensiedlung hochziehen. Reethäuser für den verwöhnten Feriengast, für Leute, die lieber für sich sind, als im Hotel zu wohnen. Mal hören, was den Herren so vorschwebt. Vielleicht springt ein Auftrag für mich dabei heraus.« Cord Meier grinste, wobei sich um seine Augen herum ein Kranz aus feinen Fältchen bildete. »Je schneller es jetzt bergauf geht, desto besser für uns alle, oder? Also lassen Sie mich rufen, wenn die Tapete runter ist. Dann sehen wir weiter. Schönen Tag noch.«
Ingeborg nickte. Schweigend schaute sie zu, wie der Maurer den Raum durchquerte und in der Hotelhalle verschwand. Thiess Meinert schüttelte den Kopf. »Eine Feriensiedlung auf Hoogenkamp, auch das noch. Wenn unser Bürgermeister da mitziehen sollte, steht uns Konkurrenz ins Haus.«
»Ach, und wenn schon. Deswegen lasse ich mir jetzt noch keine grauen Haare wachsen. Wer weiß, ob daraus überhaupt etwas wird. Mir scheint die ganze Sache eine Nummer zu groß, gerade jetzt nach dem Krieg. Wer hat denn so viel Bargeld, dass er sich gleich eine ganze Feriensiedlung bauen lassen kann?«
»Stimmt schon.« Meinert nickte. Er besah sich die Wand hinter ihm noch einmal kritisch. Dann drehte er sich wieder um. »Wenn sie den Hoogenkamp wirklich erschließen wollen, brauchen sie dafür tatsächlich viel Geld. Diese Traumtänzer

vom Festland haben meist keine Ahnung, worauf sie sich einlassen. Bei uns braucht man Beziehungen, wenn man etwas erreichen will. Gleich eine ganze Feriensiedlung bauen zu wollen, ist allerdings ziemlich stark.«

»Ich finde die Idee mit den Ferienhäusern gar nicht so schlecht.« Ingeborg musterte den leeren Raum, in dessen Mitte sie stand. Die hohen Fenster und die breiten Türen, die klobigen alten Kohleöfen und das abgetretene Parkett – um die Jahrhundertwende hatte man das schön gefunden. Heute entsprach dieser Stil nicht mehr dem Geschmack der Zeit, heute galten so hohe Räume mit Kohleöfen als altmodisch und unpraktisch. Die stuckverzierte Zimmerdecke war noch das Beste an dem ganzen Saal, aber auch sie konnte nicht darüber hinwegtäuschen, dass der Raum insgesamt zu groß war. Er wirkte ungemütlich wie eine Bahnhofshalle. Würde sie selbst hier Urlaub machen wollen? Ingeborg schüttelte schweigend den Kopf. Nein, hier würde sie sich nicht freiwillig einquartieren – nicht für ihre Ferien, die ja bekanntlich die schönste Zeit im Jahr sein sollten. Ingeborg seufzte. »Eigentlich ist der ganze Kasten nicht mehr zu gebrauchen, nicht wahr, Herr Meinert? Ich glaube, protzige Bauten wie dieser aus der Zeit vor dem Krieg haben ausgedient.«

»Protzige Bauten? Wovon sprechen Sie? Meinen Sie etwa das Hotel? Das Haus hat doch Charme. Es ist solide durch und durch. Der spanische Konsul hat hier gewohnt, ein französischer Baron war bei mir zu Gast. Professoren und schwerreiche Frankfurter Kaufleute sind vor dem Krieg hier abgestiegen. Meine Gäste haben sich hier wohl gefühlt, das Haus hatte Stammgäste über Jahre hinweg. Nur das Miramar in Westerland stand sich noch besser von der Auslastung her.«

»Sicher, doch das war eben vor dem Krieg. Ich will Sie nicht kränken, Herr Meinert, aber ich frage mich, ob es nicht besser wäre, dieses Hotel zuzumachen und ganz von vorne anzufangen.«

Thiess Meinert blieb stumm. Ingeborg trat an eines der Fenster und sah hinaus. Das Haus stand an einem guten Platz. Von hier oben, nahe der Abbruchkante des Roten Kliffs, hatte man eine herrliche Aussicht auf den Strand. Im Westen glitzerte das Meer im nachmittäglichen Sonnenlicht. Das Wasser wirkte wie eine Fläche aus gestoßenem Eis, die sich bis zum Horizont erstreckte. In Pfeilformation stieg eine Schar Vögel auf, die seewärts flog, mitten in den weißen Himmel hinein. Ingeborg lächelte. Stundenlang hätte sie hier am Fenster stehen und dabei zusehen mögen, was sich am Wasser tat. Das Bild, das sich dem Zuschauer bot, war friedlich und abwechslungsreich – ertrinken konnte man im endlosen Blau. In diesem Moment spürte sie eine Bewegung hinter sich und drehte sich um. Thiess Meinert war ganz nahe herangekommen, und stand jetzt neben ihr. Mit großen Augen sah er sie an. »Wollen Sie hier tatsächlich alles abholzen, Frau Boysen? Ist das Ihr Ernst? Das Haus abreißen, muss das sein?« Meinerts Stimme war leise, sie schwankte ein wenig. Ingeborgs Vorschlag ging ihm offenbar zu Herzen. Sie schaute ihm ins Gesicht. Seine Wangen hatten sich vor Aufregung gerötet, sein Mund zitterte leicht. Um ihn zumindest ein wenig zu besänftigen, berührte sie ihn flüchtig an der Schulter. »Das Haus ist Vorkriegsware, Herr Meinert. Es ist nicht modern genug. Wenn wir mithalten wollen, sollten wir uns etwas Neues einfallen lassen.«

»Aber das Hotel kann man doch aufmöbeln, da müssen Sie doch nicht gleich abreißen. Bedenken Sie, das Haus ist mein Lebenswerk. Sicher, die Welt verändert sich, nichts hat Bestand im Leben, und manchmal ist ein Ende mit Schrecken besser als ein Schrecken ohne Ende. Aber so liegt die Sache doch nicht. Ihre Familie hat sechzigtausend Mark für das Hotel gezahlt, Frau Boysen. Der Kaufpreis stammte aus ihrem Vermögen, aus dem Erbe Ihrer Eltern. Das Geld ist dahin, wenn sie das Haus dem Erdboden gleichmachen. Da vernichten Sie

echte Vermögenswerte.« Meinert deutete auf den Saal, dann erfasste er mit einer Handbewegung das gesamte Erdgeschoss und auch die Stockwerke darüber.
Ingeborg nickte. »Ich weiß das, Herr Meinert. Ich kann Ihren Standpunkt verstehen, doch ich halte den Abriss dennoch für die beste Lösung. Und was das Geld angeht, das ich hier hineingesteckt habe – schon allein das Grundstück ist den gesamten Kaufpreis wert.«
»Das mag sein, aber ein Abriss ist doch auch nicht umsonst zu haben. Woher wollen Sie denn dann noch das Geld für einen Neubau nehmen?«
»Die Bank wird es mir geben. Ein Neubau würde nicht billig werden, ich weiß. Trotzdem, wenn ich an diesem Platz etwas Kleineres, Moderneres in Auftrag gebe, mehr eine Pension als ein Hotel, dann müsste das finanziell zu schaffen sein. Mir schwebt ein kleineres Haus vor, alles schön hell und auf einer Ebene, mit Blick auf das rauschende Meer. Für ein solches Vorhaben müssten sich die Kosten in Grenzen halten.«
Thiess Meinert schüttelte den Kopf. »Das stellen Sie sich zu einfach vor. Es tut mir Leid, aber da fehlt Ihnen die Erfahrung eines Kaufmannes.«
»Überlegen Sie doch mal, welche Möglichkeiten sich mit einem Neubau für uns eröffnen würden, Herr Meinert. Ich würde eine Küche im Erdgeschoss einrichten lassen, einen Speisesaal und mehrere kleine Gästezimmer drum herum. Ein Musikzimmer könnten wir haben, einen Aufenthaltsraum mit offenem Kamin und eine Sonnenterrasse, auf der auch gefrühstückt werden kann. Vielleicht bauen wir noch ein Nebenhaus mit einem Reitstall. Um zum Meer zu kommen, müssten unsere Gäste nur noch eine Treppe hinuntersteigen.« Ingeborg suchte Meinerts Blick. Sie wollte ihn für ihre Idee begeistern. Je länger sie sich mit ihr beschäftigte, desto mehr Möglichkeiten entdeckte sie. Im Geist sah sie das neue Haus schon fertig vor sich stehen, sah, wie es sich schneeweiß unter das frische

Reetdach duckte, ein lang gestrecktes Gebäude mit einer großen Auffahrt, von breiten Blumenrabatten gesäumt. Ingeborg nickte Thiess Meinert noch einmal zu. »Mit dem neuen Haus könnten wir einen Kreis von betuchten Gästen anlocken, lauter reiche Leute aus der Großstadt, die Wert auf Komfort legen. Das, was wir bisher in Kampen zu bieten haben, würde dagegen nicht ankommen. Kliffende wäre dann das erste Haus am Platz. Ich glaube, ein Neubau wäre eine großartige Sache, Herr Meinert.«

Thiess Meinert seufzte. »Das klingt alles ganz reizvoll, das will ich nicht leugnen. Die Vorstellung, Kliffende ein neues Gesicht zu geben, ist verlockend, aber die Hindernisse, die dem entgegenstehen, sind doch auch gewaltig. Derzeit kann so etwas nicht bezahlt werden, davon bin ich überzeugt. So ungern ich Ihnen das sage, aber schon die Renovierung des vorhandenen Hotels dürfte ein Vermögen kosten. An einen Neubau ist vorerst gar nicht zu denken.«

Ingeborg schenkte Thiess Meinert ein Lächeln, mit dem sie ihn zu beruhigen hoffte. »Also gut, warten wir es ab. Wir werden ja sehen, ob es mir gelingt, mich mit meiner Idee durchzusetzen.«

»Wer ist in diesem Fall wir, wenn ich mal fragen darf? Noch ist Ihr Mann an der Front, Frau Boysen. Allein werden Sie den Neubau doch wohl nicht angehen wollen, oder? Verzeihen Sie, wenn ich das sage, aber ohne die Unterschrift Ihres Ehemannes bekommen Sie überhaupt keinen Kredit. Von keiner Bank, nirgendwo.«

Ingeborg wandte sich schweigend wieder dem Fenster zu. Geld, Geld, Geld, immer ging es nur um das Eine. So leicht wollte sie sich nicht entmutigen lassen. Ihr Traum war viel zu schön, um gleich wieder beerdigt zu werden. Sie legte die Hände auf das kalte Fensterglas vor ihr. »Wo ein Wille ist, ist auch ein Weg. Außerdem wäre mein Mann bestimmt meiner Meinung. Ich bin mir sicher, dass er von der Idee eines Neubaus begeistert

wäre. Wissen Sie was? Ich setze mich heute Abend hin und versuche einen Entwurf von dem neuen Haus nach meinen Vorstellungen zu zeichnen. Dann holen wir uns einen Kostenvoranschlag bei Cord Meier und sehen weiter. Was halten Sie davon? Fragen kostet doch nichts, oder?«
»Es wird nicht funktionieren, Frau Boysen. Ihr jungen Leute glaubt immer, ihr könnt auf die Erfahrungen der Altvorderen verzichten. Dieses Haus hier ist solide, mit einer behutsamen Renovierung können Sie daraus eine Menge machen, das genügt doch wohl. Wozu ein so großes Risiko eingehen?«
»Schluss jetzt, Herr Meinert. Ich kenne Ihre Meinung und habe eine andere. Ich finde, zwischen uns ist alles gesagt. Immerhin bin ich hier die Herrin im Haus.« Ingeborg runzelte die Stirn. Die sture Beharrlichkeit des alten Meinert begann ihr allmählich auf die Nerven zu gehen. Sie sah, wie er den Mund verzog. »Sie sind also die Herrin im Haus, das ist mir neu. Glauben Sie das wirklich? Ich würde gerne wissen, ob Ihre Schwiegermutter das genauso sieht. Wenn mich nicht alles täuscht, ist es ihr Name, der für dieses Grundstück im Grundbuch steht.«
Ingeborg holte tief Luft und wollte Thiess Meinert gerade eine geharnischte Antwort geben, als sie Schritte in der Halle hörte und sich umdrehte.
»Ist es gestattet?«
Auf der Türschwelle zum Speisesaal stand Johannes Lehmann. Die Arme hinter dem Rücken verschränkt, wartete er lächelnd darauf, von ihr begrüßt zu werden. Ingeborg spürte, wie ihr Herz vor Verwunderung über sein plötzliches Erscheinen einen kleinen Sprung tat. Es war schön, Johannes zu sehen, aber dass er ausgerechnet in dem Moment hier auftauchte, in dem sie im Begriff war, mit Thiess Meinert zu streiten, gefiel ihr nicht. Johannes würde sie vor Meinerts Ohren duzen, vielleicht würde er sie zur Begrüßung sogar küssen. Ihre letzte Begegnung hatte sie einander ein deutliches Stück näher gebracht, aber das war

ihre private Angelegenheit, davon musste Meinert nicht unbedingt wissen.
Ingeborg löste sich von ihrem Platz am Fenster und näherte sich der Türschwelle, auf der Johannes wartete. Vorsichtig lächelte sie ihn an. »Guten Tag, Herr Doktor. Das nenne ich eine Überraschung. Was machen Sie denn hier draußen in den Dünen?«
Ingeborg blinzelte Johannes zu und deutete vorsichtig mit einer Kopfbewegung auf Thiess Meinert, der in der Fensternische stand und sie beobachtete. Das Faktotum, das Hanna ihr als Geschäftsführer hinterlassen hatte, besaß trotz seines fortgeschrittenen Alters einen hellwachen Verstand. In Meinerts Anwesenheit konnte sie sich keine Vertraulichkeiten leisten, das musste Johannes begreifen. Zu Ingeborgs Erleichterung schmunzelte er. Er schien begriffen zu haben, was sie von ihm erwartete. »Ich war gerade in der Nähe bei einem Hausbesuch und sah auf dem Rückweg Ihr Fahrrad unten am Portal stehen. Da dachte ich, ich schau mal rein und frage, wie es Ihnen geht. Einen guten Tag übrigens auch für Sie, Herr Meinert.«
Johannes Lehmann begrüßte Thiess Meinert mit einer angedeuteten Verbeugung, die der mit einem leichten Kopfnicken beantwortete. Meinert kam langsam näher. »Tag auch, Herr Doktor. Schön, Sie zu sehen. Ich werde hier momentan wohl nicht mehr gebraucht, oder? Ich werde ins Dorf rübergehen und mir eine Zeitung besorgen. Wer weiß, was sich inzwischen schon wieder in der Welt zusammenbraut. Die Telefonsperre zum Festland soll angeblich aufgehoben werden.«
»Davon habe ich auch gehört. Und dass sie versuchen wollen, die Straßenbeleuchtung wieder in Gang zu kriegen.« Johannes Lehmann trat beiseite, um Thiess Meinert vorbeizulassen, der im Türrahmen noch einmal stehen geblieben war und sich zu Ingeborg umdrehte. »Also dann, Frau Boysen. Wir reden am besten morgen weiter, nicht wahr?« Meinert tippte sich an den Schirm seiner Prinz-Heinrich-Mütze. »Schönen Tag noch.«

Ingeborg schaute schweigend zu, wie Thiess Meinert auf den Gang hinaustrat. Seine Schritte verhallten.
»Ihr redet morgen weiter? Worüber denn? Gibt es Schwierigkeiten mit dem Kasten hier?« Johannes Lehman warf Ingeborg einen fragenden Blick zu.
»Allerdings, die gibt es. Ich möchte das alte Hotel abreißen lassen und etwas Kleineres bauen. Eine Villa wäre schön. Ich stelle mir das neue Haus als eine Sommerresidenz für den vermögenden Feriengast vor – mit mir als Mutter der Kompanie mittendrin.«
»Das klingt gut. Wenn die Leute den Krieg erst einmal verkraftet haben, dann werden sie auch wieder Geld für einen Badeurlaub ausgeben. Die Idee gefällt mir.«
»Mir auch, aber Thiess Meinert nicht. Er will den Kasten unbedingt erhalten.«
»Verständlich. Er hat das Haus immerhin gebaut.«
»Ich weiß, Johannes, aber davon allein wird der Schuppen auch nicht besser. In einem Punkt hat er natürlich Recht, ein Neubau wäre teuer. Ich habe noch keine Ahnung, woher ich das Geld dafür nehmen soll. Im Augeblick habe ich für mich selbst kaum genug zum Leben, geschweige denn dafür, eine Villa zu bauen.«
»Ich verstehe. Wie wäre es denn, wenn du dich vorerst darauf beschränkst, das Friesencafé wieder herzurichten? Das war doch vor dem Krieg gut besucht. Mit einem florierenden Cafébetrieb im Hintergrund würde es der Bank sicher leichter fallen, dir einen Kredit zu gewähren.«
»Ach, das Friesencafé, hör mir bloß auf. Der Laden macht mir keine Freude. Das Militär ist so gut wie raus, von denen sieht man nichts mehr, aber die Schäden, die die Herren Offiziere hinterlassen haben, ersetzt mir niemand. Ich habe im Augenblick nicht einmal genug Geld, um mir einen neuen Satz Porzellan für das Café zu kaufen.«
»Im nächsten Sommer wird es besser werden, du wirst sehen.«

Johannes kam zu ihr und legte ihr behutsam beide Hände auf die Schultern.
»Ich wünschte, du hättest Recht. Derzeit weiß ich nicht einmal, wovon ich mir das Paar neue Schuhe besorgen soll, das ich dringend brauche.«
Johannes beugte sich zu ihr hinunter. Er war ihr so nahe, dass sie seinen warmen Atem auf ihrer Haut spürte. »Wenn das Geld wirklich so knapp bei dir ist, dann hätte ich einen Vorschlag für dich.«
»Und der wäre?« Ingeborg suchte seinen Blick. Er lächelte sie an. »Wie du weißt, habe ich meine Praxis noch nicht wieder eröffnet. Ich mache Hausbesuche bei meinen alten Patienten, aber regelmäßige Sprechstunden halte ich noch nicht ab.«
»Ja. Ich habe geglaubt, du würdest dich noch eine Weile ausruhen wollen, nach allem, was du an der Ostfront erlebt hast.«
»Das ist auch so. Und außerdem fehlt mir auch noch so einiges. Ich kriege kaum Medikamente, kein Verbandszeug und wenig Büromaterial. In meiner Praxis befindet sich nicht genügend Chloroform, um eine Mücke zu betäuben, geschweige denn einen meiner Patienten. Trotzdem wäre es bestimmt nützlich, wenn ich wieder regelmäßig Sprechstunden abhalten würde. Viele meiner Patienten sind chronisch krank, die brauchen mich.«
»Na, dann aber ran an die Arbeit, Herr Doktor!« Ingeborg legte Johannes die Hände auf den Oberkörper und gab ihm sanft einen kleinen Schubs. »Sich regen bringt Segen, sagt man. Und außerdem bringt es dich auf andere Gedanken, wenn du wieder arbeitest. Du hast nichts von deiner Kunst verlernt. Der Krieg ist vorbei, es geht weiter. Worauf wartest du noch?«
»Zum Beispiel auf eine junge, intelligente Sprechstundenhilfe, die mir zur Hand geht. Meine Frau Glienke, die vor dem Krieg bei mir war, hat mittlerweile geheiratet. Sie erwartet ein Kind und will nicht zu mir zurück.«

»Das ist Pech. Dann wirst du dir wohl jemand anderen suchen müssen.«
Johannes nickte. Ein Lächeln huschte über sein Gesicht. »Richtig. Und da habe ich an dich gedacht, Ingeborg. Du hast geschickte Hände, einen wachen Verstand, und du hast Charme. Außerdem brauchst du Geld. Bei mir kannst du es dir verdienen. Drei volle und einen halben Tag arbeitest du für mich. Den Rest der Woche hast du frei, da mache ich Hausbesuche.«
Johannes trat einen Schritt zurück und schaute sie an. Sie hatte das Gefühl, als musterte er sie von Kopf bis Fuß. Es schien, als würde er versuchen, ihre Gedanken zu lesen. Langsam beugte er sich zu ihr hinunter, bevor er behutsam eine Hand unter ihr Kinn legte und sie damit zwang, zu ihm aufzusehen. »Du sagst ja gar nichts. Was hältst du von meiner Idee?«
Ingeborg trat einen Schritt zurück und zuckte mit den Schultern. Es war nicht leicht, ein solches Angebot einfach abzulehnen. Sie brauchte schließlich Geld – aber war es klug, deswegen eine nähere Verbindung mit Johannes einzugehen? Immerhin war sie eine verheiratete Frau, war gebunden an einen anderen Mann. Ingeborg seufzte. »Ich weiß nicht, Johannes. Die Leute würden über uns reden, wenn ich anfange, für dich zu arbeiten …«
»Das tun sie doch sowieso. Reden, meine ich. Lass sie doch, was kümmert uns das?«
»Diesmal hätten sie auch allen Grund dazu. Ich bin eine verheiratete Frau, ich muss mich an bestimmte Regeln halten. Außerdem bin ich mir nicht sicher, ob ich zur Krankenschwester tauge. Ich habe diese Art von Arbeit nicht gelernt …«
»Und wenn schon. Ich bringe dir bei, was du können musst.«
»Vielleicht habe ich ja zwei linke Hände. Meine Mutter hat das oft von mir behauptet.«
Johannes lachte. »Unsinn. Ich verlange ja nicht, dass du den Leuten eigenhändig Nierensteine entfernst oder ihre Magen-

geschwüre ohne meine Hilfe kurierst. Ich bin doch auch noch da. Alles, was in der Praxis zu tun ist, erledigen wir zunächst einmal zusammen. Du bist eine praktisch veranlagte Frau, Ingeborg. Wer kann etwas dagegen haben, wenn du deine Fähigkeiten nutzt? Du hättest einen eigenen Beruf, das macht dich unabhängig. Als meine Angestellte würdest du eine Menge lernen. In Zukunft könntest du dich aus eigener Kraft über Wasser halten, ganz gleich, was kommen mag.«

Johannes hatte sich ihr wieder genähert. Er stand jetzt unmittelbar vor ihr, aber er rührte sie nicht an. Seine großen Augen waren fragend auf sie gerichtet. »Ist das kein Angebot? Lohnt es sich nicht, wenigstens darüber nachzudenken? Willst du wirklich immer nur irgendjemandes Tochter oder irgendjemandes Ehefrau sein? Hast du denn keinen anderen Ehrgeiz, als immer nur im Windschatten eines Mannes zu segeln?«

»Segle ich nicht mehr im Windschatten eines Mannes, wenn ich für dich arbeite? Das nette Frauchen im Vorzimmer und der große Herr Doktor nebenan. Was für ein schönes Paar, nicht wahr? Ich wäre dann genauso abhängig wie zuvor.«

»Das ist doch wohl ein gewisser Unterschied. Ich bezahle dich für deine Dienste, Ingeborg. Bei mir kannst du etwas lernen, was dich in die Lage versetzt, dir deinen Lebensunterhalt in Zukunft selber zu verdienen.«

»Schon gut.« Ingeborg hob abwehrend beide Hände. »Schon gut. Ich werde darüber nachdenken, das verspreche ich. Gib mir etwas Zeit, ja?«

»Zeit willst du haben? In Ordnung. Bis heute Abend, reicht dir das?«

»Bestimmt nicht. Etwas länger brauche ich schon.«

»Aber heute mit mir zu Abend essen, das wirst du doch, oder?«

»Ich weiß nicht. Wie kommst du darauf? Du gehst rasant vor, mein Lieber.«

»Du bist immerhin eine verheiratete Frau, ich weiß.« Johannes lächelte. »Aber die Gelegenheit ist günstig. Einer meiner

Patienten hat eine alte Rechnung bezahlt. In Naturalien, wie dieser Tage üblich. Er hat mir ein frisch geschlachtetes Kaninchen geschenkt. Wenn du mir nicht bei seiner Zubereitung hilfst, kann ich das Vieh nur verkaufen. Du weißt doch, was man tun muss, um so ein Tier genießbar zu machen, oder?«
»Ein totes Kaninchen hast du als Lohn für deine Arbeit bekommen?« Ingeborg lachte. »Das ist ja nett.«
»Nicht wahr? Und dir lege ich meine Beute zu Füßen, anstelle von Blumen sozusagen. Immerhin besitzt ein Karnickel einen höheren Nährwert als Grünzeug oder trocken Brot. Also, was ist? So ein Stück Fleisch ist eine Rarität, Ingeborg. Ich frage dich nicht zweimal.«
Ingeborg seufzte leise. Johannes setzte sie unter Druck, wollte das Eisen offenbar schmieden, solange es heiß war. Dass sie seinetwegen mit einem schlechten Gewissen zu kämpfen hatte, schien ihn nicht zu kümmern. Sie lebte auf dem Dorf, jeder in Kampen würde es wissen, wenn der Herr Doktor häufiger zu ihr kam. Mit dieser Liebelei setzte sie ihren guten Ruf aufs Spiel – aber wenn sie Johannes nicht erlaubte zu kommen, vergraulte sie ihn. War es das, was sie wollte? Ingeborg warf Johannes einen prüfenden Seitenblick zu. Nein, das wollte sie nicht. Sie hatte ihn gern, sie wollte ihn in ihrer Nähe haben, also nickte sie langsam. »Gut, Johannes, du bekommst dein Abendessen. Ich muss jetzt allerdings erst nach Westerland, die Volksküche ruft. Weißkohlsuppe mit Kartoffeln steht auf dem Speiseplan. Darum werde ich mich zuerst kümmern müssen, Herr Doktor.«
»Weißkohlsuppe.« Johannes verzog das Gesicht. »Und was wird aus meinem Kaninchen? Wann hast du Zeit für mein Prachtexemplar von einem Langohr?« Johannes legte ihr behutsam einen Arm um die Schulter. Er lächelte. »Ein waschechtes Kaninchen hat man nicht alle Tage auf dem Teller. Ich denke, darüber sind Sie sich im Klaren, gnädige Frau?«
»Durchaus, Herr Doktor, durchaus.« Ingeborg schaute zu ihm auf. Seine Berührung war ihr angenehm. Sie verursachte ein

herrliches Gefühl, sie weckte die Sehsucht nach mehr Nähe. Noch allerdings konnte sie dieser Sehnsucht nicht nachgeben. Sie hatte Nicolai die Treue versprochen. Es war nicht seine Schuld, dass er an der Front sein Leben aufs Spiel setzen musste. Ruckartig befreite Ingeborg sich aus der Umarmung von Johannes. »Sei nicht böse, aber ich muss jetzt wirklich los. Wenn ich zu spät zum Kartoffelschälen komme, dann lässt unsere charmante Küchenleiterin mich vierteilen, teeren und federn – und das ist doch nicht in deinem Sinne, wie ich hoffe, oder?«

»Absolut nicht.« Johannes Lehmann trat einen Schritt vor, beugte sich zu Ingeborg hinunter und machte Anstalten, sie zu küssen, aber sie wich zurück. Das Ganze ging ihr zu schnell. Es musste ein Spiel bleiben, mehr durfte es nicht sein – nicht, solange es Nicolai noch gab. Sie versuchte zu lächeln. »Sieh du mal zu, dass du deinen toten Mümmelmann zu Lisa in die Küche schaffst. Um sechs Uhr gibt es Abendessen bei mir. Ist dir das recht?«

»Selbstverständlich. Danke für die Einladung. Ich werde pünktlich sein.«

Ingeborg lächelte noch einmal, dann ging sie. Mit schnellen Schritten und ohne sich noch mal umzudrehen, verließ sie den Raum. Erst an der Außentür des Hotels blieb sie für einen Augenblick stehen – sie konnte nicht anders, sie musste feststellen, ob Johannes ihr gefolgt war. Er war da, stand im Türrahmen der Halle und zwinkerte ihr zu. Sie hob die Hand und winkte kurz, dann wandte sie sich ab. Lieber Himmel, welche Gefühle tobten in ihr? Sie wollte Johannes haben, aber sie war Nicolais Ehefrau. Es war nicht richtig, was sie tat. Sie spielte ungeniert mit den Gefühlen eines fremden Mannes und dachte daran, die Verbindung zu ihm durch eine Zusammenarbeit in seiner Praxis noch zu vertiefen. Sie überlegte ernsthaft, ob es nicht besser war, das Hotel, das unter so großen Opfern von ihrer Familie angeschafft worden war, einfach abzureißen – und

das alles, ohne mit Nicolai auch nur einmal darüber gesprochen zu haben. Sie benahm sich beinahe, als wäre sie schon Nicolais Witwe und nicht seine Ehefrau. Ingeborg seufzte leise. Wie würde sie sich fühlen, wenn Nicolai eines Tages wiederkam?
Kam er denn wieder? Und wann kam er wieder?

# Kapitel 4

Das war doch der Erich Langkemper, den sie da eben von der Trage auf die Pritsche legten, oder? Sein Gesicht wirkte anders, als Nicolai es in Erinnerung hatte – älter und eingefallener sah es aus. Seine Gesichtshaut schimmerte gelblich, sie spannte über den hohen Wangenknochen, dabei war der Erich doch so jung. Er musste schwer verwundet sein, wenn er so aussah. Nicolai grübelte, er hatte Erichs Alter genau gewusst. Hatten sie nicht vor kurzem seinen Geburtstag hinter der Front gefeiert? Erichs rötlich blonden Haarschopf hatte Nicolai jedenfalls gleich im ersten Moment erkannt, als sie ihn hereingetragen hatten, der hatte sich nicht verändert.

Die leere Trage unter dem Arm, schlurften die Pfleger zum Eingang des Zeltes zurück. Nicolai schlüpfte aus seinem Bett. Er näherte sich zögernd der Pritsche, bemüht darum, keinen Lärm zu machen, und beugte sich über Erichs Körper. Dieser schlug sofort die Augen auf und sah ihn an. »Nicolai? Du bist es, das ist gut. Bin ich drüben?« Erich schaute ihn aus großen Augen an, die tief in ihren Höhlen lagen. Er versuchte sich mit einem Ruck aufzusetzen, sank aber, kaum dass er den Kopf ein Stück angehoben hatte, gleich wieder auf das Kissen zurück. »Sag schon, wo bin ich? Hab ich es hinter mir?«

»Hinter dir? Was meinst du damit? Die Front hast du hinter dir, ja. Du bist im Lazarett, Erich. Ich glaube, die Franzmänner haben dir das rechte Knie zerschossen. Es ist dick in Mull gepackt.«

»Das Knie, ja. Ist das Kniegelenk kaputt?« Erichs Stimme bebte, sie war nur ein Flüstern. Nicolai wusste, worauf diese Frage hinauslief. Wenn der Knochen getroffen war, dann drohte die Amputation. Die Ärzte im Feldlazarett amputierten schnell. Es war ihnen lieber, als stundenlang an einem Verwundeten herumzuflicken, der dabei entweder verblutete oder den Wundbrand bekam und unter Qualen einging. Eine Amputation sparte Zeit und Medikamente, also nahmen sie ihre Säge und machten ein Ende, egal, was das für den Kameraden bedeutete, der ihnen gerade in die Hände fiel.

»Nicolai, sag schon, ist es der Knochen? Ich bekomme es ja früher oder später doch mit.«

Nicolai betrachtete Erichs Körper, aber in Gedanken war er anderswo. Jetzt, da er seinen Namen wieder hörte, war ihm, als würden sich schemenhaft Erinnerungen einstellen. Nicolai Boysen, der Name ging ihm doch schon länger im Kopf herum. Er schien mit vielen Ereignissen verknüpft zu sein. Bevor Erich gekommen war, hatte er alle Tage bloß hier gelegen und vor sich hin vegetiert – ziellos, ohne Vergangenheit und ohne Zukunft. Seine Hundemarke, das Stück Blech, auf dem sie seinen Vor- und Zunamen, den Geburtsort und das Geburtsdatum eingestanzt hatten, war nicht mehr da, er musste sie im Feld verloren haben. So ohne Namen war er bloß ein Patient unter vielen, ein stummer Zeuge des ständigen Sterbens um ihn herum. Aber jetzt würde sich das ändern, denn nun würde Erich Langkemper ihm helfen, seine Vergangenheit neu zu entdecken. Sie würden über ihre gemeinsame Zeit an der Front reden, und Erich würde ihm sagen, was er alles über Nicolai Boysen wusste. Erich würde ihm helfen, sein verlorenes Gedächtnis wiederzufinden. Nicolai war nahe daran, seinen Kameraden vor Freude über diese Aussicht zu umarmen, aber er beugte sich nur zu Erichs Liege hinunter und nahm das Laken hoch, unter dem Erich lag. Vorsichtig warf er einen Blick auf seinen Körper. Langsam schüttelte er den Kopf. »Nein, alter Junge, das Knie ist in Ordnung. Wie es scheint, ist alles dran. Du hast einen dicken Verband am Bein, gute fünf Zentimeter vom Gelenk entfernt. Keine Gefahr, schätze ich.«

»Gut, das ist gut. Und hier oben? Was ist da?« Erich wies auf den Oberkörper, tippte sich mit der Fingerspitze sacht gegen den Brustkorb. »Da sitzt so ein stechender Schmerz hinter dem

Brustbein, der mir das Sprechen schwer macht. Ich röchele und keuche immerzu, ringe dauernd nach Luft und weiß nicht, was das zu bedeuten hat.«

»Ein Kratzer bloß, alter Junge, eine Fleischwunde. Bestimmt bist du auf den Oberkörper gefallen, nachdem du angeschossen worden bist.« Nicolai lächelte. Er hoffte, dass Erich sich mit dieser Auskunft zufrieden geben würde. Tatsächlich waren Brustverletzungen meistens ernst, jeder hier wusste das. Wenn das Bajonett des Feindes den Brustkasten zwischen den Rippen traf, dann war die Lunge in Gefahr. Nicolai hatte schon viele verbluten sehen, die das Pech gehabt hatten, eins zwischen die Rippen bekommen zu haben. Wenn es Erichs Lunge erwischt hatte, dann lief die Zeit gegen ihn, dann würde es bald vorbei sein. Nicolai wusste das, aber er hielt dennoch den Mund. Schweigend stand er da und wartete auf Erichs Erwiderung, aber der sagte nichts mehr. Er schien sich mit Nicolais Gerede von der Fleischwunde zufrieden geben zu wollen – vielleicht glaubte er wirklich, was ihm gesagt worden war, vielleicht wusste er aber auch, dass es keinen Zweck hatte, weiter zu fragen.

Nicolai blieb noch einen Moment an Erichs Pritsche stehen, unschlüssig, was er für den Kameraden noch tun konnte. Je länger er Erich beobachtete, desto mehr verflog seine Freude über das Wiedersehen mit ihm. Der Junge wirkte reichlich erschöpft, sein Atem ging pfeifend, er röchelte. Die Augen waren ihm inzwischen zugefallen, er schien eingeschlafen zu sein – und doch konnte Nicolai nicht glauben, dass das in diesem Fall ein gutes Zeichen war. Die merkwürdige Farbe der Gesichtshaut, der fiebrige Glanz in seinen Augen, das alles deutete auf eine schwere Verwundung hin. Hier ging es nicht nur um ein paar Granatsplitter, hier ging es um alles oder nichts. Nicolai war das klar, aber was konnte er tun, um Erich zu retten? Er war hilflos, er konnte bloß hier stehen und den Sterbenden über seinen Zustand so lange wie möglich im Unklaren

lassen. Vielleicht würde es ihm gelingen, die wenigen, völlig überlasteten Pfleger und Schwestern hier im Lazarett dazu zu bewegen, sich ein bisschen mehr um den Jungen zu kümmern als üblich, wenn es mit ihm zu Ende ging. Im Augenblick allerdings schien Erich zu schlafen. Vielleicht war es vorerst doch ganz gut, wenn er einfach schlief.
Nicolai wandte sich ab und wollte zu seiner Liege hinübergehen, aber in diesem Moment schlug Erich die Augen plötzlich wieder auf und sah ihn an. »Nicolai? Geh nicht weg. Wo liegst du eigentlich? Wo ist dein Bett?«
Nicolai deutete schweigend quer durch den Raum zur anderen Seite des Zeltes hinüber, dorthin, wo gerade ein Pfleger die Bettpfannen wechselte.
»Komm mal her, hier zu mir runter.« Erich winkte, bevor er gleich darauf zu husten begann. Nicolai versuchte den Blick abzuwenden, doch es war zu spät, er hatte schon bemerkt, dass Erich Blut spukte. Hastig humpelte Nicolai zu seiner Pritsche, griff nach einem sauberen Lappen, den die Schwester dort vergessen hatte, kam zu Erich zurück und presste den Stoff auf seinen Mund. In hässlichem Rot schimmerte der Auswurf auf dem weißen Leinen. Ein hellroter Schaum mit glitschig wirkenden Bläschen klebte auf dem weißen Stoff. Nicolai versuchte eilig das Tuch wegzustecken, aber Erich hatte es gesehen. Er schluckte und würgte, hustete noch einmal, diesmal aber nur noch leise. Erschöpft sackte sein Oberkörper zurück. Nicolai bemühte sich zu lächeln, doch es wurde nur ein schiefes Grinsen daraus. Erich japste nach Luft. »Mensch, Nicolai, so schnell kann alles vorbei sein. Weißt du noch, wie wir damals nach der Mobilmachung zusammen auf dem Bahnhof Äpfel geklaut haben? Mir kommt es vor, als wäre das erst gestern gewesen.«
»Drei Jahre ist das her, Erich.«
»Ich weiß. Die Bäuerin hat es nicht gemerkt, aufgeregt, wie die war, weil sie ihren Zug verpasst hatte. Kunert hat ihr vorge-

schlagen, mit uns gemeinsam nach Frankreich weiterzufahren – lauter Männer und sie mittendrin. Das wäre doch mal was gewesen, oder?«

»Ihre Äpfel waren jedenfalls gut – Boskop, glaube ich. Den Geschmack habe ich nicht vergessen.« Nicolai schob den schmalen Körper seines Kameraden ein Stück beiseite und setzte sich auf den Rand von Erichs Pritsche.

»Wir haben zu Hause in Husum Pflaumen im Garten, die sind eine Wucht, du glaubst es nicht. Eine Schale Pflaumenkompott mit Sahne drauf, das wäre es jetzt, Nico, dafür würde ich alles geben.«

»Kriegst du, Erich. Für dich ist der Krieg doch vorbei, du fährst nach Hause. Weißt du was? Ich habe noch ein paar Zigaretten drüben unter meiner Matratze. Die stecke ich heute Abend dem Pfleger zu, damit er dich beim nächsten Transport nach Deutschland mitfahren lässt.«

»Zu Hause komme ich nicht mehr lebend an, Nico. Pass mal auf.« Erich tippte ihm auf die Schulter und winkte ihn zu sich herunter. Seine Stimme war noch leiser geworden, sie war nur noch ein kaum zu vernehmendes Wispern. Nicolai beugte sich vor, sein Ohr lag beinahe auf Erichs Lippen. »Ich habe einen Siegelring dabei, ein Ring mit Familienwappen, er ist in meiner Uniformjoppe in der Innentasche links in das Futter eingenäht. Du musst ihn dir holen, wenn es mit mir zu Ende ist, ja?« Erich keuchte und presste hastig die Hand auf den Mund. Wieder kam dieses grausige Husten, ein Geräusch, das Nicolai blitzschnell nach dem Stück Stoff greifen ließ, das er auf den Boden hatte fallen lassen, aber Erich schüttelte nur stumm den Kopf. »Nicht, warte. Außerdem …« er rang nach Luft »… außerdem habe ich eine goldene Taschenuhr bei mir, die ist noch von meinem Großvater. War blödsinnig, das an die Front mitzunehmen, aber ich dachte … es sollte so eine Art Glücksbringer in der Schlacht sein, verstehst du? Ich dachte, wenn ich die Sachen dabeihabe, komme ich heil nach Hause zurück. Wie naiv man doch ist, was?« Erich lächelte mit schmerzverzerrtem Gesicht, zwischen seinen Zähnen schimmerte es rötlich. Blut, schon wieder dieses verräterische Blut. Nicolai wollte etwas sagen, aber Erich hinderte ihn daran, indem er schnell den Kopf schüttelte. »Red nicht lange, mit mir ist nicht mehr viel los. Wer Blut spukt nach einer Stichverletzung, den hat es erwischt, der hat den Marschbefehl in Richtung Friedhof in der Tasche, wir beide wissen das. Nimm dir den Ring und die Uhr, wenn ich nicht mehr bin, hörst du? Ich will nicht, dass ein Fremder die Sachen einsteckt. Du bist mein Freund. Es wird dich an mich erinnern.«

Nicolai nickte. Schon allein um Erich daran zu hindern, sich immer weiter mit neuen Erklärungen zu verausgaben, hätte er alles versprochen, was der verlangte. »Mach ich, Erich. Ich mache es genau so, wie du sagst.«

»Gut. Gehst du auch zu meinen Eltern und sprichst mit ihnen, wenn du wieder in der Heimat bist?«

»Natürlich mache ich das, aber ...«

»Nichts aber, du musst es tun. Ich verlasse mich auf dich. Husum, wir wohnen am alten Norddeich. Das große weiße Haus mit dem hohen Brandgiebel. Meine Familie kennt man in der Stadt, du wirst nicht lange suchen. Bringe es meiner Mutter schonend bei, sie hat Asthma. Lüg sie an, wenn nötig, kapiert?«

»Ja, Erich. Ich verspreche es. Auf Ehre und Gewissen.«

»Gut. Das ist gut. Bist ein Kamerad, Nico.« Erich stöhnte plötzlich auf, und sein Kopf rutschte sacht nach hinten. Sein schmales Gesicht wirkte auf einmal entspannt, beinahe friedlich sah es aus. Die Lider über den tiefliegenden Augen flatterten. Erich war erschöpft, es war ihm anzusehen, jetzt würde er wirklich schlafen. Nicolai zog sich zurück, schlich zu seiner Pritsche und setzte sich. Was war eigentlich schlimmer, selber zu sterben oder davonzukommen und zuzusehen, wie alle anderen nacheinander ins Gras beißen mussten? War ein sauberer

Tod im Schützengraben diesem Gemetzel hier nicht vorzuziehen? Als Toter würde man wenigstens seine Ruhe haben, da würde die Seele endlich Frieden finden. Kein Geschützdonner mehr, keine nächtlichen Feuerüberfälle, keine Ratten, die in den Schützengräben an Leichenteilen nagten. Nicolai schloss für einen Moment die Augen. Ratten. Das Bild dieser stinkenden Viecher mit ihren fetten Schwänzen war für ihn allgegenwärtig, diese abscheulichen Bestien verfolgten ihn überallhin. Er sah sie im Traum, er hörte ihr Quietschen und Fressen, das Scharren ihrer nackten Füße auf dem Erdboden klang nach. Dazu der Geschützdonner, die Schreie Verletzter und Sterbender – wie sehr hatte er den Klang und die Bilder des Krieges hassen gelernt.
Er zuckte zusammen. In diesem Moment legte eine Schwester ihm eine Hand auf die Schulter. Sie hatte frische Verbände mitgebracht. Nicolai schaute ihr ins Gesicht. Dass sie kam, war ein gutes Zeichen, ein Zeichen dafür, dass er nicht auf der Abschussliste stand. Die ausgemachten Todeskandidaten ließ man einfach liegen, für die opferten sie keine Mullbinden. Alles war knapp, die Schmerzmittel, die Verbände, das Frischwasser. Nichts davon durfte verschwendet werden.
Nicolai legte sich hin und schloss die Augen. Wortlos begann die Schwester mit ihrer Arbeit. Er spürte, wie sie sich an seiner Schulter zu schaffen machte. Die junge Frau an seiner Seite kam ihm bekannt vor, oder bildete er sich das nur ein, weil er sie in den letzten Tagen häufiger zu Gesicht bekommen hatte? Vielleicht erinnerte sie ihn auch an jemanden, den er aus seinem früheren Leben kannte. Wie war doch gleich ihr Name … Ingeborg? Immer wieder geisterte dieser Name in ihm herum und weckte eine unbestimmte Sehnsucht. Ingeborg. Der Duft ihres Haares, die Wärme ihrer Haut, der Klang einer weiblichen Stimme. Eine sanfte, kaum fassbare Erinnerung streifte ihn wie ein Windhauch im Frühling. Er wollte sich weiter damit beschäftigen, aber die Eingebung war schon wieder fort,

versickert in der tiefen Schwärze seiner Hirnwindungen. Wo in der Heimat hatte er eine Frau zurückgelassen? Wenn er versuchte, sich bewusst auf seine Vergangenheit zu konzentrieren, kamen ihm nur Bilder von Krieg und Zerstörung in den Sinn. Warum reichte die Kraft seines Gedächtnisses nicht mehr, um zurückzuholen, was früher einmal gut und schön gewesen war in seinem Leben?

Ingeborg warf noch einen Blick in den Backofen neben der Feuerstelle. Mit dem Kaninchen schien alles in Ordnung zu sein. Der verführerische Duft nach Gebratenem zog durch die Küche und erfüllte das ganze Erdgeschoss. Seitdem der Krieg den Speisezettel diktierte, war das Aroma von Rosmarin und Majoran in diesem Haus eine Seltenheit geworden. Bei dem Gedanken an das bevorstehende Abendessen musste Ingeborg lächeln. Wie sehr würde sie es genießen, endlich mal wieder eine vernünftige Mahlzeit auf dem Tisch zu haben – und noch dazu gemeinsam mit Johannes essen zu dürfen, in seiner angenehmen Gesellschaft.
Sie streifte die Kittelschürze ab und ging zur Tür. Der Tisch in der Stube musste noch gedeckt werden. Vor einer halben Stunde hatte sie Lisa schon einmal gebeten, das gute Geschirr herauszuholen. Das weiße Porzellan mit dem Goldrand hatte sie bei Kriegsbeginn Stück für Stück in Kisten verpackt und im Keller untergestellt. Inzwischen war sie heilfroh über diese Vorsichtsmaßnahme. Wenn sie daran dachte, welche Mengen an Hausrat sie seit der Einquartierung der Militärs verloren hatte, kochte sie vor Wut. Dank der zerstörerischen Gelage der Herren Offiziere war das Friesencafé bei weitem nicht mehr das, was es einmal gewesen war. Die Gaststube war regelrecht heruntergewirtschaftet, wirkte verwohnt und unansehnlich. Wenigstens heute musste sie nicht mit den Offizieren rechnen, denn heute konstituierte sich in Westerland der neue Soldatenrat. Keiner der Herren würde fehlen wollen, wenn diese

neue Institution der Revolution, die als Interessenvertretung der Soldaten zukünftig an der Regierungsgewalt beteiligt werden sollte, zum ersten Mal zusammentrat. Ingeborg war es nur recht, wenn die gute Stube heute Abend einmal ihr allein gehörte. Andernfalls hätte sie das geschmorte Kaninchen, das Johannes ihr geschenkt hatte, womöglich mit dem Herrn Doktor in der Küche essen müssen.

»Lisa!« Ingeborg trat auf den Gang hinaus und warf einen Blick die Treppe hinauf, aber da oben rührte sich nichts. Himmel, wie unzuverlässig das Mädchen geworden war! Ihr Liebeskummer machte sie untauglich für jede Art von vernünftiger Arbeit. Lisas Stimmung war gedrückt, seitdem ihr Schwarm Morten Petersen sich nicht mehr sehen ließ – eine Tatsache, die Lisa seinem Rausschmiss aus dem Hühnerstall vor ein paar Tagen zuschrieb und die ihr erkennbar zu Herzen ging. Insgeheim gab sie Ingeborg die Schuld daran, dass Morten sich zurückgezogen hatte. Ingeborg wusste das, aber sie bedauerte nicht, ihn rausgeworfen zu haben. Was hätte es Lisa geholfen, wenn die Geschichte mit Morten noch eine Weile als heimliches Techtelmechtel weitergegangen wäre? Wenn der Mann keine ernsthaften Absichten hatte, dann würde diese Liebelei mit ihm Lisa nur ins Gerede bringen, mehr nicht.

»Lisa!« Ingeborg lief die Treppe hinauf, mit drei großen Sätzen war sie im Obergeschoss. Wo trieb das Mädchen sich bloß herum? War sie etwa ohne Erlaubnis alleine zum Ehlers'schen Hof gelaufen? Wenn dem so war, würde es Folgen haben. Ingeborg riss die Tür zu Lisas Kammer auf. Sie warf einen Blick in den Raum. Kein Geräusch war zu hören, das Zimmer schien leer zu sein, nichts regte sich. Das graue Dämmerlicht eines trüben Novembernachmittags sickerte durch das Fenster und tauchte die Kammer in ein sanftes Halbdunkel. Ingeborg wollte sich gerade wieder abwenden, als sie plötzlich ein leises Jammern hörte. Sie blieb stehen, dann kam sie langsam näher. Neben dem Bett kauerte eine Gestalt am Boden – es war Lisa, die

in gekrümmter Haltung und mit gesenktem Kopf auf dem Dielenboden saß. Sie hielt die angezogenen Knie mit beiden Armen umklammert und sah nicht auf, auch nicht, als Ingeborg neben ihr in die Hocke ging.
»Lisa! Was ist los mit dir? Was machst du denn hier auf dem Fußboden?« Vorsichtig berührte Ingeborg die Schulter des Mädchens. Sie zuckte zusammen, bevor sie im nächsten Moment aufschluchzte.
»Diese Schmerzen, ich halte das nicht mehr aus, Frau Boysen. Es tut so weh.«
»Wo denn? Wo tut es dir weh?«
Aus großen Augen warf sie Ingeborg jetzt einen verzweifelten Blick zu, während sie schweigend den Kopf schüttelte.
»Sprich mit mir, Mädchen. Wenn du nichts sagst, kann ich dir auch nicht helfen.«
»Ich weiß nicht, wo es mir wehtut. Überall, glaube ich. Ich kann mich gar nicht rühren.«
»Wenn es so schlimm ist, müssen wir den Doktor holen. Kannst du alleine aufstehen? Ich glaube, es ist besser, wenn du dich auf dein Bett legst.«
Es dauerte einen Moment, bis Lisa sich aufrichtete. Unendlich langsam kam sie aus der Hocke hoch. Sie stöhnte dabei. Es fiel ihr sichtlich schwer, auch nur die paar Schritte bis zu ihrem Bett aus eigener Kraft zu gehen. Sie taumelte mehr, als dass sie ging, warf sich auf das Federbett und blieb dort reglos liegen.
»Lisa, was ist los mit dir?« Ingeborg beugte sich über den Körper der Magd. »Sag schon, wo genau tut es dir weh? Zeig es mir, bitte!«
Lisa blieb stumm, sie schüttelte nur schwach den Kopf. Mit vor Schmerz verzerrtem Gesicht lag sie da. Ingeborg warf ihr noch einen letzten sorgenvollen Blick zu, dann drehte sie sich auf dem Absatz um. Die Angelegenheit war ernst, es musste etwas geschehen. Lisa war nicht wehleidig, sie neigte nicht zu Über-

treibungen. Wenn es ihr wirklich so schlecht ging, wie es den Anschein hatte, dann würde Johannes etwas tun müssen. In einer Stunde wollte er ohnehin hier sein, da war er ja zum Abendessen eingeladen. Aber durfte sie Lisa noch eine Stunde sich selbst überlassen? Wer wusste denn, wie es in einer Stunde um sie stehen würde? Ingeborg wollte zur Tür hinübergehen, hielt dann aber mitten im Zimmer inne. Sie hatte den Fleck bemerkt, der sich kreisrund und dunkel auf den Dielenbrettern neben dem Bett abzeichnete. Ingeborg stutzte. Was war denn das? War das Blut? Sie kam näher und musterte die Flüssigkeit auf dem Holzfußboden. Kein Zweifel, da war Blut auf dem Boden. Ingeborg spürte, wie ihre Handflächen feucht wurden vor Aufregung. Mit einer hastigen Bewegung strich sie sich eine lose herunterhängende Strähne aus der Stirn. Was ging hier vor? Lisa blutete so stark, dass sie vor Schmerz nicht mehr aufrecht stehen konnte und eine Blutlache auf dem Fußboden hinterließ. Der Verdacht, der augenblicklich in Ingeborg aufstieg, schien ihr alles andere als harmlos. Ihre Blicke wanderten zwischen ihrem Mädchen und dem Fußboden hin und her. Hatte Lisa vielleicht eine Fehlgeburt? Vermutlich war es so, es gab keine Erklärung, die besser gepasst hätte. Lisa kam vor der Zeit nieder, und sie krümmte sich so, weil sie Krämpfe im Unterleib hatte. Vermutlich hatte Morten sie geschwängert und dann im Stich gelassen – und jetzt verlor Lisa das Kind. Ingeborg biss sich auf die Unterlippe. Sie war noch niemals Zeugin einer Geburt geworden, schon gar nicht einer Fehlgeburt. Was musste sie tun, um Lisa zu helfen? Sie überlegte fieberhaft, doch sie war viel zu aufgeregt, um einen klaren Gedanken zu fassen. Hinter ihr lag noch immer leise stöhnend Lisa auf dem Bett, den Kopf unruhig hin und her werfend. Ob Lisa bei dem, was hier gerade passierte, nachgeholfen hatte? Hatte sie Hand an sich gelegt? Und wenn schon, das spielte jetzt keine Rolle. Was zum Teufel tat man in einer Situation wie dieser? Sollte sie die Gebärende wärmen oder kühlen, sollte

man ihr Flüssigkeit einflößen oder lieber nicht? Gab es ein Hausmittel, das man anwenden konnte, und wenn ja, welches? Ingeborg machte einen Schritt auf das Bett zu. Sie dachte daran, Lisa selbst um Rat zu fragen – immerhin stammte das Mädchen aus einem kinderreichen Haushalt. Warum war dieses dumme Ding auch gleich zu Morten ins Bett geklettert? Hatte sie denn nicht damit warten können, bis er ihr einen Ring an den Finger gesteckt hatte? Nein, offenbar hatte sie nicht gewartet. Vielleicht hatte Lisa geahnt, dass es niemals eine Verlobung geben würde. Vielleicht hatte sie es sogar darauf angelegt? Vielleicht hatte sie Morten mit dem gemeinsamen Kind erpressen wollen?
Ingeborg seufzte. Auch darauf kam es jetzt nicht an. Sie drehte sich um und hastete zur Tür. Unten im Küchenregal stand Hannas Buch. *Der kleine Hausfreund* hieß der Schinken. Dieser Wälzer war voller guter Ratschläge gegen Leiden aller Art. Vielleicht würde sie darin etwas Hilfreiches finden. Während Ingeborg die Treppe hinunterlief, klopfte es plötzlich an ihrer Haustür. Wer konnte das denn jetzt sein? Hoffentlich nicht einer dieser lästigen Unteroffiziere, der darauf bestand, auch heute Abend in ihrer guten Stube verpflegt zu werden. Den Mann würde sie hochkant hinauswerfen. Sie hatte jetzt wirklich andere Sorgen. Mit einem Ruck riss Ingeborg die Haustür auf, doch bevor sie ihrem Besucher ein paar giftige Bemerkungen zur Begrüßung entgegenschleudern konnte, sah sie, dass es gar kein Soldat war, der auf ihrer Türschwelle stand. Johannes war gekommen, lange vor der vereinbarten Zeit, aber dennoch gerade rechtzeitig, um als Retter in der Not dienen zu können. Lächelnd lehnte er im Türrahmen. Er hatte eine Flasche Wein dabei, die er ihr triumphierend unter die Nase hielt. »Hallo und einen guten Abend, Frau Wirtin! Du wirst nicht glauben, was ich noch zum Abendessen für uns ergattert habe!«
Johannes strahlte übers ganze Gesicht. »Ich war heute Nachmittag in Wenningstedt drüben beim alten Thomsen und

habe ihm sein gebrochenes Bein geschient, und dafür hat er mir einen echten Burgunder Jahrgang 1915 in die Hand gedrückt. Wir werden speisen wie die Fürsten. Das ist doch was, oder?«

Ingeborg nickte hastig, obwohl Rotwein, egal von welcher Sorte und aus welchem Jahrgang, ihr im Augenblick gleichgültig war. Sie winkte Johannes in den Flur. »Gott sei Dank, dass du da bist! Ich bin froh, dich zu sehen. Komm schnell, du musst mir helfen!«

»Helfen? In der Küche, meinst du? Natürlich, das mache ich gern. Ich bin allerdings ein lausiger Koch. Außer Rühreiern mit Speck bringe ich nichts zu Stande. Macht das Kaninchen etwa Schwierigkeiten?«

»Das Kaninchen nicht, aber Lisa.« Ingeborg schloss die Haustür und deutete mit einem Kopfnicken zur Treppe hinüber. »Sie liegt oben in ihrer Kammer und blutet.«

»Sie blutet? Wie ist denn das passiert? Hatte sie einen Unfall?« Johannes runzelte die Stirn.

»Ich weiß nicht genau, aber ich vermute …« Ingeborg verstummte und senkte den Blick. Es war ihr unangenehm, Johannes von ihrem Verdacht zu erzählen, aber es half nichts, sie musste es tun. Das Mädchen brauchte Hilfe, und Johannes war Arzt. Es war bestimmt nicht das erste Mal, das er eine so heikle Sache wie die Fehlgeburt einer unverheirateten Frau miterlebte.

»Ich glaube, Lisa bekommt ein Kind, allerdings viel zu früh. Wenn du mich fragst, ist es eine Fehlgeburt. Sie hatte eine kurze Affäre mit einem Knecht vom Hof Ehlers, und jetzt blutet sie und hat Schmerzen im Unterleib. Du musst unbedingt nach ihr sehen. Sie ist fast außer sich vor Angst und Schmerz.«

»Hast du Eis im Haus, Ingeborg?«

»Ja, unten im Keller. Es ist nicht viel, aber …«

»Gut.« Johannes streifte seinen Mantel ab und warf ihn über das Treppengeländer. »Hol es bitte rauf, zerstoße es und schlag die Stücke dann in ein dünnes Leinentuch ein. Und bring mir heißes Wasser in einer Schüssel und Seife und ein frisches Handtuch. Medikamente habe ich leider nicht dabei, aber ich werde sehen, was ich tun kann.« Johannes drehte sich um und lief die Treppe hinauf.

»Zweite Tür rechts, das ist ihr Zimmer!« Ingeborg sah zu, wie Johannes in dem dunklen Gang verschwand. Sie selbst stürzte in die Küche, um den Wasserkessel aufzusetzen. Ob Johannes dem Mädchen würde helfen können? Es wäre nicht das erste Mal gewesen, dass eine Frau eine Fehlgeburt nicht überlebte. Ingeborg seufzte leise. Wie sehr hatte sie sich auf diesen Abend gefreut, und nun das! Sie bemerkte, dass ihre Hände vor Aufregung zitterten. Eigentlich hätte das Karnickel im Ofen jetzt ihre Aufmerksamkeit gebraucht, aber dafür war keine Zeit. Sie hängte den Kupferkessel auf den Haken über der Feuerstelle und lief in den Keller, um das Eis zu holen. Alle notwendigen Handgriffe erledigte sie wie im Traum, arbeitete konzentriert und schnell. Es dauerte nicht lange, bis sie mit dem Eisbeutel in der Hand die Treppe hinaufstürmte. Sie kam gerade dazu, als Johannes dem weinenden Mädchen die von Blut getränkte Unterwäsche von den Beinen streifte. Bei Ingeborgs Eintreten hob er den Kopf. »Hast du das Eis? Das ist gut. Leg das Paket auf Lisas Unterleib – genau dorthin, wo es dir selbst wehtut, wenn du deine monatliche Blutung hast. Ich brauche noch ein paar Vorlagen, mit denen ich das Blut auffangen kann. Und heißes Wasser brauche ich dringend.« Johannes warf Ingeborg einen flüchtigen Seitenblick zu. »Lauf, Ingeborg, ich bitte dich. Es ist eilig.«

Ingeborg nickte. Sie trat an Lisas Bett und schob mit einer energischen Bewegung die Hände beiseite, die Lisa schützend auf ihren Unterleib presste. Lisa versuchte sich zu wehren, aber Ingeborg drückte ihr den Eisbeutel mit Gewalt in den Schoß. Während Lisa vor Schmerz laut wimmerte, stürmte Ingeborg in die Küche zurück. So schnell wie möglich besorgte sie heißes

Wasser, ein Stück Kernseife und ein Handtuch. Im Laufschritt brachte sie alles hinauf in Lisas Kammer. Oben angelangt, setzte sie die Schüssel mit dem dampfenden Wasser auf einem Stuhl ab, den sie Johannes neben das Bett stellte. Schweigend machte sie sich auf den Weg in ihr eigenes Zimmer, um die Vorlagen aus dem Schrank zu holen, die sie benutzte, wenn sie ihre monatliche Blutung hatte. Als sie wieder in Lisas Zimmer kam, zog Johannes gerade die Hand zurück, mit der er Lisas Unterleib untersucht hatte. Ingeborg errötete im ersten Moment bei diesem Anblick, aber sie versuchte, sich ihre Verlegenheit nicht anmerken zu lassen. Hastig legte sie ihre Vorlagen auf dem Stuhl neben dem Bett ab und blieb dann stehen, um auf weitere Anweisungen zu warten.

»Ich habe auch Wasser für einen Tee aufgesetzt. Möchtest du einen?«

»Wenn ich hier fertig bin, gern. Lisa könnte allerdings etwas Flüssigkeit gebrauchen. Tee mit Zucker wäre gut, das heißt, wenn du Zucker im Haus hast. Das Mädchen hat viel Blut verloren, ihr Kreislauf braucht Unterstützung.«

»Ja gut.« Ingeborg musterte noch einmal Lisa, die jetzt reglos auf dem Bett lag. Es schien ihr etwas besser zu gehen, zumindest stöhnte sie nicht mehr vor Schmerz. Sie lag jetzt ganz still da, es sah beinahe aus, als schliefe sie mit offenen Augen. Ingeborg wollte sich abwenden, aber Johannes hielt sie zurück, indem er nach ihrer Hand fasste und sie kurz drückte. »Du machst das gut, Ingeborg, du bist mir eine echte Hilfe. An dir ist eine richtige Krankenschwester verloren gegangen, weißt du das?«

Anstatt zu antworten, lächelte Ingeborg nur. Sie und die geborene Krankenschwester? Stimmte das, oder wollte Johannes sich bei ihr einschmeicheln? Ihr fiel nichts ein, was sie auf dieses Kompliment hätte erwidern können, und so zog sie sich einfach schweigend zurück. Bisher hatte sie fest daran geglaubt, Talent zur Hoteliersfrau zu haben, aber vielleicht passte ein solches Leben gar nicht zu ihr. Womöglich entsprach es tatsächlich eher ihren Fähigkeiten, Verbände zu wechseln, Kompressen aufzulegen und den Kranken Mut zuzusprechen? Vielleicht war sie an der Seite von Johannes wirklich besser aufgehoben als hier unter dem Dach einer Gaststätte, die seit Kriegsbeginn keine mehr war?

Ingeborg verließ die Kammer. Draußen blieb sie auf dem oberen Treppenabsatz stehen. Langsam ließ sie sich auf die Treppenstufe sinken. Noch vor ein paar Jahren hatte sie sich so sehr danach gesehnt, Herrin dieses Hauses zu sein, aber in letzter Zeit beschlichen sie immer häufiger Zweifel an dem Leben, das sie gewählt hatte. War es richtig von ihr gewesen, Nicolais Frau zu werden? Die Abgeschiedenheit dieses Dorfes und dieser Insel, die harte körperliche Arbeit, die das alte Reetdachhaus seinen Bewohnern abverlangte, die Eintönigkeit der Tage und Nächte, die sie hier verbrachte – das alles machte ihr zunehmend zu schaffen. War es zu viel, was sie sich zugemutet hatte? Oder war es zu wenig? Füllte das Dasein einer Wirtin und Hausfrau sie nicht aus? Und Nicolai? Was empfand sie für ihn? Wollte sie wirklich, dass er aus dem Krieg zurückkam? Oder hoffte sie insgeheim, dass genau das Gegenteil geschehen und sie als Witwe einen Neuanfang geschenkt bekommen würde? Um Himmels willen, auf was für Gedanken kam sie da nur? Liebte sie Nicolai denn nicht mehr?

Ingeborg ließ den Kopf sinken, erschöpft barg sie das Gesicht in den Händen. Wen konnte sie um Hilfe bitten, mit wem konnte sie über ihre Sorgen sprechen? Wer hatte eine Antwort auf die vielen Fragen, die sie bedrängten?

In diesem Augenblick öffnete sich die Tür hinter ihr, und Johannes betrat den Gang. Er kam zu ihr und setzte sich neben sie auf der Treppe. Ingeborg hob den Kopf und warf ihm einen fragenden Blick zu. »Wie geht es Lisa? Ist sie über den Berg?«

»Ja, ich denke schon. Sie wird es überleben. Sie hat viel Blut verloren, aber sie ist jung und kräftig, ihr Körper wird sich erholen. Jetzt schläft sie. Das ist das Beste, was sie im Moment tun kann.«

»Und das Kind?«

»Es lebt nicht mehr.« Johannes legte behutsam einen Arm um Ingeborgs Schulter. »Es tut mir Leid, aber für das Kind kam jede Hilfe zu spät. In dieser Hinsicht konnte ich nichts mehr tun.«

»Hat sie ... ich meine ... war die Fehlgeburt ein Unglück, oder meinst du, dass Lisa nachgeholfen hat?«

»Das weiß ich nicht, Ingeborg, wirklich. Wir werden es nie erfahren, schätze ich.«

Ingeborg nickte. Sie schloss die Augen und lehnte den Kopf für einen Moment an Johannes' Schulter. Sie spürte die Wärme, die von seinem Körper ausging, und atmete den Duft nach Kernseife, den seine Hände verströmten. Es war so tröstlich, das Johannes da war. Es tat ihr so gut, einfach nur einmal auszuruhen.

»Da steht ein fremder Herr vor der Tür.« Hedwig kam langsam näher. Den Kopf weit vorgestreckt, trat sie an das Bett, in dem Antonie lag und schlief. Luise stand von dem Stuhl auf, auf dem sie gesessen und die kranke Tony bewacht hatte.

»Ein fremder Herr? Hat er denn seinen Namen nicht genannt?«

»Er hat mir seine Karte gegeben und gesagt, dass er zu dir möchte.« Hedwig reichte ein chamoisfarbenes Kärtchen an Luise weiter. Ferdinand von Podewil, Militärattaché der österreichischen Botschaft, Grunewaldstraße 12, Berlin-Dahlem, Fernsprecher 889. Luise lächelte. Er war also wirklich gekommen, Antonies Vater. Heute Morgen war sie nach einer unruhigen, durchwachten Nacht an Tonys Seite in aller Frühe kurzerhand ins nächste Postamt marschiert, hatte von dort die Vermittlung angerufen und das Fräulein vom Amt gebeten, sie nacheinander mit allen von Podewils in der Stadt zu verbinden, die einen eigenen Fernsprechapparat besaßen. Schon beim zweiten Versuch hatte sie Glück gehabt. Der Herr Militärattaché von Podewil war zunächst angeblich nicht zu sprechen gewesen, doch als die Rede auf seine Tochter gekommen war, hatte man Luise auf einmal doch mit ihm verbunden. Zuerst hatte er kühl auf Luises Eröffnung, dass die kleine Tony bei ihr sei, reagiert. Anscheinend hatte er geglaubt, Luise hätte das Kind irgendwo gefunden und wollte nun Geld für seine Rückgabe erpressen. Nachdem sie dieses Missverständnis aufgeklärt hatte, war der Herr Militärattaché die Freundlichkeit selbst gewesen. Er hatte sein sofortiges Kommen in Aussicht gestellt und sich bei Luise formvollendet für ihren Anruf bedankt. Und nun war er also da. Luise sah noch einmal auf seine Visitenkarte und nickte Hedwig dann zu. »Führe den Herrn bitte herein, Hedwig.«

»Hereinführen? Hierher? In mein Schlafzimmer? Das finde ich aber höchst unpassend. Ich kenne den Herrn gar nicht.«

»Na und? Dann lernst du ihn jetzt eben kennen. Er ist Antonies Vater. Er ist gekommen, um seine Tochter abzuholen. Wir können ihn schlecht draußen auf dem Gang stehen lassen, oder?«

»Und woher willst du wissen, dass dieser Herr da draußen wirklich Antonies Vater ist?«

»Ich habe ihn heute Morgen vom Postamt in der Königstraße aus angerufen. Am Telefon machte er einen ausgesprochen höflichen und wohlerzogenen Eindruck.«

»Aha.« Hedwig näherte sich ein Stück dem Bett, in dem Antonie lag, und warf einen scheinbar besorgten Blick auf das Kind. »Und wenn der Mann sich nur als ihr Vater ausgibt? Du kannst doch das kranke Kind nicht irgendeinem wildfremden Menschen anvertrauen.«

»Antonies Kindermädchen hat den Nachnamen der Familie erwähnt, aus der die Kleine stammt. Ich habe mir von der Vermittlung einfach alle Rufnummern der Leute dieses Namens

heraussuchen lassen und bin dabei auf unseren Herrn von Podewil gestoßen.«
»Das habe ich bereits begriffen, meine Liebe. Aber das schließt doch nicht aus, dass dieser Herr, den du ausfindig gemacht hast, sich nur als Tonys Vater ausgibt, ohne es tatsächlich zu sein. Wenn du einem Betrüger aufgesessen bist, was dann?«
»Warum sollte dieser Mann vorgeben, Tonys Vater zu sein, wenn er es in Wirklichkeit nicht ist? Welchen Nutzen hätte das für ihn? Außerdem werden wir ja sehen, wie Tony ihn begrüßt, wenn sie aufwacht. Seinen eigenen Vater wird das Kind ja wohl erkennen.«
»Ich weiß nicht recht, Luise …«
»Bitte, Hedwig, geh und hol Herrn von Podewil herein. Wir haben keine andere Wahl. Das Kind ist krank und braucht Pflege. Es muss zurück zu seiner Familie. Außerdem ist es ausgesprochen unhöflich, einen Herrn im Stand eines Militärattachés so lange da draußen auf dem Flur stehen zu lassen.«
Hedwig rümpfte kurz die Nase. Sie schien noch immer nicht mit Luises Vorgehen einverstanden zu sein, ging aber trotzdem, nachdem Luise ihr noch einen strengen Blick zugeworfen hatte. Kurz darauf betrat ein Herr in einem dunklen Raglanmantel das Zimmer, seinen Hut in der einen Hand, einen Spazierstock mit Elfenbeinknauf in der anderen. Sein Äußeres wirkte so gepflegt, wie man es von einem Militärattaché erwarten durfte. Ohne zu zögern, durchquerte Herr von Podewil das Schlafzimmer. Bei Luise angekommen, verbeugte er sich, bevor er sich dem Kind zuwandte. Ein Lächeln glitt über sein schmales Gesicht. Antonies Vater war gut aussehend, lediglich ein leicht geröteter Schmiss, der sich quer über die rechte Gesichtshälfte zog, nahm den ebenmäßigen Gesichtszügen etwas von der Schönheit, die sie ansonsten besaßen.
Luise wandte den Blick ab, damit sie Herrn von Podewils Narbe nicht anstarrte. Ihr Besucher verneigte sich noch ein-

mal leicht in ihre Richtung. »Sie sind Frau von Lassen, nehme ich an? Gestatten Sie, dass ich mich vorstelle? Mein Name ist Ferdinand von Podewil. Ich bin Antonies Vater.«

»Ich freue mich, Ihre Bekanntschaft zu machen, Herr von Podewil.« Luise reichte ihrem Gegenüber die Hand und sah erfreut, dass er sich darüber beugte, um die Hand zu küssen.

»Wie geht es meiner Tochter? Fiebert sie noch?« Von Podewil richtete sich auf. »War ein Arzt bei ihr?«

»Ja, der Arzt war heute Morgen da. Er hat dem Kind strikte Bettruhe verordnet und fiebersenkende Umschläge empfohlen. Auch trinken soll sie reichlich.«

»Hat er sich zu der Ursache der Erkrankung geäußert?«

»Nicht ausdrücklich. Er vermutet eine fiebrige Erkältung.« Luise legte die Hände ineinander und wartete. Was würde der Herr Militärattaché als weiteres Vorgehen vorschlagen? Luise war froh, dass er da war, und gerne bereit, sich seinen Vorschlägen zu fügen. Die letzten Stunden mit dem kranken Kind waren alles andere als einfach für sie gewesen. Von Podewil bedachte sie mit einem freundlichen Blick. »Zuerst muss ich mich bei Ihnen bedanken, gnädige Frau. Sie glauben gar nicht, wie erleichtert ich war, als Ihr Anruf kam. Nachdem das Kinderfräulein mir gebeichtet hatte, dass es Antonie im Gedränge auf dem Bahnhof aus den Augen verloren hatte …«

»Das Fräulein Bromberg ist bei Ihnen?«

»Sicher ist sie bei uns. Leider kam sie ohne meine Tochter – eine Tatsache, die mich in tiefe Besorgnis gestürzt hat, das werden Sie verstehen. Antonie ist mein einziges Kind. In den unruhigen Zeiten, in denen wir leben, musste ich das Schlimmste befürchten.«

»Um so schöner, dass Sie nun wieder zueinander gefunden haben.« Luise trat an das Bett und strich der kleinen Tony vorsichtig über das lockige Haar. In diesem Moment drehte das Mädchen den Kopf und schlug die Augen auf. Sie warf erst Luise, dann dem Mann am Fußende ihres Bettes einen langen

Blick zu, richtete sich auf und rief nach ihrem Papa. Gerührt schaute Luise zu, wie Vater und Tochter sich umarmten. Flüsternd unterhielt von Podewil sich mit seinem Kind. Was er sagte, konnte Luise nicht verstehen, er sprach zu leise. Antonie jedenfalls schienen seine Worte zu beruhigen, denn sie lächelte. Behutsam legte von Podewil das Mädchen zurück in die Kissen.

»Antonies Fieber scheint mir hoch zu sein, gnädige Frau. Wenn Sie nichts dagegen haben, würde ich meine Tochter gerne mit zu mir nach Hause nehmen und sie unserem Hausarzt vorstellen. Es wird ihr bei mir an nichts fehlen, das verspreche ich.«

»Ich bitte Sie, Herr von Podewil, natürlich. Ihre Tochter gehört zu Ihnen. Selbstverständlich können Sie Antonie mitnehmen. Sind Sie mit dem Automobil gekommen?«

Der Militärattaché nickte. »Ja. Mein Dienstwagen steht unten auf der Straße. Würden Sie so freundlich sein und mir dabei helfen, Tony anzukleiden? Ich werde sie sofort nach unserer Ankunft in Dahlem wieder zu Bett bringen lassen, damit sie sich ausruhen kann.«

»Aber gerne.« Luise holte Tonys Unterwäsche und das samtene Kinderkleid von der Lehne des Stuhls, der neben dem Fenster stand. »Lassen Sie mich das nur ruhig alleine machen, ich habe Übung in solchen Dingen. In fünf Minuten ist Antonie zur Abfahrt fertig.«

»Ich weiß nicht, wie ich Ihnen danken soll, gnädige Frau.« Von Podewil verbeugte sich erneut. »Ich stehe in Ihrer Schuld. Erlauben Sie mir, mich ausdrücklich bei Ihnen für Ihre große Hilfsbereitschaft zu bedanken?« Der Militärattaché griff in die Innenseite seines Mantels. Luise befürchtete, er werde sein Portemonnaie zücken und ihr Geld anbieten, weshalb sie abwinkte. Für das, was sie getan hatte, wollte sie keine Belohnung, schon gar keine, die sich rechnete. Sie schüttelte den Kopf. »Ich bitte Sie, das war doch nicht der Rede wert. Ich habe es gern getan. Ein so reizendes Kind wie Ihre Tochter lässt man nicht im Stich. Ich habe auch eine Tochter, müssen Sie wissen. Es ist mir nicht schwer gefallen, mich um Antonie zu kümmern. Sie schulden mir nichts, wirklich nicht.«

»Sind Sie sicher?« Der Militärattaché war in seiner letzten Bewegung erstarrt, als schien er nicht genau zu wissen, wie er sich verhalten sollte. Langsam zog er die Hand aus seinem Mantel. »Nun gut, wenn Sie meinen, gnädige Frau. Ich bin Ihnen auf jeden Fall sehr dankbar. Vielleicht kann ich Ihnen sonst irgendwie helfen? Falls Sie die Stadt verlassen möchten, ich könnte etwas für Sie arrangieren ...«

»Die Stadt verlassen? Warum denn das? Sie meinen wegen der Straßenunruhen?«

»Ja, natürlich. Berlin ist im Augenblick ein unruhiges Pflaster. Sie sollten die Dinge nicht auf die leichte Schulter nehmen, gnädige Frau. Viele ehemals kaisertreue Familien verlassen derzeit Berlin. Wie es hier weitergehen wird, kann noch niemand sagen. Angeblich sollen die Spartakisten um diesen dubiosen Herrn Liebknecht an der zukünftigen Regierung beteiligt werden. Herr Ebert soll ihnen bereits ein Angebot gemacht haben.«

Luise lächelte schwach. »Das klingt in der Tat nicht gerade erfreulich.«

»Nein.« Von Podewil trat einen Schritt näher und senkte die Stimme. »Soweit ich weiß, ist auch Ihre Majestät die Kaiserin im Begriff, die Stadt zu verlassen. Man munkelt, dass sie nach Holland reisen wird.«

»Nach Holland?«

Luise fuhr herum. Hedwig, die offenbar die ganze Zeit über auf der Türschwelle gestanden und zugehört hatte, kam langsam näher. Ihre Wangen hatten sich gerötet. Mit weit aufgerissenen Augen fragte sie: »Woher haben Sie das, mein Herr? Dass die Kaiserin nach Holland geht, wer behauptet so etwas?«

»Für gewöhnlich gut unterrichtete Kreise bei Hofe sind der

Auffassung, dass Ihre Majestät die Kaiserin versuchen wird, ihrem Ehemann ins Exil zu folgen. In den Ministerien ist man überzeugt, dass Seine Majestät auf absehbare Zeit nicht nach Berlin zurückkommen wird und daher …«

»Nicht zurückkommen? Wie meinen Sie das? Überhaupt nicht mehr? Aber das geht doch nicht. Was soll denn dann aus unserem Land werden?« Hedwig seufzte laut, Tränen schimmerten in ihren Augen.

»Was aus Deutschland werden soll? Es wird eine andere Staatsform erhalten, denke ich. Der Abgeordnete Scheidemann hat gestern vor dem Reichstag die Republik ausgerufen – und die Massen haben ihm zugejubelt. Ich persönlich glaube nicht, dass diese Entwicklung noch umkehrbar ist, zumal sie von den alliierten Kriegsgegnern befürwortet wird. Der Kaiser hat abgedankt und den Weg frei gemacht für eine andere Regierungsform …«

»Er hat abgedankt, ja, aber doch nicht endgültig!« Hedwigs Stimme klang schrill, sie brach sich an den Wänden des Raumes. »Seine Majestät tut das doch nur, um den Krieg zu beenden. Er würde sein Vaterland niemals im Stich lassen!«

»Verzeihen Sie, wenn ich Ihnen widerspreche, gnädige Frau. Eine Abdankung ist nichts, was man nur unter Vorbehalt erklären kann. Wenn sie erst einmal in der Welt ist, existiert sie auch. Staatsrechtlich betrachtet …«

»Staatsrechtlich betrachtet? Was interessiert mich Ihr Staatsrecht!« Hedwig machte einen großen Schritt nach vorn. Einen Moment lang befürchtete Luise, sie werde sich auf Herrn von Podewil stürzen, der, wie es schien, ungerührt dastand und sie mit erstauntem Gesicht musterte. Hedwig wirkte ebenso verwirrt wie verzweifelt. Sie rang die Hände. »Ich habe mein ganzes Leben der kaiserlichen Familie gewidmet, mein Herr. Ich war eine der Hofdamen Ihrer Majestät der Kaiserin. Meine besten Jahre habe ich dem Vaterland geschenkt, ich habe der ersten Familie dieses Volkes treu gedient! Die kaiserliche Familie

kennt ihre Pflicht. Die Liebe zu ihrem Volk geht der Kaiserin über alles. Dohna würde ihr Land nicht im Stich lassen, sie würde niemals freiwillig gehen!«
»Und was ist, wenn das deutsche Volk sie nicht mehr haben will? Werfen Sie einen Blick aus dem Fenster, gnädige Frau! Sie werden feststellen, dass dort draußen gewaltige Veränderungen stattfinden. Die Monarchie gehört der Vergangenheit an, glauben Sie mir. Die Zeit der deutschen Kaiser und Könige ist vorbei. Das Volk verlangt sein Recht, es will an der Regierungsgewalt beteiligt werden. Nicht dass ich begeistert bin von dem, was sich auf den Straßen abspielt.« Von Podewil nickte Hedwig zu. »Ich kann Ihre Gefühle durchaus verstehen, aber eines ist sicher – die Monarchie ist tot. Das Land wird mit einer Republik leben müssen.«
»Nein! Ich will nichts mehr davon hören! Ich glaube Ihnen kein Wort! Sie sind ein Umstürzler, ein Bolschewik sind Sie! Verlassen Sie meine Wohnung!« Hedwig schluchzte laut, schlug die Hände vors Gesicht und begann hemmungslos zu weinen.
Luise warf dem Militärattaché einen entschuldigenden Blick zu. Einen Mann von seinem Format als Bolschewiken zu bezeichnen, war Unsinn und außerdem eine Beleidigung. Widerwillig wandte sie sich Hedwig zu, die weinend zu Boden gesunken war. Mit gesenktem Kopf hockte sie da und trommelte mit den Fäusten auf den Teppich ein.
»Ich glaube es nicht, nein!« Wieder schluchzte Hedwig auf. Luise kniete sich neben sie und legte ihr eine Hand auf die Schulter, um sie zu beruhigen. Ihr Verhalten war nur noch peinlich. Wenn sie sich doch ein klein wenig beherrscht hätte. Luise beugte sich zu ihrer Kusine, um sie aufzufordern, doch bitte Vernunft anzunehmen, aber in diesem Moment sank Hedwig völlig in sich zusammen. Ihr Oberkörper fiel vornüber, und sie jammerte und schluchzte noch lauter. Luise seufzte. Was um Gottes willen sollte sie nur mit Hedwig anstellen? Sie

richtete sich auf und sah Antonies Vater dabei mit einem flehentlichen Blick an. »Verzeihen Sie, Herr von Podewil. Das Ganze ist mir sehr unangenehm, es ist …«
»Eine menschliche Tragödie.« Von Podewil wirkte gefasst. Er nickte Luise zu. »Ich verstehe das, gnädige Frau. Ich denke, das Beste wird sein, wenn ich mich zurückziehe. Glauben Sie, es wäre Ihnen möglich, sich um Tony zu kümmern? Wenn Sie meine Tochter anziehen, kann ich sie mitnehmen.«
»Selbstverständlich. Und was Ihr Angebot angeht, das Sie mir bezüglich des Verlassens der Stadt gemacht haben, so haben Sie dafür vielen Dank. Ich denke, wir werden noch eine Weile in Berlin bleiben. Wir kommen zurecht.« Luise führte den Militärattaché zur Tür.
»Aber ich bitte Sie. Wenn hier jemand zu danken hat, dann bin ich das. Darf ich auf dem Flur warten, bis Sie fertig sind?«
»Ja, natürlich.« Luise deutete auf den Gang. Auf der Türschwelle angekommen, blieb sie noch einmal stehen und schaute sich nach Hedwig um. Von Weinkrämpfen geschüttelt, lag sie wimmernd am Boden. Sie gab ein peinliches Bild ab, so wie sie auf Knien auf dem Fußboden kauerte. Warum konnte diese Frau sich nicht wenigstens ein bisschen zusammennehmen?

# Kapitel 5

Schweigend schaute Ingeborg auf das Wasser hinaus, das ruhig unter dem novembergrauen Himmel lag. Angeblich sollte heute Nachmittag ein Schiff mit Kriegsheimkehrern aus Frankreich den Hafen erreichen. Bisher waren allerdings nur ein paar Waggons der Inselbahn angekommen. Eine Kompanie von Soldaten der ehemaligen Inselwache war in Munkmarsch aus dem Zug geklettert. Fröhlich und lärmend waren die Männer an Bord des Dampfers gegangen, der sie zurück auf das Festland bringen sollte. Ingeborg hatte eine ganze Weile in der Nähe der Mole gestanden und zugeschaut, wie die Männer eingeschifft wurden. Der Krieg war vorbei, diese Soldaten durften nach Hause. Ein Abschied mehr von der Insel – Szenen, wie sie dieser Tage oft zu sehen waren. Es fiel Ingeborg nicht leicht, sich das einzugestehen, aber der Anblick der winkenden Männer auf dem langsam davongleitenden Schiff hatte sie erst traurig gemacht und dann mit Neid erfüllt. Zumindest für diese Leute war der Krieg vorüber, sie waren der Gefahr endgültig entkommen. Sie hätte sich mit ihnen freuen sollen, aber das konnte sie nicht. Stattdessen vermochte sie nur mit Mühe ihre Tränen zurückzuhalten. Die Hochstimmung, in der sie in den vergangenen Tagen gelebt hatte, schien sie beim Anblick des Schiffes, das auf das Meer hinausfuhr, plötzlich zu verlassen. Während sie hier an der Legatsbrücke stand und vergeblich auf einen Menschen wartete, der vermutlich heute nicht mehr kommen würde, fühlte sie sich einsam. Sie war allein, ihre Zukunft lag im Dunkeln und war unbestimmt. Dabei hatte sie trotz alledem doch Glück – die ganze zerstörerische Wucht des Krieges hatte sie nicht zu spüren bekommen, andere waren schlechter dran als sie. Sie hatte die Insel nicht unter dem Druck einer feindlichen Invasion verlassen müssen, es hatte noch nicht einmal Angriffe auf die Bevölkerung gegeben. Sie hatte das Ende des Krieges einfach abwarten dürfen, die Kriegswirren hatten sie bestenfalls gestreift. Und doch stellte sich nach allem, was mittlerweile passiert war, die Frage, wie es mit ihr weitergehen sollte. Nicolai war auch heute, an diesem feuchtkalten Nachmittag Ende November, nicht nach Hause gekommen. Sie fragte sich, wo er war und warum er nicht zurückkehrte. Es gab keinen Brief aus neuerer Zeit von ihm, kein Telegramm, kein einziges Lebenszeichen seit Monaten. Dabei hatte sie doch in der Zeitung gelesen, dass die Frontsoldaten auf dem Rückweg in ihre Heimat waren. Für Nicolai schien das nicht zu gelten. Sie war und blieb Strohwitwe, eine Frau, die das Warten nicht aufgeben und etwas Neues nicht beginnen durfte.

Fröstelnd schlug Ingeborg den Kragen ihres Wintermantels hoch.

Vermutlich war die Nachricht, die sie gestern in der Volksküche aufgeschnappt hatte, nichts weiter als ein Gerücht gewesen. Derjenige, der herumposaunt hatte, dass ein Transport aus entlassenen Soldaten heute Nachmittag von Hoyer aus hier landen würde, war ein Wichtigtuer gewesen. Sie war auf eine Lüge hereingefallen, weiter nichts.

Schweigend starrte Ingeborg hinaus auf das Wasser, das ruhig und bleifarben vor ihr lag. Das Festland auf der anderen Seite des Wattenmeeres verbarg sich in dichtem Nebel. Von da drüben würde heute kein Schiff mehr kommen. Das Wasser lief ab, die Ebbe stand bevor. Vielleicht würde die Fähre morgen ein paar Kriegsheimkehrer ausspucken? Solange der Fährbetrieb mit dem Festland überhaupt noch intakt war, konnte sie wenigstens hoffen. Es kursierten Gerüchte, wonach das Festland auf der anderen Seite des Meeres als Folge des verlorenen Krieges an Dänemark fallen sollte. Wenn Hoyerschleuse dänisch wurde, wie sollten dann die Urlauber im Sommer hierher kommen? Die Zukunft der Insel als Badeinsel schien ungewiss, zumal die Kureinrichtungen und der Strand in einem schlechten

Zustand waren. Ingeborg spürte, wie Zweifel in ihr aufstiegen. Wozu ein neues Hotel bauen, wenn die Urlauber die Insel bald nicht mehr würden erreichen können? Der Traum von der weißen Villa in den Dünen schien ihr plötzlich in weite Ferne zu rücken. Im Grunde bewegte sich ihr ganzes Leben auf schwankendem Grund, sie lebte auf dem Treibsand von Illusionen.
Ingeborg griff mit einer Hand nach dem Lenker ihres Fahrrades, während sie mit der anderen Hand den Riemen ihrer Umhängetasche auf die Schulter zurückschob. Sie hatte die Bauzeichnungen für ihre Villa dabei, die sie für Thiess Meinert angefertigt hatte. Bevor sie die Entwürfe weitergab, wollte sie Johannes bitten, einen Blick darauf zu werfen. Er besaß genügend gesunden Menschenverstand, um gravierende Mängel daran zu erkennen und sie darauf aufmerksam zu machen. Die Aussichten für einen Neubau waren derzeit zwar schlecht, aber aufgeben wollte sie diese Idee noch nicht ganz. Vielleicht würde es Jahre dauern, bis sie sich eine schicke Villa am Roten Kliff leisten konnte, doch immerhin hatten ihre Hoffnungen ein Ziel, solange sie sich an diese Pläne klammerte. Der marode alte Kasten mit seiner langweiligen sandfarbenen Fassade, der jetzt dort draußen am Meer stand, passte jedenfalls nicht mehr ins Bild. Damit war kein Blumentopf mehr zu gewinnen.
Ingeborg drehte sich um und wollte gerade auf ihr Fahrrad steigen und losfahren, als sie bemerkte, dass ihr jemand entgegenkam. In Holzpantinen und einem abgetragenen Mantel aus schwarzem Kammgarn schlenderte Solveig Behnke den Weg zur Mole hinunter. Ingeborg blieb stehen. Ausgerechnet Lisas Mutter musste sie hier draußen treffen. Die Frau war ihr alles andere als sympathisch. Der Behnke wäre sie lieber ausgewichen, aber das hätte sie bestimmt bemerkt. Sie wusste sowieso, dass Ingeborg nicht viel von ihr hielt. In Ingeborgs Augen war Lisas Mutter eine Frau ohne Moral. Dabei glaubte Solveig durchaus etwas Besonderes zu sein, sie hielt auf sich, weil sie schwedische Urahnen besaß. Für Ingeborg bot Solveigs Le-

benswandel allerdings keinen Anlass, stolz darauf zu sein. Lisas Mutter wechselte ihre Liebhaber beinahe im Jahresrhythmus. Derzeit lebte sie mit irgendeinem Mann zusammen, der vor Kriegsbeginn auf der Werft in Munkmarsch gearbeitet hatte. Solveig hatte es fertig gebracht, im Laufe der Jahre fünf Kinder von fünf verschiedenen Vätern in die Welt zu setzen. Um keines dieser Kinder hatte sie sich wirklich gekümmert, auch um Lisa nicht. Hanna Boysen hatte dafür gesorgt, dass Lisa frühzeitig von zu Hause fortkam und bei den Boysens leben konnte, wo es ihr deutlich besser ging als im Kreis ihrer Familie. Eigentlich hätte Solveig Hanna Boysen dafür dankbar sein müssen, doch wenn sie es war, dann zeigte sie es nicht. Vermutlich gehörte Dankbarkeit nicht zu ihren Stärken. Ingeborg überlegte, ob sie nicht einfach kurz entschlossen ihr Fahrrad besteigen und mit einem Gruß an Lisas Mutter vorbeiradeln sollte, aber dafür schien es zu spät zu sein. Solveig Behnke hatte sich bereits breitbeinig mitten auf dem Weg aufgebaut. Ihrem Gesichtsausdruck nach zu urteilen stand Ärger ins Haus. Ihre Miene ließ erkennen, dass sie schlecht gelaunt war. Mit erhobenem Kopf wartete sie darauf, dass Ingeborg das Gespräch eröffnete. Lisas Mutter wirkte wie eine kampfbereite Henne auf dem Misthaufen, nur dass Ingeborg noch nicht wusste, worüber Solveig heute streiten wollte. Ihrer Meinung nach hatte sie sich in Bezug auf Lisa nichts vorzuwerfen. Sie fand sogar, dass sie sich vorbildlich um Lisa gekümmert hatte, als es dem Mädchen schlecht gegangen war. Sie hatte Lisa nach deren Fehlgeburt ausgiebig gepflegt, bis sie wieder in der Lage gewesen war, ihren Pflichten im Haus nachzugehen. Dass Lisa überhaupt eine Fehlgeburt erlitten hatte, war nicht Ingeborgs Schuld – schließlich konnte sie ihr Hausmädchen nicht in deren Kammer anbinden.

»Moin, Moin, Frau Boysen.« Noch lächelte Solveig Behnke, aber Ingeborg ließ sich davon nicht täuschen. Sie wusste genau, dass ihre Abneigung gegen Solveig Behnke auf Gegensei-

tigkeit beruhte. Dennoch beschloss Ingeborg, der Behnke gegenüber freundlich zu bleiben. Ein Streit auf offener Straße war das Letzte, was sie sich wünschte.
Ingeborg lehnte sich an die Lenkstange ihres Fahrrades und lächelte. »Tag auch, Frau Behnke. Wie geht es Ihnen?«
»So weit ganz gut. Wenn man mal vom Krieg und dem ganzen Schiet, den der uns gebracht hat, absieht, kann ich nicht klagen. Aber meiner Lisa geht es schlecht, erzählt man sich.«
Ingeborg schwieg. Sie würde abwarten, aus welcher Richtung der bevorstehende Angriff kam. Lisa wurde in ihrem Haushalt gut versorgt. Sie wurde anständig bezahlt, das Mädchen gehörte fast zur Familie, und das schon seit Jahren. Wenn Lisas Mutter sich beklagen wollte, dann sollte sie das ruhig versuchen. Ingeborg war sicher, dass sie eine passende Antwort finden würde.
Solveig Behnke lächelte schwach. »Haben Sie dazu nichts zu sagen, Frau Boysen?«
»Was soll ich dazu sagen, Frau Behnke? Lisa geht es gut. Es ist alles in Ordnung mit ihr.«
Die Behnke warf den Kopf zurück und lachte. »Alles in Ordnung? Das würde ich aber nicht behaupten. Das Kind hat mit einem Fuß im Grab gestanden. Das leugnen Sie doch nicht etwa, oder?«
Ingeborg zögerte mit ihrer Antwort. Was wollte diese Frau von ihr? Wollte sie ihrem Ärger einfach nur Luft machen? Wollte sie den Eindruck erwecken, Ingeborg treffe eine Mitschuld an den jüngsten Ereignissen? Sollte das ganze Manöver den Hintergrund für die Forderung nach einer besseren Entlohnung abgeben? In schweren Zeiten wie diesen waren Lohnerhöhungen nicht drin, das musste die Behnke sich eigentlich selbst ausrechnen können. Womit konnte sie ihr drohen? Hatte sie vor, ihre Tochter nach Hause zurückzuholen? Ingeborg wusste, dass sie nicht in der Lage wäre, dies zu verhindern. Es war sicher keine angenehme Vorstellung, ohne Lisa das große Haus ver-

sorgen zu müssen, doch im Ernstfall würde sie das schaffen. Lisa war keine Leibeigene, wenn sie wirklich gehen wollte, dann konnte sie das tun.

Ingeborg schwieg absichtlich, in der Hoffnung, Solveig Behnke damit aus der Reserve zu locken. Die Frau wirkte zunehmend unruhig. Nervös trat sie von einem Fuß auf den anderen. Schließlich hob sie den Kopf. »Also, wenn Sie nicht rauswollen mit der Sprache, dann sag ich es eben selbst: Meine Lisa war schwer krank, die stand mit einem Fuß im Grab. Und Schuld daran war der Knecht vom Hof Ehlers. Habe ich jedenfalls gehört, dass der mein Mädchen in Schwierigkeiten gebracht hat. Stimmt es?«

»Ja, Frau Behnke, das stimmt, aber mittlerweile geht es ihrer Tochter doch wieder gut. Lisa hat sich erholt. Überzeugen Sie sich selbst. Besuchen Sie Ihre Tochter in meinem Haus. Sie sind jederzeit willkommen. Dann werden Sie sehen, dass das Mädchen wohlauf ist.«

Solveig schwieg. Ingeborg hoffte Lisas Mutter den Wind aus den Segeln genommen zu haben, doch sie wusste, dass ihre Darstellung nicht ganz der Wahrheit entsprach. Lisa war mitnichten wieder völlig auf dem Damm. Sie litt noch immer an Liebeskummer, wollte nicht einsehen, dass ihre Liebelei mit Morten Petersen vorbei war. Jeden Morgen, wenn der Knecht vom Ehlers'schen Hof mit dem Einspänner die Milchkannen zur Molkerei brachte, stand sie am Gartenzaun und warf ihm sehnsüchtige Blicke zu. Ingeborg hatte versucht, deswegen mit Lisa zu sprechen, aber sie war gescheitert. Lisa ließ nicht mit sich reden, was das anging. Sie wandte sich ab oder blieb stumm wie ein Fisch. Wie sollte sie mit der Mutter über etwas sprechen, was schon die Tochter nicht begriff?

Ingeborg beobachtete, wie Solveig Behnke das wollene Umschlagtuch über ihrem Mantel gerade rückte. »Ich weiß, dass die Lisa um ein Haar in die Ewigkeit abgetreten wäre, Frau Boysen. Der Doktor musste kommen, so ernst war es. Das stimmt doch, oder?« Die Behnke starrte zu Ingeborg hinüber. Diese fühlte sich zunehmend in die Enge getrieben, das Gespräch nahm eine ungute Richtung. Sie hatte keine Lust, Johannes mit in diese Geschichte hineinzuziehen, aber gerade das war es, was die Behnke versuchte. Ihr alter Groll gegen Lisas Mutter stieg in ihr auf, obwohl sie sich alle Mühe gab, äußerlich gelassen zu bleiben. Schließlich war ihr nicht damit gedient, wenn sie sich lautstark vor aller Ohren mit Lisas Mutter herumstritt. Ingeborg atmete tief durch und verschränkte langsam die Arme vor dem Oberkörper. » Wenn Sie sich bei mir über die Vorkommnisse aus der letzten Zeit beschweren wollen, Frau Behnke, dann muss ich Ihnen leider sagen, dass Ihre Lisa daran nicht unschuldig ist. Ich bin sicher, dass ich mir in diesem Punkt jedenfalls nichts vorzuwerfen habe.«

»So, Sie sind sich sicher, aha. So gesehen kann unsereins ja noch dankbar sein, dass Sie auf so gutem Fuß mit dem Herrn Doktor aus Westerland stehen, nicht wahr? Der hatte ja wohl keinen weiten Weg, als er zu Lisa musste. Der Mann geht ja ein und aus bei Ihnen.« Die Behnke lächelte boshaft. »Dass Sie dem Doktor schöne Augen machen, jetzt, wo Ihr Mann im Krieg ist, ist Ihre Sache, Frau Boysen. Die Leute zerreißen sich zwar die Mäuler über Sie, aber das geht mich nichts an. Nur wenn Sie auf Lisa nicht genug aufpassen, ist das auch meine Sache, denn ich bin die Mutter von dem Mädchen.«

»Ich passe nicht genug auf Ihre Lisa auf? Was wollen Sie damit sagen?« Ingeborg spürte, wie ihre Stimme vor Wut zu beben begann. Sie musste sich sehr beherrschen, um nicht laut zu werden. Mit beiden Händen umklammerte sie den Lenker ihres Fahrrades, bis ihre Knöchel weiß auf dem Handrücken hervortraten. »Jetzt sagen Sie endlich, worauf Sie hinauswollen. Was unterstellen Sie mir?«

»Wie der Herr, so's Gescherr, das ist meine Ansicht. Weil Sie selber ein Techtelmechtel mit dem Doktor aus Westerland haben, lassen Sie es der Lisa auch durchgehen, dass sie sich einen

Liebsten sucht, und das lange vor der Zeit. Bei Ihnen ist ja kein Mann im Haus, der sich an solchem Treiben stören könnte. Ein Mädchen in Lisas Alter braucht eine feste Hand, Frau Boysen, und die haben Sie nicht, die hatten Sie noch nie. Meine Tochter soll in einem Haus arbeiten, in dem Sitte und Anstand herrschen. Leider gilt das für Ihr Friesencafé nicht. Als Ihre Schwiegermutter noch das Sagen hatte, war das anders, aber jetzt ...« Solveig Behnke lächelte kurz, doch gleich darauf verfinsterte sich ihre Miene wieder. »Na, lassen wir das. Was passiert ist, ist passiert. Nur sollen Sie wissen, dass ich jetzt besser aufpasse. Wenn der Eisenbahndamm vom Festland kommt, dann werde ich meine Lisa abholen und anderweitig in Stellung geben. Kann ja nicht mehr lange dauern damit, jetzt, wo der Krieg vorbei ist.«

»Was hat denn der Eisenbahndamm mit Lisas Krankheit zu tun? Sie bringen da ein paar Dinge durcheinander, Frau Behnke. Sie unterstellen mir ein Verhältnis mit einem anderen Mann ...«

»Ich hab Ihnen doch eben erklärt, wie ich es meine, Frau Boysen. Ich werde mich so bald wie möglich nach einer anderen Stellung für mein Mädchen umsehen. Spätestens wenn die Kolonnen mit den Bauarbeitern vom Festland anlanden, um den Damm nach Niebüll zu bauen, kommt Geld auf die Insel. Dann finde ich für die Lisa was Besseres. Und bis es so weit ist, geben Sie Acht auf das Mädchen, damit ihm nix zustößt. Lassen Sie sich das eine Warnung sein. Wenn es um meine Kinder geht, hört bei mir der Spaß auf, Frau Boysen.«

Solveig Behnke warf Ingeborg noch einen letzten triumphierenden Blick zu, dann machte sie auf dem Absatz ihrer Holzschuhe kehrt. Schweigend, aber mit hoch erhobenem Kopf marschierte sie in Richtung Straße davon. Ingeborg spürte, wie der Ärger über die erlittene Kränkung sich mit Wut mischte. Mühsam unterdrückte sie den Wunsch, Lisas Mutter hinterherzulaufen und es ihr in irgendeiner Form heimzuzahlen. Sie zitterte vor Ärger, aber sie blieb stehen, bis von Solveig Behnke kaum noch etwas zu sehen war. Mit jedem Schritt verschluckte der Nebel sie etwas mehr. Trotz der Kälte hier draußen am Fähranleger hatte Ingeborg vor Aufregung über dieses Gespräch zu schwitzen begonnen. Die Behnke war ein fürchterliches Aas. Ihre Rede hatte sie in einem unverschämten Ton vorgebracht. Ingeborg war jetzt noch übel, wenn sie daran dachte. Woher wusste die Frau überhaupt von ihrer Freundschaft mit Johannes? War es tatsächlich schon so weit, dass man auf der ganzen Insel über sie und den Doktor tratschte?

Ingeborg zog den Wollschal enger, den sie sich um den Hals gelegt hatte. Ihre Wut half ihr nicht weiter. Viel konnte sie nicht tun, um ihre eigene Situation zu ändern. Ihre Zuneigung zu Johannes wollte sie sich von einem Biest wie der Behnke nicht zerreden lassen, und auch Lisa zur Vernunft zu bringen, traute sie sich nicht wirklich zu. Lisa war kein Kind von Traurigkeit, die würde weiter versuchen, Morten Petersen zu erobern. Was das anging, kam sie vermutlich nach der Mutter. Immerhin war Ingeborg jetzt gewarnt, was die Beziehung zu Johannes anging. In Zukunft würde sie mehr aufpassen müssen – keine Spaziergänge mehr mit ihm an der Promenade in Westerland, keine abendlichen Besuche mehr zu Hause oder in seiner Praxis.

Ingeborg senkte den Kopf. Die Entwicklung der Dinge gefiel ihr nicht, aber was half das? Vollkommen auf Johannes verzichten wollte sie nicht, seine Gegenwart tat ihr gut. Im Grunde hätte sie gern sogar noch mehr Zeit mit ihm verbracht, aber sie musste aufpassen, wenn sie ihren Ruf nicht gefährden wollte. Erst vor kurzem hatte Johannes ihr angeboten, als Sprechstundenhilfe für ihn zu arbeiten. Bisher hatte sie das Angebot nicht angenommen, obwohl sie ernsthaft darüber nachdachte. Sie brauchte Geld. Je länger Nicolai sie hier allein und unversorgt ließ, desto schwieriger wurde ihre Lage. Im Krieg hatten viele Frauen begonnen, außer Haus zu arbeiten. Fraglich war nur, ob

sie es sich gerade unter diesen Umständen leisten konnte, ausgerechnet bei Johannes Lehmann eine bezahlte Beschäftigung anzunehmen.
Ingeborg hob den Kopf, sie kämpfte mit den Tränen. Ihre Lage schien ihr plötzlich so trostlos. Es war besser, jetzt nicht darüber nachzudenken, warum ihr Leben auf einmal mit Schwierigkeiten gespickt zu sein schien.
Sie richtete sich auf und machte sich auf den Weg. Langsam schob sie ihr Fahrrad die Anhöhe hinauf, die zur Straße führte. Musste sie wirklich auf die Freundschaft mit Johannes verzichten? Und wenn es nötig war, würde sie es dann auch tun können? War es überhaupt Freundschaft, die sie bei Johannes suchte? Was wollte sie wirklich von ihm? Und was war er bereit, ihr zu geben? Zum ersten Mal seit langem spürte Ingeborg, wie wenig Gesellschaft sie doch besaß. Noch nie hatte sie über Jahre hinweg einen Haushalt ganz alleine führen müssen, und schon gar nicht in Zeiten wie diesen, gleich nach einem Krieg. Außer Johannes besaß sie niemanden, dem sie sich anvertrauen konnte. Falls sie zukünftig auf seine Gesellschaft verzichtete, wie sollte sie dann mit ihrer Einsamkeit fertig werden?

Luise nahm sich vor, den Kopf einfach nicht zu heben. Sie saß da und tat, als würde sie lesen. Verbissen starrte sie auf die zuletzt aufgeschlagene Seite ihres Buches, obwohl sie nicht eine Zeile davon zu begreifen im Stande war. Hedwig hockte auf der Bank im Abteil ihr gegenüber und ächzte leise. Alle paar Minuten rutschte sie auf ihrem Platz hin und her und seufzte dabei herzzerreizend. Wer sie nicht gut kannte, konnte meinen, sie habe tatsächlich Schmerzen oder werde von Übelkeit geplagt – aber Luise kannte Hedwig nur zu gut und weigerte sich deshalb, diese gespielten Leiden zur Kenntnis zu nehmen. Der einzige Mitreisende in ihrem Abteil, ein älterer Herr mit grauen Koteletten, tat glücklicherweise ebenfalls so, als würde er Hedwigs

Theater nicht wahrnehmen. Luise empfand sein Verhalten als wohltuend – ein Zuschauer weniger, der Hedwigs bühnenreifer Leistung Aufmerksamkeit schenkte. Mochte sie heute auch die Leidende mimen, gestern immerhin hatte sie sich noch stark genug gefühlt, um allein nach Potsdam zu fahren. Dort im Neuen Palais hatte Hedwig sich mit eigenen Augen davon überzeugen wollen, was mittlerweile in allen Zeitungen zu lesen gewesen war, nämlich dass sich die Kaiserin nicht mehr in Berlin befand. Sie hatte ihrer Heimat den Rücken gekehrt und war ins Exil nach Holland gereist. Alle, die nicht zu der engsten und besonders ausgewählten Entourage Ihrer Majestät gehörten, waren aus den kaiserlichen Diensten entlassen. Nachdem Hedwig diese Aussagen bei ihrem Besuch in Potsdam bestätigt gefunden hatte, war sie endlich deprimiert genug gewesen, um einer Abreise aus Berlin zuzustimmen. Nach zwei quälenden Wochen in Berlin, in denen Straßenunruhen, Streiks und die mangelnde Lebensmittelversorgung Luise das Leben schwer gemacht hatten, war sie heute Morgen endlich gemeinsam mit Hedwig in den ersten Fernzug nach Hamburg gestiegen. Im Grunde war die Reise bisher störungsfrei verlaufen, wenn Hedwig nur nicht seit Abfahrt des Zuges in der Ecke ihrer Bank am Fenster des Abteils permanent geseufzt hätte. Dass sie nach langer Zeit in der Fremde in den Schoß ihrer Familie zurückkehren sollte, schien keine erhebende Aussicht für sie zu sein. Offenbar gefiel es ihr besser, die vom Leben schwer Gezeichnete zu spielen und dabei für Aufsehen zu sorgen.

Luise wandte ihre Aufmerksamkeit wieder ihrem Buch zu und versuchte erneut, sich auf die Geschichte darin zu konzentrieren. Angestrengt weigerte sie sich, Hedwigs Getue zur Kenntnis zu nehmen, obwohl sie durchaus ein bisschen Mitleid mit ihr hatte. Natürlich wusste sie selbst, was für ein Gefühl das war, wenn die eigene Existenz sich plötzlich in nichts auflöste. Gleich nach Richards Tod hatte sie Ähnliches erlebt. Von einem Tag auf den anderen war sie allein gewesen. Nicht nur finanziell hatte sie große Sorgen gehabt. Es war immer tragisch, wenn der Abschied von einem ganzen Lebensabschnitt so unerwartet kam. Aber Schicksalsschläge waren dazu da, um überwunden zu werden. Auch sie hatte es geschafft. Sie hatte sich ohne fremde Hilfe in ihrem neuen Leben eingerichtet. Der Lesezirkel, den sie zu Hause in Glücksburg mit drei anderen Damen aus der Nachbarschaft unterhielt, die Hausmusik, die sie mit einem befreundeten Ehepaar jeden Sonntag veranstaltete, und schließlich ihre geliebte Landschaftsmalerei, für die sie sich im Sommer bei geeignetem Wetter jeden Tag ins Freie begab – das alles waren Beschäftigungen, die ihr das Dasein angenehm und lebenswert machten.

Während Luises Gedanken zurückglitten in eine Zeit, die weit weg lag, hörte sie Hedwig im Hintergrund schon wieder stöhnen – lauter diesmal, anklagender als zuvor. Vorsichtig warf Luise ihr über den Rand ihres Buches einen kurzen, prüfenden Blick zu. Hedwig wirkte tatsächlich ein bisschen blass um die Nase, und Schweiß glänzte auf ihrer Stirn. Immer wieder presste sie das Taschentuch, das sie in der Hand hielt, gegen ihre rot gefleckten Wangen. Luise setzte sich auf. Der Zug ruckte, er wurde langsamer. Sie schaute auf ihre Uhr, die an einer langen Goldkette um ihren Hals hing. Es ging auf zwölf zu, gleich würden sie Wittenberge an der Elbe erreichen. Wittenberge, immerhin, von dort war es nicht mehr weit bis Hamburg. Luise war dankbar für jeden Kilometer, den sie schon zurückgelegt hatten. Insgeheim hegte sie noch immer die Hoffnung, dass Hedwig in einer neuen Umgebung auf andere Gedanken kommen und ihren Protest gegen diese Reise endlich einstellen würde.

Der Zug ruckelte jetzt stärker, dann bremste er. Hedwig rappelte sich auf, sie schien sich erheben zu wollen, fiel aber gleich wieder auf ihre Sitzbank zurück.

»Luise«, Hedwigs Stimme war nur ein Flüstern, »ich bitte dich, lass uns aussteigen.« Unter flatternden Wimpern warf

Hedwig ihrer Kusine einen flehenden Blick zu. »Ich fühle mich wirklich nicht wohl. Ich brauche etwas frische Luft, und zwar gleich, bitte.«

»Aussteigen willst du? Hier?« Luise schaute zum Fenster hinaus. Der Zug rollte in den Bahnhof ein. Einheitlich graue Fassaden reihten sich nahtlos an die Gleise, ein bedeckter Himmel lag über der farblos wirkenden Kleinstadt. »Wir sind aber noch nicht in Hamburg, Hedwig.«

»Das weiß ich, doch ich brauche unbedingt eine Pause. Diese Schaukelei bekommt mir nicht. Mir ist ziemlich übel, Luise.«

Luise klappte ihr Buch mit einem Schlag zu. Der kleine Knall ließ Hedwig zusammenzucken. Auch der mitreisende Herr in seinem unvorteilhaft karierten Jackett schreckte auf. Um nicht einen lauten Fluch auszustoßen, presste Luise die Lippen aufeinander. Himmel noch eins, was war diese Frau aber auch wehleidig. Luise verfluchte im Stillen den Tag, an dem sie sich entschlossen hatte, nach Berlin zu fahren. War sie überhaupt verpflichtet, sich das alles hier anzutun? Musste sie sich immer weiter mit Hedwig abplagen, egal, wie störrisch die Frau sich aufführte? Luise war nahe daran, Hedwig bezüglich ihres Benehmens im passenden Ton zurechtzuweisen, doch sie ließ es sein, weil sie wusste, dass es sowieso nicht geholfen hätte. Sie konnte Hedwig nicht im Stich lassen, sie war eine der wenigen Blutsverwandten, die sie noch besaß. Außerdem war Hedwig, so unmöglich sie sich auch betragen mochte, schließlich doch bloß ein armes Ding. Sie war weder verheiratet, noch besaß sie Kinder, und ihre Eltern waren tot. Es gab niemanden, der sich freiwillig um sie kümmern würde, wenn Luise es nicht tat.

Luise rutschte ein Stück auf ihrem Sitz nach vorn. Sie versuchte ihrer Stimme einen festen Klang zu geben, als sie zu sprechen begann. »Ich bitte dich, nimm dich ein wenig zusammen, Hedwig. Dies ist doch nicht das erste Mal, dass du eine längere Strecke mit dem Zug fährst, oder?«

Hedwig rümpfte die Nase, sie wirkte beleidigt. Kurz presste sie ihr Taschentuch auf die Stirn, ließ es aber gleich darauf wieder sinken. »Natürlich ist es nicht das erste Mal, dass ich verreise. Ich habe Ihre kaiserlichen Hoheiten schon auf vielen Bahnfahrten begleitet, aber …«

»Na also. Dann wirst du doch sicher die Contenance wahren, die es erfordert, um die wenigen noch ausstehenden Kilometer bis Hamburg in diesem Abteil zu sitzen, ohne dich fortwährend zu beklagen. Wenn wir aussteigen und dieser Zug fährt uns davon, dann werden wir stundenlang auf dem kalten und zugigen Bahnhof in Wittenberge hocken und auf den nächsten Anschluss warten müssen.«

»Das mag sein, Luise, aber ich kann einfach nicht mehr. Ich brauche frische Luft.« Hedwig erhob sich. Im ersten Moment schien sie ein wenig zu taumeln. Der Herr ihr gegenüber sprang von seinem Sitz auf und stützte sie, wofür sie ihm mit einem zerstreuten Lächeln dankte. Dann wandte sie sich wieder Luise zu. »Mir geht es wirklich nicht gut. Mir ist abwechselnd heiß und kalt, und außerdem habe ich das Gefühl, als müsste ich mich gleich übergeben. Wenn wir in diesem Abteil sitzen bleiben, werde ich dir ganz bestimmt mehr Unannehmlichkeiten bereiten, als wenn wir jetzt aussteigen. Ich muss ins Freie, und das dringend.« Hedwig drehte sich um und griff nach ihrem Koffer, der im Gepäcknetz lag. »Wenn du mich im Stich lässt, dann steige ich alleine aus.«

Luise holte tief Luft. Sie hatte eine gepfefferte Erwiderung parat, doch als sie bemerkte, dass Hedwig ihr Gepäckstück bereits aus der Ablage zerrte und dabei unter der Last ihres herunterrutschenden Koffers ins Schwanken geriet, stand sie hastig auf und half ihr, den Lederkoffer auf den Boden zu setzen. Nachdem Hedwig ihr Gepäck abgestellt hatte, griff sie sich mit einer ausholenden Bewegung an den Kragen ihres dunklen Reisekostüms. Erschöpft japste sie nach Luft. Luise musterte Hedwig mit einem kurzen Seitenblick, bevor sie sich endgültig in ihr

Schicksal fügte. Hedwig machte tatsächlich einen leicht angegriffenen Eindruck. Sie war bleich, ihre Hände zitterten, und sie schien nicht ganz sicher auf den Beinen zu sein. Konnte an alldem allein die Aufregung über die Abreise aus Berlin Schuld sein? Luise nahm ihren Mantel und packte Hedwig am Arm. Langsam bugsierte sie ihre Kusine aus dem Abteil und den Gang in Richtung Ausstieg hinunter. Zum Glück stand die Tür des Eisenbahnwagens offen. Eine freundliche Mitreisende kam dazu und bot ihre Hilfe an. Sie sorgte dafür, das Hedwig sicher auf dem Bahnsteig landete. Luise drehte sich um und hastete zum Abteil zurück, wo sie ihre Reisetasche auf dem Fußboden hatte stehen lassen. Kaum dass sie die Tasche zu fassen bekommen hatte, hörte sie, wie draußen auf dem Bahnsteig der Pfiff des Schaffners ertönte. Sie raffte ihre Röcke zusammen und begann zu laufen. Hedwig dort draußen im Freien und sie hier drinnen? Was, wenn Hedwig jetzt allein in Wittenberge zurückblieb? In ihrem Zustand würde sie sich bestimmt nicht zu helfen wissen und irgendetwas Unsinniges tun. Luise spürte, wie ihr Herz vor Aufregung schneller zu klopfen begann. In diesem Augenblick wurden die Türen des Zuges mit einem lauten Krachen zugeschlagen. Luise rannte den Gang hinunter, langte nach dem Griff des Ausstiegs und begann daran zu rütteln, doch der Wagen unter ihr rollte schon. Voller Panik zog sie an dem runden Türknauf, aber der klemmte offenbar, denn er bewegte sich überhaupt nicht. Der Zug fuhr an, und draußen auf dem Bahnsteig stand Hedwig. Luise erhaschte noch einen letzten kurzen Blick auf Hedwigs verzweifeltes Gesicht, sie sah, dass Hedwig die Arme hochriss, etwas Unverständliches rief und ihr zuwinkte – dann verschwand ihre Gestalt aus Luises Blickfeld.

Luise ließ ihre Tasche zu Boden sinken. Himmel noch eins, diese Reise hatte es ja wirklich in sich. Vom ersten Moment an war ihr das Unglück auf den Fersen gewesen. Erst die Schüsse auf den fahrenden Zug bei ihrer Ankunft in Berlin

Spandau, dann die unglückliche Episode mit der kranken Tony und jetzt das – Hedwig und sie wurden getrennt. Die Episode mit der kleinen Tony. Luise spürte, wie ihr in dem Moment, in dem sie sich an Antonie erinnerte, der Schreck in die Glieder fuhr. Das Mädchen war doch auch im Zug krank geworden, genau wie Hedwig. Sie hatte die gleichen Symptome gezeigt – auch sie hatte unter Schweißausbrüchen gelitten, war müde und schwach gewesen und hatte gefiebert. Luise holte tief Atem. Antonies Mutter war an der spanischen Grippe gestorben – das zumindest hatte Fräulein Bromberg erzählt. Tony und Hedwig waren einander nahe gekommen, Hedwig hatte das Kind für kurze Zeit gepflegt. Was, wenn Hedwig sich bei der kleinen Antonie mit der spanischen Grippe angesteckt hatte? Diese Krankheit war tückisch, sie galt als gefährlich. Während der zurückliegenden Epidemie im letzten Herbst waren etliche vom Hunger entkräftete Menschen in ganz Europa daran gestorben. Auch wenn die Zahl der Erkrankten mittlerweile rückläufig war, so war doch die Gefahr, die von dieser Krankheit ausging, noch nicht ganz gebannt.
Luise lehnte sich gegen die Rückwand des Abteils, ihr schwindelte. Was sollte sie jetzt tun? Würde diese furchtbare Reise mit ihren zahllosen Katastrophen denn niemals ein Ende nehmen?

Er schlich durch den Schützengraben, die rechte Hand griffbereit an der Gasmaske. Ihm war, als könnte er den unmittelbar bevorstehenden Angriff bereits fühlen, obwohl alles um ihn herum noch ruhig zu sein schien. Langsam, ganz langsam schlich er vorwärts. Sein viel zu schweres Sturmgepäck drückte ihn, es zwang ihn, mehr zu kriechen als aufrecht zu gehen. Er wollte laufen, schließlich wusste er, dass er sich auf feindlichem Territorium befand. Es war lebenswichtig, zügig voranzukommen. Doch obwohl er sich anstrengte, gehorchte sein Köper ihm nicht. Seine Beine schienen mit Blei gefüllt zu sein, die Stiefel waren unendlich schwer, jeder einzelne Schritt wurde ihm auf dem lehmigen Untergrund zur Qual. Obwohl die Sonne nicht schien, schwitzte er fürchterlich, und obwohl er niemanden sah, wusste er genau, dass Franzosen in der Nähe waren. Ihm kam es vor, als könnte er ihre Gegenwart riechen. Gas lag in der Luft, der Dunst der Verwesung mischte sich mit dem moderigen Geruch der Erde um ihn herum. Er war allein im Graben, schob sich durch leere Palisadengänge – dann blieb er plötzlich stehen und sah sich um. Da war ein neues Geräusch in der Luft, das Sirren von fliegenden Granaten kurz vor dem Aufprall. Nicolai duckte sich, er wollte in Deckung gehen, aber der Boden unter ihm gab nach. Er rutschte und fiel, er suchte Halt, doch er fiel immer weiter, schreiend stürzte er in einen bodenlosen Abgrund. Er schlug um sich, wollte sich irgendwo festklammern, fand aber nichts, was ihn hätte aufhalten können. Den Mund von seinem letzten Schrei noch geöffnet, ging plötzlich ein Ruck durch ihn. Er lag da und starrte verwirrt in das Dunkel der Nacht. Dann blendete ihn das Licht einer Petroleumlampe. Ein junges rotwangiges Ding in der Rotkreuzuniform der Schwestern beugte sich über ihn und redete auf ihn ein, ohne dass er begriff, was sie sagte. Im nächsten Moment fühlte er sich hochgehoben. Er wurde auf eine Pritsche gelegt, ohne Einspruch erheben und sich wehren zu können. Zwei seiner Kameraden hatten ihn gepackt und hievten ihn auf seine Liege zurück – er war aus dem Bett gefallen, hatte auf dem Fußboden gelegen und geträumt. Der Lazarettzug, in den sie ihn heute Morgen verfrachtet hatten, ruckte an. Sie fuhren weiter. Die Schwester über ihm tätschelte ihm noch einmal beruhigend die Hand.

»Es ist alles in Ordnung, nicht wahr? Sie haben nur geträumt, und jetzt schlafen Sie weiter. Wenn Sie etwas brauchen, rufen Sie nach mir.«

Er nickte schweigend und wartete, bis die Schwester gegangen war. Der Saum ihres Kleides flatterte aus dem Abteil. Er schaute ihr hinterher und spürte einen Anflug von Sehnsucht dabei. Hier hinter der Front auf deutschem Boden hatten sie so adrette junge Mädchen, sie wirkten so unberührt von allen Kriegsqualen. Und dennoch gab es ihn, den Krieg. Wenn er auch vieles nicht mehr wusste, wenn ihm auch sein Gedächtnis vorkam wie ein unbeschriebenes Blatt, erinnerte er sich doch daran, dass gestern Abend sein Freund Erich gestorben war. In seinen Armen hatte Erich kurz vor Mitternacht den letzten Atemzug getan. Erichs Todeskampf hatte eine kleine Ewigkeit gedauert, der Junge hatte sich länger gewehrt, als man es nach seiner zarten Konstitution hatte erwarten dürfen. Als er Erich die Augen zugedrückt hatte, war Nicolai im ersten Moment erleichtert gewesen, weil es vorbei war, das schmerzvolle und aussichtslose Ringen um das letzte bisschen Leben, das noch in dem zerschossenen jungen Körper gesteckt hatte. Erschöpft war er zu Bett gegangen, froh darüber, dass er Erich in dessen letzter Stunde hatte zur Seite stehen können. Er hatte gewusst, dass er aus dem Lazarett hinter der Front fort sollte, hatte aber nicht gewagt, Erich das zu sagen. Mit dem war es sichtlich jeden Tag ein bisschen mehr zu Ende gegangen. Erstaunlich, dass er es überhaupt noch so lange gemacht hatte.

Jetzt lag Nicolai hier oben auf seiner Pritsche im Eisenbahnwaggon, mitten in sauberen Laken und zwischen frischen Decken. Zum ersten Mal seit Monaten fühlte er glattes, weißes Bettzeug auf der Haut, zum ersten Mal seit Monaten bekam er regelmäßig zu essen und zu trinken. Es ging heimwärts, ein Grund zur Freude eigentlich, auch wenn er noch immer nicht wusste, wo das für ihn war, dieses Zuhause, nach dem alle Frontsoldaten sich sehnten. Im Augenblick setzte ihm diese ewige Übelkeit erregende Schaukelei des Eisenbahnwaggons nur zu. Er hasste diese endlose Fahrerei. Der Lazarettzug fuhr und hielt an, fuhr weiter und hielt gleich darauf noch einmal an. Auf jedem Bahnhof wurde mindestens eine Leiche hinausgetragen. Auf jeden, den sie lebend hinausschafften, kam mindestens ein

Toter, der die Reise nicht überstanden hatte. Trotzdem ging es immer weiter nach Norden, und dahin wollte er ja. Als sie ihn nach seinem Heimatbahnhof gefragt hatten, hatte er einfach Hamburg gesagt. Er verband etwas mit dem Klang dieses Namens, irgendeine schwache Erinnerung besaß er an diese Stadt, auch wenn er nicht genau wusste, welche das war. Wie auch immer, mit Hamburg würde er sich beschäftigen, wenn er dort war. Wenn er die Plätze und Häuser wiedersah, die wiederzuerkennen er sich redlich bemühen würde, dann würde er auch wissen, was als Nächstes zu tun wäre.
Nicolai machte die Augen zu und tat, als würde er schlafen, obwohl er beschlossen hatte, lieber wach zu bleiben. Wenn er einschlief, dann kehrten seine Alpträume zurück, das taten sie immer wieder. In jeder Nacht schlich er mindestens einmal durch feindliche Schützengräben, robbte bäuchlings über französische Felder und durch unbekannte Wälder und verfing sich in einem Gestrüpp, in dem ein Feuer tobte, in welchem das Erdreich von den Einschlägen der feindlichen Artillerie zu kochen schien. Jede einzelne Episode seines zurückliegenden Fronteinsatzes erlebte er im Traum noch einmal neu, zersprengt in tausend Versatzstücke kehrte jede Nacht der Krieg zurück. Mochte da draußen Friede sein, weil eine deutsche Delegation irgendwo in der Nähe von Paris einen Friedensvertrag unterzeichnet hatte – seine Seele kämpfte noch immer, in ihm herrschten weiterhin Aufruhr und Zerstörung. Da war es besser, nicht zu schlafen, sondern wach zu liegen und die Wände anzustarren. Schließlich hatte er genug, worüber es sich nachzudenken lohnte. Konnte er sein Leben wieder dort aufnehmen, wo er damit aufgehört hatte? Aber wo hatte er aufgehört? Was hatte er in Friedenszeiten getan, wo kam er her, welche Wünsche hatte er gehabt, welchen Kummer und welche Sorgen? Was war ihm zugestoßen, bevor er dem Tod und der Vernichtung in Frankreich und Flandern begegnet war?
Es war aussichtslos, darüber zu grübeln, ihm fiel dazu nichts ein.

Nicolai lag da und versuchte regelmäßig zu atmen, um die Aufregung zu vertreiben, die ihn immer befiel, wenn er über diese Dinge nachdachte. Lebte irgendwo in diesem Land vielleicht eine Frau, die auf ihn wartete? Wenn es sie gab, dann hatte sie ihn womöglich schon abgeschrieben, weil er sich monatelang nicht bei ihr gemeldet hatte. Vielleicht glaubte dieses weibliche Wesen, dessen Konturen, dessen Duft und Stimme ihm das Trauma des Krieges entrissen hatte, dass er gar nicht mehr lebte? Vielleicht hatte er Kinder und wusste es nicht. Vielleicht besaß er Geschwister, Freunde und Eltern? Immer wieder überkam ihn der Drang, sich jemandem anzuvertrauen, den Rat eines Kameraden oder eines Arztes einzuholen, doch er fürchtete sich davor, als geisteskrank angesehen zu werden, und schwieg. Er musste seine Ängste alleine besiegen, etwas anderes blieb ihm nicht übrig.

Unter ihm raschelte es. Einer der Kameraden war wach und schien aufstehen zu wollen. Nicolai blieb liegen, ohne sich zu rühren. Wahrscheinlich wollte der Mann auf die Toilette oder raus auf den Gang, eine rauchen. Der Mensch, der unter ihm lag, hieß Heinrich von Harbeck und kam aus Hamburg, das hatte er erzählt. Er war etwas älter als Nicolai und kaum verletzt. Ein kleiner Streifschuss am rechten Oberarm war alles, was dieser Heinrich abbekommen hatte. Bisher hatte Nicolai nicht viel mit ihm gesprochen. Es war ihm schlicht gleichgültig, wer außer ihm in diesem Abteil der Heimat entgegenschaukelte.

Nicolai lauschte einen Moment, was als Nächstes geschehen würde, aber alles blieb still. Merkwürdig, er war sich sicher gewesen, dass der Soldat unter ihm seine Liege verlassen hatte. Was machte er jetzt? Nicolai schlug die Augen auf und spürte im selben Moment, dass sich neben seinem Körper etwas bewegte. Ganz sacht tastete eine Hand nach ihm, suchte sich vorsichtig einen Weg durch die Laken. Was sollte das denn werden? Nicolai verhielt sich ruhig, aber sein Hirn arbeitete fieberhaft. Er fühlte, wie sein Herzschlag sich beschleunigte. Warum tastete der Kerl im Dunkeln an ihm herum? War dieser Heinrich etwa einer von denen, die es auf Männer abgesehen hatten? In diesem Moment zog die fremde Hand sich plötzlich zurück. Nicolai hoffte schon, diese seltsame Attacke überstanden zu haben, aber dann begannen die fremden Finger erneut in seinem Bettzeug zu wühlen. Nicolai überlegte, ob er sich aufsetzen und den Menschen neben ihm verjagen sollte. Doch wenn er das tat, dann würden die anderen im Abteil erwachen, die Schwester würde kommen und Fragen stellen, und das konnte peinlich werden.

Die Hand unter ihm arbeitete sich weiter vor. Jetzt wanderte sie auf Nicolais Kopf zu. Merkwürdig, was wollte der Mann nur von ihm? Nicolai lag ganz still und grübelte, bis er zu der Erkenntnis kam, dass der Fremde neben ihm nach Wertsachen suchte. Er war im Begriff, einen Kameraden zu bestehlen. Es war unglaublich, aber die einzig vernünftige Erklärung. Auch jetzt, nach dem Krieg, besaß der eine oder andere von ihnen noch eine Kleinigkeit, die zu stehlen sich lohnte. Es gab immer noch Eheringe, Zigaretten oder ein bisschen Kleingeld im Gepäck. Er selbst hatte Erichs Siegelring und dessen Uhr dabei, das war eine fette Beute für einen Dieb. Der Schmuck lag eingenäht in einem kleinen Leinensäckchen, das unter seinem Kopfkissen verborgen war. Ein Dieb, ein ganz gemeiner Dieb stand also an seiner Pritsche. Nicolai spürte, wie der Zorn in ihm aufkochte. Er überlegte nicht länger, sondern setzte sich mit einem Ruck auf. Er drehte sich blitzschnell um und packte die fremde Hand neben sich. Ehe der Mann sich zurückziehen konnte, umklammerte Nicolai mit eisernem Griff dessen Handgelenk. Der Kerl stöhnte, wohl mehr aus Überraschung als vor Schmerz. Er wollte einen Schritt nach hinten tun, doch Nicolai ließ ihn nicht los. Schweigend, aber mit aller Kraft zog er seinen Gegner zu sich heran. Der Dieb versuchte sich aus der Umklammerung zu befreien, aber Nicolai packte ihn am

Kragen seines Oberhemdes. Die Wut verlieh ihm neue Kräfte, er umschlang den Hals des Mannes neben ihm und drückte zu. Der andere schien den Ernst der Lage erst jetzt zu begreifen, japste nach Luft und schlug um sich, so sehr, dass Nicolais Körper ins Rutschen kam. Er rollte an den Rand seiner Pritsche, ließ aber nicht los. Der andere griff nach seinen Armen und zog ihn von der Pritsche weg, bis Nicolais Körper der Länge nach von der Liege rutschte. Er fiel auf den kalten Linoleumboden, aber selbst jetzt ließ er seinen Gegner nicht los, sondern zog ihn mit sich hinunter. Während sie sich weiterprügelten, begann es den Betten neben ihnen zu rascheln. Das Licht einer Kerze flackerte auf.

»Was ist denn das für ein Krach? Was macht ihr da?« Karl Walter, der Älteste im Abteil, reckte sich und spähte über den Rand seiner Liege. Zaudernd ließ Nicolai sein Gegenüber los. Mit einem Ruck befreite er sich aus der Umklammerung und richtete sich auf. Noch zögerte er mit einer Antwort auf Karls Frage. Sollte er die Wahrheit sagen und den Mann neben ihm des Diebstahls beschuldigen? Er war sich sicher, dass der versucht hatte, ihn zu bestehlen, aber konnte er das auch beweisen? Nicolai zog sich hoch und rieb sich die bandagierte Schulter. Unter seinem Verband juckte und brannte es. Er konnte nur hoffen, dass die Narbe bei dem Sturz nicht aufgebrochen war. Schweigend stand er da und überlegte. Ein Blick in die Augen seines grimmig wirkenden Gegners verriet ihm, dass der alles abstreiten und sich gegen jede Beschuldigung wehren würde. Was blieb ihm auch anderes übrig, wenn er sich nicht eine Menge Ärger mit den Kameraden einhandeln wollte? In Heinrich von Harbecks Augen spiegelten sich Trotz und Zorn – eine gefährliche Mischung. Nicolai beschloss, die Dinge auf sich beruhen zulassen. Vielleicht würde sich demnächst irgendwo eine Möglichkeit für eine private Abrechnung mit diesem Kerl ergeben, für heute Nacht war es genug. Nicolai suchte den Blick des Stubenältesten. »Es war nichts

weiter. Ich habe bloß geträumt und bin dabei aus dem Bett gefallen. Heinrich wollte mir aufhelfen, das war alles. Es ist nichts passiert. Legt euch wieder hin, Männer.«
»Himmel noch eins, Boysen, du kannst einem aber auch einen Schreck einjagen.« Karl Walter pustete seine Kerze aus. Schlagartig wurde es dunkel im Abteil. »Fällst gleich zweimal in einer Nacht aus dem Bett. Wenn du zu Hause so weitermachst, werden sie dich zum Schlafen auf den Fußboden legen müssen.«
Nicolai entgegnete nichts. Schweigend schwang er sich hinauf zu seiner Liege.
»Gute Nacht, alle Mann.« Karl Walter gähnte. »Schlaft gut, und fallt nicht mehr aus den Betten. Die Heimat hat uns wieder. Da haben wir allen Grund, ruhig zu schlafen.«
»Gute Nacht allerseits.« Nicolai zog sich seine Wolldecke über den Körper. Noch einmal tastete er nach dem Leinensäckchen, in dem er Erichs Schätze aufbewahrte. Beruhigt schob er es unter sein Kopfkissen zurück. Für heute Nacht waren die Uhr und der Ring bei ihm sicher, davon war er überzeugt. Dieses Kameradenschwein unter ihm würde keinen zweiten Angriff wagen, dafür war Nicolais Gegenwehr zu heftig gewesen. Der Mann würde vorerst nicht wiederkommen, der hatte genug. Während Nicolai noch über diese beruhigende Gewissheit nachdachte und dem gleichmäßigen Rattern auf den Schienen unter ihm lauschte, schlief er endlich ein.

# Kapitel 6

Mit einem Seufzer ließ sich Luise auf ihrem Koffer nieder, der neben ihr auf dem Bürgersteig stand. Dieser Tag hatte es wirklich in sich, sie war hundemüde. Nachdem sie heute Vormittag von Hedwig getrennt worden war, hatte sie bis Hamburg weiterfahren müssen, bevor sie den ersten Zug in Gegenrichtung hatte nehmen können, um nach Wittenberge zurückzukehren. Seit den frühen Morgenstunden war sie nun schon ohne größere Pause unterwegs, und so fühlte sie sich auch. Sie war vollkommen erschöpft. Ihre Füße schmerzten, in ihrem Kopf dröhnte es, ihr leerer Magen begehrte auf. Zu allem Überfluss hatte auch noch das Wetter umgeschlagen. Gegen Abend hatte es zu regnen begonnen. Seit einer kleinen Ewigkeit irrte sie nun schon auf der erfolglosen Suche nach Hedwig durch die Straßen von Wittenberge. Von Hotel zu Hotel war sie gelaufen und hatte auch in den Gasthöfen und Pensionen der Stadt nachgefragt, aber vergeblich. Hedwig schien nirgendwo abgestiegen zu sein. Ob sie auf eigene Faust in den nächsten Zug geklettert und nach Hamburg gefahren war? Versuchte sie etwa, in ihrem Zustand allein bis nach Hause durchzukommen? Nein, das traute Luise Hedwig nicht zu. Immerhin war sie heute Morgen noch zu krank gewesen, um die Reise überhaupt fortzusetzen. Allein würde sie das doch überhaupt nicht schaffen.

Luise spürte, wie der Regen den Stoff ihres Mantels durchweichte, und stand auf. Es war kalt, ein böiger Ostwind fegte durch die Straßen. Es hatte keinen Sinn, hier auf dem Bürgersteig zu sitzen und darauf zu warten, dass ein Wunder geschah. Im Hotel Schweriner Hof auf der gegenüberliegenden Straßenseite würde sie übernachten. Auch wenn sie dort keine Spur von Hedwig finden würde, würde sie in jedem Fall im ersten Haus am Platz ein Zimmer für die Nacht nehmen.

Luise überquerte die Straße und betrat durch eine breite gläserne Eingangstür die Halle des Hotels. An der Rezeption blieb sie stehen und schaute sich um. In dem kleinen angrenzenden Hinterzimmer brannte Licht. Gleich darauf erschien ein rundlicher Herr mit Brille im Türrahmen. Er trug die typische Livree der Hoteldiener und das ebenso berufstypische Lächeln dieser Gattung Mensch.
»Guten Abend. Was kann ich für Sie tun, gnädige Frau?«
Luise schaute noch einen Moment, bevor sie antwortete. Gnädige Frau hatte der Mann sie genannt – das war erstaunlich, sie hatte geglaubt, dass diese Anrede im revolutionären Nachkriegsdeutschland so gut wie ausgestorben war. Hatte die Revolution, die in der Reichshauptstadt tobte, Wittenberge etwa nicht erreicht? Der Mensch hinter dem Empfang jedenfalls war ein Kavalier alten Schlages, das sah man ihm an. Luise nickte ihm zu. »Guten Abend. Ich bin auf der Suche nach einer Verwandten. Ist bei Ihnen vielleicht eine Dame mit dem Namen Hedwig von Hettingen abgestiegen?«
»Moment bitte, ich werde nachsehen.« Der Portier holte ein in Leder gebundenes Buch hervor und beugte sich darüber. »Von Hettingen sagten Sie?«
»Ja, richtig. Wohnt die Dame bei Ihnen?« Luise reckte sich in dem Versuch, über den Rand des Tisches hinweg einen Blick auf das Gästebuch zu werfen, aber in diesem Moment klappte der Portier das Buch auch schon wieder zu.
»Einen Augenblick bitte, gnädige Frau. Ich werde den Herrn Direktor holen.«
Bevor Luise etwas darauf erwidern konnte, war der Portier bereits im angrenzenden Hinterzimmer verschwunden. Luise starrte die gegenüberliegende Tür an. Der Hoteldirektor wurde geholt – wozu denn das? Sie hatte doch nichts weiter getan, als sich nach Hedwig zu erkundigen. War sie also tatsächlich hier? Und wenn sie hier war, warum sagte der Mann ihr das nicht einfach? Luise spürte, wie eine dunkle Vorahnung

sie überfiel. Was war hier passiert? Lauerte auch hier wieder eine dieser kleinen Katastrophen, wie sie ihr in letzter Zeit ständig begegneten? Bevor Luise sich weiter mit diesen Überlegungen beschäftigten konnte, hörte sie das Geräusch sich eilig nahender Schritte. Ein Mann in einem hellgrauen Anzug tauchte am Empfangstresen auf. Der Portier blieb hinter ihm zurück, ließ in unterwürfiger Haltung seinem Direktor den Vortritt.

»Guten Abend.« Der Herr in Grau deutete eine Verbeugung an. »Was kann ich für Sie tun, gnädige Frau?«

Luise lächelte zaghaft. »Ich bin auf der Suche nach einer Verwandten. Ist vielleicht eine Frau von Hettingen zu Gast in Ihrem Haus?«

»Das ist möglich. Sie sind eine Verwandte dieser Dame?«

»Ja, sie ist meine Kusine. Aber was tut das zur Sache, wenn ich fragen darf?«

»Nun, ich werde es Ihnen gleich erklären.« Der Herr Direktor trat hinter der Rezeption hervor und führte Luise zu einer Sitzecke im Vestibül. »Nehmen Sie doch bitte Platz. Im Sitzen spricht es sich besser, nicht wahr?«

»Nein, danke. Das ist reizend von Ihnen, aber ich möchte mich nicht setzen. Ich möchte nur wissen, was passiert ist. Wo ist meine Kusine?«

»Ja, also ...« der Hoteldirektor neigte nachdenklich den Kopf, »Sie werden verstehen, dass ich Auskünfte über meine Gäste grundsätzlich nicht ohne weiteres jedem erteilen kann. Das wäre indiskret. Aber wenn Sie wirklich eine Verwandte der betreffenden Dame sind –«

»Ich bin ihre Kusine, das sagte ich ja schon.«

»Also gut, ich glaube Ihnen. Heute Vormittag ist hier tatsächlich eine Frau von Hettingen abgestiegen. Leider war es mir nicht möglich, sie bei uns aufzunehmen.«

»Wieso das denn nicht?« Luise runzelte die Stirn. »Was soll das heißen, es war Ihnen nicht möglich, sie aufzunehmen? Hat

Hedwig bei Ihnen goldene Löffel geklaut? Oder hat sie ihr Zimmer verwüstet? Was ist denn passiert?«

»Frau von Hettingen war in einem sehr schlechten Zustand, als sie ankam. Ich musste einen Arzt holen lassen.«

»Sie ist krank, ich weiß. Und was hat der Arzt gesagt?«

»Er hat auf die Einweisung in das Krankenhaus der benachbarten Kreisstadt bestanden. Nach seiner Ansicht könnte eine ansteckende Infektionskrankheit vorliegen. Sie werden verstehen, dass wir Frau von Hettingen unter diesen Umständen nicht hierbehalten konnten. Ich muss das Wohl aller meiner Gäste im Auge haben. Wenn sich herumspricht, dass in unserem Haus eine ansteckende Krankheit grassiert …«

»Um welche Krankheit handelt es sich denn? Was fehlt Hedwig?«

»Der Arzt war sich nicht sicher. Er wollte keine abschließende Meinung äußern, hielt die Situation aber durchaus für ernst – jedenfalls kam es mir so vor. Mehr kann ich Ihnen leider nicht sagen. Für weitere Auskünfte müssen Sie sich an die behandelnden Ärzte in Stendal wenden.«

Luise nickte schweigend, um zu zeigen, dass sie verstanden hatte. Sie begann zu schwitzen, es war warm hier drinnen. Ihre Hände wanderten unwillkürlich an den Kragen ihres Mantels. Ihre Unruhe stieg von Minute zu Minute. Wenn sie an Hedwig dachte, musste sie auch an die spanische Grippe denken, die kleine Antonie fiel ihr ein und der traurige Tod ihrer Mutter. Hedwig hatte das kranke Mädchen in ihrer Wohnung gehabt, wenn auch nur für eine Nacht. Luise schluckte. Sie hatte Tony zu Hedwig gebracht, im Grunde war sie schuld daran, wenn Hedwig sich angesteckt hatte. Vielleicht schwebte Hedwig jetzt in Lebensgefahr, und das alles nur, weil Luise einem kleinen Mädchen hatte helfen wollen, das sie überhaupt nicht kannte.

»Geht es Ihnen nicht gut, gnädige Frau? Möchten Sie vielleicht ein Glas Wasser trinken?« Der Hoteldirektor musterte Luise. Er wirkte besorgt. Hastig gab er dem Portier im Hintergrund ein Zeichen. Luise antwortete nicht. Sie schloss schweigend die Augen. Wann endlich würde diese entsetzliche Odyssee enden? Seitdem sie Glücksburg verlassen hatte, war sie offenbar vom Pech verfolgt. Sie fühlte sich schwach, sie hatte seit Stunden nichts gegessen. Und sie war endlos müde und ziemlich ratlos. Wie sollte sie jemals damit fertig werden, wenn Hedwig ihrer Krankheit zum Opfer fiel? Schuldgefühle würden ihr für den Rest ihrer Tage das Leben schwer machen, keine ruhige Minute würde sie mehr haben. Luise seufzte. Warum war sie nur nach Berlin gefahren?

An der Blumenmarkthalle, da, wo früher einmal der Bahnhof Klostertor gestanden hatte, konnte man angeblich Nahrungsmittel ohne Bezugsscheine kaufen. Dort wurde der Schwarzmarkt abgehalten. Jeden Tag nach Eintritt der Dunkelheit konnte man hier kaufen und verkaufen, was in den Geschäften nicht zu bekommen war. Nicolai wartete an einer zugigen Straßenecke neben der Markthalle darauf, dass er angesprochen wurde, doch gerade heute tat sich hier draußen wenig. Es war zu kalt und zu nass, die Hamburger saßen vermutlich lieber zu Hause hinter dem Ofen, als sich hier in der Dämmerung eine Erkältung zu holen. Nur er war so dumm gewesen, hierher zu kommen, um ein paar Lebensmittel zu ergattern. Den Kragen seines Mantels hochgeklappt, trat Nicolai frierend von einem Fuß auf den anderen. Um ihn herum herrschte Nebel. Feuchter Dunst stieg vom Fluss auf und hüllte die Stadt ein. Sollte er einfach wieder gehen? Dabei hatte er nur mit Mühe hierher gefunden. Die Stadt war ihm fremd – und genauso behandelte sie ihn auch, wie einen Fremden. Seine Hoffnung, der Anblick der Häuser und Straßenschluchten der Stadt werde vertraute Gefühle in ihm wecken, hatte sich nicht erfüllt. Die Reise hierher war ein kompletter Reinfall, er hätte besser nach Flensburg weiterfahren sollen. Nicht einmal der Hauch einer Erinnerung hatte sich eingestellt, als er, seine in ein Stoffbündel eingeschnürten Habseligkeiten unter dem Arm, am Hamburger Hauptbahnhof aus dem Lazarettzug geklettert war. Stundenlang war er ziellos in den Straßen und Gassen an der Elbe herumgeirrt, hatte sich von Menschen, die alle genau wussten, warum sie hier waren und wohin sie wollten, herumschubsen lassen und war schließlich zur Markthalle gekommen – auch das ohne Erfolg, wie es schien. Heute schien sich offenbar alles gegen ihn verschworen zu haben. Er war Strandgut des verlorenen Krieges – nutzlos, heimatlos und unbrauchbar.

Nicolai schaute hinunter zu seinen Schuhen. Die Sohlen waren lose, Feuchtigkeit drang ein. Es musste etwas passieren, er brauchte eine Bleibe für die Nacht, wenn er nicht im Freien schlafen wollte. Ein Zimmer würde er allerdings nur finden, wenn er Geld vorweisen konnte. Sein Bargeld war längst alle, seinen letzten Sold hatte er für die Zigaretten ausgegeben, die er dem Pfleger im Lazarett zugesteckt hatte. Erich hat eine letzte Dosis Morphin gebraucht, und Nicolai hatte sie bezahlt. Jetzt war er mittellos, besaß nichts mehr außer Erichs Siegelring und der Uhr. Er musste den Schmuck zu Geld machen, er hatte keine andere Wahl. Ein Dutzend Eier, ein Pfund Butter oder Kartoffeln, einige Flaschen Schnaps oder ein paar Schachteln Zigaretten, irgend etwas davon würde schon genügen, um seinen Hunger zu stillen und ihm außerdem ein Zimmer für eine Nacht zu beschaffen.

Verstohlen schaute Nicolai sich um, doch allem Anschein nach war er mutterseelenallein hier draußen. Der Aufenthalt so nah am Fluss war ungemütlich, das Wetter war so ekelhaft, dass nicht einmal die Schwarzmarkthändler kamen, um ihre miesen kleinen Geschäfte abzuwickeln. Nicolai wollte sich gerade abwenden und weggehen, als er spürte, wie plötzlich eine Hand seinen Unterarm streifte. Er fuhr herum und sah in das Gesicht eines Fremden, der ihn mit unbewegter Miene musterte. Der große Mann in dem verschlissenen Mantel in un-

definierbarer Farbe schob langsam beide Hände in seine Manteltaschen. »Kaufen oder verkaufen?«
Der Klang der fremden Stimme war dunkel und ein wenig rau, nicht unbedingt geeignet, um Vertrauen zu wecken. Nicolai zögerte, aber da er nun schon einmal hier war, konnte er zumindest versuchen, die Sache mit dem Schmuck über die Bühne zu bringen.
»Verkaufen.«
»Und, was hast du?« Neugierig streckte der Fremde die Hand aus.
Nicolai zögerte. Plötzlich überfielen ihn Zweifel. Ausgerechnet diesem dahergelaufenen Fremden sollte er Erichs Ring überlassen? Der Mann in den ausgetretenen Stiefeln war ihm auf Anhieb unsympathisch. Er machte nicht den Eindruck, als würde er auch nur einen halbwegs anständigen Preis bezahlen. Am liebsten hätte Nicolai ihn einfach ohne Kommentar stehen lassen. Leider half ihm das nicht. Er hatte er Hunger, und er besaß nichts außer Erichs Schmuck, das er zum Tausch hätte anbieten können.
»Na, was ist? Hast du was dabei oder nicht? Ich will weiter, ich habe meine Zeit auch nicht gestohlen.« Der Fremde machte einen Schritt auf Nicolai zu. Er war ihm jetzt so nahe, dass Nicolai den Geruch nach Mottenpulver riechen konnte, den die Kleidung des Mannes verströmte. Er roch nach Schnaps, nach Zigarettenrauch und auch nach Schweiß. Unwillkürlich wich Nicolai ein Stück zurück. Der Kerl war ihm nicht nur unsympathisch, der wirkte auch hinterhältig, der war bestimmt nicht vertrauenswürdig. Bevor er diesem Mann Erichs Ring verkaufte, würde er lieber auf das Geschäft verzichten und die Nacht unter einer Elbbrücke verbringen. Nicolai schüttelte den Kopf.
»Was ist los?« Der Fremde schnaufte. »Was soll das Getue? Mir ist kalt, Mensch. Ich habe nicht vor, mir die halbe Nacht hier die Beine in den Bauch zu stehen. Zeig, was du dabeihast.«

Nicolai schüttelte noch einmal den Kopf, diesmal mit mehr Nachdruck. »Tut mir Leid, ich habe es mir anders überlegt. Ich verkaufe nicht.«
»Du machst Witze, oder?« Der Fremde rückte näher, inzwischen war er Nicolai bedrohlich nahe. Nicolai wäre ihm gern ausgewichen, doch er stand mit dem Rücken zu der Wand hinter ihm. Er spürte, wie der Fremde ihn am Kragen seiner Joppe packte und ihn mit Kraft gegen die Mauer drückte. »Her mit deinem Krempel, Jungchen, oder ich hol ihn mir selbst. Mir wirst du keinen Bären aufbinden, hörst du?«
»Ich habe es mir anders überlegt. Ich will nicht tauschen.«
»Ein blöder Mistkerl bist du.« Der Mann in dem dunklen Mantel packte Nicolai fester und schüttelte ihn durch. »Du hast wohl einen Vogel, was? Hör mal, ich verstehe keinen Spaß, wenn es ums Geschäft geht. Raus mit der Ware, das ist mein letztes Wort.«
Nicolai keuchte, rang nach Luft, doch sein Gegenüber ließ ihn nicht los.
»Hör mal, du Suppenkasper, wenn du glaubst, ich lasse mich veralbern, dann beweise ich dir jetzt das Gegenteil. Her mit deinem Zeug, oder ich verbiege dir die Rippen, und zwar jede einzeln nach Art des Hauses.«
Nicolai spürte, wie ihm der Schweiß ausbrach. Ihm zitterten die Knie. Er hatte seit Stunden nichts zu essen bekommen und fühlte sich ausgehungert, müde und kraftlos von der langen Reise. Er wollte nur noch in Ruhe gelassen werden. Sollte dieser Rüpel ihm doch den Schmuck wegnehmen, ihm war auch das egal, alles war ihm egal. Nicolai hörte, wie das Blut in seinen Ohren rauschte, er spürte, wie die Faust des Fremden ihn noch härter am Kragen packte. Im nächsten Moment holte sein Gegner plötzlich ohne Vorwarnung aus und schlug mit Wucht auf ihn ein. Nicolai prallte gegen die Backsteinmauer hinter ihm. Er schmeckte Blut auf seiner Unterlippe, in seinem Kopf dröhnte es. Eine warme Flüssigkeit lief ihm über das

Kinn. Er richtete sich auf und sah, dass der andere schon wieder ausholte. Nicolai wollte sich ducken, um dem nächsten Schlag zu entgehen, als er aus dem Augenwinkel eine Gestalt im Lichtkegel der Gaslaterne neben ihm auftauchen sah. Er seufzte leise. Jetzt bekam er es auch noch mit einem zweiten Gegner zu tun. Seine Lage schien ihm hoffnungslos. Besser, er gab den Ring und die Uhr freiwillig her, um noch größere Blessuren zu vermeiden. Er war viel zu schwach, um sich gegen zwei Angreifer gleichzeitig zu wehren.

»Hör auf! Lass ihn los, Alfred. Nimm die Finger weg, oder ich schreie um Hilfe.« Eine weibliche Stimme kam aus dem Halbdunkel. Nicolai wandte überrascht den Kopf. Eine Frau um diese Zeit hier draußen, damit hatte er nicht gerechnet. Sein Gegenüber schien mindestens so überrascht wie er und ließ die Faust sinken. Eine junge Frau war plötzlich ein paar Schritte entfernt aufgetaucht und schaute den Mann in dem verschlissenen Mantel an. Trotz der Kälte trug sie außer einem Wolljäckchen und einem langen Rock nur einen flachen dunklen Strohhut, dessen breiter Schirm ihr Gesicht beinahe verdeckte.

»Was soll ich? Aufhören? Wer sagt das?« Nicolais Gegner grinste. »Ach, wen haben wir denn da? Die kleine Amelie mit der großen Klappe.«

Nicolai beobachtete die beiden Unbekannten vor ihm, die sich mit bösen Blicken gegenseitig taxierten. Er überlegte, ob er die Gelegenheit nutzen sollte, um wegzulaufen, aber er ließ es sein, denn er wusste, dass der Fremde ihn einholen würde. Der Schläger in seinem stinkenden Mantel war in guter Verfassung, gegen den kam er nicht an. Immerhin hatte der Kerl von ihm abgelassen. Die Hände in den Hosentaschen, stand er weiterhin grinsend da, aber seinem Gesichtsausdruck nach zu urteilen war er sich seiner Sache jetzt nicht mehr ganz so sicher.

»Du willst also um Hilfe schreien, Amelie? Dann mal los. Was meinst du, wer dich hier draußen hört?«

»Keine Sorge, da findet sich schon jemand. Hier streicht immer irgendwer rum. Du weißt genau, dass die Gendarmen sich für dich interessieren, Alfred. Mach, dass du wegkommst, sonst schreie ich wirklich, und zwar so laut, dass alle in der Stadt aus den Betten fallen.«

Der Mann, den die Fremde Alfred nannte, gab sich unbeeindruckt, aber er wich trotzdem einen Schritt zurück. »Schon gut, Mädchen, reg dich nicht auf. Ich geh ja schon. War sowieso nichts zu holen, bei dem Klappergestell hier. Glaub man nicht, dass du mit dem viel Spaß haben wirst.« Alfred sah Nicolai noch einmal voller Verachtung an, ehe er vor ihm auf dem Pflaster ausspuckte. Im nächsten Moment drehte er sich um und verschwand im Dunkel der Nacht.

»Alles in Ordnung mit dir?« Die Fremde musterte ihn von Kopf bis Fuß. »Fehlt dir was? Alfred ist ein Idiot, ein echter Grobian.« Amelie kam näher und klopfte den Staub von Nicolais Hosenbeinen, bevor sie sich auf die Zehenspitzen stellte und seinen Schal gerade rückte.

»Entschuldigung, kennen wir uns?« Nicolai beugte sich hinunter, um die Unbekannte besser betrachten zu können. Sie war etwa in seinem Alter, hellhäutig und blond. Alles in allem schien sie hübsch zu sein. Ihr ebenmäßiges Gesicht zeigte ein paar Sommersprossen um die Nase, ihr Lächeln wirkte freundlich. Obgleich ihm gefiel, was er sah, konnte Nicolai nicht behaupten, dass ihm die Frau, die wohl Amelie hieß, bekannt vorkam. Ließ sein Gedächtnis ihn wieder im Stich, oder war sie bloß irgendeine Unbekannte, die sich traute, ihn ungefragt zu duzen? War sie ihm aus reiner Menschenfreundlichkeit zu Hilfe gekommen? Was machte sie überhaupt hier, an dieser finsteren Ecke der Stadt zu so später Stunde?

Amelie spürte seinen prüfenden Blick. Sie sah auf und lächelte. Ihre Gelassenheit verunsicherte ihn ein wenig. Hatte er es hier vielleicht tatsächlich mit einer guten alten Bekannten zu tun, an die er sich peinlicherweise nicht mehr erinnerte?

Langsam und mit einem Anflug von Bedauern zuckte er mit den Schultern. »Entschuldigen Sie, es tut mir Leid, aber falls wir uns kennen sollten, habe ich vergessen, wo und wann wir uns begegnet sind. Ich komme gerade von der Westfront zurück …«

»Ich weiß, mein Freund. Dass du Frontheimkehrer bist, ist nicht zu übersehen. Ich bin Amelie Fuchs, erinnerst du dich wirklich nicht an mich?« Ein Blick aus ihren blauen Augen traf ihn. Amelie sah ihn erwartungsvoll an. Anscheinend ging sie davon aus, dass allein die Erwähnung ihres Nachnamens alle seine Fragen beantworten würde, nur war dem leider nicht so. Er kannte keine Amelie Fuchs, und er hatte auch niemals eine gekannt. Oder doch? Der Klang ihrer Stimme jedenfalls war sanft. Amelie Fuchs konnte eigentlich keine unangenehme Person sein.

»Also dann, mein Freund, willkommen in der Heimat.« Amelie lächelte noch immer. Sie war die Geduld selbst, wie es schien. Sie streckte die Hand aus, die er zögernd ergriff. Amelie nickte ihm aufmunternd zu. »Ist alles in Ordnung mit dir, oder bist du verletzt?«

»Nein, es ist alles Ordnung. Wer ist das eben gewesen? Dieser Alfred, kennst du ihn näher?«

»Ach, das ist bloß einer von diesen Halunken, die sich hier jede Nacht rumtreiben – mit dem Unterschied, dass die Polizei sich für Alfred besonders interessiert. Er ist ein Galgenvogel, nicht ganz ohne. Schlägt zu, wenn er seinen Willen nicht kriegt.«

»Kennt er mich vielleicht auch von früher, so wie du? Mein Gedächtnis taugt nichts mehr. Der Krieg, weißt du? Ich habe noch immer keine Ahnung, wann und wo wir beide uns schon mal begegnet sind.«

Amelie hakte sich bei ihm ein. »Das macht nichts, keine Sorge. Bei mir bist du in guten Händen. Ich erzähl dir, was du nicht mehr weißt. Du hast Hunger und Durst, oder? Bei mir zu

Hause steht ein Pott Graupen auf dem Herd – nicht gerade die Welt, aber wenn du willst, kannst du einen Teller davon bekommen.«

»Wirklich?« Nicolai wagte nicht zu glauben, was er hörte. Staunend warf er Amelie einen prüfenden Seitenblick zu. Mit was für einer Sorte Frau hatte er es hier zu tun? Er runzelte die Stirn. »Hunger habe ich schon, aber ich würde vorher doch gerne wissen, woher wir uns kennen.«

Amelie hob mit gespieltem Ernst den Zeigefinger und drohte ihm damit. »Mein Lieber, dich hat es aber an der Front wirklich schwer erwischt. Ich bin Amelie Fuchs, mein Vater hatte den Gemischtwarenladen am Baumwall. Wir haben als Kinder auf unserem Hof zusammen gespielt. Meine Schwester war auch dabei. Dämmert es dir jetzt?«

»Nein, leider nicht.«

»Du und ich, wir waren Nachbarskinder. Wir haben oft Dresche von den Krusejungs aus dem ersten Stock gekriegt. Ich musste immer auf meine Schwester Dorle aufpassen, diese Heulsuse. Weißt du das alles nicht mehr?«

»Nein. Daran habe ich keine Erinnerung, leider. Und jetzt? Wo ist meine Familie? Wohnt sie noch hier in der Gegend?«

»Tut mir Leid, darüber weiß ich nichts. Deine Leute sind weggezogen, schon vor dem Krieg. Hast du denn im Feld keine Post von ihnen bekommen?« Amelie schaute ihn mit großen Augen an. Die Vorstellung eines vom Krieg entwurzelten Frontsoldaten, der orientierungslos durch die Stadt irrte, schien sie zu erstaunen. Nicolai schaute sie an. Er überlegte, wie viel er dieser unbekannten Frau von sich berichten sollte. Sollte er erzählen, was ihm an der Front zugestoßen war? Er war jemand, dem der Krieg die Vergangenheit gestohlen hatte, einer, der nichts mehr besaß, was ihn mit seiner eigenen Geschichte verband. Nicolai war sich nicht sicher, ob er Amelie vertrauen durfte. Warum eigentlich nicht? Sie war ihm doch ohnehin schon auf der Spur. Amelie kannte sich mit seinem Leben anscheinend besser aus, als er selbst das tat. Außerdem war nichts Ehrenrühriges an seiner Geschichte. Was sprach also dagegen, ihr das Herz auszuschütten? Nicolai nickte, er hatte einen Entschluss gefasst. »Doch, ich habe bestimmt an der Front Post bekommen, jedenfalls glaube ich das, aber ich weiß nicht, wo die Briefe geblieben sind. Es hat mich bei einem Giftgasangriff der Franzmänner erwischt. Erst in einem Feldlazarett hinter der Front bin ich wieder aufgewacht. Als ich zu mir kam, besaß ich nur noch das, was ich gerade am Leib trug. Bei meinen Sachen war nichts mehr, was ich hätte gebrauchen können. Ich hatte keine Papiere dabei, keine Fotografien und nicht einen einzigen Brief von zu Hause. Selbst meine Militärmarke hatte ich im Schützengraben verloren. Und dann war der Krieg vorbei, und alle wollten nur noch eines – nach Hause.«

»Und so haben sie dich einfach in einen Zug gesetzt und hierher geschafft?«

»Nein, ganz so war es nicht. Ich wollte hierher. Der Name der Stadt klang vertraut, also habe ich gesagt, ich hätte hier Familie. Sicher war ich mir allerdings nicht, ich hätte als Heimatstandort auch Flensburg angeben können oder Heide oder Lübeck. Das klang alles so, als wäre ich schon mal da gewesen. Schließlich habe ich mich für Hamburg entschieden, aber das war mehr Zufall.«

»Ein prächtiger Zufall, mein Lieber. Du bist nämlich ein waschechter Hamburger Jung. Du hast ja ganz schön was durchgemacht. Lieber Himmel, das ist vielleicht eine Geschichte.« Amelie schüttelte den Kopf. »Du hast Glück gehabt, dass du mich getroffen hast. Wer weiß, wohin es dich sonst verschlagen hätte.« Unter der Krempe ihres Hutes lächelte sie zu ihm hinauf, zwei Grübchen schimmerten auf ihren Wangen. Nicolai spürte, wie sein Herz einen kleinen Sprung tat. In diese blauen Augen hatte er vielleicht wirklich schon einmal geschaut. Mit ein bisschen Glück brachte sie ihm ein Stück seiner Vergangenheit zurück. Nach seiner Mut-

ter würde er sie fragen, nach seinen Geschwistern und nach dem Beruf seines Vaters. Seine Kinderzeit würde auferstehen, mit Amelies Hilfe würde er sich selbst wiederfinden und alles, was der Krieg ihm geraubt hatte, zurückerobern. Nicolai nahm Amelies Arm und drückte ihn sacht. Als sie sich an seiner Seite in Bewegung setzte, bemerkte er, dass sie das rechte Bein ein wenig nachzog – Amelie humpelte. Nicolai warf ihr einen besorgten Blick zu. »Was ist mit deinem Bein? Bist du verletzt?«
»Weißt du das auch nicht mehr? Ich hatte Kinderlähmung. Mein Bruder ist dran gestorben. Es hat meiner Mutter fast das Herz gebrochen, als sie ihren einzigen Sohn verlor. Aber was soll's, das ist lange her.«
Nicolai nickte. Es kam ihm merkwürdig vor, dass Amelie ihn zwar duzte, es aber vermied, ihn mit seinem Vornamen anzusprechen. Für einen kurzen Augenblick fühlte er einen Anflug von Misstrauen in sich aufsteigen, doch als er im nächsten Moment ihr Gesicht sah, in dem so viel Arglosigkeit lag, verwarf er seine Bedenken. Amelie war hübsch, freundlich und hilfsbereit. Wie es schien, war es nicht völlig verkehrt gewesen, zu so später Stunde hier herauszukommen. Ein hübsches Mädchen, das für ihn lächelte – was wollte er noch mehr? Er hatte kein besseres Angebot. Nicolai war bereit, ihrer Einladung zu folgen.

Es klopfte an der Tür, leise zuerst, behutsam, dann noch einmal, deutlich lauter jetzt. Ingeborg rief nach Johannes, doch der war damit beschäftigt, im hinteren Teil des Hauses die Fensterläden im Erdgeschoss seiner Praxis aufzustoßen, und hörte sie nicht. Sie wartete noch einen Moment, aber als es gleich darauf zum dritten Mal klopfte, ging sie hin und entriegelte die verschlossene Vordertür. Es konnte ja ein Notfall sein, der sich ankündigte. Schließlich war Johannes Arzt, einer der wenigen, die es zur Zeit auf der Insel gab.

Draußen auf der hölzernen Veranda stand unter dem Vordach ein Mädchen mit Pudelmütze und im Strickröckchen, die Hände in einem Muff aus Kaninchenfell verborgen. Ein erstaunter Blick aus tiefblauen Augen traf Ingeborg. Misstrauisch sah das Kind zu ihr hinauf. »Ist der Herr Doktor nicht da?«

»Doch, ich kann ihn holen. Willst du reinkommen? Ist etwas passiert?«

»Passiert ist eigentlich nichts. Meine Mutter schickt mich. Ich soll die rote Gummipumpe für meine Oma holen. Die kann wieder nicht von alleine auf den Topf.«

Ingeborg lächelte. »Ach, so ist das. Na, dann komm mal herein. Ich werde den Herrn Doktor fragen, wo er die Pumpe aufbewahrt.«

»Das brauchst du nicht.« Die kleine Blondine kam näher, mit einem großen Schritt betrat sie den weiß getünchten Flur. »Ich weiß, wo die Pumpe ist. Wenn wir den Gang runter und dann in das erste Zimmer gehen, da im Glasschrank liegt sie. Ich hab sie schon öfter abgeholt.«

Ingeborg nickte, sie musste lächeln. Die kleine Pauline war einfach herrlich, ein gewitztes Kind. Einige Wochen lang war das Mädchen regelmäßig des Mittags in die Suppenküche in das Hotel Seestern gekommen. Jeden Tag Schlag zwölf Uhr hatte sie sich geduldig in die Schlange eingereiht, um eine warme Mahlzeit für ihre kranke Großmutter zu holen. Pauline umsorgte die alte Frau rührend, sie kümmerte sich um ihre Großmutter mit einer Hingabe, die für ein kleines Mädchen von eben sechs Jahren beachtlich war. Auch jetzt übernahm Pauline wieder die Führung. Sie ging mit Ingeborg in das Sprechzimmer, wo tatsächlich auf einem gläsernen Regal eines der Schränke gut sichtbar die besagte Spritze aus rotem Kautschuk in einem geöffneten Pappkarton aufbewahrt wurde. Gerade als Ingeborg die Schranktür aufmachte, betrat Johannes den Raum. Er blieb auf der Türschwelle stehen und warf erst Ingeborg und dann Pauline einen fragenden Blick zu. »Nanu, Pauline, was machst du denn hier? Ist daheim jemand krank?«

»Ach was, nein, Herr Doktor.« Mit einer wegwerfenden Handbewegung tat Pauline die an sie gerichtete Frage ab. »Das ist es nicht. Es ist wegen meiner Oma, die kann wieder mal nicht – auf den Pott, meine ich.« Pauline senkte den Blick. »Sie müssen sich aber keine Sorgen machen. Das schaffen wir schon alleine.« Pauline nahm die eckige Schachtel entgegen, die Ingeborg ihr reichte, knickste und lief dann mit dem Karton zur Tür zurück. Sie drängte sich an Johannes vorbei auf den Gang hinaus. Kurz darauf fiel krachend die Wohnungstür hinter ihr ins Schloss.

Ingeborg lächelte. »Die Oma auf den Pott setzen kann sie also auch schon, unsere Pauline. Ein pfiffiges Mädchen ist die Kleine, nicht wahr?«

»O ja, allerdings. Du stehst ihr aber auch in nichts nach, würde ich sagen. Ihr zwei seid ganz gut ohne mich zurechtgekommen, so wie es aussieht.« Johannes nickte ihr anerkennend zu, doch Ingeborg winkte ab. »So schwierig war das nicht. Pauline kannte sich bestens aus.«

»Und wenn schon, es war dennoch ein netter Einstand. Meinst du nicht, es könnte dir gefallen, dich regelmäßig der Wehwehchen meiner Patienten anzunehmen?«

»Wenn deine Patienten alle so witzig sind wie Pauline Eschels, dann schon. Ich glaube allerdings nicht, dass es reichen würde, den Leuten im Wartezimmer immer nur einen Pappkarton mit einer Gummipumpe in die Hand zu drücken und sie dann wieder nach Hause zu schicken. Wenn ich mich in deinem Reich umschaue, würde ich sagen, hier wartet eine ganze Menge ungewohnter Arbeit auf mich.«

Ingeborg verließ ihren Platz am Schrank und trat an den breiten Schreibtisch aus schwerem Eichenholz, der vor dem Fenster stand. Ihr Blick glitt über das Durcheinander, das sich auf

der Schreibtischunterlage breit machte. Johannes lachte. »Ja, ich weiß, ich muss dringend aufräumen.«
Er kam an den Schreibtisch, zog dessen unterste Schublade auf und schob mit dem Unterarm alle Papiere hinein, die kreuz und quer auf der Schreibtischplatte lagen.
Ingeborg runzelte die Stirn. »Das ist nicht die richtige Lösung für Ihre Schwierigkeiten, Herr Doktor.«
»Nein, das ist es nicht. Hier muss mal richtig aufgeräumt werden, aber mir fehlt die Zeit dafür. Du siehst, es wartet tatsächlich eine Menge Arbeit auf dich, Schwester Ingeborg.« Johannes lächelte. Ingeborg verschränkte schweigend die Arme vor dem Oberkörper. Noch hatte sie sein Angebot nicht angenommen, noch war zwischen ihnen nichts abgemacht. Alles, was sie versprochen hatte, war, sich seine Praxis einmal näher anzuschauen, mehr nicht. Dass die Räume im Erdgeschoss der weißen Villa, in der Johannes schon vor dem Krieg praktiziert hatte, dringend hergerichtet werden mussten, war allerdings nicht zu übersehen. Eine Schicht aus Staub lag auf allen Möbeln, die Fenster waren fast blind von dem Schmutz, der sich draußen auf den Scheiben abgesetzt hatte.
Johannes schloss die Schreibtischschublade und sah sie an. Er schien ihre Gedanken erraten zu haben, denn er lächelte entschuldigend. »Hier sieht es schlimm aus, ich weiß. Ich fürchte, ich habe kein großes Talent zum Aufräumen. Ich habe die Zügel ein bisschen schleifen lassen. Aber das lässt sich schnell wieder ändern.«
Ingeborg nickte. Geändert werden musste hier so einiges, ohne Frage. Der Papierkorb war übervoll. Sie fuhr mit der Fingerspitze über die Schreibtischunterlage und hielt Johannes die mit Staub bedeckte Fingerkuppe unter die Nase. »Hast du denn niemanden, der hier sauber macht?«
»Im Moment nicht, aber ich werde jemanden einstellen. Putzen musst du nicht bei mir, keine Angst.«
»Glaubst du denn, ich kann das? Für dich arbeiten, meine ich.

Außer gutem Benehmen und ein bisschen Geklimper auf dem Klavier habe ich nicht viel gelernt. Deine zukünftige Sprechstundenhilfe muss doch etwas von Krankenpflege verstehen und auch von Buchführung. Du hast ein Telefon, das bedient sein will, und …«

»Das kann man alles lernen, Ingeborg.« Johannes bückte sich, hob eine leere Medikamentenschachtel auf und warf sie in den Papierkorb. »Deine Vorgängerin war auch keine gelernte Kraft. Ich habe ihr gezeigt, was gemacht werden muss, und heute ist sie in Heide im Krankenhaus und kümmert sich um die privaten Patienten des Herrn Kollegen, der da Oberarzt auf der Inneren ist. Du bist nicht faul und nicht dumm, du kannst das lernen, du schaffst das.«

Ingeborg nickte langsam. Noch war sie nicht ganz überzeugt. Bisher war sie noch niemals einer bezahlten Tätigkeit nachgegangen, die nichts mit Haushaltsführung zu tun gehabt hatte. Im Krieg hatte sie gelernt, in der Küche ein paar einfache Gerichte herzustellen, Strümpfe zu stopfen und Hühner zu füttern und ihnen, wenn nötig, die Gurgel umzudrehen – lauter Dinge, von denen sie geglaubt hatte, sie würde sie niemals tun müssen. In Haushaltsdingen fühlte sie sich sicher, aber hier, umgeben von einem Berg von Papieren und medizinischen Instrumenten, kam sie sich fehl am Platz vor. Würde sie diese Herausforderung meistern?

»Hier, probier das an. Mal sehen, wie er dir steht.« Johannes war plötzlich neben ihr und hielt ihr einen weißen Stoffkittel vor die Nase. Ingeborg schüttelte lachend den Kopf. »Den soll ich anziehen? Nein, das geht nicht.«

»Doch, natürlich geht das. Er müsste dir in etwa passen. Schlüpf mal rein.« Johannes nickte ihr aufmunternd zu. »Komm schon, es ist doch niemand außer uns hier.«

Ingeborg zierte sich noch einen Moment, aber dann siegte ihre Neugier. Sie nahm Johannes das Kleidungsstück ab und zog es über ihre Bluse und den Rock. Der frisch gestärkte Kittel saß wie angegossen, war weder zu lang noch zu weit. Ingeborg sah an sich hinunter, betrachtete sich, machte ein paar Schritte auf und ab und genoss das Gefühl, von einer Minute zur anderen völlig verwandelt zu sein.

»Na also!« Johannes nickte ihr zu. »Das sieht fabelhaft aus, Schwester Ingeborg. Schau doch mal in den Spiegel. Draußen auf dem Flur ist einer.«

Ingeborg schüttelte den Kopf, aber dann konnte sie nicht länger widerstehen und trat doch auf den Gang hinaus, wo gleich neben der Garderobe ein ovaler Spiegel in einem vergoldeten Rahmen hing. Sie schaute hinein und musterte staunend das fremde Wesen ganz in Weiß, das sie anblickte. Sie wirkte ehrfurchtgebietend, geradezu kompetent sah sie aus, nur allein eines weißen Leinenkittels wegen, der sie zwar ein bisschen blasser, aber dafür auch viel ernsthafter wirken ließ.

»Steht dir doch gut, nicht wahr? Meinen Patienten wird das Herz höher schlagen, wenn sie dich so sehen. Einige der älteren Herren werden schon allein von deinem Anblick genesen, Schwester Ingeborg.« Johannes hatte sich neben ihr aufgebaut und lächelte sie an.

»Nenn mich doch bitte nicht immer Schwester Ingeborg, das ist Amtsanmaßung. Ich bin keine Schwester. Wenn überhaupt, dann werde ich dein Mädchen für alles sein – eine Mischung aus Köchin, Telefonistin, Sekretärin und Hilfskrankenschwester. Zu mehr wird es nicht reichen.«

»Ich finde, das ist schon eine ganze Menge.« Johannes drehte sich um. Es hatte schon wieder an der Vordertür geklopft.

Ingeborg seufzte. »Mein Gott, geht es hier denn immer zu wie in einem Taubenschlag?«

»Nicht immer. Aber heute schon.« Johannes trat zur Tür und öffnete sie.

Draußen stand wieder Pauline Eschels, den Pappkarton mit der Gummipumpe unter dem Arm. Sie knickste. »Ich bin es noch mal, Herr Doktor. Die Pumpe wird nicht mehr gebraucht. Es

ging auch schon so mit der Oma. Als ich kam, war schon alles erledigt.« Pauline schaute mit großen Augen zu Johannes auf. Als dieser nicht sofort Anstalten machte, ihr das Päckchen abzunehmen, marschierte Pauline zu Ingeborg hinüber, drückte ihr den Karton in die Hand, knickste noch einmal und verschwand. Die Tür fiel hinter ihr ins Schloss.
Johannes stand da, lachte und schüttelte den Kopf. »Bravo! Sie ist ein kluges Mädchen, unsere Pauline. Sie weiß sofort, an wen sie sich wenden muss. Überzeugender hätte ein Vertrauensbeweis einer meiner Patienten doch nicht ausfallen können, oder?«
Ingeborg schwieg. Sie schaute hinunter auf die Schachtel in ihrer Hand. Im Grunde hatte Johannes Recht, es schien, als würde sie wirklich hierher passen. Sie war gerne mit Menschen zusammen, was man ihr wahrscheinlich anmerkte. Der Gedanke, hier im Vorzimmer zu sitzen und die Geschicke der Praxis zu lenken, gefiel ihr immer besser. Die altmodisch eingerichteten Räume strahlten Ruhe und Gemütlichkeit aus. Wenn Johannes ihr freie Hand ließ, würde sie aus seiner Praxis einen freundlichen, hellen Ort machen. Doch, im Grunde traute sie es sich sehr wohl zu, hier zu arbeiten. Sie freute sich sogar darauf, endlich wieder unter Menschen zu kommen und nicht mehr den ganzen Tag dort draußen in ihrem langweiligen Dorf hocken zu müssen, in dem mit Ausbruch des Krieges die Zeit stehen geblieben zu sein schien. Ihr eigenes Geld würde sie verdienen, zum ersten Mal in ihrem Leben würde sie sich selbst durch ihrer eigenen Hände Arbeit über Wasser halten. Neue Winterstiefeletten würde sie sich kaufen, und eine ausreichende Menge an Kerzen für den ganzen Monat würde sie besorgen. Nicht mehr an allen Ecken und Enden sparen müssen, das war es, worauf sie sich freute.
»Morgen früh um acht Uhr hier bei mir, abgemacht? Ich erwarte dich, einverstanden?«
»Ja.« Ingeborg nickte, aber sie schaute dabei zu Boden. Johan-

nes war dicht hinter ihr. Behutsam half er ihr, den weißen Kittel abzulegen. Seine Hände berührten ihre Schultern, als sie mit den Armen aus den Ärmeln des Kittels schlüpfte. Ingeborg trat beiseite, sie griff nach ihrem Mantel, der an der Garderobe hing. Eine zufällige Berührung war es gewesen, mehr nicht – und doch war es schön, die Wärme eines fremden Körpers zu genießen. Seine Nähe war ihr viel angenehmer, als es gut für sie war. Sie war noch immer eine verheiratete Frau, es stand ihr nicht frei zu tun, was sie wollte. Ingeborg wandte sich ab, grüßte noch einmal und ging. Ab heute war Johannes ihr Arbeitgeber, mehr nicht. Sie war seine Angestellte, sein Mädchen für alles, mehr nicht. Aber würde es dabei bleiben? Würde das immer so sein, heute und für alle Zeit?

# Kapitel 7

»Einen Moment, bitte.«
Diesen gleichgültig klingenden, in leichtem Ton dahingeworfenen Satz hatte Luise mittlerweile hassen gelernt. Aus dem einen Moment, den ihr die Schwestern des Krankenhauses immer aufs Neue zu warten befahlen, wurden für gewöhnlich Stunden – eine endlose Zeit, die sie damit verbrachte, auf dem Krankenhausflur zu sitzen und vor sich hin zu starren. Schwestern in Uniformen und mit gestärkten Häubchen auf dem Kopf eilten an ihr vorbei, verteilten Mahlzeiten und Getränke auf den Zimmern, brachten Medikamente und frische Verbände, aber keine von ihnen würdigte Luise dabei eines Blickes. Hin und wieder erschien auch ein übernächtigter Arzt auf dem Gang, doch der verschwand jedes Mal schnell wieder hinter einer der vielen weißen Türen.
Und noch so ein grauer Tag auf dem Krankenhausflur. Luise hob den Kopf und sah zum Fenster hinüber. Es war später Nachmittag, draußen hatte es gerade zu schneien begonnen. Weihnachten stand vor der Tür. Woran würde sie erkennen, dass es Weihnachten war, wenn sie immer nur hier saß und die Wände anstarrte? Worauf wartete sie überhaupt? War sie tatsächlich dazu verpflichtet, hier herumzusitzen, nur weil sie mit Hedwig verwandt war? Viel lieber wäre sie nach Glücksburg gefahren, um wenigstens Weihnachten daheim zu sein, aber ihr Pflichtgefühl hatte bisher verhindert, dass sie diesem Wunsch nachgab. Obwohl, warum durfte sie eigentlich nicht fahren? Weihnachten war das Fest der Familie. In dem Zustand, in dem sich Deutschland kurz nach Ende des Krieges befand, musste sie zeitig abreisen, um pünktlich Weihnachten zu Hause zu sein. Es war durchaus möglich, dass sie unterwegs durch politische Unruhen aufgehalten werden würde. Im Grunde war es höchste Zeit, Stendal endlich zu verlassen.

Ein quietschendes Geräusch schreckte Luise aus ihren Gedanken auf. In diesem Augenblick öffnete sich die Tür genau ihr gegenüber. Eine schmale Gestalt in dem obligatorischen weißen Kittel trat auf den Gang. Luise erkannte innerhalb des Bruchteils einer Sekunde die sich ihr bietende Gelegenheit und sprang auf. Sie wusste, dass das dünne Männchen mit dem schütteren Haar der Herr Professor war. Er war der Leiter der Abteilung für innere Medizin des Kreiskrankenhauses. Tief in Gedanken versunken, stand er auf dem Gang und schaute zu Boden. Luise marschierte tapfer auf ihn zu. Ihr Herz klopfte laut vor Aufregung, aber das hielt sie nicht auf. Natürlich wusste sie, dass es nicht von gutem Benehmen zeugte, wenn sie den Herrn Professor hier auf dem Gang überfiel, anstatt sich einen Termin bei ihm geben zu lassen wie alle anderen auch, aber mit den Terminen bei ihm war das so eine Sache, das wusste Luise aus Erfahrung. Die Zeit des Herrn Professors war knapp bemessen, der Zerberus in seinem Vorzimmer wachte genau darüber, dass niemand seine knappe Zeit verschwendete. Bisher hatte Luise keinen Termin bei dem Herrn Professor bekommen können. Wenn sie ihn sprechen wollte, dann musste sie das wohl selbst in die Hand nehmen, und zwar sofort.

Der Arzt setzte sich in Bewegung, er schien weggehen zu wollen. Luise machte einen Schritt nach vorn und trat dem Herrn Professor in den Weg, so weit, dass er gar nicht mehr anders konnte, als stehen zu bleiben und sie anzusehen. Graue Augen hinter dicken Brillengläsern schauten sie geistesabwesend an. Luise umklammerte die Griffe ihrer Handtasche und versuchte zu lächeln. »Guten Tag, Herr Professor …«

»Ja, guten Tag. Ich weiß, es ist schwer für Sie, das ist es immer.« Der Arzt nickte ihr zu. »Es tut mir aufrichtig Leid, aber ich fürchte, wir können im Augenblick nichts mehr tun – außer beten, versteht sich.«

»Sie können nichts mehr tun?« Luise schluckte. Wieso denn das? Wovon sprach dieser Mann? Stand es wirklich so schlecht um Hedwig? Als sie gestern bei ihr gewesen war, schien Hedwig doch noch einigermaßen beieinander zu sein. Jedenfalls hatte sie nicht wie eine Todgeweihte gewirkt. Luise suchte im Gesicht des Professors nach einer Regung. Sie wartete auf eine Erklärung von ihm, aber der Mann stand nur da und sah zu Boden. Luise war versucht, ihm einen kleinen Schubs zu geben, um ihn aus seiner Geistesabwesenheit zu wecken, aber sie hob nur die Stimme und sprach lauter als zuvor. »Ja, aber ... was ist denn passiert?«

»Was passiert ist? Wenn wir das genau wüssten, dann wären wir klüger, gnädige Frau. Ein postoperative Komplikation, Thrombose genannt, die Bildung eines Pfropfens aus Fibrin an den Gefäßwänden, wie der Mediziner es ausdrückt. Schmerzen, Schwellungen, leichtes Fieber, das ist passiert, so liegt der Fall. Eine lebensbedrohliche Situation, wie Sie sich vielleicht vorstellen können, insbesondere bei Hinzutreten einer Embolie.«

»Eine postoperative Komplikation?« Luise spürte, wie die Verwirrung in ihr stieg. Warum um Gottes willen hatte man Hedwig denn operiert? Bei einer spanischen Grippe gab es doch nichts zu operieren, oder etwa doch? Luise stellte sich Luftröhrenschnitte vor, gewaltsame Akte der Verzweiflung, die deutlich machten, dass es für alles andere zu spät zu sein schien. Sie wollte noch eine Frage stellen, als sich plötzlich die Tür hinter dem Arzt noch einmal öffnete und eine Krankenschwester den Flur betrat. Ein junges Ding mit einem ebenmäßigen rosigen Gesicht schaute Luise an – missbilligend, wie es ihr schien. Sie schüttelte den Kopf und deutete dann damit auf Luise. »Die ist es nicht, Herr Professor. Die Frau Schwedt wartet drüben im Treppenhaus auf Sie. Es eilt ein wenig, fürchte ich.«

»Ja, tatsächlich – so? Sie sind nicht die Frau des Patienten aus der Nummer 8?« Der Professor musterte Luise und schien sie zum ersten Mal überhaupt zu sehen, dann wandte er sich ab. Er drehte sich zu der Krankenschwester um und schob dabei sein Brillengestell ein Stück den Nasenrücken hinauf. »Die Frau

Schwedt wartet im Treppenhaus? Gut, dann gehen wir doch zu ihr.« Der Arzt wandte sich noch einmal kurz zu Luise um, diesmal schon weniger teilnahmslos, eher gereizt wirkend. Er ließ die Mundwinkel hängen. Der Herr Professor schien Luise die Verwechslung persönlich übel zu nehmen, dabei war sie sich keiner Schuld bewusst. Sicher, sie hatte sich nicht vorgestellt, aber schließlich hatte der Mann in Weiß sie auch nicht nach ihrem Namen gefragt.

»Dies ist Frau von Lassen, eine Verwandte der Patientin in Zimmer Nummer 7, Herr Professor. Aber Frau Schwedt ist jetzt wichtiger. Vielleicht bring ich sie besser hierher? Ich hole sie, einen Moment.« Die junge Schwester schaute dem Professor in die Augen. Der nickte, und sie rauschte davon. Luise sah zu, wie er seine Brille abnahm und die Brillengläser mit dem Zipfel seines Kittels putzte.

Sie war entschlossen, noch einen Anlauf zu nehmen, jetzt, da der Mann wenigstens schon einmal wusste, wer sie war. Sie richtete sich kerzengerade auf, ganz wie es sich gehörte im Angesicht eines Professors. »Verzeihen Sie, Herr Professor, ich weiß, Ihre Zeit ist knapp bemessen, aber …«

»Ja? Was gibt es denn noch?« Der Arzt schob seine Hornbrille auf die Nase zurück und blinzelte sie an. Ohne seine Augengläser schien er blind zu sein wie ein Maulwurf. Mit einem entnervten Blick sah er Luise an. Diese spürte seine Ablehnung, wollte sich jetzt aber nicht mehr aufhalten lassen, auch wenn es offensichtlich war, dass sie den Professor in seiner Konzentration auf das bevorstehende Gespräch störte. Einmal musste sie doch Antworten bekommen auf die Fragen, die zumindest ihr wichtig waren. Irgendjemand musste doch auch für sie und Hedwig zuständig sein. Sie trat noch einen Schritt näher heran, um zu demonstrieren, dass sie sich nicht mehr abschütteln ließ. »Frau von Hettingen, die Patientin in Zimmer Nummer 7, sie ist meine Kusine. Können Sie mir sagen, wie es ihr geht?«

»Wie es ihr geht? Wie soll es ihr schon gehen, wie immer, vermute ich. Schauen Sie doch nach, wie es ihr geht. Ich habe nun wirklich keine Zeit dafür, das dürfen Sie mir glauben.« Der Professor schob die Hände in die Taschen seines Kittels und schaute an ihr vorbei den Gang hinunter.

»Ja, aber … Hedwig hat doch die spanische Grippe. Das ist doch auch nicht ohne. Sicher haben Sie mit noch schwierigeren Fällen zu tun, aber ich frage mich doch, wie es um Hedwig steht, wann sie nach Hause darf oder ob ich mich darauf einstellen muss, das Weihnachtsfest hier im Krankenhaus zu verbringen.«

»Spanische Grippe? Wer hat hier die spanische Grippe?« Der Professor rümpfte die Nase. Es sah aus, als müsste er gleich niesen, aber stattdessen lachte er kurz und trocken. »Die werte Dame von Zimmer Nummer 7 hat eine fiebrige Erkältung, mehr nicht.«

»Eine Erkältung?« Luise spürte, wie sie bleich wurde. »Aber … sind Sie sicher? Sie hat nicht mehr als eine Erkältung?«

»Ganz recht. Wir hätten sie schon längst entlassen sollen. Eine Erkältung ist kein Grund, tagelang im Krankenhaus zu bleiben.«

»Und warum ist sie dann noch immer hier?«

Der Professor lachte erneut. »Warum? Weil Ihre Kusine sich weigert zu gehen, deshalb. Wie alle Hysterikerinnen bildet sie sich ein, schwer krank zu sein und Anspruch auf die allerbeste Pflege zu haben, aber da ist natürlich nichts dran. Nehmen Sie die Person mit, besser heute als morgen, damit das Bett frei wird. Reden Sie ihr zu, sagen Sie ihr, dass ich sie spätestens übermorgen eigenhändig vor die Türe setzen werde, wenn sie nicht freiwillig geht.«

Luise schnappte nach Luft. Dieses Gespräch nahm eine Wendung ins Peinliche, aber noch konnte sie es nicht beenden, noch hatte sie eine Frage. »Sie meinen also, dass Hedwig simuliert? Das ist es doch, was Sie sagen wollen, nicht wahr?«

Der Professor wandte sich ihr zu und schaute sie an. Durch

seine dicken Brillengläser wirkten seine Augen übergroß und verliehen ihm Ähnlichkeit mit einem Frosch. Er nickte betont langsam. »Ihre Kusine simuliert, ja – bis zu einem gewissen Grad jedenfalls. Sie empfindet das vermutlich nicht so, sie glaubt an ihre Krankheiten. Haben Sie den Ausdruck Neurasthenie schon mal gehört?«
»Leider nicht, Herr Professor.«
»Es handelt sich um eine Erkrankung des vegetativen Nervensystems. Einige meiner Kollegen aus der Neurologie haben diese Bezeichnung für den Zustand ihrer meist weiblichen Patientinnen erfunden, die unter Langeweile leiden. Übermäßige Wehleidigkeit, ungesunde Selbstbeobachtung und eine Nervenschwäche, das ist es, was dahinter steckt, verstehen Sie? Mit dem Wort Hysterie im Freud'schen Sinne ist eigentlich alles gesagt. Ihre Kusine ist nicht krank, sie tut aber so und möchte, dass wir ihr das glauben, damit sich jemand um sie kümmert. Und nun entschuldigen Sie mich bitte, ich bin beschäftigt.« Der Professor ging. Mit großen Schritten eilte er der Schwester entgegen, die in diesem Moment am anderen Ende des Ganges mit einer älteren, zerbrechlich wirkenden Frau am Arm auftauchte. Luise sah zu, wie der Professor sich dieser Frau annahm, wie er nach ihrer Hand griff und sie tätschelte, bevor er gleich darauf begann, auf die Unbekannte einzureden.
Luise fühlte sich elend. In was für eine erniedrigende Situation hatte Hedwig sie da gebracht? Anstatt wenigstens an einer anständigen Krankheit zu leiden, hatte diese hysterische Person sich ihre Beschwerden nur ausgedacht. Luise hatte Hedwig geglaubt und sich damit vor dem Leiter dieser Station gründlich blamiert. Hedwig war nichts weiter als eine eingebildete Kranke, eine vom Leben enttäuschte Frau, die nichts mit sich anzufangen wusste und deshalb die Schwerkranke spielte. Und nun? Was sollte sie mit Hedwig tun? Luise holte erst mal Luft. Es war eine zutiefst undankbare Aufgabe, die sie sich da aufge-

bürdet hatte. Vielleicht würde es helfen, wenn man Hedwig für eine Weile an die See brachte? Die frische Luft würde ihr gut tun und sie auf andere Gedanken bringen. Bei aller Wut auf Hedwig musste Luise doch zugeben, dass ihre Lage nicht gerade beneidenswert war. Immerhin hatte sie innerhalb weniger Tage alles verloren, was einmal ihr Leben ausgemacht hatte. Ihre Stellung bei Hof gab es nicht mehr, die ganze Hofgesellschaft war dahin und mit ihr die Privilegien, die Hedwig als Hofdame der Kaiserin genossen hatte. So gesehen war es kein Wunder, dass Hedwig Zuflucht suchte bei einer Krankheit mit einem unaussprechlichen Namen, die nur in ihrem Kopf existierte, aber den Vorteil besaß, dass sie ihretwegen Zuneigung und Pflege verlangen konnte.

Luise hatte einen Entschluss gefasst und marschierte los. Natürlich hatte sie ein gewisses Maß an Verständnis für Hedwigs Situation, aber mit Verständnis allein kam sie hier nicht weiter. Schließlich hatte sie schon einige Opfer gebracht, um ihrer Kusine zu helfen. Lange würde sie Hedwigs Getue nicht mehr aushalten. Warum nicht endlich die Verantwortung abgeben oder doch zumindest auf mehrere Schultern verteilen? Ab an die See mit Hedwig, das war die Lösung. Sylt war ein Ort, an dem Blinde sehen und Lahme gehen lernten. Die Insel war von besonderer Schönheit, ihre Reize ließen selbst das finsterste Gemüt nicht unberührt, und zu tun geben würde es dort für Hedwig auch genug. Ingeborg konnte bestimmt Hilfe im Haushalt gebrauchen. Sie würde sich wahrscheinlich sogar freuen, wenn sie Besuch bekam. Wenn es einen Ort gab, den Luise dieser verfahrenen Situation für angemessen hielt, dann war es Sylt. Dorthin würde sie Hedwig jetzt bringen – mit und gegen deren Willen, und zwar noch heute. Weihnachten bei Ingeborg auf Sylt zu sein – Luise spürte, wie ihre Laune sich bei dieser Vorstellung hob. Auf einmal freute sie sich auf das Weihnachtsfest, und das war, so fand sie, endlich einmal ein wirklich gutes Zeichen.

»Verschwindet!«
Ein Stein flog sirrend durch die Luft und kam in hohem Bogen auf Nicolai und Amelie zugeschossen. Nicolai riss Amelie zur Seite. Stolpernd gingen sie nebeneinander zu Boden. Sie landeten unsanft im Schneematsch einer Pfütze am Rand des Weges, aber Amelie blieb keine Sekunde am Boden. Sie war gleich wieder auf den Beinen. Mit ihrer leeren Kiepe auf dem Rücken rappelte sie sich hoch, machte einen Satz nach vorn, packte den Stein und schleuderte ihn zurück in Richtung Tor, an dessen Pforte der Bauer stand, der sie mit Hilfe seines wild kläffenden Hundes vom Hof gejagt hatte. Der Stein verfehlte sein Ziel, er fiel ein paar Schritte vor der Pforte kraftlos zu Boden.
»Swienskopp!« Amelie ballte die Faust und schüttelte sie drohend, aber der Bauer in seiner bestickten Sonntagsweste sah das nicht mehr, denn er hatte sich schon abgewandt. Breitbeinig stapfte er zu seinem Haus zurück, während sein Hund, ein Schäferhundmischling so groß wie ein Kalb, noch immer hinter dem Bretterzaun stand und wütend bellte.
»Soll er doch verrecken mitsamt seinen Kartoffeln, der räudige Fettsack. Ich hoffe, seine beste Sau wirft ihm von heute an nur noch tote Ferkel.« Amelie nahm ihre Kiepe von den Schultern und betrachtete den Stoff ihres Mantels, der bei dem Sturz in die Pfütze feucht geworden war. Vorsichtig klopfte sie den graubraunen Sand ab, der auf dem dunklen Stoff klebte. Nicolai fuhr sich mit einer Hand prüfend über den nassen Hosenboden. Die Feuchtigkeit hatte nicht nur seine gute Stoffhose, sondern auch die Unterhose darunter mühelos durchdrungen. Klamm und nass klebte ihm beides am Allerwertesten. Die Kälte des Wintertages würde dafür sorgen, dass er die Folgen dieses unvorhergesehenen Sturzes bald zu spüren bekommen würde. Eine Erkältung war vermutlich noch das Geringste, was ihm am Ende seiner Hamsterfahrt ins Alte Land drohte. Wenn sich die Bettelei vor den Toren der Stadt wenigstens gelohnt

hätte, dann wäre er bereit gewesen, den Preis dafür zu bezahlen, aber dem war nicht so. Amelie hatte in ihrer Kiepe etliche Schachteln mit selbst gedrehten Zigaretten dabei, um sie den Bauern in der Marsch zum Tausch gegen Lebensmittel anzubieten, doch niemand interessierte sich für Tabak, kein einziger Handel war bis jetzt zu Stande gekommen. Im besten Fall schickte die Bäuerin sie mit unfreundlichen Worten davon, in schlimmeren Fällen griff der Hausherr zur Mistgabel oder ließ den Hund von der Kette. Statt Kartoffeln und Mehl hatten sie auch nach ihrer mittlerweile vierstündigen Wanderung entlang der Elbdeiche nichts weiter als die von ihnen selbst mitgebrachten Zigaretten im Gepäck.

»Was ist, kannst du nicht mehr?« Nicolai hatte weitergehen wollen, doch nachdem er Amelie einen Blick zugeworfen hatte, blieb er stehen. Sie rührte sich nicht vom Fleck. Anstelle ihres Wintermantels inspizierte sie jetzt die geknöpften Stiefel an ihren Füßen.

Sie sah auf. »Meine Sohlen sind durch. Rechts habe ich ein Loch.« Amelie hob den Fuß und streckte ihn Nicolai entgegen. Tatsächlich klaffte in der schwarzen Decksohle ein stecknadelgroßes kreisrundes Loch.

Nicolai nickte. »Stimmt. Ich glaube, wir gehen besser zurück, was meinst du? Wenn du dir nasse Füße holst, liegst du morgen mit Fieber im Bett. Außerdem wird es allmählich dunkel.«

»Zurückgehen sollen wir? Großartige Idee. Und was essen wir dann morgen? Es ist Weihnachten, vergiss das bitte nicht. Wenigstens ein bisschen was sollten wir doch auf dem Tisch haben, oder? Schon der Kleinen wegen will ich morgen nicht hungern.« Amelie schob die schwarze Filzkappe auf ihrem Kopf ein Stück in den Nacken.

Nicolai zuckte mit den Schultern. »Man wälze die Fleischkarte in der Eierkarte, brate das Ganze in der Butterkarte an und dämpfe dazu die Gemüsekarte mitsamt der Kartoffelkarte – war das Rezept nicht von dir?«

Amelie schüttelte den Kopf. »Ich bin jetzt nicht zu Späßen aufgelegt, mein Bester. Ich habe Hildchen versprochen, dass der Weihnachtsmann ihr dieses Jahr einen Stubenwagen für ihre Puppe bringt.«

»Sag ihr einfach, sie muss sich noch ein weiteres Jahr gedulden. Der Weihnachtsmann ist noch an der Front und strickt für die Kriegsinvaliden warme Unterhosen. Die armen Kerle haben es noch dringender nötig als unsereins.« Nicolai streifte sich die ledernen Träger seiner leeren Holzkiepe von den Schultern, die er in der Hoffnung mitgenommen hatte, auf dem Land zumindest ein paar Eier und ein Stück Brot zu ergattern. Langsam setzte er das Gestell auf dem matschigen Weg vor ihm ab.

Amelie seufzte. »Das ist alles Unsinn, Nico. So etwas erzähle ich meiner Tochter nicht, dafür ist sie noch zu klein. Sie soll am Weihnachtsabend wenigstens etwas haben, woran sie sich freuen kann. Wenn ich schon keinen Puppenwagen kriegen kann, dann muss wenigstens eine warme Mahlzeit auf dem Tisch stehen. Es kann doch nicht sein, dass wir den Weg hierher völlig umsonst gemacht haben. Wenn ich allein an das Geld denke, das wir zwei für die Bahnfahrt ausgegeben haben.«

»Es wäre besser angelegt gewesen, wenn wir eine Fahrkarte nach Norden gelöst hätten. Hierher ins Alte Land strömen ja jeden Tag hunderte von Leuten, gerade jetzt, kurz vor Weihnachten. Da ist es doch kein Wunder, wenn die Bauern die Nase voll haben von unsereinem.« Nicolai lehnte sich mit dem Rücken gegen einen der Straßenmasten am Wegrand.

Amelie schwieg, aber sie musste auch gar nichts mehr sagen. Ihr Gesichtsausdruck verriet, dass sie enttäuscht war von diesem Tag – enttäuscht vielleicht auch von ihm, weil er es nicht vermocht hatte, auf ihrer Betteltour wenigstens ein paar essbare Lebensmittel zu beschaffen. Nicolai unterdrückte ein Gähnen. Er war erschöpft. Schweigend ließ er den Blick über das Land vor ihm gleiten. Von den kahlen Bäumen auf den

Weiden tropfte es. Das immergrüne Marschland triefte vor Feuchtigkeit. Den ganzen Vormittag über hatte es geregnet, feuchter Dunst stand über den Wiesen. Die Reetdächer der an den Deich geduckten Bauernhäuser glänzten nass.

Nicolai seufzte. »Komm, lass uns nach Hause gehen, Amelie. Bei den Leuten hier ist morgen auch Weihnachten. Die teilen doch ihr letztes Stück Fleisch nicht mit irgendwelchen dahergelaufenen Großstädtern, von denen ihnen viele andere schon seit Tagen die Bude eingerannt haben. Wir hätten eben weiter raus fahren sollen, mehr nach Norden.«

»Meinst du, da wären wir die Ersten gewesen? Das kannst du vergessen, mein Lieber. Wenn du hier im Hamburger Umland auch nur einen Hof finden willst, der noch nicht von hungrigen Großstädtern überfallen worden ist, dann musst du tagelang laufen. Bis nach Dänemark musst du da wandern, da bin ich mir sicher.«

»Bis nach Dänemark?« Nicolai runzelte die Stirn. Er hatte das Gefühl, dass sich bei der Erwähnung dieses Namens etwas in ihm regte. War es eine Erinnerung, die ihn ihm aufstieg, der Ansatz einer Erinnerung wenigstens? Was verband ihn mit diesem Stück Erde? Für den Bruchteil eines Augenblicks sah er weites, flaches Land bis zum wolkenlosen Horizont, gelbe Rapsfelder, deren Blüten sich lautlos im Wind bewegten. Ob er dort oben im Norden schon einmal gewesen war? Oder kannte er das Land nur dem Namen nach? Er versuchte, seiner kurzen Eingebung nachzuspüren, ihr noch andere Sinneseindrücke hinzuzufügen, aber es gelang ihm nicht mehr. Amelie stand neben ihm und schaute ihn fragend an, wie sie es so oft tat, wenn seine Aufmerksamkeit erlosch und er sekundenlang in dem konturlosen Loch versank, das sein Gedächtnis war.

»Ich sagte Dänemark, jawohl.« Amelie klappte fröstelnd den Kragen ihres Wollmantels hoch. »Das ist ein bisschen sehr weit entfernt für eine Fahrt ins Blaue, findest du nicht?«

Nicolai nickte. »Vermutlich. Komm, gehen wir nach Hause. Ich verspreche dir, dass ich mich morgen in aller Herrgottsfrühe aus dem Bett schwingen, auf meinen Getreidekaffee verzichten und beim Bäcker an der Ecke anstehen werde, bis mir schwarz vor Augen wird. Ich durchstreife die ganze Stadt nach einem Krümel Brot, wenn du es willst. Nur jetzt möchte ich zurück, bevor es endgültig dunkel wird. Einverstanden?«

»Also gut. Mir tun auch die Füße weh.« Amelie rückte ihre Kiepe auf den Schultern zurecht. Nicolai wollte es ihr gerade nachtun, als er in der Ferne eine Gestalt auf sich zukommen sah. Eine Frau näherte sich ihnen. Sie schob ein mit zwei Taschen behängtes Fahrrad. Die Fremde bewegte sich langsam, es schien, als plagte sie sich mit ihren Lasten.

»Siehst du, was ich sehe?« Nicolai stieß Amelie vorsichtig in die Seite. »Das Christkind kommt – wenn auch diesmal als älteres Semester.«

»Was? Wovon sprichst du?« Amelie runzelte nachdenlich die Stirn und kniff die Augen zusammen. »Meinst du die Frau dort hinten?«

»Genau die. Offensichtlich hat sie ein Problem mit ihrem Fahrrad, wahrscheinlich ein Plattfuß. Der Vorderreifen scheint keine Luft zu haben.«

»Und? Was geht uns das an?«

»Das wirst du gleich sehen.« Nicolai machte sich auf den Weg. Er ging der Fremden entgegen, die ihn inzwischen auch entdeckt hatte. Sie hielt den Blick fest auf ihn gerichtet, blieb aber nicht stehen, sondern schob ihr Rad langsam weiter die Straße hinunter. Als er nur noch wenige Schritte von der Radfahrerin entfernt war, setzte Nicolai sein freundlichstes Lächeln auf. »Guten Tag. Was ist, tut er es nicht?« Er deutete mit einem Kopfnicken auf den Vorderreifen.

Auch die Frau war inzwischen stehen geblieben, aber ihr Gesichtausdruck verriet Misstrauen. Mit einer Hand schob sie das bunte Kopftuch ein Stück zurück, das ihr zu tief in die Stirn gerutscht war. »Nein. Der Reifen ist platt, ich bin wohl durch Glasscherben gefahren. Es macht nichts, ich bin bald zu Hause. Ich habe es nicht mehr weit.«

»Das ist gut.« Nicolai nickte. Sein Blick war auf die beiden schwarzen Taschen gerichtet, die am Lenker des Fahrrades leicht hin und her schwankten. »Wir haben nämlich eben den Dorfpolizisten getroffen. Scheint hinter Schwarzhändlern her zu sein, der gute Mann. Uns hat er auch angehalten, nicht wahr?« Nicolai warf Amelie einen beschwörenden Blick zu und hoffte, dass sie begriff. Zum Glück begann sie sofort mit dem Kopf zu nicken. »Ja, das stimmt. Der Schupo ist uns begegnet, gerade eben.«

»Den Dorfpolizisten haben Sie getroffen? Hier? Auf dieser Straße?« Die Frau wirkte verunsichert, aber überzeugt schien sie von Nicolais Geschichte noch nicht zu sein. Sie klammerte sich an den Lenker ihres Rades und musterte zuerst Nicolai, dann Amelie.

Nicolai lächelte. Er gab seine ganze Kraft in dieses Lächeln, von dem er hoffte, dass es die Fremde überzeugen möge. »Ja, den haben wir getroffen. Keine fünf Minuten ist das her. Der Mann will kurz vor Weihnachten noch ein paar Hamsterer dingfest machen.«

»So? Sie laufen aber noch frei herum«, die Frau mit dem Kopftuch nickte zu Nicolai hinüber, »und ihre Freundin auch, wie es scheint.«

»Richtig. Wir hatten auch kein Glück heute. Unsere Kiepen sind so leer wie die Auslagen einer Metzgerei. Wollen Sie mal sehen?« Nicolai hob sein Tragegestell vom Rücken und setzte es auf den Boden ab. Während er den Bastdeckel anhob, um die Frau einen Blick in das Innere des Korbes werfen zu lassen, blinzelte er Amelie zu. »Haben Sie übrigens Flickzeug dabei? Für Ihr Fahrrad, meine ich?«

Die Frau neigte den Kopf. » Warum fragen Sie? Was geht es Sie an, ob ich Flickzeug dabeihabe?«

»Ich schlage vor, wir schließen einen Handel. Ich kümmere mich um Ihren Vorderreifen. In fünfzehn Minuten ist Ihr Fahrrad wieder fahrtüchtig, versprochen. Dafür bekomme ich die eine der beiden Taschen mit den Kartoffeln, die an Ihrem Lenker hängt.«

»Die ganze Tasche? Für eine Fahrradreparatur von fünfzehn Minuten? Sie sind wohl nicht bei Trost, junger Mann. Nie im Leben mache ich das, da schiebe ich mein Fahrrad lieber das ganze Stück bis Buxtehude zu Fuß.«

»Von mir aus herzlich gern, nur werden Sie nicht mehr weit kommen. Der Gendarm wird schneller sein. Wenn Sie fahren könnten, würden Sie ihm vielleicht entwischen, aber so wird das schwierig. Mit dem kaputten Rad müssen Sie hier auf dem Weg bleiben und kommen nur schwer voran.« Nicolai wandte sich Amelie zu. »Stimmt doch, oder?«

»Stimmt.« Amelie schaute ernst. Sie schien von der angeblichen Begegnung mit dem Dorfpolizisten noch immer beeindruckt zu sein.

Die Frau mit dem Fahrrad fuhr sich mit der Hand über die Stirn. Sie überlegte offenbar. »Na gut, sieben Kartoffeln für jeden von euch beiden, das reicht. Davon könnt ihr zwei Tage essen, mehr gibt es nicht. Ich habe vier Kinder zu Hause, die wollen satt werden. Also – vierzehn Kartoffeln und keine einzige mehr, einverstanden?«

Nicolai neigte den Kopf. Er war durchaus zufrieden mit dem Angebot, wollte sich das aber nicht sofort anmerken lassen. Er nickte langsam. Während die Frau ihre Taschen ablud und darin zu kramen begann, drehte Nicolai sich zu Amelie um und blinzelte ihr zu. Vierzehn Kartoffeln – das war kein Festessen, aber immerhin, ein Anfang war gemacht. Als er zu dem Fahrrad der Fremden hinüberging, um den Zustand des Vorderreifens genauer zu prüfen, meinte Nicolai in Amelies Gesicht ein schwaches Lächeln zu sehen. Noch war das Weihnachtfest nicht ganz verloren, dafür würde er schon sorgen.

Ingeborg öffnete die Haustür. Gemeinsam mit Johannes betrat sie den dunklen Flur. »Wusstest du, dass es in Amerika einen neuen Tanz gibt, der Cakewalk heißt?«

Johannes lachte. »Cakewalk? Kuchenspaziergang? Das glaube ich nicht.«

»Stimmt aber. Die Irmi Herrmann aus der Apotheke in der Friedrichstraße hat eine Tante in Amerika. Und die hat versprochen, ihr eine Schallplatte zu schicken, auf der die Melodie zum Cakewalk zu hören ist.« Ingeborg streifte ihren Wintermantel ab und hängte ihn auf einen der Haken hinter der Tür.

»Hat das Fräulein Herrmann denn ein Grammophon zu Hause?«

»Hat sie nicht, aber ihre Eltern haben eins.« Ingeborg nahm Johannes den Mantel ab.

»›Cakewalk‹ – eine noch dümmere Bezeichnung für einen Gesellschaftstanz lässt sich kaum denken. Egal, meine tänzerischen Fähigkeiten reichen ohnehin nicht viel weiter als bis zum Wiener Walzer rechts herum.«

»Das stimmt allerdings, Herr Doktor.« Ingeborg wandte sich Johannes zu. Sie musterte ihn einen Moment, dann klappte sie den Kragen seines Jacketts herunter, der sich unter dem Wintermantel von alleine aufgestellt hatte. Sie lächelte. »Auch wenn du kein großer Tänzer bist, war dies der schönste Abend seit langem. Ich hätte nie gedacht, dass wir so viel Spaß haben würden.«

»Ich schon. Das Café Orth ist doch immer wieder für eine Überraschung gut. Gerade am Silvesterabend wackelt dort die Wand. Das war auch schon vor dem Krieg so.« Johannes lächelte Ingeborg an. »Weißt du was? Wenn das neue Jahr für uns so schön wird, wie es heute Nacht begonnen hat, dann freue ich mich drauf.«

Ingeborg nickte. »Ich auch. Bleibst du noch einen Moment? Ich habe zur Feier des neuen Jahres Plätzchen gebacken. Zwar hatte ich nur Kartoffelmehl im Haus, aber dafür gibt es echten Tee dazu.«

»Tee? Du meinst echten Friesentee?« Johannes sah sie erstaunt an. Dann breitete er die Arme aus und zog Ingeborg zu sich heran. »Ich fasse es nicht. Wirklichen schwarzen Tee?«

»Allerdings. Ein Geschenk von meiner Schwiegermutter aus Flensburg. Hanna muss einen guten Draht zu den Schwarzmarkthändlern ihrer Stadt haben, anders ist der Inhalt ihrer Päckchen nicht zu erklären. Schon zu Weihnachten hatte ich ein halbes Pfund Kaffee und ein Kästchen Lübecker Marzipan von ihr. Hanna ist eine Meisterin im Abwickeln von Geschäften und Geschäftchen.« Ingeborg befreite sich aus Johannes' Armen, drehte sich um und ging zur Küche hinüber. Johannes folgte ihr, blieb jedoch auf der Türschwelle stehen und schaute zu, wie sie eine Kerze auf dem Tisch entzündete. »Hat Hanna Nachricht von Nicolai?«

»Ich glaube nicht, sie hat jedenfalls nichts darüber geschrieben. Wenn sie etwas erfahren hätte, würde sie es mich bestimmt gleich wissen lassen.« Ingeborg beugte sich zum Herd hinunter. »Das Feuer ist ausgegangen, merkwürdig. Ich hatte Lisa gebeten, es in Gang zu halten, bis ich wieder da bin.«

»Vielleicht hat sie es vergessen. Oder sie ist eingeschlafen.« Johannes drehte sich zu der Wanduhr in der Diele um. »Es ist immerhin zwei Uhr morgens.«

»Aber sie hat auch den Tee nicht vorbereitet. Und die Dose mit den Plätzchen ist auch nicht da. Ich hatte sie gebeten, das alles auf den Tisch zu stellen, damit ich mitten in der Nacht nicht mehr solchen Lärm machen muss.« Ingeborg schaute sich suchend um, aber der Küchentisch war tatsächlich leer. Johannes zuckte mit den Schultern. Es war kalt in der Küche, fröstelnd schob er die Hände in die Taschen seiner Hose. »Vielleicht ist sie noch einmal ausgegangen? Schließlich haben wir Altjahrsabend. Im Dorfkrug drüben ist die Tanzerei bestimmt noch nicht zu Ende. Da feiern sie immer bis zum Morgengrauen.«

»Lisa hat Liebeskummer, Herr Doktor, die tanzt nicht.« Ingeborg nahm den Kerzenhalter vom Tisch und kam damit zur Tür.

»Liebeskummer hat sie? Immer noch?«

»Und ob. Sie kann es nicht verwinden, dass Morten sie nach ihrer Fehlgeburt nicht mehr sehen will. Sie ist deswegen ziemlich niedergeschlagen. Die geht nicht aus, auch nicht an Silvester. Die Leute im Dorf tratschen ihretwegen, und sie weiß das ganz genau. Seit Wochen setzt Lisa freiwillig keinen Fuß vor die Tür. Nicht einmal einkaufen geht sie, wenn es nicht unbedingt sein muss.«

Johannes nickte. »Ich verstehe. Das klingt nicht gut. Mir scheint, das Mädchen braucht Hilfe. Vielleicht solltest du sie zu mir in die Sprechstunde bringen.«

»Und? Was willst du tun? Ihr Baldriantropfen verschreiben?« Ingeborg ging zur Treppe hinüber. »Diese Wunde kann nur die Zeit heilen, Johannes. Meiner Meinung nach helfen da keine Tropfen und keine Pillen. Ich laufe noch mal rasch hoch und schau nach, ob Lisa in ihrer Kammer ist, ja?«

»Warte, ich komme mit.« Johannes folgte Ingeborg die steile Treppe ins Obergeschoss hinauf. Das Kerzenlicht warf flackernde Schatten an die kahlen Wände. Gemeinsam tasteten sie sich den langen Gang unter dem Dach hinab, bis sie an der Tür waren, hinter der Lisas Schlafkammer lag. Ingeborg klopfte, aber es kam keine Antwort. Sie lauschte noch einen Augenblick, dann öffnete sie die Tür vorsichtig und trat ein. Sie hob die Kerze. Lisa lag reglos auf ihrem Bett am Fenster, ihre Augen waren geschlossen.

»Lisa?« Ingeborg kam langsam näher. Misstrauisch reckte sie den Hals. Lisa wirkte so seltsam unbewegt, und außerdem war sie angezogen. Sie hatte sich nicht einmal die Holzschuhe abgestreift.

»Lass mich mal bitte.« Johannes nahm Ingeborg den Kerzenleuchter aus der Hand und trat an ihr vorbei an das Bett. Er beugte sich über Lisa. Das Mädchen hatte nicht einmal die Bettdecke zurückgeschlagen. Es sah aus, als hätte sie sich bloß für einen Moment hingelegt, um ein bisschen auszuruhen – aber atmete sie überhaupt? Ingeborg beobachtete, wie Johannes sich tief über den Körper des Mädchens beugte, vermutlich um festzustellen, ob ihr Herz noch schlug. Im nächsten Moment schob er eines ihrer beiden Augenlider hoch und betrachtete die Pupille. Ingeborg wusste, was das zu bedeuten hatte. So gering ihre medizinischen Kenntnisse nach einem Monat als Sprechstundenhilfe auch waren, sie ahnte schon, dass Unheil in der Luft lag. Johannes prüfte Lisas Reflexe. Er schien die Möglichkeit in Betracht zu ziehen, dass ihr etwas Ernsthaftes zugestoßen war. Ingeborg beugte sich ein Stück vor. »Was ist los, Johannes? Sag doch bitte etwas.«

Johannes schwieg. Ingeborg wartete. Sie fühlte, wie sie inmitten des ungeheizten Raumes unter dem Dach allmählich vor Angst und Kälte zu zittern begann. Johannes richtete sich auf und wandte sich dem kleinen Nachtschrank neben Lisas Bett zu. Er griff nach einem braunen Glasröhrchen, das neben der Petroleumlampe lag. Ingeborgs Herz tat einen Satz. Die Schlaftabletten! Es war das Röhrchen mit den Schlaftabletten, das Johannes ihr vor einiger Zeit mitgegeben hatte, nachdem sie sich darüber beklagt hatte, dass sie nachts vor Sorge um die Zukunft kaum noch ein Auge zutun würde. Ingeborg hatte keine Tablette davon eingenommen, Schlaftabletten waren ihr unheimlich. Lisa musste die Dinger nebenan in ihrem Nachtschrank gefunden haben, denn dort hatten sie das Glasröhrchen in die Schublade gelegt. Johannes sah Ingeborg an. »Sind das deine? Die, die du von mir bekommen hast?«

»Ja. Wie viel hat sie genommen?«

»Sieben Stück. Drei sind noch drin. Wenn du nicht zuvor schon welche geschluckt hast.«

»Nein, habe ich nicht. Es waren zehn Stück. Kannst du noch etwas für Lisa tun?«

»Nein, leider nicht, dafür ist es zu spät. Sieben Stück von diesen Dingern hier reichen, um einen Menschen innerhalb kurzer Zeit ins Jenseits zu befördern. Nach meiner Einschätzung liegt Lisa schon eine ganze Weile hier. Der Tod dürfte bereits vor ein paar Stunden eingetreten sein.« Johannes drehte sich um, bückte sich und hob eine Wolldecke auf, die von Lisas Bett herunter und auf den Fußboden geglitten war. Mit geübtem Schwung breitete er die Decke mit den bunten Wollflicken aus. Er bedeckte Lisas toten Körper und trat einen Schritt zurück. Ingeborg sah, dass Johannes die Hände faltete. Er sprach ein Gebet. Sie wollte es ihm gleichtun, aber ihre Hände zitterten fürchterlich, und sie konnte keinen klaren Gedanken fassen. Ingeborg kämpfte mit den Tränen, die Lippen aufeinanderpressend. Im nächsten Moment war es um ihre Beherrschung geschehen, sie begann zu weinen. Tränen rollten ihr die Wangen hinunter. Es wurden immer mehr, sie konnte nichts dagegen tun. Hastig wischte sie sich mit dem Handrücken über das Gesicht. Johannes drehte sich um, kam zu ihr, legte die Arme um sie und zog sie an sich.

Ingeborg lehnte sich gegen ihn. »Ich fühle mich furchtbar, Johannes. Ich bin schuld an Lisas Tod. Ich hätte ihren Selbstmord verhindern können, wenn ich die Tabletten besser verwahrt hätte. Ich habe in ihrer Nähe gelebt, ich wusste, dass es ihr schlecht ging. Lisa war so schweigsam, sie hat sich immer mehr zurückgezogen. Ich habe es gesehen und nichts unternommen. Ich war zu sehr mit meinen eigenen Sorgen beschäftigt.«

»Das wäre vielen von uns nicht anders gegangen, Ingeborg. Immerhin hast du ihr ein Dach über den Kopf gegeben und sie gut behandelt. Du hast sie gepflegt, als sie Hilfe brauchte, und du hast sie auch nicht verstoßen, nachdem sie ihr Kind verloren hatte. Sie war zu Hause bei dir.«

»Ein Dach über dem Kopf hatte sie, aber kein Zuhause. Ich habe die Sache mit ihr und Morten zerstört. Es war meine Schuld, dass er sich von ihr abgewandt hat. Ich habe ihn vom Hof gejagt.« Ingeborg schluckte, sie wollte weitersprechen, aber die Flut von Tränen, die in ihr aufstieg, hinderte sie daran, die richtigen Worte zu finden. Sie schluckte noch einmal und schüttelte krampfhaft den Kopf. Johannes zog sie enger an sich. Er nahm ihren Kopf in beide Hände und zwang sie, ihn anzusehen. »Hör auf damit, Ingeborg. Was du da tust, nützt niemandem, den Lebenden nicht und auch nicht den Toten. Ich bin sicher, dass Lisa die Dinge anders sehen würde, wenn sie das noch könnte. Komm mit hinunter. Ich mache dir in der Küche einen heißen Tee, damit du dich ein bisschen beruhigen kannst.«

»Nein. Ich gehe nicht weg. Ich werde hier bleiben und die Totenwache halten. Das ist das Mindeste, was ich tun kann.«

»Das wirst du nicht, Ingeborg. Du bist viel zu entkräftet, der Schrecken steckt dir in allen Gliedern, du stehst unter Schock. Du kommst mit zu mir nach Hause und schläfst dich dort aus. In ein paar Stunden werden wir alles Nötige veranlassen, aber bis dahin gibt es für dich hier nichts mehr zu tun. Sei vernünftig und komm mit.«

»Nein.« Ingeborg schlug die Hände vors Gesicht. Eine Mischung aus Trauer und Schuldgefühlen stieg in ihr auf und machte es ihr unmöglich, an etwas anderes als an die Ereignisse dieser Unglücksnacht zu denken. Sie ließ die Hände sinken und hob den Kopf. »Ich verlasse dieses Haus nicht, Johannes. Ich kann nicht weggehen.«

»Doch, das kannst du, und du wirst es auch tun. Du brauchst Ruhe. Lisa hilft es nicht mehr, wenn du hier sitzt und stundenlang weinst. Ich bin dein Arzt, du musst mir gehorchen.« Johannes nickte ihr zu und legte behutsam einen Arm um ihre

Schulter. Im ersten Moment wehrte sie sich noch, aber dann gab sie ihren Widerstand auf. Johannes nahm sie mit. Ohne sich noch einmal umzudrehen, führte er sie aus dem Raum hinaus, in dem Lisa gelebt und gelitten hatte und in dem sie schließlich auch gestorben war.

# Kapitel 8

Die Gesellschaft, die sich im Anschluss an Lisas Beisetzung um den gedeckten Kaffeetisch in Ingeborgs guter Stube versammelt hatte, war für hiesige Verhältnisse ziemlich klein. Thiess Meinert war gekommen, allerdings nur, weil er Ingeborg einen Gefallen tun wollte. Schließlich hatte er Lisa kaum gekannt. Lisas Mutter war natürlich da mit ihren Mädchen, vier waren ihr nach Lisas plötzlichem Tod geblieben. Eigentlich hatte Ingeborg sich vor dem Wiedersehen mit Solveig Behnke gefürchtet, denn sie hatte geglaubt, Lisas Mutter werde sie am offenen Grab der Tochter mit Vorwürfen überschütten und beschimpfen, doch bis jetzt war nichts dergleichen geschehen. Sie verhielt sich anständig, schien ganz in der Rolle der Trauernden aufzugehen. Vielleicht war es ja auch Lisas Stiefvater zu verdanken, dass Solveig sich benahm. Der Mann hatte anscheinend Einfluss auf sie. Er machte einen ordentlichen, wenn auch etwas verschlossenen Eindruck. Während er in seinem abgetragenen Sonntagsanzug bei Tisch saß, sagte er kaum etwas. Lisas Mutter führte das Wort, und wenn sie nicht sprach, war es Lisas Tante Gondel aus Rantum, die redete – eine vertrocknete kleine Person, deren ganzer Stolz darin bestand, mehr als zwanzig Jahre dem Herrn Pastor des Rantumer Kirchspiels den Haushalt geführt und dafür mit einer beachtlichen Pension in dessen Testament bedacht worden zu sein. Vom benachbarten Ehlers'schen Hof hatte nur Jörn Ehlers sich verpflichtet gefühlt, an Lisas Grab zu erscheinen. Sein Knecht Morten Petersen, der Mann, der die Tragödie um Lisa verursacht hatte, hatte nicht einmal das Geld für einen Kranz ausgegeben. Gemeinsam mit Ingeborg und Johannes waren es nicht mehr als zwölf Personen gewesen, die Lisas sterbliche Überreste auf ihrem letzten Weg auf den Friedhof begleitet hatten. Dennoch hatte Pastor Christiansen in Sankt Severin der Trauerfeier einen würdigen Rahmen gegeben. Er hatte nicht nur ergreifend schön gepredigt, sondern auch den gesamten Kirchenchor im Gottesdienst antreten lassen. In seiner Predigt hatte er der Hoffnung Ausdruck gegeben, dass sie Lisa eines fernen Tages wiederfinden würden im Angesicht ihres Schöpfers und dass auch ein so kurzes Leben, wie das der jungen Lisa Behnke, nicht vergebens gewesen sei – in den Augen derjenigen, die sie geliebt hatten nicht und schon gar nicht vor Gott dem Herrn. Nach der Trauerfeier fühlte Ingeborg sich zum ersten Mal seit der Silvesternacht wieder etwas ruhiger. Jetzt, da die Trauergemeinde friedlich bei Getreidekaffee und frischen Hefebrötchen um den großen runden Tisch in der Stube saß, hegte Ingeborg insgeheim sogar die Hoffnung, sich vielleicht mit Solveig Behnke aussöhnen zu können. Jörn Ehlers hatte der trauernden Mutter zu verstehen gegeben, dass in seinen Augen allein sein unzuverlässiger Knecht die Schuld an dem Schicksalsschlag trage und dass jeder im Dorf genauso denke wie er. Um Lisas Mutter noch mehr zu besänftigen, hatte Ingeborg sich gleich darauf bereit erklärt, Lisas noch ausstehenden Lohn für den ganzen Monat an Solveig auszuzahlen. Obwohl sie bemerkt hatte, dass Solveig sie dennoch von Zeit zu Zeit misstrauisch musterte, versuchte Ingeborg ihr gegenüber gleichbleibend freundlich zu sein. Johannes, der am Tisch neben ihr saß, bemühte sich genau wie sie, das Gespräch in Gang zu halten. Er sorgte dafür, dass in der kleinen Runde nur über Harmlosigkeiten gesprochen wurde. Gerade redeten sich die Männer über den beabsichtigten Bau des großen Eisenbahndamms die Köpfe heiß. Jörn Ehlers war ein besonders entschiedener Gegner des Dammbaus. Er schüttelte energisch den Kopf. »Der schietige Damm nach Niebüll kann uns gestohlen bleiben. Geldverschwendung ist das! Halten wird der sowieso nicht. Der erste anständige Herbststurm spült den doch weg. Was haben wir denn davon, wenn die ganzen Geschäftemacher vom Festland hier rüberkommen und unsere Insel kapern,

was? Vom Festland kommt nichts Gutes. Die sollen mal schön für sich bleiben hinter ihrem Deich. Wir stecken unsere Nasen ja auch nicht in deren Kram.«
»Mag schon sein, Jörn Ehlers, das mag schon sein.« Thiess Meinert runzelte nachdenklich die Stirn. »Aber immerhin würden auch neue Feriengäste über den Eisenbahndamm kommen. Wenn Hoyer dänisch wird, reißt uns die Schiffsverbindung nach Hoyerschleuse ab, das ist wohl klar. Dann brauchen wir Ersatz, und zwar fix, sonst wird es hier zappenduster.« Meinert verstummte. Nachdenklich betrachtete er die leere Pfeife in seiner Hand. Ingeborg schmunzelte. Sie blinzelte zu Johannes hinüber. Johannes nickte, er hatte verstanden. Thiess Meinert trug seine Pfeife seit Kriegsbeginn nur noch aus Gewohnheit mit sich herum. Bei Kriegsausbruch hatte er sich zunächst geweigert, die horrenden Preise zu bezahlen, die für guten Tabak überall verlangt worden waren, und jetzt, da er das Geld dafür gerne ausgegeben hätte, weil er seinen Tabak vermisste, gab es auf der ganzen Insel nur noch verschnittenes Kraut.
Ingeborg schob ihren Stuhl zurück und stand auf, um neuen Kaffee zu holen. Gerade als sie die Diele betrat, klopfte es an der Vordertür. Ingeborg blieb stehen. Hatte Morten es sich etwa anders überlegt und war doch noch gekommen, um Lisa die letzte Ehre zu erweisen – wenigstens jetzt, nachdem die Beisetzung vorüber war?
Ingeborg ging zur Haustür und öffnete sie. Aber es war nicht Morten Petersen, der draußen stand. Als sie sah, wer vor der Haustür wartete, verschlug es ihr für einen Moment die Sprache. Vor ihr, den breiten alten Reisekoffer neben sich, stand ihre eigene Mutter – ein wenig blass um die Nase, die Augen bläulich umschattet und insgesamt ziemlich müde wirkend, aber ansonsten unverkennbar ganz die Alte. Und neben ihr war eine Frau, deren Gesicht Ingeborg bekannt vorkam, deren Name ihr aber nicht einfiel. Luise lächelte, beugte sich vor und

hielt Ingeborg die Wange für einen Begrüßungskuss hin. »Guten Tag, mein liebes Kind. Ich bin ja so froh, dass du zu Hause bist. Du glaubst nicht, was für eine abenteuerliche Reise Hedwig und ich hinter uns haben.« Ohne Ingeborgs Erwiderung abzuwarten, trat Luise in die Diele und schaute sich um. »Oh, du hast Besuch? Ich hoffe, wir kommen nicht ungelegen. Hedwig ist ein wenig schwach auf den Beinen. Die Gute war nämlich unterwegs krank. Die Ärzte haben ihr zur Genesung Seeluft verordnet, und da dachte ich, wir könnten ein paar Tage bei dir bleiben. Du hast doch Platz für uns, nicht wahr?« Luise setzte ihren Koffer ab und drehte sich zu Hedwig um. Ingeborg blieb stumm, ihr fiel nichts ein, was sie hätte sagen können. Mit einer ehrlichen Antwort hätte sie ihre Mutter vor den Kopf gestoßen, denn tatsächlich war sie alles andere als begeistert, gerade jetzt zwei Gäste aufnehmen zu müssen. Schweigend musterte Ingeborg Hedwig von Hettingen, eine hagere Person mit einem schwarzen, von einem Tüllschleier umrahmten Strohhut auf dem Kopf. Richtig, das war die Kusine ihrer Mutter, die sie schon als Kind Tante hatte nennen müssen, obwohl sie eigentlich nicht zum engsten Familienkreis gehörte. Hedwig war eine entsetzliche Person, daran erinnerte sich Ingeborg. Sie hatte die Frau ihrer ewigen Besserwisserei wegen noch nie leiden können.

Luise winkte Hedwig heran. »Komm doch herein, Hedwig, was stehst du da herum und guckst? Es zieht, wenn die Haustür so lange offen bleibt.«

Ingeborg beobachtete, wie ihre Mutter zur Garderobe ging und dort ablegte. Während Hedwig nur zögernd das Haus betrat, fühlte Luise sich hier anscheinend schon heimisch. Ingeborg musterte erst die beiden Frauen und dann ihr Reisegepäck. Der Anzahl ihrer Koffer nach zu urteilen, waren sie nicht bloß für einen kurzen Wochenendbesuch angereist. Ingeborg drehte sich zu Luise um, die vor dem Spiegel ihre Frisur richtete. »Offen gestanden bin ich ein bisschen überrascht, Mutter. Ich habe dich nicht erwartet. Hättest du nicht vorher schreiben können?«

»Ich habe dir doch geschrieben. Ich habe dir einen Weihnachtsgruß geschickt, aber wahrscheinlich ist der nicht angekommen bei dem Durcheinander, das in diesem Land herrscht. Wir haben Unglaubliches auf unserer Reise hierher erlebt, nicht wahr, Hedwig? Wir waren so erschöpft, dass wir ein paar Tage in Flensburg Station machen mussten, obwohl wir eigentlich schon Weihnachten mit dir feiern wollten.« Luise seufzte. »Himmel, was für eine Reise wir hinter uns haben. Ich war schon nahe daran, es ganz aufzugeben. Als wir aus Flensburg abreisen wollten, haben sie uns noch tagelang dort festgehalten, angeblich, weil ein gegenrevolutionärer Putsch zu befürchten war. Gut, dass wir bei Hanna unterschlüpfen konnten, nicht wahr, Hedwig? Das ganze Land ist in Aufruhr, und das alles, weil in Berlin irgendeine Politikerin ertrunken ist. Wie war doch gleich ihr Name, Hedwig? Sie haben eine von diesen unsäglichen Kommunistinnen in den Landwehrkanal geworfen …«

»Das war Rosa Luxemburg. Sie haben Rosa Luxemburg ermordet.« Ingeborgs Stimme war nur ein Flüstern. Sie versuchte ihre Gedanken zu ordnen und sich auf die neue Situation einzustellen, aber das fiel ihr schwer. Auf den Besuch ihrer Mutter war sie wirklich nicht vorbereitet, und er passte ihr auch nicht. Hatte sie nicht schon genug eigene Sorgen? Musste Luise ausgerechnet jetzt ohne jede Vorwarnung hier hereinplatzen?

»Rosa Luxemburg war es, genau.« Luise nickte mit ernsthaftem Gesicht, während sie den gestärkten Spitzenkragen ihrer weißen Leinenbluse gerade rückte. »Wegen dieser unsäglichen Person haben sie in Flensburg jedenfalls vollkommen verrückt gespielt. Niemand durfte die Stadt verlassen, weil Unruhen erwartet wurden. Hanna und Thomas allerdings waren die Ruhe selbst. Ich soll dich übrigens ganz herzlich von beiden grüßen. Natürlich ist dann auch überhaupt nichts passiert, nur dass

Hedwig und ich in der Stadt festgesessen haben. Jeden Tag sind wir zwei zum Bahnhof gelaufen, immer in der Hoffnung, es würden Züge nach Niebüll fahren, aber vergeblich. Wo ist bloß die gute alte Ordnung geblieben? In was für Zeiten leben wir eigentlich?«

Ingeborg blieb stumm, eine Antwort auf diese Frage erübrigte sich in ihren Augen. Während sie noch überlegte, wie sie Luise und Hedwig unterbringen sollte, kam Hedwig zu ihr, um ihr die Hand zur Begrüßung zu reichen. Ingeborg betrachtete die schmale Person, die vor ihr stand. Hedwig war alt geworden. Ihr Gesicht wirkte eingefallen und blass, aber sie lächelte.

»Guten Tag, Ingeborg, und alle guten Wünsche zum neuen Jahr. Wir haben uns ja ewig nicht gesehen, nicht wahr? Erinnerst du dich überhaupt noch an deine alte Tante Hedwig aus Berlin?«

Ingeborg nickte schwach, während Hedwig selig lächelte. »Wie sehr du dich verändert hast, mein Kind! Luise hat mir Fotografien von deiner Hochzeit gezeigt, aber ich hätte dich trotzdem nicht wiedererkannt. Was für eine hübsche Frau du geworden bist! Du erinnerst mich sehr an deinen verstorbenen Vater, Gott hab ihn selig.«

»Unsinn, Hedwig. Richard und ich haben Ingeborg adoptiert, das weißt du doch. Ingeborg ist die Tochter eines Studienfreundes von Richard. Mit Richard hat sie überhaupt keine Ähnlichkeit, wie sollte sie auch.« Luise trat vor und spähte durch den offenen Türspalt in die gute Stube. Von dort drang deutlich Stimmengemurmel in die Diele. »Wen hast du denn alles da drinnen, Kind? Eine Kaffeegesellschaft, und das am Montag, zu Wochenbeginn? Hast du dein Café denn schon wieder eröffnet? Du hast mir doch geschrieben, dass es schlecht steht um den Betrieb, und jetzt richtest du schon wieder Familienfeiern aus?« Luise reckte sich ein wenig, um einen besseren Blick in die Stube zu haben.

»Unsere Lisa ist gestorben. Pastor Christiansen hat sie heute

beerdigt. Da drinnen sitzen ihre Freunde und Verwandten bei Tisch. Ich habe sie zu mir gebeten, weil Lisas Mutter kein Geld gehabt hätte, um eine Kaffeetafel auszurichten.«
»Lisa? War das nicht dein Hausmädchen? Die Kleine, die Hanna eingestellt hat?«
Ingeborg nickte. »Richtig. Das war Lisa.«
»Wie traurig. Woran ist die Unglückliche denn gestorben? Sie war doch noch ganz jung, wenn ich das richtig in Erinnerung habe.«
Ingeborg nickte wieder. »Ja, das war sie. Lisa wäre zu Ostern dreiundzwanzig geworden. Sie hat sich das Leben genommen, mit Schlaftabletten. Ihr Geliebter hatte sich mit einer gut betuchten Kriegerwitwe verlobt. Das konnte sie nicht verwinden.«
Luise schüttelte den Kopf. »Wirklich? Wie entsetzlich. Was für Dummheiten junge Menschen doch aus Liebe machen, man glaubt es kaum. Das ist eine schlimme Geschichte. Wenn ich davon gewusst hätte …« Luise drehte sich um und verstummte im nächsten Moment. Johannes Lehmann stand vor ihr, sie von Kopf bis Fuß mit einem fragenden Blick musternd. Wahrscheinlich hielt er sie für eine von Lisas verspätet eingetroffenen Verwandten.
Ingeborg seufzte leise. Insgeheim verwünschte sie diesen Tag, der so wenig Gutes zu bringen schien. Nun trafen ihre Mutter und der Mann, der ihr so viel bedeutete, aber nicht der ihre war, unter diesem Dach aufeinander, und das anlässlich einer Beerdigung. Konnte es noch schlimmer kommen? Ingeborg hatte Mühe, die Haltung zu bewahren, aber der Gedanke, dass die beiden einander bisher ja nicht kannten, sich noch nie begegnet waren, tröstete sie ein wenig. Luise würde vermutlich so schnell nicht begreifen, welche Beziehung sie zu Johannes unterhielt. In jedem Fall schien es ihr ratsam, die Flucht nach vorn anzutreten und Johannes mit Luise bekannt zu machen, bevor die beiden es alleine versuchten. Ingeborg nahm ihre

Mutter ein Stück beiseite. »Darf ich vorstellen? Dies hier ist Dr. Johannes Lehmann, unser Hausarzt. Und dies ist Luise von Lassen, meine Mutter.«
Johannes nickte. Er schien sofort zu begreifen, was hier vor sich ging. Augenblicklich wirkte er ein wenig ernster und seriöser, als er sich sonst in Ingeborgs Gesellschaft zu geben pflegte. Im nächsten Moment verneigte er sich formvollendet. »Es freut mich, ihre Bekanntschaft zu machen, Frau von Lassen. Ihre Tochter hat mir viel von Ihnen erzählt.«
»Tatsächlich? Hat sie das?« Luise wirkte ein wenig verlegen. Zögernd reichte sie dem Herrn Doktor die Hand zur Begrüßung. »Es freut mich, das zu hören. Dies hier ist übrigens meine Kusine Hedwig.« Luise deutete auf Hedwig von Hettingen, die noch immer in voller Reisekleidung neben der Tür stand und die Szene stumm beobachtete. Luise ging zu ihr. »Warum legst du nicht endlich den Mantel ab, Hedwig? Es ist doch viel zu warm hier drinnen für deine Winterkleidung. Ich denke, es wäre das Beste, wenn wir beide uns erst einmal ein wenig frisch machen. Komm, wir wollen hier unten nicht weiter stören. Um unsere Koffer können wir uns später kümmern.«
»Ich trage Ihnen das Gepäck gern nach oben, Frau von Lassen.«
Johannes bückte sich, aber Luise winkte ab. »Machen Sie sich nur keine Mühe, Herr Doktor. Das hat Zeit, wirklich. Kehren Sie ruhig zu der Trauergesellschaft zurück. Man wird Sie dort drinnen sicher schon vermissen.« Luise wandte sich der Treppe zu. Erleichtert bemerkte Ingeborg, dass Hedwig Anstalten machte, ihr in das Obergeschoss zu folgen. Johannes warf Ingeborg einen fragenden Blick zu, aber sie schüttelte den Kopf. Sie konnten es nicht wagen, sich durch Vertraulichkeiten zu verraten. Luise bemerkte es immer schnell, wenn hinter ihrem Rücken etwas Außergewöhnliches vor sich ging. Gerade in diesem Moment blieb sie noch einmal auf der

Mitte der Treppe stehen – scheinbar, um auf Hedwig zu warten, die hinter ihr die Stufen hinaufstieg, tatsächlich jedoch, um noch mal Ingeborg und Johannes zu mustern. Ingeborg spürte, wie ihr unter dem kritischen Blick der eigenen Mutter unwohl wurde. Luise war also da, und sie würde wahrscheinlich auch hier bleiben, so lange, bis Ingeborg ihr irgendwann mehr oder weniger deutlich zu verstehen geben würde, dass ihre Anwesenheit nicht mehr gewünscht war. Bis dahin würde sie mit Argusaugen beobachten, was unter diesem Dach vorging. Jede Begegnung zwischen ihr und Johannes würde gefährlich sein.

Johannes machte schweigend kehrt und ging in die gute Stube zurück. Ingeborg trug ihre leere Kaffeekanne in die Küche und stellte sie auf dem Tisch ab. An ihre Mutter hatte sie in letzter Zeit kaum gedacht. Warum war sie hergekommen? Warum hatte sie diese umständliche Reise auf die Insel gemacht, gerade jetzt, da Ingeborg sie so wenig gebrauchen konnte?

Ingeborg ließ sich auf den Stuhl am Küchentisch sinken. Mit leerem Blick starrte sie zum Fenster hinaus. Sie hatte kein gutes Gefühl, wenn sie an die nächsten Tage und Wochen dachte. Es schien, als senkte sich ein dunkler Schleier über alles, worauf sie sich gefreut und was ihr das Leben lebenswert gemacht hatte. Bereits als Kind hatte sie dieses Unbehagen oft gespürt, schon damals hatte sie sich häufig von Luise beobachtet und kontrolliert gefühlt. Begann es jetzt wieder aufs Neue, das Versteckspiel mit ihr?

»Du musst die Füllung lockerer in das Papier legen, hörst du? Wenn du zu fest stopfst, dann brauchst du zu viel Material, und wenn es zu locker ist, zerbröselt den Leuten der Glimmstängel zwischen den Fingern.« Amelie schaute Nicolai über die Schulter, der versuchte eine Mischung aus getrockneten Kräutern und Tabak gleichmäßig in einer der Papierhülsen zu verteilen, die im Schein der Gaslampe vor ihm auf dem Tisch

lag. Das Wachstuch auf dem Küchentisch war übersät mit Tabakkrümeln und gehacktem Grünzeug. Papierschnipsel lagen herum, eine Dose mit billigem, stinkendem Leim, den Amelies Nachbar beschafft hatte, stand offen auf dem Tisch und verpestete mit seinem durchdringenden Geruch die Luft. Eine endlose Zahl von Papierschachteln wartete darauf, mit selbst gedrehten Zigaretten gefüllt zu werden. Das bedeutete Arbeit ohne Ende. Leider besaß das, was unter Nicolais Händen entstand, nur eine sehr entfernte Ähnlichkeit mit einer Zigarette. Amelie verstand sich drauf, die Dinger in Form zu bringen. Ihre Zigaretten verhökerte der Kerl von nebenan jede Nacht auf dem Schwarzmarkt, aber das, was Nicolai da fabrizierte, konnte man wirklich nicht verkaufen.
Nicolai fluchte leise. Nachdem er noch einmal vergeblich versucht hatte, das Papier in seinen Händen in eine gleichmäßig geformte Rolle zu verwandeln, warf er das zerdrückte Ding ärgerlich hin. Es rollte über den Tisch und verlor dabei etwas Tabak, der aus ihrem offenen Ende herausbröselte und sich auf dem Fußboden verteilte. Nicolai stöhnte. »Ich kann das nicht, Amelie. Ich kriege es nicht hin, das ist Frauenarbeit. Meine Finger sind zu dick, ich bin einfach zu ungeschickt. Das, was ich da zusammendrehe, sieht überhaupt nicht nach Zigarette aus. Außerdem schmeckt es auch nicht so.« Nicolai stieß den niedrigen Schemel zurück, auf dem er in der letzten Stunde gehockt hatte. Sein Rücken schmerzte, er streckte sich. »Ich gehe runter zum Hafen und frage nach, ob es irgendwo Arbeit gibt. Säcke schleppen, das ist was für mich. Das kann jeder, da kann ich wenigstens nichts falsch machen.«
Amelie seufzte. »Meinetwegen. Ich halte dich nicht auf. Du hast keine Geduld, Nico, das ist dein Fehler. Wenn du etwas lernen willst, musst du es üben. Ich habe das Zigarettendrehen auch nicht gleich gekonnt. Du musst dich anstrengen und darfst nicht gleich aufgeben. Wir müssen uns von dem, was

Knut für die Zigaretten eintauschen kann, über Wasser halten. Im Hafen stehen sich doch jeden Tag hunderte die Beine in den Bauch, ohne eine Arbeit zu bekommen.«

»Ich kann es immerhin versuchen, oder? An der frischen Luft fühle ich mich wohler.« Mit trotzigem Gesicht schob Nicolai die Hände in die Hosentaschen. Aus dem Augenwinkel musterte er Amelie. »Außerdem glaube ich nicht, dass Knut es mit seinen miesen Zigarettengeschäften noch lange zu Geld bringen wird. Die Dinger hier sind eine Zumutung, die schmecken fürchterlich. Auf den Schwarzmärkten in der Innenstadt kann er das Zeug schon niemandem mehr unterjubeln. Jede Nacht muss er längere Wege zurücklegen, um seine Glimmstängel loszuwerden. Irgendwann ist das Geschäft mit diesen stinkenden Dingern mausetot, das kannst du mir glauben.«

»Dann werden wir uns eben was anderes einfallen lassen.« Amelie stand auf. Mit der flachen Hand kehrte sie die Krümel zusammen, die verstreut auf der Tischplatte lagen. »Wir haben den Krieg überstanden, dann werden wir doch wohl den Frieden überleben, oder?«

»Jawohl, das werden wir, aber mit anständiger Arbeit, nicht mit diesen kleinen Betrügereien. Die Schupos werden Knut irgendwann schnappen. Oder ein Kunde, der sich geprellt fühlt, schlägt ihm die Nase ein. Hör auf mit dem Blödsinn, Amelie. Setz dich lieber hin und fange wieder an zu nähen. Das kannst du, das hast du gelernt, damit wirst du eines Tages auch wieder gutes Geld verdienen.« Nicolai ging zur Tür hinüber, wo an einem Haken die Joppe aus blauem Drillich hing, die Amelie ihm zu Weihnachten geschenkt hatte.

»Nähen soll ich also, ja? Manchmal bist du ein Klugscheißer, Nico. Woher soll ich den Stoff dafür nehmen? Für einen Ballen billige Baumwolle zahlst du auf dem Schwarzmarkt schon ein Dutzend Zigaretten oder ein halbes Pfund Bohnenkaffee.«

Nicolai lachte. »Zigaretten habt ihr doch genug, du und Knut. Liegt ja alles voll davon – fantastische Ware, die riecht noch nach Leim.«
Amelie sprang mit einer Mischung aus echter und gespielter Empörung auf, griff nach einem Blechnapf, der auf dem Kohleherd stand, und warf damit nach ihm. Nicolai duckte sich, und der leere Topf prallte scheppernd gegen die Wand. Nicolai lachte, riss die Küchentür auf und schlüpfte ins Treppenhaus, in dem der dumpfe Geruch nach Linoleum und gekochtem Kohl sich miteinander mischten. Das Mietshaus, in dem Amelie lebte, stand am Baumwall nahe dem Hafen. Sie wohnte in zwei kleinen Zimmern unter dem Dach, das dazugehörige Plumpsklo lag auf dem Hof. In dieser bedrückenden Enge spielte sich ihr ganzes gemeinsames Leben ab. Im Winter war es in den Mansarden kalt und zugig und im Sommer zu heiß. Die kleine Hildegard, Amelies vierjährige Tochter, gehörte ebenso zu ihnen wie Amelies Mutter, eine dralle Hamburgerin mit falschem Dutt und einem schnellen Mundwerk, das niemals stillstand. Die Frau hatte zwar eine eigene Wohnung in einer der angrenzenden Altstadtgassen mit Blick auf den Nicolaifleet, aber sie kam gerne und oft unangemeldet zu Besuch. Nicolai mochte Amelies kleine Tochter, und sogar ihre redselige Mutter störte ihn nicht. So etwas wie eine Familie zu haben, gefiel ihm, es gab ihm das Gefühl, eine Heimat zu besitzen. Dass er nicht Hildchens leiblicher Vater war, wusste er, aber ansonsten hatte er aus Amelie über seine eigene Vergangenheit nicht viel herausbekommen. Er hatte keine Ahnung, warum das so war, doch Amelie sprach nicht gern über die Vergangenheit. Die Bekanntschaft mit ihr war für seine Gegenwart zwar ein Glücksfall, aber über seine Herkunft hatte er kaum etwas erfahren. Mittlerweile hatte er sich daran gewöhnt, wenig über sich selber zu wissen. Es gab jeden Tag so viele Schwierigkeiten zu lösen, dass er kaum dazu kam, über die hinter ihm liegenden Jahre nachzudenken. Wenn überhaupt, so dachte er in letzter

Zeit eher an seine Zukunft – er dachte daran, Amelie zu heiraten. Das, was ihn noch zurückhielt, waren Amelies oftmals sehr forsche Redensweisen. Sein Mädchen war hübsch und einigermaßen gescheit, aber leider auch manchmal ein bisschen sehr frech. Das lag wohl daran, dass sie unter Menschen aufgewachsen war, die genauso waren wie sie und die außerdem finanziell nicht auf Rosen gebettet waren. Ihr Herz hatte sie jedenfalls auf dem rechten Fleck, da war er sicher. Sie sorgte liebevoll für ihn und auch für ihre Tochter. Trotzdem spürte er gelegentlich immer noch diese Unruhe in sich, die ihm schon während seines Lazarettaufenthaltes an der Front zu schaffen gemacht hatte. Wenn er wirklich hierher in diese Stadt am Wasser gehörte, warum fand er dann nicht den inneren Frieden, nach dem er sich sehnte? Etwas in ihm blieb rastlos und wusste nicht, wonach er suchte. An manchen Tagen, wenn der Wind landeinwärts ging und nach Meeresluft schmeckte, wenn die Möwen schreiend über den Hafen glitten und schwere Wolken nach Osten trieben, dann zog es ihn hinaus, dann wollte er weg, ohne sagen zu können, wohin. Was war der Grund dafür?
Nicolai seufzte. Immer die gleichen Fragen ohne Hoffnung auf Antworten. Das Beste war es wahrscheinlich, gar nicht andauernd darüber nachzudenken. Er hatte das Erdgeschoss erreicht, sprang von der letzten Treppenstufe hinunter und wollte gerade die Haustür aufstoßen, als die sich schon von alleine öffnete. Amelies Mutter stand auf der Türschwelle. Einen breiten Einkaufskorb unter den Arm geklemmt, kam sie mit von der Kälte geröteten Wangen hereingestapft. Zum Schutz gegen den Wind hatte sie sich ein buntes Dreieckstuch um den Kopf geschlungen, außerdem trug sie einen alten, geflickten Mantel und dicke Wollhandschuhe. Die Frau gönnte ihm nur einen kurzen Blick, bevor sie gleich darauf die Treppe erklomm. Im Vorbeigehen deutete sie mit einer Kopfbewegung auf ihren Einkaufskorb. »Ich hab Eier und Mehl bekommen, Nico. Sieh

man mal zu, dass du ein paar Kohlen im Hafen besorgst, dann backe ich uns Pfannkuchen.«
Nicolai lächelte. Pfannkuchen aus Eiern und Mehl, das klang nach einem Festessen. Während Amelies Mutter nach oben ging, blieb er an der Haustür stehen. Durch das milchige Fensterglas der Tür warf er einen Blick ins Freie. Mit Eintritt der Dämmerung hatte es zu schneien begonnen. Unter einem wolkenverhangenen Himmel wirbelten Schneeflocken am Haus vorbei. Um auch nur eine Hand voll Kohlen zu ergattern, würde er vermutlich Stunden unterwegs sein – wobei er nicht einmal sicher sein durfte, am Ende überhaupt welche aufzutreiben. Da schien es ratsam, sich Mütze und Schal von oben zu holen, und auch Handschuhe konnte er gebrauchen. Nicolai machte kehrt. Immer zwei Stufen auf einmal nehmend, lief er die Treppe wieder hinauf. Oben im vierten Stockwerk stieß er die Wohnungstür auf und betrat die gleich dahinter liegende Küche. Amelie und ihre Mutter waren nebenan in der kleinen Kammer, in der Hildchen schlief. Er konnte sie rumoren hören. Die Tür zum Kinderzimmer stand offen, die beiden Frauen redeten halb laut miteinander. Er hatte keine Lust, ihnen noch einmal zu begegnen und sich in ein Gespräch verwickeln zu lassen, also beeilte er sich. Hastig zog er die oberste Schublade der Kommode auf, in der die Stricksachen aufbewahrt wurden. Gerade als er Schals, Mützen und Handschuhe durchzuwühlen begann, hörte er, wie Amelie im Nebenzimmer laut lachte. Er hielt inne und lauschte.
»Warum sollte ich so was tun, Muttchen? Ich wäre ja nicht bei Trost, wenn ich dem Jungen das auf die Nase binden würde. Männer sind Mangelware, genau wie Koks, der Krieg hat uns beides gestohlen. Denkst du, da gehe ich hin und setze einem, der gut zu mir ist, den Stuhl vor die Tür?«
»Hab nicht gesagt, dass du das tun sollst.« Die Stimme von Amelies Mutter klang gedämpft. »Ich denk mir nur, dass der Junge dir nicht erhalten bleibt, wenn es so weitergeht mit ihm.

Der is nicht aufm Damm, Amelie. Dem fehlt was, der ist hier nicht glücklich. Schenk ihm reinen Wein ein. Ehrlich währt am längsten, hat unser Vater immer gesagt.«

»Tüdelkram, Mutter, der Nico hat es gut bei mir, der läuft mir nicht weg. Er hat es warm bei mir und kriegt zu essen. Was soll dem fehlen?«

»Er ist unzufrieden, das merke ich. Der will wissen, wo er wirklich herkommt. Du hast ihn nach Strich und Faden hinters Licht geführt mit deiner Geschichte von den Nachbarskindern. Ich kann ihm deswegen nicht in die Augen gucken, mir wird immer ganz schwummerig, wenn er mich anschaut. Wenn der dir auf die Schliche kommt, dann ist was fällig, dann setzt es Hiebe. Holl fast min Deern – mach reinen Tisch mit ihm, das rat ich dir.«

»Nein. Was ich mit Nicolai bespreche und was nicht, ist meine Sache, Mutter. Misch dich nicht ein, hörst du?«

»Und wenn sein Gedächtnis wieder in Ordnung kommt, was dann?«

»Dann kann ich mir immer noch was überlegen.«

Nebenan fiel eine Schranktür zu, das Gespräch schien vorerst beendet zu sein. Es blieb still im Nachbarzimmer. Nicolai zog hastig Schal und Strickmütze heraus, schloss die Schublade der Kommode und verließ die Wohnung. Er rannte die Treppe hinunter. Erst unten an der Haustür blieb er mit klopfendem Herzen stehen. Schwer atmend lehnte er sich gegen die kalte Wand im Treppenhaus. Er presste seine Mütze und den Schal an den Oberkörper, als könnte er damit den Schmerz betäuben, den er fühlte. Gerade hatte er begonnen sein Schicksal anzunehmen, sich mit dem zufrieden zu geben, was er besaß, und jetzt erfuhr er, dass er betrogen worden war. Stumm schüttelte er den Kopf. Noch weigerte er sich zu glauben, was er eben mitangehört hatte. Er war also kein Einheimischer. Er stammte nicht aus dem Hafenviertel. Die Hinterhöfe am Baumwall waren nicht sein Zuhause. Amelie hatte diese ganze Geschichte bloß erfunden, um ihn damit zu ködern. Nicolai schluckte. Wie hatte diese Frau ihn so hintergehen können? Er hatte sich eingebildet, sie zu lieben, er hatte ihr vertraut – und sie hatte ihn belogen? Nun war er genau wieder da, wo er damals im Lazarett angefangen hatte – er war ein Heimatloser, der ziellos durch die Weltgeschichte irrte. Die alten Fragen tauchten erneut auf. Hatte seine Sehnsucht nach dem Meer also doch eine tiefere Bedeutung? Wenn er kein Stadtmensch war, musste er fort von hier, aber wohin sollte er gehen? Sollte er an der Küste nach seiner Vergangenheit suchen? Hatte er früher vielleicht irgendwo am Meer gelebt? Erklärte das sein Fernweh?

Nicolai schloss für einen Moment die Augen und stöhnte leise. Draußen im Hafen erklang ein Nebelhorn. Dieses Geräusch war ihm bekannt und doch so fremd. Würde das Leben für ihn ein Labyrinth bleiben? Hatte es ihm nichts außer unbekannte Orte mit fremden Gesichtern zu bieten? Wer war er wirklich? Nicolai Boysen. Und wer war Nicolai Boysen? Hatte der Mann eine Heimat? Und wenn dem so war, würde er sie jemals finden?

Nicolai spürte, wie Tränen in ihm aufstiegen, doch er kämpfte sie energisch nieder. Männer aus dem Hafenviertel weinten nicht, selbst wenn sie hier nur zur Untermiete wohnten. Vielleicht durfte er heute eine Ausnahme machen, denn ihm war hundeelend. Er fühlte sich verdammt allein. Ein paar Zeilen eines alten Kirchenliedes kamen ihm in den Sinn. Großer Gott, wir rufen dich – das hatten sie in der Kompanie immer vor jedem Angriff intoniert. Die Religion der Schützengräben, die Lieder der Todgeweihten. Wenn er jetzt schwach wurde und betete, was würde es ihm nützen? Worum sollte er überhaupt bitten? Wenn es eine höhere Instanz gab, dann hätte die sich doch schon längst seiner annehmen müssen, so verloren und hilflos, wie er war. Vielleicht war er doch leer, der Himmel – genauso leer wie sein Hirn. Nicolai legte den Kopf an das kühle

Milchglas der Haustür. Was sollte er Amelie sagen, wenn er sie in ein paar Stunden wiedersah? Was konnte er ihr denn sagen? Warum hast du mich belogen?, würde er fragen. Warum geschehen so viele Dinge, die ich nicht verstehe?

»Findest du das richtig, was du da tust?« Luise stand im Türrahmen, eine in Handtücher eingeschlagene Bettpfanne unter dem Arm. Ingeborg fuhr herum. »Allerdings finde ich das richtig, Mutter. Ich muss schließlich Geld verdienen. Von irgendetwas müssen wir doch leben, oder?« Ingeborg griff nach dem säuberlich gefalteten Kittel aus glattem Baumwollstoff, ihrer Uniform, wie sie es nannte, den sie als Sprechstundenhilfe bei Johannes trug. Langsam legte sie sich den Kittel über den Arm. »Im Übrigen habe ich es eilig, ich werde in der Praxis erwartet. Wenn du über meine Berufstätigkeit mit mir sprechen möchtest, dann sollten wir das besser auf heute Abend verschieben. Jetzt bin ich in Eile.«

»So, du bist also in Eile.« Luise rümpfte die Nase. »Du behandelst mich ziemlich von oben herab, mein Kind. Ich weiß nicht, womit ich das verdient habe. Sicher, mein Besuch kommt dir ungelegen und bereitet dir nichts als Schwierigkeiten, das habe ich mittlerweile begriffen. Ich hätte vorher um eine Besuchserlaubnis bitten sollen.«

»Unsinn, Mutter, du bist willkommen, aber ich frage mich, ob es unbedingt nötig war, Hedwig mitzubringen. Es ist nicht einfach, in Zeiten wie diesen Gäste zu bewirten.« Ingeborg setzte ihre Kappe auf. Sie hatte sich die schmale Toque aus schwarzem Samt von ihrem ersten Gehalt als Sprechstundenhilfe geleistet. Johannes hatte ihr freundlicherweise einen üppigen Vorschuss auf ihren Lohn gezahlt, er war nicht knauserig. Das Geld hatte nicht nur für eine schicke Kopfbedeckung, sondern auch noch für ein neues Paar Knöpfstiefel gereicht. Auf die Schuhe war sie besonders stolz, denn zum ersten Mal seit Jahren hatte sie sich von eigenem Geld etwas Neues zum Anzie-

hen kaufen können. Ingeborg warf einen prüfenden Blick in den Spiegel neben der Haustür und lächelte zufrieden.
Luise kam ein Stück die Treppe hinunter. »Weißt du, was ich glaube, Ingeborg?« Sie hatte die heiße Bettpfanne auf der untersten Treppenstufe abgesetzt und betrachtete Ingeborg prüfend. »Ich glaube, Hedwig und ich stören dich aus einem ganz bestimmten Grund. Wir sind dir bei dem Techtelmechtel im Weg, das du dir mit deinem Herrn Doktor gönnst. Denke nur nicht, dass ich nicht bemerkt habe, wie er dich ansieht. Und du spielst mit und machst ihm Hoffnungen. Du bist eine verheiratete Frau und fängst etwas mit einem anderen Mann an. Das ist nicht anständig von dir.«
Ingeborg drehte sich um. Sie hielt dem forschenden Blick ihrer Mutter stand, ohne die Miene zu verziehen. »Ich weiß nicht, wovon du sprichst, aber in einem Punkt hast du Recht, Mutter. Es stört mich tatsächlich, dass ihr zwei ohne Vorankündigung hier hereingeschneit seid. Ich hätte es begrüßt, wenn ihr euren Besuch angekündigt hättet. Das hat allerdings nichts mit Doktor Lehmann zu tun. Es ist für mich allein schwierig genug, mich über Wasser zu halten. Du bist meine Mutter, aber warum ich mich auch noch um Hedwig kümmern soll, die den ganzen Tag bloß im Bett liegt und uns herumkommandiert, das verstehe ich nicht.« Ingeborg nahm ihre Handtasche von der Ablage neben der Garderobe.
»Wir fallen dir also zur Last. Ich ahnte es ja. Dass ich das jemals aus dem Mund meiner einzigen Tochter hören würde, hätte ich nicht geglaubt.« Luises Lippen zitterten. Ingeborg sah, dass sie den Tränen nahe war, und seufzte.
»Mutter, ich bitte dich, nicht weinen, nicht jetzt und nicht hier. Ich muss zur Arbeit. Bitte lass uns heute Abend in aller Ruhe miteinander reden, ja?« Ingeborg legte Luise einen Arm um die Schulter. Luise schluchzte leise.
»Schon gut, ich habe verstanden. Wir werden abreisen, Hedwig und ich, sobald es Hedwig besser geht. Sie hat sich eine

schwere Erkältung auf der Überfahrt hierher geholt, doch sobald sie wieder gesund ist …«
»Mutter, jetzt hör aber auf. Du machst es uns nur unnötig schwer. Lass uns doch später in Ruhe über alles sprechen. Geh hinauf und kümmere dich um Hedwig. Wenn du mir noch einen Gefallen tun möchtest, dann sieh nach, ob du bei Brodersen im Laden Petroleum für die Lampen bekommen kannst. Geld ist in der Zuckerdose in der Küche. Ich fahre los, ich bin schon spät dran. Bis heute Abend, ja?« Ingeborg drückte ihre Mutter noch einmal flüchtig an sich, dann lief sie zur Haustür. Noch mehr Vorwürfe und Tränen konnte sie jetzt nicht ertragen, es war genug für den Augenblick. Sie ließ die Haustür hinter sich ins Schloss fallen und streifte im Laufen ihre Strickfäustlinge über die Hände. Himmel, was für ein Tag! Sie hatte kein Brennholz mehr, es waren kaum noch Kerzen im Haus, und sie besaß auch nicht mehr genügend Lebensmittel, um auch nur ein halbwegs vernünftiges Abendessen aufzutischen. Das neue Jahr begann bei weitem nicht so gut, wie sie es sich noch vor ein paar Wochen erhofft hatte. Der Januar näherte sich seinem Ende, doch eiskalt, wie dieser Winter war, lag noch nicht einmal der Hauch des bevorstehenden Frühlings in der Luft. Das Dorf war seit Wochen tief verschneit, die Sandwege waren rutschig und schwer befahrbar.
Ingeborg umfasste den Lenker ihres Fahrrades, das an der Hauswand lehnte. Ihre Reifen hatten so gut wie kein Profil mehr, jede Fahrt nach Westerland war eine riskante Sache geworden. Von ihrem nächsten Gehalt würde sie versuchen müssen, irgendwo ein paar neue Gummireifen aufzutreiben.
Ingeborg wollte das Fahrrad gerade den Weg zur Straße hinaufschieben, als sie Lorenz auf sich zukommen sah. Lorenz war der halbwüchsige Sohn des hiesigen Postboten, er vertrat seinen Vater im Dienst. Seitdem Lorenz senior zur Front einberufen worden war, trug sein Sohn im Dorf die Post aus. Er steuerte auf ihr Haus zu. Jetzt hatte er die Pforte passiert. Ingeborg konnte

sehen, dass er einen Umschlag in Händen hielt. Was mochte in dem Kuvert sein? Wieder mal eine kleine Aufmerksamkeit von Hanna aus Flensburg? Über ihre Schwiegermutter konnte Ingeborg sich nicht beklagen, die vergaß sie nicht, auch jetzt nicht, nachdem sie als Rechtsanwaltsgattin gut situiert auf dem Festland lebte. Lorenz nickte. Das picklige Gesicht des Jünglings, der sich im Stimmbruch befand und deshalb mit seinen Mitmenschen nur das Nötigste sprach, wirkte ernst. Im nächsten Moment legte er ihr schweigend einen Umschlag in die Hände und ging ohne ein Wort. Ingeborg bedankte sich und wollte ihm noch Grüße an seine Mutter auftragen, aber er war schon auf dem Rückweg zur Pforte.
Ingeborg begann an dem Umschlag herumzunesteln, aber ihre Finger ließen sich in den selbst gestrickten Fäustlingen kaum bewegen. Während sie einen Handschuh abstreifte, fiel ihr Blick auf den Absender des Briefes. Er kam vom Deutschen Roten Kreuz, von der Feldpostsammelstelle und dem Soldatensuchdienst in Aachen. Hatte sie endlich Post von Nicolai? Ingeborg spürte, wie ihr augenblicklich der Schweiß ausbrach. Ihr Herz machte einen großen Satz vor Aufregung. Ging es ihm gut, lebte er? Jetzt, da sie wusste, was sie in Händen hielt, gehorchten ihr die Finger überhaupt nicht mehr. Sie waren steif von der Kälte und zittrig vor Aufregung. Der hellgraue Umschlag war sperrig und widerspenstig, er benahm sich, als führte er ein Eigenleben, dabei war er doch nur aus Papier. Ingeborg riss sich den zweiten Handschuh von der Hand, der in den Schnee zu ihren Füßen fiel. Jetzt endlich konnte sie richtig greifen, jetzt gab auch das Kuvert nach und ließ sich öffnen. Eine Postkarte, ein Stück Blech und eine Fotografie fielen zu Boden. Sie bückte sich danach und fischte die Fotografie, auf der sie selbst zu sehen war, aus dem Schnee. Das Foto hatte sie Nicolai mitgegeben, damit er an der Front an sie dachte. Hastig schob sie das Bild in die Tasche ihres Mantels, dann drehte sie die Postkarte um, die Nicolai für sie geschrieben hatte –

endlich ein Lebenszeichen von ihm. Ingeborg überflog den Inhalt der Karte und musste feststellen, dass sie schon vor gut drei Monaten geschrieben worden war. Nicolai berichtete über das Wetter in Frankreich, über die Kameraden und den Unsinn, den sie anstellten, wenn ihnen Zeit dafür blieb. Er beklagte sich wieder einmal über das schlechte Essen an der Front und glaubte zu wissen, dass das alles bald ein Ende haben würde. Eine alte Postkarte und eine Fotografie, mehr bekam sie nicht? Enttäuscht nahm Ingeborg sich das Stückchen Blech vor, dass sie aus dem Schnee geangelt hatte. Es war ein ovaler Anhänger mit einer einfachen Kette aus silberfarbenem Metall daran. Nicolais Name stand darauf, sein Geburtsort, sein Geburtsdatum und sein Familienstand. Ingeborg wusste, dass es sich um die so genannte Hundemarke handelte, das letzte Erkennungszeichen tödlich verunglückter oder schwer verwundeter Soldaten, die nicht mehr in der Lage waren, über ihre Identität Auskunft zu geben. Metall verbrannte nicht, Giftgas konnte der Marke nichts anhaben, eine Gewehrkugel prallte daran ab. Dieses Stück Blech war quasi der Totenschein des Soldaten, sein letztes Zeichen an die Lebenden. Ingeborg stand vor dem Haus und zitterte. Sie musste sich an die Hauswand hinter ihr lehnen, um Halt zufinden. Warum schickte man ihr dieses Stück Blech? Sie begann zu weinen, ihr rollten die Tränen über die kalten Wangen. War Nicolai tot? Oder wurde er vermisst? Aber wenn er noch lebte, woher hatten sie dann seine Erkennungsmarke? Ingeborg griff noch einmal in den Umschlag und ertastete ein kleines Blatt Papier, mehr einen Zettel als einen Brief.

Der Obergefreite Nicolai Boysen wird seit dem 11.11.1918 in Frankreich vermisst.

Das war alles, mehr stand nicht drauf. Ein Stempel, eine Unterschrift – und Schluss. Der Stempel des Roten Kreuzes war zu allem Überfluss verwischt, die Unterschrift daneben konnte sie auch nicht lesen. Ingeborg schluckte. Hastig fuhr sie sich mit dem rauen Wollstoff ihres Wintermantels über das tränennasse Gesicht. Sie stand da und betrachtete die Papiere und das Stück Blech in ihren Händen. Nicolai wurde vermisst. Was bedeutete das? War er tot, lag er in einem Lazarett, war er in Kriegsgefangenschaft geraten? Hatte er sich nach Frankreich oder Belgien abgesetzt und lebte jetzt dort? Auch solche Geschichten gab es, sie hatte es im Dorf gehört und in der Zeitung gelesen. Deserteure wurden standrechtlich erschossen, wenn man sie erwischte, aber jetzt doch nicht mehr, jetzt war doch Frieden. Jetzt konnte er doch nach Hause kommen – wenn er noch lebte. Lebte er noch?

Ingeborg biss sich auf die Unterlippe und starrte auf ihre eiskalten Finger, die noch immer zitterten. Ihr ganzer Körper befand sich in Aufruhr. Sie wollte den Gedanken nicht zulassen, der immer wieder in ihr aufstieg. War sie vielleicht längst Witwe und wusste es bloß noch nicht?

Was war mit Nicolai passiert?

# Kapitel 9

Husum, eine Kleinstadt am Meer – die Fassaden der Häuser waren blitzblank und strahlend weiß, der blasse Himmel des Nordens schimmerte darüber wie frisch poliert. Einige Silbermöwen segelten seewärts, während Nicolai langsam durch die Gassen der Innenstadt wanderte, dem Haus entgegen, in dem Erich Langkemper geboren und aufgewachsen war. Heute Morgen war Nicolai einfach in den erstbesten Zug nach Husum gestiegen, nichts weiter bei sich als den Beutel, mit dem er sonst tagsüber auf Arbeitssuche in den Freihafen ging. Das Geld für die Fahrkarte hatte er sich vom Lohn für seine Gelegenheitsarbeiten heimlich zusammengespart. Kaum dass er die Summe beieinander gehabt hatte, war er zum Hauptbahnhof marschiert. Er fand es an der Zeit, das Versprechen einzulösen, das er Erich auf dem Sterbebett gegeben hatte. Erichs Ring und auch die Taschenuhr trug er in seiner Joppe bei sich, dort lagen sie sicher und warm. Amelie hatte er von seinem Vorhaben nichts gesagt. Es schien ihm ratsam, die Reise allein zu machen und ihr nichts davon zu erzählen. Seitdem er wusste, dass sie ihn bei ihrer ersten Begegnung belogen hatte, war sein Vertrauen zu ihr erschüttert. Sein Verstand sagte ihm, dass Amelie nicht in böser Absicht gehandelt hatte. Dennoch machte sich Misstrauen in ihm breit, und an Heirat war nicht mehr zu denken. Er war im Umgang mit Amelie zurückhaltender geworden, weihte sie nicht mehr in alles ein und behielt seine Gefühle oft für sich. Die Sache mit Erich ging sie ohnehin nichts an. Der Besuch, den er Erichs Eltern abstatten musste, war alles andere als ein netter Ausflug, das war eine Art Testamentsvollstreckung, eine Bürde des Krieges. Auch die adrett wirkenden Husumer Bürgerhäuser mit ihren Fenstern aus Butzenglas, denen von der Not der Nachkriegszeit nichts anzusehen war, täuschten nicht darüber hinweg, dass ihm ein

schwerer Gang bevorstand. Während er an der Haustür der Langkempers läutete, stellte er sich die Gesichter von Erichs Eltern vor – mutmaßlich zwei von Gram gebeugte ältere Leutchen, denen er auf Wunsch ihres verstorbenen Sohnes zu sagen hatte, unter welch traurigen Umständen es mit Erich zu Ende gegangen war.
Nicolai stand vor der Tür, die Hände in den Hosentaschen vergraben, und wartete darauf, dass ihm geöffnet wurde. Drinnen im Haus rührte sich nichts. Er wollte gerade ein zweites Mal läuten, als sich die schwere Haustür aus dunklem Holz plötzlich doch auftat. Eine junge Frau stand auf der Türschwelle. Sie trug ein gepunktetes Kleid von der Sorte, wie es vor dem Krieg in Mode gewesen war. Es war knöchellang in einem sanften Pastellblau, das ihr gut stand, aber für eine Hausangestellte eine Spur zu teuer erschien.
»Sie wünschen?« Die Fremde runzelte die Stirn. Sie machte sich gar nicht erst die Mühe, ihn anzulächeln, sondern musterte ihn nur von Kopf bis Fuß und zog sich dann ein Stück in den Hausflur zurück.
»Guten Tag. Sie sind Frau Langkemper? Mein Name ist Nicolai Boysen.« Nicolai deutete eine Verbeugung an. »Ich bin ein Kriegskamerad von Erich und würde gerne einen Moment mit Ihnen sprechen.«
»Sie sind Nicolai Boysen?«
»Ja.« Nicolai nickte, erstaunt darüber, dass sein Name der jungen Frau ein Begriff war.
»Kommen Sie, bitte, treten Sie näher.«
Die Erwähnung seines Namens schien ein kleines Wunder bewirkt zu haben, denn nun war die Blondine mit den sanften Gesichtszügen und dem aufgesteckten Haar zugänglicher. Sie führte ihn in eine große Diele, an deren roten Backsteinwänden neben Messingkerzenleuchtern breite Ölgemälde hingen. Eine grandiose Freitreppe beherrschte den Eingangsbereich und gab dem hohen Raum etwas Mächtiges. Nicolai war be-

eindruckt. Er konnte kaum verbergen, dass dieses Haus und seine Ausstattung ihn neugierig machten. Dass Erich aus einer gebildeten, gutbürgerlichen Familie stammte, hatte man ihm angemerkt, aber dass er in derart feudalen Verhältnissen gelebt hatte, das hatte Nicolai nicht vermutet.

»Darf ich Ihnen etwas anbieten? Eine Tasse Tee vielleicht?« Die junge Frau in dem pastellfarbenen Kleid umrundete Nicolai und musterte ihn erneut.

»Ein Tee zum Aufwärmen, das wäre schön, ja.« Nicolai nickte.

»Sie sind also Nicolai Boysen. Ich freue mich, dass Sie den Weg zu uns gefunden haben. Entschuldigen Sie, Sie wundern sich vielleicht ein wenig über mich. Ich behandle Sie wie einen alten Freund der Familie, aber mir kommt es auch vor, als wäre es tatsächlich so. Erich hat Sie oft in seinen Briefen erwähnt.« Sie lächelte. »Sie haben einander gut gekannt, nicht wahr?«

»Ja, soweit der Krieg uns die Zeit zum Kennenlernen ließ.«

»Oh, das hat er getan – meinem Eindruck nach jedenfalls. Erich hat mehrfach sehr nett von Ihnen geschrieben. Ich glaube, ich übertreibe nicht, wenn ich sage, dass er Sie als eine Art älteren Bruder betrachtete. Ich bin ist übrigens Marianne Silbermann. Ich weiß nicht, ob Erich Ihnen von mir erzählt hat.« Sie warf Nicolai einen forschenden Blick zu, aber er konnte nur bedauernd den Kopf schütteln. Marianne schien nicht gekränkt zu sein, und wenn doch, ließ sie es sich nicht anmerken. Sie nickte. »Das macht nichts. Erich und ich, wir waren so gut wie verlobt. Wir wollten heiraten. Ich freue mich, dass ich Sie jetzt doch kennen lerne. Ich wünschte nur, Erich hätte diesen Augenblick auch noch erlebt.« Die junge Frau reichte Nicolai die Hand, die er nur zögernd ergriff. In diesem Haus kam er offenbar aus dem Staunen nicht mehr raus. Erich war nicht nur einziger Erbe eines stattlichen Vermögens gewesen, er hatte auch ein Mädchen gehabt – wer hätte das gedacht? Nicht ein einziges Mal hatte er über seine Liebe zu Marianne

Silbermann gesprochen – oder hatte er etwa doch? Spielte ihm sein Gedächtnis wieder einen Streich?
Nicolai schaute zu Boden. Er wusste nicht, was er sagen sollte. Die Eröffnung der jungen Frau, die beinahe Erichs Verlobte gewesen wäre, schien seine Anwesenheit in diesem Haus irgendwie überflüssig zu machen. Erichs Eltern wussten vermutlich inzwischen schon, dass ihr Sohn nicht mehr lebte. Was Todesnachrichten anging, arbeitete die Bürokratie der Armee des ehemaligen kaiserlichen Reiches noch immer zuverlässig. Das bisschen Trost, das in einer Situation wie dieser überhaupt existierte, hatte Marianne Silbermann ihren Schwiegereltern in spe sicher längst zu geben versucht. Was vermochte er den alten Leuten da noch Gutes zu tun? Er konnte den Schmuck bei ihnen abliefern, Erichs Ring und die Uhr konnte er auf den Tisch legen, das war alles. Falls sie mehr von ihm hören wollten als die üblichen Beileidsbekundungen, würde er auf die meisten ihrer Fragen die Antworten erfinden müssen. Wozu sollte er die Geschichten von der Front noch einmal aufwärmen? Sicher hatten Erichs Eltern an der Gegenwart der jungen Frau, die ihren Sohn hatte heiraten wollen, mehr Freude als an der deprimierenden Wahrheit über den Tod ihres einzigen Kindes. Was nützte es den beiden Alten zu erfahren, unter welch grausamen Bedingungen ihr Sohn wirklich gestorben war?
Während Nicolai in der Diele stand und zu Boden sah, fühlte er sich zunehmend unwohl in seiner Haut. Am liebsten hätte er sich verabschiedet und wäre gegangen, aber Marianne Silbermann ließ das nicht zu. Sie hatte offenbar Zutrauen zu ihm gefasst und plauderte auf ihn ein, nahm dann seinen Arm und führte ihn in eines der angrenzenden Zimmer im Erdgeschoss. Der kleine Salon war ein lichtdurchfluteter Raum mit hohen Fenstern, die den Blick auf die Straße freigaben. Marianne nötigte ihn, in einem breiten Sessel mit Samtbezug Platz zu nehmen. Offensichtlich fühlte die junge Frau sich im Hause Langkemper wie zu Hause. Sie setzte sich zu ihm, läutete und bat um

Tee, der auch gleich gebracht wurde. Marianne Silbermann deckte den Tisch und schenkte ihm ein. Während sie ihm seine Tasse reichte, fragte sie: »Seit wann sind Sie denn wieder hier, Herr Boysen? Waren Sie bis jetzt an der Front?«
Nicolai schüttelte den Kopf. »Nein, ich bin schon seit ein paar Wochen wieder in Deutschland. Aber ich war verletzt und musste mich erst erholen, bevor ich hierher kommen konnte.«
»Ich verstehe. Und jetzt sind Sie eigens von Sylt hierher gereist, um Erichs Eltern zu besuchen. Ich finde es wirklich nett von Ihnen, dass Sie sich die Mühe gemacht haben.«
»Von Sylt hierher gereist? Wieso? Was meinen Sie damit? Ich komme aus Hamburg.« Nicolai runzelte die Stirn.
Erichs Mädchen schien zu bemerken, dass er ihr nicht folgen konnte. Sie lächelte, aber sie schaute ihn fragend an. »Sie kommen aus Hamburg? Aha. Haben Sie dort Verwandte besucht? Oder waren Sie noch gar nicht zu Hause?«
Zu Hause. Nicolai hatte gelernt, diese Worte zu fürchten. Er schluckte. Verwirrt saß er in seinem Sessel und wusste nicht, was er auf diese Frage antworten sollte. Zu Hause – wo war das? War es klug, einer Fremden zu gestehen, dass er seine Heimat nicht kannte? Sie hatte von Sylt gesprochen, aber das sagte ihm nicht viel. Eine Insel in der Nordsee, in Höhe von Flensburg etwa, ein langgestrecktes Stück Land, umgeben von Wasser – mehr verband er nicht mit diesem Ort. Marianne Silbermann wartete auf seine Antwort, aber er war orientierungslos.
Nicolai stellte seine Tasse ab. »Wie kommen Sie darauf, dass ich auf Sylt gewesen bin? Und was meinen Sie mit ›waren Sie noch gar nicht zu Hause‹?«
»Sie sind noch nicht bei Ihrer Frau gewesen, meine ich. Erich hat mir geschrieben, dass Sie auf der Insel Sylt eine Gastwirtschaft betreiben, in einem Dorf, das Kampen heißt. Oder stimmt das nicht? Bringe ich etwas durcheinander?«
Kampen, verheiratet und Gastwirt. Jedes dieser Worte traf

Nicolai wie ein Keulenschlag. Er starrte auf den Tisch, krampfhaft darum bemüht, äußerlich die Fassung zu wahren. Er besaß ein ganzes Haus und eine Ehefrau noch dazu? Das war zu märchenhaft, um wahr zu sein. Nicolai hatte das Gefühl, als würde die kalte Empfindungslosigkeit schrumpfen, die ihn seit seinem Wiedererwachen im Lazarett umklammert gehalten hatte. Erinnerungen tauchten schlagartig auf: das endlose Meer, glatt wie ein Spiegel, die von Strandhafer gekrönten Dünen und ein rotes Haus unter einem Reetdach hinter einem Steinwall gelegen. Bilder kehrten aus der Versenkung zurück. Ingeborg und Hanna, diese beiden Frauennamen fielen ihm ein. Sie gehörten anscheinend zu seinem alten Leben. Nicolai spürte, wie die Unruhe über diese Entdeckungen in ihm wuchs. Er war krampfhaft bemüht, jeden neuen Gedanken festzuhalten, er durfte nichts davon wieder verlieren, bevor das Mosaik sich vervollständigt hatte. Wie oft war er verzweifelt gewesen, wenn er sich bei anderer Gelegenheit hatte erinnern wollen und schon beim ersten Versuch gescheitert war. Jetzt bot sich ihm die Möglichkeit, endlich wieder zu dem Menschen zu werden, der er vor dem Krieg gewesen war. Aufgeregt rutschte er auf seinem Sessel ein Stück nach vorn. Er suchte Mariannes Blick. Er wollte sie ermuntern, weiterzusprechen. Sie musste ihm mehr erzählen. Weil seine Hände verräterisch zitterten, legte er die Handflächen aneinander. »Bitte, sprechen Sie weiter, Fräulein Silbermann. Was wissen Sie noch über mich?«
»Was ich über Sie weiß? Nicht viel, leider. Dass Sie Erich ein treuer Freund waren, dass Sie ihm im Schützengraben bei einem Gasangriff das Leben gerettet haben, als er seine Gasmaske um ein Haar nicht rechtzeitig gefunden hätte – aber warum fragen Sie? Stimmt etwas nicht?«
Nicolai seufzte leise. »Doch, vermutlich stimmt alles, aber ich weiß es nicht genau. Ich habe im Krieg mein Gedächtnis verloren. Ich wurde bei einem französischen Angriff verwundet, habe mir das Bein gebrochen, das Schultergelenk verletzt,

und eine schwere Gehirnerschütterung hatte ich auch. Als ich im Lazarett aufwachte, war ich orientierungslos. Ich erinnerte mich nur an meinem Namen, an sonst nichts.« Nicolai lächelte vorsichtig. »Aber selbst was das Wenige anging, war ich mir nicht ganz sicher. Als ich Erich im Lazarett wiedertraf, lag er schon im Sterben. Ich erkannte in ihm einen Kameraden, hatte aber nicht mehr die Gelegenheit, mit ihm ausführlich über unsere Erlebnisse im Feld zu reden. Erich hatte einen Lungendurchschuss, das Sprechen kostete ihn viel Mühe. Er ist bald nach seiner Einlieferung gestorben.«

»Das wusste ich nicht, das mit dem Lungendurchschuss, meine ich. Man hat uns nur mitgeteilt, dass er in einem Feldlazarett gestorben ist, mehr nicht. Hat er sehr gelitten? Hatte Erich noch große Schmerzen?«

Nicolai schüttelte den Kopf. »Nein. Der Pfleger hat ihm Morphin gegeben. Es ging alles ziemlich schnell, glauben Sie mir. Ich war bei ihm, als er starb. Er war nicht allein.«

Marianne Silbermann hob den Kopf. Nicolai konnte in ihren Augen Tränen glitzern sehen. »Hat er zum Abschied noch etwas gesagt?«

Nicolai schwieg. Natürlich hatte er den hoffnungsvollen Blick der jungen Frau bemerkt. Marianne Silbermann bat ihn um ein letztes Liebesbekenntnis von Erich, auch wenn es frei erfunden war. Er war drauf und dran, für sie zu lügen, aber er wusste, dass ein falsches Wort genügen würde, um ihn zu verraten. Erichs Verlobte machte einen intelligenten Eindruck, sie würde merken, wenn er zu dick auftrug. Außerdem hatte er zu Beginn des Gesprächs zugegeben, dass Mariannes Name ihm nichts sagte. Erich hatte sie nicht erwähnt – jedenfalls wusste Nicolai nichts davon. Wie sollte er da glaubhaft eine Geschichte über eine Liebe erfinden? Vermutlich wär er einfach nicht geschickt genug, um sie zu trösten. Er würde nur Unsinn erzählen und sich dann in seinen falschen Erklärungen heillos verstricken.

Nicolai zuckte bedauernd mit den Schultern. »Es tut mir Leid,

Fräulein Silbermann, aber Erich war benebelt vom Morphin, er wusste zuletzt nicht mehr, wo er war. Es war sehr anstrengend für ihn, überhaupt etwas zu sagen. Er hat am Ende nicht mehr viel wahrgenommen. Ich bin mir sicher, dass er in Gedanken bei Ihnen war.«

Sie nickte und wandte sich ab. Nicolai sah, wie sie ein Taschentuch hervorholte und sich damit über die Augenlider fuhr. Insgeheim wusste er, dass er versagt hatte. Marianne Silbermann hatte ihm geholfen, er hätte das Gleiche für sie tun können. Er hätte lügen sollen, er hätte einen letzten Gruß von Erich erfinden müssen. Nicolai überlegte, ob es nicht doch noch etwas gab, was er hätte sagen können, aber er kam nicht mehr dazu, in Ruhe nachzudenken. In diesem Moment klopfte es, ein Dienstmädchen trat ein und knickste. »Entschuldigung die Herrschaften, aber der gnädigen Frau geht es nicht gut. Sie lässt fragen, ob Fräulein Silbermann zu ihr hinaufkommen kann.«

Dies war keine Frage, es war ein Befehl. Nicolai sah, wie Marianne Silbermann sich sofort erhob.

»Natürlich komme ich. Ich bin gleich oben, Ines.« Marianne Silbermann reichte Nicolai die Hand. »Ich danke Ihnen für Ihren Besuch, Herr Boysen. Bitte entschuldigen Sie mich, aber ich muss hinauf. Erichs Mutter leidet an Asthma. Es ist bedeutend schlechter geworden damit, seitdem ihr einziger Sohn nicht mehr lebt.«

»Und sein Vater?«

»Ist gestorben. Ein Herzanfall, nachdem die Nachricht von Erichs Tod uns erreicht hatte.«

»Das tut mir Leid.«

»Ja, der Krieg hat der Familie schwer zugesetzt. Ich wünschte, es wäre anders. Leben Sie wohl, Herr Boysen.«

»Alles Gute, Fräulein Silbermann.« Nicolai sah zu, wie sie den Raum verließ. Er blieb noch einen Moment stehen, als würde er darauf warten, dass noch irgendetwas passierte. Er hatte seine Pflicht Erich gegenüber erfüllt, aber er hatte dennoch das unbestimmte Gefühl, seine Aufgabe nur unzureichend erledigt zu haben. Anstatt Trost zu spenden, hatte er bloß ein paar dürre Tatsachen berichtet, die den Hinterbliebenen nicht viel weiterhelfen würden. Immerhin besaß er selbst jetzt wieder eine Identität, er war wieder ein Mensch mit einer eigenen Geschichte. Nicolai Boysen war also Gastwirt auf Sylt. In seinen Ohren klang das so, als könnte es stimmen. Es würde seine Sehnsucht nach dem Wasser erklären, die Ruhelosigkeit, die ihn in den letzten Wochen immer weiter nach Norden getrieben hatte. Ob er daheim vermisst wurde? Wie groß mochte der Besitz sein, den er zurückgelassen hatte? Ein schwerreicher Mann war er nicht, das sagte ihm sein Gefühl. Hunger, Kälte und Entbehrung waren ihm nicht fremd gewesen, als sie ihn nach dem Krieg begegnet waren. Er musste das aus seinem alten Leben kennen. Sein altes Leben. Nicolai seufzte. Wie wäre es, wenn er jetzt einfach zum Bahnhof gehen und noch ein Stück nach Norden fahren würde? Seine wenigen Habseligkeiten konnte er sich irgendwann aus Hamburg nachschicken lassen. Durfte er sich spontan auf die Suche machen nach den Spuren, die ihn zurücktragen sollten in die alte Heimat? Was sollte er anfangen mit den neuen Erkenntnissen über das Leben des Unbekannten in ihm?

Johannes saß an seinem Schreibtisch im Sprechzimmer, vor sich einen Stapel mit Rechnungen, die Ingeborg für ihn geschrieben hatte. Nichts von dem, was er bisher gesehen hatte, war brauchbar. Ingeborg war nicht geübt im Umgang mit der Schreibmaschine, die er ihr hingestellt hatte. Aber selbst wenn er das berücksichtigte und ihr außerdem zugute hielt, dass sie in den letzten Tagen viel zu tun gehabt hatte, minderte das nicht das Ausmaß des Schadens. Die Rechnungen an seine Patienten strotzten vor medizinischen Unrichtigkeiten, an etlichen Stellen hatten sich auch Schreib- und Rechenfehler eingeschlichen. Johannes schob den Stapel mit den Rechnungen beiseite. Unter diesem Berg lag ein Exemplar der Husumer Nachrichten, das er sich vor kurzem vom Festland hatte schicken lassen. Er hatte es Ingeborg noch nicht gesagt, aber er hatte sich darin die Stellengesuche des letzten Wochenendes angesehen. Jetzt, nach Kriegsende, kehrten viele Krankenschwestern von ihrem Fronteinsatz zurück. Ganz sicher würde sich früher oder später eine tüchtige Kraft finden, die bereit war, ihn fachkundig in seiner Praxis zu unterstützen. Er musste Ingeborg nur noch in seine Pläne einweihen, und das würde alles andere als einfach werden. Schließlich hatte er sie überhaupt erst dazu gebracht, seine Sprechstundenhilfe zu werden. Und jetzt, da sie ihre Arbeit nicht zu seiner Zufriedenheit erledigte, wollte er sie wieder loswerden.

Johannes stützte den Kopf in die Handfläche und warf durch die Tür, die einen Spaltbreit offen stand, einen Blick in das Nebenzimmer. Ingeborg sortierte dort drüben Instrumente für die Sprechstunde morgen früh. Gerade in diesem Augenblick fiel nebenan klirrend ein Stück Metall zu Boden. Johannes seufzte tonlos. Jedes Instrument, dass mit dem Fußboden in Berührung kam, musste erneut sterilisiert werden, bevor er es benutzen konnte. Auf diese Art würde Ingeborg ihre Aufgaben niemals in vernünftiger Zeit erledigen. Johannes schüttelte stumm den Kopf. Anscheinend war es eine Fehlentscheidung gewesen, ausgerechnet Ingeborg zu seiner Sprechstundenhilfe zu machen. Sicher, sie gab sich Mühe, sie war fleißig und pünktlich, aber sie war offensichtlich auch überfordert.

Wieder ertönte im Nebenzimmer ein klirrendes Geräusch. Johannes schob seinen Stuhl zurück, stand auf und ging hinüber. Er bemühte sich zu lächeln, als er den Raum betrat, aber er spürte selbst, dass sein Lächeln aufgesetzt wirkte. Behutsam legte er Ingeborg eine Hand auf die Schulter. Ihr Körper erstarrte sofort unter seiner Berührung.

»Ich glaube, du bist müde. Mach Schluss für heute.«

»Gute Idee. Und wer sortiert das Besteck für die Sprechstunde morgen früh?«
»Ich mache das schon. Fahr nach Hause, und ruh dich aus.«
»Danke, Herr Doktor. Zu gnädig.« Ingeborg befreite sich von seiner Hand, indem sie einen Schritt nach vorn machte, aber er sah trotzdem, dass Tränen über ihre Wangen rollten.
»Entschuldige bitte, ich wollte dich nicht kränken.« Johannes kam näher, aber er wagte nicht, Ingeborg noch einmal anzufassen. Er wusste nicht, wohin mit seinen Händen, also verschränkte er die Arme vor dem Oberkörper. Die Situation war unangenehm. Im Grunde war es seine Schuld, dass Ingeborg litt. Sie hatte ihre Einwände vorgebracht, sie hatte ihm gesagt, dass sie keine große Erfahrung mit praktischen Tätigkeiten besaß. Er hatte nicht auf sie hören wollen, hatte stattdessen gehofft, ihr durch die gemeinsame Arbeit ein Stück näher zu kommen – und nun musste er mit den Folgen fertig werden. Früher oder später würde er ihr sagen müssen, dass sie als Sprechstundenhilfe ungeeignet war, auch wenn sie in dem weißen Kittel, den er ihr aufgedrängt hatte, adrett aussah.
»Ingeborg, bitte nicht weinen.« Er hob hilflos die Hände und ließ sie gleich darauf wieder sinken. »So schlimm ist es auch wieder nicht. Wir sterilisieren die Instrumente noch einmal …«
»Einverstanden. Am besten sterilisierst du mein Herz gleich mit.« Ingeborg hatte sich umgedreht und schaute ihn an. Ein Blick aus unendlich müde wirkenden Augen traf ihn. Sofort verwandelte sich seine Ratlosigkeit in Mitleid. Was war los mit ihr? War es wirklich allein seine Schuld, dass sie so unglücklich war? Er versuchte zu lächeln. »Tut mir leid, aber für Operationen am offenen Herzen fehlt mir die nötige Erfahrung. Was ist los, Ingeborg? Verlange ich zu viel von dir? Du bist überlastet, stimmt es?«
Sie senkte den Kopf. »Ja, aber das ist nicht deine Schuld.

Meine Mutter setzt mir ganz schön zu, und dann dieser alte Drachen, den sie mitgebracht hat. Tante Hedwig ist unerträglich. Sie spielt die Kranke und lässt sich von mir bedienen, als ob ich nicht schon genug Sorgen hätte. Ich halte das nicht mehr aus, Johannes. Ich komme überhaupt nicht mehr zur Ruhe, in meinem Kopf drehen sich die Gedanken nur noch im Kreis.«

»Ich verstehe.« Johannes ging zu der Liege an der Wand und zog den dreibeinigen Schemel hervor, der darunter stand. »Setz dich, Ingeborg, bitte, mir zuliebe.«

Sie gehorchte und nahm auf dem Hocker Platz. Johannes ging vor ihr in die Knie. Sein Blick war auf sie gerichtet. »Vielleicht solltest du dir ein paar Tage freinehmen und versuchen die Angelegenheit mit deiner Mutter erst einmal in Ruhe zu klären. Sprich mit ihr, lass sie wissen, wie du dich fühlst.«

»Und wozu soll das gut sein? Ich kann sie nicht rauswerfen. Sie ist meine Mutter.«

»Vielleicht geht sie freiwillig, wenn sie erkennt, dass du mit ihrem Besuch momentan überfordert bist.«

»Ich glaube nicht, dass sie freiwillig abreist. Sie hat Hedwig doch gerade auf die Insel gebracht, damit sie sich hier erholt. Angeblich ist Hedwig angeschlagen, hat irgendeine Krankheit, die Neurasthenie heißt …« Ingeborg wischte sich die Tränen aus dem Gesicht und verstummte.

»Neurasthenie? Das ist eine krankhafte Schwächung des Nervensystems. Einige Kollegen halten diese Erscheinung allerdings für eine Erfindung der Nervenfachärzte.«

»Mit Sicherheit ist sie das. Hedwig ist der beste Beweis.«

Johannes richtete sich auf. »Wie auch immer, ich finde, du solltest das Gespräch mit deiner Mutter suchen. Es wäre besser für euch beide, wenn ihr die Situation klärt.«

»Das allein ist es ja nicht.« Ingeborg senkte den Kopf. »Ich habe eine Nachricht bekommen, Johannes. Von der Feldpostsammelstelle des Roten Kreuzes in Aachen.«

»Hast du Post von Nicolai?«
»Ja, eine Feldpostkarte. Sie ist aber fast drei Monate alt. Es steht nichts drauf, was mir weiterhelfen würde.«
»War das alles? Nur eine Postkarte, nichts weiter?«
Ingeborg schüttelte sacht den Kopf. »Nein. Sie haben mir auch noch seine Hundemarke geschickt – du weißt, dieses Ding aus Blech …«
»Ich weiß, was das ist, Ingeborg. Und sonst? War das alles?«
»Sie haben mir mitgeteilt, dass er vermisst wird. Ich weiß nicht, woran ich jetzt bin, verstehst du? Pausenlos grüble ich darüber nach, was passiert sein mag. Ist er tot, oder lebt er noch? Ist er in Gefangenschaft oder schwer verletzt? Ich habe keine Ahnung, was vorgefallen ist.«
Johannes nickte. »Ich verstehe dich. Das ist sicher quälend. Manchmal gibt es leider keine endgültige Gewissheit, Ingeborg. Es gibt Fälle, in denen sich das Schicksal eines Einzelnen im Nachhinein nicht mehr aufklären lässt. Wenn jemand bei einem Angriff hinter den feindlichen Linien verloren geht, kann er für immer im Feindesland verschwinden – vielleicht ist der Betreffende tot, vielleicht ist er verletzt oder in Kriegsgefangenschaft geraten. Auf dieser Seite der Front weiß das in solchen Fällen niemand.«
»Aber es gibt doch Kameraden, die zuletzt bei ihm waren. Er war doch nicht allein draußen im Feld, oder? Man muss doch klären können, was geschah.«
»Wenn eine Kompanie vollständig aufgerieben wird, dann wird es schwierig mit der Buchführung. In den letzten Tagen des Krieges ist so einiges durcheinander gegangen. Selbst eine gut organisierte Maschinerie wie die deutsche Armee hat auf dem Rückzug nur noch begrenzt funktioniert. Nach allem, was ich erlebt habe, ging da einiges drunter und drüber.«
Ingeborg schluckte. »Du glaubst also, dass Nicolai tot ist?«
»Ich weiß es nicht mit Bestimmtheit, aber dafür spricht, dass sie dir seine Erkennungsmarke geschickt haben. Bevor ein

Soldat sich von dieser Marke trennt, muss schon einiges passieren.«

»Aber … dann hätten sie mir doch Bescheid gegeben, ich meine … ich muss doch …« Ingeborg verstummte und schüttelte nur noch den Kopf.

»Was? Was musst du, Liebes?« Johannes ging erneut in die Knie, zog Ingeborg an sich und drückte ihren zitternden Körper an seine Schulter.

»Ich weiß nicht. Ich weiß nicht, was ich jetzt tun soll.« Ingeborg weinte in seinen Armen. Er spürte, wie sie bebte, und hielt sie fest, geduldig darauf wartend, dass sie sich zumindest ein wenig beruhigte. Was konnte er sagen, um ihr zu helfen? In einem Moment wie diesem gab es nicht viel Tröstliches, das hatte seine Erfahrung ihn gelehrt. Dass Nicolai noch am Leben war, schien ihm unwahrscheinlich, also wollte er auch keine Hoffnungen in dieser Richtung wecken. Er konnte gut verstehen, dass Ingeborg trauerte, aber er selbst war nicht übermäßig traurig und sah sich auch nicht im Stande, Trauer zu heucheln. War nicht genau die Situation eingetreten, auf die er insgeheim immer gewartet hatte? Ihnen beiden wurde ein neuer Anfang geschenkt, wenn auch ein Anfang unter Qualen.

Johannes strich Ingeborg über das von Tränen feuchte Gesicht. »Komm mit hinüber in mein Wohnzimmer, Liebes. Dort steht noch eine Flasche von dem guten Vorkriegscognac. Du kannst jetzt einen Schluck gebrauchen.«

Ingeborg nickte. Er richtete sich auf und half ihr dabei, aufzustehen. Im ersten Moment schien sie zu schwanken. Er griff nach ihrem Arm und stützte sie. Als er ihr von Tränen gerötetes Gesicht vor sich sah, wurde ihm bewusst, dass er sich bis zu diesem Augenblick möglicherweise eine falsche Vorstellung von der Zukunft gemacht hatte. Ingeborg war jetzt frei, sie war Witwe und durfte einen anderen Mann wählen. Niemand würde ihr einen Vorwurf daraus machen, wenn sie nach einer angemessenen Zeit der Trauer eine neue Verbindung einging.

Doch würde sie das auch tun? Ihre Beziehung hatte in den letzten Tagen und Wochen Fortschritte gemacht, aber reichten ihre Gefühle für ihn aus, um eine feste Bindung einzugehen? Liebte sie ihn überhaupt? Sie hatte ihm schon einmal einen Korb gegeben. Würde sie das jetzt, nach Nicolais Tod, vielleicht noch einmal tun? Und auch wenn sie ihn nicht fortschickte, würde das Andenken an den Verstorbenen vielleicht auf lange Zeit zwischen ihnen stehen. Nicolai war Ingeborgs erste große Liebe gewesen. Die Erinnerung daran konnte einen Menschen prägen. Johannes fühlte, wie seine Zweifel stärker wurden. Musste er von nun an gegen ein Phantom kämpfen? Gegen den lebenden Nicolai hatte er nichts ausrichten können. Würde er gegen den toten bestehen?
Johannes legte Ingeborg einen Arm um die Schulter und führte sie in seine angrenzende Wohnung. Er musste aufhören, sich mit solchen Gedanken zu quälen. Seine Überlegungen waren einfach nur deprimierend, sie halfen ihm nicht weiter. Er nahm sich vor, erst mal nicht über die Zukunft nachzudenken. In seinem Wohnzimmer war es kalt. Während er von Fenster zu Fenster ging und die Fensterläden schloss, stand Ingeborg fröstelnd in der Mitte des Raumes und sah sich um. Er trat zum Kachelofen, um das Feuer zu entfachen. In diesem Moment bemerkte er, dass Ingeborg sich über das Beistelltischchen beugte, das neben dem Sofa stand. Sie betrachtete die Bilderrahmen, die er dort aufgestellt hatte.
»Das bin ja ich.« Lächelnd griff sie nach einer der Fotografien und hielt sie ins Licht. »Das sind wir beide.«
»Ja.« Ohne sich weiter um das Feuer zu kümmern, das er anzünden wollte, verließ Johannes seinen Platz am Ofen und kam langsam näher. »Das war am Petritag vor vier Jahren, weißt du noch?«
Ingeborg nickte. »Das war das Biikebrennen im ersten Kriegsjahr. Da gab es das Tanzfest noch.«
»Ja. Wir beide haben fast den ganzen Abend miteinander

verbracht. Du hast wunderschön ausgesehen in deinem hellblauen Kleid mit der cremefarbenen Spitze.«

»Und die Fotografie hast du aufgehoben?« Sie schaute ihn an, und ein schwaches Lächeln spielte um ihren Mund.

Johannes spürte, dass er errötete, aber er nickte trotzdem. Seine Stimme klang beinahe trotzig, als er auf ihre Frage antwortete. »Natürlich habe ich sie aufgehoben. Es ist das einzige Foto, das ich von uns beiden habe.«

»Das ist wirklich süß von dir.«

»Süß? Das ist nicht süß, Ingeborg, das ist sentimental. Vielleicht ist es noch zu früh, aber ich sage es dir trotzdem, denn du weißt es ja sowieso. Ich liebe dich. Und ich möchte, dass du mich auch liebst.« Johannes kam näher. Vorsichtig nahm er Ingeborgs Gesicht in beide Hände. »Kannst du dir das vorstellen? Mich zu lieben?«

Sie antwortete nicht, aber sie lächelte immerhin ein klein wenig. Vielleicht war es nicht ratsam, ihr so eine bedeutende Frage schon jetzt zu stellen, kurz nachdem sie Nicolai verloren hatte. Johannes nahm Ingeborg die Fotografie aus den Händen, die sie noch immer festhielt, und stellte sie auf den Tisch zurück. Als er sah, dass sie die Augen schloss, beugte er sich zu ihr hinunter und küsste sie. Ihre Haut war angenehm warm, sie duftete nach Vanille. Er küsste sie ein zweites Mal, und jetzt spürte er, dass sie seinen Kuss vorsichtig erwiderte.

Endlich – das war das Einzige, was er denken konnte, als er sie an sich zog und die Augen in der unsinnigen Hoffnung schloss, dieser wunderschöne Moment möge niemals vorübergehen.

Luise stand in der Mitte des Hühnerstalls. Hinter dem Rücken hielt sie das große Brotmesser verborgen, hielt es so, dass die Hühner es nicht sehen konnten. Das Federvieh hockte teilweise schon auf der Stange, nur wenige Tiere scharrten noch im Stroh, das auf dem Fußboden verteilt lag. Draußen dunkelte es bereits, es war später Nachmittag. Luise hatte ihr Vorhaben den ganzen Tag über vor sich hergeschoben. Jetzt war es so weit, jetzt musste etwas passieren. Ingeborg würde bald von der Arbeit zurückkehren und erwarten, dass sie ein warmes Abendessen vorgesetzt bekam. Schlachte ein Huhn, eines von den älteren, und dann machst du uns Suppe davon, hatte sie gesagt, als Luise am Morgen gefragt hatte, was es heute Abend denn zu essen geben solle. Hühnersuppe, ganz einfach – ja, das war ganz einfach, jedenfalls wenn das Viehzeug bereits tot und vom Federkleid befreit in der Speisekammer hing, ausgeweidet, ohne den Kopf mit den Glotzaugen drin, die gesäuberten Innereien neben sich auf einem Teller. Dann war es wirklich einfach, eine schmackhafte Mahlzeit daraus zu bereiten, aber so? Sie hatte noch nie ein Tier getötet, höchstens mal eine Stubenfliege an die Wand geklatscht, wenn es denn sein musste. Einem Huhn den Hals umzudrehen, das war doch etwas anderes. Jetzt, da diese Viecher hier in ihrer unmittelbaren Nähe hockten, leise gackernd, völlig arglos, den Kopf unter ihrem weichen Federkleid verborgen, da kamen Luise Bedenken. Wenn es nur irgendetwas anderes Essbares in Ingeborgs Speisekammer gegeben hätte, und wenn es auch diese entsetzlichen Graupen gewesen wären, die Luise gar nicht mochte, sie hätte darauf zurückgegriffen. Aber es war nichts da, die Speisekammer war leer, und ihr Magen knurrte.

Luise machte einen Schritt nach vorn. Zwei Hühner schreckten von ihrem Platz auf der Holzstange auf und flatterten gackernd davon. Sie folgte ihnen gar nicht erst, ließ sich nicht beirren. Sie war fest entschlossen, sich die alte Henne vorzunehmen, die so zufrieden in ihrem Nest in der gegenüberliegenden Ecke saß und döste. Das Huhn war ein älteres Semester, das sah man ihm an. Diese Henne hatte bestimmt ein angenehmes Hühnerleben hinter sich, sie hatte mehrere Generationen von Küken aufwachsen sehen und würde ohnehin bald an Altersschwäche sterben. Wenn dieses Tier in den Suppentopf wanderte, war es nicht ganz so schade drum.

Luise wollte die Ärmel ihres Kleides aufrollen, um sich auf die blutige Schlacht vorzubereiten, die ihr bevorstand, aber sie wusste nicht, wohin mit dem Messer hinter ihrem Rücken. Brauchte sie überhaupt ein Messer? War es nicht günstiger, das Tier erst einmal mit bloßen Händen einzufangen und ihm dann ganz schnell den Hals umzudrehen, bevor man umständlich mit einem Messer an der Gurgel eines lebenden Huhns hantierte?

Luise legte das Brotmesser auf einen Strohballen und schob sich in leicht geduckter Haltung ein Stück vorwärts. Die Henne, die bis zu diesem Moment friedlich in ihrem Nest gesessen hatte, öffnete eines ihrer beiden Augen und schaute sie damit prüfend an. Als Luise den nächsten Schritt in Richtung auf das Federvieh tat, reckte es den Hals. Sein Kopf schnellte ruckartig vor. Ganz offensichtlich war es misstrauisch geworden. Luise machte mit ausgestreckten Händen einen Satz nach vorn, aber ihre Hände griffen ins Leere. Die Henne war mit einem Satz aus dem Nest geflüchtet und rannte nun gackernd und flügelschlagend quer durch den Stall. Stroh wirbelte auf, eine Staubwolke hob sich vom Fußboden. Die übrigen Tiere, die bis jetzt alle friedlich auf ihren Plätzen gesessen hatten, sprangen nun ebenfalls erschrocken auf. Angesteckt von der Panik der alten Henne, die immer noch wild gackernd herumhüpfte, begannen auch sie verschreckt hin und her zu rennen. Ein Spektakel begann, es wurde laut im Stall. Federn flogen, Hühnermist wirbelte hoch, es roch plötzlich durchdringend nach Exkrementen. Luise spürte, wie sie trotz dieses abstoßend riechenden und schwer überschaubaren Durcheinanders das Jagdfieber packte. Diese alte Henne würde sie kriegen, ganz sicher, sie musste schließlich etwas im Topf haben, wenn Ingeborg nach Hause kam. Luise lief der Henne hinterher, die jetzt mit großen Sätzen vor ihr herflatterte. Sie hechtete mit einem Sprung nach vorn, aber die Henne hatte das vorausgesehen und war zur Seite ausgewichen. Der Wassernapf für die Hühner kam Luise ins Gehege, sie stolperte und konnte sich vor dem Sturz gerade noch fangen, als im nächsten Moment der Hahn einen Angriff auf sie wagte. Wild entschlossen, sein Hühnervolk zu verteidigen, stieg er mit einem krächzenden Schrei in die Höhe, flog auf Luise zu und hackte nach ihr. Da sie sich bereits aufgerichtet hatte, traf sein Schnabel nur ihren Rock, aber das genügte, um Luises Wut auf das Viehzeug um sie herum zu steigern.

»Verschwinde! Kusch! Weg mit dir!« Luise schlug mit der Hand nach dem Hahn, der sich auch tatsächlich vorübergehend zurückzog. Sie nahm aus dem Augenwinkel wahr, dass er mit einer Drohgebärde einen neuen Angriff unternahm, aber diesmal achtete Luise nicht auf ihn. Sie fuhr herum, entdeckte die alte Henne nur ein paar Schritte von sich entfernt und stürzte sich auf das Tier, das laut gackernd zu entkommen versuchte. Gerade in dem Moment, als sie die Schwanzfedern des Tieres zwischen ihren Fingern hatte, sprang sie der Hahn wieder an, diesmal mit mehr Schwung als beim ersten Mal. Sie spürte, wie sein spitzer Schnabel sich in ihre rechte Wade bohrte, schrie vor Schreck auf und wollte nach dem Tier schlagen, stolperte aber, rutschte aus und fiel hin. Mit einem wütenden Aufschrei stürzte sie der Länge nach mit dem Gesicht auf den schmutzigen Boden. Gerade in diesem Moment hörte sie Schritte hinter sich. Bevor sie wusste, was geschah, flog ein dunkles Stück Stoff über ihren Kopf und landete auf dem Lehmfußboden. Ein Mann war plötzlich da. Er sprang über sie hinweg, hob das Herrenjackett auf, das er nach der flüchtenden Henne geworfen hatte, und presste es an sich. Dann drehte er sich eilig um und schaute zu ihr hinunter. Mit dem zuckenden Bündel in seinem Arm lächelte er sie an. Die Henne unter dem Jackett gackerte laut vor Angst und Empörung, aber der Mann hielt das Federvieh fest, ohne sich um sein Geschrei zu kümmern. Er beugte sich zu ihr hinunter und reichte ihr eine Hand, um ihr beim Aufstehen zu helfen. »Das

wäre erledigt, ich habe das Huhn. Und Sie? Haben Sie sich verletzt?«
Luise schüttelte stumm den Kopf. Langsam stand sie auf. Ihr Blick wanderte zu ihrem Gegenüber – ein älterer Herr ohne Anzugjacke, seine geflickten Hemdsärmel ragten aus einer ärmellosen Weste. Dann betrachtete Sie das Jackett, das er in seinem Arm hielt, unter dem sich zuckend die Henne bewegte.
»Sie haben die Henne eingefangen, einfach so, mit ihrem Jackett?« Luise versuchte den Staub von ihrem Rock zu schütteln, doch die hellen Streifen aus Schmutz, die sich auf dem Stoff abzeichneten, blieben dort.
»Ja. War das falsch? Es sah so aus, als wollten Sie das Tier fangen. Gestatten Sie, das ich mich Ihnen zunächst einmal vorstelle?« Der ältere Herr nahm mit dem zappelnden Huhn im Arm Haltung an und verbeugte sich. »Meinert mein Name, ich bin der Geschäftsführer des Hotels Kliffende. Entschuldigen Sie, dass ich einfach so eingedrungen bin, aber die Haustür war nicht verschlossen. Ich hörte Ihren Schrei aus dem Hühnerstall und dachte, ich könnte vielleicht helfen.«
»Das haben Sie, mir geholfen, meine ich. Es ist mir ein wenig unangenehm, es einzugestehen, aber ich habe mit Hühnern einfach keine Erfahrung.«
»Das macht doch nichts. Ich kam gerade zur richtigen Zeit, um Sie zu unterstützen. Zu irgendetwas muss der Mensch ja taugen, nicht wahr?«
»Herr Meinert – ja, jetzt erinnere ich mich an Sie.« Luise lächelte, reichte ihm die Hand, zog sie jedoch hastig zurück, als sie bemerkte, dass Hühnerkot daran klebte. Sie musste bei ihrem Sturz in diese üble Hinterlassenschaft hineingefallen sein.
Thiess Meinert lächelte nachsichtig und tat, als hätte er ihre schmutzige Handfläche nicht bemerkt.. »Und Sie sind …«
»Luise von Lassen. Ich bin Ingeborgs Mutter.«
»Ja, natürlich, ich weiß. Wir sind uns schon begegnet.« Meinert nickte ihr zu, dann deutete er auf das Huhn, das noch im-

mer gackernd in seinem Arm hockte. »Möchten Sie, dass ich das Tier auch noch für Sie ins Jenseits befördere? Für den Fall, dass Sie es kochen wollen, wäre das vielleicht ganz praktisch.«

»Wenn Sie das für mich tun würden, wäre ich Ihnen sehr dankbar.«

»Selbstverständlich. Ich erledige auch das.« Meinert verbeugte sich erneut. Luise fragte sich, ob seine Höflichkeit echt oder nur gespielt war. War er ein Kavalier alter Schule, oder machte er sich nur lustig über sie? Sicher hielt er sie für eine unfähige Person, eine dumme Städterin, die reinweg nichts vom Umgang mit dem Federvieh verstand. Leider lag er damit auch gar nicht falsch. Egal, für den Augenblick genügte es ihr, dass Thiess Meinert da war und für sie tat, was sie nicht tun konnte. Er nickte ihr noch einmal zu und wandte sich ab. Luise schloss rasch die Augen. Im gleichen Moment hörte sie auch schon ein verdächtiges Knacken. Ein letzter Seufzer der Henne war zu vernehmen, dann wurde es still. Luise spürte eine leichte Übelkeit in sich aufsteigen. Sie schluckte und musste sich zwingen, die Augen aufzuschlagen. Thiess Meinert hielt das tote Tier in Händen und präsentierte es ihr. Der Kopf der Henne baumelte unten aus dem Jackett heraus, der Hals des Tieres hing schlaff aus dem Stoffbündel.

Luise hätte den Blick gern abgewandt, aber das wagte sie nicht. Sie wollte nicht als Mimose gelten, nachdem sie beim Hühnerfang schon so versagt hatte. Mühsam setzte sie ein Lächeln auf.

»Vielen Dank, Herr Meinert. Würden Sie vielleicht so liebenswürdig sein und die Henne für mich in die Küche tragen? Sie bleiben doch zum Abendessen?«

»Es gibt Hühnereintopf, wie ich vermute? Dann bleibe ich gern.« Thiess Meinert blinzelte ihr zu. Luise wandte sich ab. Sie war sich nicht sicher, was sie von dem Mann, der behauptete, Ingeborgs Geschäftsführer zu sein, halten sollte, aber das spielte jetzt auch keine Rolle. Das Huhn war tot, es gab eine warme Mahlzeit – das war alles, was im Augenblick zählte.

# Kapitel 10

Nicolai stand auf der kleinen Anhöhe und sah zu dem tiefer gelegenen roten Backsteinhaus mit dem Reetdach hinüber. Ein hoher Steinwall umgab das Gebäude, das mit Schnee bedeckt im Licht des klaren Wintertages lag. Er lauschte, aber es war vollkommen still. Ob die Bewohner des Hauses dort unten noch schliefen? Verdenken konnte man es ihnen nicht, schließlich war Sonntag. Ausgerechnet an einem Sonntagvormittag, wenn niemand mit Besuch rechnete, kam er nach Hause. War es überhaupt sein Zuhause, das sich in die Senke zwischen die Kieferbäume schmiegte? Nicolai schob die Hände in die Jackentaschen. Die Zeichen des Wiedererkennens mit der vermeintlichen Heimat hielten sich in Grenzen. Die Insel selbst schien ihm dem ersten Eindruck nach zu urteilen ein angenehmer Ort zu sein, aber was besagte das schon? Die weißen und roten Häuser mit Fenstern aus Butzenglas, die in der Heide lagen, die vom Wind zerzausten weißen und grünen Dünen – das gefiel ihm, aber war das ein Zeichen dafür, dass er schon einmal hier gewesen war? Er mochte die Insel. Immer wieder ergaben sich von kleinen Anhöhen aus überraschende Aussichten auf das winterlich dunkle Meer, das still unter einem wolkenverhangenen Himmel lag. Sylt war schön, doch Husum hatte ihm auch gefallen, obwohl er die Stadt zum ersten Mal gesehen hatte. War er hier wirklich aufgewachsen?
Vorsichtig öffnete Nicolai die breite Gartenpforte vor dem Haus. Früher hatte an der Straße ein Schild gestanden, die beiden Pfähle für die Halterung steckten noch im Gras, das steifgefroren seine gelben Halme reckte. Vermutlich war hier mal eine Werbetafel gewesen, Reklame für die Gaststätte, die er vor dem Krieg in diesem Haus angeblich betrieben hatte. Seine Ehefrau lebte hier, das hatte man ihm gesagt. Seine Ehefrau. Die Vorstellung, dass er eine Frau besaß, verwirrte ihn. Er blieb

stehen und schaute sich noch einmal um. Über Nicolai Boysen hatte er immerhin schon so einiges rausgefunden. Auf der Insel kannten sie ihn, auf der Fähre nach Munkmarsch hatte man ihn schon mit Namen angesprochen. In Westerland, wo er gestern Abend Station gemacht und ein Zimmer für die Nacht genommen hatte, waren wildfremde Menschen zu ihm gekommen, alles offenbar alte Bekannte. Sie hatten ihn freundlich begrüßt, ihm die Hand geschüttelt und ihn willkommen geheißen. Wie er aus den kurzen Gesprächen mit ihnen erfahren hatte, war er vor dem Krieg Betreiber einer Gastwirtschaft mit dem Namen Friesencafé in Kampen gewesen. Das Lokal hatten sie in ein Unteroffizierskasino umgewandelt. Jetzt allerdings, nach Abzug der Inselwachen, lebte seine Frau alleine in dem Reetdachhaus.

Nicolai seufzte leise. Es war gar nicht leicht, sich den vielen Veränderungen anzupassen, die auf ihn einstürmten. Von einem Tag zum anderen hatte er die Identität gewechselt. Er war einfach weggefahren, hatte Amelie ohne jede Erklärung in Hamburg zurückgelassen, war gegangen, ohne ihr zu sagen, wohin. Nach seiner Rückkehr aus Husum hatte er bloß ein paar Habseligkeiten zusammengerafft und war zum Bahnhof marschiert, um dort den nächsten Zug nach Norden zu besteigen. Ein Abschied ohne Wiederkehr und ohne Reue. Amelie würde er schreiben. Zu mehr fühlte er sich nicht verpflichtet, nach dem, was sie ihm mit der von ihr erfundenen Geschichte angetan hatte. Er würde versuchen, seinen Entschluss ihr gegenüber in passende Worte zu fassen, mehr konnte sie nicht erwarten. Die Zeit würde ihm und ihr helfen, darüber hinwegzukommen.

Nicolai fror, und so schlug er den Kragen seines Mantels hoch. Zaghaft klopfte er an die Tür seines Elternhauses, behutsam zuerst, dann, als sich nichts rührte, mit mehr Nachdruck. Sie schienen dort drinnen tatsächlich noch zu schlafen, dabei war es zehn Uhr morgens vorbei, Zeit für den Sonntagsgottesdienst. War seine Ehefrau vielleicht zur Kirche im Nachbardorf gefahren? Und lebte unter diesem Dach noch jemand außer ihr?

Nicolai trat einen Schritt zurück. Er betrachtete die Fassade und die mit weißen Gardinen behängten Fenster im Erdgeschoss. Sankt Severin fiel ihm ein, das war der Name einer Ortschaft nebenan, wo es eine Kirche gab. Während er noch darüber nachdachte, weshalb er so plötzlich auf diesen Namen gekommen war, hörte er Schritte. Die Haustür öffnete sich, und eine ältere Frau im Morgenrock und mit Papierpapilloten im grauen Haar erschien auf der Türschwelle. Ihre Augen wirkten noch verquollen vom Schlaf. Nicolai konnte nicht anders, er musste bei ihrem Anblick lächeln. Der geblümte Morgenrock, die Filzpantoffeln und die Lockenwickler, das alles passte zusammen. Die Frau lächelte nicht. Sie schaute ihn entgeistert an, so als hätte sie es zum ersten Mal mit einem Fremden zu tun. Sie musterte ihn skeptisch. »Ja, Sie wünschen?«

Die Frage stand noch zwischen ihnen, doch bevor Nicolai antworten konnte, schlug sein Gegenüber plötzlich die Hände vor den Mund und stieß einen spitzen Schrei aus. »Nicolai!« Sie riss die Arme hoch und streckte sie nach ihm aus. Nicolai musste die Frau auffangen, denn sie fiel ihm entgegen. Es klang, als würde sie lachen, aber als er sie aufrichtete und ihr ins Gesicht schaute, sah er, dass Tränen in ihren Augen schimmerten.

»Nicolai, mein Junge.« Die Fremde schluchzte jetzt. Er hatte Mühe zu verstehen, was sie sagte, denn sie presste die Handflächen vor den Mund und schüttelte den Kopf dabei. »Du bist wieder da. Ich kann es kaum glauben. Du bist es doch, nicht wahr? Wie schmal du geworden bist! Wir haben uns solche Sorgen um dich gemacht, und jetzt kommst du, nach all der Zeit …« Sie brach den letzten Satz ab und starrte ihn an.

»Ja, ich bin wieder da.« Nicolai nickte, während er überlegte, mit wem er es zu tun hatte. War das seine Mutter, die hier im Morgenrock vor ihm stand? In jedem Fall war sie außer sich vor

Freude, eine Freude, die er nicht zu teilen vermochte. Er verband weder mit ihrem Gesicht noch mit ihrer Stimme irgendwelche Erinnerungen.

»Komm rein, mein Junge, komm rein.« Die Frau im Morgenrock räumte ihren Platz an der Tür und winkte ihn in den Hausflur, einen Raum mit bunt bemalten Deckenbalken und einer steilen Treppe, die in das Obergeschoss führte. Nicolai betrat die Diele und versuchte sich an den Grundriss des Hauses zu erinnern, das, wie es schien, ihm gehörte. Wohin kam man wohl, wenn man den schmalen Gang hinunterging? In die Gaststube? Nicolai überlegte angestrengt und meinte schließlich, tatsächlich schon einmal hier gewesen zu sein. Eine warme Sommernacht fiel ihm ein, in der er blutend hier auf dem kalten Boden gelegen und auf Hilfe gewartet hatte. Blutend? Warum blutend? Das Bild war kaum vor seinem inneren Auge entstanden, da verschwand es auch schon wieder. Er spürte, wie die ältere Frau neben ihm den Ärmel seiner Jacke berührte.

»Leg doch ab, mein Junge, und mach es dir bequem. Du warst lange unterwegs, nicht wahr? Ich habe schwarzen Tee im Haus, ich werde dir ein Frühstück machen. Oder hast du schon gefrühstückt?« Sie schaute zu ihm auf. In ihren Augen schimmerten noch immer Tränen. Wenn er doch wenigstens ihren Namen gewusst hätte, dann hätte er vernünftig mit ihr reden und ihr seine Lage erklären können. So aber kam er sich vor wie ein unangemeldeter Besucher, der den Sonntag dieser fremden Frau aus den Fugen brachte, ohne selber zu wissen, ob er das Recht dazu besaß. Sie immerhin schien ihn bestens zu kennen, denn sie lächelte immer wieder unter Tränen zu ihm hinauf – so auch jetzt, während sie auf seine Antwort wartete. Nachdem es einen Augenblick still geblieben war, nickte er.

»Einen heißen Tee hätte ich gern, wenn es nicht zu viel Mühe macht.«

»Aber nein, das macht keine Mühe. Vielleicht kommst du erst

mal mit in die Küche, Nicolai, dort ist es warm.« Die Frau verschwand in einem der angrenzenden Räume, und er folgte ihr zögernd. Vor ihm lag eine altertümliche Küche, an den Wänden zum Fenster waren die typischen blau-weißen Fliesen zu sehen. Vor den Fenstern hingen Spitzengardinen, Geranien standen in bemalten Porzellantöpfen, blank gescheuerte Messingteller blinkten in einem Holzregal an der Wand. Nicolai sah zu, wie die Frau an dem altmodischen Herd herumwirtschaftete, der nicht viel mehr war als eine ummauerte Feuerstelle. Unter einem offenen Schornstein hing an einem eisernen Haken ein verbeulter Wasserkessel. Hier war er also groß geworden? Dies sollte sein Elternhaus sein? Warum fühlte er sich dann hier nicht mehr und nicht weniger zu Hause als anderswo? Und wo war seine Ehefrau? Diejenige, die da am Herd den Tee vorbereitete, konnte es nicht sein, sie passte im Alter nicht zu ihm. Dementsprechend zeigte sie auch mehr mütterliche Rührung als verliebtes Entzücken über das Wiedersehen mit ihm. Es müsste unter diesem Dach aber eine junge Frau geben. Wo war sie, und warum ließ sie sich nicht blicken?
Nicolai war versucht, danach zu fragen, aber da er nicht einmal den Vornamen seiner eigenen Ehefrau kannte, zog er es vor zu schweigen.
Die Frau in dem geblümten Morgenrock schöpfte aus einem Zuber Wasser in den verbeulten Messingkessel. In diesem Moment hörte er hinter sich auf der Treppe Schritte. Hastig drehte er sich um. Er erwartete ein junges Gesicht zu sehen, doch wieder war es eine ältere Frau, die im Türrahmen erschien – immerhin gekleidet in Rock und Bluse, das Haar zu einem Dutt am Hinterkopf aufgesteckt.
»Ach, du bist es Hedwig.« Die Frau am Herd drehte sich nur kurz um und schüttelte den Kopf dabei. Es sah aus, als wäre sie nicht begeistert über das Erscheinen der zweiten Grauhaarigen, die sofort eine pikierte Miene aufsetzte und die Nase rümpfte.

»Guten Morgen, Luise. Wie ich sehe, hast du Besuch. Im Übrigen kann ich ja wieder gehen, wenn ich störe.«
»Unsinn. Nicolai ist da. Er ist von der Front zurück.« Die Frau, die den Namen Luise trug, warf ihm einen kurzen Blick zu und lächelte dabei. Er erwiderte ihr Lächeln. Anscheinend mochte sie ihn. Aus irgendeinem Grund konnte er nicht glauben, dass sie seine Mutter war, aber sie schien eine enge Verwandte zu sein, so gut wie sie sich in der Küche auskannte.
Es wurde still. Für einen Moment war nur das Ticken der großen Standuhr in der Diele zu hören, dann kam Hedwig näher, die ihm auf Anhieb weniger sympathisch war. Sie war eine hagere Person in einem altmodischen bodenlangen Rock und einer weißen Bluse, über der eine lange Kette mit einem goldenen Medaillon baumelte. Hedwig musterte ihn mit einem Blick, in dem keine Wärme lag.
»Das ist also Nicolai?« Hedwigs Stimme klang fragend. Es schien, als sähe sie ihn zum ersten Mal.
»Jawohl, das ist Nicolai, Ingeborgs Ehemann. Nicolai, das ist meine Kusine Hedwig aus Berlin. Ihr seid euch bisher nicht begegnet. Hedwig war lange Jahre als Gesellschaftsdame in Diensten Ihrer Majestät der Kaiserin bei Hof. Sie ist zum ersten Mal hier oben auf der Insel.« Luise wandte sich Hedwig zu.
»Sei doch so gut und decke den Tisch im Nebenzimmer, damit wir drüben gemeinsam frühstücken können, ja?« Ohne auf eine Antwort zu warten, arbeitete Luise weiter, hängte den vollen Wasserkessel an seinen Haken, holte Holz aus einer Blechlade unter dem Herd hervor und schichtete es in der Feuerstelle auf.
»Und wo ist Ingeborg?« Hedwig stand da wie angewachsen. Sie machte keine Anstalten, den Tisch zu decken. Luises Kusine wirkte sehr von oben herab, ganz Hofdame und offenbar daran gewöhnt, bedient zu werden. Die Hände hatte sie vor dem Oberkörper gefaltet. Luise ärgerte sich, wie es schien, über sie, war aber bemüht, das nicht zu sehr zu zeigen. Sie ging zu einem

Regal und holte eine bunte Blechdose herunter, in der die Teeblätter aufbewahrt wurden.
»Wo ist Ingeborg denn nun?«, wiederholte Hedwig ihre Frage. Nicolai konnte sehen, wie Luises Stirn sich krauste. Sie stöhnte leise.
»Sie ist noch nicht aus Westerland zurück. Was soll die Fragerei? Geh jetzt bitte rüber, und decke den Tisch. Tu doch ein einziges Mal gleich, worum ich dich bitte.« Luises Stimme klang gereizt, ihre Bewegungen wirkten fahrig. Wenn Nicolai bis jetzt geglaubt hatte, dass zwischen ihr und der alten Jungfer, die Hedwig hieß, ein stilles Einvernehmen herrschte, dann wusste er es nun jedenfalls besser.
»In Westerland ist Ingeborg? So früh am Sonntagmorgen? Was macht sie denn da?« Hedwig schob die Unterlippe vor. Sie wirkte trotzig wie ein Kind, dem man die begehrte Süßigkeit nicht geben wollte. Luise fuhr herum, und in ihren Augen funkelte jetzt Zorn. »Hedwig, hör auf zu fragen, und decke bitte nebenan den Frühstückstisch. Vielleicht bist du so freundlich und gehst mit Nicolai rüber in die gute Stube. Ich komme hier allein zurecht.«
Hedwig zuckte zusammen. Luises Ton war so eindeutig von mühsam unterdrückter Wut beherrscht, dass sie gehorchte und sich endlich abwandte. In aufrechter Haltung marschierte sie davon. Nicolai, dem es ratsam schien, nicht mit der wütenden Luise allein zu bleiben, folgte ihr in das benachbarte Zimmer, wo er sich auf einen Stuhl neben dem Ofen setzte. Hedwig nahm die Tischdecke vom Tisch, legte sie zusammen und drehte sich dann zu ihm um. Er glaubte, sie werde ihm jetzt Fragen stellen – über seine Rückkehr aus dem Krieg und seine Erlebnisse an der Front, über seinen Gesundheitszustand –, aber nichts dergleichen geschah. Hedwig legte die Tischdecke auf das Sofa und lächelte kurz. »Ich gehe in die Küche, das Geschirr holen.«
Sie wandte sich ab und verschwand. Nicolai saß da, die Schul-

ter an den warmen gusseisernen Ofen gelehnt, und hörte, wie in der Küche mit Tellern geklappert wurde. Luises Stimme erklang laut und zornig, und Hedwig hielt offenbar dagegen, denn ihr Ton war mindestens ebenso schneidend wie der von Luise. Nicolai rutschte auf seinem Stuhl herum. Er spürte, dass hier etwas nicht stimmte, auch wenn er nicht wusste, warum es zwischen den beiden in der Küche so hoch herging. Dass seine Frau nicht daheim war, sondern an einem Sonntagmorgen irgendwo in Westerland herumgondelte, verwirrte ihn ebenso wie der unschöne Auftritt der beiden Frauen nebenan, die hier in der Abwesenheit von Ingeborg das Regiment führten. In der Küche wurde jetzt lauthals gestritten. Nicolai verstand nicht, was Hedwig und Luise sich gegenseitig an den Kopf warfen, aber dass sie miteinander zankten, war nicht zu überhören. Wo war er hier hineingeraten? Er stand auf. In diesem Haus fühlte er sich alles andere als wohl. Noch immer in der Winterjacke, die er nicht einmal ausgezogen hatte, trat er an das Fenster und schaute hinaus in den verschneiten Garten. Hinter dem Steinwall, der das Grundstück umgab, war eine Scheune zu sehen, die ihm irgendwie bekannt vorkam. Das Anwesen der Nachbarn weckte dunkle Erinnerungen an eine Zeit, von der ihm nicht viel geblieben war, sosehr er sich auch darum bemühte, sie in sein Gedächtnis zurückzuholen.
Jörn Ehlers wohnte dort drüben, das wusste Nicolai plötzlich. Jörn Ehlers war ein Freund, ein guter Freund, das schien ihm auf Grund einer spontanen Eingebung ziemlich sicher zu sein. Die beiden keifenden Furien nebenan wurden noch lauter, es klirrte in der Küche, jetzt ging auch noch das Geschirr zu Bruch. Stritten sie etwa seinetwegen? Hatte er etwas auf dem Kerbholz, von dem er nichts wusste? Oder ging es um Ingeborg, die Frau, die in Westerland war, wo sie seinem Empfinden nach nicht hingehörte?
Nicolai kannte die Antworten auf diese Fragen nicht, er wusste nur, dass er sich allein in der guten Stube unwohl fühlte. Einer

plötzlichen Anwandlung folgend, öffnete er das Fenster zum Garten und kletterte ins Freie. Er wollte raus aus diesem Haus, er brauchte eine Pause von der Familie, die zu ihm gehörte und ihm trotzdem so fremd war. Es zog ihn mit Macht zum Ehlers'schen Hof, warum, konnte er selbst nicht genau sagen. Wahrscheinlich erhoffte er sich dort eine freundlichere Aufnahme und Erklärungen, um die er hier, in dieser aufgeladenen Atmosphäre, nicht zu bitten wagte. Mit einem Satz war er im Freien, durchquerte den Garten und stieg über die Mauer zum benachbarten Grundstück. Die Steine des Grenzwalles waren feucht vom Schnee und deshalb rutschig, aber er schaffte es, heil hinüberzukommen. Drüben auf dem Hof stand ein Schäferhund, der seine Kletterpartie beobachtet hatte. Nicolai hielt inne und überlegte, was er von dem Tier zu erwarten hatte. In diesem Moment setzte der Hund sich in Bewegung und kam auf ihn zugetrottet. Als das Tier ihn erreichte, sprang es an ihm hoch, bellte und wedelte mit dem Schwanz.

»Senta.« Nicolai lachte und strich dem Hund über den Kopf. Senta leckte seine Hand. Die Hündin bellte noch einmal. Sie schien sich über seine Rückkehr zu freuen. Nicolai lächelte. Mit Sentas Begeisterung konnte er mehr anfangen als mit dem Durcheinander in dem Haus, in das er angeblich gehörte. Die Hündin ließ von ihm ab und trottete zu dem Gebäude, das am anderen Ende des Hofes lag. Nicolai folgte ihr. Jetzt wollte er wissen, was sein Nachbar Jörn Ehlers zu erzählen hatte.

Ingeborg stieg ab und schob ihr Fahrrad die letzte kleine Anhöhe vor dem Haus hinunter. Der vereiste Sandweg unter ihren Füßen war zu glatt, um auf dem Rad zu fahren. Schon mehrfach war in den vergangenen Tagen der Schnee in der Mittagssonne geschmolzen, bevor der Nachtfrost dann aus dem Matsch wieder eine feste, harsche Masse gemacht hatte. Mit dem bisschen Profil, das ihre Fahrradreifen noch besaßen, konnte sie es nicht wagen, sich diesem Untergrund mit großer Geschwindigkeit anzuvertrauen. Es war sicherer, die paar Meter bis zum Haus zu schieben. Als sie die Glocken von Sankt Severin vernahm, blieb Ingeborg für einen Moment stehen und lauschte. Der Glockenklang zog über das sonntäglich stille Land, der Gottesdienst war zu Ende. Ein paar Vögel stiegen in die klare, kalte Winterluft auf. Es hätten Brandseeschwalben sein können, die in Richtung Meer zogen, aber dafür war es zu früh im Jahr. Mitte Februar ließen die Zugvögel sich noch nicht auf der Insel sehen, dafür war es zu kalt. Ingeborg tastete nach der goldenen Uhr, die sie an einer Kette um den Hals trug. Wenn der Gottesdienst in Keitum zu Ende war, dann war es elf Uhr durch. Luise würde ihr die Leviten lesen, weil sie erst jetzt nach Hause kam. Die ganze Nacht über war sie bei Johannes gewesen, ohne auch nur einen Gedanken an ihre Mutter zu verschwenden, die daheim vermutlich eine sorgenvolle Nacht verbracht hatte. Für Luise mochte es schrecklich gewesen sein, vergeblich auf ihre Tochter zu warten, aber Ingeborgs Erinnerungen an die letzten Stunden in Johannes' Armen waren wunderschön. Sie waren ein Paar geworden, wenn auch noch nicht vor der ganzen Welt, so doch füreinander. Ingeborg seufzte. Johannes hatte Recht, es war an der Zeit, dass sie mit ihrer Mutter sprach. Sie musste ihr die Situation erklären und ihr schonend beibringen, dass ihre Anwesenheit hier auf der Insel für sie derzeit keine Hilfe war. Luises Neigung, sich in die Angelegenheiten anderer Leute einzumischen, war ebenso verheerend wie die nahezu unerträgliche Gegenwart ihrer Kusine, dieser alten Schachtel Hedwig, die erwartete, ständig bedient zu werden. Das alles zehrte an Ingeborgs Nerven. Immerhin war sie kein kleines Mädchen mehr, das andauernd beaufsichtigt und gegängelt werden musste. Wenn sie sich nach dem Tod ihres Ehemannes nun für ein Leben an der Seite von Johannes entschied, dann war das ihr gutes Recht und außerdem eine sehr private Angelegenheit.

Ingeborg stellte ihr Fahrrad an der Hauswand ab. Sie wollte gerade die Klinke der Haustür hinunterdrücken, aber irgendetwas hielt sie zurück. Was sollte sie Luise über die vergangene Nacht denn sagen? Sollte sie einfach so ohne Vorwarnung mit der Wahrheit herausrücken? Vielleicht ließ sich das gar nicht vermeiden, vielleicht sah man ihr an, dass sie bis vor kurzem in Johannes' Armen gelegen hatte. Mütter hatten für so etwas manchmal einen feinen Instinkt. Falls Luise schon beim Anblick ihrer Tochter ahnte, was geschehen war – wie würde sie ihr erklären können, warum sie mit einem anderen Mann geschlafen hatte? Würde Luise begreifen, dass ihre Tochter seit Nicolais Einberufung keine einzige sorgenfreie Minute mehr verbracht hatte? Dass sie jetzt, dank der Nacht mit Johannes, endlich wieder Aussicht auf eine glückliche Zukunft besaß? Oder war es klüger, all das vorerst zu verschweigen?
»Ingeborg!«
Ingeborg erschrak und wich zurück. Sie hatte nicht bemerkt, dass die Haustür sich geöffnet hatte. Luise war in Hut und Mantel auf der Türschwelle erschienen. Die Haare hatte sie nachlässig zu einem Knoten aufgesteckt, der nicht hielt. Einzelne Strähnen hingen unter der Krempe ihres Sonntagshutes hervor und fielen lose auf ihre Schultern. Ingeborg schaute ihre Mutter an, ohne zu begreifen, was hier vor sich ging. War etwas passiert? Luise wirkte völlig konfus, aber auch ärgerlich. In ihren Augen funkelte Zorn. Sie hielt Ingeborg die Haustür auf. »Da bist du ja endlich. Gerade wollte ich mich auf die Suche nach dir machen. Komm herein!«
Der Ton von Luises Stimme ließ Ingeborg beinahe erstarren. Ihr schwante Böses, aber sie sah keine andere Möglichkeit, als dem mütterlichen Befehl zu folgen. Langsam betrat sie das Haus, zu langsam, wie es schien, denn Luise packte sie am Handgelenk und zog sie in den Hausflur. Sie warf die Haustür zu und zerrte Ingeborg mit sich in die Küche. Schwungvoll schloss sie die Küchentür, drehte sich um und starrte Ingeborg

mit großen Augen an. »Wo warst du? Wo hast du dich die ganze Nacht über herumgetrieben?«
Ingeborg verschränkte die Arme vor dem Oberkörper und schwieg. Luises Ton gefiel ihr nicht, aber sie war fest entschlossen, trotzdem ruhig zu bleiben. Ganz langsam zog sie ihre Strickhandschuhe von den Fingern. In der Küche war es warm. Es roch nach geröstetem Brot und Tee. Offenbar hatte Luise erst vor kurzem gefrühstückt. Ingeborg begann ihren Mantel aufzuknöpfen. Sie schwieg noch immer. Luise stand da und musterte sie feindselig. Vermutlich ahnte sie bereits, was ihre Tochter ihr zu eröffnen hatte. Es sah nicht so aus, als ob es einen Weg zu einer friedlichen Verständigung geben würde, wozu also das Drama in seinem weiteren Gang noch beschleunigen? Luise war ihr ganzes Leben lang immer nur mit einem einzigen Mann zusammen gewesen. Sie hielt die lebenslange Treue der Eheleute bis über den Tod hinaus für eine Selbstverständlichkeit und würde ihre Tochter ohnehin nicht verstehen. Wahrscheinlich würde sie es nicht einmal versuchen. Eine Szene würde sie machen, Vorwürfe würde es hageln, und wenn die nichts nützten, dann kamen die mütterlichen Tränen, die nach der Reue der ungehorsamen Tochter verlangten. Ingeborg kannte das alles, sie hatte es bei anderen Gelegenheiten oft genug erlebt und war dessen überdrüssig. Besonders jetzt, so kurz nach ihrer Liebesnacht mit Johannes, interessierten sie Luises Vorwürfe nicht. Sie bereute nichts von dem, was sie getan hatte. Es tat ihr nicht Leid, mit Johannes geschlafen zu haben. Er war ein intelligenter, einfühlsamer Mann, der sie mit Respekt und Feingefühl behandelte. Er war ein guter Liebhaber und ein liebevoller, geduldiger Mensch – aber wozu sollte sie versuchen das ihrer Mutter zu erklären? Es hatte doch keinen Zweck. Ingeborg wandte sich ab. Sie hatte das Rechaud mit der Teekanne auf dem Tisch entdeckt.
»Was ist? Sprichst du nicht mehr mit mir? Ich habe dich gefragt, wo du gewesen bist. Du bist mir eine Antwort schul-

dig.« Luise näherte sich mit angriffslustig vorgebeugtem Oberkörper.
Ingeborg zuckte mit den Schultern. »Ich glaube, was das angeht, bin ich dir gar nichts schuldig, Mutter. Ich bin eine erwachsene Frau.«
»Tatsächlich – und du meinst, das hätte ich nicht bemerkt? Du warst bei deinem Herrn Doktor, nicht wahr?«
»Wenn du es schon weißt, warum fragst du dann? Dir geht es doch nur darum, über mich zu Gericht zu sitzen. Das hast du schon immer gern getan. Schon als ich noch ein kleines Mädchen war, hast du für dein Leben gern an mir herumgemäkelt. Ingeborg, tu dies nicht und lass das sein – und das alles nur, weil du bei Vater einen so schweren Stand hattest. Du brauchtest jemanden, an dem du deinen Ärger über ihn auslassen konntest. Daran hat sich nicht viel geändert, schätze ich. Du versuchst immer noch, deinen Ärger an mir auszulassen.«
Ingeborg griff nach der Teekanne auf dem Tisch. Ohne Luise eines Blickes zu würdigen, schenkte sie sich etwas von dem dampfenden Tee ein. Wenn sie jetzt Luises gekränktes Gesicht sah, dann bestand die Gefahr, dass sie doch wieder klein beigab, das wusste sie. Sie würde sich entschuldigen und versuchen, Frieden zu schließen, weil Auseinandersetzungen mit Luise ihr im Grunde nicht behagten. Sie wollte keinen Streit mit der eigenen Mutter haben, fruchtlosen Debatten mit ihr war sie schon immer lieber aus dem Weg gegangen. Diesmal allerdings schien das nicht möglich, und diesmal wollte sie das auch nicht wirklich. Einmal musste sie damit beginnen, Grenzen zu ziehen. Luise musste lernen, sie zu respektieren. Sie war erwachsen, es war ihr Leben, das sie lebte. Und wenn sie Fehler machte, so waren es doch ihre Fehler, für deren Folgen sie selbst verantwortlich war.
Luise schüttelte den Kopf. »Ich weiß nicht, was es mit meiner Ehe und deinem verstorbenen Vater zu tun hat, wenn du die ganze Nacht nicht nach Hause kommst. Natürlich, du bist er-

wachsen, du kannst tun und lassen, was du willst – das meinst du doch, nicht wahr?« Betont langsam zog Luise eine Hutnadel aus ihrem Hut. Auf einmal wirkte sie seltsam ruhig. Ingeborg sah sie an. Diese plötzliche Ruhe in der Stimme ihrer Mutter irritierte sie. Zögernd setzte sie ihre Teetasse ab.

»Ich bin erwachsen, ja, ganz recht. Und ich führe mein eigenes Leben. Ich glaube nicht, dass es dir zusteht, dich in meine Angelegenheiten einzumischen.«

»Herzlichen Glückwunsch zu dieser Erkenntnis, das klingt großartig. Tatsächlich bist du gerade dabei, deinen guten Ruf zu ruinieren. Das, was du ein eigenes Leben führen nennst, ist in meinen Augen nichts anderes als Ehebruch. Du vernichtest alles, was du dir aufgebaut hast. Erwartest du wirklich, dass ich dabei zusehe, ohne einen Ton darüber zu verlieren?«

»Einen Ehemann, den es nicht mehr gibt, kann man nicht betrügen, Mutter. Seien wir doch endlich ehrlich, machen wir uns nichts mehr vor – Nicolai ist tot. Das Rote Kreuz hat mir seine Erkennungsmarke zugeschickt, er gilt als vermisst. Ich habe seit Monaten nichts von ihm gehört. Aller Wahrscheinlichkeit nach ist er nicht mehr am Leben, so traurig das auch sein mag.«

»Ach, meinst du? Dann frage ich mich allerdings, wer hier heute Morgen in der Küche gestanden und mir beim Teekochen zugeschaut hat.« Luise begann ihren Mantel aufzuknöpfen. »Für einen Geist war dein verstorbener Ehemann erstaunlich behände, das muss ich schon sagen.«

Ingeborg drehte sich um und sah Luise an, war aber nicht in der Lage, etwas zu erwidern. Ihr kam es vor, als würde der Boden unter ihren Füßen schwanken, die Wände der Küche schienen sich zu drehen. Nicolai lebte? Er war hierher zurückgekommen? Ingeborg griff nach der Kante des Tisches hinter ihr, um sich daran festzuhalten. Nicolai lebte – die Erkenntnis nahm ihr beinahe den Atem. Und sie hatte ihn betrogen – ausgerechnet in der Nacht vor seiner Rückkehr. Ein paar Stunden nur, ehe er

nach Hause gekommen war, hatte sie in den Armen eines anderen Mannes gelegen. Ingeborg spürte, wie Schuldgefühle in ihr aufstiegen und sie unfähig machten, einen klaren Gedanken zu fassen.
Luise wandte den Blick ab. Sie legte Hut und Mantel auf einen Stuhl neben dem Tisch. »Es war gar nicht so leicht, deinem Mann gegenüberzutreten, mein Kind. Es ist Sonntagmorgen, zehn Uhr, beste Frühstückszeit, und du bist nicht da. Während dein Ehemann nach Jahren der Abwesenheit heimkehrt, liegst du mit deinem Liebhaber im Bett. Eine hübsche Geschichte, wirklich. Wenn sie mir nicht passiert wäre, könnte ich vielleicht darüber lachen. Aber so habe ich mich bloß geschämt, Ingeborg.«
»Und ... und was hast du Nicolai gesagt?« Ingeborg spürte, dass ihr die Knie weich wurden. Sie hätte sich gerne hingesetzt, aber sie blieb stehen. Das Bild, das sie abgab, war ohnehin ein Bild des Jammers, das wusste sie. Sie musste sich nicht noch mehr demütigen, indem sie vor den Augen ihrer Mutter völlig zusammenbrach. Luise dagegen wirkte gefasst. Sie ordnete in aller Seelenruhe ihr Haar. Behutsam schob sie sich eine Strähne nach der anderen hinter das Ohr. »Was sollte ich ihm schon sagen? Dass du in Westerland bist, ohne allerdings einen vernünftigen Grund für deine Abwesenheit nennen zu können. Ich war schon froh, dass Hedwig nicht angefangen hat zu plaudern. Es hätte ihr ähnlich gesehen. Für eine ehemalige Hofdame besitzt sie manchmal wenig Taktgefühl.«
»Hat Nicolai keine Fragen gestellt?«
»Nein. Er wirkte auf mich ein klein wenig verstört. Vermutlich war es Hedwigs Anwesenheit, die ihn irritiert hat. Er kennt sie schließlich überhaupt nicht. Wahrscheinlich wollte er in ihrem Beisein nicht über persönliche Dinge sprechen.«
»Und wo ist Nicolai jetzt?«
»Keine Ahnung. Er ist einfach fortgegangen. Ich war in der Küche, um Tee zu kochen, und habe ihn in die gute Stube

geschickt, damit er sich dort am Ofen aufwärmte. Als ich dann hinüberging, war er nicht mehr da.«

»Er war nicht mehr da?«

»Nein, das Zimmer war leer. Er ist einfach weggegangen. Vermutlich hat ihm die Zeit, die er hier war, gereicht, um zu erkennen, dass in seinem Haus etwas nicht stimmt. So ist das, wenn die Ehefrau eines Kriegsheimkehrers ihr eigenes Leben führt. Da soll es wohl zu unliebsamen Zwischenfällen kommen, nicht wahr?«

Ingeborg holte tief Luft. Sie war versucht, auf die Anklage ihrer Mutter entsprechend heftig zu reagieren, aber sie tat es nicht. Sie schwieg. Mit zitternden Händen griff sie nach ihrer Teetasse und nahm hastig einen Schluck. Wozu jetzt noch mit ihrer Mutter streiten? Eine Auseinandersetzung mit ihr hätte nur Zeit und Kraft gekostet. Wenn sie ihre eigene Mutter weiter gegen sich aufbrachte, würde ihr das bloß schaden. Nach allem, was vorgefallen war, würde sie Mühe genug haben, die Dinge mit Nicolai wieder ins Lot zu bringen – wenn ihr das überhaupt gelang. Ingeborg schluckte. Wollte sie das denn? Wollte sie mit Nicolai weiterleben, als wäre nichts geschehen? Was verband sie noch mit dem Mann, den sie vor dem Krieg geheiratet hatte? Was empfand sie noch für ihn, nachdem sie immerhin mit Johannes heute Nacht zum ersten Mal geschlafen hatte? Welchen der beiden Männer liebte sie wirklich? Ingeborg schloss die Augen. Sie würde eine Antwort auf diese Frage finden müssen, und das so schnell wie möglich.

Nicolai hatte Mühe, den Steinwall zu überwinden, der das Ehlers'sche Grundstück von dem seinen trennte. Vorsichtig, beide Hände zu Hilfe nehmend, setzte er einen Fuß vor den anderen. Er kroch mehr, als dass er kletterte. Glücklicherweise war es inzwischen dunkel im Garten. Hoffentlich sah ihm kein später Spaziergänger dabei zu, wie er mühsam, vom ungewohnten Alkoholgenuss umnebelt, auf den von Schnee und Eis rutschig gewordenen Steinen Halt suchte. Er war reichlich angetrunken, was er Jörn Ehlers zu verdanken hatte. Dem hatte er sein Leid geklagt, hatte ihm ohne zu zögern von seiner Verletzung an der Front und dem Gedächtnisverlust erzählt. Vielleicht war das ein Fehler gewesen, aber Ehlers war so freundlich und voller Anteilnahme. Um seine düstere Stimmung zu heben, hatte er die letzte Flasche von seinem selbst gebrannten Schnaps aus dem Keller geholt und sie nach und nach mit Nicolai geleert. Den ganzen Tag über hatte Jörn ihm alte Geschichten aus ihrer gemeinsamen Kindheit aufgetischt und ihm sogar eine Fotografie gezeigt, auf der seine Ehefrau zu sehen war. Dem Bild nach zu urteilen, war Ingeborg eine Schönheit, ein zierliches Wesen mit hellen Haaren und wunderschönen Augen, deren Lächeln Steine erweichen konnte. Dennoch fürchtete er sich jetzt vor dem Wiedersehen mit ihr, ohne dass er hätte sagen können, warum. Wahrscheinlich hatte er ein schlechtes Gewissen. Dabei hatte er sie doch seinerzeit nicht freiwillig verlassen, sondern weil er keine andere Wahl gehabt hatte. Wenn er dem Gestellungsbefehl nicht gefolgt wäre, hätte er sich dafür vor dem Kriegsgericht verantworten müssen. Und dann, nach dem Ende des Krieges, hatte er sich eine andere genommen. Er hatte mit Amelie zusammengelebt, hatte sogar daran gedacht, sie zu heiraten. Jetzt war er hier – wieder ein Fremder unter Fremden.

Nicolai hielt inne. Er hatte die steinerne Umzäunung des Grundstücks vor ihm überwunden und stand nun auf dem gefrorenen Rasen. Es brannte noch Licht in der guten Stube im Erdgeschoss. Wenn er jetzt gleich zurückkam, würde er so tun müssen, als empfände er grenzenlose Freude über ein Wiedersehen mit einer Ehefrau, an die er sich kaum erinnerte. Amelie war diejenige, die er zuletzt geliebt hatte, deren Gewohnheiten er kannte, deren Körper ihm vertraut war. Ihr hatte er den Rücken gekehrt, weil sie ihn betrogen hatte. Weil er unbedingt hatte erfahren wollen, wer er war, war er hierher gekommen.

Und nun wusste er Bescheid. Warum also zögerte er? Waren seine Gefühle zu Amelie stärker, als er vermutet hatte? War es nicht vielleicht das Beste, alles so zu belassen, wie es der Krieg gefügt hatte? Noch konnte er sich einfach umdrehen und gehen – oder nicht? Nein. Er wusste jetzt mit Bestimmtheit, dass er ein verheirateter Mann war, dass er eine Familie besaß, für die er sorgen musste. Er hatte Pflichten, und er würde sich nicht davor drücken, sie zu erfüllen.
Nicolai umrundete das Haus, bis er die Vordertür erreichte, und klopfte an. Ein schneidender Wind fuhr um die Hausecke und rüttelte an den Fenstern und Türen. Ein Sturm schien aufzuziehen, der Wind kam von Nordwest und frischte weiter auf. Während er darauf wartete, dass man ihm öffnete, lauschte Nicolai in die Nacht hinaus. Dieses Brüllen und Toben des Windes, der über das Land raste, ohne auf Widerstand zu treffen, das kannte er. Er schloss die Augen und versuchte Erinnerungen aus seiner Kindheit wachzurufen. In diesem Moment öffnete sich die Haustür.
»Nicolai.«
Er schlug die Augen auf. Da war sie also – Ingeborg, seine Frau. Sie stand in einem knöchellangen Kleid mit Schalkragen vor ihm. Bestimmt war es ihr Sonntagskleid, das sie ihm zu Ehren angelegt hatte. Die Haare hatte sie aufgesteckt, und sie trug eine lange Perlenkette, die im Halbdunkel sanft schimmerte. Ingeborg hielt ihm die Haustür auf. Aus irgendeinem Grund zögerte sie, ihn zu begrüßen, jedenfalls warf sie sich ihm nicht begeistert an den Hals. Aus großen Augen musterte sie ihn schweigend. Ihr Blick schien in seinen Gesichtszügen zu forschen. Langsam kam er näher. Er versuchte zu lächeln, doch unglücklicherweise war es Amelie, an die er gerade jetzt denken musste. War Ingeborg genauso verständnisvoll, liebevoll und fröhlich wie die Frau, die er in Hamburg zurückgelassen hatte? Warum wirkte sie so reserviert, oder bildete er sich das nur ein?

Er betrat das Haus und kam sich dabei vor wie ein unerwünschter Gast, dessen Erscheinen nichts als Ungelegenheiten bereitete.

»Willst du die Tür nicht schließen? Es zieht. Ich schätze, es kommt ein Sturm auf.« Nicolai deutete mit einem Kopfnicken auf die offene Tür. Ingeborg lächelte schuldbewusst. Hastig schloss sie die Haustür, bevor sie ihm half, den Mantel abzulegen.

»Willkommen daheim.« Ihre Stimme klang angenehm warm, aber sie zitterte leicht. Nicolai sah seiner Frau in die Augen und suchte nach einer Erklärung für ihr Verhalten. War sie immer so beherrscht, so kühl?

»Guten Abend, Ingeborg.« Er machte einen Schritt auf sie zu – schließlich musste er sie jetzt umarmen, das war seine Pflicht als heimkehrender Ehemann. Er zog sie an sich, dachte dabei aber an den Alkohol, den er bei Jörn Ehlers getrunken hatte. Er roch nach billigem Schnaps. Das geborene Fräulein von Lassen würde darüber pikiert sein, oder störte sie sich nicht daran? War sie so etwas von ihm gewohnt? Was für ein Ehemann war er ihr gewesen?

Sie befreite sich aus seinen Armen und schob ihn beiseite, ohne ihn anzusehen. »Bist du hungrig? Möchtest du etwas trinken? Ich richte dir rasch ein Abendessen her.«

Sie wartete nicht auf seine Antwort, sondern lief in die Küche und begann dort zu rumoren. Nicolai blieb allein im Flur zurück. Das also war sein Zuhause. Und das war die Frau, die er angeblich aus Liebe geheiratet hatte. Er stand da und fuhr sich nachdenklich mit einer Hand durch sein Haar. Schön war sie, seine Ingeborg, aber sanft und liebevoll war sie nicht. Lohnte es sich wirklich, hier zu bleiben?

Der Sturm hatte in der letzten Nacht enorm gewütet. Johannes warf einen Blick auf den menschenleeren Strand. Große Mengen von Treibgut waren angespült worden. Einzelne Planken

aus Holz, bewachsen von Grünalgen, lagen da unten, zerbrochene Muscheln, und die von der Gewalt der Wellen zermalmten Schalen der Seeschnecken breiteten sich wie ein dunkler Teppich auf dem weißen Sand aus. Dazwischen lagen leere Flaschen, in Blasentang eingewickelt, sogar ein halb zerschelltes Holzfass konnte er von hier oben ausmachen.
Er wandte sich ab und stieg die Freitreppe vor dem Gebäude hinauf. Dem Hotel schien der Sturm nichts angehabt zu haben. Obwohl Kliffende nahe am Meer lag, hatte das Haus anscheinend keine Schäden davongetragen.
Johannes betrat die verwaiste Hotelhalle und tastete sich langsam vorwärts. Immer wieder musste er mit den Füßen alte Tapetenreste beiseite schieben, die auf dem Fußboden verstreut lagen. Irgendwo in einem der Räume arbeitete ein einsamer Handwerker. Das Schaben seines Spachtels auf dem Putz war im Erdgeschoss zu hören. Johannes blieb stehen und holte die Zeichnung aus seiner Aktentasche, die er mitgebracht hatte. Schon vor längerer Zeit hatte er Ingeborg versprochen, sich die Pläne für das neue Hotel genauer anzuschauen, und deshalb war er heute morgen endlich hierher gekommen. Vor Ort konnte er sich ein besseres Bild davon machen, was Ingeborg vorhatte. Er war kein Architekt, was Bauzeichnungen anging, hielt sich sein Verständnis in Grenzen. Er hatte geglaubt, dass er beim Anblick des alten Gebäudes besser begreifen würde, was nach Ingeborgs Vorstellung mit dem Grundstück hier geschehen sollte. Den Kasten abreißen und ein neues, höchstens zweistöckiges Haus an seine Stelle setzen, das, hatte sie gesagt, wolle sie. So ein Abriss war eine große Sache, aber es ergaben sich natürlich auch interessante Möglichkeiten, wenn man dieses herrliche Stück Erde vollkommen neu bebauen konnte, ohne auf die Bausünden der Vergangenheit Rücksicht nehmen zu müssen.
Johannes entrollte die Zeichnung, die Ingeborg ihm gegeben hatte. Während er versuchte, sich auf dem Blatt Papier, das er

vor sich hatte, zu orientieren, hörte er Schritte hinter sich und drehte sich instinktiv um. Als er den Kopf hob, hielt er überrascht in seiner letzten Bewegung inne. Er sah Luise von Lassen auf sich zukommen, gefolgt von dem unverwüstlichen Thiess Meinert. Die beiden warfen ihm fragende Blicke zu. Offenbar hatten sie mit seiner Anwesenheit ebenso wenig gerechnet wie er mit der ihren. Johannes lächelte tapfer. Mit Ingeborgs Mutter verband ihn wenig, er mochte sie nicht besonders. Und er hatte das Gefühl, dass Luise von Lassen ihn ebenfalls nicht mochte. Wahrscheinlich zog sie aus leicht verständlichen Gründen Ingeborgs Angetrauten vor. Dennoch war er fest entschlossen, Luise freundlich zu behandeln, immerhin war sie Ingeborgs Mutter. Mit ein bisschen Glück wurde sie vielleicht eines Tages seine Schwiegermutter, wenn man denn, was sie beide betraf, von Glück sprechen konnte.
Luise von Lassen war näher gekommen. Jetzt blieb sie stehen. In ihrem schwarzen Mantel mit dem Kragen aus Persianerfell wirkte sie blass und schmal. Sie nickte nur kurz zur Begrüßung, ohne ihm die Hand zu reichen. »Herr Dr. Lehmann, guten Morgen. Das nenne ich eine Überraschung. Was machen Sie hier draußen?«
Johannes ließ die Zeichnung in seinen Händen sinken. »Guten Morgen, Frau von Lassen. Ich war zufällig in der Nähe und dachte, ich sehe mir mal an, wie es hier ausschaut. Ingeborg hat mir erzählt, dass sie das Hotel komplett umgestalten will.«
»So, das hat sie Ihnen also erzählt. Das ist interessant.« Luise von Lassen schien Johannes gar nicht richtig zugehört zu haben, sie war damit beschäftigt, ihn von Kopf bis Fuß zu mustern. Johannes spürte den Drang, unter ihrem kritischen Blick seine Krawatte gerade zu rücken, aber er ließ es sein. Das wäre einfach albern gewesen. Warum konnte diese Frau ihn nur nicht leiden? Sie machte aus ihrer Ablehnung gegen ihn jedenfalls keinen Hehl. Diese Kälte in ihrem Blick sprach Bände. Und wenn sie mit ihm redete, schwang in ihrer Stimme ein

Unterton mit, der Johannes nicht gefiel. Es war deutlich, dass sie seine Anwesenheit in Kliffende missbilligte, auch wenn er nicht wusste, warum das so war. Er nickte ihr zu. »Ja, Ingeborg hat mir von dem bevorstehenden Umbau erzählt. Ich bin natürlich kein Architekt, aber ich wollte mir das Haus wenigstens einmal vor Ort anschauen. Vielleicht könnte ich Ingeborg den einen oder anderen guten Ratschlag geben.«

»Meinen Sie? Nun, Sie sind kein Architekt, das ist jedenfalls richtig.« Luise lächelte, aber ihr Lächeln wirkte abweisend. Sie strahlte etwas Herablassendes aus. »Wie auch immer, es ist nett, dass Sie sich eigens dafür hier hinaus in die Dünen bemüht haben.«

Luise drehte sich um. Hinter ihr auf der Türschwelle zum Nebenraum hatte sich Cord Meier, der Maurermeister aus dem Dorf, in Positur geworfen. Er verschränkte die Arme vor dem Oberkörper. »Moin, Moin, alle zusammen. Die Wand im Speisesaal ist freigelegt. Der Schwamm starrt einen da aus allen Ecken an. Möchte sich einer der Herrschaften das vielleicht mal näher ansehen?«

Thiess Meinert kratzte sich am Kopf. »Tatsächlich, ist es also doch der Schwamm? Na, dann komme ich am besten gleich mal rüber.« Er wandte sich Luise von Lassen zu. »Ich gehe schon mal, wenn Sie erlauben, Frau von Lassen?«

»Selbstverständlich, gehen Sie nur. Ich komme gleich nach.«

Luise von Lassen blieb stehen und wartete, bis Thiess Meinert im Nebenraum verschwunden war. Dann drehte sie sich wieder zu Johannes um. Jetzt lächelte sie nicht mehr. »Wie gesagt, es ist nett, dass Sie sich die Mühe gemacht haben, hier herauszukommen. Es ist ganz reizend, dass Sie meine Tochter unterstützen wollen, aber ich glaube, das ist in Zukunft nicht mehr nötig.«

»Nicht mehr nötig? Wie meinen Sie das?«

»Mein Schwiegersohn ist gestern von der Front heimgekehrt. Er wird sich zukünftig selbst um das Hotel kümmern. Kliffende liegt ihm natürlich sehr am Herzen. Ich denke, Ingeborg wird sich nicht mehr mit den Handwerkern herumschlagen müssen. Mein Schwiegersohn wird das erledigen. Er versteht ja auch mehr davon, nicht wahr?«

»Ihr Schwiegersohn ist zurück?« Johannes versuchte äußerlich ungerührt zu wirken, aber er spürte, wie sein Herzschlag sich augenblicklich beschleunigte. Nicolai Boysen war wieder daheim? Konnte das sein? Offiziell wurde er doch vermisst. Johannes hatte ihn sogar für tot gehalten. Er fühlte sich plötzlich hundsmiserabel, ihm war richtiggehend übel. Gerade jetzt, wo er der Erfüllung seines langjährigen Traumes so nahe war wie niemals zuvor, gerade jetzt tauchte sein alter Widersacher wieder auf. Johannes spürte, wie Wut und Trauer sich in ihm mischten. Gerade hatte er Ingeborg in einer wundervollen Liebesnacht zu der Seinen gemacht – und ausgerechnet jetzt kam ihr tot geglaubter Ehemann zurück. Das war zu grausam, um wahr zu sein.

Johannes starrte Luise an. Insgeheim hegte er noch immer die schwache Hoffnung, dass sie sich nur einen makabren Scherz mit ihm erlaubt hatte. Aber Luise von Lassen scherzte nicht, sie wirkte vollkommen ruhig und sehr ernsthaft. Sie schaute ihn an. »Ja, es ist, wie ich schon sagte: Mein Schwiegersohn ist wieder da. Wir sind alle sehr glücklich darüber, schließlich galt er offiziell als vermisst. Manchmal hält das Leben eben auch schöne Überraschungen parat, nicht wahr?«

Johannes nickte langsam. Er musste sich dazu zwingen, sich seine Verzweiflung nicht anmerken zu lassen. Nicht genug, dass Nicolai heimgekehrt war, es war auch ausgerechnet Luise von Lassen, die ihm diese Hiobsbotschaft brachte. Gerade sie sollte nicht wissen, wie es um ihn stand. Er senkte den Kopf, sein Blick fiel auf die Bleistiftzeichnung in seinen Händen. Hatte er sich wirklich Hoffnungen darauf gemacht, hier in diesem Haus eines Tages als der Mann an Ingeborgs Seite ein und aus gehen zu dürfen? Wie vermessen von ihm und wie töricht.

Eine einzige Wendung des Geschicks genügte, um alle seine Träume ein weiteres Mal in den Staub zu treten. Mit hängenden Schultern stand er da und bemühte sich krampfhaft, die Fassung zu wahren. Luise von Lassen rührte sich nicht. Sie schien nicht zu ahnen, wie es in ihm aussah, wahrscheinlich wollte sie es auch gar nicht wissen. Bequemer war es, sich einfach nicht darum zu kümmern. Sie machte einen Schritt auf ihn zu und nahm ihm die Zeichnung, die Ingeborg ihm überlassen hatte, aus der Hand. »Wie gesagt, vielen Dank für Ihren Besuch. Einen schönen Tag noch, Herr Doktor.«
Mit der Bauzeichnung in der Hand verschwand Luise von Lassen im Nebenzimmer. Johannes hörte sie dort mit Thiess Meinert sprechen. Hatten die beiden Männer etwa alles mitgehört? Cord Meier und Thiess Meinert wussten jetzt vermutlich schon von seiner Niederlage. Wahrscheinlich mokierten sie sich insgeheim über ihn. Die Leute würden zu reden anfangen, auch seine Patienten. Der Herr Doktor war der ewige Zweite, was die schöne Ingeborg anging. Wie traurig und komisch zugleich.
Johannes verließ die Hotelhalle mit großen Schritten. Hier hielt ihn nichts mehr. Kliffende war passé, damit war die Sache durch, und zwar für immer.
Draußen im Freien blieb er noch einmal stehen. Ratlos sah er zum Himmel hinauf, an dem der Wind die Wolken in schneller Folge vor sich hertrieb. Würde ihm das Schicksal die Gelegenheit geben, noch einmal um die große Liebe seines Lebens zu kämpfen?

# Kapitel 11

Der Frühling kam spät in diesem Jahr. Bis Ostern hatten Frost und Schnee die Insel fest im Griff gehabt. Erst jetzt, Ende April, zeigte sich die Sonne wieder häufiger am Himmel. Johannes blickte hinaus aufs Meer, das als spiegelglatte Fläche in eisigem Grau vor ihm lag. Das Dampfschiff aus Hoyerschleuse näherte sich, dicke weiße Rauchwolken ausstoßend, dem Fähranleger. Welcher der weiblichen Passagiere, die dort oben an Deck standen, würde seine zukünftige Sprechstundenhilfe sein? Er stellte sich vor, dass es sich um ein pausbackiges Geschöpf handelte, die Haare zu einem Knoten geflochten, fröhlich und fleißig, das Herz auf dem rechten Fleck – so wünschte er sie sich jedenfalls. Auf seine Annonce im Husumer Tageblatt hatten sich gleich dutzendweise Bewerberinnen gemeldet. Es war ihm schwer gefallen, sich zu entscheiden, doch schließlich hatte er Fräulein Hagemann aus Lübeck ausgewählt, weil ihm keine so nett und humorvoll geantwortet hatte wie sie. Sie hatte zuletzt eine vermögende Kaufmannswitwe in Lübeck gepflegt. Jetzt, nach dem Tod der alten Dame, sehnte sich die gelernte Krankenschwester Elisabeth Hagemann nach einer Veränderung. Weil sie nach eigenen Angaben das Meer und insbesondere die Nordsee liebte, hatte sie sich bei Johannes Lehmann beworben. Er hatte ihr geantwortet, alles an ihr hatte ihm gefallen. Ihre Zeugnisse waren gut, ihre Rechtschreibung fehlerfrei, ihr Stil ließ Intelligenz erkennen. Ihrem Brief hatte sie eine Fotografie beigelegt, auf der sie mit einem Hund abgebildet war. Das Tier stand im Vordergrund des Fotos, von Elisabeth war nur wenig zu sehen – eben gerade mal ihre schlanken Fesseln und ein kleines Stück ihres Kleides waren abgebildet. Johannes hatte sich über das Motiv amüsiert. Jetzt war er richtiggehend gespannt darauf, den Rest der jungen Dame in Augenschein zu nehmen.

Die Reisenden begannen das Schiff zu verlassen.
Im ersten Augenblick schien es Johannes, als würden nur männliche Passagiere von Bord gehen. Er reckte sich und suchte nach einer jungen Dame, auf die Elisabeth Hagemanns Beschreibung passen konnte, doch bevor er sie entdeckte, blieb ein Fremder vor ihm stehen. Ein Mann in mittleren Jahren maß ihn mit einem prüfenden Blick. »Verzeihen Sie, der Herr, kennen Sie sich hier aus?«
»Hier auf der Insel, meinen Sie?« Johannes musterte sein Gegenüber. Vor ihm stand ein Mann in einem ausgedienten Militärmantel, von dem man die Rangabzeichen abgetrennt hatte. Der ganze Mensch verströmte den Geruch leichter Verwahrlosung. Sein Haar wirkte ungewaschen, bläuliche Ringe lagen unter seinen Augen, seine Haut besaß einen krankhaft bleichen Unterton. Wäre dieser Mensch als Patient in seine Praxis gekommen, so hätte es Johannes nicht gewundert, wenn er über eine Fülle gesundheitlicher Beschwerden geklagt hätte.
Der Mann nickte Johannes zu. »Sicher, ob Sie sich hier auf der Insel auskennen, das meine ich. Vielleicht können Sie mir helfen, ich suche nämlich einen ehemaligen Kriegskameraden. Nicolai Boysen ist sein Name. Er soll ein Haus in Kampen besitzen.«
»Die Familie Boysen betreibt ein Café in Kampen, das ist richtig. Das Friesencafé kennt jeder im Dorf. Sie müssen ungefähr sechs Kilometer von hier aus in Richtung Norden gehen, immer der Straße nach, dann kommen Sie genau drauf zu. Es ist kaum zu verfehlen.«
»Aha, ich verstehe. Nach Norden also. Ich danke Ihnen.« Der Mann grüßte zackig und ging. Johannes beobachtete, wie er in seinem grauen Mantel den Hügel hinauf und zur Straße marschierte. Während er dem Fremden hinterher schaute, verfluchte er ihn insgeheim. Eine einzige Frage hatte genügt, um zurückzubringen, was er aus seinem Leben zu verdrängen ver-

suchte – die Trauer um Ingeborg war wieder da und quälte ihn. Es kostete ihn ohnehin schon viel Mühe, nicht mehr an sie zu denken. Sie teilten bereits so viele Erinnerungen, er vermisste sie. Sein Leben war ein pausenloser Kampf gegen den Schmerz, den ihr endgültiger Verlust in ihm ausgelöst hatte. Obwohl sein Verstand ihm sagte, dass die Geschichte mit ihr keine Zukunft mehr besaß, sperrte sein Herz sich gegen die Erkenntnis, sie endgültig aufgeben zu müssen. Seit der Rückkehr ihres Ehemannes hatte er nichts mehr von ihr gehört. Wahrscheinlich war dieses Schweigen ihre Art, ihm den Laufpass zu geben. Trotzdem fragte er sich immer wieder, ob sie nicht vielleicht mit Nicolai unglücklich war und auf ein Zeichen von ihm wartete. Oft war er nahe daran gewesen, zu ihr zu fahren oder sie mit einem Brief um Klärung zu bitten, aber eine innere Stimme warnte ihn davor, so etwas zu tun. Er hatte Angst, sich auf diese Weise lächerlich zu machen. Also blieb er stumm, trauerte im Stillen und versuchte sich durch Arbeit abzulenken. Johannes gab sich Mühe, Ingeborg zu vergessen – und nun kam dieser komische Kerl daher und erinnerte ihn mit einer einzigen Frage daran, dass alle seine Träume von einem Glück mit Ingeborg endgültig ausgeträumt waren.

»Herr Doktor Lehmann?«

Johannes erschrak. Er hatte dagestanden und vor sich hin geträumt, während die Passagiere das Fährschiff längst verlassen hatten. Er lächelte entschuldigend. »Ja, das bin ich. Und Sie sind Fräulein Hagemann, nehme ich an?«

Eine zierliche kleine Person schaute zu ihm auf und nickte. Johannes musterte sie und war überrascht. Fräulein Hagemann sah bemerkenswert gut aus, weit besser, als er es sich vorgestellt hatte. Sie war ein graziles Geschöpf mit kupferroten Locken, auf denen der Glanz der späten Nachmittagssonne lag. Ihre Augen glänzten in einem tiefen Grünblau, das ihn an Smaragde erinnerte. Die junge Frau trug ein kamelhaarfarbenes Wollkostüm, dessen Rock kurz genug war, um ihre schlanken

Fesseln zu zeigen. Auf ihrem vollendet geschwungenen Mund lag ein Lächeln.

»Ja, ich bin Elisabeth Hagemann. Ich freue mich, Sie kennen zu lernen, Herr Doktor.«

Johannes griff nach ihrer Hand und drückte sie vorsichtig. Dieses Geschöpf aus Alabaster, Koralle und Edelstein sollte zukünftig in seiner Praxis für Ordnung sorgen? Würde sie das denn überhaupt können? Oft genug besaßen schöne Frauen nur einen Vorzug, nämlich den, schön zu sein. Praktische Fähigkeiten hatten sie nicht, sie ließen andere für sich arbeiten. Ob das bei Elisabeth Hagemann anders war? Er hatte Zweifel, aber direkt danach fragen konnte er sie nicht, er würde es selbst herausfinden müssen. Noch einmal musterte er sie von Kopf bis Fuß. »Ich freue mich auch, Ihre Bekanntschaft zu machen, Fräulein Hagemann. Mein Wagen wartet oben an der Straße.«

Johannes schaute sich nach dem Gepäck der jungen Dame um, entdeckte aber nur einen einzigen kleinen Lederkoffer, der neben ihr auf dem Erdboden stand.

»Ist das Ihr ganzes Gepäck?«

»Ja. Ich habe vorerst nur das Nötigste mitgebracht. Wenn Sie sich dazu entschließen sollten, mich fest anzustellen, werden meine Eltern mir meine restlichen Habseligkeiten nachschicken.«

»Aha. Sie haben also Familie in Lübeck.«

»Ja, in der Nähe von Lübeck. Meine Eltern leben in Timmendorf.«

»Aha, Timmendorf. Die Buddenbrooks. Das Buch habe ich sehr gerne gelesen.« Johannes wollte sich abwenden, aber Fräulein Hagemann hinderte ihn daran, indem sie ihn für einen kurzen Moment am Ärmel seines Mantels festhielt.

»Warten Sie bitte noch einen Moment, Herr Doktor. Ich muss noch jemanden mitnehmen.« Sie drehte sich um und lief zum Anleger zurück. Johannes runzelte erstaunt die Stirn. Sie wollte noch jemanden mitnehmen? Wer um Gottes willen konnte das denn sein? Hatte sie etwa ihren Papa oder noch schlimmer die Frau Mama im Schlepptau? In ihrem Bewerbungsschreiben hieß es, sie sei ledig – wen also konnte sie mitgebracht haben?

Er folgte Fräulein Hagemann langsam und sah zu, wie sie einen der Hafenarbeiter auf der Mole ansprach. Der fischte aus einem Berg von Gepäck, der hinter ihm aufgetürmt war, einen Bastkorb heraus und drückte ihm dem Fräulein in den Arm. Noch immer die Stirn runzelnd, betrachtete Johannes den halbrunden Korb. Elisabeth Hagemann beugte sich zu dem Behältnis hinunter. Auch Johannes kam näher. Er wollte wissen, was sich darin verbarg. Während er die kleine vergitterte Tür auf der Vorderseite betrachtete, langte auch schon blitzschnell eine Pfote zwischen den Gittern hervor und traf seine Hand. Johannes spürte spitze Krallen in seinem Fleisch und zog sich leise fluchend ein Stück von dem Korb zurück. Fräulein Hagemann schüttelte die roten Locken. »O nein, Priscilla, bitte benimm dich!«

Aus dem verschlossenen Käfig war ein leises Fauchen zu hören. Eine Katze hatte Fräulein Hagemann also mitgebracht, das war es. Johannes betrachtete seine Hand. Über den Handrücken zog sich ein tiefroter Streifen, aus dem Blut sickerte. Elisabeth Hagemann schaute auf die Wunde und seufzte. »Sie sind verletzt, das tut mir so Leid, Herr Doktor.«

Johannes lächelte. »Schon gut, es ist ja nur ein kleiner Kratzer.«

Elisabeth Hagemann hob den Bastkorb an und schaute hinein. Mahnend hob sie den Zeigefinger. »Musste das sein, Miss Priscilla? Zur Strafe gibt es heute Abend keinen Nachtisch, nur damit du das weißt.« Sie hob den Kopf und lächelte entschuldigend. »Es tut mir wirklich leid. Miss Priscilla ist für gewöhnlich eine friedliche Katzendame. Sie stammt aus echtem englischen Adel. Ich fürchte, die Überfahrt hierher hat sie aufgeregt. Ich hätte Sie warnen müssen, aber es ging alles so schnell.«

Johannes nickte. Schweigend betrachtete er die roten Kratzer auf seinem Handrücken, den die Katzendame mit der vermeintlich guten Erziehung hinterlassen hatte.
»Priscilla hat Ihnen wehgetan. Ich werde Ihnen in der Praxis einen Verband anlegen. Dann können Sie sich gleich von meinen Qualitäten als Krankenschwester überzeugen.«
»Schon gut, so schlimm ist es nicht. Ich werde nicht verbluten, falls es das ist, was Sie befürchten.« Johannes zog sein Taschentuch aus dem Mantel und wickelte es um die Wunde. »Haben Sie den Hund auf dem Foto vielleicht auch dabei, wenn ich fragen darf?«
»Der Hund auf dem Foto gehört meinen Eltern, der ist in Timmendorf geblieben.« Fräulein Hagemann klemmte sich den Katzenkorb unter den Arm.
»Sie wissen hoffentlich, dass ich keine Tierarztpraxis betreibe, oder? Vielleicht wäre eine Stelle bei einem Veterinär für Sie beide besser geeignet.« Johannes musterte Elisabeth, aber die lachte nur.
»Du liebe Güte, Priscilla hat meinen ersten Auftritt ziemlich verpatzt, nicht wahr? Ich werde mich bemühen, es wiedergutzumachen. Ich verstehe wirklich etwas von meinem Beruf, Herr Doktor, auch wenn ich wild gewordene Katzen nicht immer richtig im Griff habe.«
»So, meinen Sie. Nun, wir werden ja sehen.« Johannes bückte sich und hob den Lederkoffer vom Boden auf. Fräulein Hagemann lächelte noch einmal entschuldigend. Er war beinahe bereit, ihr zu verzeihen. Zweifellos war die junge Frau reizend. Ein pausbäckiges Wesen, die Haare züchtig aufgetürmt, hatte er haben wollen, und eine Nymphe mit kupferrotem Haar hatte er bekommen. Auf den ersten Blick hätte sie von den Vorstellungen, die er sich von seiner neuen Sprechstundenhilfe gemacht hatte, nicht weiter entfernt sein können. Sie war völlig anders, als er es erwartet hatte, aber immerhin wirkte sie keineswegs langweilig oder bieder. Johannes schmunzelte.

Vielleicht würde die bevorstehende Zeit mit der Neuen im Vorzimmer ja sogar ganz spannend werden.

Leise fluchend hockte Nicolai hinter dem Holzschuppen auf dem kalten Erdboden. Er versuchte Ingeborgs Fahrradreifen zu flicken. Zum weiß Gott wievielten Male hatte der Schlauch vorne ein Loch. Das Material war inzwischen so porös, dass sogar ein ganz kleiner, aber spitzer Stein ausreichte, um den Mantel zu durchstoßen. Eigentlich war es Zeit für eine Ersatzbeschaffung, ein neuer Schlauch musste her. Nicolai wusste, dass sie in Hoppes Fahrradladen drüben in Westerland derzeit sogar Fahrradschläuche im Angebot hatten, aber ihm fehlte das Geld, um einen zu kaufen. Heute Abend würde er zu Jörn Ehlers rübergehen und versuchen, bei ihm eine alte Meerschaumpfeife seines Großvaters loszuwerden. Ehlers war regelmäßig auf dem Schwarzmarkt, der fand für nahezu alles einen Abnehmer.
Nicolai hockte da und betrachtete den maroden Fahrradschlauch in seinen Händen, als plötzlich Ingeborg um die Hausecke kam. Sie war in Hausschuhen und hatte sich ihre Strickjacke nur umgelegt. Während sie sich näherte, warf sie ihm einen kurzen, prüfenden Blick zu, der kühl und ablehnend wirkte. Nicolai spürte, wie ihn die ihm inzwischen bestens vertraute Resignation packte. Seit seiner Rückkehr hatte er sich vergeblich darum bemüht, Ingeborg näher zu kommen. Er wusste nicht genau, warum diese Kälte zwischen ihnen herrschte. Manchmal hatte er das Gefühl, seine Frau nahm es ihm persönlich übel, dass er wider Erwarten doch noch nach Hause gekommen war. Wahrscheinlich war sie der Meinung, dass sie ohne ihn besser dran gewesen wäre. Aber warum glaubte sie das? Hatten sie vor dem Krieg keine gute Ehe geführt? Hatte er ihr wehgetan, bevor er ins Feld gezogen war? Er wusste es nicht. Wie so oft ließ seine Erinnerung ihn im Stich. Nicolai war bekümmert, wagte aber nicht, sich Ingeborg anzu-

vertrauen und sie nach der gemeinsamen Vergangenheit zu fragen. Schließlich konnte die Antwort verheerend sein. Seit fast drei Monaten führte er nun das Leben, das ein gewisser Nicolai Boysen vor dem Krieg für ihn begonnen hatte, und er hatte noch immer keinen Schimmer, wie der Mensch, in dessen Körper er steckte, eigentlich früher gewesen war. Ein- oder zweimal war er nahe dran gewesen, Ingeborg von seinem Gedächtnisverlust zu erzählen, aber dann hatte er es doch gelassen. Noch immer lebte er von der Hoffnung, bald selbst in der Lage zu sein, sich ein Bild von dem Mann zu machen, der er früher einmal gewesen war.

Nicolai richtete sich auf. Ingeborg war stehen geblieben, Sie schien auf etwas zu warten. Erst jetzt fiel ihm auf, dass sie nicht alleine war. Ein Fremder stand hinter ihr und taxierte ihn aus der Entfernung. Der große, kräftige Mann neben Ingeborg kam ihm bekannt vor, aber Nicolai fehlte der passende Name zu der Gestalt. Ingeborg kam noch ein Stück näher. »Besuch für dich, Nicolai. Ein Herr von Harbeck möchte dich sprechen.«

Nicolai schwieg. Er wagte nicht, gleich zu antworten. Von Harbeck? Himmel noch eins, das war doch der Mensch, der im Lazarettzug versucht hatte, ihn zu bestehlen. Wieso traute ausgerechnet der sich hierher zu kommen? Nicolai lächelte unsicher, doch er sagte nicht ein Wort. Er fühlte sich reichlich hilflos. Wie oft hatte er den vergangenen Monaten schweigend gelächelt, anstatt auf eine an ihn gerichtete Frage ehrlich zu antworten? Aus lauter Angst, sich zu blamieren, blieb er stumm und kam sich dann wie ein Trottel vor. Vielleicht war es ja dieses Schweigen, das Ingeborg langweilte oder ärgerte, die Art, wie er sie nur ansah, anstatt zu reden und zu handeln, vielleicht war es das, was sie störte?

Ingeborg schaute ihn an, dann nickte sie ihm zu, wandte sich ab und ging zum Haus zurück. Er stand da und wusste nicht, wohin mit den von Schmutz und Öl verdreckten Händen, bis

er endlich nach einem alten Putzlappen griff, der auf dem Erdboden lag.
»Guten Tag, Nicolai.«
Heinrich von Harbeck streckte die Hand aus, die Nicolai nicht ergriff. Der Mann tat so, als ob er sich über das Wiedersehen tatsächlich freuen würde. Er trug einen alten Reichswehrmantel ohne Rangabzeichen, Nicolai kannte den Stoff. Das Gesicht des Mannes wirkte aufgedunsen, tiefe bläuliche Schatten lagen unter seinen Augen. Besonders gesund sah von Harbeck nicht aus, daran änderte auch das Lächeln nichts, das er aufgesetzt hatte.
»Na, was sagst du? Mit mir hast du nicht gerechnet, was?«
Von Harbeck breitete die Arme aus, als wollte er Nicolai zur Begrüßung an sich ziehen – eine Geste, die Nicolai völlig unpassend erschien, und so wich er zurück. Sein Gedächtnis hatte Löcher, aber mit Heinrich von Harbeck verband er nur ungute Erinnerungen. Sein Instinkt riet ihm, von dem Kerl Abstand zu halten. Ein Mann, der seine Kameraden bestahl, konnte nicht vertrauenswürdig sein.
Von Harbeck machte nicht den Eindruck, als würde er sich an Nicolais Zurückhaltung stören. Lächelnd stand er da und verschränkte langsam die Arme vor dem Oberkörper. »Es war nicht leicht, dich ausfindig zu machen, mein Junge, doch es hat sich gelohnt. Ich freue mich, dich wiederzusehen. Schön hast du es hier.« Von Harbeck deutete mit einem Kopfnicken auf das Haus im Hintergrund. »Ist nicht zu verachten, wenn man so ein Zuhause hat, was?«
Nicolai antwortete nicht, sondern hielt schweigend den Blick auf von Harbeck gerichtet.
»Ja, weißt du, ich habe keine Mühen gescheut und bin dir durch ganz Norddeutschland nachgereist. In Hamburg habe ich dich aus den Augen verloren, aber zum Glück hatten sie beim Roten Kreuz deine Heimatadresse. Und in Husum kannten sie dich natürlich auch. Ich war nämlich bei den Lang-

kempers, weißt du? Erichs Braut konnte sich noch gut an dich erinnern.«

»Und?« Nicolai schob die Hände in die Hosentaschen. Er wollte diesen Kerl loswerden, und zwar schnell. »Warum hast du dich so bemüht, mich wiederzufinden? Kann sein, dass ich mich täusche, aber meiner Erinnerung nach waren wir nicht eben Freunde.«

»So, meinst du? Ich weiß, worauf du anspielst, aber ich finde, wir lassen diese alte Geschichte ruhen. Zugegeben, die Sache im Zug war nicht in Ordnung.« Von Harbeck kam näher, so nahe, dass er Nicolai auf die Schulter klopfen konnte. »Aber wir hatten ja auch gute Zeiten miteinander, nicht wahr? Im Feldlazarett haben wir uns gut verstanden, alter Junge.«

»Im Lazarett? Ich kann mich nicht daran erinnern, dir dort begegnet zu sein.«

»Aber hör mal, Nico. Ich habe auf der Pritsche rechts von Erich Langkemper gelegen, ganz im Ernst. Nachdem Erich gestorben war, haben sie uns gemeinsam nach Hause geschickt. Wir waren im selben Lazarettzug.«

»Das habe ich allerdings nicht vergessen. Du hast versucht mich zu bestehlen, daran erinnere ich mich genau.« Nicolai musterte noch einmal seinen Besucher, aber der wirkte nicht im mindesten verlegen. Er lächelte noch immer, es schien ihm nichts auszumachen, öffentlich des Diebstahls beschuldigt zu werden. Lässig schob er die Hände in die weiten Taschen seines Mantels. »Schon gut, alter Freund. Ich bin, wie gesagt, der Ansicht, dass wir diese Geschichte vergessen sollten. Wir sind beide keine Waisenknaben, oder?« Von Harbeck holte eine Packung Zigaretten aus der Tasche seines Mantels und bot Nicolai eine an, aber der schüttelte ablehnend den Kopf. »Du rauchst nicht, stimmt. Das ist etwas, was ich vergessen habe.« Er lachte dröhnend, bevor er die Packung mit den Zigaretten in die Tasche zurückschob. »Unsere Ärzte nennen es Bombenneurose, wenn sich das große Vergessen in unseren krieggeschwängerten Schädeln einnistet. Das haben viele, die im Feld waren, es trifft oft die Besten unter uns. Irgendwann erträgt das Hirn es nicht länger und schaltet ab. Vielleicht ist das ganz gut so. Wozu soll man sich die Einzelheiten dieses elenden Krieges merken?«

»Was soll das Gerede, von Harbeck? Warum hast du dir die Mühe gemacht und bist mir hierher gefolgt? Was willst du von mir?«

Von Harbeck kratzte sich am Ohr. Sein Lächeln erlosch. »Kannst du dir das nicht denken? Ich bin gekommen, um eine Rechnung zu begleichen. Du wirst mir ein bisschen unter die Arme greifen müssen, Kamerad. Schließlich hast du deinen Schnitt in diesem Krieg schon gemacht, nicht wahr? Leute wie ich haben es da schlechter getroffen. Ich bin ohne Beute heimgekehrt, ich besitze nur noch, was ich am Leib trage. Ich brauche etwas Unterstützung, um wieder Fuß zu fassen im so genannten Zivilleben. Und du wirst mich unterstützen.«

»Ich soll dich unterstützen? Warum denn das? Ich weiß nicht, wovon du überhaupt sprichst, ehrlich.«

»Aber sicher weißt du das. Das kannst du nicht vergessen haben, alter Junge.« Von Harbeck kam noch näher und blieb erst unmittelbar vor Nicolai stehen. »Weißt du nicht mehr, was in jener Nacht an Erichs Sterbebett passiert ist?«

»An Erichs Sterbebett ist überhaupt nichts passiert. Erich Langkemper ist grausam an einem Lungendurchschuss zugrunde gegangen …«

»Richtig. Er hat dir auf dem Totenbett seinen Schmuck vermacht, nicht wahr?«

Nicolai runzelte die Stirn. »Darf ich fragen, was dich das angeht?«

»So einiges, mein Bester. Du glaubst vielleicht, du hast ein Recht auf Erichs Erbe, aber da irrst du dich. Wir wissen doch beide, dass Erich nicht bei Sinnen war, als er ins Lazarett gebracht wurde. Den Jungen haben sie mit Morphin ruhig gestellt, das hat doch jeder gemerkt, der in seine Nähe kam. Als er dir den Schmuck versprochen hat, war er nicht mehr bei sich. Dem Pfleger hat er übrigens was anderes erzählt, nämlich dass der Ring und die Uhr unbedingt an seine Eltern zurückgeschickt werden sollen, wenn er nicht mehr ist.«

»Du lügst. Woher hast du diesen Unsinn? Die Geschichte hat sich anders abgespielt.« Nicolai spürte, wie ihm angesichts von Harbecks indirekter Anschuldigung der Schweiß ausbrach. Wollte der Mann jetzt ihn eines Diebstahls bezichtigen? Dabei war von Harbeck doch derjenige, der versucht hatte, fremdes Eigentum an sich zu bringen. Nicolai schüttelte energisch den Kopf. Er war wirklich empört, aber von Harbeck winkte ab. »Schon gut, hör auf, mein Junge, was soll's denn. Wenn nötig, werde ich vor Gericht beschwören, dass der Schmuck nicht für dich, sondern für Erichs Eltern gedacht war. Du kannst das Gegenteil nicht beweisen. Wenn ich ausplaudere, was ich weiß, und wenn Erichs Mutter einen Anwalt einschaltet, dann bist du dran.«

»Das wirst du nicht wagen. Erich war mein Freund. Ich habe ihn nicht bestohlen. Er hat mir den Ring und die Uhr geschenkt.«

»Das sagst du, und ich behaupte das Gegenteil.« Von Harbeck grinste. »Kürzen wir die Debatte ab, mein Freund. Ich denke, ich bin nicht unbedingt scharf darauf, die Geschichte um Erichs traurigen Abgang noch einmal aufzurollen. Für fünfhundert Mark halte ich die Klappe. Du behältst den Schmuck und hast deine Ruhe. Wie wäre das? Ist doch ein vernünftiges Angebot, oder?«

Nicolai atmete tief durch. Sein Gedächtnis besaß Lücken, aber an alles, was sich nach seiner Einlieferung in das Lazarett abgespielt hatte, konnte er sich gut erinnern. Er war sicher, dass Erich ihm den Schmuck geschenkt hatte. Sie waren im Krieg Freunde geworden, da machte es Sinn, was Erich getan hatte. Von Harbeck war ein Lügner und Dieb, der Kerl war ein gemeiner Strolch. Nicolai schüttelte noch einmal den Kopf. Er war fest entschlossen, es mit von Harbeck aufzunehmen. »Ich werde den Teufel tun und dir Geld geben. Deine Geschichte stimmt nicht, die ist erstunken und erlogen. Erich hat mir den Schmuck geschenkt.«

»Darauf kommt es doch gar nicht an, mein Junge. Wichtig ist bloß, was ein Richter glauben würde, wenn er von der Sache Wind bekäme. Es steht Aussage gegen Aussage, kapiert? Nach dem, was ich zu erzählen habe, würde jeder Richter glauben, dass du einem toten Kameraden in die Tasche gelangt hast. Das ist oft genug an der Front passiert. Ein Staatsanwalt nimmt das sehr ernst, weißt du? Einen Toten beklauen, das tut man nicht, schon gar nicht, wenn es sich um einen Kriegskameraden handelt. Wenn ich auspacke, steht meine Aussage gegen deine, aber der Anschein spricht gegen dich, denn der Schmuck ist verschwunden.« Von Harbeck hob den Zeigefinger und drohte Nicolai damit. »Du möchtest doch nicht, dass ich zu Erichs Eltern fahre und ihnen erzähle, wie schäbig du dich benommen hast, oder? Dass du dir Familienerbstücke unter den Nagel reißt, ist nicht fein von dir. Das werden die Langkempers nicht auf sich beruhen lassen, da darfst du sicher sein.«

Nicolai schnappte nach Luft. Dieser Mensch versuchte tatsächlich ihn einzuschüchtern, der wollte ihn erpressen. »Was du da tust, ist Verleugnung, Kamerad. Wenn du nicht aufhörst, Lügen über mich zu verbreiten, dann werde ich …«

»Was wirst du? Was kannst du schon machen, Nicolai?« Von Harbeck lachte. »Lass uns nicht streiten, es lohnt sich nicht. Mir ist es im Grunde ganz egal, wer den Schmuck behält. Ob das Zeug bei dir herumliegt oder bei Erichs Eltern, wen kümmert das schon? Zahl mich aus, gib mir fünf Hunderter, und ich gehe meiner Wege. Nach der Geldübergabe siehst du mich nicht wieder. Das ist mein Angebot. Denk drüber nach, ja?«

Nicolai schwieg. Er war nicht bereit, auf von Harbecks Forderung einzugehen. Die Behauptungen, mit denen von Harbeck ihn zu erpressen versuchte, waren schamlose Verleumdungen. Er würde sich wehren, das war er seiner Ehre und der Wahrheit schuldig.

Von Harbeck nickte. »Noch bin ich bereit, mich im Guten mit dir zu einigen. Ich komme wieder, und dann reden wir noch mal.«

Er verschränkte die Arme auf dem Rücken, lächelte Nicolai an, wandte sich ab und ging. Nicolai hörte, wie er sich auf dem Kiesweg, der zum Haus führte, entfernte. Regungslos stand er da, Ingeborgs Fahrrad neben sich, den Blick auf sein Elternhaus gerichtet. Ob dieser Mensch wirklich vorhatte, wiederzukommen? Womöglich würde er das tun. Die Lügengeschichte, die er sich ausgedacht hatte, war nicht ohne. Es stand wirklich Aussage gegen Aussage. Wenn Erichs Mutter ihn vor Gericht brachte, würde er mit von Harbeck als Gegner keinen leichten Stand haben. Aber sollte er sich deshalb erpressen lassen? Ein Kerl wie dieser von Harbeck würde wahrscheinlich nicht so bald aufgeben. Wenn er dem einmal Geld gegeben hatte, würde er wiederkommen und noch mehr verlangen. Von Harbeck wirkte heruntergekommen, der sah nicht aus, als ob er vorhätte, mit ehrlicher Arbeit seinen Lebensunterhalt zu verdienen.

Nicolai drehte sich um und wandte sich wieder dem kaputten Fahrradschlauch zu, der neben ihm am Boden lag. Er würde abwarten und gar nichts tun. Er durfte sich nicht Bange machen lassen, nicht von einem verkommenen Subjekt, wie von Harbeck eines war. Abwarten und Tee trinken, das war alles, was er vorerst unternehmen würde.

Luise stand an der unteren Stufe der Freitreppe, die zur Halle des Hotels Kliffende führte, und sah zu, wie Thiess Meinert dort oben an dem großen Hauptportal mit seinem Schlüsselbund herumhantierte. Schon seit einer ganzen Weile versuchte er die Tür zur Hotelhalle zu öffnen, aber entweder hatte

er den richtigen Schlüssel nicht dabei, oder die Tür klemmte, jedenfalls kamen sie nicht ins Haus hinein.
Luise lehnte sich an das steinerne Geländer hinter ihr und sah den Möwen zu, die kreischend über den Strand zogen. Am liebsten wäre sie gegangen. Mochte doch Meinert alleine in der mittäglichen Wärme am Türschloss basteln, sie sehnte sich nach Schatten und einer Erfrischung. Leider hatte sie Ingeborg versprochen, gemeinsam mit Thiess Meinert auf den Dachdecker zu warten, der den Zustand der Dachschindeln begutachten würde. Ein sinnloses Unternehmen eigentlich, denn das Haus sollte doch sowieso abgerissen werden. Trotzdem hatte Ingeborg den Handwerker gebeten, sich das Dach noch einmal anzusehen. Es regnete durch, was der Bausubstanz nicht gut tat. Ingeborg ging davon aus, dass der Dachdecker eine horrende Summe für die Renovierung des Hauses fordern würde. Die Kostenvoranschläge des Maurers und des Tischlers waren schon ziemlich hoch ausgefallen, lauter Gründe, die für den Abriss sprachen, jedenfalls wenn es nach Ingeborg ging. Wenn nun auch noch die Kosten für die Reparatur des Daches hinzukamen, bestand Hoffnung, dass Nicolai sich ihrer Meinung anschließen und sich für einen Abriss entscheiden würde. Da Ingeborg Thiess Meinerts Meinung in allen Fragen, die die Renovierung des Hotels betrafen, nicht mehr recht traute, hatte sie ihre Mutter gebeten, Meinert auf die Finger zu sehen, wenn er mit dem Dachdecker verhandelte. So wie es aussah, würde daraus allerdings nichts werden. Sie kamen nicht in das Gebäude hinein, jedes Gespräch mit dem Dachdecker würde an der Haustür enden, noch bevor es richtig begonnen hatte.
Luise seufzte leise. Die Sonne brannte von einem wolkenlosen Himmel. Sie stand vor dem Portal des Hauses und schwitzte, denn unglücklicherweise hatte sie ihren Sonnenschirm vergessen. Luise überlegte, ob sie sich nicht wenigstens für ein paar Minuten in den Schatten neben der Hauswand zurückziehen konnte, als Thiess Meinert plötzlich von der Haustür abließ

und sich zu ihr umdrehte. »Tut mir Leid, Frau von Lassen, aber ich fürchte, wir kommen nicht hinein.« Meinert stieg die Stufen vor der Tür herunter und blieb am Fußende der Treppe neben Luise stehen. »Ich weiß nicht, wie es passieren konnte, aber ich habe den richtigen Schlüssel nicht dabei.«

»Und was machen wir dann mit dem Dachdecker, vorausgesetzt, er erscheint noch?«

»Wir werden ihn bitten müssen, später wiederzukommen. Ich könnte jetzt den Wagen nehmen und in meine Wohnung fahren, um den passenden Schlüssel zu holen, aber das würde dauern. Erstens mag ich Sie hier nicht so lange alleine lassen, und zweitens wird der Dachdecker auch nicht unbedingt warten wollen, bis ich wieder da bin. Sind ja immer schwer in Eile, diese Handwerker.«

»In diesem Fall schlage ich vor, dass wir beide nach Hause zurückfahren. Wozu noch hier in der Sonne herumstehen und schwitzen?«

»Nein, warten Sie!« Thiess Meinert hielt sie am Unterarm fest. Er strahlte plötzlich über das ganze Gesicht. »Die Kellerfenster – warum bin ich darauf nicht gleich gekommen? Ich habe es, so wird es gehen. Kommen Sie mit.«

»Die Kellerfenster? Was ist mit denen? Wovon sprechen Sie überhaupt?«

»Kommen Sie, und sehen Sie selbst. Das ist die Lösung!« Im Vorübergehen ergriff Meinert Luises Hand und zog sie mit sich. Im ersten Moment wollte Luise sich dagegen wehren, aber ihre Neugierde siegte. Sie ließ sich widerstandslos um das Hotel herum zu einem Seitentrakt führen, in dem der Wirtschaftsteil des Hotels lag. Im Unterschied zum restlichen Gebäude besaß das Haus an dieser Stelle einen Keller mit schmalen Fenstern, vor denen schmiedeeiserne Gitter angebracht waren. Vor dem ersten der Fenster blieb Luise stehen. Sie schaute zu den schmalen Gitterstäben hinunter, die in die Erde eingelassen waren. Vorsichtig berührte sie einen der Gitterstäbe mit der

Fußspitze. »Und nun? Wie wollen Sie hier hineinkommen, Herr Meinert? Die Fenster sind alle vergittert.«
»Die Gitter lassen sich öffnen, die haben ein Vorhängeschloss. Und den Schlüssel dafür habe ich dabei.« Meinert legte sein Jackett ab, ging in die Hocke und hielt dabei mit einem triumphierenden Lächeln einen kleinen angerosteten Schlüssel in die Höhe. »Sehen Sie? Jetzt passen Sie mal auf.« Er bückte sich und begann an einem der Gitter herumzuhantieren. Ein Knirschen war zu hören, doch weiter tat sich nichts. Meinert stöhnte leise. »Verdammt, das Schloss ist eingerostet, es klemmt. Kein Wunder in der salzigen Luft hier draußen.«
Luise schüttelte den Kopf. »Selbst wenn Sie das Schloss aufbekommen, ist das Fenster dahinter doch immer noch zu.«
»Na und? Das trete ich mit dem Fuß ein. Die Handwerker können es vorerst mit ein paar Brettern wieder zunageln. Wenn es nach Ihrer Frau Schwiegertochter geht, wird der ganze Bau ja sowieso eingestampft. Auf ein kaputtes Fenster mehr oder weniger kommt es da auch nicht mehr an, oder?« Meinert keuchte jetzt, packte die Gitterstäbe und zog nach Leibeskräften daran. Sein Gesicht hatte sich vor Anstrengung schon gerötet, aber er gab nicht auf. Während er noch immer mit aller Gewalt versuchte, das Gitter aus seiner Verankerung zu heben, war auf einmal ein Geräusch wahrzunehmen. Thiess Meinert hielt in seiner letzten Bewegung inne. Luise schaute sich suchend um. Das hatte geklungen, als ob ein Stück Stoff gerissen wäre. Sie fragte sich noch, was da wohl entzweigegangen sein mochte, als Thiess Meinert sich langsam aufrichtete. Er fasste mit hochrotem Gesicht nach dem Bund seiner Hose und drehte sich langsam um. Luise folgte seinem Blick und sah den langen Riss, der vom Hosenbund abwärts bis zum Gesäß klaffte. Beinahe die gesamte Hosennaht über dem Hinterteil war aufgeplatzt. Meinerts Unterhose schimmerte zwischen dem karierten Hosenstoff

hindurch. Luise schmunzelte. Sie musste sich beherrschen, um nicht laut loszulachen. Meinert gab ein komisches Bild ab, so wie er dastand und seinen Hosenbund festhielt, als könnte er damit noch retten, was nicht mehr zu retten war.
»Du meine Güte, Herr Meinert, das sieht aber böse aus!« Luise konnte jetzt nicht länger an sich halten, sie lachte. »Und das alles wegen eines Kellerfensters, das noch immer genauso fest verschlossen ist wie zuvor.«
»Sehr komisch, Frau von Lassen, wirklich. Ich danke für Ihre Anteilnahme.« Meinert versuchte sein Jackett aufzunehmen, ohne sich zu bücken. Luise holte es an seiner Stelle. Kichernd griff sie nach dem Kleidungsstück und hielt es Meinert hin, damit er seine Blöße bedeckte. Sie schmunzelte. »Lassen Sie mich den Riss mal ansehen. Ich habe für alle Fälle immer eine Sicherheitsnadel in der Handtasche. Vielleicht können wir ja damit etwas retten.«
»Das glaube ich kaum, der Schaden scheint mir erheblich zu sein, aber wenn Sie meinen, bitte sehr.« Zögernd drehte Thiess Meinert sich um. Luise konnte das Unbehagen, das er verspürte, nachempfinden – schließlich sah eine Frau ihn bei hellichtem Tag quasi in Unterwäsche dastehen. Sie kam näher und griff behutsam nach Meinerts Hosenbund, als plötzlich hinter ihr eine Stimme ertönte.
»Ach hier sind Sie! Ich hab schon überall geguckt, wollte gerade wieder verschwinden. Was machen Sie denn hier?« Dachdeckermeister Schulze kam auf Luise zu, die so schnell wie möglich von Thiess Meinert abließ und sich neben ihm aufbaute. Sie spürte, wie sie unter dem fragenden Blick des Handwerkers sacht errötete. Schließlich war nicht schwer zu erraten, was Schulze sich bei dem Anblick, der sich ihm bot, dachte. Eine Frau, die einem fremden Mann an den Hosenbund ging, konnte nichts Schickliches im Sinn haben. Luise warf Thiess Meinert einen bittenden Blick zu, doch der zuckte nur mit den Schultern.

»Wir haben versucht das Kellerfenster aufzubekommen, aber es ist vergittert, und das Gitter klemmt.« Luise bemühte sich zu lächeln, spürte aber, dass es ihr nicht wirklich gelang. Ihre geröteten Wangen brannten, ihre Verlegenheit war ihr bestimmt anzumerken.
»Sie wollen das Fenstergitter abnehmen? Wozu denn?« Schulze war einige Schritte vor ihr stehen geblieben und kratzte sich nachdenklich am Kinn.
»Wir haben den Schlüssel für das Portal vergessen und kommen nicht ins Haus hinein, deshalb.« Luise deutete auf das Gebäude hinter ihr. Der Dachdecker trat näher, woraufhin Thiess Meinert, der ihm den Riss in seiner Hose nicht zeigen wollte, ein Stück zur Seite auswich. Um Meinert vor zudringlichen Blicken zu schützen, wich sie ebenfalls zurück. Wie festgewachsen standen sie nebeneinander und schwiegen betreten, während Schulze sie anstarrte. Er runzelte die Stirn und murmelte leise etwas Unverständliches, bevor er sich räusperte. »So, Sie kommen also nicht ins Hotel hinein. Und wenn jemand den Schlüssel holen würde, wie wäre das?«
»Ja, also … ich weiß nicht.« Luise zuckte mit den Schultern und warf Thiess Meinert einen Hilfe suchenden Blick zu. Die ganze Sache war mehr als peinlich, schließlich hatten sie nicht die Möglichkeit, sich groß zu rühren, ohne dass Meinert sein beinahe freies Hinterteil präsentieren musste. Meinert seufzte leise. »Das könnten wir machen, aber haben Sie denn so viel Zeit mitgebracht, Herr Schulze? Sie haben sicherlich noch eine Menge zu tun. Bis einer von uns beiden ins Dorf zurückgefahren ist und den Schlüssel geholt hat, dauert es zwanzig Minuten, vielleicht auch fünfundzwanzig.«
»Was denn, was denn, mit einer Viertelstunde kommt man für den Weg doch aus, oder gehen Sie zu Fuß nach Kampen? Der Landauer steht vor dem Portal, ich habe ihn ja gesehen, als ich ankam. Jetzt ran an den Speck, Leute, Schluss mit dem langen Gerede. Wenn ich wegen dieser Besichtigung noch mal

kommen muss, dann ist das erst recht vertane Zeit. Einigt euch, wer ins Dorf rüberfährt, und dann ab durch die Mitte.« Der Dachdeckermeister verschränkte abwartend die Arme vor dem Oberkörper. Breitbeinig stand er da, es sah aus, als hätte er vor, diesen Platz freiwillig nicht wieder zu räumen. Luise seufzte still ergeben in sich hinein. »Ich glaube, wenn wir fahren, dann nur zu zweit, nicht wahr, Herr Meinert? Ich kann den Wagen nicht alleine lenken, und Herr Meinert weiß nicht, wo bei uns im Haus der Schlüssel für das Hotel aufbewahrt wird. Also, ich denke, es wäre das Beste, wenn wir zusammen fahren.«
»Ja, das glaube ich auch. Warten Sie hier, Herr Schulze, wir sind gleich wieder da.«
Schulze schaute finster, schmollend schob er die Unterlippe vor. »Was soll denn das Getue, Herrschaften? Sagen Sie es ruhig, wenn Sie es sich anders überlegt haben. Wenn Sie mir den Auftrag nicht mehr geben wollen, dann eben nicht, ich dränge mich nicht auf, ich kann auch wieder gehen. Was ist hier los? Wieso macht ihr euch jetzt beide aus dem Staub?« Schulze neigte den Kopf und schaute misstrauisch.
»Natürlich wollen wir Ihnen den Auftrag geben. Wieso denn nicht? Uns fehlt nur der Schlüssel zum Hotel. Wir sind gleich wieder da, ganz bestimmt.« Thiess Meinert nickte. Hinter seinem Rücken griff er nach Luises Hand und schob sich gemeinsam mit ihr seitwärts ein Stück dem Weg entgegen, der zur Hotelauffahrt führte. Der Dachdeckermeister stand schweigend da. Mit zusammengekniffenen Augen sah er zu, wie Luise und Thiess Meinert sich nebeneinander und im Rückwärtsgang dem Weg näherten, an dessen anderem Ende der Landauer wartete. Luise hatte ein Lächeln aufgesetzt, das vermutlich reichlich verkrampft wirkte. Ihr war bewusst, dass sie ein unmögliches Bild bot – Hand in Hand, im Gleichschritt und rückwärts tastete sie sich gemeinsam mit Meinert die Auffahrt hinunter. Der Dachdeckermeister folgte ihnen langsam. Erst auf die letzten paar Schritte drehte Thiess Meinert sich plötz-

lich um, rannte, seine Hose mit beiden Händen festhaltend, zum Wagen und sprang auf den Kutschbock. Luise kletterte hastig hinterher. Mit einem Satz war sie auf dem freien Platz neben Meinert. Thiess Meinert gab dem Pferd die Peitsche. Als der Wagen in Fahrt kam, konnte Luise sich nicht länger beherrschen, sie musste einfach lachen. Schulze starrte ihnen mit ungläubigem Gesicht hinterher. Er stand da wie vom Schlag gerührt. Luise rang nach Luft, ein ganzer Lachanfall schüttelte ihren Körper. Das selten dumme Gesicht des Dachdeckers ging ihr nicht mehr aus dem Sinn, der verständnislose Ausdruck darin, die absolute Ratlosigkeit, mit der er dem Landauer nachgesehen hatte. Luise wandte sich Thiess Meinert zu. Im ersten Moment glaubte sie, er würde ihr ihr Gelächter übel nehmen, aber dann stellte sie fest, dass er auch über das ganze Gesicht strahlte.

Luise japste nach Luft. »Jetzt sind wir quitt, Herr Meinert, nicht wahr?«

»Quitt? Inwiefern?« Meinert runzelte die Stirn.

»Wegen des Suppenhuhns. Damals im Stall habe ich mich unendlich blamiert. Da haben Sie mir aus der Patsche geholfen. Diesmal war es umgekehrt.«

»Finden Sie?«

Luise musterte Meinert mit einem Seitenblick. Eine Sekunde lang fürchtete sie, er könnte beleidigt sein, aber das war anscheinend nicht der Fall. Schmunzelnd saß er da und hielt die Zügel fest, bis er im nächsten Moment eine Hand auf Luises Knie legte. Einer Laune folgend, wehrte sie sich nicht. Die kleine Vertraulichkeit passte zu ihrer Stimmung. Schließlich war sie schon seit einer Ewigkeit nicht mehr so fröhlich gewesen wie heute Nachmittag, und das alles nur einer gerissenen Hose wegen.

# Kapitel 12

Ingeborg beugte sich über die geöffnete Eichentruhe, die in Lisas Zimmer neben dem leeren Bett stand. Lisas Winterkleidung und ihre Schuhe warteten darauf, gelüftet zu werden. Aus den Kattunröcken, den Pullovern und den gestärkten Leinenschürzen stieg der unverkennbare Geruch nach Mottenpulver auf. Monate war es inzwischen her, seit Ingeborg Lisas Mutter versprochen hatte, die Kleidung der verstorbenen Tochter zusammenzupacken und nach Munkmarsch zu schicken, wo Solveig Behnke lebte, aber jedes Mal, wenn sie sich daranmachen wollte, ihr Versprechen einzulösen, war etwas dazwischen gekommen. Heute war sie fest entschlossen, sich die Zeit zu nehmen, die sie brauchte, um Lisas Kammer auszuräumen, denn heute kam ihr diese traurige Arbeit gerade recht. Beim Einkaufen hatte sie aufgeschnappt, dass Johannes Lehmann eine neue Sprechstundenhilfe für seine Praxis eingestellt hatte. In Brodersens Dorfladen hatte sie die Neuigkeit erfahren, die sie erstaunlicherweise zutiefst deprimiert hatte. Eine Krankenschwester vom Festland hatte der Herr Doktor sich geholt – konnte man es ihm verdenken? Jung und hübsch sollte sie sein, ein tüchtiges Ding, das die allgemeine Aufmerksamkeit der Patienten auf sich zog. Ingeborg war es schwer gefallen, diese Tatsache äußerlich ungerührt zur Kenntnis zu nehmen. Sie hatte noch immer Mühe damit, die neue Situation zu akzeptieren, obwohl sie genau wusste, dass sie nichts anderes tun konnte, als die Änderung der Verhältnisse hinzunehmen. Sie war diejenige gewesen, die sich von Johannes zurückgezogen hatte. Seit Nicolais Rückkehr hatte sie sich kein einziges Mal mehr bei ihm gemeldet. Ohne jede Erklärung hatte sie die Beziehung zu ihm aufgegeben, weil sie keine Möglichkeit mehr sah, sich weiter mit ihm zu treffen oder auch nur für ihn zu arbeiten. Anfangs hatte Ingeborg noch vorgehabt, ihm wenigstens zu

schreiben, aber sie hatte das Vorhaben so lange hinausgezögert, bis es ihr selbst sinnlos erschienen war. Sie vermochte sich nicht zu erklären, warum sie nicht wenigstens ein paar höfliche Abschiedsworte für Johannes zu Papier bringen konnte. Wahrscheinlich hatte sie Angst davor, fürchtete, unter der Last des Abschieds zusammenzubrechen. Dabei kam nichts anderes als ein Abschied in Frage, eine Trennung von Nicolai war unmöglich. Sie konnte den Mann, den sie vor fünf Jahren gegen den Willen ihrer Eltern geheiratet hatte, nicht im Stich lassen. Sie konnte das Versprechen, das sie ihm gegeben hatte, nicht brechen. Nicht nur ihm, sondern auch Hanna gegenüber hätte sie ein schlechtes Gewissen gehabt. Ihre Schwiegermutter hatte sich damals auf ihre Seite geschlagen, zu einer Zeit, als alle anderen gegen ihre Heirat gewesen waren. Sie hatte Nicolai lebenslange Treue versprochen, ihn konnte sie nicht derart tief verletzen, indem sie ihn mit seinem Rivalen betrog. Ihr Ehemann hatte nichts getan, was eine solche Demütigung rechtfertigte. Nicolai war verändert, seitdem er aus dem Krieg zurück war, aber er behandelte sie nicht schlecht, gab ihr nicht den geringsten Vorwand, ihn allein zu lassen. Wie die Dinge lagen, musste alles so bleiben, wie es jetzt war. Ihrem Schmerz und ihrem Kummer zum Trotz musste sie lernen, mit der Situation zu leben. Selbst wenn sich Johannes endlos viele wunderschöne Krankenschwestern vom Festland holte, sie konnte nichts dagegen tun, sie war machtlos. Sie war Nicolais Ehefrau und würde es bleiben, es gab keinen anderen Weg.
Ingeborg seufzte. Um sich von ihrer Trauer um die verlorene Liebe zu Johannes abzulenken, begann sie schneller zu arbeiten. Hastig holte sie alle Wollpullover ans Tageslicht, die oben auf dem Packen Wäsche lagen. Tränen verschleierten ihr den Blick. Sie wischte sie mit dem Handrücken fort. Wie entsetzlich, hier zu sitzen und zu heulen! Jeder Gedanke an Johannes und die wundervolle Nacht mit ihm verursachte Tränen. Mit Nicolai hatte sie seit seiner Rückkehr nicht ein einziges Mal

geschlafen. Ihr Liebesleben existierte praktisch nicht mehr, sie lebten zwar unter einem Dach, aber nicht mit-, sondern nebeneinander. Ingeborg wischte sich noch einmal über das feuchte Gesicht. Gegen ihren Kummer gab es nur ein Mittel – Arbeit, Arbeit und nochmals Arbeit. Sie kniete sich auf den Fußboden und begann Lisas Kleider in die leere Holzkiste zu packen, die Nicolai beschafft hatte. Ganz nach unten kam die schwere Winterkleidung, darauf die beiden einzigen Baumwollblusen, die Lisa besessen hatte. In diesem Moment waren draußen auf der Treppe Schritte zu hören. Ingeborg sprang auf. Sie lief zu dem alten, beinahe blinden Spiegel, der über Lisas Waschtisch hing, und schaute hinein. Wahrscheinlich war Nicolai nach Hause gekommen. Er sollte nicht bemerken, dass sie geweint hatte. Seine misstrauischen Blicke würde sie nicht aushalten, ohne erneut in Tränen auszubrechen, das wusste sie. Ingeborg spähte in den Spiegel, ordnete mit geübten Handgriffen ihr Haar und band dann die Schleife ihrer Schürze neu. In diesem Augenblick öffnete sich auch schon die Tür, aber es war nicht Nicolai, der hereinkam, sondern Luise. Sie hatte ihren Mantel geöffnet, ihre Wangen waren gerötet, ein Lächeln lag auf ihren schmalen Lippen. Ingeborg musterte ihre Mutter mit einem fragenden Blick. Thiess Meinert hatte Luise heute Vormittag zu einer Spazierfahrt abgeholt. Luise war in letzter Zeit mehr als nur gut gelaunt. Thiess Meinert erschien aber auch verdächtig oft in diesem Haus, um sich nach ihrem Befinden zu erkundigen. Neulich hatte er sogar Blumen mitgebracht, einen selbst gepflückten Strauß aus Schlüsselblumen nur, nichts Besonderes, aber immerhin eine kleine Aufmerksamkeit, die nicht unbemerkt geblieben war. Ingeborg fragte sich, ob sich zwischen den beiden etwas anbahnte oder warum sonst Luise so ausgesprochen glücklich wirkte. Sie wandte sich vom Waschtisch ab und kam näher, wobei sie ihre Mutter musterte. »Guten Tag, Mutter. Wie war dein Ausflug? Wo seid ihr gewesen?«

»Herr Meinert ist mit mir in der Kutsche nach Wenningstedt

gefahren. Dort lebt noch eine Schwägerin von ihm, eine Kapitänswitwe, eine sehr nette Frau. Bei ihr haben wir Kaffee getrunken und ein bisschen über alte Zeiten geplauscht.«

»Aha, sieh mal einer an. Du bist neuerdings recht viel mit Thiess Meinert zusammen, findest du nicht?«

»Ja, schon. Stört es dich? Herr Meinert ist ein netter Mann. Zwei alte Leute wie wir werden doch wohl gelegentlich ein bisschen Zeit miteinander verbringen dürfen, oder? Ich freue mich über jede Stunde mit ihm, für mich ist das eine Abwechselung. Wenigstens muss ich dann nicht mit Hedwig am Strand sitzen und mir die Geschichten über ihre Krankheiten anhören.«

Ingeborg nickte. »Das kann ich verstehen, nur führt leider deine Abwesenheit dazu, dass ich zu Hedwigs Gesellschafterin, Köchin und Zimmermädchen werde. Ich habe eigentlich etwas anderes zu tun, als Hedwig zu bedienen und mir dabei ihre langweiligen Episoden aus ihrem Leben bei Hofe anzuhören. Sie ist deine Kusine, Mutter. Du hast sie hergebracht, also sei auch so gut und kümmere dich um sie. Sie steuert nichts zur Haushaltskasse bei, führt sich aber auf, als wäre sie ein Gast des Hauses, der besondere Rücksichtnahme verdient. Ich finde, du solltest ihr klipp und klar sagen, dass ich das nicht mehr lange mitmachen werde.«

Luise schüttelte den Kopf. »Himmel noch eins, Ingeborg, was hast du für schlechte Laune.«

»Stimmt es denn nicht, was ich sage? Dir geht Hedwig doch auch auf die Nerven. Wenn im Sommer die ersten Feriengäste kommen, muss Hedwig sowieso ausziehen oder für ihr Zimmer bezahlen. Ich brauche jede Mark, die ich bekommen kann.«

»Stell dir vor, das kann ich mir denken. Ich verstehe dich ja durchaus, aber warum bist du mir gegenüber so gereizt? Hedwig ist eine schwierige Person, doch die Lage verbessert sich nicht dadurch, dass du mit mir zankst. Wir werden mit Hedwig sprechen müssen, das weiß ich.« Luise zog einen Brief aus der Manteltasche. »Hier, das habe ich draußen vor der Tür gefunden. Der Brief lag auf der Türschwelle, als ich nach Hause kam.«

»So? Merkwürdig, die Post ist doch schon durch. Zeig mal her.« Ingeborg betrachtete das leicht zerknickte Kuvert, das ihre Mutter ihr reichte. Auf dem Umschlag war keine Briefmarke, jemand musste ihn persönlich auf die Türschwelle gelegt haben. Adressiert war der Brief an Nicolai, einen Absender gab es nicht. Ingeborg schob den Umschlag in die Tasche ihre Schürze. »Danke. Ich werde ihn Nicolai geben, wenn er nach Hause kommt.«

»Ja. Kann ich dir hier irgendwie zur Hand gehen?«

»Es wäre nett, wenn du die restlichen Kleidungsstücke aus der Truhe holen würdest. Es sind Lisas Hinterlassenschaften. Sie sollen alle in die leere Kiste daneben umgepackt werden. Ich hoffe, dass Nicolai das Ganze in den nächsten Tagen zu Solveig Behnke nach Munkmarsch bringt.«

»Gut, mach ich.« Luise ging zu der offenen Truhe und ließ sich davor nieder.

»Danke. Ich kümmere mich dann schon mal um das Abendessen.« Ingeborg verließ den Raum. Als sie in der Küche war, holte sie den Brief aus der Tasche, den Luise ihr gegeben hatte. Das Schreiben kam ihr eigenartig vor. Es verriet seinen Absender nicht, es war sich auch keine Briefmarke darauf, dafür fand sich aber der Zusatz »persönlich« hinter Nicolais Namen. Von wem konnte das Kuvert kommen? Führte Nicolai einen heimlichen Briefwechsel mit jemandem auf der Insel? Gab es etwas, das er vor ihr verbarg? Ob er wieder in ähnlich dunkle Geschäfte verstrickt war wie damals, als er mit Jörn Ehlers verbotenerweise im Wattenmeer auf Austernfang gegangen war? Seitdem er aus dem Krieg zurück war, hatte er sich jedenfalls sehr verändert. Er sprach weniger mit ihr, manchmal war er geradezu einsilbig. Sie spürte, dass er sich bemühte, freundlich zu bleiben, aber dennoch benahm er sich hin und wieder etwas seltsam. War wirklich nur der Krieg daran schuld? Ingeborg hatte noch nicht gewagt, Nicolai danach zu fragen. Sie nahm sein Verhalten hin, ohne sich zu beschweren. Insgeheim war sie die meiste Zeit damit beschäftigt, ihre Affäre mit Johannes zu verarbeiten. Trotzdem fiel ihr auf, wie abwesend und schweigsam Nicolai gelegentlich war. Gleich nach der Rückkehr von der Front hatte er einen regelrecht orientierungslosen Eindruck gemacht. Es war nicht ausgeschlossen, dass er ihr tatsächlich etwas verheimlichte – aber was konnte das sein?

Ingeborg betrachtete den Brief in ihrer Hand. Die Handschrift darauf kannte sie nicht. Alle Buchstaben waren ungelenk geschrieben, so dass man den Eindruck haben konnte, der Absender habe seine Schrift absichtlich entstellt.

Ingeborg trat an den Herd und hängte den Wasserkessel an den Haken. Teewasser aufsetzen musste sie sowieso. Wenn sie bei der Gelegenheit versuchte, den Brief über Wasserdampf zu öffnen, konnte sie mit ein bisschen Glück vielleicht herausfinden, wer Nicolai geschrieben hatte. Wenn sie geschickt vorging, würde das hinterher gar nicht auffallen, vorausgesetzt, es gelang ihr, den Brief wieder ordentlich zu schließen.

Vorsichtig hob sie den Deckel des Messingkessels an und hielt den Umschlag in den aufsteigenden Wasserdampf, während sie nebenbei versuchte auf die Geräusche zu achten, die draußen auf der Diele zu hören waren. Wenn sie ausgerechnet jetzt mit dem Brief in der Hand überrascht wurde, würde das peinlich werden. Dass sie Nicolais Post hinter seinem Rücken las, warf ein schlechtes Licht auf sie, aber hatte sie als seine Ehefrau nicht ein Recht darauf, zu erfahren, was hier vor sich ging?

Ingeborg spürte, wie das Papier in ihren Händen allmählich feucht und weich wurde. Sie machte sich daran, den Brief behutsam zu öffnen, aber der Umschlag war noch immer fest zugeklebt. Irgendwann musste die Schicht aus Leim auf dem Kuvert sich doch lösen. Wenn sie das Papier noch lange dem

Wasserdampf aussetzte, würde die Tinte womöglich verlaufen und die Schrift unlesbar werden. Ingeborg war nahe daran, ihr Vorhaben aufzugeben, als sie ein kleine Stelle am oberen Rand des Umschlags entdeckte, an der die Leimschicht nachgegeben hatte. Sie lief zum Schrank, holte sich ein Messer aus der Besteckschublade und begann vorsichtig den Umschlag zu öffnen. Das Papier gab nach, der Leim hatte seine Kraft verloren. Unglücklicherweise war der Umschlag jetzt auch so nass, dass sie ihn wohl kaum noch einmal würde verwenden können. Ingeborg holte das Blatt Papier aus dem Inneren des Kuverts und hielt den Briefbogen gegen das Licht.

»Nicolai Boysen«, stand dort , »ich verlange fünfhundert Mark in bar für mein Schweigen. Beschaffe das Geld. In meinem nächsten Brief erteile ich Anweisungen für die Übergabe. Vergiss nicht, ich habe Beweise.«

Ingeborg starrte auf die Zeilen, die sie in Händen hielt. Der Absender des Briefes besaß Beweise? Welcher Art sollten die sein? Was hatte Nicolai getan? Womit versuchte der unbekannte Verfasser der Nachricht ihn zu erpressen? Ingeborg stand noch einen Moment da und überlegte, aber ihr fiel kein Ereignis ein, das sie mit diesem Brief in Zusammenhang bringen konnte. Nicolai führte seit seiner Rückkehr aus dem Krieg ein scheinbar normales Leben. Tagsüber war er oben in List und half bei den Aufräumarbeiten, die sie auf dem Marinestützpunkt erledigten. Kriegsmaterial und kriegswichtige Einrichtungen wurden zerstört, weil Deutschland nach dem Friedensvertrag von Versailles abzurüsten hatte. Jeden Morgen um halb sieben machte Nicolai sich mit drei anderen Männern aus dem Dorf auf den Weg. Pünktlich gegen fünf kam er heim, und einmal in der Woche, freitags, brachte er seine Lohntüte mit nach Hause, die den Stempel der Reichskasse trug. Auf den ersten Blick war alles in Ordnung, aber es musste etwas geben, was ihr verborgen geblieben war. Entweder ein Verrückter hatte diese Zeilen verfasst, oder es exis-

tierte eine dunkle Episode in Nicolais Leben, die ihn erpressbar machte.
Ingeborg faltete den Brief und schob ihn in die Tasche ihrer Schürze. Sie machte sich nicht die Mühe, ihn noch einmal in den Umschlag zu stecken, aus dem sie ihn herausgenommen hatte. Es half alles nichts, sie würde mit Nicolai reden müssen. Wenn sie das Geheimnis lüften wollte, das hinter diesem seltsamen Erpressungsversuch steckte, musste sie ihn mit dem Inhalt dieses Schreibens konfrontieren. Vage Andeutungen gegenüber Nicolai würden ihr nicht weiterhelfen.
Ingeborg schloss für einen Moment die Augen. Sie war erschöpft. Konnten nicht einmal für eine Weile Ruhe und Frieden in ihrem Leben herrschen? Als sie die Augen wieder aufschlug, fiel ihr Blick auf ihre Hände. Auf dem Ringfinger der rechten Hand glänzte ihr Ehering, sein Gold schimmerte selbst im schwachen Licht der Küche noch genauso hell wie an dem Tag, als Nicolai ihr den Ring angesteckt hatte. Was für ein trügerisches Bild! Leider war es um ihre Ehe alles andere als glänzend bestellt. Sie würde einiges tun müssen, um das zu ändern. Nicolai vertraute ihr nicht mehr. Dieser Brief war der Beweis dafür, dass sie nicht offen miteinander sprachen. Wenn sie verhindern wollte, dass die Ereignisse einen verhängnisvollen Lauf nahmen, dann musste sie eingreifen, das sagte ihr der Instinkt. Es war an der Zeit, dem Gold an ihrer Hand zu einer neuen Bedeutung zu verhelfen. Sie würde Nicolai unter die Arme greifen müssen, um zu retten, was zu retten war. Wenn er wegen irgendeiner dunklen Geschichte, in die er verwickelt war, unterging, war auch ihre Existenz in Gefahr. Als seine Ehefrau würde sie sein Schicksal teilen. Schließlich besaß sie nichts außer dem Leben, das sie an seiner Seite führte. Vielleicht lohnte es sich ja sogar zu kämpfen, vielleicht würden sie auf die Weise wieder zueinander finden? Sie musste sein Vertrauen zurückgewinnen. Was hätten ihr sonst die Opfer genützt, die sie schon gebracht hatte?

»Oh, Sie sind es. Kommen Sie doch herein.« Elisabeth Hagemann machte nicht den Eindruck, als hätte sie ihn erwartet, dabei waren sie für heute Abend miteinander verabredet gewesen. Zögernd betrat Johannes Lehmann den Flur ihrer Wohnung. Seine Sprechstundenhilfe trug ein lose um ihren Körper fallendes Kleid, das einem Umhang ähnelte. Dergleichen hatte er an einer Frau noch nicht oft gesehen. War das ein Morgenrock, ein Bademantel, ein Nachthemd? Kam er zur falschen Zeit, hatte sie schon zu Bett gehen wollen?

Irritiert schaute Johannes sich um. Der Wohnungsflur war sparsam möbliert, aber die wenigen Möbel, die an den Wänden standen, wirkten alle teuer und gediegen. Ein großer, mit einem Goldrahmen eingefasster Spiegel hing an der Wand, darunter befand sich eine Konsole aus Mahagoni mit wunderschönen Intarsienmustern. Eine kostbar wirkende Zeichnung neben der Tür zeigte ein Stillleben mit Früchten und Blumen, der Fußboden war von einem großen Teppich bedeckt, dessen satte Blautöne genau zu der Farbe der Vorhänge an den Türen passten. Fräulein Hagemann besaß nicht nur Geschmack, wie es schien, hatte sie bei der Einrichtung ihrer Wohnung auch nicht sparen müssen.

»Kommen Sie herein, Herr Doktor. Ist der Sessel noch unten im Wagen?« Elisabeth Hagemann hielt ihm die Tür zum Nachbarzimmer auf und warf ihm dabei einen erwartungsvollen Blick zu. Bedauernd schüttelte er den Kopf.

»Nein, es tut mir Leid, aber ich habe den Sessel nicht dabei. In Munkmarsch wusste niemand etwas darüber. Ich habe mich fast eine halbe Stunde mit dem Frachtmeister an der Mole herumgestritten, doch ein Sessel aus Lübeck mit dem Zielort Westerland hatte der Mann nicht an Bord. Er stand nicht auf der Frachtliste, ich habe mich selbst davon überzeugt. Da muss etwas schief gegangen sein.«

»Das ist aber sehr schade.« Elisabeth Hagemann lächelte, doch er bemerkte sehr wohl den kurzen Anflug von Trauer in ihrem

Gesicht. »Ich habe mich schon so auf das Möbelstück gefreut. Es ist ein Erbstück meiner Großmutter, wissen Sie? Ich will ihn hier an das Fenster stellen.«

Johannes betrat das Wohnzimmer, das auch jetzt in der Abenddämmerung noch immer von Licht durchflutet wurde. Seine breiten Fenster gaben den Blick auf die Friedrichsstraße frei.

»Schön haben Sie es hier.« Johannes nickte Elisabeth zu. Er fühlte sich verpflichtet, ein paar nette Dinge über ihr neues Zuhause zu sagen. Die Wohnung gefiel ihm ja auch tatsächlich, obwohl sie etwas unkonventionell wirkte. Bilder in wilden Farbzusammenstellungen schmückten das Wohnzimmer. Auf einem von ihnen hob sich ein bläulich getünchter Wald dunkel gegen einen orange und grün gefärbten Himmel ab. Eine lang gestreckte niedrige Couch stand unter diesem Gemälde, davor ein Tisch auf vier kurzen, gedrechselten Beinen. Johannes fiel eine kleine Lampe auf, die sich auf einem runden Tisch neben ihm befand. Den Fuß der Lampe bildete eine Frauengestalt aus Bronze. Sie hielt einen breiten Schirm aus Glas, dessen Farben sich harmonisch ergänzten. Woher bekam Elisabeth Hagemann so ausgefallene Stücke? Wenn er an seine eigene Wohnung dachte, die er bestenfalls zweckmäßig eingerichtet hatte, packte ihn schon ein wenig der Neid. Johannes drehte sich um. Elisabeth schien sein Interesse bemerkt zu haben.

Lächelnd sagte sie: »Es freut mich, dass es Ihnen bei mir gefällt, Herr Doktor. Darf ich Ihnen etwas anbieten? Ich habe sehr schönen Rotwein im Haus, einen echten Rotsporn, ein Abschiedsgeschenk meines Vaters.«

»Rotsporn?« Johannes runzelte die Stirn. Die Familie Hagemann musste vermögend sein, wenn sie ihre Tochter mit einer Einrichtung wie dieser und außerdem noch mit ein paar Flaschen guten Weins versorgen konnte. Alkohol gab es nach dem Krieg kaum zu vernünftigen Preisen zu kaufen.

»Ja, Rotsporn. Mögen Sie welchen? Oder soll ich uns ein bisschen Musik machen?«

Noch bevor er auf Elisabeths letzte Frage antworten konnte, war sie schon zum Grammophon hinübergegangen. Sie drehte an der kleinen Kurbel. Im nächsten Moment erklang Musik – seltsame Töne, die traurig und exotisch wirkten. Das war argentinischer Tango, damit konnte er nicht viel anfangen, aber Elisabeth mochte die Melodie, das sah man ihr an. Ihr Gesicht hatte einen verträumten Ausdruck angenommen.
»Warten Sie, ich bin gleich wieder da.« Sie verschwand – in dem weiten Umhang, an dem rote Seidenquasten die Knöpfe ersetzten, rauschte sie an ihm vorbei und zur Tür hinaus. Was hatte sie denn jetzt wieder vor? Holte sie den Rotwein, oder zog sie sich um?
Sein Blick fiel auf einen Aschenbecher, der auf dem niedrigen Tisch stand. Darin lag eine silberne Zigarettenspitze und eine Packung mit Zündhölzern. Rauchte sie? Himmel, was für eine Person war diese Elisabeth Hagemann? Dieselbe Frage hatte er sich schon bei ihrer Ankunft gestellt, aber mittlerweile schien es ihm noch schwieriger, darauf eine Antwort zu finden. In seiner Praxis machte sie sich jedenfalls gut, mit den Patienten verstand sie sich. Sie war geschickt und tüchtig, sie war schnell und dabei aufmerksam und zuvorkommend. Insgeheim hatte er sich schon etliche Male zu diesem Glücksgriff gratuliert, aber über die junge Frau, mit der jetzt zusammenarbeitete, wusste er ziemlich wenig. Er hatte Elisabeth für eine freundliche und zupackende Person gehalten, die Tiere mochte, das Meer liebte und deren wohl auffälligste Eigenart darin bestand, dass sie es ablehnte, bei der Arbeit das sonst übliche Schwesternhäubchen zu tragen, angeblich, weil das Ding ihr die kupferrote Lockenpracht zerdrückte. Sie hatte ihm erzählt, dass sie während ihrer Lehrzeit in einer Lübecker Klinik mehrfach mit dem Oberarzt und auch der Oberschwester aneinandergeraten war, weil man an ihren Kleidungsgewohnheiten Anstoß genommen hatte. Angeblich waren diese Meinungsverschiedenheiten auch der Grund gewesen, warum sie sich nach bestan-

denem Schwesterexamen um eine private Pflegestelle gekümmert hatte. Johannes hatte die Geschichte komisch gefunden und nicht lange darüber nachgedacht, als Elisabeth ihm davon erzählt hatte. Jetzt allerdings, da er hier stand und sich vor Staunen über Elisabeths Wohnung kaum zu fassen wusste, sah er die Sache in einem etwas anderen Licht. Offenbar war Elisabeth eine unkonventionelle junge Frau, die ein paar nicht alltägliche Angewohnheiten besaß. Sein Blick fiel auf ihre Bücher, die neben ihm in einem dunklen Regal aus Mahagoniholz standen. Es befanden sich einige ausgefallene Titel darunter. Schriften von Rosa Luxemburg waren dabei, er fand ein Buch von August Bebel und ein von Helene Lange verfasstes Bändchen über die Frauenfrage, an der sich vor dem Krieg die Geister geschieden hatten. Was für eine Lektüre für ein so hübsches Ding wie Elisabeth es war! Besaß sie wirklich Ambitionen, was Politik anging? Engagierte sie sich etwa als Frauenrechtlerin? Und wenn dem so war, würde es ihm etwas ausmachen, unter diesen Umständen mit ihr zusammenzuarbeiten?

Johannes wandte sich von dem Regal ab. Er wollte seine Neugierde nicht zu deutlich zeigen. Bisher hatte Elisabeth in seiner Gegenwart nicht über Politik gesprochen. Wenn sie wirklich daran interessiert war, dann fragte er sich allerdings, warum sie sich nicht eine Stelle in einer Großstadt wie Berlin oder Hamburg gesucht hatte. Dort gab es Universitäten, dort hielten die großen Parteien ihre Versammlungen ab. Zu den Vorträgen in den Frauenvereinen, in denen sich jede Menge ausgemergelte Blaustrümpfe trafen, konnte sie auch nur in größeren Städten gehen, auf dem Land gab es so etwas nicht. Johannes runzelte die Stirn. Das alles passte nicht zu Elisabeth Hagemann. Wenn er versuchte, sich ein zartes Geschöpf wie sie auf einer politischen Versammlung vorzustellen, wo geschrien, geschimpft und manchmal auch geprügelt wurde, dann missfiel ihm das zutiefst. Nun gut, moderne Frauen waren nun einmal so, die

interessierten sich nicht nur für Backrezepte und die neueste Mode. War er etwa altmodisch?
Johannes hob den Kopf, und sein Blick fiel erneut auf die Bilder an den Wänden. Dass Elisabeth sich für Kunst interessierte, störte ihn nicht, das war harmlos. Ihr Musikgeschmack war auch noch zu ertragen, aber was die Politik anging, so fand er, dass sie davon lieber die Hände lassen sollte. Das war keine Beschäftigung für eine gebildete junge Frau mit gutem Geschmack.
»Wissen Sie, was ich eben festgestellt habe, Herr Doktor? Ich habe keinen Flaschenöffner. Ich muss einen besorgen.« Elisabeth stand im Türrahmen, noch immer in ihrem wallenden Gewand, die Flasche Rotsporn in der Hand, und warf ihm einen bedauernden Blick zu. Johannes nickte. »Das ist schade. Dabei hätte ich den berühmten Lübecker Rotsporn gern probiert.«
»Ja, schade, aber der Abend ist ja noch nicht vorbei, oder? Warum versuchen wir nicht, irgendwo anders etwas zu trinken aufzutreiben? Im Café Orth soll auch zur fortgeschrittenen Stunde gelegentlich eine geheime Quelle sprudeln, habe ich jedenfalls von unseren Patienten gehört. Was halten Sie davon, wenn wir uns auf den Weg dahin machen?«
»Gerne. An mir soll es nicht scheitern.«
»Gut, das ist wunderbar. Nehmen Sie doch noch einen Moment Platz, wenn Sie mögen. Ich ziehe mir nur schnell etwas anderes an, und dann gehen wir.« Elisabeth verschwand im Flur, ihr weiter Umhang flatterte davon. Johannes ließ sich auf die niedrige Couch nieder, auf der er seine Beine so weit anziehen musste, dass es ihm beinahe vorkam, als hockte er direkt auf dem Fußboden. Er überlegte, ob er sich die Freiheit nehmen und sich der Länge nach auf dem Diwan ausstrecken sollte, denn für diese Körperhaltung schien ihm das Möbel besser geeignet. Während er sich langsam zur Seite sinken ließ, entdeckte er auf dem Parkett eine Fotografie. Ohne lange zu

überlegen, hob er sie auf. Ein Mann war darauf abgebildet. Ein Mensch mit Hornbrille und hoher Denkerstirn schaute ihn aus tief liegenden Augen an. Neben ihm, eng an seinen Körper geschmiegt, saß Elisabeth in einem ziemlich kurzen Sommerkleid. Am unteren Rand des Bildes fand er die Widmung: »Meiner über alles verehrten Lilly – Dein Dir allzeit ergebener Poet. Anton Herrschaft, Lübeck im Sommer 1917.«
Anton Herrschaft? Johannes dachte nach, war aber sicher, den Namen noch nie gehört zu haben. War das wirklich ein Dichter? Befand sich ein Künstler unter Lillys Verehrern? Johannes spürte, wie ein Hauch von Eifersucht ihn streifte, dabei kannte er den Mann gar nicht. Vielleicht handelte es sich auch bloß um eine harmlose Freundschaft? Rasch legte Johannes die Fotografie dorthin zurück, wo er sie gefunden hatte, und setzte sich auf. Vielleicht war Elisabeths Herz gar nicht frei, sondern gehörte ihrem ergebenen Verehrer Anton. Vielleicht war sie sogar mit ihm verlobt und so gut wie verheiratet? Aber weshalb war sie dann mutterseelenallein auf die Insel gekommen und hatte sich hier eine Wohnung und eine Anstellung gesucht, ganz so, als hätte sie die feste Absicht, längere Zeit zu bleiben? Womöglich war ihr Liebster nicht aus dem Krieg zurückgekommen, wie so viele andere Männer auch. Vielleicht war Elisabeth – Lilly, der Kosename gefiel ihm, das musste er sich eingestehen – auf der Flucht vor Erinnerungen an eine Liebe, die sie in Lübeck zurückgelassen hatte? Vielleicht war es so, vielleicht war es anders. Ging ihn das etwas an? Hatte er ernsthafte Absichten, was dieses zarte Geschöpf mit den rotblonden Locken betraf? Oder versuchte er nur mit ihrer Hilfe seine unglückliche Liebe zu Ingeborg zu vergessen?
»Sind Sie so weit? Können wir?«
Johannes erschrak. Er hob den Kopf. Lilly stand vor ihm. Er hatte sie gar nicht kommen hören. Jetzt trug sie einen eleganten Mantel aus changierendem Taftstoff, dessen Kragen aus üppiger venezianischer Spitze bestand. Das kräftige Smaragdgrün

des Mantels kontrastierte mit ihren roten Locken und der hübschen mattweißen kleinen Perlenkette, die sie um den Hals trug. Johannes stand auf und bot Lilly den Arm. Sie sah atemberaubend aus, wozu da noch viele Fragen stellen? Wer auch immer dieser Dichter namens Anton war, es war egal. Heute Abend hatte er das Glück, Lilly ausführen zu dürfen. Johannes drückte sanft ihren Arm. Vielleicht würde es ihm gelingen, das Herz dieser Schönheit zu erobern.

»Nein wirklich, Herr Meinert, damals waren Sie im Feld? Damals bei der legendären Schlacht von Sedan, da waren Sie dabei?« Schmunzelnd saß Luise da.
Thiess Meinert nickte mit stolzer Miene. »Sicher war ich dabei, gnädige Frau. So wahr ich vor Ihnen sitze, habe ich die Schlacht erlebt. Damals wurde kein Pardon gegeben. Als uns die Franzmänner gegenüberstanden, haben wir einfach drauflosgedroschen. Da sind wir ran wie Hektor an die Buletten. Das war eine große Zeit für unsereins, damals unter Wilhelm dem Ersten.« Meinert lehnte sich auf seinem Stuhl zurück und schaute auf das Meer hinaus, das unterhalb der Sonnenterrasse des vornehmen Café Raoul im Nachmittagslicht schimmerte. Der Himmel über Westerland war wolkenlos, die Schaumkronen der Gischt glitzerten weiß in der Dünung. »Das ist es ja gerade, was den verlorenen Krieg so bitter macht – dass die Franzosen jetzt über uns triumphieren, wo wir sie doch unter dem ollen Bismarck so sehr am Kanthaken hatten.«
Luise nickte. »Ich verstehe, Herr Meinert. Es ist eine Frage der Ehre, nicht wahr?«
»Sie sagen es, gnädige Frau. Wer wie ich in Sedan dabei war, wer damals unter Moltke gesiegt hat, der vergisst nicht. Das, was die Herren Politiker jetzt als Friedensvertrag mitgebracht haben, ist eine Schande. Ich höre immer nur die Worte Abrüstung, Abrüstung, Abrüstung. Wo soll das hinführen? Ein Volk muss sich doch verteidigen können, sonst ist es

dem Untergang geweiht. Welches Beispiel geben wir denn der Jugend?«

»Ich weiß es nicht, von Politik verstehe ich nicht viel. Ich hoffe, dass sich mit der Zeit eine Regelung finden wird.« Luise holte ein Geldstück aus ihrem Portemonnaie. Während Thiess Meinert ihr einen Vortrag über die geniale Außenpolitik des verstorbenen Fürsten Otto von Bismarck zu halten begann, winkte sie unauffällig das kleine Mädchen an den Tisch, dass mit seinem Bastkörbchen an der gegenüberliegenden Straßenecke stand. Jeden Tag lief die Kleine mit den löchrigen Strümpfen stundenlang über die Strandpromenade und versuchte den Leuten Papierblumen zu verkaufen, die keiner haben wollte. Luise wusste von Ingeborg, dass sie eine Halbwaise war. Ihre Mutter arbeitete als Wäscherin, aber es gelang ihr kaum, ihre vier Kinder alleine über Wasser zu halten.

»Komm her, Mädchen.« Luise drückte ihr eine Münze in die Hand und ließ sich die Papiernelke reichen, die die Kleine ihr mit einem schüchternen Lächeln gab. Das Mädchen knickste eilig und verschwand. Sie wusste, dass die Kellner des noblen Café Raoul es nicht gerne sahen, wenn sie sich unter die Gäste des Lokals mischte. Luise beobachtete, wie sie sich an der nächsten Straßenecke noch einmal umdrehte und ihr verstohlen zuwinkte. Luise lächelte zurück.

»Sie haben ein goldenes Herz, Frau von Lassen.« Thiess Meinert beugte sich über den Tisch. Luise warf ihm einen überraschten Blick zu. Sie hatte nicht bemerkt, dass er seinen Vortrag über Bismarcks hervorragende Qualitäten als erster Diener seines Reiches beendet hatte. Meinert lächelte breit. »Großzügigkeit findet man heutzutage nicht mehr oft. Ich mag solche Eigenschaften an einer Frau, wissen Sie? Meine Thea war auch so. In solchen Gesten zeigt sich der wahre Christenmensch.«

»Das Mädchen tut mir einfach Leid, Herr Meinert. Ich weiß von meiner Tochter, dass es der Familie schlecht geht …«

»Das wissen alle hier im Ort, Frau von Lassen. Wirklich helfen tun aber trotzdem nur wenige. Die Not lehrt beten, sagt man, aber ich finde, sie sollte auch lehren, einander beizustehen, nicht wahr?«

»Das wäre schön, ja.« Luise senkte den Blick. Meinerts Lobeshymne ging zu weit. So viel Beachtung hatte ihre gut gemeinte, aber bescheidene Tat nicht verdient. Meinert schmeichelte ihr absichtlich, das tat er schon seit einiger Zeit, genauso wie er jede sich bietende Gelegenheit nutzte, um in ihrer Nähe zu sein. Anfangs hatte sie sich seine Aufmerksamkeiten ohne Hintergedanken gefallen lassen, aber allmählich verfestigte sich in ihr der Eindruck, dass er bestimmte Absichten verfolgte. Thiess Meinert kleidete sich sorgfältiger, seitdem er sie regelmäßig besuchte. Er beschenkte sie und machte sie mit seinen Verwandten bekannt. Aus seiner Sicht war daran nichts auszusetzen, immerhin war er seit etlichen Jahren Witwer. Er war ein anständiger und vorzeigbarer Mann, wenn auch leider kein Bewerber mit Bildung und Vermögen. Seitdem er sein Hotel hatte verkaufen müssen, lebte er wieder von seiner eigenen Hände Arbeit. Auch wenn sein Arbeitgeber Luises Schwiegersohn war, konnte man eine solche Stellung in Meinerts Alter nicht als besonders erstrebenswert ansehen. Im Übrigen war er leider auch nicht von Adel, sondern stammte aus kleinbürgerlichen Verhältnissen. Und auch seine unvollkommene Erziehung konnte er manchmal nicht verbergen, selbst wenn er sich bemühte, weltgewandt zu wirken.

Luise fühlte Meinerts Blick auf sich ruhen und schaute auf.

»Darf ich für Sie noch etwas bestellen, gnädige Frau?«

Luise schüttelte den Kopf. Thiess Meinert hätte sicher gern noch eine Weile mit ihr hier draußen auf der Terrasse gesessen und geplaudert. Sie ahnte das, aber ihr reichte es für heute. Sie wollte nach Hause, also zückte sie ihr Portemonnaie.

»Nein, danke. Seien Sie mir nicht böse, aber ich würde jetzt lieber fahren. Ich habe einen Anflug von Kopfschmerzen. Der Wetterumschwung macht mir zu schaffen, wissen Sie?«

»Aber ja, das verstehe ich. Es ist ja auch tüchtig warm heute, und dabei haben wir erst Mai. Vorgestern hat es noch Hunde und Katzen geregnet ...«

»Ach, hier seid ihr zwei Hübschen!«

Die Stimme, die plötzlich neben ihr ertönte, ließ Luise zusammenfahren. Hedwig stand am Tisch, klappte ihren weißen Sonnenschirm zusammen, den sie bei sich führte, und musterte zuerst Luise und dann Thiess Meinert. »Na, macht ihr es euch mal wieder schön, ihr beiden Turteltäubchen? Ist es denn erlaubt?« Ohne eine Antwort abzuwarten, ließ Hedwig sich auf einen der beiden freien Stühle sinken. Ihr Blick glitt suchend über den gedeckten Tisch. »Eine kleine Erfrischung hätte ich auch gerne. Es ist ziemlich warm heute. Herr Meinert, ob Sie wohl so freundlich wären und einen der Ober für mich heranwinken würden?«

»Wir wollten eigentlich gerade gehen, Hedwig. Du kannst selbstverständlich gerne bleiben, aber du wirst dann auf unsere Gesellschaft verzichten müssen. Herr Meinert und ich wollten eben bezahlen.« Luise packte ihre Handtasche und legte sie auf den Tisch, um Hedwig deutlich zu machen, dass sie tatsächlich die Absicht hatte, das Lokal zu verlassen. Thiess Meinert runzelte besorgt die Stirn. Es schien, als würde sich die Angelegenheit nicht in seinem Sinn entwickeln. Luise überlegte. Der Mann konnte doch unmöglich vorhaben, Hedwig Gesellschaft zu leisten? Sie warf ihm einen fragenden Blick zu, aber er saß nur schweigend da und rührte sich nicht. Stattdessen drehte Hedwig sich um und winkte einen Ober heran. Sie bestellte Tee, ließ sich lang und breit die verschiedenen Sorten von Gebäck aufzählen, die das Café Raoul heute zu bieten hatte, und entschied sich dann doch dafür, nichts zu essen. Luise saß da und wartete, innerlich bebend vor Ungeduld. Nachdem Hedwig endlich ihre Bestellung aufgegeben hatte, bat sie den Kellner um die Rechnung, eine Bitte, die ihr erneut einen besorgten Seitenblick von

Thiess Meinert einbrachte, ohne dass sie wusste, warum er so sorgenvoll guckte.
»Heißt das, dass du nicht auf mich warten willst? Ich bitte dich, diese eine Tasse Tee, das dauert doch nicht lange. Es ist grob unhöflich von dir, wenn du jetzt einfach aufstehst und gehst, Luise.« Hedwig saß da und schmollte, aber Luise schüttelte trotzdem mutig den Kopf. »Ich habe dich nicht gebeten, hierher zu kommen, Hedwig, und ich habe dir außerdem gesagt, dass ich jetzt gehen werde. Ich habe Kopfschmerzen und möchte nach Hause, die Sonne tut mir nicht gut.«
»Unsinn. In Wahrheit ist es so, dass du mir die Gesellschaft von Herrn Meinert missgönnst. Als wenn ich gelegentlich nicht auch einmal ein wenig unter Menschen sein und mich unterhalten möchte.«
Luise schwieg. Sie überlegte, was sie erwidern sollte, aber in diesem Moment erschien auch schon der Ober mit der Rechnung. Während Thiess Meinert den Kaffee bezahlte, den sie beide getrunken hatten, und dabei gleich auch noch die Rechnung für Hedwigs Tee beglich, saß Luise schweigend da und schaute angestrengt auf das Meer hinaus. Im Geist zählte sie die Schäfchenwolken am Horizont. Fest entschlossen, sich von Hedwig nicht den Nachmittag verderben zu lassen, stand sie auf, kaum dass der Ober weggegangen war. Thiess Meinert rührte sich noch immer nicht. Luise las die stumme Bitte in seinen Augen, aber sie hatte nicht vor, länger als nötig zu bleiben. Nachdem Thiess Meinert begriffen hatte, dass es ihr Ernst war, erhob er sich ebenfalls. Luise nickte Hedwig zu. »Wir gehen dann jetzt. Einen schönen Tag noch, Hedwig.«
»Den wirst ja wohl eher du haben, Luise. Auf Wiedersehen, Herr Meinert.« Hedwig wandte sich ab. Scheinbar ganz und gar damit beschäftigt, die Silbermöwen zu beobachten, die kreischend eine Runde über dem Strand drehten, starrte sie zum Wasser hinüber. Thiess Meinert brummte einen Abschiedsgruß, dann reichte er Luise den Arm. Eine Weile gin-

gen sie wortlos nebeneinander her, bis Luise stehen blieb und ihn ansah. »Nun sagen Sie es schon, Herr Meinert. Es gefällt Ihnen nicht, wie ich meine Kusine behandle, nicht wahr? Mein Herz ist doch nicht so golden, wie Sie geglaubt haben, oder?«

»Ich möchte Sie nicht tadeln, gnädige Frau …«

»Ihnen mag es so vorkommen, als wäre ich grundlos unhöflich zu Hedwig, aber das sehe ich anders. Ich bin jetzt seit Wochen mit ihr zusammen, ich ertrage sie schon eine ganze Weile – viel länger, als es gut für mich ist. Meine Geduld mit Hedwig ist einfach am Ende.«

»Das ist verständlich, gnädige Frau. Ihre Kusine ist bestimmt eine schwierige Person, diesen Eindruck habe ich auch. Nur wäre es in diesem Fall vielleicht günstiger gewesen, ihr trotzdem noch ein bisschen Gesellschaft zu leisten, schon allein, damit sie keinen Ärger macht. So enttäuscht, wie sie jetzt ist, wird sie die nächste Gelegenheit nützen, um schlecht über uns zu reden.«

»Und wenn schon, was kann sie den Leuten denn erzählen? Wir haben nichts Verbotenes getan. Wir haben in einem Café gesessen und uns unterhalten, als sie dazukam und uns störte, das ist alles.«

»Sicher, so sehen wir das. Die Frage ist bloß, was für eine Geschichte Frau von Hettingen daraus machen wird.« Thiess Meinert nahm erneut Luises Arm und ging weiter. »Wissen Sie, wenn ein Mensch vom Leben so enttäuscht ist wie Ihre Kusine, dann neigt er dazu, sich mehr um die Belange anderer zu kümmern, als es vernünftig und gesund ist. Fräulein von Hettingen hat keine eigenen Kinder, offenbar auch kaum Freunde und keine Beschäftigung, die ihr Leben ausfüllt. Ist es da nicht verständlich, dass sie anderen auf die Nerven fällt? Sie missgönnt Ihnen alles, weil sie selber keine Freuden hat. Und Sie gehen darauf ein, gnädige Frau, Sie lassen sich provozieren und zanken sich mit ihr – verständlich, dass Sie sich das Verhalten Ihrer Kusine nicht bieten lassen wollen, aber so schaukelt sich die Sache hoch, so gibt ein Wort das andere. Vielleicht wäre mit ein bisschen Nachsicht mehr zu erreichen.«

»So, meinen Sie. Ich bezweifle, dass man mit Nachsicht bei Hedwig irgendetwas erreicht. Aber natürlich haben Sie Recht, sich mit ihr zu streiten, bringt auch nichts.«

»Mit Verlaub, ich sehe das so. Ich kann gut verstehen, dass der Umgang mit Fräulein von Hettingen an Ihren Nerven zerrt, gnädige Frau, doch manchmal ist es besser, gelassen zu bleiben. Und vielleicht erreichen Sie eines Tages ja doch eine Einsicht bei der besagten Dame. Steter Tropfen höhlt den Stein – so heißt es doch, nicht wahr?«

Luise lächelte und schwieg. Ob es einen Tropfen gab, der ausreichen würde, um in Hedwig Einsichten zu wecken, das wusste sie nicht. Aber etwas anderes wurde ihr immer deutlicher – Thiess Meinert war durchaus ein Mann mit Feingefühl. Er besaß kein Vermögen, kam nicht aus besonders gutem Haus und war sicher auch nicht der geborene Charmeur. Doch er war ein Mensch, mit dem man reden konnte, einer, der sowohl zuzuhören als auch gute Ratschläge zu erteilen vermochte. Hatte sie sich so einen Gefährten nicht eigentlich immer gewünscht?

# Kapitel 13

»Und ich habe ihn doch gesehen. Das war mit Sicherheit Prinz Joachim, der da am Strand spazieren ging. Es war Seine Königliche Hoheit, wie sie leibt und lebt.«

»Bitte. Hedwig, genug jetzt von dem Unsinn.« Luise drehte sich um und warf ihrer Kusine einen tadelnden Blick zu. Warum hatte die Frau bloß nicht zu Hause bleiben können? Ingeborg hatte einen Architekten bestellt, der jeden Moment hier sein musste. Der Mann sollte sich Kliffende ansehen und Vorschläge zur Neugestaltung des Hotels machen. Luise wollte hören, was er zu sagen hatte, aber sie hätte an dem Gespräch lieber ohne Hedwig teilgenommen, die sich jetzt schon wieder aufführte, als wäre sie nicht ganz richtig im Kopf. Den Prinzen Joachim wollte sie am Strand bei einem Spaziergang beobachtet haben – was für ein Blödsinn. Der zweitjüngste Spross Seiner abgedankten Majestät des Kaisers würde auch gerade dieser Tage auf der Insel herumlaufen und Muscheln suchen, nach alldem, was in Deutschland in den letzten Wochen und Monaten passiert war. Vielleicht war es doch so, dass alte Jungfern unweigerlich zu Überspanntheiten und Wahnvorstellungen neigten, mit denen sie sich ihr tristes Leben aufregender zu gestalten hofften.

»Wenn du mir nicht glaubst, können wir ja runtergehen und nachsehen.« Hedwig stand neben der Freitreppe, die zum Portal der Hotelhalle führte, und bohrte die Spitze ihres Sonnenschirms in den weichen Sand. »Ich bin mir sicher, dass es der Prinz war, den ich gesehen habe.«

»Himmel noch eins, Hedwig, ich bin hier, um auf den Architekten zu warten, der Kliffende begutachten soll. Ingeborg und Nicolai müssen jeden Moment mit ihm hier sein. Das ist ein angesehener Mann, der schon eine Menge sehr stattliche Häuser auf der Insel entworfen hat. Ich bin gespannt, was er zu sagen hat, da werde ich doch jetzt nicht mit dir an den Strand gehen und nachsehen, ob da unten irgendein Mensch herumstapft, der deinem Prinzen Joachim ähnlich sieht.« Luise reckte sich und ließ ihren Blick über die Auffahrt gleiten. Wo blieben sie denn nur? Thiess Meinert hatte auch zugesagt zu kommen. Nach ihrer Uhr war es gleich zehn durch, und sie stand noch immer allein mit Hedwig vor dem Haupteingang des leeren Hotelgebäudes und wartete.

»Es war kein Mensch, der dem Prinzen nur ähnlich sieht, Luise. Es war der Prinz höchstselbst. Wenn ich doch nur zu ihm gehen und ein paar Worte mit ihm wechseln könnte …«

»Tu das, Hedwig. Das ist eine sehr gute Idee.« Ein erleichtertes Lächeln huschte über Luises Gesicht. Eben kam Nicolais Landauer den Weg zur Einfahrt herauf, sie konnte Ingeborgs gepunktetes Sommerkleid im Wind flattern sehen. Ingeborg trug den hübschen kleinen Strohhut mit der breiten blauen Seidenschleife an der Krempe, der ihr so gut stand. Neben ihr auf der Rückbank saß der Herr Architekt, mit dem sie sich angeregt unterhielt. Von Thiess Meinert allerdings war nichts zu sehen.

»Also, ich gehe jetzt hinunter an den Strand, nur damit du Bescheid weißt. Und wenn ich mit seiner Hoheit gesprochen habe, werde ich ihn bitten …«

»Ja, Hedwig, das ist wunderbar. Geh du nur hinunter an den Strand, und schöpfe ein wenig frische Luft, das tut dir bestimmt gut.« Luise wandte sich ab und machte ein paar Schritte auf den Wagen zu, der langsam heranrollte. Aus dem Augenwinkel sah sie, wie Hedwig sich wutschnaubend umdrehte und wegging. Hedwig hielt auf die Holztreppe zu, die in ein paar Meter Entfernung zum Strand hinunterführte. Sollte sie sich doch am Roten Kliff mit ihrem vermeintlichen Prinzen tummeln, hier oben wurde sie ohnehin nicht gebraucht.

Der Landauer hielt vor dem Portal. Ingeborg ließ sich von einem korrekt gekleideten Herrn in den mittleren Jahren aus dem Fond helfen. Sie trat zu Luise und stellte ihr den Architekten vor. Luise reichte dem Mann die Hand, kam aber nicht dazu, sich länger mit ihm zu unterhalten, denn im nächsten Moment war schon Nicolai da und nahm den Architekten mit sich die Freitreppe zum Hotel hinauf, während Ingeborg Luise ein Stück beiseite schob. Luise warf Ingeborg einen verärgerten Blick zu. »Was soll denn das? Ich möchte mit hinein und hören, was der Architekt zu dem Hotel sagt.«

»Viel wird er dazu nicht sagen, Mutter. Das Haus wird abgerissen. Wir wollen nur Vorschläge bezüglich eines Neubaus hören.«

»Steht das denn wirklich fest? Das mit dem Abriss, meine ich. Ist Nicolai damit einverstanden? Thiess Meinert sagt, ein Neubau sei unbezahlbar teuer.«

»Ja, ich kenne Thiess Meinerts Meinung. Wir beide wissen, warum er dieser Ansicht ist, aber Nicolai und ich sind uns einig. Das alte Gebäude soll weg. Der Schwamm steckt in den Wänden, die Fenster sind morsch, und das Dach lässt den Regen durch. Der vermoderte, alte Kasten ist unmodern. Damit kannst du keinen Feriengast mehr hinter dem Ofen hervorlocken.«

»Ja, aber … wovon wollt ihr einen Neubau bezahlen?« Luise warf ihrer Tochter einen fragenden Blick zu. »Thiess Meinert sagt, dass es unglaublich schwer ist, ohne Sicherheiten an ein Darlehen zu kommen.«

»Da hat der gute Thiess Meinert allerdings Recht – und genau darüber wollte ich auch mit dir sprechen.«

»Mit mir? Was habe ich denn damit zu tun?«

Einer der Fensterflügel im Erdgeschoss des Hotels wurde krachend aufgestoßen. Luise zuckte zusammen und drehte sich um. Nicolai zeigte dem Herrn Architekten vom Speisesaal aus die Aussicht, die dieser lächelnd zur Kenntnis nahm.

»Du hast doch noch das Haus in Glücksburg, nicht wahr, Mutter?« Luise spürte, wie Ingeborg ihren Arm ergriff und sanft drückte.

»Sicher, das habe ich, und ich behalte es auch. Es ist mein Elternhaus, ich wohne dort. Seit dem Tod deines Großvaters betrachte ich das Haus als meinen Altersruhesitz. Du erwartest doch nicht etwa, dass sich daran etwas ändert?«
»Nein. Ich hatte nur gehofft, die Bank würde das Haus in Glücksburg vielleicht als Sicherheit für ein Darlehen akzeptieren.«
»Als Sicherheit?« Luise hob den Blick. Nicolai und der Architekt besichtigten jetzt das Obergeschoss. Gemeinsam gingen sie die Fensterfront im ersten Stock ab. Warum war nur Thiess Meinert nicht gekommen? Er hätte doch bestimmt bei dieser Besprechung von Nutzen sein können. Ob er das Treffen hier draußen einfach vergessen hatte?
»Ja, ganz recht, wir brauchen dein Haus als Sicherheit.« Ingeborg ergriff erneut Luises Arm und schob den ihren darunter. »Für diesen maroden Kasten von Hotel, den wir besitzen, gibt uns keine Bank der Welt eine müde Mark, auch wenn die Aussicht auf das Meer noch so großartig ist. Wenn wir dagegen ein anständiges, schuldenfreies Grundstück mit einer Grundschuld belasten könnten …«
»Grundschuld? Ihr wollt mein Elternhaus mit einer Grundschuld belasten? Nein, tut mir Leid, Ingeborg, von solchen Dingen verstehe ich nichts, da lasse ich die Finger davon. Warum beleiht ihr nicht das Friesencafé?«
»Weil es Hanna gehört. Wir wohnen da doch bloß, wir bewirtschaften es für sie, mehr nicht. Ich möchte nicht schon wieder Hanna um Hilfe bitten müssen, sie hat schon so viel für uns getan. Gib dir einen Ruck, Mutter. Wenn du uns nicht hilfst, scheitert das ganze Vorhaben. Es ist so wichtig für Nicolai und mich, dass wir etwas Neues beginnen können. Wir möchten uns etwas aufbauen, das nur uns gehört.« Luise spürte, wie Ingeborg sich an ihre Schulter schmiegte. »Es wäre wirklich ungeheuer wichtig, verstehst du? Ich glaube, es würde uns beiden helfen, wenn wir eine gemeinsame Aufgabe hätten. Eine sol-

che Herausforderung wie das Hotel würde dafür sorgen, dass wir einander wieder näher kommen.«
»Ich hatte gehofft, das wäre schon längst geschehen.« Luise drehte sich um und sah Ingeborg ins Gesicht. Eine Windböe fasste nach ihrem Hut, und sie musste ihn festhalten, damit er nicht davonflog. »Dir spukt doch hoffentlich nicht noch immer dieser Herr Doktor aus Westerland im Kopf herum? Das ist doch vorbei, oder?«
Ingeborg errötete, aber bevor sie antworten konnte, zerriss ein gellender Schrei die Stille. Sowohl Ingeborg als auch Luise fuhren herum und schauten zum Hotel hinüber, aber dort war nichts zu sehen, der Schrei musste vom Strand gekommen sein. Gleichzeitig liefen sie los. Ingeborg und Luise hasteten zu der Holztreppe hinüber, die von der Abbruchkante zum Strand führte. Luise warf einen Blick die Treppe hinunter. Zu ihren Füßen hockte Hedwig im weißen Sand. Das Gesicht schmerzhaft verzerrt, rieb sie sich den rechten Fußknöchel. Luise holte Luft. Mit einer Mischung aus Erleichterung und Ärger schüttelte sie den Kopf. Hedwig natürlich. Diese Frau konnte auch keine Gelegenheit auslassen, um auf sich aufmerksam zu machen, und wenn sie dafür von einer Treppe fallen musste. Luise schob ihre Handtasche ein Stück den Arm hinauf und raffte ihre Röcke zusammen. »Himmel noch eins, das auch noch! Warte, Hedwig, ich komme!«
Sie wollte sich gerade auf den Weg machen, als Ingeborg nach ihrem Handgelenk fasste und sie zurückhielt. »Sei vorsichtig, Mutter, die Treppe ist morsch, ihre Holzbretter sind lose. Die Stufen sind seit Jahren nicht gerichtet worden. Lass lieber mich hinuntergehen, ich bin jünger und viel besser zu Fuß.«
Luise schüttelte den Kopf. Sie hielt noch immer ihren Hut fest. Hier an der Abbruchkante des Kliffs war der Wind ausgesprochen kräftig, obwohl es eigentlich ein recht sonniger und milder Frühlingstag war. Noch einmal betrachtete sie die Treppenstufen, die in die Tiefe führten, dann warf sie Ingeborg

einen langen Blick zu. »Nein, bleib lieber hier. Du kannst Hedwig doch nicht alleine hinaufschaffen. Dafür brauchst du die Hilfe eines kräftigen Mannes.«

Ingeborg nickte. »Du hast Recht. Lauf du ins Hotel und sag Nicolai Bescheid. Ohne ihn bringen wir beide Hedwig nicht die steilen Stufen hinauf.«

Luise legte eine Hand trichterförmig um den Mund und stellte sich auf die Zehenspitzen, wobei sie sich vorsichtig ein Stück über die oberste Treppenstufe hinausbeugte. »Hedwig, kannst du mich hören? Halte aus, wir holen Hilfe!« Luise schaute hinunter zum Strand. Hedwig schien verstanden zu haben, denn sie nickte. Ihr Gesicht war bleich, und selbst auf diese Entfernung konnte man sehen, dass sie geweint hatte. Noch immer rieb sie sich den rechten Fußknöchel. Luise wollte schon gehen, aber dann wandte sie sich doch noch einmal um und sagte: »Findest du nicht, dass Hedwig das Pech geradezu anzieht? Sie ist eine Landplage. Unter hunderten, die das Gleiche tun, ist immer Hedwig diejenige, die stolpert und stürzt oder sich eine ansteckende Krankheit holt. Manchmal denke ich, sie macht das mit Absicht.«

»Sie fällt mit Absicht die Treppe hinunter? Das ist doch Unsinn, Mutter.« Ingeborg lachte. »Solche Dinge tut man nicht mit Absicht. Es ist verdammt schmerzhaft, wenn du dir den Fuß verknackst. Wer ist so unvernünftig und fügt sich freiwillig Schmerzen zu?«

»Hedwig schon, die tut so etwas. Manchmal ist es besser, Schmerzen zu haben, als gar nichts zu empfinden, mein Kind. Was passiert denn schon, wenn sie nicht krank ist? Hast du dir mal überlegt, worin wohl der Sinn dieses nutzlosen Lebens bestehen könnte, das sie führt?« Luise drehte sich um. Sie kannte ihre Kusine zur Genüge, ihr musste sie nichts mehr vormachen. Aber vielleicht war es ja ganz gut, wenn Ingeborg auch mal über die Frau nachdachte, die ihrer Mutter das Leben so schwer machte.

»Mutter?«

»Ja.«

»Und die Grundschuld? Was ist damit? Hilfst du uns?«

»Wir werden sehen. Ich denke darüber nach.« Luise marschierte los. Sie hatte den Kopf voller Sorgen, das Herz war ihr schwer. Hedwig war mal wieder verletzt und würde eine ganze Zeit lang bemuttert werden wollen, und Ingeborg kam auch nicht alleine zurecht. Lag es an ihrem Alter, dass es ihr zunehmend schwerer fiel, die Bedürfnisse ihrer Familie zu erfüllen? Oder lag es einfach nur daran, dass sie allein war und niemanden hatte, mit dem sie ihre Sorgen teilen konnte? Kurz vor dem Hotelaufgang blieb Luise stehen und warf einen Blick auf die Heide, die sich bis zum Horizont erstreckte. Warum war Thiess Meinert heute Morgen nicht erschienen?

Die Zeitungen waren in totaler Unordnung, die Gardinen mussten dringend gewaschen werden. Worauf verstand sie sich eigentlich, die neue Sprechstundenhilfe, die Johannes sich an Land gezogen hatte? Ingeborg fuhr mit der Fingerspitze über die Glasplatte des runden Tisches, der in der Mitte des Wartezimmers stand. Sie betrachtete ihre staubige Fingerkuppe und rümpfte die Nase. Einen pieksauberen Eindruck machte die Praxis nicht gerade. War sie jetzt übermäßig pingelig, oder legte die Neue etwa nicht besonders viel Wert auf Sauberkeit? Ingeborg ging zum Fenster hinüber und schaute auf die Straße hinaus, die verlassen und menschenleer dalag. Das Erste, was sie nach der langen Zeit ihrer Abwesenheit von der Praxis zu sehen bekommen hatte, war die neue Sprechstundenhilfe gewesen, eine rothaarige Exotin, die weder Haube noch Kittel trug. Das also war sie, die berühmte Schwester Elisabeth. Sogar Hedwig kannte ihren Namen, obwohl sie ihr noch niemals zuvor begegnet war. Die rothaarige Schöne hatte bei ihrer Ankunft die Tür zur Praxis in einem unerhört eng anliegenden hellen Wickelkleid, dessen Gürtel ihre schmale Taille betonte, geöffnet. Die kupferrote Lockenpracht zu einem griechischen Knoten aufgesteckt, hatte sie vor Ingeborg gestanden und gelächelt, die Lippen tiefrot geschminkt, den Blick aus türkisfarbenen Augen auf Ingeborg gerichtet. Freundlich und geduldig hatte sie sich nach Ingeborgs Wünschen erkundigt.

Ingeborg hatte auf ihre Frage zunächst nichts antworten können. Am liebsten wäre sie gleich wieder gegangen, aber sie hatte ja Hedwig dabei gehabt, Hedwig und ihren geschwollenen Knöchel. Also hatte sie deren kleinen Unfall am Strand geschildert und darum gebeten, dass der Herr Doktor sich Hedwigs Fuß anschaue. Und jetzt stand sie hier in der ihr vertrauten Umgebung, in dem großen Raum mit den hohen Fenstern nach Süden. Wie oft hatte sie hier Patienten abgeholt und zu Johannes in sein Sprechzimmer gebracht? Für kurze Zeit war sie der gute Geist gewesen, der hier regiert hatte. Wenn Nicolai nicht zurückgekommen wäre, dann hätte mehr daraus werden können. Eines Tages Frau Dr. Lehmann zu sein, davon hatte sie insgeheim schon geträumt. Welche Ironie des Schicksals, dass sie nun wieder hier stand und nur den sehnlichen Wunsch verspürte, so schnell wie möglich wieder zu verschwinden. Doch noch durfte sie nicht gehen, sie wartete auf Hedwig. Die hockte drinnen im Sprechzimmer. Selbst durch die Doppeltür hörte sie Hedwigs Stimme. Weil sie Johannes nicht begegnen wollte, hatte sie es vorgezogen, alleine im Wartezimmer zu bleiben.

Ingeborg versuchte zum Fenster hinauszuschauen und einfach nur den weißen Frühlingshimmel zu betrachten. Sie durfte nicht andauernd an Johannes und ihre gemeinsame Zeit denken, das war vorbei. Doch ihre Gedanken waren gnadenlos, sie führten sie immer wieder zurück zu dem, was geschehen war. Wenn sie sich nicht an ihre Zeit mit Johannes erinnerte, dann beschäftigte sie sich mit Elisabeth Hagemann. Dass Johannes sich in diese Frau verlieben würde, es vermutlich schon getan hatte, daran konnte es für sie keinen Zweifel geben. Elisabeth

Hagemann war wirklich schön, sie war auf außergewöhnliche Art aufregend. Der blasse Porzellanteint der Rothaarigen war ihr eigen, dazu das flammende Kupferrot ihrer Haare und eine wundervoll samtene Stimme, die warm und einschmeichelnd zugleich klang. Ingeborg biss sich auf die Unterlippe. Ob Fräulein Hagemann wusste, wer sie war? Nein, woher sollte sie? Und wozu wäre es gut gewesen, es ihr zu sagen? Ingeborg Boysen, das war gestern, das war die Vergangenheit. Die Zukunft gehörte Elisabeth Hagemann.

»Frau Boysen? Der Herr Doktor würde gern mit Ihnen sprechen.«

Aus ihren Gedanken aufgeschreckt, zuckte Ingeborg zusammen und fuhr herum. Die Hagemann stand im Türrahmen und lächelte sie an. Ingeborg hatte sie nicht kommen hören.

»Bitte.« Lächelnd hielt sie die Tür auf. Ingeborg nickte und kam schweigend der Aufforderung nach. Wozu bat Johannes sie zu sich? War das nötig? Konnte er sich nicht denken, dass sie der Begegnung mit ihm lieber ausgewichen wäre? Sie hatte gehofft, er würde so feinfühlig sein und auf eine dramatische Gegenüberstellung seiner neuen und der ehemaligen Geliebten verzichten, aber anscheinend führte kein Weg daran vorbei. Die Tür zu seinem Sprechzimmer war weit geöffnet, Johannes stand neben der Liege am Fenster und sprach leise auf Hedwig ein, der er einen weißen Verband angelegt hatte. Hedwig wirkte gefasst, sie sah beinahe glücklich aus, so wie sie da auf der Liege hockte, den einbandagierten Fuß hochgelegt. Vermutlich hatte Luise Recht – für Hedwig machte es durchaus Sinn, krank zu sein. Nur als Kranke bekam sie die Zuwendung, die sie brauchte und sonst vermisste.

Ingeborg kam langsam näher. Sie versuchte den Blick fest auf Hedwig zu richten, aber Johannes verhinderte das, indem er zu ihr trat und ihr die Hand zur Begrüßung reichte. »Guten Tag, Ingeborg. Schön, dich zu sehen.« Er lächelte und drückte ihr sanft die Hand.

Anstatt zu antworten, nickte Ingeborg zögernd. Sie spürte seine Wärme und fing seinen Blick auf, der ihr voller Anteilnahme zu sein schien. Konnte das sein, irrte sie sich auch nicht? War er ihr noch immer zugetan? War er nicht wütend, gekränkt und enttäuscht über ihren plötzlichen Rückzug? Hatte er die Situation, in der sie nach Nicolais Rückkehr steckte, ohne jede Erklärung erfasst und respektiert? Lag ihm tatsächlich noch etwas an ihr? So viel übermenschliche Geduld konnte er doch gar nicht mit ihr haben, oder etwa doch?
»Wirklich schön, dich wiederzusehen, wenn auch unter diesen Umständen.«
Johannes lächelte noch einmal. Genau dieses sanfte Lächeln war es, das sie so an ihm liebte – oder geliebt hatte? Ingeborg versuchte sein Lächeln zu erwidern, aber sie hielt seinem durchdringenden Blick nicht lange stand und senkte den Kopf. War es richtig, dass er sie vor Hedwig duzte? Egal, sie konnte sowieso nichts dagegen tun. Sie fühlte sich schwach und hilflos, sie war der Situation ausgeliefert. Stumm hielt sie den Blick gesenkt, während Johannes zu der Liege zurückkehrte, auf der Hedwig saß.
»Die Patientin hat Glück gehabt, der Knöchel ist nicht gebrochen. Fräulein von Hettingen hat sich eine Stauchung und mehrere Prellungen zugezogen. Der Fuß sollte in den nächsten Tagen geschont werden. Wenn die Schwellung nicht innerhalb der nächsten beiden Tage zurückgeht, möchte ich Sie, verehrtes gnädiges Fräulein von Hettingen, darum bitten, dass Sie noch einmal zu mir kommen.« Johannes stand jetzt neben Hedwig und legte ihr eine Hand auf die Schulter.
»Das mache ich, Herr Doktor. Ganz bestimmt.« Hedwig strahlte. Ingeborg störte sich insgeheim an Hedwigs altjüngferlichem Betragen, aber sie nahm sich zusammen und schwieg. Einen Moment lang war es still im Raum. Es herrschte eine Stille, die Ingeborg beängstigend fand. Was würde Johannes als Nächstes sagen oder tun? Würde er versuchen mit ihr zu sprechen? Das

konnte er nicht, nicht jetzt und nicht hier. Solange Hedwig dort auf der Liege hockte und ihn anschmachtete, würden sie kein vernünftiges Wort miteinander wechseln können.
»Herr Doktor?«
Ingeborg drehte sich um. Es war Elisabeth Hagemann, die auf der Türschwelle stand und Johannes anschaute. »Draußen ist die kleine Pauline von Bäcker Eschels. Ihrer Großmutter geht es schlecht, sagt sie. Die alte Dame bekommt keine Luft.«
»Das klingt aber gar nicht gut. Ich komme sofort.« Johannes wandte sich ab, und mit drei Schritten war er an seinem Schreibtisch. Er holte die abgetragene Ledertasche aus dem großen unteren Fach, mit der schon sein Vorgänger Hausbesuche gemacht hatte. Mit der Tasche unter dem Arm lief er zur Tür. Dort angekommen, blieb er noch einmal kurz stehen. Er sah Ingeborg an und nickte ihr zu. »Entschuldigen Sie, meine Damen, aber ich fürchte, das ist ein Notfall.«
Ingeborg wollte etwas erwidern, doch Johannes war schon draußen, seine Schritte hallten über den Gang.
»Aber das verstehen wir doch, Herr Doktor!« Hedwig reckte sich auf ihrer Liege und warf Johannes noch ein paar schmachtende Blicke hinterher, bevor sie mühsam versuchte aufzustehen. Schweigend trat Ingeborg zu ihr und half ihr so gut es ging in den Schnürstiefel, der neben der Liege auf dem grauen Linoleumfußboden stand. Sie schob einen Arm unter den von Hedwig und führte sie dann langsam aus dem Sprechzimmer. Während sie mit Hedwig den Flur hinunterwankte, fand sie sogar noch die Kraft, sich bei der schönen Elisabeth zu verabschieden, die ihnen die Haustür aufhielt. Erst draußen auf der Veranda spürte Ingeborg, wie ihre Beine ihr den Dienst zu versagen drohten. Johannes war ihr noch immer nicht gleichgültig – er war alles andere als das. Warum hatte sie es bloß zugelassen, dass es so weit gekommen war? Warum war sie noch einmal hierher zurückgekehrt, wo die Erinnerungen stärker waren als sie? Ihr Herz war in Aufruhr, ihr Magen rebellierte –

und wozu das alles? Hatte sie nicht einen Schlussstrich ziehen wollen? Früher war es Johannes gewesen, der sich Hoffnungen auf sie gemacht hatte, aber damals hatte sie nur Augen für Nicolai gehabt und Johannes als Bewerber nicht ernsthaft in Erwägung gezogen. Und nun war es genau umgekehrt – ihr Herz gehörte Johannes, noch immer und trotz alledem, oder vielleicht gerade weil es so aussichtslos war? Und jetzt hatte er eine andere, die er ihr vermutlich vorzog. Was für einen Sinn machte diese Geschichte, und wie sollte sie enden? War die Liebe immer so flüchtig und so vergeblich?
Ingeborg spürte, wie Tränen in ihr aufstiegen. Nicht jetzt, sie durfte jetzt nicht weinen. Draußen am Straßenrand wartete Nicolai mit dem Landauer auf sie. Gerade in diesem Augenblick hob er den Kopf. Er sah sie mit Hedwig am Arm durch den Vorgarten der weißen Villa kommen, stieg vom Wagen und ging ihnen entgegen.
»Na, wie war's? Was hat der Herr Doktor gesagt?«
Nicolai nahm Hedwigs freien Arm und sah dabei Ingeborg an, aber sie bemühte sich vergeblich um die richtigen Worte. Was sollte sie auf diese Frage antworten? Ein paar Belanglosigkeiten über Hedwigs albernen Knöchel konnte sie natürlich sagen – er war nicht gebrochen, sondern bloß verstaucht, genau wie vermutet. Das war die Diagnose, die Nicolai hören wollte, aber ihr war nach solchen banalen Erklärungen nicht zumute. Eigentlich hätte sie ihrem Ehemann jetzt die Wahrheit über ihre Gefühle für Johannes gestehen müssen – dass der Herr Doktor ihr nicht aus dem Kopf ging, dass sie ihn nicht vergessen konnte, weil sie eine kurze, aber wundervolle Beziehung zu ihm gehabt hatte. Sie hätte Nicolai sagen müssen, dass sie über den Verlust, den der Verzicht auf Johannes bedeutete, einfach nicht hinwegkam, aber was hätte dieses Bekenntnis gebracht außer Streit, Unglück und Tränen? Obwohl Nicolai sie auffordernd ansah, schwieg Ingeborg und schaute zu Boden. Stattdessen plapperte Hedwig drauflos. Sie schien trotz ihrer Verlet-

zung munter wie ein Fisch im Wasser zu sein. »Zum Glück ist der Knöchel nicht gebrochen, Nicolai, aber geprellt ist er. Der Herr Doktor meint, ich muss mich schonen. Er ist überhaupt ein ganz reizender Mann, der Herr Doktor, ganz so, wie man sich einen Arzt vorstellt, gar nicht so überheblich wie die Doktoren in dem Kreiskrankenhaus in Stendal, weißt du. Doktor Lehmann ist so verständnisvoll und gut aussehend ...«

»Entschuldigt mich bitte einen Moment, ja?« Ingeborg ließ Hedwig los, schob deren Arm einfach beiseite und machte sich frei. Es war nicht länger auszuhalten. Die Tränen funkelten in ihren Augen und verschleierten ihr den Blick. Gleich würde sie sie nicht mehr halten können. Sie konnte sich einfach keine weiteren Lobeshymnen auf Johannes anhören, das war zu viel für sie. Hastig wandte sie sich ab. »Fahrt ruhig schon los, ich gehe zu Fuß nach Hause. Ich brauche ein bisschen frische Luft.«

Ohne sich noch einmal umzusehen, stürmte Ingeborg davon, rannte die Straße hinunter. Sie musste fort, fort von hier. Sie wollte an den Strand, sie wollte das Meer sehen und dort allein sein. Es war ihr egal, was die anderen dachten. Die Tränen rollten ihr über beide Wangen. Und wozu das alles? Wofür war es gut, dieses ganze Elend?

Würde sie aus diesem ganzen Schlamassel jemals wieder herausfinden?

Es fiel ihr schwer, hierher zu kommen, aber es musste sein. Vorsichtig trat Ingeborg näher an das Bett heran, in dem Nicolai schlief. Sie musste ihren fürchterlichen Auftritt von heute Nachmittag wettmachen, es half alles nichts. Sie hatte lange darüber nachgedacht und war immer wieder zu demselben Ergebnis gekommen: Nicolai durfte keinen Verdacht schöpfen, was Johannes anging. Wenn er die Wahrheit erfuhr, war ihre Ehe ruiniert. Sie musste etwas für ihre Ehe tun. Ingeborg kam noch ein Stück näher. »Nicolai?«

Er rührte sich nicht, er schien zu schlafen oder stellte sich jedenfalls schlafend. Dennoch war Ingeborg fest entschlossen, nicht aufzugeben. Sie ließ sich neben ihm auf der Bettkante nieder. Obwohl er sich nicht bewegte, machte sie keine Anstalten fortzugehen. Ganz ruhig hockte sie da in dem schwachen Licht, das der Vollmond durch die Fensterscheibe warf. Sie beobachtete ihn, sie war sicher, dass er nicht schlief. Wie lange würde er es durchhalten, hier zu liegen, ohne sich zu rühren? Seit seiner Rückkehr übernachteten sie in verschiedenen Räumen. In stillem Einvernehmen hatte sie ihr gemeinsames Schlafzimmer Luise und Hedwig überlassen. Bisher hatte Ingeborg keinen Versuch gemacht, diese Regelung wieder rückgängig zu machen. Jetzt allerdings schien es ihr an der Zeit, das zu ändern. Wie war das mit ihm? Was empfand er für sie? War sie ihm gleichgültig, oder sehnte er sich noch danach, mit ihr zu schlafen? Hatte sie schon alle Anziehungskraft für ihn verloren? Ingeborg hatte das Gefühl, dass er sie manchmal tagsüber im Haus beobachtete. Die Blicke, die er ihr zuwarf, besaßen etwas Sehnsüchtiges, oder irrte sie sich? Sie hatte schon so viele seiner Annäherungsversuche zurückgewiesen und ihn damit auf Abstand halten. Vermutlich hatte ihre Ablehnung ihn gekränkt, sicher war es ihm ein Rätsel, warum sie so kalt und abweisend war. Vermutlich war es höchste Zeit, die eheliche Gemeinschaft wiederherzustellen, und genau das wollte sie heute Nacht versuchen.

Ingeborg beugte sich über seinen Kopf, strich eine Haarsträhne beiseite und küsste ihn vorsichtig auf die Schläfe. Endlich regte er sich, langsam drehte er sich zu ihr um. Er tat bloß so, als würde er jetzt erst erwachen, blinzelte, streckte sich und gähnte sogar, bevor er sich aufsetzte. »Ingeborg? Was machst du denn hier? Bist du schon lange da?«

»Nein, nicht sehr lange. Entschuldige, dass ich dich störe, aber ich muss mit dir sprechen, Nico. Es ist dringend.«

Er sah sie an und schien sofort zu bemerken, dass sie nicht viel mehr am Leib trug als den dünnen Morgenrock aus pfirsichfarbener Seide, den er ihr nachträglich zu Weihnachten geschenkt hatte. Die Spitzenborte am Ausschnitt schimmerte im Mondlicht, sie wirkte beinahe durchsichtig. Ingeborg spürte Nicolais forschende Blicke. Ahnte er schon, mit welcher Absicht sie gekommen war?

»Du frierst. Warte.« Nicolai beugte sich vor und zog seinen Morgenmantel von der hinteren Lehne seines Bettes. Behutsam breitete er das abgetragene grün karierte Stück Stoff über ihre Knie. Er war vorsichtig, es schien, als wollte er den reizvollen Anblick, den sie bot, nicht verderben. Ingeborg lächelte. Sie war ihm tatsächlich dankbar für diese Geste, die ihr Wärme spendete. Es fiel ihr so schwer zu tun, was sie tun musste, und dabei nicht unaufhörlich an Johannes zu denken. Sie senkte den Blick. »Danke. Ich habe einen Brief für dich mitgebracht. Luise hat ihn gefunden. Er lag heute Mittag auf unserer Türschwelle. Ich sage es dir besser gleich, ich habe ihn aufgemacht und gelesen.«

»Du hast meine Post gelesen?«

»Ja. Es war nicht richtig, ich weiß, aber es war gut, dass ich es getan habe. Hier, lies das bitte.«

Ingeborg hielt Nicolai den Brief hin, den er ihr abnahm. Für den Bruchteil eines Augenblicks meinte sie eine leichte Verärgerung über ihr Verhalten zu bemerken, ein düsterer Schatten huschte über sein Gesicht. Wahrscheinlich fragte er sich, wieso sie es sich erlaubte, seine Post zu lesen. Dann siegte seine Neugier, und er betrachtete das Stück Papier in seiner Hand.

»Wenn du es schon gelesen hast, dann sage mir, was drinsteht. Es ist viel zu dunkel hier, um zu lesen. Ich habe keine Lust, jetzt aufzustehen und Licht zu machen.«

»Es ist ein Drohbrief, Nico. Jemand versucht dich zu erpressen. Du sollst fünfhundert Mark in bar zahlen, damit dein Erpresser schweigt. Worüber er schweigen will, weiß ich allerdings nicht. Das steht nicht in dem Brief.« Ingeborg beugte sich vor und

sah Nicolai ins Gesicht. Er wandte den Kopf ab und starrte auf die Bettdecke. Ingeborg rutschte dichter an ihn heran. »Hast du eine Ahnung, wer den Brief geschrieben haben könnte?«
»Vielleicht. Ich weiß es nicht genau.«
»Möchtest du es mir nicht sagen?« Ingeborg beugte sich noch ein Stück vor, ihr Oberkörper streifte seine Schulter. Er schüttelte kaum merklich den Kopf.
»Sei mir nicht böse, aber ich halte es für besser, wenn du damit nichts zu tun hast. Das ist eine alte Geschichte aus meiner Zeit an der Front. Damit werde ich alleine fertig.«
Ingeborg lachte leise, aber ihr Lachen klang bitter. Die Männer und ihr alberner Stolz. Behutsam legte sie eine Hand auf Nicolais Schulter. »So, damit wirst du allein fertig. Du wirst immer mit allem alleine fertig, nicht wahr? Manchmal frage ich mich, warum du mich überhaupt geheiratet hast. Du hast dich sehr verändert, seitdem du aus dem Krieg zurück bist, aber eines ist gleich geblieben. Deine Art von Geheimniskrämerei hast du dir nicht abgewöhnt. Wenn du in Schwierigkeiten steckst, verhältst du dich noch ganz genauso wie früher. Du verbirgst deine Sorgen vor mir, versuchst sie geheim zu halten. So warst du schon, als wir uns kennen lernten.«
Nicolai sah auf. Sein Blick ruhte auf ihr, aber er schwieg. Ingeborg zog den Morgenmantel enger um sich. Sie fror, und sie zitterte erbärmlich in der Kälte der ungeheizten Kammer unter dem Dach, aber sie blieb. Noch wollte sie nicht aufgeben. Sie umschlang die Beine mit den Armen, um sich wenigstens ein bisschen zu wärmen. »Ich bin hier, um dir zu helfen, Nicolai. Ich bin deine Frau, vergiss das bitte nicht. Ich möchte deinen Kummer mit dir teilen, genau wie die schönen Dinge in deinem Leben. Sonst hätte ich dich nicht geheiratet, oder?«
Nicolai lächelte schwach. »Ich weiß, dass wir verheiratet sind, Ingeborg, aber bei dieser Geschichte brauche ich keine Hilfe, glaube mir. Das ist eine alte Sache aus dem Krieg. Du kannst da gar nichts tun. Im Übrigen bist du diejenige, die mir ausweicht.

Seitdem ich aus dem Krieg zurück bin, hältst du mich auf Abstand. Du bist doch diejenige, die dafür sorgt, dass wir nicht wie ein Ehepaar leben.« Nicolai hob den Kopf. Sein forschender Blick war jetzt genau auf sie gerichtet. Sie presste die Lippen aufeinander und wusste im gleichen Moment, dass diese Geste wie ein stummes Schuldanerkenntnis wirken musste. Behutsam legte Nicolai einen Arm um ihre Schulter und zog sie an sich. Sie ließ es geschehen, ohne sich zu wehren. »Möchtest du mir nicht sagen, warum du dich von mir abgewandt hast?«
Ingeborg spürte ihren Herzschlag heftiger werden. Es war dunkel, er konnte nicht sehen, dass sie errötete. Sie versuchte ihrer Stimme einen festen Klang zu geben und zu lächeln. »Du hast Recht, ich war in letzter Zeit nicht in bester Stimmung. Vielleicht ist der Krieg schuld daran, dass wir uns entfremdet haben. Du warst fast fünf Jahre an der Front, Nicolai. Wir haben uns in diesen Jahren nur ein einziges Mal gesehen. Ein Fronturlaub für fünf Tage, damals zum Weihnachtsfest 1915, das war alles. Danach warst du wieder weg. Ich musste mich allein durchschlagen, ohne zu wissen, wie es dir geht, ohne zu wissen, ob du überhaupt noch lebst. Alle anderen Männer waren längst wieder zu Hause, und ich hatte noch immer keine Nachricht von dir. Das Deutsche Rote Kreuz hatte dich als vermisst gemeldet. Ich musste glauben, dass du gefallen bist. Ich war unglücklich und völlig hilflos.«
»Und das nimmst du mir übel?«
»Vielleicht. Als du zurückkamst, konnte ich jedenfalls nicht einfach so tun, als wäre alles in Ordnung. Ich war einigermaßen durcheinander, als du plötzlich hier in der Tür gestanden hast, noch dazu betrunken …« Ingeborg verstummte. Nicolai drückte sanft ihren Kopf gegen seine Schulter. »Meinst du, ich war nicht durcheinander? Für mich war es auch nicht einfach, mich hier wieder zurechtzufinden. Du warst nicht da, als ich nach Hause kam, und …«
»Schon gut.« Ingeborg hob den Kopf und wandte sich ihm zu.

Sie hoffte, dass er den sanften Duft nach Maiglöckchen wahrnahm, ein Parfum, das er ihr geschenkt hatte und das er besonders mochte. Sie musste ihn zurückgewinnen. Sie lächelte. »Lass uns nicht mehr darüber reden, Nico. Vielleicht haben wir uns beide falsch verhalten. Warum versuchen wir nicht einfach, dort wiederanzufangen, wo wir aufgehört haben?«

»Ja, vielleicht sollten wir das tun.« Nicolai nickte. Ingeborg rutschte an ihn heran, ihr Gesicht näherte sich dem seinen. Er schloss die Augen und berührte ihre Lippen – zuerst nur vorsichtig und tastend, dann schon mutiger und mit mehr Nachdruck. Als er sich von ihr zurückzog, lächelte Ingeborg ihn an. Sie hoffte inständig, dass der alte Zauber gewirkt hatte, dass die alten Gefühle in ihm lebendig geworden waren. Wie es in ihr aussah, spielte keine Rolle. Sie musste ihre Beziehung retten, das war alles, was zählte. Er durfte keinen Verdacht schöpfen, er musste vergessen, was er heute Nachmittag vor der Praxis von Johannes Lehmann gesehen und gehört hatte. Ingeborg strich Nicolai sanft mit der Hand über die Wange. »Es ist fast wie damals, weißt du noch? Unser erster Kuss, damals in unserem ersten Sommer, unten an der Hütte beim Roten Kliff. Da waren wir genauso vorsichtig miteinander und genauso befangen, erinnerst du dich?«

Ingeborg wartete, aber Nicolai schwieg. Erinnerte er sich etwa nicht? Oder wollte er sich nicht erinnern? Egal, jetzt gab es kein Zurück. Ingeborg schob seinen Morgenmantel beiseite und hob die Bettdecke an, um in sein Bett zu schlüpfen. Nicolai beugte sich zu ihr hinunter, umarmte sie und zog ihren Körper an sich. Sie erwiderte seine Umarmung und schloss die Augen. Vielleicht war es ja völlig gleichgültig, an welchen der beiden Männer in ihrem Leben sie dachte, wenn sie in Nicolais Armen lag. Wichtig war nur, dass sie sich entschlossen hatte, ihre Ehe zu retten. Und das würde ihr gelingen – heute Nacht oder nie.

# Kapitel 14

Nicolai schaute sich um. Inmitten des Nebels war von seiner unmittelbaren Umgebung kaum etwas zu erkennen, alles schien wie in Watte verpackt. Nicht einmal das Meer konnte man rauschen hören, so dicht lag die weiße Wand über dem Land und dem Wasser. Der Nebel schluckte alle Geräusche, es war, als hätte sich ein dickes Tuch über die Insel gelegt. Auf der Heide war es still, so still wie sonst nur im tiefen Winter. Wahrscheinlich würde es bis in die Nacht hinein so ruhig bleiben, denn der Wind hatte sich gelegt, eine Wetteränderung war nicht in Sicht.

Nicolai sah zum Himmel auf, aber auch dort war alles weiß und undurchdringlich. Er hatte von Harbeck um Punkt achtzehn Uhr zur Seeschwalbe bestellt, an den kleinen Holzpavillon mitten auf der Heide. Es fragte sich nur, ob der Mann kommen würde. Hier draußen würden sie zu dieser Tageszeit und bei diesem Wetter bestimmt ungestört sein, falls von Harbeck, dieser geldgierige Feigling, es nicht vorzog, bei diesem Nebel gleich in der guten Stube zu bleiben. Ein klein wenig hätte Nicolai das sogar verstanden, denn es war wirklich ungemütlich. Am späten Nachmittag war ein schweres Gewitter über der Insel niedergegangen. Seitdem bewegte sich nichts mehr auf der Heide, die von dem Unwetter noch feucht glänzte.

Nicolai erreichte den zur Landseite offenen Holzpavillon und blieb davor stehen. Eine Viertelstunde würde er warten, dann würde er auch unverrichteter Dinge gehen. Wenn von Harbeck etwas von ihm wollte, musste er sich schon die Mühe machen, zu der verabredeten Zeit hier herauszukommen und sich das Geld zu holen, das Nicolai mitgebracht hatte – dreihundert Mark lagen in dem Kuvert, das er in der Innentasche seiner Jacke bei sich trug, mehr hatte er nicht auftreiben können. Für die Meerschaumpfeife aus Familienbesitz hatte er zweihundert bekommen, ein stolzer Preis, wenn man bedachte, dass es einige von den Dingern auf der Insel gab. Die restlichen einhundert Mark hatte er von seinem Lohn abgezweigt. Sogar Ingeborg hatte einen kleinen Betrag von ihren Ersparnissen beigesteuert. Finanziell war er jetzt am Ende, mehr war von ihm nicht zu holen, weder heute noch später. Genau das würde er diesem Kameradenschwein von Harbeck heute klarmachen.

Nicolai holte die Uhr aus seiner Westentasche und klappte sie auf. Allmählich wurde er unruhig. Er steckte die Uhr weg und tastete nach dem Messer in seiner Hosentasche. Für den Fall, dass dieser Verbrecher sich mit den dreihundert Mark nicht zufrieden gab, die er dabeihatte, würde es ungemütlich werden. Die bevorstehende Zahlung war eine einmalige Angelegenheit. Nicolai war fest entschlossen, seinen Widersacher nur einmal zu bedienen. Dass er überhaupt bereit war zu zahlen, lag nur an Ingeborg, die ihn ziemlich bedrängt hatte. Sie wollte von Harbeck schleunigst loswerden, damit sie beide sich in Ruhe mit dem Hotelneubau beschäftigen konnten. Um seine Frau zu beruhigen, hatte Nicolai in die Zahlung an von Harbeck eingewilligt, obwohl dieses Verhalten von Harbeck womöglich dazu verführte, noch mehr Geld zu verlangen. Ingeborg war der Überzeugung, dass der Mann sich mit den dreihundert Mark begnügen würde, doch Nicolai bezweifelte das.

Gerade als er noch einmal zu seiner Uhr – die eigentlich die von Erich war – greifen wollte, vernahm er plötzlich ein Geräusch hinter sich, das ihn zusammenfahren ließ. Das leise Knirschen von Sand unter Schuhsohlen war zu hören. Nicolai kniff die Augen zusammen und spähte in den Nebel, bis sich eine Gestalt schemenhaft aus dem allgegenwärtigen Weiß herausschälte. Es war tatsächlich von Harbeck, der ihm entgegentrat. Wie immer trug er seinen grauen Militärmantel und die hohen schwarzen Stiefel, seine dunklen Haare waren streng zurückgekämmt. Einen Schritt vor Nicolai blieb er stehen und schob die Hände in die Taschen seines Mantels. Er grinste frech. »Da bist du also tatsächlich. Steh bequem, Boysen. Ich hatte schon gedacht, bei dem Wetter würdest du nicht kommen.«

»Dasselbe dachte ich von dir.«

Von Harbeck lachte. »Ja? Na fein, jetzt wissen wir es beide besser. Hast du das Geld dabei?«

»Ich habe Geld dabei, und zwar genau die Summe, die ich auftreiben konnte.« Nicolai griff in die Innentasche seiner langen Baumwolljacke und zog den Umschlag hervor, den er mitgebracht hatte. Doch anstatt das Kuvert an sein Gegenüber weiterzugeben, behielt er es noch einen Moment in der Hand. »Das hier ist eine einmalige Zahlung, von Harbeck, damit das klar ist. Wenn du wiederkommst und mehr verlangst, mache ich nicht mit. Falls du den Hals nicht voll kriegen kannst, werde ich den Schmuck an Erichs Verlobte zurückgeben, ist das klar? Er gehört mir, aber ich werde nicht um jeden Preis darum kämpfen. Es ist bloß eine Uhr und ein Ring. Noch einmal bezahle ich nicht dafür, egal, womit du mir drohst.«

Von Harbeck machte einen Schritt auf ihn zu, aber Nicolai war schneller und trat zurück. »Warte, ich bin noch nicht fertig. Diesen Briefumschlag bekommst du, damit du Ruhe gibst. Nimm das Geld, und verschwinde von der Insel. Meine Frau weiß Bescheid, also versuche nicht, sie da reinzuziehen. Ihr hast du es zu verdanken, dass du überhaupt etwas kriegst. Wenn es nach mir gegangen wäre, hättest du keine müde Mark gesehen.«

»Schon gut, reg dich wieder ab, Boysen. Vor mir brauchst du dich nicht zu rechtfertigen, das alles interessiert mich nicht die Bohne. Du weißt selbst am besten, was du auf dem Kerbholz hast.«

»Ich habe nichts auf dem Kerbholz. Wenn du nicht aufhörst, Unwahrheiten über mich zu verbreiten, dann …«

»Ja, was dann?« Von Harbeck grinste, hob aber im gleichen Augenblick beschwichtigend beide Hände. »Lass es gut sein, Boysen, dieser Streit führt zu nichts. Gib mir einfach das Geld, und dann ist Schluss.«

»Ein für alle Mal?«

»Ein für alle Mal. Wenn ich das Geld habe, verschwinde ich mit der nächsten Fähre. Alles, was ich brauche, ist eine größere Summe, um wieder Tritt zu fassen. Gib mir den Umschlag, und du siehst mich nicht wieder, darauf hast du mein Ehrenwort.«

»Du gibst mir dein Ehrenwort, das beruhigt mich ungeheuer. Also gut, wie auch immer, hier ist der Umschlag. Es sind dreihundert Mark, mehr konnte ich nicht auftreiben.« Nicolai streckte ihn von Harbeck entgegen. Der griff danach und nahm ihn an sich, riss ihn aber nicht auf, sondern hob den Kopf und starrte Nicolai an. »Dreihundert? Soll das ein Witz sein? Fünfhundert waren ausgemacht, und das war auch schon ein Vorzugspreis meinerseits.«

Nicolai zuckte mit den Schultern. »Mehr Geld haben wir nicht. Ich habe alles zusammengekratzt, was da war. Wir sind keine reichen Leute, falls du das glaubst. Dreihundert Mark sind eine Menge Geld in Zeiten wie diesen.«

»Fünfhundert waren ausgemacht, Boysen.« Nicolai sah, wie von Harbeck den Briefumschlag im Inneren seines Mantels verstaute, die Stirn runzelte und die Augen zusammenkniff. »Ich glaube, du nimmst die Sache nicht ernst genug, kann das sein?«

Von Harbeck griff in seine Manteltasche – im nächsten Moment zog er eine Pistole ans Tageslicht. Er richtete ihre Mündung auf Nicolai. Dieser erschrak. Er riss sofort beide Hände hoch. Von Harbeck hantierte mit der Waffe herum und grinste ihn dabei an.

»Da staunst du, was? Schluss mit lustig, Kamerad. Fünfhundert Mark habe ich gefordert. Entweder du zahlst, oder ich schlage andere Töne an.«

Nicolai schluckte. Hatte dieser Idiot wirklich vor, auf ihn zu

schießen? Würde dieses Kameradenschwein tatsächlich wegen zweihundert Mark einen Mord begehen? Nicolai schüttelte den Kopf. »Ich habe nicht mehr Geld dabei. An die dreihundert Mark zu kommen war schon schwierig genug …«
»Wie du das Geld beschaffst, ist deine Angelegenheit, Boysen. Lass dir etwas einfallen, oder …«
Nicolai hörte ein Klicken. Offenbar hatte von Harbeck den Abzug der Pistole gespannt. Der Mann musste komplett verrückt geworden sein. Wegen zweihundert Mark wollte der einen Menschen töten? Was würde ihm das nützen? Seine Drohgebärden machten keinen Sinn, aber vielleicht war von das Harbeck egal. Vielleicht war der Kerl nicht zurechnungsfähig. Einige Kameraden waren mit einem Dachschaden aus dem Krieg zurückgekommen. Wahrscheinlich war es mit von Harbeck nicht anders, wahrscheinlich gehörte der in eine Klapsmühle. Das Beste würde es sein, den Kerl loszuwerden, er musste ihn abschütteln. Während Nicolai überlegte, wie er seinem Gegner entkommen konnte, beobachtete er, wie von Harbeck sich ihm langsam näherte. Er hatte keine Ahnung, was der Mann vorhatte, aber er musste ihm die Schusswaffe wegnehmen. Nicolai überlegte nicht mehr lange, er machte einen Satz nach vorn und sprang seinen Gegner an, packte von Harbeck bei den Schultern und rammte ihm ein Knie in den Unterleib. Der stöhnte auf und sackte ein Stück in sich zusammen. Nicolai holte aus und versetzte ihm einen Kinnhaken. Von Harbeck fiel nach hinten. Nicolai stürzte sich auf ihn und versuchte ihm die Waffe aus der Hand zu schlagen, aber von Harbeck hielt sie umklammert. Keuchend rangen sie miteinander. Nicolai sah die Mündung der Waffe gefährlich nahe vor sich. Von Harbecks Finger näherte sich zitternd dem Abzug, bevor im nächsten Moment ein Schuss die Stille zerriss. Nicolai erschrak, aber von Harbeck hatte nicht getroffen, er spürte keinen Schmerz. Mit dem Mut der Verzweiflung schlug Nicolai von Harbeck mit aller Kraft die Pistole aus der Hand.

Der Mann schrie auf, als die Waffe in hohem Bogen davonflog. Nicolai sprang auf, stolperte los und schnappte sich die Pistole. Blitzschnell drehte er sich um und zielte mit der Mündung auf von Harbecks Kopf. Der am Boden liegende Mann starrte ihn wortlos an. Von Harbeck versuchte sich aufzurichten und kam schließlich schwankend auf die Beine. Nicolai fühlte, wie seine Hände zitterten. Wenn von Harbeck ihn angriff, würde er abdrücken müssen, doch sein Gegner schien nicht mehr die Absicht zu haben, ihm noch einmal zu nahe zu kommen. Von Harbeck fluchte, dann drehte er sich um und lief über die Heide davon. Nicolai blieb zurück. Fassungslos sah er zu, wie von Harbeck der Abbruchkante des Kliffs immer näher kam. Er schien sowohl den Verstand als auch die Orientierung verloren zu haben, denn er lief geradewegs auf die Küste zu, die im Nebel lag. Nicolai ließ die Pistole sinken. Sollte er von Harbeck warnen? Während er noch überlegte, hörte er auch schon einen markerschütternden Schrei, dann war es still. Eine Totenstille lastete auf dem Land. Von Harbeck musste abgestürzt sein. Vermutlich hatte er die Abbruchkante nicht bemerkt, die inmitten der dichten Nebelschwaden kaum zu erkennen war. Dreißig Meter tief war die Steilküste an dieser Stelle, weit unten lag der Strand. Die Brandung schlief bei diesem Wetter, sie hatte von Harbeck nicht gewarnt. Der Mann musste abgestürzt sein, nichts anderes war vorstellbar.
Nicolai stand zitternd da, die Pistole in der Hand, und starrte in den Nebel. Sollte er zur Abbruchkante gehen und nachsehen, was aus von Harbeck geworden war? Er würde zum Strand hinunterklettern müssen, von hier oben war bestimmt nichts zu sehen. Aber selbst wenn er sich zu diesem gefährlichen Manöver entschloss, war nicht sicher, dass er von Harbecks Leichnam bei der schlechten Sicht überhaupt finden würde.
Nicolai betrachtete die Waffe in seiner Hand. Wenn von Harbeck wirklich tot war, und nichts sprach dagegen – einen Sturz aus dreißig Metern Höhe überlebte niemand ohne weiteres –,

war er dann dessen Mörder? Nicolai fühlte, wie dieser Gedanke ihn erschreckte, obwohl er sicher war, in Notwehr gehandelt zu haben. Von Harbeck war verrückt, der Mann war im Angesicht seiner eigenen auf ihn gerichteten Pistole völlig irre geworden. Wahrscheinlich hatte der wirklich eine Meise gehabt, anders konnte es nicht sein. Außerdem war er ein Verbrecher gewesen, schon im Lazarettzug hatte er versucht, Erichs Schmuck zu stehlen.

Nicolai holte tief Luft. Er schloss für einen Moment die Augen, um sich zu beruhigen. Er musste nachdenken. Sobald der Nebel sich lichtete, würden sie von Harbecks Leiche am Strand finden. Die Polizei würde sich einschalten, um herauszukriegen, warum da unten ein Toter im Sand lag. Von Harbecks zerschmetterter Körper konnte das Ergebnis eines Selbstmordes sein, es konnte sich aber genauso gut um einen Unfall oder ein Verbrechen handeln.

Nicolai strich sich mit einer Hand nachdenklich übers Kinn. Von Harbecks Leiche würde übel zugerichtet sein. Wahrscheinlich hatte der Sturz ihm das Genick oder das Rückgrat gebrochen. Würde die Polizei daraus Schlussfolgerungen ziehen können? Nicolai stöhnte leise. Es gab so viel zu bedenken. Die Polizei würde auch den Umschlag mit dem Geld bei der Leiche finden. Vielleicht hatte von Harbeck einen Ausweis bei sich, der seine Identität verriet. Nicolai schlug die Augen auf. Was sollte er jetzt tun? Die Polizei würde Ermittlungen anstellen, so oder so, das war nicht zu vermeiden. Das alles war entsetzlich, er hatte dieses Ende nicht gewollt. Aber immerhin war es bei der Geschichte um sein Leben gegangen. Wenn er sich nicht gewehrt hätte, dann wäre er vielleicht Opfer eines Verbrechens geworden.

Sollte er zur Polizei gehen und erzählen, was heute Nachmittag hier auf der Nordheide geschehen war? Würden sie ihm glauben? Die Sache mit Erichs Schmuck warf kein gutes Licht auf ihn. Die Tatsache, dass er sich hatte erpressen lassen, würde die

Polizei als Indiz gegen ihn werten. Die Wahrheit klang so unglaubwürdig. Er hatte viel zu verlieren. Er war ganz auf sich gestellt, es gab niemanden, der seine Aussagen über den Tathergang bestätigen konnte. Es schien so, als könnte er mit der Wahrheit nur verlieren. Kein Mensch würde ihm seine Geschichte glauben, sie klang zu fantastisch, um wahr zu sein. Er würde schweigen müssen. Wenn die Ereignisse der letzten Stunde bekannt wurden, dann war er geliefert, dann gab es kein Entrinnen. Kein Richter landauf, landab würde seine Version des Unfalls für bare Münze nehmen. Von Harbeck war tot, und er stand hier mit einer Pistole in der Hand. Alles sprach gegen ihn.

Nicolais Blick fiel auf die Waffe, die er nicht benutzt und aus der er dennoch seinen Vorteil gezogen hatte. Langsam schob er sie in die Innentasche seiner Jacke. Er würde sie verschwinden lassen müssen.

Nicolai sah sich um. Noch immer herrschte dichter Nebel, noch immer war weit und breit keine Menschenseele zu sehen. Dann ging er bis zur Abbruchkante des Kliffs, kniete sich nieder und schaute hinunter, aber da unten, dort, wo sonst die von Schaum gekrönten Wellen auf den Strand schlugen, war nichts zu sehen. Sein Blick erfasste nichts außer dem feuchten, undurchdringlichen Nebel, der das Leichentuch über einen Mann ausbreitete, der für dreihundert Mark in den Tod gesprungen war.

Luise kletterte aus dem Wagen und blieb auf dem mit Kies bestreuten Weg stehen, der zum Haus führte. Geistesabwesend sah sie zu, wie Ingeborg den Kutscher entlohnte, der sie von Westerland nach Kampen zurückgebracht hatte. Sie fühlte sich nicht wohl. Vielleicht war es die Mittagssonne, die ihr zusetzte, oder es lag daran, dass sie seit Stunden nichts gegessen hatte, jedenfalls war ihr elend zumute. Vielleicht war es aber auch bloß ihr heimlicher Ärger, der sich bemerkbar

machte und Magenschmerzen verursachte. Um sich mit Ingeborg auszusöhnen, hatte sie beim Notar in Westerland ein Stück Papier unterschrieben, das ihr schon jetzt verhasst war. Sie räumte darin einer Kreditbank in Husum eine Grundschuld ein, und die Bank bezahlte dafür im Gegenzug Ingeborg und Nicolai den Neubau von Kliffende. Warum war sie nur so dumm gewesen und hatte sich auf eine so windige Sache eingelassen? Gut, Ingeborg hatte tagelang auf sie eingeredet, um ihr begreiflich zu machen, wie ungeheuer wichtig dieser Kredit aus Husum für den Hotelneubau war. Und dennoch war es blanke Unvernunft, was sie getan hatte. Ihr Elternhaus war schließlich alles, was sie besaß. Unvernünftigerweise hatte sie sich Ingeborgs Druck gebeugt, war hingegangen und hatte ihr letztes Hab und Gut verpfändet, nur weil ihre einzige Tochter sie dazu überredet hatte. Es mochte ja sein, dass von diesem Hotel viel für die Kinder abhing, aber wer kümmerte sich um sie, falls sie bei diesem Abenteuer ihr Vermögen verlor?
Luise drehte sich um und hielt nach Ingeborg Ausschau. Die stand noch immer am Kutschbock und sprach mit dem Kutscher. Sie lachte und scherzte. Ingeborg schien blendender Laune zu sein. Natürlich war sie gut gelaunt, warum auch nicht? Eben war sie der Erfüllung ihres großen Traumes ein ganzes Stück näher gerückt. Das begehrte Darlehen für das Hotel war jetzt in greifbarer Nähe, der Neubau konnte beginnen. Luise hatte inzwischen auch die Pläne sehen dürfen, die der Architekt aus Westerland gezeichnet hatte. Sie waren gut, ohne Frage. Luise wusste, wie sehr Ingeborg sich jetzt schon darauf freute, in der neuen Villa als Hausherrin präsidieren zu dürfen. Aber war das alles auch wirklich bezahlbar? Thiess Meinert war nicht der Ansicht. Was würden wohl allein die Dienste des Architekten kosten?
Luise klappte ihre Handtasche auf und tastete nach dem Fläschchen mit dem Riechsalz. In letzter Zeit war ihr häufiger schwindlig. Vermutlich war die Aufregung der vergangenen

Tage zu viel für eine Frau ihres Alters. Erst die Sache mit Hedwigs Fuß, jetzt die Geschichte mit dem Hotel – sie brauchte Ruhe, und zwar dringend.
Luise wollte sich abwenden und alleine zum Haus gehen, als sie aus dem Augenwinkel eine Gestalt wahrnahm, die sich auf der Straße näherte. Thiess Meinert kam den Sandweg hinunter. Die Zeitung unter dem Arm und seine Prinz-Heinrich-Mütze auf dem Kopf, steuerte er geradewegs auf das Haus zu. Luise warf einen hastigen Blick zu Ingeborg hinüber, in dem Versuch, ihr ein Zeichen zu geben, aber Ingeborg beachtete sie nicht. Luise seufzte. Nach einer Begegnung mit Thiess Meinert stand ihr jetzt nicht der Sinn. Wenn der sie erst mal in den Fängen hatte, würde er todsicher früher oder später nach den Fortschritten des Hotelneubaus fragen, und was sollte sie dann sagen? Sollte sie ihm beichten, dass sie entgegen ihren früheren Beteuerungen gerade einen Beitrag dafür geleistet hatte, dass sein alter Kasten in den Dünen demnächst abgerissen werden konnte? Das wollte sie ihm lieber nicht sagen müssen, nicht jetzt und nicht hier. Meinert hing an dem alten Hotel, es war sein Ein und Alles. Er hatte es mitaufgebaut, es war eine Art Lebenswerk. Wahrscheinlich würde er es ihr übel nehmen, dass sie so maßgeblich zu dem Abriss des alten Hauses beigetragen hatte. Luise schüttelte den Kopf. Auf eine Debatte mit Thiess Meinert hatte sie jetzt überhaupt keine Lust. Sie wandte sich hastig ab und marschierte los, fest entschlossen, sich einer Unterhaltung mit ihm zu entziehen. Sie würde auf ihr Zimmer gehen und Kopfschmerzen vortäuschen. Solange er im Haus war, würde sie sich nicht blicken lassen. Mochte Ingeborg ihm beibringen, was in Westerland beim Notar passiert war. Dann konnte er sich Ingeborg gegenüber darüber aufregen, dass sein wunderschönes Hotel nun abgerissen wurde.
»Frau von Lassen!«
Der Ruf hallte laut über die ganze Straße. Natürlich hatte sie Meinerts Stimme vernommen, aber Luise tat, als hätte sie

nichts bemerkt. Sie ging weiter, bis plötzlich Ingeborg an ihrer Seite auftauchte, nach ihrem Arm griff und sie festhielt. »Mutter! Hast du nicht gehört? Du hast Besuch. Thiess Meinert ist da.« Mit einer Hand deutete Ingeborg auf die Gartenpforte. Luise konnte nicht anders, sie musste stehen bleiben und sich umdrehen. Thiess Meinert kam den Kiesweg hinunter, leise vor sich hin pfeifend. Luise kniff die Augen zusammen. Sie mochte es nicht, wenn er so schnell lief, denn dann keuchte er wie eine Dampflok. Im Laufen besaß seine gesamte Erscheinung nichts Würdiges mehr, da hüpfte er wie ein Gummiball. Der Schweiß stand deutlich sichtbar auf seiner Stirn, sein Gesicht war von der Anstrengung rot angelaufen, und einer der Hosenträger schimmerte unter seinem Jackett hervor. Luise holte Luft. Sie war versucht, eine giftige Bemerkung über Meinerts Erscheinungsbild zu machen, aber Ingeborg verhinderte das, indem sie sich zu ihr hinüberbeugte. »Ich lass euch zwei dann wohl besser alleine, ja?«

Sie blinzelte Luise zu und wandte sich ab, während diese wie vom Schlag gerührt zurückblieb. Was sollte das denn? Ingeborgs Betragen gefiel ihr nicht. Die tat ja gerade so, als ob es zwischen ihr und Meinert unschickliche Heimlichkeiten gab, obwohl das selbstverständlich nicht der Fall war. Vielleicht glaubte Ingeborg, aus ihr und Meinert könnte ein Paar werden, aber das schien nur so, das war ein Irrtum. Sie hatte ihm in letzter Zeit ein paar Vertraulichkeiten gestattet, das war richtig, und gelegentlich waren sie miteinander unterwegs gewesen und hatten etwas unternommen, Warum auch nicht? Luise freute sich, wenn sie Hedwig entkommen konnte, die sich wegen ihres verstauchten Fußes von früh bis spät bedienen ließ. Luise hatte es gefallen, Gesellschaft zu haben. Meinert hatte ihr seine Freunde und Bekannten vorgestellt, ihr die Insel gezeigt und sie ein einziges Mal zum Essen ausgeführt. Luise musste zugeben, dass sie es zeitweise genossen hatte, einen männlichen Begleiter zu haben, aber sie wusste, dass es nicht immer so weitergehen konnte. Sie durfte diesem Mann keine großen Hoffnungen machen, schließlich hatte sie nicht vor, einen Antrag seinerseits in Erwägung zu ziehen. Es hätte nicht gepasst, wenn eine Dame von Adel, eine Witwe aus guter Familie und von Stand, sich mit einem gescheiterten Hotelier zusammentun würde. Meinert besaß kein Vermögen und musste auch als älterer Mann noch für seinen Lebensunterhalt arbeiten. Außerdem war da sein Erscheinungsbild, das zu wünschen übrig ließ, und obendrein fehlte es ihm an Bildung, was auch immer wieder in unpassenden Momenten zutage trat.

»Frau von Lassen!« Thiess Meinert hatte sie erreicht. Er stand vor ihr und zückte grüßend die Mütze. »Wie schön, Sie zu treffen! Schauen Sie, was ich gefunden habe.« Er zog seine Zeitung unter dem Arm hervor, schlug eine der Seiten im vorderen Teil auf und hielt sie Luise unter die Nase. Luise begann zu lesen.

»Großer Ball der Kurverwaltung. Zur Saisoneröffnung im Kurhaus Westerland lädt ein: Stadt und Kurverwaltung von Westerland.«

Luise hob den Kopf und warf Meinert einen fragenden Blick zu. Mit einem strahlenden Lächeln faltete er die Zeitung zusammen. »Na, was sagen Sie? Die Kurverwaltung lädt zur Saisoneröffnung ein. Am 1. Juni wird gefeiert, das ist morgen. Fast wie in alten Zeiten, nicht wahr? Jetzt geht es wieder aufwärts mit unserer Insel, glauben Sie mir. Das wäre doch eine schöne Gelegenheit, einmal miteinander das Tanzbein zu schwingen, oder?«

»Das Tanzbein schwingen? Sie meinen, wir beide sollen dahin gehen, um miteinander zu tanzen?«

»Nicht gehen, meine Liebe, wir lassen uns ganz standesgemäß kutschieren. Sonst ist der Abend ja perdu, bevor wir im Kurhaus ankommen. Ich halte das für eine ausgezeichnete Idee. Schließlich war ich ehedem nicht bloß ein Knabe mit lockigem Haar, sondern auch ein passabler Tänzer. Meine Thea konnte sich in diesem Punkt wahrlich nicht beklagen. Wenn

Musik aufspielte, war ich dabei, das dürfen Sie mir glauben, Gnädigste.« Thiess Meinert strahlte noch immer. Er zwirbelte das Oberlippenbärtchen, das er sich kürzlich hatte stehen lassen.
Luise kniff die Augen zusammen. War es ihm Ernst mit dem, was er da sagte? Sie schüttelte den Kopf. »Sie scherzen, oder? So eine Tanzerei ist etwas für junge Leute. Wenn meine Tochter und mein Schwiegersohn sich bei so einer Veranstaltung amüsieren, dann mag das angehen, aber ich fühle mich für so etwas zu alt. Ich käme mir ganz und gar unmöglich vor, wirklich.«
»Wieso denn das? Das ist nicht irgendeine dörfliche Tanzerei, verehrte gnädige Frau, das ist ein Ball und damit durchaus nicht unter Ihrer Würde. Dort trifft sich alles, was auf der Insel Rang und Namen hat. Die Kurverwaltung gibt sich alle Mühe mit ihren Bällen, das dürfen Sie mir glauben. Und was Ihr Alter anlangt – Sie sind doch eine Frau in den besten Jahren, das wissen Sie selbst genau.« Thiess Meinert lächelte sie an. Offenbar ging er davon aus, sie doch noch zu diesem Abend überreden zu können.
Luise seufzte leise. Es war wohl an der Zeit, allzu drastischen Annäherungsversuchen seinerseits einen Riegel vorzuschieben, wenn sie nicht mit ihm ins Gerede kommen wollte. Sie trat einen Schritt zurück und musterte Thiess Meinert mit einem kühlen Blick. Es fiel ihr nicht leicht, den Mann vor den Kopf zu stoßen, denn im Grunde war er ja herzensgut, aber es half nichts, einmal musste es sein. Wenn sie ihm nicht die Wahrheit sagte, riskierte sie, dass er immer verwegener wurde. Schließlich war nicht sicher, dass er wusste, wo seine Grenzen lagen. Luise kniff erneut die Augen zusammen. Sie bemühte sich, ihrer Stimme einen abweisenden Ton zu geben. »Es ist sehr liebenswürdig von Ihnen, mich mit einer Einladung zu diesem Fest zu bedenken, Herr Meinert, aber ich habe kein Interesse daran, mit Ihnen tanzen zu gehen. Ich finde es weder

passend noch sonst wünschenswert, so etwas zu tun, und bitte Sie, das ein für alle Mal zu respektieren. Haben wir uns verstanden?«

Thiess Meinert zuckte zusammen. Seine Miene verfinsterte sich augenblicklich. »Wie bitte? Sie finden es weder passend noch wünschenswert? Was soll das heißen? Wollen Sie damit etwa sagen, dass ich keine angemessene Gesellschaft für Sie bin? Dass Sie mich nicht einmal für einen Ball der hiesigen Kurverwaltung in Betracht ziehen – ist das Ihr Ernst?«

»So etwas in der Art wollte ich andeuten, ja. Wenn ich in den vergangenen Wochen einige Male mit Ihnen aus war, so bedeutet das nicht …- «

»Wir sind beide alt genug, um zu wissen, was es bedeutet und was nicht, Frau von Lassen.« Thiess Meinert holte tief Luft. Sein Gesichtsausdruck hatte sich noch mehr verfinstert, er wirkte jetzt zutiefst empört. »Da haben wir ihn wieder, Ihren albernen Standesdünkel. Ich frage mich, wofür Sie sich den immer noch aufheben. Früher einmal mag das nützlich gewesen sein, aber was bringt es Ihnen noch, dass Sie ein ›von‹ im Namen führen? Unsere Nachkriegsgesellschaft legt auf solchen Firlefanz keinen Wert mehr. Sie sind eine verarmte Witwe aus dem Landadel, nicht besser und nicht schlechter als jede tüchtige und ehrenwerte Bürgersfrau. Kaisers Zeiten sind passé, die hat der Krieg den Orkus hinuntergespült. Es wäre besser, wenn Sie sich entschließen könnten, dieser Tatsache ins Auge zu sehen.« Thiess Meinert drehte sich um, blieb dann aber doch noch einmal stehen und warf Luise einen finsteren Blick zu. »Wenn ich Ihnen nicht genüge, weil ich ein Bürgerlicher bin, einer, der seinen Unterhalt mit ehrlicher Arbeit verdient, dann frage ich mich, nach welchen Eigenschaften Sie einen Menschen beurteilen. Ehrlichkeit, Sparsamkeit und Treue, Fleiß und Zuverlässigkeit, das sind meiner Meinung nach Tugenden, die zählen. Wenn Sie allerdings lieber auf einen adligen Windhund warten, der nur Grütze im Kopf hat

und genauso viel Wert auf angestaubte Umgangsformen legt wie Sie, dann wünsche ich gutes Gelingen. Solche Bewerber liegen mit Sicherheit an jeder Straßenecke auf der Lauer.«
Meinert wandte sich ab. Luise drehte sich um und sah dem Mann hinterher, der mit großen Schritten der Gartenpforte entgegenstrebte. Sie war ebenso verletzt wie empört. Was nahm sich dieser Mensch eigentlich heraus? Was erlaubte er sich? Luise fühlte, wie die Wut über Meinerts Betragen in ihr immer größer wurde. Dass er ihr die Absage für den Ball übel nahm, war vielleicht verständlich, aber dass er im Gegenzug gleich so weit ausholte und sie demütigte, das war überflüssig. Nun, seine Äußerungen passten zu ihm und zu dem mangelhaften Benehmen, das er immer wieder zeigte. Luise war entschlossen, die Sache noch nicht auf sich beruhen zu lassen. Sie machte einen Schritt in Richtung Meinert, aber weil der bereits weit weg war, musste sie wider Willen die Stimme heben, um von ihm gehört zu werden. Sie reckte sich. »Ich glaube kaum, dass es Sie etwas angeht, nach welchen Eigenschaften ich die Menschen in meiner Umgebung beurteile. Sie wollen der richtige Gesellschafter für mich sein, Herr Meinert? Sie sind ein Hotelier, der sein Hotel verkaufen musste, weil er vor dem Bankrott stand. Jetzt halten Sie sich auf Ihre alten Tage als Angestellter über Wasser. Sie beeindrucken mich nicht.«
Thiess Meinert hatte die Gartenpforte bereits erreicht, aber er blieb noch einmal stehen und schaute sie an. Sein Gesicht wirkte traurig, er machte einen erschöpften Eindruck. »Wenn Sie über meinen beruflichen Werdegang so genau Bescheid wissen, dann sollten Sie sich auch mit der Frage beschäftigen, warum ich mein Hotel verkaufen musste. Ich habe die horrenden Arztrechnungen meiner kranken Frau nicht mehr bezahlen können. Das war es, was mich um mein Eigentum gebracht hat, Frau von Lassen. Aber das ist jetzt auch egal.« Er wandte sich ab. Mit hängenden Schultern, den Kopf gesenkt, machte Thiess Meinert sich auf den Weg zur Dorfstraße. Luise musste

sich zwingen, sich umzudrehen und ihm nicht hinterherzuschauen. Sie unterdrückte den Wunsch, ihm nachzulaufen und sich zu entschuldigen. Tatsächlich hatte sie nicht gewusst, dass es die Krankheit seiner Ehefrau gewesen war, die Meinert finanziell ruiniert hatte. Und sonst? Der Rest des Gespräches, das sie eben miteinander geführt hatten, hinterließ ein ungutes Gefühl bei ihr. War sie mit ihren Äußerungen zu weit gegangen? Hatte sie sich in der Wortwahl vergriffen? War ihr der gute Ruf ihrer Familie tatsächlich so wichtig, wie Thiess Meinert behauptet hatte? Was würde denn passieren, wenn sie Meinerts Werben nachgab? Sie war Witwe und durfte getrost an eine neue Verbindung mit einem Mann denken, wenn der es aufrichtig meinte. Und was den Standesunterschied zwischen ihnen anging – wen konnte der stören? Wer kannte sie hier auf der Insel denn schon? Wenn sie noch einmal heiratete, würde sie nicht mehr so einsam sein. Ihr großes leeres Haus in Glücksburg konnte sie verkaufen und mit Thiess Meinert noch ein paar schöne Jahre haben. Sie würde hier auf der Insel leben, in der Nähe ihrer Tochter und der Enkelkinder, die sie vielleicht eines Tages haben würde.
Luise spürte, wie die Zweifel an ihren bisherigen Überzeugungen in ihr stärker wurden. Vielleicht ging es ihr ja gar nicht um Thiess Meinert und um das, was er darstellte und verkörperte. Womöglich hatte sie nach den schwierigen Jahren mit Richard ganz einfach nur Angst vor einer neuen Beziehung zu einem Mann. Luise schloss die Augen. Wenn sie ehrlich war, musste sie zugeben, dass sie sich bei dem Gedanken an eine neue Ehe unwohl fühlte. Sie war verunsichert. Einsam wollte sie nicht sein, aber zu Thiess Meinert gehen und ihm gestehen, wie es wirklich in ihr aussah, das wollte sie auch nicht. Wie sollte sie weitermachen? Die Zukunft schien ihr schwieriger denn je. Eine ganz erbärmliche, dumme und kaum zu bewältigende Furcht vor dem Alter war es, die sie überwältigte, wenn sie an den Rest ihrer Tage dachte, die noch vor ihr lagen.

Johannes Lehmann hockte auf einem Strohballen in der Mittagssonne. Auf einem Grashalm kauend, sah er zu, wie Gudrun Lüders ein Pferd striegelte, das ein paar Schritte entfernt vor einer offenen Stalltür stand. Die Sonne schien, das laute, unmelodische Geschrei einer Silbermöwe hing in der Luft, bevor der Vogel kurz darauf in den wolkenlosen Himmel aufstieg. Eine Atmosphäre sonntäglichen Friedens lag über dem Hof, den Jens Lüders vor ein paar Jahren zum Reiterhof umgestaltet hatte.
Johannes stand auf und schlenderte zu dem Gatter hinüber, das die benachbarte Pferdekoppel vom Hof trennte. Er schaute nach Süden. Wo Lilly nur blieb? Sie war eine begeisterte Reiterin. Regelmäßig lieh sie sich an den Wochenenden ein Tier bei Lüders aus, um damit auf eigene Faust die Insel zu erkunden. Um vier Uhr waren sie hier verabredet gewesen, mittlerweile musste es halb fünf durch sein. Nicht etwa, dass es ihm was ausmachte, einfach in der Sonne zu sitzen und zu faulenzen, aber eigentlich hatten sie vorgehabt, irgendwo miteinander Tee zu trinken und vielleicht hinterher noch am Strand spazieren zu gehen. Zum Baden war es noch zu kalt, aber auf einen langen Spaziergang in den Dünen hatte Johannes sich gefreut.
Er reckte sich, nahm den Grashalm aus dem Mundwinkel und warf ihn fort. Während er darüber nachdachte, ob er Gudrun Lüders Bescheid sagen und schon mal allein zur Teestube rübergehen sollte, bemerkte er, dass sich auf dem Sandweg etwas näherte. Ein Pferd galoppierte die Straße herunter. Das Tier lief mit flatternder Mähne genau auf ihn zu. Johannes fragte sich, wo sein Reiter abgeblieben sein mochte. Das Pferd war gesattelt, aber der Sattel war leer. War es Lillys Pferd, das da alleine zurückkam? Nicht unbedingt, vielleicht hatte Gudrun Lüders heute Nachmittag noch mehr Tiere ausgeliehen. Johannes drehte sich zu ihr um und machte ihr ein Zeichen. Langsam, eine Hand schützend über die Stirn haltend, kam sie näher und schaute auf die im Sonnenlicht liegende

Straße. Johannes deutete auf das Tier, das jetzt, da es den heimatlichen Stall sah, das Tempo verringerte. »Ist das Ihr Pferd, das da kommt, Frau Lüders?«
»Ja, das ist Tillmann, unser Hengst. Wieso kommt der alleine?«
»Er hat seinen Reiter abgeworfen, schätze ich. Wer hatte das Pferd denn heute?«
»Fräulein Hagemann. Vor zwei Stunden ist sie mit Tillmann los. Sie wollte nach Archsum.« Gudrun Lüders drehte sich langsam zu Johannes um. Ihr Gesicht verriet deutlich die Besorgnis, die sie empfand. »Das kann nicht sein. Fräulein Hagemann ist eine gute Reiterin. Die versteht sich auf Pferde.«
»Vielleicht war es nicht ihre Schuld, dass Tillmann sie abgeworfen hat. Kümmern Sie sich um den Hengst, ich hole Ihren Mann. Wir müssen nach Fräulein Hagemann suchen.«
»Mein Mann ist nicht da, Herr Doktor. Der hilft bei einem Umzug im Dorf. Aber ich kann ja mitkommen.« Gudrun Lüders schaute fragend, doch Johannes schüttelte den Kopf. »Nett von Ihnen, aber bleiben Sie mal auf dem Hof, schon der Kinder wegen. Ich reite allein. Nach Archsum wollte Elisabeth?«
»Ja, hat sie mir jedenfalls gesagt.« Gudrun Lüders wandte sich ab und lief dem Hengst entgegen, der jetzt das Hoftor erreicht hatte. Das Tier stand an der Pforte und wieherte aufgeregt, bis sie es beim Zügel nahm und ihm beruhigend den Hals tätschelte. »Ist ja gut, mein Junge, ist ja gut. Jetzt bist du wieder zu Hause.«
Das Pferd wieherte noch einmal.
»Der ist ganz schön nass, der Tillmann.« Gudrun Lüders betrachtete ihre Handfläche, mit der sie das Pferd getätschelt hatte. »Er muss ein gutes Stück galoppiert sein. Am besten satteln Sie sich Hanni, unsere Stute, die ist zuverlässig und gutmütig. Steht gleich vorne rechts, wenn Sie in den Stall kommen, Herr Doktor.«
Johannes nickte. Er lief los, um das Pferd fertig zu machen, das

Gudrun Lüders ihm zugeteilt hatte. Während er Hanni sattelte, war er in Gedanken bei Lilly. Wo sollte er anfangen, nach ihr zu suchen? Sie konnte im großen Bogen am Strand entlang über Morsum nach Archsum geritten sein, der Weg am Meer entlang war landschaftlich sehr schön. Es war aber genauso gut möglich, dass sie einen der vielen Wirtschaftswege quer durch die Wiesen genommen hatte. Wenn sie dort irgendwo gestürzt war, dann konnte er unter Umständen lange suchen.

Johannes spürte, wie die Unruhe in ihm wuchs. Was, wenn Lilly sich schwer verletzt hatte? Vielleicht lag sie hilflos irgendwo in der Walachei? Vielleicht würde es dunkel werden, ohne dass er eine Spur von ihr gefunden hatte? Er machte den Sattelgurt der Stute fest und führte das Tier aus dem Stall. Draußen auf dem Hof rieb Gudrun Lüders das schweißnasse Fell des Hengstes mit Stroh trocken. Als sie Johannes kommen sah, richtete sie sich auf. »Ich würde am Wasser entlangreiten, Herr Doktor. Ich habe nachgeschaut, der Tillmann hat keine Erde in den Hufen, der ist im Sand geritten worden. Ist ja auch schöner, die Strecke am Watt.«

»Gut, ich versuche es in Richtung Strand. Danke, Frau Lüders. Und falls Ihr Mann früher zurückkommt, bitten Sie ihn doch, die Wege querfeldein in Richtung Archsum abzusuchen.«

»Das mach ich, Herr Doktor, ich richte es aus. Nur ruhig Blut, das wird schon. Vielleicht hat sich das Fräulein bloß den Knöchel verstaucht. Sie ist so geschickt mit Tieren, der passiert schon nichts.«

Johannes lächelte schwach, schwang sich in den Sattel und lenkte sein Pferd nach Osten, dem Strand entgegen. Er trieb Hanni an, er hatte keine Zeit zu verlieren. Ein Sturz vom Pferd konnte böse enden. Kopfverletzungen, Knochenbrüche und Prellungen, das war alles schon vorgekommen. Im Galopp ritt Johannes zum Dorf hinaus. Außerhalb der Ortschaft lag die Heide vom Wind bewegt in der Nachmittagssonne. Er hielt sein Pferd kurz an und schaute sich um. Die Landschaft wirkte friedlich und menschenleer. Er wusste nicht, wohin er sich eigentlich wenden sollte. Die weißen Blüten der Bibernelle schaukelten in dem seichten Wind, der landeinwärts strich. Austernfischer und Möwen glitten über den Himmel auf das freie Watt hinaus. Johannes lenkte das Pferd auf das Wasser zu, bis der graue Strand des Wattenmeeres in Sichtweite kam. Vor der Küste war Ebbe – als endlos graubraune, nur von wenigen Pfützen gesprenkelte Fläche dehnte sich das Watt bis zum dänischen Festland aus. Johannes erhob sich in den Steigbügeln und sah sich noch einmal um, entdeckte aber noch immer nichts, was auf die Anwesenheit eines Menschen schließen ließ. Gudrun Lüders hatte gesagt, Lilly habe den Hof schon vor zwei Stunden verlassen. Wie weit konnte sie in dieser Zeit zu Pferd gekommen sein? Ganz bis nach Archsum oder noch weiter? War sie schon wieder auf dem Heimweg gewesen, als der Unfall passierte? Tillmann hatte offenbar einige Zeit gebraucht, um alleine auf den Hof zurückzukehren, so schweißnass, wie er gewesen war. Johannes zerbrach sich den Kopf darüber, von wo das Tier gekommen und wie lange es für den Weg gebraucht haben mochte, aber er hatte zu wenig Anhaltspunkte, um klare Schlussfolgerungen zu ziehen. Es blieb ihm nichts anderes übrig, als einfach drauflos zu reiten. Die Stute unter ihm trabte ruhig über den nassen Sand, der Wind zauste die Mähne. Während Johannes sich immer wieder umsah, fiel ihm ein, dass es hier ganz in der Nähe eine Hütte gab, zu der er reiten konnte, um sich nach Lilly zu erkundigen. Thore Swingdahl wohnte als Einsiedler in den Dünen, und das seit Jahren schon. Der Mann war ein Sonderling, er hauste in einem zugigen Bretterverschlag mit Kanonenofen und ohne fließendes Wasser. Thore ging auf Robbenjagd und schneiderte aus den erbeuteten Fellen Mäntel, die er an Feriengäste verkaufte. Nebenbei verdiente er sich ein paar Mark als Tierpräparator, und außerdem führte er gelegentlich Feriengäste durch das Watt. Alles in allem reichten seine Einkünfte gerade zum Überleben.

Im letzten Winter hatte Johannes ihn von einer fiebrigen Bronchitis kuriert, die an der Schwelle zur Lungenentzündung gestanden hatte. Für die Behandlung hatte er damals kein Geld verlangt, so hatte er bei Thore Swingdahl auf jeden Fall noch etwas gut.

Johannes lenkte sein Pferd auf die beiden Hütten zu, die jetzt in Sichtweite kamen. Sie standen eng beieinander inmitten der Heide, ihre Schornsteine ragten windschief aus den Dächern. In der ersten der beiden Bretterhütten enthäutete Swingdahl seine Robben. Ein betäubender Gestank nach Tran und Knochen ging von dieser Bude aus. Johannes stieg vom Pferd und führte es am Zügel weiter. Kurz vor der kleinen hölzernen Veranda der anderen Hütte blieb er stehen und schaute sich um. Von Swingdahl selbst war hier draußen nichts zu sehen. Johannes band die Zügel seines Pferdes an dem Geländer der Veranda fest und klopfte an die Tür. Nichts rührte sich, aber Thore war zu Hause, Johannes konnte hören, dass er sich mit jemandem unterhielt. Drinnen wurde gelacht und erzählt. Thores tiefer Bass übertönte alle anderen Geräusche. Johannes klopfte noch einmal, dann stieß er die unverschlossene Tür einfach mit dem Fuß auf. Er wollte Thore grüßen, doch der Anblick, der sich ihm bot, verschlug ihm die Sprache. Auf dem mit einem Flickenteppich belegten Fußboden der Hütte lag Swingdahl lang ausgestreckt, mit beiden Händen in der Luft rudernd. Dabei reckte er den Kopf und stieß seltsame gurrende Laute aus. Johannes blieb stehen. Thore hob den Kopf und hielt in seiner letzten Bewegung inne. Gleich darauf bemerkte Johannes auch Lilly Hagemann, die in eine alte Wolldecke eingewickelt auf einem Sofa lag. Verwirrt musterte Johannes zuerst Thore und dann Lilly, die ihn anlächelte, als wäre es ganz alltäglich, was er hier zu sehen bekam. Während Johannes überlegte, was er zu dieser Szene sagen sollte, rappelte Thore sich vom Boden auf. Mit einem verlegenen Grinsen im Gesicht strich er sich über die Bart-

stoppeln auf dem Kinn. Er schüttelte seine Hosenbeine aus und klopfte den Staub von dem löchrigen grauen Pullover, den er trug. Auf dem runden Tisch neben dem Sofa standen zwei Zinnbecher und eine Flasche Schnaps. Johannes fehlten die Worte. Schweigend starrte er Lilly an, die sich jetzt langsam aufsetzte. Dass er plötzlich in der Tür stand, schien sie weder in Verlegenheit zu bringen noch besonders zu überraschen.
»Moin, Herr Doktor.« Thore Swingdahl lächelte matt. »Grade eben wollte ich Ihrem Fräulein Krankenschwester zeigen, wie ein Seehund nach Garnelen taucht, aber das hat sich ja nun erledigt. Ist übrigens vom Pferd gefallen, Ihr Fräulein Krankenschwester. Ich hab sie am Strand aufgelesen und ihr das Handgelenk gekühlt.«
Thore verstummte. Lilly begann zu kichern. Langsam rutschte sie vom Sofa. Schwankend stand sie auf und machte ein paar unbeholfene Schritte, bevor sie stehen blieb und Johannes ansah. »Hallo, Herr Doktor. Gut, dass Sie da sind, ich hatte einen kleinen Unfall. Tillmann hat mich abgeworfen – wegen einem Hund, der auf der Heide herumstromerte.«
Johannes nickte. »So, ein Hund war also schuld. Wir haben uns Sorgen gemacht, die Frau Lüders und ich. Als der Hengst allein auf den Hof zurückkam, habe ich geglaubt, Ihnen sei etwas zugestoßen.«
»Ist ihr ja auch. Der Knöchel an der rechten Hand ist ordentlich geschwollen. Der brauchte unbedingt Kühlung. Der gute Korn von vor dem Krieg ist gerade richtig dafür.« Thore Swingdahl machte ein sorgenvolles Gesicht, doch sowohl ihm als auch Lilly war deutlich anzumerken, dass sie beschwipst und nicht mit dem nötigen Ernst bei der Sache waren.
Lilly kicherte. »Ja, und weil der Korn so gut war, haben wir uns gleich ein wenig damit versorgt. Ein Schlückchen in Ehren …«
»Das war wohl mehr als ein Schlückchen.« Johannes runzelte die Stirn. Lilly kam ihm reichlich albern vor, eingewickelt in

die zerfledderte Wolldecke. Die Haare zerzaust, die Wangen vom Alkohol gerötet, stand sie vor ihm und lächelte selig. Dass sie mit einem zweifelhaften Subjekt wie Thore Swingdahl trank, gefiel Johannes nicht. Er hatte sich ernsthafte Sorgen um sie gemacht und fand sie hier in dieser schmutzigen Hütte. Angeheitert und unordentlich, wie sie war, bot sie kein schönes Bild. Johannes warf einen kurzen Blick auf ihre bandagierte Hand. »Der Knöchel wird sich wohl wieder beruhigen, der ist ja versorgt. Ich denke, ich werde dann nicht mehr gebraucht.« Johannes wandte sich ab. Er konnte nicht sagen warum, aber er war über Lillys Verhalten enttäuscht und verärgert. Er verließ die Hütte schweigend, ging, ohne sich noch einmal umzudrehen. Er hörte, dass Lilly nach ihm rief, aber er blieb nicht stehen, sondern nahm das Pferd, das draußen an der Veranda wartete, und saß auf. Während er nach ihr gesucht hatte, hatte sie mit dem Dorftaugenichts in dessen Bretterbau gesessen und Alkohol getrunken. War ein solches Verhalten ihrer würdig? Hätte Ingeborg so etwas auch getan?

Johannes lenkte sein Pferd zum Strand. Warum verletzte Lillys Verhalten ihn so sehr? Sie hatte ihn versetzt, sie hatte die Verabredung nicht eingehalten, die sie gehabt hatte – aber so etwas passierte anderen Männern auch, oder? War er vielleicht nur deshalb so empört, weil er heimlich noch immer in Ingeborg verliebt war? Suchte er nur nach einem Vorwand, um Lilly aus seinem Herzen verbannen zu dürfen? Es fiel ihm schwer, Antworten auf diese Fragen zu finden. Momentan wusste er nur eines genau – es wäre ihm lieber gewesen, sich mit dieser Geschichte nicht beschäftigen zu müssen.

Johannes ließ sein Pferd in Trab fallen, sein Blick glitt über das Wattenmeer. Wenn er ehrlich war, musste er sich eingestehen, dass er noch unter der Trennung von Ingeborg litt. Dass sie ihre Verbindung einfach ohne jede Erklärung beendet hatte, schmerzte, auch wenn er sich bemühte, nicht darüber nachzudenken. Jede Demütigung, die er jetzt von einer Frau erfuhr, ließ seine alte Wunde wieder aufbrechen und versetzte ihn in genau dieselbe kalte Wut, die er an jenem Morgen in Kliffende empfunden hatte, als Ingeborgs Mutter ihm mitgeteilt hatte, dass Ingeborgs Ehemann aus dem Krieg zurück und er damit überflüssig geworden sei. Insgeheim war er beherrscht von der Angst, in der Liebe nur immer der Verlierer zu sein. Wie lange würde er unter der unglücklichen Liebe zu Ingeborg noch leiden? Wie lange noch brannte das Feuer, das zu löschen er sich so vergeblich bemühte?

# Kapitel 15

10. Juli. Ingeborg trat einen Schritt von der Wand zurück, an dem der Küchenkalender hing. Himmel, wie die Zeit verging. Sie spürte, wie ihr beim bloßen Anblick des Kalenderblattes der Schweiß ausbrach. Was war nur los mit ihr? Warum setzten ihre monatlichen Blutungen nicht ein? Eigentlich fühlte sie sich gesund, höchstens ein bisschen müde, aber das schien ihr ganz natürlich bei der Menge an Arbeit, die sie sich in letzter Zeit aufgebürdet hatte. Es war einfach viel zu tun, im Friesencafé und im alten Hotel ebenso. Draußen in den Dünen brachen sie jetzt Kliffende ab, von dem ehemaligen Gebäude standen nur noch die Grundmauern. Der Neubau war beschlossene Sache, die Bauzeichnungen des Architekten waren fertig, die meisten Aufträge an die Handwerker bereits vergeben. Nicolai oder sie, einer von ihnen hielt sich immer auf der Baustelle auf, damit nur ja alles glatt ging und es keine Verzögerungen gab. Der Schlaf war dabei in den letzten Wochen zu kurz gekommen. Ingeborg wusste das. Sie war erschöpft. Und außerdem hatte sie zu allem Überfluss noch immer Hedwig und Luise im Haus. Die beiden hatten offenbar die Absicht, überhaupt nicht mehr heimzufahren.

Mit einem leisen Seufzer ließ Ingeborg sich auf einem der Stühle am Küchentisch nieder. Ob sie schwanger war? Wenn sie ein Kind von Nicolai erwartete, würde das ihr Leben von Grund auf verändern. Wie fühlte sich der Gedanke an? Beglückte sie die Aussicht, Mutter zu werden, oder war die Vorstellung wenigstens erträglich für sie? Wenn sie einem Kind das Leben schenkte, tat sie nur, was allgemein schon seit langem von ihr erwartet wurde – sie gründete eine Familie, genau wie ihre Eltern vor ihr das getan hatten. Und dennoch war sie nicht glücklich, sie haderte mit der bevorstehenden Mutterschaft – wie so oft mit vielen Dingen in letzter Zeit. Eine Familie, war es das, was sie sich erträumte? Der Gedanke an Kindergeschrei und Berge von schmutzigen Windeln löste keine Begeisterung aus. Warum freute sie sich nicht darauf, Mutter zu werden? Lag es daran, dass das Kind, das sie erwartete, nicht von Johannes war?

Ingeborg schaute auf ihre Hände hinunter, die gefaltet in ihrem Schoß lagen. Nein, um Himmels willen, nur nicht wieder mit diesen sinnlosen Gedankenspielen beginnen. Die Geschichte mit Johannes war zu Ende, der hatte jetzt sein Fräulein Hagemann.

Ingeborg erschrak, denn plötzlich klopfte es an der Haustür. Sie stand auf und ging in die Diele. Eigentlich erwartete sie Luise auf der Türschwelle zu sehen, die vor einer halben Stunde losmarschiert war, um Besorgungen im Dorf zu machen. Aber dort draußen vor der Tür stand nicht ihre Mutter, sondern ein fremder großer Mann in einem Leinenanzug mit Weste und einem kreisrunden Strohhut auf dem Kopf. Er sah gut aus, der Fremde, wirkte wie einem Modejournal aus Vorkriegstagen entsprungen, sehr glatt und gepflegt und nur ein kleines bisschen von gestern. Er musterte sie, bevor er sich verneigte. »Frau Boysen, nehme ich an?«

»Richtig, die bin ich. Was kann ich für Sie tun?« Ingeborg warf einen Blick auf die Türschwelle, aber leider hatte der Fremde kein Gepäck dabei. Ein Urlauber auf der Suche nach einer Unterkunft schien er also nicht zu sein.

»Mein Name ist Gerstner, ich komme von der Kriminalpolizei in Flensburg. Dürfte ich wohl einen Augenblick unter vier Augen mit Ihnen sprechen, Frau Boysen?« Der Mann mit dem Strohhut machte einen Schritt vorwärts. Sein Auftreten besaß eine gewisse Bestimmtheit, die Ingeborg vermuten ließ, dass er sich nicht abweisen lassen würde. Bei dem Beruf, den er ausübte, durfte er vermutlich auch nicht allzu zimperlich sein. Ingeborg trat beiseite, um den Herrn von der Kriminalpolizei hereinzulassen. Während sie die Haustür hinter ihm schloss, betrachtete er die bemalten Deckenbalken und das geschnitzte Geländer an der Treppe. Das Haus schien ihm zu gefallen, jedenfalls lächelte er, während seine Blicke durch den Raum wanderten.

»Sie kommen also von der Polizei in Flensburg. Ist etwas passiert?« Ingeborg wandte sich dem Kriminalbeamten zu. Sie versuchte, sich unbefangen zu geben, aber sie spürte, dass ihr Herz vor Sorge laut zu klopfen begonnen hatte. Hastig schob sie beide Hände in die Taschen ihrer Schürze, darum bemüht, auf ihren Besucher keinen hektischen Eindruck zu machen.

»Ja, ich komme von der Mordkommission in Flensburg.« Gerstner nickte mit ernstem Gesichtsausdruck. »Ich bin hier, um mich bei Ihnen nach einem gewissen Herrn von Harbeck zu erkundigen, Heinrich von Harbeck. Sagt Ihnen der Name etwas?«

Ingeborg zögerte. Heinrich von Harbeck. War das nicht dieser unsympathische Mann mit den angeklatschten Haaren und dem grauen Militärmantel gewesen, der Nicolai hier vor einiger Zeit besucht hatte? Ihr Blick traf sich mit dem ihres Gegenübers, während der Mann sie zu mustern schien. Ingeborg kam es vor, als würde er jede noch so kleine Regung in ihrem Gesicht registrieren. Sie nickte langsam. »Den Namen von Harbeck habe ich schon mal gehört, ja. Mein Mann hatte vor einiger Zeit Besuch von einem Kriegskameraden. Der hieß Heinrich von Harbeck, wenn ich mich recht erinnere, aber ganz genau weiß ich es nicht mehr. Warum fragen Sie danach?«

»Wissen Sie noch, wann der Mann bei Ihnen war?« Der Kriminalbeamte zückte ein Notizbuch und nahm seinen Füllfederhalter aus der Tasche.

Ingeborg versuchte in Ruhe nachzudenken, aber sie spürte, wie ihre Nervosität stieg. Es fiel ihr schwer, ihre Gedanken zu ordnen. Hunderte von Dingen gingen ihr durch den Kopf. Dieser seltsame Brief fiel ihr ein, der anonyme Drohbrief, mit dem sie

Nicolai in jener Vollmondnacht im Mai konfrontiert hatte. Ob es von Harbeck gewesen war, der diesen Erpresserbrief geschrieben hatte? Der Mann hatte in der Tat einen höchst zwielichtigen Eindruck auf sie gemacht – aber war es klug, der Polizei das zu verraten?

»Frau Boysen?«

Der Herr von der Kriminalpolizei schaute sie forschend an. Er runzelte die Stirn. Hatte er schon Verdacht geschöpft? Missfielen ihm ihre Aussagen, ihr Verhalten, ihr Schweigen? Gerstner spielte mit dem Füllfederhalter in seiner Hand, ließ sie dabei jedoch nicht aus den Augen. »Haben Sie meine Frage nicht verstanden, Frau Boysen?«

»Doch natürlich, entschuldigen Sie. Sie wollten wissen, wann genau dieser Herr von Harbeck bei uns war. Es war April, glaube ich, Ende April. Warum fragen Sie das?« Ingeborg beobachtete, wie der Kriminalbeamte sich eilig ein paar Notizen machte und dann aufsah. »Warum ich das frage? Lesen Sie keine Zeitung? Heinrich von Harbeck ist tot. Er starb Ende Mai unter ungeklärten Umständen. Haben Sie davon wirklich nichts gehört?«

Der Beamte runzelte die Stirn, sein Blick verriet jetzt Erstaunen. Ingeborg presste die Lippen aufeinander. Sie fürchtete, sich durch ein unbedachtes Wort verraten zu können. Von Harbeck war tot? Nein, das hatte sie nicht gewusst. Ob Nicolai es wusste? Ob er vielleicht sogar etwas damit zu tun hatte? Ingeborg war unsicher. So viele andere Dinge waren inzwischen passiert, sie hatte die Geschichte mit dem Mann im Militärmantel völlig vergessen. Langsam schüttelte sie den Kopf. »Nein, tut mir Leid, darüber weiß ich nichts. Ich war in den letzten Wochen sehr beschäftigt und habe die Zeitung nicht regelmäßig gelesen. Woran ist der Mann gestorben?«

»Er hat sich das Genick gebrochen, als er von der Abbruchkante des Roten Kliffs gestürzt ist. Es könnte ein Unfall oder ein Selbstmord gewesen sein, aber auch ein geschickt eingefädelter Mord kommt in Frage. Um das herauszufinden, sind meine Kollegen und ich auf der Insel. Erinnern Sie sich an den 31. Mai dieses Jahres? Das war der Todestag des Herrn von Harbeck. Haben Sie ihn an diesem Tag vielleicht gesehen?«

Ingeborg antwortete nicht. Sie betastete vorsichtig die Tasche ihrer Kittelschürze. Wo war er geblieben, der mysteriöse Drohbrief an Nicolai? Luise hatte ihn damals auf der Türschwelle gefunden und ihr gegeben. Sie hatte ihn in die Schürze gesteckt, ihn heimlich in der Küche über Wasserdampf geöffnet und gelesen – und dann? Ingeborg zog behutsam ihre Hand aus der Schürzentasche. Sie machte sich bestimmt verdächtig, wenn sie ausgerechnet jetzt nach diesem Brief suchte. Wahrscheinlich fand der Mensch von der Kriminalpolizei ihr Verhalten sowieso schon reichlich eigenartig. Tatsächlich stand er in sehr aufrechter Haltung vor ihr und blickte prüfend in ihr Gesicht. »Der 31. Mai war der Tag, an dem von Harbeck umgekommen ist. Erinnern Sie sich, was Sie an diesem Tag getan haben?«

Ingeborg schüttelte den Kopf. »Nein, nicht genau. Ich glaube, es ging ein schweres Gewitter über der Insel nieder, oder? Danach kam der Nebel. Es war ein ziemlich ungewöhnliches Wetter für unsere Breitengrade im Frühling. Ich glaube, es war der 31. Mai, als wir dieses Unwetter hatten. Sicher bin ich mir aber nicht.«

Der Kriminalbeamte spielte wieder mit seinem Füllfederhalter. Er schob den Verschluss hin und her, der jedes Mal, wenn er angehoben wurde, leise klickte – ein Geräusch, das Ingeborg noch nervöser machte, als sie ohnehin schon war. Gerstner runzelte die Stirn. »Sie waren also an dem fraglichen Tag die ganze Zeit über hier im Haus, richtig? Und wo war Ihr Mann an dem besagten Nachmittag?«

»Draußen in den Dünen, bei unserem Hotel. Er beaufsichtigt die Bauarbeiten. Wir bauen nämlich ein neues Hotel unten am

Strand. Mein Mann hat sicher mit Handwerkern verhandelt. Er tut seit Wochen nichts anderes.«
»Gut, das lässt sich ja überprüfen. Wissen Sie, ob er an diesem Nachmittag vielleicht mit Herrn von Harbeck verabredet war?«
»Nein, das weiß ich nicht, aber ich glaube es auch nicht. Dieser Herr von Harbeck war nur ein einziges Mal hier, danach habe ich ihn nicht wieder gesehen. Ich kann mich auch nicht erinnern, dass mein Mann noch mal von ihm gesprochen hätte.«
»Ich verstehe. Und wo finde ich Ihren Mann jetzt? Ich hätte da noch ein paar Fragen an ihn.« Der Kriminalbeamte schob sein Notizbuch zurück in die Innentasche seines Jacketts. Ingeborg überlegte. Sollte sie den Menschen erst einmal in die Irre schicken, sagen, Nicolai sei in Westerland oder in List am Marinestützpunkt? Oder machte sie sich nur verdächtig damit? Sollte sie vielleicht hinaus in die Dünen fahren und Nicolai warnen, bevor dieser Herr Gerstner am Hotel erschien?
»Frau Boysen?«
Ingeborg erschrak. Gerstner hatte sie berührt, hatte ihr vorsichtig eine Hand auf die Schulter gelegt, zog sie jetzt aber rasch wieder zurück. Seine kühlen blauen Augen ruhten auf ihr. Der Mann hatte einen durchdringenden Blick. Hatte er ihr etwas angemerkt? Fand er ihr Verhalten zweifelhaft, hatte sie ihm Anlass zu Verdächtigungen gegeben?
»Gibt es noch etwas, was Sie mir sagen möchten, Frau Boysen?«
»Nein. Mein Mann ist draußen auf der Baustelle. Er ist fast immer dort. Ansonsten wüsste ich nicht, was es noch zu sagen gäbe.« Ingeborg schüttelte den Kopf. »Über diesen Herrn von Harbeck weiß ich so gut wie gar nichts, tut mir Leid.«
»Nun, falls Sie sich im Nachhinein doch noch an irgendwelche Details erinnern sollten, verständigen Sie mich. Ich wohne hier im Dorf, Sie können auf Jespens Hof eine Nach-

richt für mich hinterlassen. Auf Wiedersehen, Frau Boysen. Machen Sie sich keine Mühe, ich finde den Weg alleine hinaus.«

Ingeborg nickte. Schweigend sah sie zu, wie der Kriminalbeamte das Haus verließ. Was konnte sie tun? Wenn sie jetzt in aller Eile in die Dünen hinausradelte, würde sie diesem Mann vermutlich begegnen. Mit Sicherheit suchte er sich den kürzesten Weg durch die Heide, um zum Hotel zu kommen. Ob Nicolai mit dem Todesfall am Roten Kliff etwas zu tun hatte? Würde er es fertig bringen, einen Menschen, den er loswerden wollte, die Steilküste hinunterzustoßen? War er so kaltblütig, so skrupellos? War der Vater ihres ungeborenen Kindes ein Mörder?

Johannes stand an seinem Arzneimittelschrank und zählte zum wiederholten Mal die Päckchen mit den schweren Betäubungsmitteln, die er dort aufbewahrte. Es half nichts, es waren und blieben zehn Stück, und es hätten zwölf sein müssen. Sechs Ampullen eines morphinhaltigen Schmerzmittels fehlten, dabei legte er viel Wert auf eine genaue Buchführung bei den Arzneien, gerade was die Betäubungsmittel anging. Er trat einen Schritt zurück und betrachtete den weit geöffneten Schrank. Außer ihm wusste nur noch Lilly, welche Medikamente in welcher Menge hier aufbewahrt wurden. Außer ihr kannte auch niemand den Aufbewahrungsort für den Schrankschlüssel. Zwei Stück besaß er davon. Den einen führte er ständig bei sich, der andere lag für gewöhnlich zu Hause in seinem Schreibtisch. Dort hatte er ihn in einem kleinen Geheimfach unter der Schreibtischplatte deponiert.

Johannes beugte sich vor und überprüfte das Schrankschloss. Behutsam fuhr er über dessen metallene Teile, aber sie schienen unversehrt. Hatte irgendjemand vielleicht versucht, die Tür gewaltsam zu öffnen? Wenn dem so war, so hatte der Versuch jedenfalls keine sichtbaren Spuren hinterlassen. Der

Schrank schien in jeder Hinsicht völlig intakt zu sein. Johannes seufzte. Derzeit hatte er nur eine Patientin, die auf schwere Schmerz- und Betäubungsmittel angewiesen war, und das war Großmutter Eschels. Ihr Asthma, der Herzfehler und wahrscheinlich auch ein Krebsgeschwür, das er nicht mit absoluter Sicherheit diagnostizieren konnte, weil es ihm dafür an den notwendigen Geräten fehlte, das alles zusammen war zuviel für den mittlerweile stark abgemagerten Körper der alten Frau, der beinahe achtzig Jahre lang anstandslos seinen Dienst versehen hatte. Johannes tat alles, um der alten Dame Schmerzen zu ersparen, und um das zu erreichen, war er großzügig mit den Zuteilungen der Medikamente, aber mehr als vier Packungen mit den morphinhaltigen Ampullen hatte er seit Beginn des Monats nicht an sie abgegeben, das wusste er genau. Es fehlten zwei Packungen. Johannes wandte sich ab. Er würde mit Lilly sprechen müssen. War sie in Geldnot, hatte sie sich bei den Medikamenten selbst bedient? War sie womöglich abhängig von dem Teufelszeug, das da drinnen im Schrank hinter grünen Scheibengardinen lagerte? Das konnte nicht sein.
Johannes schloss die Schranktür zu und nahm den Schlüssel an sich. Lilly machte nicht den Eindruck einer Süchtigen, aber woran erkannte man die todbringende Sucht in einem frühen Stadium? Nach seiner Erfahrung blieb eine Rauschmittelabhängigkeit zunächst einige Zeit verborgen. Bis der Suchtkranke deutlich erkennbare Symptome zeigte, konnten Jahre vergehen, Jahre, in denen der Betroffene seine Gier in aller Regel gut versteckte. Vielleicht war Lilly aus Lübeck fortgegangen, weil man ihr dort auf die Schliche gekommen war? Vielleicht hatte sie keine Anstellung mehr in einem Krankenhaus gefunden, weil man in ihrer Heimat über ihre Abhängigkeit Bescheid wusste?
Johannes starrte auf seine Schuhspitzen. Wie sollte er seinen Verdacht äußern, ohne Elisabeth zu kränken? Seit der Sache mit dem Reitunfall war seine Beziehung zu Lilly schwieriger ge-

worden. Der alberne Auftritt in Thore Swingdahls Hütte am Strand hatte dafür gesorgt, dass er ihr nicht mehr unbefangen gegenübertreten konnte. Im Grunde nahm er es ihr übel, dass sie sich für den verpatzten Nachmittag nicht mit einem Wort bei ihm entschuldigt hatte. Sie versuchte nach wie vor sich ungezwungen zu geben, tat, als wäre zwischen ihnen nichts geschehen, aber er spielte das Spiel nicht mit, er ließ sie spüren, dass er die Geschichte mit dem Reitunfall nicht vergessen hatte. Lilly gegenüber war er kurz angebunden und knapp, er gab sich kühl, auch wenn er sich nicht immer dabei wohl fühlte. Er wollte nicht noch einmal wegen einer Frauengeschichte wie ein dummer Junge dastehen. Wie auch immer, anlässlich der Sache mit den Medikamenten würde er von seinem Podest hinuntersteigen und mit Lilly reden müssen, und das möglichst bald. Der Geschichte mit den verschwundenen Betäubungsmitteln musste er nachgehen, es half nichts. Besser er brachte es hinter sich, als es lange hinauszuschieben. Er öffnete die Tür zum Nachbarzimmer, in dem Lilly saß und Verbände aufwickelte.

»Fräulein Hagemann? Würden Sie bitte mal zu mir rüberkommen?«

Er hörte sie aufstehen, ihre Schritte hallten über das Parkett. Im nächsten Moment war sie da. Jung, gesund und schön wie immer stand sie auf seiner Türschwelle. Eine sanfte Röte lag auf ihrem Gesicht. Sah so eine Süchtige aus?

»Setzen Sie sich bitte.« Johannes wies auf den Stuhl vor seinem Schreibtisch. Er selbst blieb stehen, und das mit Bedacht. Er wollte Abstand bewahren zu dem, was jetzt kam. Das folgende Gespräch konnte die ohnehin angeschlagene Beziehung zu Lilly endgültig ruinieren, und dennoch musste er mit ihr reden, es führte kein Weg daran vorbei. Er musterte Elisabeth Hagemann, bevor er zu sprechen begann. »Haben Sie in letzter Zeit Barbiturate an unsere Patienten ausgegeben, Fräulein Hagemann?«

»Ich?« Sie sah auf. Ein überraschter Blick aus ihren grünen Augen traf ihn. Sie wirkte ehrlich erstaunt. Falls sie schauspielerte, so machte sie ihre Sache gut. Lilly schüttelte mit Nachdruck die kupferroten Locken. »Nein, das habe ich nicht. Wie sollte ich auch? Ich habe keinen Schlüssel für den Giftschrank. Außerdem haben wir derzeit nur eine Patientin, die Schmerz- und Betäubungsmittel braucht, und das ist Frau Eschels. Die alte Dame betreuen Sie, damit habe ich nichts zu tun.«

»Sehr richtig. Dennoch fehlen zwei Päckchen eines morphinhaltigen Präparats in meinem Schrank. Sechs Ampullen sind verschwunden. Ich habe mehrfach nachgezählt, aber das Zeug ist nicht mehr da. Haben Sie eine Idee, wo die Ampullen sein könnten?«

Lilly schlug die Beine übereinander. »Nein, tut mir Leid, das weiß ich nicht. Sind Sie sicher, dass Sie die Medikamente nicht vielleicht doch ausgegeben haben?«

Johannes schüttelte den Kopf. Er schaute zu, wie Lilly sich auf ihrem Stuhl reckte. Sie wirkte kühl, machte einen absolut unbeteiligten Eindruck. War sie tatsächlich so unbeteiligt, wie sie tat? Oder täuschte sie ihn? Er wandte den Blick ab. »Außer uns beiden hat niemand Zugang zu dem Schrank mit den Betäubungsmitteln, Fräulein Hagemann.« Johannes stützte die Hände auf den Schreibtisch und beugte sich ein wenig vor, um Lilly besser ins Gesicht schauen zu können. Sie wich seinem Blick nicht aus.

»Wir beide haben Zugang? Das sehe ich etwas anders, Herr Doktor. Ich habe überhaupt keinen Schlüssel zu dem Schrank. Wenn ich an die Medikamente möchte, muss ich Sie um den Schlüssel bitten oder aber das Schloss aufbrechen. Ist das Schloss beschädigt?«

»Nein, nicht so weit ich sehen konnte. Aber immerhin besteht auch die Möglichkeit, dass Sie sich meinen Schlüsselbund, sagen wir mal, für kurze Zeit ausgeborgt haben. Das muss ich nicht unbedingt bemerkt haben.«

»Ich habe mir Ihren Schlüssel tatsächlich ausgeborgt, wie Sie es nennen, aber mit Ihrer Erlaubnis. Vor gut vier Wochen habe ich die Scheibengardinen im Giftschrank gewaschen und gebügelt. In dieser Zeit war ich zweimal an dem Schrank. Danach und davor nicht mehr.«
Johannes nickte. »Ich erinnere mich. Und bei der Gelegenheit sind Sie nicht zufällig ein wenig schwach geworden und haben sich bedient? Für das Zeug kann man auf dem Schwarzmarkt bestimmt hohe Preise erzielen, falls man selbst dafür keine Verwendung hat.«
Lilly lächelte. Sie wirkte noch immer ganz ruhig. »Sicher kann man für solche Medikamente hohe Preise erzielen, vor allem hier auf der Insel, wo an jeder Ecke einer steht, der sich mit Barbituraten auskennt und sie seinerseits ganz leicht weiterverkaufen kann. Ich glaube nicht, dass sich hier in Westerland ohne weiteres ein Käufer für morphinhaltige Ampullen findet, Herr Doktor. Die Ampullen, die Sie vermissen, müssen mittels einer Spritze verabreicht werden, damit sie wirken. Eine Spritze verabreichen kann nicht jeder. Und was mich selbst angeht, ich bin nicht morphinabhängig.« Lilly krempelte ihre Ärmel hoch. Schweigend sah er zu, wie sie ihm betont langsam die Innenseiten ihrer Arme präsentierte. Weiß waren sie, weiß und makellos, nicht ein einziger Einstich war zu sehen.
Johannes seufzte. Er war auf dem Holzweg, dass dämmerte ihm mittlerweile. Während Lillys Verhör hatte er sich im Ton vergriffen. Er würde sich entschuldigen müssen, wenn er es sich mit einer so tüchtigen Person wie Elisabeth Hagemann nicht endgültig verderben wollte. Er schaute Lilly an und versuchte dabei zu lächeln. »Tut mir Leid, dass ich Sie verdächtigt habe, Fräulein Hagemann. Aber die Lage ist heikel, das werden Sie verstehen. Irgendwer hat sich an dem Schrank zu schaffen gemacht. Und ich wüsste nicht, wer außer uns beiden dafür in Frage kommt.«

»Ich weiß es auch nicht … das heißt, warten Sie, da fällt mir doch noch etwas ein. Vor gut einem Monat war hier ein sehr merkwürdiger Mensch in der Praxis. Ich glaube, es war an dem Tag, an dem ich die frisch gewaschenen Gardinen wieder im Schrank aufhängen wollte. Ein ziemlich heruntergekommener Mann tauchte damals hier auf. Ich habe bis heute keine Ahnung, wie er überhaupt hier hereingekommen ist. Er stand plötzlich in Ihrem Sprechzimmer. Sie waren bei einem Hausbesuch, ich war alleine. Der Mann war schon in Ihrem Sprechzimmer, als ich reinkam. Ich war nach nebenan gegangen, weil das Telefon geläutet hatte.«
»Ein fremder Mann war in meinem Sprechzimmer? Warum haben Sie mir das nicht früher erzählt?« Johannes runzelte die Stirn.
Lilly zuckte mit den Schultern. »Ich habe dem Vorfall damals keine Bedeutung beigemessen, Herr Doktor. Der Mensch war mir unheimlich, aber nachdem er gegangen war, habe ich nichts mehr von ihm gehört. Er wirkte krank, weshalb ich mich auch nicht gewundert habe, dass er zu Ihnen wollte.«
»Wie sah er denn aus?«
»Groß und hager, mit schütterem Haar.« Lilly nickte. »Ja, er war groß, mager und sehr blass, und seine Hände zitterten. Auf den ersten Blick habe ich ihn für einen Alkoholiker gehalten. Er trug einen grauen Mantel, Sie wissen schon, diese hässlichen feldgrauen Dinger aus Kammgarn, die unsere Männer an der Front anhatten. Die Rangabzeichen waren alle abgetrennt.«
Johannes stutzte. Einem Mann in einem feldgrauen Mantel war er vor nicht allzu langer Zeit begegnet. Tot und lebendig hatte er ihn gesehen. Ein Mann mit glattem, streng zurückgekämmtem Haar und in Stiefeln – er erinnerte sich an die Begegnungen mit dem Fremden. Johannes sah Lilly aufmerksam an. »Der Mann trug einen Mantel der Reichswehr, sagen Sie?«
»Ja, genau, und schwarze Knobelbecher.«

»Warten Sie.« Johannes lief aus dem Raum und die Treppe hinunter. Unten im Kohlenkeller, in einer Ecke neben den Holzvorräten, wurden die alten Tageszeitungen gesammelt. Es dauerte eine Weile, bis er sich durch den Berg aus Papier gewühlt hatte, der dort auf dem Fußboden lag, aber er wurde fündig. Ziemlich weit unten fand er die *Sylter Zeitung* vom 2. Juni dieses Jahres. Er griff sich die Zeitung und eilte damit zurück in sein Sprechzimmer. Dort angekommen, hielt er Lilly die Titelseite unter die Nase. »Ist er das? Der Mann auf der Fotografie da unten, erkennen Sie den?«
Lilly ließ sich Zeit mit ihrer Antwort. Sie betrachtete das Bild eine Weile, bevor sie zu ihm aufsah und nickte. »Ja, ich glaube das ist er. Doch, ich bin mir ziemlich sicher, das ist der Mensch, der hier in Ihrem Sprechzimmer war. Von der Abbruchkante am Roten Kliff ist der gestürzt? Du meine Güte, der muss ja wirklich ziemlich in Not gewesen sein, wenn er einen so grausamen Selbstmord verübt.«
Johannes schüttelte langsam den Kopf. »Es ist nicht sicher, dass es ein Selbstmord war. Ich war draußen in den Dünen, um den Totenschein für die Leiche auszustellen. Der Mann hatte ein gebrochenes Genick und Frakturen überall, der kann gesprungen oder gestoßen worden sein. Die Polizei ermittelt. Es könnte sich immerhin auch um Mord gehandelt haben.«
»Dann besteht wahrscheinlich zwischen der Verhaftung in Kampen und dieser Sache eine Verbindung, oder?« Lilly schaute ihn fragend an.
»In Kampen ist jemand verhaftet worden?« Johannes runzelte die Stirn.
»Ja, haben Sie das nicht mitbekommen? Einer unserer Patienten hat es heute Nachmittag groß in der Praxis erzählt. Irgendein Gastwirt aus Kampen soll von der Kriminalpolizei verhaftet worden sein.«
Johannes schluckte. »Ein Gastwirt aus Kampen? Kennen Sie seinen Namen?«

»Warten Sie, irgendetwas mit einem ›B‹ darin, glaube ich. Beusler oder so ähnlich, ich weiß es nicht mehr ganz genau. Es wird ja morgen in der Zeitung stehen. Der Mann soll nach Flensburg überstellt werden.«
»Tatsächlich? Nein, davon habe ich noch nichts gehört.« Johannes wandte den Blick ab. Er versuchte Ruhe zu bewahren und Ordnung in seine Gedanken zu bringen, aber das gelang ihm nicht. Konnte es wirklich sein, dass die Polizei Nicolai Boysen verhaftet hatte? Sollte Ingeborgs Ehemann mit dem Tod dieses mutmaßlich morphinsüchtigen Mannes in Feldgrau, der hier eine Zeit lang herumgegeistert war, etwas zu tun haben? Und wenn das der Fall war, was bedeutete das für Ingeborg? Johannes stand hinter seinem Schreibtisch und starrte ins Leere. Er wartete auf eine Eingebung, die ihm dabei helfen sollte zu entscheiden, was als Nächstes zu tun war. Sollte er zu Ingeborg hinausfahren und versuchen, sie zu trösten und ihr beizustehen? Erwartete sie das von ihm, oder würde ihr Wiedersehen nur peinlich werden? Hatte sie ihn vielleicht längst abgeschrieben, oder war die neue Entwicklung der Dinge eine Möglichkeit, Boden bei ihr gutzumachen? Wenn er den Seelentröster spielte, was würde dann geschehen, wenn man Nicolai Boysen schließlich doch freisprach? Würde er dann wieder zurücktreten müssen ins zweite Glied? Noch einmal den Kürzeren bei ihr ziehen wollte er auf keinen Fall. Alles, nur das nicht.
»Brauchen Sie mich noch, Herr Doktor?« Lilly war aufgestanden und machte einen Schritt auf ihn zu. Vermutlich schien sein Verhalten ihr rätselhaft. Ein fragender Blick aus ihren blaugrünen Augen traf ihn.
Er lächelte zerstreut. »Nein, vielen Dank, Fräulein Hagemann. Sie haben mir sehr geholfen, aber ich brauche Sie nicht mehr. Sie können gehen.«
»Aha, ich kann also gehen. Und es liegt Ihnen nichts daran, unsere kleine Meinungsverschiedenheit zu klären?«

»Meinungsverschiedenheit? Von welcher Meinungsverschiedenheit sprechen Sie?« Johannes sah auf. Lillys Gesicht hatte sich verfinstert. Sie wirkte beleidigt, aber er wusste nicht, warum. Was hatte er getan, womit hatte er sie vor den Kopf gestoßen? Ging es noch immer um den Verdacht, den er ihr gegenüber bezüglich der Betäubungsmittel geäußert hatte? Er hatte sich doch entschuldigt, oder? In Gedanken war Johannes längst bei Ingeborg, die Sache mit den Medikamenten schien ihm nicht mehr wichtig. Er hatte schon fast vergessen, warum er Fräulein Hagemann überhaupt zu sich gerufen hatte. Sie dagegen war anscheinend gekränkt, ihre Augen funkelten zornig.
»Ich dachte eigentlich, dass Sie mit mir über den Reitunfall sprechen wollten. Ich dachte, Ihnen liegt etwas daran, dass wir uns wieder vertragen, aber da scheine ich mich getäuscht zu haben. Nun gut, ich sage es Ihnen trotzdem, nur damit das klar ist. Was den Sonntag in Thore Swingdahls Hütte angeht, habe ich mir nichts vorzuwerfen. Ich bin vom Pferd gefallen, und er hat mir geholfen, mehr war nicht. Es hat sich nichts Unschickliches zwischen uns abgespielt. Swingdahl und ich waren beschwipst, na gut, dafür entschuldige ich mich in aller Form. Aber sonst hat sich nichts Ehrenrühriges zugetragen.«
»Sicher, das glaube ich. Natürlich, das ist in Ordnung so, Fräulein Hagemann. Reden wir nicht mehr drüber.« Johannes nickte Lilly zu. Er war tatsächlich nicht in der Stimmung, gerade jetzt mit ihr über diesen dummen Reitunfall zu debattieren. So wie sie es darstellte, war der verdorbene Sonntagnachmittag eine Lappalie, mehr nicht. Vermutlich waren der Ärger und die Sorge, die er über Lillys Ausbleiben an diesem Tag empfunden hatte, nur Auswüchse seiner Eifersucht gewesen. Seitdem Ingeborg ihn hatte sitzen lassen, verfolgte ihn die Angst, in der Liebe der ewige Zweite zu sein, und dieses Gefühl vertrug er schlecht. Vermutlich hatte er, was Lilly und Thore betraf, überreagiert, aber nach den Neuigkeiten, die er jetzt bekommen hatte, schien ihm das nicht mehr so wichtig. Inge-

borg war in Schwierigkeiten, sie brauchte ihn. Er musste darüber nachdenken, ob er sich ihr noch einmal nähern sollte, und wenn er es tat, wie er es anstellen sollte. Die Episode mit Lilly und Thore Swingdahl war rückblickend betrachtet eher komisch als besorgniserregend. Johannes hob den Kopf und lächelte. »Gut, Fräulein Hagemann, Sie haben sicherlich Recht. Was die Geschichte am Strand angeht, so vergessen wir sie am besten. Im Übrigen muss ich jetzt los, ein dringender Hausbesuch steht noch aus. Sie können gehen, wenn Sie möchten. Nehmen Sie sich den Nachmittag doch frei. Vielen Dank und bis morgen.«

Johannes zog seinen Kittel aus und trat dabei an seinen Schrank. Er spürte, dass Lillys Blicke ihm folgten. Während er den Kittel aufhängte, hörte er, wie sie den Raum verließ. Ohne noch einmal das Wort an ihn zu richten, verließ sie das Zimmer. Vermutlich war sie gekränkt, weil er auf ihr Versöhnungsangebot nicht eingegangen war. Aber was hätte er sonst tun können? Mehr als eine Frau zu lieben, war eine übermenschliche Kraftanstrengung, zu der er nicht fähig war. Ingeborg brauchte ihn, und das war in diesem Moment alles, was zählte.

Luise stand da und begutachtete das Fahrrad, das Ingeborg gehörte. Der Hinterreifen hatte keine Luft mehr, aber das ließ sich ja ändern. Konnte sie das überhaupt noch, Fahrrad fahren? Sah das nicht albern aus, wenn eine Dame ihres Alters auf einem Drahtesel durch das Dorf rollte, um dann in Richtung Dünen davonzuradeln? Hier in Kampen kannten die Leute sie inzwischen alle, seit beinahe einem halben Jahr lebte sie im Haus ihrer Tochter. Die Einheimischen würden sich bestimmt über sie lustig machen, wenn sie unbeholfen und unsicher auf einem Fahrrad vorbeigeschaukelt kam.

Luise seufzte. Es half nichts, sie musste hinaus in die Dünen, sie hatte es Ingeborg versprochen. Die Maurer rissen dort heute die letzten Grundmauern ein. Außer ihr gab es niemanden

mehr, der den Handwerkern auf die Finger schauen konnte. Thiess Meinert lag angeblich mit einer Magenverstimmung im Bett, auf den konnte Ingeborg sich nicht verlassen. Und Nicolai war auch nicht da, er saß in einer Arrestzelle in Westerland, seit drei Tagen war er schon dort.
Luise starrte auf die Fahrradpumpe, die sie aus dem Regal des Schuppens geholt hatte. Was für eine Situation, in die sie da geraten waren. Ihr Schwiegersohn wurde des Mordes verdächtigt – konnte eine Familie noch tiefer sinken? Ja, sie konnte. Wenn Nicolai tatsächlich verurteilt werden würde, dann ging es noch weiter bergab. Wenn man ihn des Mordes an diesem Heinrich von Harbeck schuldig sprach, dann war es mit dem ohnehin nicht ganz zweifelsfreien Ruf der Familie Boysen endgültig aus und vorbei. Luise spürte, wie sich bei dieser Vorstellung ihr Magen verkrampfte. Ob ihrem Schwiegersohn ein solches Verbrechen wirklich zuzutrauen war, wusste sie nicht, aber darauf kam es auch nicht entscheidend an. Wenn das Gericht Nicolai Boysen für einen Mörder hielt, dann würde Ingeborg sich scheiden lassen müssen. Warum hatte das Mädchen damals nur nicht auf sie gehört und die Finger von Hannas Sohn gelassen? Der Junge war von seinem Wesen her unbeständig und sprunghaft. Er war ohne Vater groß geworden – der erst viele Jahre später zu seiner Familie zurückgekehrt war –, und das tat dem Charakter eines heranwachsenden Kindes niemals gut.
Luise seufzte leise. Sie wollte sich gerade wieder dem Fahrradreifen zuwenden, als es hinter ihr raschelte. Erschrocken fuhr sie herum. In der geöffneten Tür des Schuppens stand Hedwig. Mit neugieriger Miene spähte sie in das Halbdunkel des Geräteschuppens. Und wieder hatte sie diesen albernen Spazierstock dabei, den sie seit ihrem Sturz von der Treppe am Strand ständig bei sich trug.
»Hedwig!« Luise richtete sich auf und legte eine Hand auf ihren Oberkörper, um ihr klopfendes Herz zu beruhigen. »Du

hast mich beinahe zu Tode erschreckt. Warum schleichst du mir denn schon wieder hinterher?«
»Ich schleiche dir nicht hinterher.« Hedwig rümpfte pikiert die Nase. »Ich habe gesehen, dass die Tür zum Schuppen offen stand, und dachte, jemand hätte vergessen, sie zuzusperren.«
»Tatsächlich. Es wäre natürlich eine Katastrophe, wenn jemand vergessen hätte, die Tür zum Schuppen zuzusperren.« Luise wandte sich wieder dem Fahrrad zu. Was hatte sie doch gleich tun wollen? Ach ja, den Hinterreifen aufpumpen, und das möglichst schnell. Sie musste raus auf die Baustelle, es ging schon auf Mittag zu.
»Willst du mit dem Fahrrad weg?«, fragte Hedwig.
Luise drehte sich um. »Ja, stell dir vor, ich will mit dem Fahrrad weg. Um das Verhör abzukürzen, ich fahre nach Kliffende, um den Maurern auf die Finger zu sehen. Mehr musst du wohl nicht wissen, oder?«
»Schon gut. Entschuldige bitte, dass ich gefragt habe. Entschuldige, dass ich überhaupt lebe.« Hedwig schnaufte. »Wenn meine Anwesenheit so störend ist, kann ich ja nach Hause fahren. Dir stehe ich bei deiner Liebelei mit diesem Thiess Meinert doch nur im Weg, oder?«
»Es gibt keine Liebelei zwischen mir und Thiess Meinert, Hedwig. Im Übrigen ist das allerdings keine schlechte Idee – dass mit dem nach Hause fahren, meine ich.« Luise drückte die Schultern leicht nach hinten. Sie war entschlossen, den Kampf aufzunehmen. Wenn Hedwig schon einmal so weit war, das Problem anzusprechen, dann war es sicher klug, auch darauf einzugehen. Luise schaute ihr ins Gesicht. Auf Hedwigs Stirn hatte sich eine tiefe Falte gebildet, um ihre Mundwinkel zuckte es. Es sah aus, als wäre sie nahe daran, in Tränen auszubrechen, aber Luise würde fest bleiben und ihr ruhig einmal die Meinung sagen.
Hedwig griff sich an den Spitzenkragen ihrer Bluse. »Also gut,

wenn du meinst, ich habe verstanden. Ich bin unerwünscht, ich werde meine Sachen packen. Und was ist mir dir? Du bleibst natürlich, oder?«

»Ich kann Ingeborg jetzt wohl schlecht im Stich lassen. So, wie die Dinge stehen, braucht sie mich hier.«

»Das meinst du. Was nützt es deiner Tochter denn, wenn du hier bleibst? Wozu braucht sie dich denn, wenn ich fragen darf? Ich hatte in den vergangenen Wochen nicht den Eindruck, dass ihr zwei ein besonders harmonisches Verhältnis habt. Offen gestanden glaube ich, dass du Ingeborg genauso zur Last fällst, wie ich das angeblich tue. Sie hat Kummer genug. Deine Tochter kann auf uns beide verzichten. Wenn ich meine Koffer packe, dann solltest du das Gleiche tun.«

»Was sagst du da?« Luise spürte, wie ihr Herz vor Entrüstung über Hedwigs Worte einen kleinen Sprung machte. Woher wollte Hedwig wissen, wie es um sie und ihre Tochter stand? Wut und Fassungslosigkeit mischten sich in ihr, sie fühlte sich verletzt. Ingeborg war immerhin ihr Kind, sie liebte das Mädchen aufrichtig. Im ersten Moment wusste sie nicht, wie sie sich gegen Hedwigs Angriff verteidigen sollte. Was maßte die sich an? Wie konnte sie es wagen, über ihre Beziehung zu Ingeborg ein Urteil zu fällen? Was wusste eine alte Jungfer wie Hedwig über Mütter und Töchter? Luise holte tief Luft. »Also entschuldige mal, Hedwig, das Verhältnis zwischen mir und meiner Tochter ist doch wohl allein meine Angelegenheit, oder? Ich kann mich nicht erinnern, dich in dieser Hinsicht um einen Rat gebeten zu haben.« Luise schnappte nach Luft. Sie war noch nicht fertig und wollte gerade weitersprechen, als sie einen Schatten bemerkte, der an der Tür zum Schuppen aufgetaucht war.

»Guten Tag, meine Damen.«

Luise fuhr herum. Ein gut gekleideter Herr stand plötzlich auf der Türschwelle. Sein Gesicht kam ihr bekannt vor, dennoch wusste sie nicht gleich, wo sie den Mann in dem eleganten

Zweireiher schon mal gesehen hatte. Er zückte seinen Hut und nickte ihr zu.
»Frau von Lassen, nicht wahr? Ich bin Thomas Eckermann, Nicolais Vater. Erinnern Sie sich an mich?«
Luise stutzte. Thomas Eckermann – doch, natürlich kannte sie den Namen und das Gesicht. Sie hatte Nicolais Vater, der als Rechtsanwalt in Flensburg arbeitete, auf der Beerdingung ihres verstorbenen Ehemannes kennen gelernt. Er hatte damals mit ihr an Richards Grab gestanden. Wie lange war das her? Fünf Jahre fast, so lange war Richard schon tot. Thomas Eckermann war ihr als ein angenehmer, gebildeter Mann mit guten Umgangsformen in Erinnerung. Wo kam der Herr Rechtsanwalt auf einmal her?
Luise schien es, als wäre er vom Himmel gefallen. Sie lächelte hilflos und strich sich hastig eine der Strähnen aus dem Gesicht, die sich aus dem Knoten am Hinterkopf gelöst hatten, bevor sie den Staub ihrer Hände an ihrem Rock abstreifte. »Herr Eckermann, guten Tag. Das ist aber eine Überraschung. Ingeborg ist leider nicht zu Hause. Ich wusste nicht, dass Sie erwartet werden. Haben Sie meiner Tochter ihren Besuch angekündigt?« Sie reichte Thomas Eckermann die Hand, aber dann wurde sie still. Nein, eigentlich war es angesichts der jüngsten Ereignisse keine Überraschung, dass Nicolais Vater hier war. Der Mann war Rechtsanwalt. Nach allem, was vorgefallen war, würde er seinem Sohn helfen wollen, und das möglichst schnell. Vermutlich hatte Ingeborg ihm geschrieben oder ihn angerufen.
Thomas Eckermann lächelte ihr zu. »Ja, ich habe meinen Besuch angekündigt. Ich habe Ingeborg ein Telegramm geschickt, und außerdem haben wir vorgestern Abend miteinander telefoniert. Aber vielleicht ist das Telegramm nicht rechtzeitig eingetroffen. Ich hatte gehofft, Ingeborg würde mich vom Fähranleger abholen, aber sie war nicht da.«
Luise nickte. Ingeborg war nach Westerland zur Polizei gefah-

ren, um Nicolai zu sehen. Jetzt würde sie die Dinge hier in die Hand nehmen müssen. Sie versuchte sich zu erinnern, wie sie bei ihrer kurzen Begegnung mit Thomas Eckermann vor fünf Jahren verblieben waren. Hatten sie einander das Du angeboten? Vermutlich nicht. Thomas Eckermann hatte sie jedenfalls gesiezt.

Luise trat zur Tür, im Begriff, den Schuppen zu verlassen, und schaute sich nach Eckermanns Gepäck um, aber von einem Koffer war weit und breit nichts zu sehen. Im Vorübergehen fiel ihr Blick auf Hedwig, die sie mit verkniffener Miene anstarrte. Luise blieb stehen. »Ich habe ganz vergessen, Sie mit meiner Kusine bekannt zu machen, Herr Eckermann. Das hier ist Hedwig von Hettingen, eine der Hofdamen in Diensten unserer ehemaligen Kaiserin. Und dies, Hedwig, ist Nicolais Vater. Herr Eckermann ist Rechtsanwalt in Flensburg.«

»Angenehm.« Hedwig streckte Thomas Eckermann die Hand entgegen, die dieser mit einem Lächeln ergriff. Erleichtert stellte Luise fest, dass er keine Anstalten machte, Hedwig mit einem Handkuss zu begrüßen, wie sie es sich vielleicht angesichts ihrer angestaubten Würde als Hofdame erhofft hatte. Doch Eckermann lächelte einfach nur, seine Miene wirkte freundlich, aber etwas desinteressiert.

»Sehr erfreut, Ihre Bekanntschaft zu machen, Frau von Hettingen.« Eckermann verneigte sich.

»Ganz meinerseits, Herr Eckermann.« Hedwig wirkte jetzt huldvoll. Leicht zurückgebeugt und auf ihren albernen Stock gestützt, stand sie da und strahlte. »Wenn auch unsere Bekanntschaft nur von kurzer Dauer sein wird, Herr Eckermann, freut es mich, Sie kennen gelernt zu haben. Ich fahre nämlich morgen ab, müssen Sie wissen.«

»Tatsächlich? Nun, dann hoffe ich, dass Sie eine angenehme Reise haben werden. Ganz so einfach ist es ja nicht mehr, die Insel zu erreichen, jetzt, da Hoyer zu Dänemark gehört.« Eckermann lächelte noch immer.

»Ganz recht, aber ich denke, ich werde die Fahrt trotzdem gut überstehen. Besser jedenfalls, ich reise ab, als dass ich an einem Ort bleibe, an dem ich ständig zu spüren bekomme, dass man mich für überflüssig hält.« Hedwig reckte sich. Auf ihren Spazierstock gestützt, verließ sie leicht humpelnd den Schuppen. Thomas Eckermann blieb zurück. Hinter Hedwigs Rücken warf er Luise einen fragenden Blick zu, aber die bedeutete ihm mit einer kurzen Handbewegung, Hedwigs Auftritt vorerst schweigend hinzunehmen. Hedwig hatte sie mit ihren Worten über ihr Verhältnis zu ihrer einzigen Tochter tief gekränkt, und das nach allem, was sie in letzter Zeit für Hedwig getan hatte. Mochte die alte Jungfer doch dorthin gehen, wo der Pfeffer wuchs. Sie war überall besser aufgehoben als hier, wo die Familie auch ohne sie genügend andere Sorgen hatte.

# Kapitel 16

»Luise?«
Luise, die gerade ihren Strohhut hatte aufsetzen wollen, schloss für einen Augenblick erschöpft die Augen. Hedwig. Sie war wieder da. Warum fuhr sie denn nicht endlich auf das Festland zurück? Hatte sie nicht heute Morgen gesagt, dass sie die erste Fähre nach Hoyerschleuse nehmen werde? Luise wandte sich vom Spiegel in der Diele ab und drehte sich um. Sie hatte sich nicht getäuscht – auf der Türschwelle stand tatsächlich Hedwig, ihren alten Lederkoffer in der einen, den neuerdings obligatorischen Stock in der anderen Hand. Sie lächelte unsicher. Luise rang mit sich. Es fiel ihr schwer, in einem Augenblick wie diesem die Fassung zu bewahren.
»Hedwig, du bist es.« Luise bemerkte, dass ihre Stimme vibrierte. Sie drohte zu kippen und schrill zu werden, wie immer, wenn sie sich über etwas aufregte. Sie musste jetzt die Ruhe bewahren, alles andere würde ihr nicht weiterhelfen. Ihren Strohhut in der Hand, trat sie langsam zur Tür und musterte Hedwig dabei von Kopf bis Fuß. »Was machst du denn hier? Ich denke, du wolltest die erste Fähre zum Festland nehmen, oder?«
»Das wollte ich auch, ja.« Hedwig schlug den Blick nieder, sie wirkte wie das schlechte Gewissen in Person, und das vollkommen zu Recht, wie Luise fand. Vermutlich hatte sie allen Grund, sich zu schämen. Warum hielt diese Klette nicht ihr Wort? Warum war sie nicht wie versprochen nach Hause gefahren? Hier in Kampen war sie überflüssig. Das von ihr bewohnte Zimmer wurde für Thomas Eckermann gebraucht, dessen Anwesenheit jetzt um einiges wichtiger war als Hedwigs Aufenthalt in diesem Haus.
Luise schüttelte den Kopf. Sie war entschlossen, ihre Verärgerung über Hedwigs erneutes Auftauchen nicht mehr zu verber-

gen. »Warum bist du schon wieder da? Du bist gerade erst vor zwei Stunden nach Munkmarsch gefahren, und jetzt stehst du erneut in der Tür. Was soll das?«

»Es fährt kein Schiff zum Festland, Luise, jedenfalls nicht von Munkmarsch aus.« Hedwig erbleichte unter Luises prüfenden Blicken. Luise schien es, als würde sie sogar ein wenig zittern.

»Es fährt kein Schiff? Was soll das heißen? War die Fähre kaputt, oder hast du den Dampfer verpasst? Wieso bist du zurückgekommen?«

»Das Schiff lag an der Mole, aber es hat keine Passagiere an Bord genommen. Es hieß, der Dampfer sei für diese Fahrt zum Festland beschlagnahmt worden.«

»Beschlagnahmt?« Luise runzelte die Stirn. Sie hatte Mühe, nicht zu lachen. Trotz all der Wut, die sie in sich aufsteigen spürte, war dies eine komische Situation. Es hatte Seltenheitswert, dass Hedwig sich so sehr bemühte, eine passende Lügengeschichte zu erfinden. Luise schüttelte den Kopf. »Das ist doch Unsinn, Hedwig. Der Krieg ist vorbei. Wer hat den Dampfer denn beschlagnahmt? Wilhelm der Zweite vielleicht? Ist nach dem Prinzen Joachim auch dein geliebter Fürst mitsamt seinem Gefolge aus seinem holländischen Exil zurückgekehrt?«

»Natürlich nicht!« Hedwig reckte sich. In ihrer Stimme schwang jetzt deutlich Empörung mit. Sie hob den Blick, ihr Gesicht wirkte trotzig. »Die Polizei hat das Schiff beschlagnahmt. Sie haben einen Gefangenen auf das Festland gebracht. Uns wurde gesagt, wir sollten eine Passage über Hörnum lösen.« Hedwig hielt inne. Sie sackte wieder ein Stück zusammen. Ihre Stimme klang leiser, der Trotz darin war verschwunden. »Das Schiff von Hörnum fährt doch nach Hamburg, weißt du? Das ist ein großer Umweg für mich, wenn ich nach Glücksburg will. Ich bin zurückgekommen, weil ich mir keinen anderen Rat wusste. Was hätte ich sonst machen sollen? Was hättest du denn an meiner Stelle getan?«

»Sie haben einen Gefangenen aufs Festland gebracht?« Luise schluckte. Sie spürte, wie all ihr Ärger über Hedwig augenblicklich uninteressant und gegenstandslos wurde. Ein Gefangenentransport auf das Festland, das hatte nichts Gutes zu bedeuten. Hatte Thomas Eckermann nicht gestern Abend noch gesagt, er werde alles tun, um Nicolais Überstellung nach Flensburg zu verhindern? Und was hatte es genützt? Nichts, wie es schien. Welche Beweise besaß die Polizei wohl gegen Nicolai? Diese Leute waren sich ihrer Sache offenbar so sicher, dass sie keine Gnade kannten.

»Ich weiß, was du denkst.« Hedwig kam langsam näher. Behutsam berührte sie Luise am Arm. »Du machst dir Sorgen um Nicolai, nicht wahr? Wahrscheinlich war er es, den sie nach Hoyer gebracht haben.« Hedwig schwieg einen Moment. Luise schien es, als fühlte sie echtes Bedauern. Traurig ließ sie die Mundwinkel hängen. »Es tut mir Leid für dich, Luise. Die ganze Sache mit Nicolai, das ist alles so schrecklich. Ich weiß, dass ich dir im Augenblick zur Last falle. Du hast alle Hände voll zu tun und kannst dich nicht um mich kümmern. Wenn du willst, nehme ich heute Nachmittag den Dampfer von Hörnum. Dann muss ich eben in Hamburg einmal übernachten und mit dem Zug weiterfahren. Hauptsache, ich bin erst mal weg. Ingeborg muss ja nichts von der Sache erfahren, von dem Gefangenentransport, meine ich. Wenn sie nach Hause kommt, bin ich fort, und du hast nichts gehört und gesehen, fertig und aus.«

»Nett von dir, das anzubieten, aber ich glaube, der Aufwand lohnt sich nicht, Hedwig.« Luise schüttelte kurz den Kopf. »Ingeborg ist vorhin mit Thomas Eckermann nach Westerland gefahren. Sie wollte mit seiner Hilfe versuchen, eine Besuchserlaubnis zu bekommen. Bei der Polizei wird man ihr gesagt haben, dass Nicolai nicht mehr auf der Insel ist. Sie weiß vermutlich längst, was passiert ist.«

Hedwig ließ den Kopf sinken. »Das Mädchen kann einem Leid

tun.« Sie setzte ihren Koffer auf dem Fußboden ab und schaute auf. »In letzter Zeit hat sie nicht viel Glück gehabt, nicht wahr? Erst wird ihr Ehemann als vermisst gemeldet, und sie macht sich Sorgen. Dann kommt er unversehrt aus dem Krieg zurück, alles scheint in Ordnung zu sein – und nun so etwas. Das ist schwer zu ertragen.«

»Ja, allerdings. Und aus eben diesem Grund werde ich alles in meiner Macht Stehende tun, um Ingeborg zu unterstützen.« Luise setzte ihren Hut auf. »Da du nun doch wieder hier bist, kannst du auch bleiben und das Haus hüten, jedenfalls solange ich fort bin. Ich gehe rüber zu Thiess Meinert und sehe nach, was mit ihm los ist. Angeblich ist er erkrankt, aber ich vermute, er spielt uns das nur vor. Er will nicht dabei sein, wenn sein geliebtes Kliffende dem Erdboden gleichgemacht wird, deshalb hat er sich ins Bett gelegt. Der Mann drückt sich vor der Arbeit, dem werde ich ein Ende machen.«

»Warum?« Hedwig runzelte die Stirn. »Ich meine, ist es denn wichtig, dass er dabei ist, wenn sie das alte Hotel abreißen? Wenn er nicht dabei zusehen will, dann lass ihn doch bleiben, wo er ist. «

»Wir brauchen jede Unterstützung, die wir bekommen können, Hedwig. Ich kann mich nicht andauernd draußen in den Dünen aufhalten und den Maurern auf die Finger gucken. Ich verstehe zu wenig davon. Ich bin besser hier im Haus aufgehoben, auf der Baustelle habe ich nichts verloren. Der Hotelbau ist Meinerts Aufgabe, schließlich wird er dafür bezahlt.« Luise marschierte zur Tür. Dort angekommen, drehte sie sich noch einmal um und nickte Hedwig zu. »Also, bis bald. Du hältst hier die Stellung. Ich beeile mich.«

»Ist gut. Lass dir nur Zeit.« Hedwig winkte ab. Luise sah, wie sie sich auf der untersten Stufe der Treppe niederließ, die ins Obergeschoss führte. Sie schloss die Haustür hinter sich und lief den Kiesweg zur Straße hinunter. Zeit lassen sollte sie sich, ja, das würde Hedwig so gefallen. Auf diese Weise würde sie den nächsten Dampfer auf das Festland verpassen und den danach vermutlich ebenso. Hedwig suchte, wie es schien, nur nach einem Vorwand, um nicht alleine nach Glücksburg zurückfahren zu müssen. Ihr Getue um ihre bevorstehende Abreise war Theater gewesen. Hedwig hatte wahrscheinlich niemals die ernsthafte Absicht gehabt, das Haus zu verlassen. Gerade jetzt, da so unerhört spannende Dinge geschahen, konnte sie unmöglich alleine auf dem Festland herumsitzen und sich langweilen. Nun gut, Hedwig war einsam und fürchtete sich davor, völlig allein in Glücksburg zu hocken, das konnte man sogar nachvollziehen. Wenn die Frau nur nicht so umständlich wäre und so voller eingebildeter Krankheiten stecken würde, dann wäre es bestimmt leichter, sie noch eine Weile zu ertragen.

Nun, über Hedwig würde sie später nachdenken, jetzt war erst einmal Thiess Meinert an der Reihe. Luise hastete die Dorfstraße hinunter. Sobald wie möglich wollte sie seinen Schwindel enttarnen. Sie war sich beinahe sicher, dass sie Thiess Meinert bei bester Gesundheit auf dem Sofa sitzend vorfinden würde. Wahrscheinlich las er gerade gemütlich die Zeitung und trank dabei Tee. Sie glaubte nicht an seine Krankheit, die passte einfach zu sehr in sein Konzept, um wahr zu sein. Luise hob den Kopf. Das Meinert'sche Anwesen kam in Sichtweite. Sie umrundete den Steinwall aus rohen Findlingen, der das kleine Haus von der Straße abgrenzte. Das Erste, was sie im Näherkommen wahrnahm, waren die geöffneten Fenster im Erdgeschoss des Hauses und die Gardinen darin, die sanft im Sommerwind schaukelten. Schon dieser Anblick bestätigte Luise in ihrer Meinung. Eine Magenverstimmung wollte er also haben, der Herr Meinert – aber anstatt hinter geschlossenen Fenstern im Bett zu liegen, riss er alle Fenster und Türen auf. Wahrscheinlich genoss er irgendwo an einem schattigen Plätzchen im Garten die Nachmittagssonne.

Luise wandte sich der Haustür zu, aber nach den ersten Schritten auf dem mit Kies bestreuten Weg blieb sie schon wieder stehen. Das, was sie eben entdeckt hatte, ließ ihr den Atem stocken. Thiess Meinert saß tatsächlich im Garten auf einer Holzbank. Er wirkte auch kein bisschen krank, ganz im Gegenteil. Eine Teetasse stand vor ihm auf dem Tisch, die Zeitung und seine Pfeife lagen daneben. Das Ganze machte den Anschein einer friedlichen Nachmittagsidylle. Diese Tatsache allein hätte Luise nicht weiter überrascht, schließlich war sie eigens hierher gekommen, um genau eine solche Szene zu sehen – aber zu ihrer Überraschung war Meinert nicht allein. Neben ihm auf der Bank saß eine Frau. Ein nicht mehr ganz junges Semester stichelte neben ihm auf der Gartenbank an einem Stück Leinen herum. Die rundliche Person in dem dunklen Rock und mit dem altmodisch aufgesteckten Dutt am Hinterkopf schien ganz in ihre Arbeit versunken. Luise zögerte. Sollte sie weitergehen? Machte es überhaupt einen Sinn, mit Meinert in Anwesenheit der Fremden zu sprechen? Sie wusste nicht, was sie tiefer verletzte, seine vorgetäuschte Krankheit oder die Anwesenheit der Fremden in Meinerts Garten. Der Mann hatte sich auffallend schnell getröstet. Es war ihm anscheinend nicht schwer gefallen, die Abfuhr zu verkraften, die sie ihm erst vor zwei Wochen erteilt hatte. Luise hätte diese Tatsache ungerührt zur Kenntnis nehmen sollen, aber sie fühlte sich verletzt. Meinerts Schmeicheleien klangen ihr noch im Ohr, sie erinnerte sich noch gut, wie er sich mit Worten und Taten um sie bemüht hatte. Offenbar hatte es ihm wenig Mühe bereitet, seine Zuneigung auf eine andere zu übertragen.

Luise zögerte noch einen kurzen Moment, dann drehte sie sich um. Sie war entschlossen, einfach zu gehen, kein Wort wollte sie mehr freiwillig mit Thiess Meinert wechseln. Dafür jedoch schien es zu spät zu sein, denn genau in dem Moment, in dem sie sich abwandte, erklang Thiess Meinerts Stimme hinter ihr. »Frau von Lassen?«

Er hatte sie also bemerkt. Es wäre unhöflich gewesen, jetzt grußlos wegzulaufen. Luise blieb stehen. Sie war kein Backfisch mehr, der beim Anblick eines ehemaligen Verehrers panikartig die Flucht ergriff, also würde sie tapfer sein und sich der Herausforderung stellen. Sie drehte sich um. Thiess Meinert war aufgesprungen und kam ihr mit flatternden Rockschößen entgegen. Ein breites Lächeln lag auf seinem Gesicht. Ihm schien das Zusammentreffen mit ihr nicht peinlich zu sein, im Gegenteil, er wirkte geradezu begeistert, sie wiederzusehen. Kaum dass er sie erreicht hatte, ergriff er ihre Hände und drückte sie. »Frau von Lassen, guten Tag. Wie schön, dass Sie mich besuchen. Kommen Sie doch näher, und nehmen Sie Platz. Darf ich Ihnen eine Tasse Tee anbieten?« Meinert musste ihr Zögern bemerkt haben, denn er beugte sich noch ein Stück vor und schaute ihr in die Augen. »Bleiben Sie doch, leisten Sie uns Gesellschaft. Wir haben eine echte Ostfriesenmischung im Haus, eingetauscht gegen einen Rest Petroleum aus meinen letzten Vorräten. Kommen Sie, ich möchte Ihnen jemanden vorstellen.« Thiess Meinert deutete auf die Gartenbank neben der Buchsbaumhecke, auf der auch die Fremde saß. Sie hatte Luises Ankunft offenbar ebenfalls bemerkt und legte ihr Stickzeug beiseite. Freundlich lächelnd hockte die Frau da und schaute erwartungsvoll. Luise war irritiert – so viel Begeisterung über ihr Erscheinen hatte sie nicht erwartet. Langsam folgte sie Meinert durch den Garten bis zu der Sitzecke, die windgeschützt im Schatten der Hecke lag. Er wies auf die Frau in dem dunklen Rock. »Dies ist übrigens Meta Schöller, Meta, das ist Frau von Lassen. Ich habe dir von ihr erzählt. Wärst du wohl so liebenswürdig und würdest eine weitere Tasse aus dem Haus holen?«

»Aber gerne doch.« Meta nickte Luise zu, dann stand sie auf und ging zum Haus hinüber. Luise sah ihr schweigend nach. Seltsame Person, so wenig neugierig und dabei so diensteifrig. Offenbar war sie bemüht, es ihrem neuen Galan besonders recht zu machen.

»So setzen Sie sich doch.« Meinert deutete noch einmal auf die Gartenbank. »Es ist gemütlicher so, oder wollen Sie Ihren Tee im Stehen trinken?«
»Ich bin eigentlich nicht hierher gekommen, um ein Kaffeekränzchen mit Ihnen zu veranstalten, Herr Meinert. Ich hörte, Sie seien krank, also dachte ich, ich sehe einmal nach, wie es Ihnen geht.«
»Das ist wirklich sehr liebenswürdig von Ihnen, Frau von Lassen.« Thiess Meinert strahlte. Seinem Gesichtsausdruck nach zu urteilen, war er wirklich erfreut über ihren Besuch. Luise fragte sich, ob der Mann tatsächlich so einfältig war, wie er tat. Er musste doch den sarkastischen Unterton in ihrer Stimme bemerkt haben. Offenbar war das nicht der Fall. Meinert strahlte wie ein Honigkuchenpferd, er fühlte sich durch ihre Anwesenheit wohl geehrt. Mit Nachdruck nickte er zu ihr hinüber. »Es ist sehr liebenswürdig, dass Sie sich um mich Sorgen machen. Es stimmt, ich hatte Schwierigkeiten mit dem Magen, aber zum Glück hat sich das deutlich gebessert.«
»Das macht die gute Pflege, nehme ich an?« Luise stellte fest, dass ihre Stimme schon wieder ein wenig schrill klang. Sie senkte den Blick und betrachtete den Rasen zu ihren Füßen. Sie musste sich bemühen, gelassener zu wirken. Was ging es sie an, mit wem Meinert sich umgab? Eifersucht war nichts, womit eine Frau ihres Alters zu kämpfen haben sollte. Sie hatte sich doch entschieden, nach Richards Tod allein zu bleiben. Thiess Meinert kam als Bewerber um ihre Hand auch gar nicht in Frage. Warum störte sie sich dann bloß so sehr an den Umständen ihres Wiedersehens?
»Gute Pflege hatte ich, ja, das kann man sagen.« Thiess Meinert schaute ernst. »Meine Schwägerin ist eine treue Seele, die versteht sich darauf, einen wieder auf die Beine zu bringen. Wenn man fünf Kinder großgezogen hat, dann gehört das wohl dazu, nehme ich an.«

»Ihre Schwägerin?« Luise hob ruckartig den Kopf. »Frau Schöller ist mit Ihnen verwandt?«
»Aber ja. Sie ist die Ehefrau meines jüngsten Bruders, der in Rantum wohnt. Als sie hörte, dass es mir schlecht ging, ist sie hergekommen, um sich um mich zu kümmern. Ich denke, morgen fährt sie nach Hause zurück. Ihre Familie wird sie vermissen.«
Luise öffnete den Mund, aber sie starrte Thiess Meinert nur wortlos an. Die Geschichte mit Meta war also harmlos? Sie hatte die Zeichen falsch gedeutet, Meta war überhaupt keine Gefahr. Um ein Haar hätte sie ihrer Eifersucht freien Lauf gelassen und sich dumm benommen. Sie konnte nur froh sein, dass die Wahrheit noch rechtzeitig ans Licht gekommen war. Luise spürte, wie ihre Unterlippe zu zittern begann. Sie war erleichtert über Meinerts Eröffnung, obwohl es ihr eigentlich hätte egal sein sollen, mit wem er im Garten saß. Lag ihr etwa doch etwas an der Zuneigung dieses Mannes, der so gar nicht zu ihr passte?
Thiess Meinert berührte vorsichtig ihre Schulter. »Was ist mit Ihnen, Frau von Lassen? Sie sind plötzlich so blass. Fühlen Sie sich nicht wohl? Soll ich Ihnen ein Glas Wasser holen?«
»Nein, danke, das ist nicht nötig. Die ganze Aufregung der letzten Zeit hat mich Nerven gekostet, das ist alles. Die Sache mit Nicolai und …« Luise brach den Satz ab. Sie wollte sich abwenden, denn sie spürte, dass ihr die Tränen kamen. Hastig senkte sie den Kopf, aber Thiess Meinert war ihr so nahe, dass sie ihm nicht ausweichen konnte. Er nahm sie in den Arm und zog sie an sich. »Das kann ich verstehen, ich verstehe das sehr gut. Es muss alles sehr schwer für Sie sein.«
Luise ließ den Kopf an seine Schulter sinken und begann zu schluchzen. Sie war unglücklich und glücklich zugleich, aber vor allem war sie komplett durcheinander und ihren Gefühlen hilflos ausgeliefert. Sie konnte sich kaum erinnern, wann sie das letzte Mal in den Armen eines Mannes gelegen hatte. Es

war unschicklich, Thiess Meinert diese Vertraulichkeit zu erlauben, doch sie konnte auch nichts tun, um ihn abzuschütteln. Selten hatte sie sich so geborgen gefühlt. Durfte sie zulassen, was hier geschah? Was, wenn ihnen jemand von der Straße aus zusah? Luise schluchzte. Im Grunde war ihr das auch egal. Sie brauchte jetzt Trost und Unterstützung, und Meinert war bereit, sie zu trösten. Sie fühlte sich müde und erschöpft, die Tränen rollten ihr übers Gesicht. Thiess Meinert hielt sie fest, sprach auf sie ein und strich ihr dabei sanft über den Rücken. Das alles war zutiefst ungehörig, aber es war auch beruhigend und auf wunderbare Art fürsorglich. Trotz der Unmöglichkeit der Situation fühlte sie sich behütet. Zum ersten Mal seit einer kleinen Ewigkeit hatte sie das Empfinden, dass neue Kraft in ihr aufstieg, denn zum ersten Mal seit einer kleinen Ewigkeit war jemand da, der sich um sie kümmerte.
Luise schloss die Augen. War es ihr erlaubt, in ihrem Alter noch einmal zu lieben?

Gitterstäbe – Gitterstäbe und kahle Wände waren alles, was er seit Tagen zu sehen bekam. Der kurze Weg von der Straße zum Fähranleger in Munkmarsch bei der Überstellung nach Flensburg, das war die einzige Gelegenheit für ihn gewesen, endlich einmal wieder einen Blick auf den Himmel über der Insel zu werfen. Das Geräusch der Wellen, der salzige Geruch des Meeres, der Wind, der ihm über das Gesicht strich, das alles fehlte ihm. Das Bild der Wiesen, auf denen im Abendrot die Schafe weideten, der Anblick des Leuchtturms hinter dem Dorf, alle diese Eindrücke vermisste er.
Nicolai hockte am Boden seiner Arrestzelle und starrte vor sich hin. Wenn er ausnahmsweise für kurze Zeit hier rauskam, weil man ihn zum Verhör führte, dann sahen ihn die Leute, denen er unterwegs begegnete, neugierig an, bevor sie den Blick abwandten – schau nur, ein Mörder. Dabei war er kein Verbrecher, er empfand keine Schuld, schließlich hatte von Harbeck

ihn gequält und terrorisiert. Dass von Harbeck gescheitert war, hatte er seiner eigenen kranken Gier zu verdanken. Nein, wenn er sich schuldig fühlte, dann Erichs Familie gegenüber. Er hätte den Schmuck zurückgeben sollen, damals an jenem Tag, als er in Husum gewesen war. Deshalb war er schließlich dorthin gefahren. Aber die unerwartete Begegnung mit Erichs Verlobter hatte ihn daran gehindert, das Zusammentreffen mit Fräulein Silbermann hatte ihn aus dem Takt gebracht. Das Gespräch mit ihr war so überraschend verlaufen, dass er den Schmuck darüber vergessen hatte. Wäre er an diesem Vormittag aufmerksamer gewesen, so hätte von Harbeck ihn niemals erpressen können. Und was half ihm diese späte Einsicht? Nicht viel. Nur er wusste, dass von Harbeck ohne fremdes Verschulden gestorben war. Der Mann war von Sinnen gewesen, er hatte sich in seinem Wahn die Steilküste hinuntergestürzt – aber wie sollte er das beweisen? Es sah nicht gut für ihn aus, das wusste Nicolai. Bisher hatte er geglaubt, die Schützengräben in Frankreich wären der Vorhof der Hölle auf Erden, aber auch ein Gefängnis war alles andere als ein angenehmer Ort. Die endlosen Stunden in der kalten Zelle, die Einsamkeit, die er mit nutzlosen Grübeleien füllte, das fraß mindestens ebenso sehr an seinem Seelenfrieden wie das Warten auf den nächsten Angriff in den Palisadengängen an der Front. Manchmal verfluchte er den Tag, an dem er erfahren hatte, wer er wirklich war. Dies alles wäre nicht geschehen, wenn er in Hamburg geblieben wäre.
Nicolai reckte sich. Ihn fror, obwohl es hier eigentlich nicht kalt war. Was ihn schaudern ließ, war seine Angst vor der Zukunft. Es gab immerhin Momente, da erfasste ihn mitten in seiner ganzen Verzweiflung plötzlich für einen kurzen Augenblick die Zuversicht, dann glaubte er, Ingeborg würde ihm helfen und einen Anwalt finden, der ihn hier herausholte, der seine Unschuld beweisen konnte. Aber dieses Gefühl der Zuversicht hielt nie lange an, schon kurz danach packte ihn immer wieder

die Furcht. Er war mit von Harbeck an jenem Nachmittag allein auf der Heide gewesen, es gab niemanden, der den Hergang der Tat am Roten Kliff bezeugen konnte. Von Harbeck war tot, und er war zuletzt mit ihm zusammen gewesen, das waren die Fakten. Für die Polizei und den Staatsanwalt waren diese Tatsachen alles, was zählte. Sie mussten sich ihrer Sache sehr sicher sein, schließlich hatten sie einen Haftbefehl gegen ihn erwirkt. Morten Petersen, Jörn Ehlers' Knecht, hatte gegen ihn ausgesagt, das wusste Nicolai mittlerweile. Petersen hatte behauptet, sowohl ihn als auch von Harbeck an jenem verhängnisvollen Nachmittag auf dem Weg zum Roten Kliff gesehen zu haben. Er selbst hatte Morten damals nicht bemerkt, aber was besagte das schon? Tatsache war, dass niemand zu seinen Gunsten aussagen würde. Wie sollte er sich verteidigen? Etwa, indem er die Wahrheit erzählte? Von Harbeck hatte ihn erpresst, und wenn schon, was bedeutete das? Er hatte es dem Mann vergolten, indem er ihn in den Tod getrieben hatte. Was hatte er dieser Version der Geschichte entgegenzusetzen? Nichts, was ein Gericht überzeugen würde.
Nicolai seufzte. Er lehnte sich gegen die kalte Wand hinter ihm. Gitterstäbe. Gitterstäbe und weiß getünchte Wände. Wenn er Pech hatte, war das alles, was er für den Rest seines Lebens zu sehen bekommen würde.

Ingeborg zitterte, und das mitten im Hochsommer. Ein feiner Nieselregen ging über dem Fähranleger nieder. Dunkle Wolken hingen schwer über der offenen See, die wie eine einzige ebene Fläche unter dem tiefen Himmel lag. Das Wetter schien ein Spiegelbild ihrer Empfindungen zu sein. Seit Nicolais Verhaftung war alles in ihr grau – sie wusste nicht mehr, was sie denken, was sie fühlen sollte. Die ruhige Zuversicht ihres Schwiegervaters teilte sie nicht, auch wenn sie sich bemühte, sich das nicht anmerken zu lassen. Allein die Tatsache, dass sie beide nach Flensburg fahren mussten, um dem Prozess gegen Nicolai beiwohnen zu können, war in ihren Augen ein schlechtes Zeichen. Der Prozess sollte dort vor dem Schwurgericht geführt werden, hatte Thomas ihr erklärt und sie gleich darauf mit dem Hinweis zu beruhigen versucht, dass ihm das sogar sehr recht sei, schließlich kenne er in Flensburg die Richter und die Staatsanwälte sehr gut. Es sei günstig für die Verteidigung, wenn er sich auf gewohntem Terrain bewegen dürfe, behauptete Thomas und beteuerte dann immer wieder, dass er von Nicolais Unschuld überzeugt sei. Die Beweise, die die Polizei gesammelt habe, seien dünn, meinte ihr Schwiegervater. Ingeborg hätte ihm nur zu gerne geglaubt, aber sie konnte es nicht. Obwohl sie an kaum etwas anderes zu denken vermochte als an den Prozess, wusste sie nicht, was sie von der Sache halten sollte. Nicolai hatte sich verändert, seit er aus dem Krieg zurück war. Er sprach nicht mehr offen mit ihr, jedenfalls nicht über das, was ihn wirklich bewegte. Ingeborg konnte ihren eigenen Ehemann nicht richtig einschätzen. Was war dran an der Geschichte um von Harbecks Tod? Die Liebesnacht mit Nicolai hatte sie ihm wieder näher gebracht und doch konnte sie die vielen Zweifel nicht aufwiegen, die sie empfand. War Nicolai fähig, einen Mord zu begehen? Wer konnte diese Frage beantworten außer ihm selbst? Und würde er ihr antworten, wenn sie ihn danach fragte?

»Ingeborg?«

Ingeborg erschrak und fuhr herum. Sie hatte nicht bemerkt, dass sich ihr jemand genähert hatte, doch zu ihrer Überraschung stand plötzlich Johannes Lehmann vor ihr. Er hielt einen kleinen Lederkoffer in der Hand und sah sie mit großen Augen an. Offenbar wartete er auf die nächste Fähre zum Festland, genau wie sie. Johannes musterte sie mit einem schwachen Lächeln. Seine Miene verriet keine seiner Regungen.

»Hallo. Was machst du denn hier?«

Ingeborg nickte ihm zu. Sie versuchte möglichst gelassen zu wirken. Johannes musste nicht unbedingt wissen, wie ver-

wirrt und unglücklich sie tatsächlich war. Sie lächelte vorsichtig. »Was ich hier mache? Das Gleiche könnte ich dich fragen. Du willst verreisen, oder? Willst du in Urlaub fahren?« Mit einem Kopfnicken deutete sie auf das Gepäck, das er dabeihatte.
»Urlaub? Nein, ich fahre nach Hamburg zu einer Ärztetagung, es gibt Vorträge zu den Fortschritten in der ambulanten Herzmedizin. Vielleicht ist die Veranstaltung für mich als einfacher Hausarzt eine Nummer zu groß, aber ich möchte einfach mal für ein paar Tage raus, weißt du?«
Ingeborg erwiderte nichts darauf. Ihr fiel nichts ein, was sie zu seiner Eröffnung hätte sagen können. Wortlos sah sie zu, wie er seinen Koffer neben ihr absetzte. Noch eine Viertelstunde bis zur Abfahrt der Fähre nach Hoyerschleuse – das war eine kleine Ewigkeit. Was sollte sie so lange mit ihm reden? Und auch auf der Fähre würde sie mit seiner Anwesenheit fertig werden müssen, und das in einer Art und Weise, die ihren Schwiegervater nicht misstrauisch werden ließ. Unter anderen Umständen hätte Ingeborg sich vielleicht gefreut, Johannes zu treffen, aber in ihrer momentanen Situation lag ihr wenig daran, mit ihm zu sprechen. Sie hob den Kopf und sah, dass Thomas das Gasthaus gegenüber verließ. Er hatte sich eine Zeitung besorgt und kam jetzt zum Fähranleger. Ingeborg hoffte, er werde sich zu ihnen gesellen und ihr die mühselige Unterhaltung mit Johannes erleichtern, aber nichts dergleichen geschah. Als Thomas sie mit dem Herrn Doktor an der Mole stehen sah, hielt er inne. Diskret, wie er war, zündete er sich ein Zigarillo an und wandte sich dann ab. Er tat so, als würde er sich für die Kutter im Hafen interessieren, die rechts von der Legatsbrücke an der Mole lagen.
»Und du? Wohin fährst du?« Johannes schaute sie an. Sein Blick hatte etwas Sehnsüchtiges – oder bildete sie sich das nur ein? Ingeborg fuhr sich nervös durchs Haar, das ihr ungewohnt kurz in den Nacken fiel. Wie sah sie überhaupt aus? Feucht

vom Regen, blass und zerzaust war sie. Bubikopf trage man jetzt, hatte die Friseurin ihr gesagt, und nun waren die Haare ab, weil Ingeborg den Eindruck gehabt hatte, dass es in ihrem Leben an der Zeit war für Veränderungen.

»Neue Frisur, nicht wahr? Sie steht dir.« Johannes war der Bewegung ihrer Hand mit Blicken gefolgt und nickte anerkennend. »Weißt du, ich hatte damals eigentlich vorgehabt, dich zu besuchen. Gleich nachdem ich von der Sache mit deinem Mann gehört hatte, habe ich mich zu dir nach Kampen auf den Weg gemacht, aber vor eurem Haus traf ich auf deine Mutter. Ich weiß, dass sie dich bewacht wie Zerberus die Unterwelt, also bin ich wieder gegangen. Ich glaube, deine Mutter kann mich nicht leiden, oder? Sie behandelt mich jedenfalls immer reichlich kühl.«

»Ich weiß nicht, ob sie dich leiden kann, Johannes.« Ingeborg starrte auf das Wasser hinaus. Wann endlich kam Thomas und erlöste sie aus dieser Situation? Wann endlich konnten sie an Bord der Fähre gehen?

»Ich dachte, sie mag mich vielleicht nicht, weil sie mich als Konkurrenten zu Nicolai sieht. Weiß sie eigentlich über uns beide Bescheid?«

Ingeborg seufzte. »Ja. Sie hat davon erfahren, es ließ sich nicht vermeiden. Allerdings trägt sie unsere Affäre mir nach und nicht dir, wenn es das ist, was dich beunruhigt. In ihren Augen bin ich eine schlechte Ehefrau. Vielleicht hat sie ja sogar Recht damit, wer weiß.«

Ingeborg schaute erneut zur Mole hinüber, aber die Fähre lag noch immer einsam am Ufer, es tat sich nichts an Deck. Und Thomas wandelte noch immer zwischen Kuttern im Hafen auf und ab, als wäre er nur irgendein Spaziergänger, der nichts mit ihr zu tun hatte. Ingeborg atmete tief durch. Worauf wartete Johannes denn? War ihm noch immer nicht klar, dass es mit ihnen nichts mehr werden konnte? Warum fand sie nur keinen Vorwand, um das Gespräch mit ihm zu beenden? Er hatte ihr

einmal sehr viel bedeutet, aber ihre Geschichte war zu Ende, aus und vorbei. Es hatte nicht sein sollen. Das Schicksal hatte gegen sie entschieden, und sie konnten nichts anderes tun, als diese Entscheidung hinzunehmen.
»Und dein Mann? Weiß er auch von unserer Affäre, wie du es nennst?« Johannes schaute sie immer noch forschend an. Sein Gesichtsausdruck ließ erkennen, dass ihm das Gespräch mit ihr wichtig war, aber Ingeborg war nicht bereit, ihm Hoffnungen zu machen. Sie schüttelte den Kopf.
»Mein Mann weiß nichts von uns beiden. Im Augenblick hat er auch wirklich andere Sorgen, wie du dir denken kannst. Und jetzt entschuldige mich bitte. Ich will nicht unhöflich sein, aber ich muss mich um meinen Schwiegervater kümmern. Er wartet auf mich.« Ingeborg bückte sich. Sie nahm ihre Tasche, aber Johannes hinderte sie daran zu gehen, indem er ihren Arm ergriff und sie festhielt. »Warte bitte noch einen Moment, Ingeborg. Der Augenblick ist vielleicht ungünstig gewählt, aber ich weiß nicht, ob ich so bald noch einmal alleine mit dir sprechen kann. Das, was du unsere Affäre nennst, bedeutet mir noch immer viel. Ich weiß nicht, wie es um dich steht, aber was mich angeht, muss es mit uns nicht zu Ende sein, wenn du es nicht willst. Ich verstehe, dass du dich in einer schwierigen Situation befindest, und ich werde Geduld haben und auf dich warten, für den Fall, dass du noch einmal von vorne anfangen möchtest …«
Johannes verstummte. Schweigend schaute er sie an. Er schien auf ein erlösendes Wort von ihr zu warten, aber Ingeborg stand nur da und zitterte. Sie wusste nicht, was sie sagen sollte. Er war ein wirklich aufrichtiger und großzügiger Charakter. Es erschütterte sie zutiefst, hier stehen und ihn abweisen zu müssen.
Johannes machte einen Schritt auf sie zu. Sie spürte, dass er versuchte die altgewohnte Nähe zwischen ihnen wiederherzustellen. Er lächelte schwach. »Ich weiß, die Leute würden über

uns reden, aber das geht doch irgendwann vorbei. Wir zwei könnten es miteinander versuchen – wenn das alles hier vorbei ist, meine ich. Niemand würde dir Vorwürfe machen, wenn du dich von deinem Mann scheiden lassen würdest – vorausgesetzt, du willst es. Ich bin mir meiner Gefühle für dich sicher, Ingeborg. Ich verspreche dir, dass ich dir alles geben würde, was du brauchst.« Er schaute sie wieder an.

Ingeborg spürte, wie eine tiefe Trauer sie erfasste. Sie wandte sich ab. Johannes sollte sie nicht weinen sehen. Sie starrte auf den Sand zu ihren Füßen. »Das ist wirklich sehr großzügig von dir, Johannes. Ich weiß dein Angebot zu schätzen, aber es ist zu spät dafür. Ich erwarte ein Kind von meinem Mann. Er ist in Not, und ich kann ihn jetzt nicht im Stich lassen. Wir beide hatten eine schöne Zeit, aber sie ist vorbei. Es lässt sich nicht ändern, es ist zu spät. Es ist vorbei, verstehst du?« Ingeborg ging ein paar Schritte, dann blieb sie wieder stehen. »Leb wohl, Johannes. Denk an deine kleine Rothaarige und nicht mehr an mich. Werde glücklich mit ihr.«

Ingeborg hörte Schritte und drehte sich um. Thomas kam. Hastig wischte sie sich mit dem Handrücken die Tränen aus dem Gesicht. Sie wagte es nicht, Johannes noch einmal anzuschauen. Stattdessen versuchte sie, ihren Schwiegervater anzulächeln, der mit besorgter Miene nach ihrem Arm griff.

»Alles in Ordnung, Mädchen? Geht es dir gut?«

»Ja, danke. Alles bestens. Ich glaube, wir können jetzt an Bord gehen, oder? Auf Wiedersehen, Herr Doktor. Und vielen Dank noch einmal für alles.« Ingeborg stützte sich auf Thomas. Sie ging fort, ohne Johannes noch einmal angeschaut zu haben. Wenn sie jetzt zurückblickte, würde sie vielleicht etwas Unüberlegtes tun, und dafür war dies wirklich nicht der richtige Moment. Sie hatten ihre Zeit miteinander gehabt, und diese Zeit war vorbei. Ob er das nun einsah oder nicht, es gab keine Zukunft für sie beide.

Das Wetter hatte umgeschlagen.
Die Sonne brannte von einem wolkenlosen Himmel, und das seit Tagen schon. Es war spät im Juli, und in Kampen herrschte schönstes Badewetter. Wenn ausreichend Urlauber auf der Insel gewesen wären, hätte man mit der Welt in diesem Sommer einigermaßen zufrieden sein können, jedenfalls was das Geschäft anging. Aber leider machten die Feriengäste sich rar in dieser ersten Nachkriegssaison. Die Gaststube des Friesencafés blieb zu Luises Kummer die meiste Zeit leer, dabei hätte sie gerne ein wenig mehr Geld in der Haushaltskasse gehabt. Sie war unglücklich über den schlechten Verlauf der Saison, das Ausbleiben der Gäste und schließlich sogar über das Wetter, denn ihr war es zu heiß. Sie litt unter der sengenden Sonne, zumal auch die Nächte kaum Abkühlung brachten. Obwohl sie gerade gegen Mittag oft müde war, fuhr sie trotzdem um zwölf Uhr hinaus auf die Baustelle. Thiess Meinert brauchte schließlich ein Mittagessen, auch wenn es schwierig war, ihm eine vernünftige Mahlzeit zu kochen. Wenn Luise mittags verschwitzt und abgeschlagen die Baustelle erreichte, dann hatte sie oft nicht mehr als ein bisschen Brühe, einen Kanten trockenes Brot und einen Krug mit Tee dabei. Fleisch gab es noch nicht wieder zu kaufen, und auch viele andere Nahrungsmittel waren noch Mangelware. Obwohl die Verpflegung, die sie ihm brachte, nicht viel taugte, schien Thiess Meinert sich aufrichtig zu freuen, wenn sie auf die Baustelle kam. Gelegentlich brachte Luise auch Hedwig mit, was dann allerdings Meinerts Laune meistens sinken ließ. Alles in allem aber waren sie beide seit dem denkwürdigen Nachmittag in Meinerts Garten ein Herz und eine Seele. Luise freute sich darüber. Sie hatte es aufgegeben, sich gegen ihre Gefühle für ihn aufzulehnen. Mittlerweile nahm sie die Dinge so, wie sie kamen, sogar Hedwigs giftige Bemerkungen über Thiess Meinerts Fehler und Mängel prallten inzwischen an ihr ab. Zum ersten Mal seit langer Zeit glaubte sie den Schwierigkeiten des Lebens nicht mehr ganz

allein ausgesetzt zu sein, und das machte sie zuversichtlicher. Auch heute freute sie sich auf das Wiedersehen mit Meinert, und das, obwohl die Sonne an diesem Tag besonders erbarmungslos von einem völlig wolkenlosen Himmel brannte.
Luise lenkte den kleinen Landauer durch die Heidelandschaft und die Auffahrt hinauf, an der sich zu beiden Seiten Baumaterialien stapelten. Auf dem Grundstück lagen überall Trümmer des alten Hotels. Mehrere Männer waren dabei, die Materialien zu sortieren und den Schutt fortzuschaffen. Mit ein wenig Glück würde die Baugrube fertig ausgehoben sein, wenn Ingeborg vom Festland zurückkam.
Luise hielt den Wagen an und stellte den Landauer am unteren Ende der Auffahrt ab. Als sie vom Bock kletterte, bemerkte sie eine Ladung Ziegelsteine, die irgendjemand sauber an der Grundstückseinfahrt aufgeschichtet hatte. Etliche der Steine des alten Gebäudes sollten wiederverwertet werden, aber nicht alle waren nach dem Abbruch noch in brauchbarem Zustand. Thiess Meinert hatte deshalb auch einige Fuder neuer Backsteine geordert, und offenbar war die erste Ladung heute angekommen. Luise betrachtete den Stapel misstrauisch von allen Seiten. Es war schön, dass die Backsteine schon da waren, zumal man doch jetzt, gleich nach Kriegsende, immer elend lange auf Baumaterial warten musste – aber diese Backsteine hier waren nicht Ordnung, das sah Luise auf Anhieb. Das waren Abbruchsteine, gebrauchte Ziegel, die man irgendwo aus einer Bauruine geholt und hierher gebracht hatte. Sie waren beschädigt, zeigten Unebenheiten und Kratzer. An einigen der Ecken klebte noch Mörtel, der beste Beweis dafür, dass diese Ziegel schon einmal verwendet worden waren. Frisch gebrannte Steine sahen anders aus, die waren tiefrot und an den Seiten glatt. Hatte Thiess Meinert etwa nicht bemerkt, dass man ihn mit dieser Ladung Steine übers Ohr hauen wollte? Was fiel den Leuten von der Ziegelei eigentlich ein? Thiess hatte neue Ware bestellt, sie würden für neue Steine bezahlen

müssen. Glaubten die etwa, sie konnten hier ihren Schutt entsorgen und auch noch Geld dafür verlangen?
Zornig über ihre Entdeckung, wandte Luise sich ab. Wo war Thiess? Sie würde ihn finden und mit ihm reden müssen. Gerade hatte sie Maurermeister Meier entdeckt, der seinen Leuten Anweisungen für den Abtransport alter Fensterrahmen erteilte, als ihr plötzlich ein Unbekannter in den Weg trat. Der Fremde blieb stehen, deutete eine Verbeugung an und zückte sogar den Strohhut, den er trug. Er hatte eine Aktentasche dabei, die er an den schlanken Körper presste. »Entschuldigen Sie, meine Dame, aber könnten Sie mir sagen, wo ich den Bauherrn finde? Wenn ich mich Ihnen kurz vorstellen darf, mein Name ist Putlitz, Georg Putlitz.«
»Tut mir Leid, Herr Putlitz, aber mein Schwiegersohn ist heute nicht auf der Baustelle.« Luise wollte sich abwenden. Sie musste jetzt mit Meinert sprechen und hatte keine Zeit für einen von diesen lästigen Handelsvertretern, die immer wieder scharenweise hier herauskamen, um ihnen neue Türgriffe aus Mahagoni oder Fensterrahmen aus Vollholz aufzuschwatzen. Wo steckte Thiess? Er musste die Lieferung mit den Ziegeln zurückgehen lassen, bevor die Maurer anfingen, die Ladung zu verarbeiten.
»Dass Ihr Schwiegersohn nicht hier ist, habe ich mir gedacht. Aber Sie sind auch ein Mitglied der Familie, oder? Vielleicht könnten Sie mir sagen, wo ich Ihre Tochter treffen kann.« Georg Putlitz gab anscheinend nicht auf, er war noch immer da. Luise drehte sich langsam zu ihm um. Wie hartnäckig der war, das gefiel ihr nicht. Sie musterte den Mann, der ihr gegenüberstand und ihr seinerseits aus dunklen Augen einen forschenden Blick zuwarf. Eigentlich sah er gar nicht aus wie ein Handelsvertreter, schon eher wie ein Gerichtsvollzieher. Welches Unglück mochte sich jetzt wieder über den Köpfen der Familie zusammenbrauen? Luise runzelte die Stirn und kniff die Augen zusammen, da die Sonne sie blendete. Sie musste

zurück zum Landauer. Dort auf dem Rücksitz lag ihr Sonnenschirm. Sie drehte sich um und schaute zur Auffahrt hinunter. »Ich muss noch einmal zum Wagen. Gehen wir doch ein paar Schritte gemeinsam, Herr Putlitz. Ich weiß nicht, warum Sie gekommen sind, aber wenn es sich um das neue Hotel handelt, dann wenden Sie sich am besten an Herrn Meinert oder an den Architekten. Die Bauleitung liegt in ihren Händen. Ich glaube allerdings nicht, dass die beiden im Augenblick viel Zeit haben.«

»Danke, nett von Ihnen, mir das zu sagen, aber die Herren können mir nicht helfen.« Herr Putlitz wirkte jetzt besorgt, seine Stirn hatte sich bewölkt. Er schien nervös. Unruhig schob er seine flache schwarze Aktentasche vom rechten unter den linken Arm. Schweigend sah er zu, wie Luise ihren Sonnenschirm aus dem Landauer nahm.

»Worum geht es denn? Wenn Sie möchten, dass ich mich für Sie verwende, müssen Sie mir schon sagen, weshalb Sie hier sind.«

Herr Putlitz schüttelte den Kopf, er wirkte betrübt. Nach einem kurzen Augenblick des Zögerns beugte er sich vor und öffnete seine Aktentasche, um einen weißen Briefumschlag herauszuholen. »Ich habe hier ein Schreiben, gnädige Frau. Es ist für Ihre Frau Tochter bestimmt. Wenn Sie es an sich nehmen, dann müssten Sie mir den Empfang bitte quittieren. Es sollte eigentlich mit der Post zugestellt werden, aber ich fand das zu unpersönlich. Ich habe es vorgezogen, es selbst vorbeizubringen, auch wenn mir bewusst ist, wie schwierig es für Sie sein wird, diese Entscheidung zu verstehen.«

Luise runzelte die Stirn. Was redete der Mann denn da? Herr Putlitz schwitzte und fühlte sich sichtlich unwohl, seine Mission bereitete ihm augenscheinlich Kopfzerbrechen. Luise betrachtete die kleinen Schweißperlen auf seiner Stirn. Ein Gerichtsvollzieher war er nicht, für eine solche Aufgabe war ein nervöser Mensch wie er nicht zu gebrauchen.

»Wenn Sie mir bitte den Empfang quittieren?« Ihr Gegenüber hielt ihr ein Blatt Papier und einen Füllfederhalter unter die Nase. Seine lederne Aktentasche diente ihm als Unterlage.
»Vielleicht darf ich erst einmal erfahren, worum es überhaupt geht. Was ist denn in dem Umschlag?«
»Er enthält ein Schreiben der Kreditbank aus Husum an Ihre Frau Tochter, gnädige Frau. Entschuldigen Sie, ich vergaß zu sagen, dass ich als Repräsentant der besagten Bank zu Ihnen gekommen bin.« Herr Putlitz lächelte hilflos.
»Ein Schreiben der Kreditbank aus Husum? Und deshalb machen Sie so ein Theater? Solche Briefe bekommen wir doch jeden Tag.« Luise schüttelte den Kopf. Sie war beinahe versucht laut zu lachen, aber dann bemerkte sie, dass die Miene des Mannes mit dem Strohhut sich weiter verfinstert hatte. Er nickte ihr zu. »Ja, richtig, es handelt sich um ein Schreiben der Kreditbank aus Husum. Die Herren im Vorstand meines Hauses sahen sich nach reiflicher Überlegung gezwungen, Ihrem Herrn Schwiegersohn den Kreditvertrag zu kündigen. Wenn Sie jetzt bitte hier unterschreiben würden?«
»Den Kreditvertrag wollen Sie kündigen? Was soll das denn heißen? Wollen Sie damit etwa sagen, dass die Bank nicht mehr zu ihrem Wort steht? Wir bekommen das fällige Baugeld nicht von Ihnen?«
Herr Putlitz wand sich angesichts ihrer Frage. Er schwitzte noch ein bisschen mehr. Mit einer Hand fuhr er sich über die feuchte Stirn. »Nun, angesichts der tragischen Ereignisse der letzten Wochen müssen Sie verstehen, dass mein Haus sich nicht mehr an die Zusage der Kreditgewährung für das Bauvorhaben gebunden fühlt. Vor dem Hintergrund des Vorwurfes, den man Ihrem Herrn Schwiegersohn macht, scheint es uns mehr als zweifelhaft, dass das Hotel gebaut wird.«
»Was reden Sie da?« Luise machte einen Schritt nach vorn, der Herrn Putlitz augenblicklich zurückweichen ließ. Sie fixierte ihn mit festem Blick. »Das Hotel wird nicht gebaut? Das

ist völliger Unsinn. Sie sehen doch selbst, dass die Arbeiten vorangehen. Kliffende wird das erste Haus vor Ort sein, meine Tochter und mein Schwiegersohn werden es gemeinsam führen. Ich habe mich persönlich dafür verbürgt, dass der Kredit an Ihre Bank zurückgezahlt wird, oder? Ich biete als Sicherheit nicht nur den guten Namen meiner Familie, sondern auch noch ein schuldenfreies Haus in Glücksburg. Was wollen Sie denn noch mehr?«

»Ich möchte Ihnen nicht zu nahe treten, gnädige Frau, aber angesichts der Mordanklage, unter der Ihr Herr Schwiegersohn momentan steht, scheint es mir doch mehr als ungewiss, ob aus dem Vorhaben etwas wird. Wenn man Ihren Herrn Schwiegersohn verurteilen sollte …«

»Hören Sie auf! Das ist beleidigend, was Sie da sagen. Mein Schwiegersohn ist unschuldig.« Luise machte noch einen Schritt vorwärts, doch diesmal wich der Mann von der Bank nicht zurück. Er hob beschwichtigend die Hand.

»Natürlich, natürlich. Falls Ihr Herr Schwiegersohn freigesprochen werden sollte, ist mein Haus sicherlich gerne bereit, über einen Baukredit zu neuen Konditionen zu verhandeln. Bei dem derzeitigen Stand der Dinge allerdings sehen wir uns gezwungen, wegen Verschuldens des Kreditnehmers von unserem Recht einer vorzeitigen Kündigung des Kredits Gebrauch zu machen. Wir gehen davon aus, dass ein Fall nach § 9 des Kreditvertrages vorliegt, wonach …«

»Halten Sie den Schnabel!« Luise packte den Griff ihres Sonnenschirms mit beiden Händen. »So etwas muss ich mir nicht bieten lassen. Wissen Sie, was Sie und Ihre Herren von der Bank allesamt miteinander sind? Feiglinge, das sind Sie! Erbärmliche Wucherer und Pfennigfuchser, die größten Angsthasen vor dem Herrn, das sind Sie.«

»Gnädige Frau, ich verstehe Ihren Zorn, aber versetzen Sie sich in unsere Lage. Glauben Sie wirklich, dass es für ein Hotel, dessen Inhaber des Mordes verdächtigt wurde, in absehbarer

Zeit genügend Gäste geben wird, vorausgesetzt, es wird gebaut? Das Haus wird in Schwierigkeiten geraten …«

»Blödsinn! Wenn das Haus steht, haben die Leute die Geschichte, die man meinem Schwiegersohn anhängen will, längst vergessen. Wir errichten hier nicht irgendein beliebiges Hotel, sondern eine Unterkunft mit allem Komfort, noch dazu in bester Lage. Wir werden Gäste aus ganz Deutschland anziehen. Wenn die Saison im nächsten Jahr beginnt, wird niemand mehr von dem bedauerlichen Unfall sprechen, in den mein Schwiegersohn unglücklicherweise verwickelt war.«

»Das mag sein, aber …«

Luise schüttelte energisch den Kopf, was ihr Gegenüber augenblicklich verstummen ließ. »Wenn für Ihren Vertrag keine Sicherheiten existieren würden, könnte ich Ihr Vorgehen verstehen, aber so ist das Ganze eine bodenlose Frechheit. Behalten Sie Ihr Geld, das hatten Sie ja sowieso vor. Es wird Ihnen und Ihrer albernen Bank Leid tun! Wir werden einen anderen Finanzier finden. Wenn Kliffende steht und unsere Gäste hier wohnen, dann werden Sie merken, was für einen enormen Fehler Sie begangen haben. Und nun sehen Sie zu, dass Sie fortkommen, bevor mein Temperament mit mir durchgeht. Mit der Schwiegermutter eines Mörders ist schließlich nicht zu spaßen, wissen Sie?« Luise hob ihren Sonnenschirm. Der Mann von der Husumer Kreditbank zögerte. Im ersten Moment sah es aus, als wollte er Luise noch einmal auffordern, ihm den Empfang des kostbaren Schriftstücks zu quittieren, das er mitgebracht hatte und noch immer in Händen hielt, aber dann überlegte er es sich anders. Luise hörte den Verschluss seiner Aktentasche zuschnappen. Er warf ihr das Kuvert mit dem Schreiben vor die Füße, drehte sich um und lief die Auffahrt hinunter, ja, er rannte beinahe. Mit einer Hand den Strohhut auf seinem Kopf festhaltend, stolperte er den Sandweg hinunter und zog dabei eine Staubwolke hinter sich her, die ihn beinahe zu verschlucken schien. Wäre der Anblick

des davonhastenden Bankiers mit seiner eng an den Oberkörper gedrückten Aktentasche nicht so komisch gewesen, so hätte Luise weinen können. Seufzend hob sie den Briefumschlag vom Boden auf. Die Lieferanten versuchten sie zu betrügen, und die Bank kündigte ihnen den Kredit – zwei neue Tiefschläge, die es erst einmal zu verkraften galt.
Luise betrachtete das verstaubte Kuvert in ihren Händen. Natürlich würde sie mit Thiess Meinert über die Kündigung des Kreditvertrages sprechen müssen, aber was konnte er schon tun? Geld besaß er nicht, und nur von seinen guten Ratschlägen ließ sich ein neues Hotel nicht bauen. Von einem Moment auf den anderen war Luise ratlos. Wie sollte sie das alles nur Ingeborg beibringen?

# Kapitel 17

So sah sie also aus, die Stadt, in der sie vor vielen Jahren geboren worden war. Ingeborg saß im Fond des Automobils, das sie vom Bahnhof zum Haus ihrer Schwiegereltern brachte. Schweigend betrachtete sie die Fassaden der alten Bürgerhäuser, die am Ufer der Förde standen. Sie versuchte sich vorzustellen, wie sie als Kleinkind von ihrer leiblichen Mutter an den weißen und roten Fachwerkhäusern mit Treppengiebeln vorbeigeführt worden war, aber es schienen ihr keine Eindrücke aus diesen Tagen erhalten geblieben zu sein. Die Begegnung mit dieser Stadt brachte sie ihrer Vergangenheit nicht näher. Wahrscheinlich war es zu lange her, dass sie hier gewesen war, und wahrscheinlich war sie auch zu jung gewesen, um sich jetzt noch an diese Zeit der Kindheit zu erinnern. Ihre Vergangenheit blieb im Dunkeln, aber mit der Gegenwart beschäftigte sie sich auch nur ungern, denn die war anstrengend und verwirrend. Die Reise hierher hatte sie erschöpft. Thomas neben sich zu haben, machte es nicht leichter. Ihr Schwiegervater war ein angenehmer Mensch, nur wusste sie inzwischen nicht mehr, worüber sie mit ihm sprechen sollte. Alles, was sie beide miteinander verband, war ihre Liebe zu Nicolai – und Nicolai befand sich in Schwierigkeiten, über die man nicht unentwegt reden mochte.

Ingeborg seufzte leise. Wenn sie Pech hatte, kam sie in ein paar Tagen als die Ehefrau eines verurteilten Straftäters nach Hause zurück. Die Zeit hier in der Stadt würde alles andere als einfach für sie werden. Würde sie sich besser fühlen, wenn sie erst einmal Hanna wiedergesehen hatte? Obwohl sie sich auf das Wiedersehen mit ihr freute, hätte sie es trotzdem vorgezogen, im Hotel zu wohnen, hatte es aber bisher nicht gewagt, diesen Wunsch zu äußern. Sie brauchte Ruhe und ein wenig Zeit für

sich, doch wie sollte sie das Thomas und Hanna begreiflich machen?
Das Automobil hielt. Ingeborg stieg aus und fand sich gleich darauf vor einer Gartenpforte wieder, hinter der in einem weitläufigen Garten unter hohen Bäumen eine alte weiße Villa mit einem grün bemoosten Mansardendach lag. Thomas bezahlte den Fahrer des Mietautomobils, der ihnen das Gepäck auf den Bürgersteig stellte, bevor er mit seinem Gefährt davonfuhr. Thomas nahm Ingeborgs Koffer, brachte sie an die Haustür und läutete. Einen Moment lang warteten sie schweigend, bevor sich die Tür öffnete. Ingeborg erschrak, denn vor ihr auf der Türschwelle war ein junges Ding aufgetaucht, das ihrer Lisa wie aus dem Gesicht geschnitten zu sein schien – dabei war Lisa war tot, sie konnte unmöglich hier in der Eckermann'schen Villa Gäste empfangen. Ingeborg schwankte einen kurzen Moment. Sie spürte, dass ihre Knie weich wurden und nachzugeben drohten, aber Thomas war neben ihr und hielt sie fest. Er griff nach ihrem Arm, führte sie ins Haus und gab dem Mädchen einen Wink, sich um das Gepäck zu kümmern. Immer noch verwirrt von der Episode auf der Türschwelle, ließ Ingeborg sich ins Wohnzimmer bringen, wo Thomas sie in einen Sessel bugsierte, der am Fenster stand. Gleich darauf kam Hanna zu ihr, die genauso aussah, wie Ingeborg sie in Erinnerung hatte. Sie schien sich nicht verändert zu haben, nur das aschblonde Haar hatte sie sich in Wellen legen lassen und trug es jetzt zu einem Knoten am Hinterkopf aufgesteckt. Ingeborg bewunderte die kunstseidenen Strümpfe und hochhackigen Schuhe ihrer Schwiegermutter, die sich, gehüllt in eine Wolke aus Parfum, zu ihr hinunterbeugte und sie zur Begrüßung auf beide Wangen küsste.
»Ingeborg, mein Mädchen. Herzlich willkommen. Was ist los mit dir? Du bist ganz blass. Ist etwas passiert? Fühlst du dich nicht gut?« Hanna drehte sich um und warf ihrem Ehemann

einen fragenden Blick zu, aber der schüttelte lächelnd den Kopf und tat ihre Frage mit einer beiläufigen Handbewegung ab. »Aber nein, es ist gar nichts passiert. Ingeborg ist einfach müde von der langen Reise. Gib ihr etwas zu trinken, Hanna, dann erholt sie sich bestimmt. Ich werde kurz hinaufgehen und mich frisch machen, ja? Danach können wir den Kaffee auf der Terrasse trinken.«

Hanna nickte und wandte sich wieder Ingeborg zu. Sie holte einen Stuhl, schob ihn an den Rand des Sessels und nahm darauf Platz. »Na, Mädchen?« Sie legte ihr behutsam eine Hand auf das Knie. »Du siehst krank aus, meine Kleine. Was ist los? Du machst dir Sorgen, nicht wahr? Ist es der Prozess? Du hast Angst um Nicolai, oder?«

»Natürlich mache ich mir Sorgen, aber das eben, es war nur … das Mädchen, das ihr im Haus habt, sieht Lisa Behnke so ähnlich. Ich habe mich furchtbar erschrocken, als sie plötzlich vor mir stand. Als euer Mädchen die Tür öffnete, dachte ich im ersten Moment, ich hätte Lisa vor mir.« Ingeborg verstummte, sie senkte den Blick.

Hanna lächelte sanft. »Die Kleine an der Haustür war Kathrin. Sie ist Lisas jüngere Schwester. Nach Lisas Tod habe ich bei Solveig Behnke angefragt, ob sie eines ihrer jüngeren Mädchen zu mir in Stellung geben will. Ich dachte, dass Solveig Geld brauchen wird, nachdem Lisas Verdienst nun wegfällt. Und mit Lisa hatte ich ja damals im Friesencafé gute Erfahrungen gemacht.«

»Ich verstehe.«

»Ich hätte dir davon schreiben sollen, aber über die Ereignisse der letzten Wochen habe ich es vergessen.« Hanna stand auf und ging zu einem kleinen runden Tisch neben dem Sekretär, auf dem eine Reihe gläserner Karaffen stand. Sie holte ein Glas aus dem Schrank darüber und schenkte aus einer der Flaschen eine rotgoldene Flüssigkeit ein. Dann reichte sie es Ingeborg. »Hier, trink das. Das ist Portwein, der wird dir gut

tun. Du wirkst ziemlich erschöpft. Die vergangenen Tage waren schwierig für dich, nicht wahr?«
»Ja.« Ingeborg nahm das Glas und betrachtete seinen im Licht funkelnden Inhalt. Vermutlich war Portwein nicht das Richtige für sie, aber ein kleiner Schluck würde ihrem Kind hoffentlich nicht schaden. Während sie den Alkohol trank, stellte sie fest, dass er angenehm warm die Kehle hinunterrann und sie wenigstens für den Augenblick von ihren Sorgen ablenkte.
Hanna ließ sich wieder auf dem Stuhl neben ihr nieder. »Hast du Nicolai nach seiner Verhaftung noch einmal sehen dürfen?«
»Nein, leider nicht.« Ingeborg gab Hanna das leere Glas zurück.
»Schade. Es hätte ihm bestimmt geholfen, noch einmal mit dir sprechen zu können.«
Ingeborg nickte. Sie rutschte zur Sessellehne hin und wandte sich dem Fenster zu, um den Garten zu betrachten. Es wäre ihr lieber gewesen, jetzt nicht schon wieder über Nicolai reden zu müssen. Wenigstens für den Augenblick wollte sie an etwas anderes denken dürfen, aber Hanna beugte sich vor und legte ihr eine Hand auf das Knie. »Was ist los, mein Kind? Du fühlst dich nicht wohl, irgendetwas bedrückt dich doch, das spüre ich. Glaubst du nicht an Nicolais Unschuld? Du hast Angst, dass man ihn dir wegnimmt, nicht wahr?«
Ingeborg schloss die Augen. Sie spürte, wie ihre Unterlippe zu zittern begann. Warum gönnte man ihr nicht einmal eine Atempause? Musste sie sich wirklich dauernd mit der Last ihrer Gefühle abplagen? In Gedanken suchte sie nach einem Weg, um Hannas Aufmerksamkeit wenigstens für eine Weile von Nicolai und dem bevorstehenden Prozess abzulenken. Ingeborg wandte sich um und schaute ihrer Schwiegermutter ins Gesicht. Vielleicht würde sie sich über die Nachricht freuen, dass sie Großmutter wurde? Vielleicht wäre sie eine Weile beschäftigt, wenn sie darüber nachdenken konnte, wann das

Kind kommen und wie es heißen sollte? Ingeborg versuchte zu lächeln. »Ich bin schwanger, Hanna. Ich bekomme ein Kind von Nicolai, und deshalb geht es mir nicht gut. Ich bin müde und völlig erschöpft und würde mich gern eine Weile ausruhen, aber ich komme nicht dazu, neue Kraft zu schöpfen. Ständig passiert etwas – Nicolais Verhaftung, der Prozess, die Reise hierher. Das alles ist so viel mehr, als ich im Moment ertragen kann.«

»O Liebes, das ist ja …« Hanna drückte ihr flüchtig die Hand. Sie strahlte jetzt. »Ich verstehe. Ich freue mich für euch beide. Du empfindest die Schwangerschaft im Augenblick bestimmt als eine zusätzliche Belastung. In deiner Situation ist das nur zu verständlich. Aber wenn das Kind erst einmal da ist, wirst du glücklich sein, es zu haben, glaube mir. Das war bei mir genauso.«

»Ja, sicher.« Ingeborgs Stimme war nur ein Flüstern. Mühsam hielt sie die Tränen zurück, die sie in sich aufsteigen fühlte. Mutter zu werden, war in den Augen aller anderen Menschen etwas Wunderbares. Dass das ungeborene Kind Existenzängste in ihr weckte, dass sie das Gefühl hatte, für diesen neuen Menschen ein Stück von sich aufgeben zu müssen und etwas zu erleben, dem sie zumindest derzeit nicht gewachsen war, das konnte sie niemandem erklären. Niemand würde das verstehen.

»Natürlich ist es nicht einfach für dich, dich gerade jetzt auf das Kind zu freuen. Du hältst es wahrscheinlich für einen schlechten Zeitpunkt und hättest lieber noch gewartet, bis Nicolai wieder frei ist, nicht wahr?« Hanna holte sich ein Glas aus dem Intarsienschrank an der Wand und schenkte sich einen Schluck Portwein ein. »Möchtest du auch noch etwas?«

»Nein, lieber nicht. Weißt du, ehrlich gesagt habe ich wirklich Angst. Wenn Nicolai nicht freigesprochen wird, könnte es mir genauso ergehen wie dir, Hanna. Ich müsste mein Kind ohne seinen Vater aufziehen. Und das auf einer Insel, auf der ich für die Einheimischen eine Fremde bin und kaum Freunde habe. Wenn Nicolai in Haft bleibt, dann habe ich nichts mehr. Dann muss ich zusehen, wie ich mit dem Friesencafé alleine über die Runden komme. Es ist schon eigenartig, wie manche Geschichten sich wiederholen, nicht wahr?«

»Meine Geschichte wird sich nicht wiederholen, mein Kind, davon bin ich überzeugt. Nicolai ist ein guter Ehemann, der lässt dich nicht im Stich.« Hanna nippte an ihrem Glas. »Und Thomas ist ein guter Anwalt. Ich habe ihn schon einige Male vor Gericht erlebt, er versteht etwas von seinem Fach. Nicolai ist sein Sohn. Er wird alles daransetzen, um den Jungen aus dieser brenzligen Sache herauszuholen.«

Ingeborg nickte. Hannas Stimme klang so sanft und einschmeichelnd, nur allzu gern hätte sie ihr geglaubt. Hanna kam näher und schaute sie an. »Was ist? Zweifelst du an Thomas und seinen Fähigkeiten?«

»Nein.« Ingeborg schüttelte den Kopf. Tränen verschleierten ihr den Blick, gleich würde sie anfangen zu weinen. »Dein Mann versteht ganz sicher etwas von seinem Beruf.«

»Dann ist es wegen Nicolai? Du bist nicht von seiner Unschuld überzeugt?«

»Ich weiß nicht.« Ingeborg schluchzte, sie konnte sich einfach nicht mehr beherrschen. Den Kummer, der sich in ihr aufgestaut hatte, konnte sie nicht länger verdrängen. Er war da und nagte an ihr, seit Tagen ließ er sie nicht zur Ruhe kommen. Hilflos zuckte Ingeborg mit den Schultern. »Nicolai ist mir fremd geworden, Schwiegermutter. Der Krieg hat ihn verändert. Er hat schon einmal gegen das Gesetz verstoßen, damals diese Sache mit der Schwarzfischerei, aber das war harmlos gegen das, was ihm jetzt vorgeworfen wird.«

»Es war harmlos, ja. Mit der Schwarzfischerei wollte Nicolai mir helfen.«

»Ich weiß.« Ingeborg nickte, holte ein Taschentuch aus der Tasche ihres Kleides und wischte sich damit über die nassen

Wangen. »Aber diesmal ist es anders, Hanna. Man wirft meinem Mann vor, einen anderen Menschen getötet zu haben. Einerseits ist es für mich unvorstellbar, dass Nicolai so etwas getan hat, andererseits war der Tote ein Kriegskamerad von ihm, der ihm Schwierigkeiten gemacht hat. Nicolai kannte den Toten, er wollte ihn loswerden. Vielleicht hat er diesen Heinrich von Harbeck ja tatsächlich über die Abbruchkante gestoßen.«

»Das hat er nicht.« Hanna schüttelte den Kopf. »Ich kenne meinen Sohn, Ingeborg. Ich habe ihn großgezogen. Einen anderen Menschen töten, das könnte Nicolai nicht. Niemals.«

»Bist du sicher? Im Krieg musste er schließlich auch töten. An der Front hat er mehr als einmal einen Menschen vom Leben in den Tod befördert.«

»Das ist doch etwas ganz anderes, Ingeborg.« Hanna schüttelte energisch den Kopf. Sie stellte ihr leeres Glas ab. Ingeborg bemerkte die steile Falte, die sich zwischen ihren Augenbrauen gebildet hatte. Hanna war verärgert, das war nicht zu übersehen. Sie kämpfte offenbar um ihre Fassung Sie holte tief Luft, bevor sie wieder das Wort ergriff. »Nicolai war Soldat, er hat sein Vaterland verteidigt, genauso wie Millionen andere Männer auch. Wenn er sich geweigert hätte, seine Pflicht zu tun, dann wäre er vor das Kriegsgericht gestellt oder vom Feind erschossen worden. Dort draußen auf den Schlachtfeldern haben tausende von Männern getötet, um ihr Vaterland zu verteidigen. Ich habe meinen Sohn eine ganze Weile nicht sehen können, aber ich bin mir sicher, dass er zwischen Krieg und Frieden zu unterscheiden vermag. Was er an der Front getan hat, entsprang Notwendigkeiten, die größer waren als er. Dort draußen in Frankreich hatte er keine Wahl, begreifst du das nicht?«

»Doch, natürlich. Entschuldige bitte. Mir gehen so viele Dinge im Kopf herum. Ich bin verwirrt und erschöpft.« Ingeborg sah zu Boden. Sie hätte Hanna jetzt von der Erpressung erzählen können, der Nicolai durch von Harbeck ausgesetzt gewesen war, aber sie tat es nicht. Was hätte das genützt? Sie besaß weder die Kraft, noch wünschte sie endlose Debatten über Nicolais Schuld oder Unschuld. Vermutlich war es ohnehin besser, wenn wenigstens Hanna weiter so unerschütterlich an seine Unschuld glaubte.

Hanna seufzte. »Der Prozess wird mit einem Freispruch enden, glaube mir. Es ist wichtig, dass du dorthin gehst und an der Verhandlung teilnimmst, auch wenn du dich im Augenblick vielleicht nicht danach fühlst. Nicolai braucht dich jetzt, Mädchen.« Hanna kam näher. Sie ließ sich auf der Sessellehne nieder und legte Ingeborg einen Arm um die Schulter. »Du wirst doch hingehen, oder?«

Ingeborg nickte, aber sie schwieg. Sie wusste längst, dass für sie kein Weg daran vorbeiführte.

»Gut, das ist gut. Ich würde dich gerne begleiten, aber ich muss euch leider für ein paar Tage alleine lassen.«

Ingeborg zuckte zusammen. Hanna wollte fort? Was hatte das denn nun wieder zu bedeuten? Sie sah auf. »Du fährst weg? Du verlässt Flensburg, ausgerechnet jetzt?« Ingeborg spürte, wie sie unruhig wurde. Sie sollte mit ihrem Schwiegervater alleine bleiben? Hier in dieser fremden Umgebung, während der Prozess vor dem Schwurgericht stattfand, vor dem sie sich schon fürchtete, bevor er überhaupt begonnen hatte? Sie schluckte. Hanna schien ihr Unbehagen zu spüren. Beruhigend fuhr sie ihr mit einer Hand über den Nacken. »Ich weiß, du möchtest, dass ich hier bleibe, ich werde hier gebraucht. Ich würde auch gerne bleiben, aber ich muss nach Sylt – für ein paar Tage wenigstens. Luise hat mir geschrieben. Ich habe den Eindruck, dass sie mit den Schwierigkeiten, die sie hat, überfordert ist.«

»Sie hat Schwierigkeiten? Was ist es denn? Hat sie neuen Liebeskummer mit Thiess Meinert?« Ingeborg war nahe daran zu lachen, aber sie tat es nicht, sie wagte nicht einmal aufzusehen. Schon der provokante Unterton in ihrer Stimme war entlarvend genug. Sie spürte Hannas fragenden Blick, aber sie schwieg.

»Über Thiess Meinert hat sie nichts geschrieben. Es geht um den Hotelneubau. Die Bank hat den Kreditvertrag gekündigt. Diese Feiglinge wollen sich zurückziehen.«
»Was?« Ingeborg riss die Augen auf. Sie sah in Hannas Gesicht, aber nichts deutete darauf hin, dass es sich bei ihren Worten um einen bösen Scherz gehandelte hatte. Ingeborg schüttelte den Kopf. »Das kann ich nicht glauben. Sie wollen uns den Kredit nicht geben? Wir haben doch eine schriftliche Zusage. Es existiert ein Vertrag mit der Husumer Bau- und Kreditbank …« Ingeborg spürte, wie ihre Stimme sich überschlug, und verstummte. Ängstlich warf sie Hanna einen weiteren fragenden Blick zu.
Hanna seufzte. »Ich weiß, aber Verträge kann man kündigen, Herzchen. Und genau das hat die Bank getan. Diese Pfennigfuchser aus Husum haben keine Träume und keine Sehnsüchte, die kennen kein Pardon. Denen geht es nur um ihr gutes Geld.« Sanft strich Hanna Ingeborg eine Strähne aus dem Gesicht. »Reg dich bitte deswegen nicht auf, du hast jetzt genug andere Schwierigkeiten. Ich habe es dir nur erzählt, um deutlich zu machen, dass Luise mich braucht. Ich werde die Sache für euch regeln, verlass dich auf mich. Das neue Hotel wird gebaut. Schließlich habe ich schon mehr als einmal auf dieser Insel meinen Willen durchgesetzt.«
»Ja, ich weiß. Ich vertraue dir. Du wirst mit der Angelegenheit sicherlich besser fertig werden als meine Mutter. Es ist nur … ich hätte dich so gerne hier gehabt. Gerade jetzt, wo der Prozess beginnt.«
»Ich weiß das, Mädchen. Ich komme ja wieder. Sobald ich kann, kehre ich zurück, das verspreche ich. Und jetzt lass uns Kaffee trinken, solange draußen noch so schön die Sonne scheint. Der Tisch auf der Terrasse ist schon gedeckt. Kommst du mit?«
Ingeborg nickte. Kaffee trinken im Sonnenschein – als ob sie jetzt keine anderen Sorgen hätte. Aber von wem konnte sie

erwarten, dass er sie verstand? Manchmal kam es ihr so vor, als würde sie sich nicht einmal mehr selbst verstehen.

Johannes starrte auf die Möbel, die auf dem schmalen Bürgersteig vor Lillys Wohnung abgestellt waren. Ein Tisch, zwei Sessel, der Diwan, auf dem er bei einem seiner ersten Besuche in Lillys Wohnzimmer gesessen hatte. Im nächsten Moment entdeckte er zwei stämmige Kerle in Arbeitskleidung, die in Hemdsärmeln zwischen den Möbeln herumliefen. Was hatte das zu bedeuten? Was war los? Hatte Lilly etwa vor, aus ihrer Wohnung auszuziehen? War sie im Begriff, ihn und die Insel zu verlassen? Er kam gerade aus Hamburg von seinem Ärztekongress zurück. Die ganze Fahrt über hatte er nachgedacht. Er hatte sich fest vorgenommen, mit Lilly zu sprechen, war entschlossen, ihr zukünftig mehr Aufmerksamkeit zu schenken. Er war bereit, seine Liebe zu Ingeborg endgültig aus seinem Herzen zu streichen und sich Lilly zuzuwenden. Er musste es zumindest versuchen, er hatte keine andere Wahl, wenn er nicht ganz allein bleiben wollte. Ingeborg erwartete ein Kind von ihrem Mann. Sie hatte ihm eindeutig zu verstehen gegeben, dass er sich keine Hoffnungen mehr zu machen brauchte. Er musste die Vergangenheit hinter sich lassen und einen neuen Anfang wagen. Wenn es in seinem Leben jemanden gab, der Ingeborg ebenbürtig sein konnte, dann war das Lilly. Elisabeth Hagemann, die Schöne mit dem kupferroten Haar und den türkisfarbenen Augen. Sie hatte es bestimmt verdient, dass er sich mehr um sie kümmerte, und das wollte er auch – falls es dafür nicht schon zu spät war. Noch einmal wanderten seine Blicke besorgt über das Sammelsurium an Möbeln und Hausrat auf dem Bürgersteig. Er musste wissen, was hier vor sich ging. Zog Elisabeth wirklich aus ihrer Wohnung aus? Wollte sie ihn und die Praxis im Stich lassen? Aber wohin wollte sie stattdessen? Etwa zurück nach Lübeck? Wozu? Sie hatten in den

letzten Wochen und Monaten gut zusammengearbeitet. Alle Befürchtungen, die er bei der ersten Begegnung mit Lilly gehegt hatte, hatten sich als unbegründet erwiesen. Sie war als Sprechstundenhilfe weder ungeschickt noch faul und als Mensch weder überheblich noch nachlässig. Elisabeth passte ausgezeichnet in seine Praxis, und das hatte er ihr doch auch zu verstehen gegeben, oder?
Johannes beobachtete noch einen Moment den Eingang des Hauses, in dem Lilly wohnte. Vielleicht würde sie gleich in Hut und Mantel erscheinen, um letzte Anweisungen für ihren Umzug zu geben. Es half alles nichts, er würde es herausfinden, er würde sie danach fragen müssen. Zögernd näherte er sich dem Hauseingang. Der Flur war leer, es war niemand zu sehen, aber oben im ersten Stockwerk rumorte es. Vorsichtig tastete er sich vorwärts. Er umrundete einen Schrankkoffer und ein Grammophon, die scheinbar herrenlos im Parterre auf dem Fußboden vor der Treppe standen, und stieg dann hinauf in den ersten Stock. Im Treppenhaus roch es nach Quetschkartoffeln und Bohnerwachs, und das, obwohl die Fenster zum Hof weit offen waren. Als er die erste Etage erreichte, sah er, dass auch die Tür zu Lillys Wohnung weit offen war. Von ihr selbst war nichts zu sehen, aber ihm fiel auf, dass der Fußboden im Wohnungsflur spiegelglatt zu sein schien. Er glänzte, als wäre er gerade frisch gewischt worden. War sie schon so weit mit ihren Umzugsvorbereitungen, dass sie ans Großreinemachen ging?
»Fräulein Hagemann?« Johannes steckte den Kopf in den Wohnungsflur, wagte aber nicht, den nassen Fußboden zu betreten. Er würde mit seinen Schuhen jede Menge Tapsen auf dem Boden machen, ein Sakrileg in den Augen jeder guten Hausfrau.
»Lilly?«
Auch diesmal blieb seine Frage unbeantwortet. Wo mochte sie bloß sein ? So wie es hier aussah, konnte sie die Wohnung doch

nicht einfach verlassen haben. Der ganze Krempel, der überall herumstand, die offenen Türen und Fenster, das sprach nicht dafür, dass sie weggegangen war. Johannes reckte sich und spähte in die Wohnung, aber von seinem Platz auf der Türschwelle aus konnte er kaum sehen, was drinnen vor sich ging. Er schlüpfte aus seinen Schuhen und betrat auf Zehenspitzen die Wohnung. Auch in Strümpfen hinterließ er Fußstapfen auf dem frisch gewienerten Parkett, aber das war ihm jetzt egal. Er musste endlich erfahren, was hier los war. Er wollte mit Lilly sprechen, und das sofort.

Mit seinem Koffer unter dem Arm balancierte er über den nassen Flur, schlich zum Wohnzimmer und spähte hinein, aber auch dort war nichts von Lilly zu sehen. Er spürte, wie die erfolglose Suche ihn zunehmend unruhig machte. Vielleicht war sie doch schon ausgezogen? Vielleicht hatte sie kurzentschlossen alles stehen und liegen gelassen, weil sie die Nase voll gehabt hatte von seinem zögernden Verhalten ihr gegenüber.

Er suchte weiter. Seine Socken waren inzwischen nass, die Feuchtigkeit ließ den Stoff auf seiner Haut kleben, aber er achtete nicht darauf. Schließlich hatte er die Küche erreicht und konnte einen Blick in den Raum werfen. Dort hinten in der Ecke unter dem Fenster war endlich jemand zu sehen. Eine Gestalt in einem einfarbigen Haushaltskittel auf Knien, daneben stand ein Wischeimer. Es war tatsächlich Lilly, die in gebückter Haltung mit einem Feudel den schwarz und weiß gefliesten Fußboden scheuerte. Er beugte sich aus dem Türrahmen ein Stück nach vorn. »Lilly? Fräulein Hagemann? Sind Sie das?«

Sie drehte sich um und schaute mit vor Erstaunen geweiteten Augen zu ihm auf. Ihre Wangen waren gerötet, auf ihrer verschwitzten Stirn klebte eine kleine Haarsträhne, die aus dem Kopftuch gerutscht war. Sie lächelte zaghaft. »Oh, guten Tag, Herr Doktor. Was machen Sie denn hier?«

Aus ihrer Stimme klang ebenso viel Erschöpfung wie Überraschung. Er tastete sich einen Schritt weiter vorwärts, blieb dann aber wieder stehen. »Was ist denn hier los? Machst du Frühjahrsputz?«

Johannes spürte, wie er errötete. In seiner Verwirrung bemerkte er zu spät, dass er Lilly geduzt hatte. Selbst erstaunt darüber, dass er den Mut zu dieser Vertraulichkeit so plötzlich und jede Vorwarnung aufgebracht hatte, lächelte er entschuldigend, aber sie schien sich an der ungewohnten Anrede keineswegs zu stören. Langsam schüttelte sie den Kopf. »Nein, kein Frühjahrsputz. Ein Wasserrohrbruch.« Sie richtete sich ein Stück auf, blieb aber auf dem Boden sitzen. »Ich hatte einen Wasserrohrbruch in der Küche. Die halbe Wohnung stand unter Wasser. Ich war leider nicht zu Hause, als es passierte, und so konnte das Wasser überall hinlaufen. Die Teppiche in der Diele sind hinüber. Die Vorhänge sind feucht und klamm. Die schöne, alte Kommode meiner Großmutter, die im Flur gestanden hat, ist voller Wasserflecken – ach, es ist einfach schrecklich.« Sie schloss für einen Moment die Augen und ließ sich gegen die Wand hinter ihr sinken.

»Ein Wasserrohrbruch, aha.« Johannes löste sich jetzt von seinem Platz an der Tür, trat zu ihr und ging neben ihr in die Knie. »Das ist wunderbar, Lilly. Weißt du, ich dachte schon, du ziehst hier aus.« Er beugte sich vor, stellte seinen Koffer auf den nassen Fußboden und zog Elisabeth sanft in seine Arme. »Ich bin so froh, weißt du das? Ich hatte schon befürchtet, du wolltest weg.«

»Wohin denn?« Sie sah ihn an. Noch immer wirkten ihre smaragdfarbenen Augen unendlich groß und leicht verstört. Elisabeth schien noch nicht zu begreifen, was hier vor sich ging. Wie sollte sie auch? Wie sollte sie wissen, was er erst seit kurzem wusste – dass ihrer beider Leben sich von Grund auf ändern sollte, dass er sich nicht vorstellen konnte, sie auch noch zu verlieren. Er lächelte. »Ganz egal, was weiß ich, wohin, Lilly. Hauptsache, du bleibst hier.«

»Hast du getrunken, Johannes?« Lilly schob ihn ein Stück von sich fort und musterte ihn fragend, aber er schüttelte den Kopf. »Nein, das habe ich ganz bestimmt nicht getan. Ich bin bei klarem Verstand, und das zum ersten Mal seit langem.« Er holte Lilly zurück in seine Arme und küsste sie sanft. Ihre Lippen waren warm. Sie erwiderte seinen Kuss, wenn auch nur zögernd und vorsichtig. Genau wie die ganze Wohnung duftete Elisabeth schwach nach Seife. Es war ein herrliches Gefühl, sie zu halten, und es kam ihm vor, als wäre es das Selbstverständlichste von der Welt. Diesmal würde er Glück in der Liebe haben, es konnte gar nicht anders sein. Er fühlte es ganz einfach, dass es diesmal richtig war, was er tat.

»Und hier würde sich eine Rotunde gut machen.«
»Eine Rotunde?« Luise sah auf. Sie hatte sich über die Zeichnung gebeugt, die der neue Architekt vom Festland mitgebracht hatte, wurde jetzt aber schon wieder bei der Betrachtung des Entwurfs gestört, weil der junge Mann ihr die Zeichnung einfach wegnahm. Mit dem Blatt Papier in der Hand hatte er sich umgedreht und schaute nun zur anderen Seite des Grundstücks. Luise seufzte, aufrichtig darum bemüht, die in ihr immer mächtiger werdende Ungeduld zu beherrschen. Seit beinahe einer Stunde schon besichtigte der Herr Architekt das Grundstück, auf dem das neue Kliffende stehen sollte, und ständig kamen ihm Ideen bezüglich des Neubaus, die er alle sofort in Vorschläge umsetzte. Jetzt deutete der junge Mann nach vorn, mitten hinein in die offene Heidelandschaft.
»Ich denke, dort vorn könnte man das Haupt- und das Nebenhaus gut mittels einer Rotunde verbinden. Rechts die Pferdeställe und Lagerräume, und als Bindeglied zum Haupthaus die Rotunde. Sie wäre vielleicht als Musikzimmer nutzbar. Das Gästehaus wäre dann links von mir zu errichten. Ein unverbaubarer Blick über eine breite Sonnenterrasse direkt auf das freie Meer. Ein großer Aufenthaltsraum mit Kamin, alle Fenster

nach Westen und eine ebenerdige Terrasse dazu. Ich sehe das alles schon genau vor mir, Sie nicht auch?«
Luise schwieg. Was sie vor sich sah, war eine horrende Rechnung für den Entwurf dieser Luxusvilla und Handwerkerrechnungen, gespickt mit Zahlenkolonnen, die kein Ende nahmen. In diesem Moment frischte der Wind auf, eine Böe kam vom Wasser her und wehte dem Herrn Architekten seinen Entwurf beinahe aus der Hand. Er zog das Blatt hastig an sich, glättete es und rollte es auf. Luise warf Thiess Meinert einen kurzen, warnenden Blick zu. Dieser Architekt schien sehr von sich überzeugt zu sein. Offenbar glaubte er, den Auftrag für Kliffende schon in der Tasche zu haben.
Thiess Meinert lächelte. Er wirkte ein wenig hilflos. »Über die Sache mit den Nebengebäuden müssen wir noch einmal sprechen, wissen Sie? Ich bin nicht sicher, dass die Pferdeställe schon in diesem Jahr gebaut werden sollen. Vorerst geht es wohl nur um das Gästehaus. Wenn ich richtig verstanden habe, ist das mit den Pferdeställen mehr so eine Idee für die Zukunft, nicht wahr, Frau von Lassen?«
Luise wollte antworten, aber der Architekt kam ihr zuvor. Er wirkte jetzt ein wenig hektisch. Kleine rote Flecken hatten sich auf seinen schmalen Wangen gebildet. »Aber ich bitte Sie, Herr Meinert.« Er wandte sich Thiess Meinert zu, Luise gar nicht beachtend, und schob seine Bauzeichnung zurück in eine Rolle aus Pappmaché, die er mitgebracht hatte. »Im Nachhinein angefügt, kosten solche Anbauten ein Heidengeld. Und außerdem geht der Neubau meist mit den alten Gebäudeteilen vom Stil her nicht konform. Wenn Sie die Stallungen nachträglich anbauen, wirken sie wie angeflickt, verstehen Sie? Wer ein derart herrliches Grundstück zur Verfügung hat, der sollte Nägel mit Köpfen machen. Alles aus einem Guss, das ist meine Vorstellung.«
»Das Grundstück ist bestimmt schön, und wir wünschen uns natürlich dafür etwas Repräsentatives.« Luise nickte. »Bezahl-

bar muss es aber bleiben, sonst nützen uns Ihre schönen Ideen nichts, Herr Hummel.« Luise lächelte den Grünschnabel von einem Architekten an, der sie irritiert anblickte. Er schaute sie an, als sähe er sie gerade zum ersten Mal. Das sollte der aufgehende Stern am Hamburger Architektenhimmel sein? Seine Entwürfe waren hervorragend, das musste Luise zugeben. Als Mensch jedoch war der Jüngling ohne Erfahrung, und was die Kosten anging, die seine Entwürfe nach sich zogen, schien er nicht das rechte Augenmaß zu haben. Wahrscheinlich plante er einfach drauflos, je größer, je besser, und sein Auftraggeber konnte zusehen, wie er dann mit den Forderungen seiner Handwerker fertig wurde. Luise sah kommentarlos zu, wie Alfons Hummel sich seine Aktentasche unter den Arm schob. Seiner Miene nach zu urteilen, war er über Luises letzte Bemerkung zumindest leicht verstimmt. Er rückte seine seidene Krawatte zurecht. »Wie Sie meinen. Sie können es sich ja noch einmal in Ruhe überlegen. Die Entscheidung über den Seitentrakt muss ja nicht heute fallen.«

»Nein, das muss sie nicht. Da bin ich völlig Ihrer Meinung.« Luise lächelte, aber sie bemerkte, dass Thiess Meinert die Komik der Situation nicht zu spüren schien. Er wirkte unruhig und zappelig, machte irgendein Handzeichen in ihre Richtung, dessen Sinn sie nicht begriff, und wandte sich dann wieder dem Architekten zu.

»Alles in allem gefallen uns Ihre Entwürfe natürlich, Herr Hummel. Sie sind das Beste, was ich bisher gesehen habe. An diesem Platz würde Ihr Vorhaben sicher gut zur Geltung kommen.«

Alfons Hummel nickte mit ernstem Gesicht. »Ich glaube auch, dass mein Entwurf hierher passen würde, zumal er inseltypische Elemente mit dem neuen Stil vereint. Ich an Ihrer Stelle würde mir überlegen, ob nicht ein paar Gauben im Dach ganz praktisch wären. Dort oben wäre dann Platz für die Unterbringung von hauseigenem Personal. Bei Bedarf könnte man auch Gäste

dort einquartieren. Ich werde die Zeichnung noch heute entsprechend präzisieren.« Hummel zog einen Bleistift und ein kleines Heft aus der Anzugtasche und begann sich Notizen zu machen. Thiess Meinert warf Luise einen kurzen Blick zu. Wahrscheinlich rechnete er im Geist fieberhaft und versuchte dabei herauszufinden, was dieser brillante neue Einfall des Herrn Architekten jetzt schon wieder an zusätzlichem Geld kosten würde. Luise war nahe daran, Herrn Hummel zu verstehen zu geben, dass sie sich seine grandiosen, aber kostspieligen Ideen nicht alle leisten konnten, doch sie tat es nicht, denn sie hatte Thiess Meinert vor Beginn dieses Zusammentreffens versprechen müssen, dass sie sich in das Gespräch mit Herrn Hummel nicht einmischen würde. Sie brauchten schließlich einen Architekten. Der Mann aus Westerland, den sie ursprünglich mit der Errichtung von Kliffende betraut hatten, hatte seinen Auftrag zurückgegeben, nachdem er erfahren hatte, dass die Husumer Bau- und Kreditbank sich aus dem Kreditvertrag zurückgezogen hatte. Alfons Hummel dagegen kam vom Festland, der wusste nicht, dass das Vorhaben, für das er so eifrig plante, finanziell auf tönernen Füßen stand.
Während der Architekt schrieb, ließ Luise ihre Blicke über die Heide wandern. Plötzlich entdeckte sie einen Punkt in der Ferne, der sich bewegte. War das ein Wagen, der sich ihnen näherte? Luise reckte den Kopf. Wer kam denn da? Kehrte Ingeborg schon aus Flensburg zurück? Oder war es Hedwig, die sich mal wieder einsam fühlte und Gesellschaft suchte?
Der Wagen kam näher. Eine dichte Staubwolke hinter sich herziehend, rollte der Landauer die Auffahrt hinauf. Schützend legte Luise eine Hand über die Augen. Im Fond des Wagens saß eine Frau mit einem modischen Strohhut, dessen Krempe von einem breiten gestreiften Ripsband geziert wurde.
»Ich denke, über die Art der Fenster müssen wir noch einmal miteinander sprechen. In der älteren Bebauung der Insel finden wir ja vor allem Sprossenfenster.« Alfons Hummel klappte

sein Notizbuch zu. »Wenn Sie dabei bleiben wollen, können wir natürlich darüber reden. Allerdings haben auch größere und geschlossene Fensterflächen ihre Vorteile. Die sind praktischer, wenn es um die Reinigung geht.«

Luise nickte schweigend, sie hatte nicht richtig zugehört. Ihre ganze Aufmerksamkeit konzentrierte sich auf die Kutsche, die jetzt die Auffahrt erreichte. Als Luise erkannte, wer da im Fond des Landauers saß, der in diesem Moment anhielt, stieß sie einen kleinen spitzen Schrei aus. Sie spürte, dass sowohl Thiess Meinert als auch der Herr Architekt sie voller Erstaunen ansahen, aber das war ihr egal. Sie lief los, mit einer Hand ihren Hut festhaltend. Lachend breitete sie beide Arme aus. In diesem Moment erfasste der Wind ihren Sonnenhut und trug ihn davon, aber das spielte keine Rolle mehr.

»Hanna!« Luise spürte, wie ihr vor Erleichterung beinahe die Tränen kamen. »Hanna, du bist es!«

»Luise!« Hanna strahlte sie an. Luise lachte und weinte gleichzeitig. Mit einem Seufzer ließ sie sich in Hannas Arme fallen. Hanna war gekommen. Noch niemals zuvor hatte Luise sich so von einer Last befreit gefühlt wie in diesem Moment. Noch war Kliffende nicht verloren, denn wo Hanna war, konnte der Erfolg nicht ausbleiben. Ihre Hoffnung hatte wieder einen Namen, und das tröstete Luise mehr, als tausend Worte es in diesem Moment vermocht hätten.

# Kapitel 18

Was wollten nur all diese Menschen hier?
Ingeborg hatte nicht erwartet, mit Nicolai und seinen Richtern in diesem hohen, kalten, weiß getünchten Saal allein zu sein, aber mit diesem Ansturm von Fremden hatte sie auch nicht gerechnet. Zeitungsreporter waren da und scharten sich um sie, während sie – wortlos und leicht benommen – im Gerichtssaal stand und nicht wusste, wohin sie schauen sollte. Immer mehr Neugierige drängten in den Raum. Vor allem ältere Frauen und Männer nahmen auf den unbequemen Bänken Platz und warfen ihr aus dem Augenwinkel interessierte Blicke zu, während sie miteinander tuschelten. Woher wussten diese Leute, wer sie war? Sah man es ihr an, dass sie die Ehefrau eines des Mordes Verdächtigten war?
Ingeborg schaute sich um. Draußen auf dem Gang hatte sie Morten Petersen bemerkt, der still und unbeachtet in einer Ecke gestanden hatte und seinen Sonntagshut mit den Händen umklammert hielt. Beinahe wäre sie zu ihm gegangen und hätte ihn begrüßt. Schließlich war er außer Thomas und Nicolai der Einzige, den sie hier kannte. Nach einem kurzen Moment des Zögerns hatte sie es dann aber vermieden, ihn auch nur anzusehen, denn Morten war ja als Zeuge geladen. Vermutlich würde seine Aussage in diesem Prozess Gewicht haben. Aus Angst, Morten würde vielleicht gar nicht mit ihr sprechen wollen, war Ingeborg einfach schweigend an ihm vorbeigegangen. Und nun stand sie ganz allein in der Mitte des Saales und fühlte sich überflüssig. Die Gespräche der Menschen um sie herum, der Auftritt zweier Wachtmeister in Uniform, das Klicken eines Fotoapparates, das alles machte sie nervös. Endlich fasste sie einen Entschluss. Sie ging zu einer der vorderen Bänke und nahm dort Platz. Vielleicht half es Nicolai, wenn sie hier vorne saß und er sie sehen konnte. Vielleicht gab es

ihm ein bisschen Zuversicht, wenn er bemerkte, dass sie da war.
In diesem Moment öffnete sich eine kleine Seitentür des Saales, und Nicolai wurde hereingeführt. Ein Raunen ging durch die Anwesenden, als er sich auf einen Stuhl hinter der Balustrade setzte. Ingeborg hätte ihn gerne gegrüßt, aber er schaute nicht auf. Die gefesselten Hände im Schoß gefaltet, saß er da und hielt den Kopf gesenkt. Hatte die kurze Zeit der Haft ihn schon so zermürbt, dass er den Menschen um ihn herum nicht mehr ins Gesicht blicken mochte? Während Ingeborg noch darüber nachdachte, wie Nicolai sich wohl fühlte, entdeckte sie Thomas. In seiner schwarzen Robe wirkte er älter und ernsthafter, als sie ihn in Erinnerung hatte. Er nahm seinen Platz neben Nicolai ein und nickte ihr kurz zu, bevor gleich darauf die Türen am anderen Ende des Saales aufgestoßen wurden. Ein Gerichtsdiener erschien. »Bitte erheben Sie sich für das Gericht!« Fünf Gestalten traten ein, drei von ihnen waren in schwarzen Roben, alle waren Männer und in mittleren Jahren. Keiner von ihnen wirkte besonders sympathisch auf Ingeborg, aber natürlich kam es auf ihre Empfindungen nicht an. Thomas war da, er würde dafür sorgen, dass Nicolai ein gerechtes Verfahren bekam.
Während der Vorsitzende Richter damit begann, die Anwesenheit der geladenen Personen festzustellen, sah Nicolai endlich auf. Er schaute sie an. Er war blass und schmal, tiefe Schatten hatten sich unter seinen Augen gebildet. Ingeborg lächelte vorsichtig zu ihm hinüber. Wie verloren er auf seinem Stuhl wirkte, wie müde er in seinem feinen schwarzen Sonntagsanzug aussah, den sie ihm ins Gefängnis geschickt hatte. Sie wäre gerne zu ihm gegangen, sie wünschte sich, jetzt bei ihm zu sein und sein Gesicht in ihre Hände nehmen zu dürfen. Hanna hatte Recht, Nicolai war nicht im Stande, einen Menschen zu töten. Er war kein Mörder, er konnte es nicht sein, selbst wenn der Krieg ihn verändert hatte.

»Der Angeklagte wird sich zum Tatvorwurf nicht äußern.«
Ingeborg fuhr herum. Der Satz traf sie unvorbereitet, er schien ihr fehl am Platz. Thomas hatte ihn gesprochen. Er war es gewesen, der erklärt hatte, dass Nicolai nicht aussagen würde. Warum das? War das ein kluger Schachzug? Kam Nicolais Schweigen nicht einem Schuldeingeständnis gleich?
Der Staatsanwalt, ein hagerer Mann, dem die Robe sackartig um den dürren Körper hing, erhob sich und begann die Anklageschrift zu verlesen. In umständlichem Behördendeutsch schilderte er die Ereignisse jenes Nachmittags am 31. Mai dieses Jahres. Ingeborg hörte ihm kaum zu, es konnte sowieso nicht stimmen, was der Mann da erzählte. Nicolai sollte seinen ehemaligen Kriegskameraden von Harbeck getötet haben, indem er ihn an einem nebligen Nachmittag von der Abbruchkante der Steilküste gestoßen hatte. Warum Nicolai so etwas getan haben sollte, sagte der Herr Staatsanwalt nicht. Er sprach von Heimtücke und der Arglosigkeit des Opfers, juristisches Fachchinesisch, das sie nicht interessierte. Es fehlte das Motiv für die Tat, das schien ihr wichtig. Fiel es dem Gericht nicht auf, dass hier eine Lücke in der Argumentation der Staatsanwaltschaft klaffte?
Ingeborg warf Thomas einen fragenden Blick zu, aber der sah zur Tür hinüber. Morten Petersen war aufgerufen worden und betrat den Saal. Er wirkte reichlich schüchtern und befangen. Mit leiser Stimme berichtete er, dass er an dem fraglichen Nachmittag des 31. Mai Nicolai Boysen am Ortsausgang des Dorfes gesehen habe. Er sei in Richtung Strand gegangen. Wenig später habe ein Mann, auf den von Harbecks Personenbeschreibung passe, ihn angehalten und nach dem Weg zu einem Pavillon gefragt, der in der Nähe des Roten Kliffs stehe.
Ingeborg seufzte leise. Als Morten Petersen den Zeugenstand verließ, kamen ihr die Aussichten für Nicolai düsterer denn je vor, aber noch war der Prozess ja nicht zu Ende. Als Nächstes

erschien eine junge Frau im Zeugenstand, deren Name Ingeborg noch niemals gehört hatte und deren Erscheinung keine auch noch so schwache Erinnerung in ihr weckte. Sie hieß Marianne Silbermann und erzählte von einer Begegnung mit Nicolai, die Anfang dieses Jahres in Husum stattgefunden haben sollte. Angeblich hatte Nicolai sie aufgesucht, um ihr von ihrem verstorbenen Verlobten zu erzählen, dessen Tod er im Lazarett miterlebt hatte. Die Einzelheiten dieses Besuchs fand Ingeborg belanglos, und auch der Staatsanwalt schien sich nicht dafür zu interessieren.
»Worüber haben Sie mit dem Angeklagten noch gesprochen?« Die Stimme des Vorsitzenden hallte durch den Raum.
»Ich fragte ihn nach seiner Familie. Mir fiel auf, dass er darauf sehr verwirrt reagierte. Später erzählte er mir, dass er als Folge eines Gasangriffs an der Front sein Gedächtnis verloren habe. Er schien nichts mehr über seine Herkunft zu wissen.«
»Er wusste nichts über seine Herkunft?«
»Nein, er wusste kaum etwas über sich. An seinen Namen erinnerte er sich und dass er im Krieg bei einer Schlacht an der französischen Grenze verwundet worden war. Ich habe daraufhin wiedergegeben, was mein Verlobter über ihn geschrieben hatte.«
»Und? Was hatte er geschrieben?«
»Dass Nicolai Boysen eine Gastwirtschaft auf der Insel Sylt besitze. Für ihn schien das neu zu sein. Er sagte, er habe nach seiner Rückkehr von der Front in Hamburg gelebt.«
Ein Raunen ging durch den Saal. Ingeborg schluckte, ihr wurde schwindlig, sie hatte das Gefühl, die Wände um sie herum würden sich drehen. Nicolai hatte sein Gedächtnis verloren? Was für eine Geschichte war das denn? Warum hatte er ihr nichts davon erzählt? Sie holte tief Luft. Die wenigen Sätze von Fräulein Silbermann hatten genügt, um neue Verwirrung in ihr auszulösen. Sagte die Frau die Wahrheit? Oder versuchte sie sich mit einer erfundenen Geschichte vor Gericht wichtig zu ma-

chen? Was würde das Gericht aus dieser Aussage für Schlüsse ziehen? Dass Nicolai ein Geisteskranker war, ein Mann ohne Erinnerung, dem alles zuzutrauen war und der vor Gericht bedenkenlos log? Ingeborg griff in ihre Handtasche und suchte nach einem Taschentuch. Sie fühlte, wie der Schweiß ihr auf die Stirn trat. Thomas und Nicolai hatten die Köpfe zusammengesteckt und tuschelten miteinander. Wie sollte sie den Rest dieses Tages überstehen? Was würde wohl noch alles in diesem unseligen Prozess herauskommen?

»Sie haben dann kurze Zeit später noch einmal Besuch von einem Kriegskameraden Ihres verstorbenen Verlobten erhalten.« Die Stimme des Vorsitzenden tönte wieder durch den Raum.

»Ja. Einige Wochen später kam ein gewisser Herr von Harbeck zu mir. Er behauptete, ebenfalls mit meinem Verlobten im Lazarett gelegen zu haben.«

»Und weiter?«

»Herr von Harbeck erkundigte sich bei mir nach Herrn Boysen. Er fragte, ob er da gewesen sei und ob er bestimmte Schmuckstücke zurückgegeben habe.«

»Schmuckstücke?« Der Richter musterte die Zeugin.

Sie nickte. »Ja. Er fragte nach einer goldenen Uhr und einem Siegelring mit dem Familienwappen. Erich hatte seinerzeit beides mit an die Front genommen. Herr von Harbeck wollte wissen, ob Herr Boysen den Schmuck an Erichs Eltern oder mich zurückgegeben hat.«

»Und? Hat er?«

»Nein, nicht dass ich wüsste.«

Wieder ging ein Raunen durch den Saal. Der Vorsitzende hob die Hand, woraufhin das Gemurmel augenblicklich verstummte. »Was geschah dann weiter?«

»Der Mann brach auf, nachdem ich ihm gesagt hatte, dass der Ring und die Uhr nach wie vor verschwunden seien.«

»Danke.« Der vorsitzende Richter nickte. »Das Gericht hat

keine Fragen mehr an die Zeugin. Herr Staatsanwalt? Herr Verteidiger?«

Der Staatsanwalt verzichtete auf ein Verhör, aber Thomas ließ sich von Fräulein Silbermann noch einmal den Eindruck beschreiben, den sie von Heinrich von Harbeck gehabt hatte. Sie schilderte ihn als einen großen, schlanken und sehr blassen Mann, der nervös und ein bisschen verwahrlost gewirkt habe.

Nachdem Fräulein Silbermann den Saal verlassen hatte, wurde es still. Niemand unter den Anwesenden schien zu wissen, worauf die neu aufgetauchte Geschichte mit dem Schmuck hinauslaufen sollte. Ingeborg saß da und starrte auf den abgetretenen Fußboden vor sich. Sie wurde das Gefühl nicht los, dass der Prozess sich nicht gut entwickelte. Nicolai stand jetzt als ein Dunkelmann da, als ein seelisch verwundeter Kriegsheimkehrer. Vielleicht war er gar nicht in der Lage, seine Handlungen zu kontrollieren? Vielleicht hatte der Krieg ihm so zugesetzt, dass er nicht mehr wusste, was er tat? Einem Mann ohne Gedächtnis war doch alles zuzutrauen – auch ein Mord.

Ingeborg versuchte ihre düsteren Gedanken und Mutmaßungen zu verdrängen, aber sie fühlte sich ziemlich unwohl bei dem, was sie hier erlebte. Keiner der Zeugen hatte bisher zu Nicolais Gunsten ausgesagt, und sie konnte sich auch nicht vorstellen, dass es noch jemanden gab, der dafür in Frage kam.

Nicolai litt also unter Gedächtnisschwund. Er hatte nach der Rückkehr von der Front zunächst in Hamburg gelebt – warum hatte er ihr das nicht erzählt? Was war Wahrheit, was war Lüge in seinem Leben? Warum vertraute er nicht einmal seiner eigenen Ehefrau? Ingeborg saß da und zermarterte sich das Hirn mit diesen Fragen, während vorne am Richtertisch noch eine Weile palavert wurde. Mittlerweile war es Mittag geworden, das Gericht unterbrach die Verhandlung. Der Vorsitzende erklärte, dass eine wichtige Zeugin noch nicht in Flensburg eingetroffen sei und man die Verhandlung deshalb erst morgen früh fortsetzen werde.

Wie alle anderen auch stand Ingeborg auf. Ihr schmerzte der Rücken von dem stundenlangen Sitzen, in ihrem Kopf dröhnte es. Sie schaute sich nach Nicolai um, aber der wurde schon aus dem Saal geführt. Thomas bedeutete ihr mit einem Handzeichen, auf ihn zu warten. Sie umklammerte ihre Handtasche und sah zu Boden. So gut es ging, wich sie den Neugierigen aus, die an ihr vorbei zur Tür drängten. Ein Berichterstatter des *Flensburger Tageblatts* kam auf sie zu, den Bleistift gezückt, aber sie wandte sich schon ab, bevor er sie erreicht hatte, und gab ihm damit zu verstehen, dass sie nicht mit ihm reden würde. Der Rummel hier zerrte an ihren Nerven. Er tat es viel mehr, als sie es sich vorgestellt hatte. Von Thomas war sie enttäuscht. Bisher war er ihr als Verteidiger farblos erschienen. Die meiste Zeit hatte er nur dagesessen und sich Notizen gemacht. Welche Pfeile mochte der Herr Staatsanwalt noch im Köcher haben? Und Thomas? Was war seine Taktik in diesem Fall?
Hatte er überhaupt eine?

»Hedwig, ich habe jetzt wirklich keine Zeit.« Luise drehte sich um und warf ihrer Kusine einen verärgerten Blick zu. »Ich muss hinunter, hörst du?«
»Was heißt hier, du musst? Du könntest doch wenigstens einen kurzen Blick auf meinen Knöchel werfen, bevor du gehst. Auf die eine Minute wird es wohl nicht ankommen. Ein bisschen Anteilnahme könntest du schon zeigen, finde ich. Du bist so etwas von kalt und herzlos, seitdem Ingeborg fort ist und du hier das Regiment führst. Ich erkenne dich kaum wieder, Luise.«
Luise seufzte. Sie öffnete mit einem Handgriff den Verschluss der Perlenkette, die sie sich umgelegt hatte. In Gedanken war sie schon unten in der guten Stube, wo Hanna mit einem Kaufinteressenten für das Haus saß. Luise betrachtete noch einmal ihr Spiegelbild. Vielleicht war es nicht gut, bei einer Gelegenheit wie dieser echten Schmuck anzulegen. Schlicht und bescheiden aufzutreten, war wohl klüger.

»Was ist denn jetzt, Luise? Kommst du? Ich warte.«
Luise drehte sich um. »Hanna zeigt unten einem Interessenten das Haus, Hedwig. Sie wird das Friesencafé verkaufen, um den Neubau von Kliffende zu finanzieren. Ich möchte dabei sein, wenn Hanna über den Preis verhandelt, verstehst du? Deinen Knöchel kann ich mir nachher auch noch anschauen.« Luise warf noch einen letzten prüfenden Blick in den Spiegel neben dem Kleiderschrank und richtete ihr Haar. Dann wandte sie sich wieder Hedwig zu, die im Unterkleid und mit heruntergerollten Strümpfen neben dem Bett stand und sie vorwurfsvoll ansah. Im ersten Moment war Luise versucht, zu ihr zu gehen und sie in den Arm zu nehmen, so klein und schutzlos wirkte sie, wie ein Vogel ohne Federkleid, aber dann ließ es sein. Wenn Hedwig erst mal wieder über ihre Gesundheit palaverte, dann würden die Kaufverhandlungen bestimmt zu Ende sein, bevor Luise nach unten kam. Sie schüttelte den Kopf. »Doktor Lehmann hat deinen Knöchel schon zweimal untersucht, Hedwig. Wenn er sagt, dass damit alles in Ordnung ist, dann ist alles in Ordnung damit.«
»Aber es ist doch merkwürdig, dass die Stelle, an der ich mir den Fuß verknackst habe, noch immer so dick ist, oder? Der Knöchel müsste doch abschwellen und wieder so werden wie der andere.« Hedwig schaute an ihren Beinen hinunter.
Luise schüttelte noch einmal den Kopf. »Vielleicht hast du ganz einfach Wasser in den Beinen, so wie viele andere ältere Damen auch.«
Hedwig sah auf. Sie war schlagartig blass geworden. »Aber Luise! Wenn in meinen Beinen Wasser ist, dann ist das ein Zeichen dafür, dass mein Herz nicht richtig arbeitet. Das habe ich in einer Zeitschrift gelesen. Und wenn ich einen Herzfehler habe – o Himmel, Grundgütiger, was für ein erschreckender Gedanke!« Hedwig schien noch ein wenig mehr zu erbleichen. Mit besorgtem Gesicht legte sie eine Hand flach auf den Oberkörper, dorthin, wo sie anscheinend ihr Herz vermutete.

»Wenn du einen Herzfehler haben solltest, meine liebe Hedwig, dann trägst du dein Herz am besten noch einmal zu dem schönen Dr. Lehmann und schüttest es bei ihm aus. Der Mann wird dir weiterhelfen, dafür ist er ja da. Ich muss jetzt runter.« Ohne sich noch einmal umzusehen, machte Luise kehrt und verließ den Raum. Obwohl die Tür gleich hinter ihr ins Schloss fiel, hörte sie Hedwig schimpfen. Mit ihr auszukommen, wurde immer schwieriger. Luise empfand es von Tag zu Tag strapaziöser, mit ihr unter einem Dach zu leben. Ihre ständigen Eifersüchteleien gegen Thiess Meinert, ihr Gejammer über jedes kleine Wehwehchen, das alles war schwer zu ertragen. Luise wusste natürlich, dass Hedwigs Krankheiten zu einem guten Teil auf Einbildung beruhten, dass sie vor allem einsam war und mit allen Mitteln versuchte, die Aufmerksamkeit ihrer Mitmenschen zu erregen. Das war verständlich, nur nahmen ihre Macken allmählich überhand. Lange würde sie das nicht mehr aushalten. Luise fand es erstaunlich, dass Hanna, die jetzt wieder mit ihnen im Haus wohnte, sich mit Tadel gegen Hedwig so bewundernswert oft zurückhielt. Ihre eigene Geduld jedenfalls war erschöpft, sie sehnte sich nach Ruhe.

Luise lief die Treppe hinunter und öffnete vorsichtig die Tür zur guten Stube. Dort am Tisch saß Hanna mit dem Kaufinteressenten für das Haus. Der Mann war Deutschdäne. Er hatte sich auf Hannas Zeitungsanzeige vom letzten Wochenende gemeldet. Bei einem Glas Rübenschnaps hockte er am Tisch – Björn Harke Bennör war Landwirt mit einem großen Hof im Nachbardorf Keitum. Im Sonntagsanzug, aber mit einem deutlich sichtbaren Schmerbauch unter der gestreiften Weste und einem stark geröteten Gesicht wirkte er unsympathisch und besitzergreifend, eben genauso, wie Luise sich insgeheim alle »Kartoffeldänen« vorstellte. Bennör lebte allerdings schon lange hier, seine Ahnen waren vor Jahrzehnten als Tagelöhner auf die Insel gekommen und hatten es zu einem ansehnlichen

Vermögen gebracht. Vor dem Krieg hatten die Leute sich unauffällig verhalten, im Kaiserreich waren sie gute Deutsche gewesen, aber jetzt, da Deutschland den Krieg verloren hatte, erinnerten sich einige von ihnen ihrer dänischen Abstammung und forderten den Anschluss der Insel an Dänemark. Es gab deswegen immer wieder Ärger mit den alteingesessenen Syltern, die den »Speck- und Kartoffeldänen« die Butter auf dem Brot nicht gönnten. Luise bezweifelte, dass es klug von Hanna war, angesichts dieser politischen Querelen ausgerechnet Björn Harke Bennör als Kaufinteressenten für das Friesencafé in Betracht zu ziehen, aber Tatsache war auch, dass sich auf die Anzeige in der Sylter Zeitung niemand sonst gemeldet hatte.

Als Luise an den Tisch trat, schauten Hanna und Björn Bennör beinahe gleichzeitig zu ihr auf. Augenblicklich wurde es still im Raum. Luise spürte, dass sie errötete. Kam sie ungelegen? Sie lächelte tapfer, bevor sie Bennör zur Begrüßung zunickte. »Guten Tag, Herr Bennör. Ich bin Luise von Lassen, meine Tochter Ingeborg ist mit Frau Eckermanns Sohn verheiratet. Ist es Ihnen recht, wenn ich mich dazusetze?«

»Dazusetzen können Sie sich gerne, Frau von Lassen. Ob es was helfen wird, weiß ich allerdings nicht.« Grinsend nahm Bennör seine stinkende Zigarre aus dem Mund, deren bläulicher Qualm die Luft im Raum verpestete. Luise unterdrückte ihren Hustenreiz und nahm neben Hanna Platz. Hanna saß ganz still, ihre Miene verriet nichts von dem, was sie dachte. Luise wandte sich dem dicken Mann neben ihr zu. »Gefällt Ihnen das Haus denn, Herr Bennör?«

»Gefallen tut es mir, daran scheitert es nicht, Frau von Lassen, das dürfen Sie mir glauben.« Bennör streckte sich und lehnte sich dann auf seinem Stuhl zurück, so dass sein mächtiger Bauch unter der gestreiften Weste noch besser zur Geltung kam. »Es geht schon eher um den Preis, nicht wahr? Was Frau Eckermann da vorschwebt, kann ich nicht mitmachen, Sie werden verstehen. Was nicht ist, ist nicht.«

Hanna lächelte. »Das Haus ist diesen Preis wert, Herr Bennör, und Sie wissen das. Im Rahmen der allgemeinen Teuerung kann ich nicht unter Wert verkaufen. Jeden Tag steigen die Preise – für die Lebensmittel und die Feuerung, Strom wird genauso teurer wie Petroleum. Ein Grundstück wie dieses, noch dazu mit einem soliden Haus bebaut, das behält seinen Wert, gerade hier auf der Insel, wo Bauland knapp ist.«

»Mag alles ein, Frau Eckermann, mag alles sein. Nur kann ich kein Geld ausgeben, das ich nicht im Portemonnaie oder auf der Bank habe.« Er beugte sich plötzlich vor und sah Hanna in die Augen. Um seine Mundwinkel zuckte es. »Ja, lächeln Sie nur. Sie glauben mir kein Wort. Die Speck- und Kartoffeldänen haben genug von allem, nicht wahr? Die haben schon während des Krieges genug zu futtern gehabt, weil sie Fresspakete vom dänischen Festland gekriegt haben. Und noch immer kommen von drüben die Pakete, während die Deutschen hungern und frieren. Aber was das angeht, muss ich Sie enttäuschen, meine Damen. Wir haben nämlich keine dänischen Verwandten mehr. Keiner mehr da, alle dahin. Uns geht's keinen Deut besser als Ihnen.«

»Wenn das so ist, dann sollten Sie vielleicht nicht gerade jetzt an einen Hauskauf denken, Herr Bennör.« Hanna verschränkte die Arme vor dem Oberkörper. Bennörs Rede schien sie nicht besonders beeindruckt zu haben. Sie wirkte heiter. Lächelnd saß sie am Tisch und taxierte ihr Gegenüber. Im Stillen bewunderte Luise Hanna. Die Zähigkeit und das Durchhaltevermögen, das sie zeigte, waren enorm. Sie selbst hätte nicht gewagt, mit einem Mann wie Björn Harke Bennör so zu reden. Schließlich wusste man nicht, was passierte, wenn ein Koloss wie der in Rage geriet, aber zu Luises Erstaunen blieb Bennör ruhig. Er griff zu der Flasche, die auf dem Tisch stand, und schenkte sich noch einen Schnaps ein. Dann sah er auf und lachte. »Ja, so ist das also. Nun, man hat mich gewarnt. Man hat mir gesagt, dass Sie sich aufs Feilschen verstehen, Frau

Eckermann. Ich hab mich natürlich erkundigt, bevor ich hergekommen bin. Ich habe einiges über Sie erfahren. Respekt, Frau Eckermann. An Ihnen ist ein Geschäftsmann verloren gegangen. Aber gut, kommen wir zur Sache.« Bennör griff nach seinem Schnapsglas und stürzte den Inhalt in einem Zug hinunter. Krachend stellte er das leere Glas auf den Tisch zurück. »Fünfundfünfzigtausend, und keine Reichsmark mehr. Dafür trage ich die Kosten beim Notar und beim Grundbuchamt, damit haben Sie dann nichts mehr zu tun. Und weil ich kein Lump bin, können Sie mietfrei bis zum Jahreswechsel hier wohnen bleiben. Na, ist das ein Wort?«

»Sechzigtausend und mietfreies Wohnen bis zum nächsten Frühjahr, sagen wir bis zum 1. Juni. Bis der Kaufvertrag beurkundet ist und Sie als neuer Hauseigentümer eingetragen sind, ist dieses Jahr ohnehin zu Ende. Schlagen Sie ein, Bennör, weiter runter gehe ich nicht. Sie behalten obendrein das Inventar in der Küche und in den Ställen. Das ist mein letztes Wort.«

»Was ist mit den Möbeln in der Gaststube?«

»Sollen Sie haben, wenn Ihr Schwiegersohn mir dafür kostenlos die Haustür und die Küchenfenster richtet, die klemmen nämlich. Also, was ist?« Hanna schob ihre ausgestreckte Hand quer über den Tisch zu Bennör hinüber. Der saß noch einen Moment schweigend da, dann holte er aus und schlug mit seiner großen Pranke auf Hannas Handfläche, dass es laut klatschte. Luise erschrak und zuckte zusammen. Fassungslos sah sie zu, wie Björn Harke Bennör plötzlich aufsprang. Sein Stuhl fiel polternd zu Boden, aber darum kümmerte er sich nicht. Er packte die Flasche mit dem Rübenschnaps und schenkte sowohl sich selbst als auch Hanna einen kräftigen Schluck ein. Hanna erhob sich. Die Gläser klirrten, als die beiden anstießen. In einem Zug leerten Björn Harke Bennör und Hanna ihre Gläser, bevor Bennör gleich darauf um den Tisch herumgelaufen kam und vor Hanna stehen blieb. »Also abgemacht! Das Friesencafé gehört mir!«

Hanna nickte schweigend. Bennör strahlte. »Frau Eckermann, Sie sind eine Frau nach meinem Geschmack. Wenn ich noch mal zu haben sein sollte, dann müssen Sie mit mir rechnen, das sage ich Ihnen schon jetzt!« Er griff nach Hanna und zog sie an sich. Einigermaßen überrascht sah Luise, wie er Hanna mit einem laut schmatzenden Geräusch einen Kuss auf die rechte Wange drückte. Hanna lachte, aber Luise konnte nichts anderes tun, als die Augen zu schließen. Die Männer hier waren manchmal doch aus anderem Schrot und Korn als die in der Stadt. Bennör mochte reich sein, aber er besaß keine Manieren. Er jedoch schien zufrieden mit sich, denn er strahlte übers ganze Gesicht. »Also, Frau Eckermann, dann sehen wir uns nächste Woche beim Notar in Westerland, einverstanden? Die erste Rate des Kaufpreises ist zahlbar nach Vertragschluss. Ich werde unseren alten Notar schon auf Trab bringen, der wird sich ein bisschen beeilen, damit wir den Vertrag noch in diesem Monat unter Dach und Fach bringen.«
»Je eher, desto besser, Herr Bennör. An mir soll es nicht scheitern.« Hanna folgte ihrem Gast auf den Flur hinaus. Auch Luise stand auf, um Bennör zur Haustür zu begleiten. Draußen in der Diele reichte er erst Hanna und dann Luise die Hand.
»Also, es hat mich gefreut, meine Damen. Sie hören von mir.«
»Ich bringe Sie noch zum Wagen, Herr Bennör.« Hanna wandte sich Luise zu. »Herr Bennör fährt nämlich ein Automobil, musst du wissen. Ein richtig schnittiges Modell, nicht wahr, Herr Bennör?«
»So ist es, Frau Eckermann. Ich fahre einen Horch, das ist was Solides. Der braucht sich hinter einem echten Rolls-Royce nicht zu verstecken. Kommen Sie mit, meine Damen, ich zeige Ihnen das gute Stück!« Bennör stieß die Haustür auf und machte sich auf den Weg zur Straße. Hanna gab Luise einen Wink, und gemeinsam folgten sie dem Mann ins Freie. Luise kam mit, denn sie fand es ganz aufschlussreich zu sehen, welche Art von Automobil dieser großspurige Landwirt aus

Keitum sich wohl leisten konnte. Hinter Hanna betrat sie den Kiesweg vor dem Haus. Bennör war schon bei seinem Wagen angelangt, aber er stieg nicht ein, irgendetwas schien mit dem Fahrzeug nicht zu stimmen. Er stand neben dem Automobil am Straßenrand und fuchtelte mit den Armen. Laut fluchend starrte er den Wagen an, an dem auf den ersten Blick nichts Besonders zu entdecken war. Doch als Luise näher kam, bemerkte sie, worüber Bennör sich so aufregte – das Automobil mit der mattweißen Karosserie war an den Seiten mit roter Farbe beschmiert. An den Türen prangten als Aufschrift die Worte KARTOFFELDÄNE und VERRÄTER.

»Saubande!« Bennör spuckte aus. »Wenn ich die erwische, hänge ich sie mit dem Kopf nach unten an den höchsten Baum, den ich finden kann!«

»Ein Dummejungenstreich, Herr Bennör, mehr nicht.« Hanna runzelte die Stirn. Vorsichtig legte sie Björn Bennör eine Hand auf die Schulter, aber der wollte sich nicht beruhigen und fuchtelte weiter mit den Armen in der Luft herum. Hanna seufzte. »Regen Sie sich nicht auf, das ist harmlos. Warten Sie, ich hole Wasser und Seife aus der Küche. Das bringen wir ganz schnell wieder in Ordnung.«

»Ach was!« Bennör stampfte mit dem Fuß auf. Sein Gesicht war vor Wut puterrot angelaufen. »Das ist Ochsenblut, da können Sie lange scheuern. Von wegen Dummejungenstreich – wenn ich den erwische, der das verbrochen hat, dann setzt es was mit der Schrotflinte.« Leise fluchend warf er die Kurbel an und kletterte dann in den Wagen. Knatternd rollte das Automobil die Straße hinunter, bis es, blaue Rauchwolken ausstoßend, hinter der nächsten Ecke verschwand.

»Lieber Himmel.« Luise schüttelte den Kopf. »Was für ein Auftritt war das denn? Willst du diesem Berserker von einem Mann wirklich dein schönes Haus verkaufen?«

»Habe ich eine andere Wahl? Wir brauchen sein Geld, um Kliffende bauen zu können, Luise. Wegen Bennör mache ich mir keine Gedanken, der hat genügend im Sparstrumpf, um sich ein halbes Dutzend Häuser zu kaufen und ein neues Automobil dazu. Der beruhigt sich wieder. Was mir Sorge macht, ist die Stimmung auf der Insel.«

»Du meinst, diese Streitereien zwischen Deutschen und Dänen?«

Hanna nickte. Sie drehte sich um, stieß die Gartenpforte auf und ließ Luise den Vortritt. Luise sah, dass Hannas Gesicht einen ernsten Ausdruck angenommen hatte.

»Ja, das meine ich. Hast du die Handzettel gesehen, die sie in Westerland verteilen? Lieber tot als dänisch und Sklave – so ein dummes Zeug. Sylt gehört zum Deutschen Reich und damit Schluss. Daran wird sich nichts ändern. Trotzdem veranstalten einige Leute auf der Insel einen Heidenlärm. Mit diesem ganzen Getöse verscheuchen sie uns bloß die wenigen Urlauber, die uns geblieben sind.«

»Aber die Volksabstimmung im nächsten Frühling …«

»Ist doch alles Unfug, Luise. Nur weil die Menschen hier laut Friedensvertrag gefragt werden müssen, ob sie zukünftig zu Deutschland oder Dänemark gehören wollen – dafür brauchen wir doch dieses ganze Trara nicht. Kundgebungen und Plakate, patriotische Gottesdienste und Umzüge, was soll denn das? Die sollen uns hier in Ruhe lassen, das ist alles, was ich von den Herren Politikern erwarte.« Hanna hatte das Haus erreicht und öffnete die Haustür. »Nachdem in Europa endlich Frieden ist, brauchen wir keine neuen Streitereien. Was wir brauchen, ist gutes Wetter, eine stabile Währung und eine Menge Urlauber. Alles andere stört nur den sommerlichen Frieden, glaube mir.« Hanna blieb stehen und sah Luise an. »Wo ist eigentlich Hedwig? Ich hätte gedacht, dass sie auch herunter kommt, um sich unseren Kaufinteressenten anzusehen.«

»Sie wollte auch, aber es ging dann doch nicht.«

»Warum nicht?«

Luise seufzte leise und zuckte mit den Schultern. »Hedwig leidet.«
»Tatsächlich? Und woran leidet sie?«
»An einem Herzfehler. Oder an einem gebrochenen Herzen, so genau weiß ich das auch nicht. Auf jeden Fall leidet sie daran, dass sie ich mich nicht genug um sie kümmere.«
Hanna runzelte die Stirn. »Wie bitte? Muss ich das verstehen?«
Luise schüttelte den Kopf. »Nein. So genau versteht das niemand. Das versteht nicht einmal Hedwig selbst, glaube ich.«
»Habt ihr Streit miteinander?«
»Nein, es sind nur die üblichen Schwierigkeiten. Manchmal ist Hedwig einfach sehr anstrengend, weißt du?«
Hanna nickte. Luise wandte sich ab und ging ins Haus. Vielleicht sollte ihr Hedwigs Schicksal als Mahnung dienen? Als kränkelnde Alte enden, das wollte sie nicht. Vielleicht war es doch besser, als verheiratete Frau den Ruhestand zu genießen? Zum ersten Mal, seitdem Luise Thiess Meinert kannte, sah sie die Bekanntschaft mit ihm in einem ganz neuen Licht. Ob das ein gutes Zeichen war?

»Nervös?« Thomas beugte sich ein Stück vor und legte besänftigend seine Hand auf die von Ingeborg. Sie schob die Speisekarte des Restaurants beiseite, in das Thomas sie zum Abendessen eingeladen hatte. Es war ein schönes Lokal. An vielen kleinen Tischen standen samtbezogene Stühle, an den großen Fensterfronten hingen schwere Samtvorhänge im gleichen Farbton, wie ihn der Teppich zeigte. Der Wirt war ein angenehmer Mensch, der sie persönlich begrüßt und an den Tisch gebracht hatte. Obendrein hatte er eine respektable Speisekarte zu bieten – und dennoch fühlte Ingeborg sich in seinem Haus nicht wohl. Sie hatte keinen Appetit und war müde, und das war nicht nur ihrer Schwangerschaft zuzuschreiben. Der erste Prozesstag war bei weitem nicht so gut verlaufen, wie sie gehofft hatte. Weil das so war, fürchtete sie sich vor der

morgigen Verhandlung. Ihrem Gefühl nach standen die Aussichten für Nicolai nicht gut, allerdings wusste sie nicht, wie sie Thomas das erklären sollte, ohne ihn zu kränken.
»Ich kann verstehen, dass du verunsichert bist, Ingeborg. So ein Strafprozess kostet Nerven, vor allem wenn es um einen so schweren Tatvorwurf geht wie in unserem Fall. Bisher haben wir nur gehört, wie der Staatsanwalt sich den Tatverlauf vorstellt. Unsere Zeugen kommen noch.«
»Unsere Zeugen?« Ingeborg runzelte die Stirn. »Wer soll das sein? Ich denke, für den Unfall am Roten Kliff gibt es keine Zeugen. Das ist doch gerade die Schwierigkeit, vor der wir stehen, oder?«
»Richtig, für den Unfall selbst haben wir außer Nicolai keinen Zeugen. Deshalb ist es ja so wichtig, dass wir die Version des Staatsanwalts erschüttern, verstehst du?«
»Und wie soll das geschehen, wenn ich fragen darf? Wenn du Nicolai nicht zur Sache aussagen lässt …« Ingeborg verstummte, der Ober war an ihren Tisch getreten.
»Die Herrschaften haben gewählt?«
Thomas lehnte sich zurück und nickte. »Wenn ich dir raten darf, Ingeborg, dann nimm das junge Lamm in der Kräuterkruste, es ist ganz ausgezeichnet. Ich habe zwar keine Ahnung, woher der Wirt eine solche Delikatesse in schlechten Zeiten wie diesen bekommt, aber es schmeckt jedenfalls großartig.«
»Einverstanden. Ich nehme das Gleiche wie du.« Ingeborg wandte sich ab. Während Thomas bestellte, schaute sie zum Fenster hinaus. Es gab den Blick frei auf endlose sattgrüne Weiden, die im milchigen Licht der Abenddämmerung scheinbar mit dem tief liegenden Himmel verschwammen. Pferde grasten in der Ferne, ein Raubvogel stand im Halbdunkel über der Wiese. Sie saß hier und speiste gebratenes Lamm, während Nicolai hinter den Gittern seiner Zelle hockte und von dort womöglich noch nicht einmal ein kleines Stück des Abendhim-

mels sehen konnte. Wenn nicht noch ein Wunder geschah, würde sie nach dem Prozess ohne ihn auf die Insel zurückkehren. Den Hotelneubau konnte sie dann nicht ausführen lassen. Allein besaß sie weder den Mut noch die Entschlossenheit, ein solches Vorhaben in die Tat umzusetzen. Ihr Kind würde ohne seinen Vater zur Welt kommen, und sie würde zusehen müssen, wie sie das Kleine in den nächsten Jahren allein über Wasser hielt. Würde das, was das Friesencafé abwarf, ausreichen, um für sie und das Kind das Überleben zu sichern? Hanna, die schon einmal in einer ähnlichen Lage gewesen war, hatte ihren Sohn unter vielen Mühen allein großgezogen. Drohte ihr jetzt das gleiche Schicksal?

»Wein?« Thomas riss sie aus ihren Gedanken, als er auf ihr leeres Glas deutete, aber Ingeborg schüttelte den Kopf. »Danke nein, ich habe Kopfschmerzen. Ich trinke heute Abend lieber nichts. Du wolltest mir gerade verraten, wer morgen deine Zeugen im Prozess sein sollen.«

»Erst einmal möchte ich dir vor Augen führen, über wen wir hier eigentlich reden, Ingeborg.«

»Wie meinst du das?«

»Ich habe Erkundigungen über diesen Heinrich von Harbeck eingeholt.« Thomas lehnte sich auf seinem Stuhl zurück. »Der Mann hat vor dem Krieg als Chauffeur bei einer wohlhabenden Hamburger Familie gearbeitet. Im Frühjahr 1914 wurde er dann ziemlich plötzlich und unter ungeklärten Umständen entlassen. Er hatte Schulden bei verschiedenen Hamburger Unternehmen. Für einen Chauffeur hat er offenbar auf sehr großem Fuß gelebt. Im Spätsommer 1914 hat er sich freiwillig zur Armee gemeldet. Vermutlich hielt er das für eine günstige Gelegenheit, um seinen Schuldnern zu entkommen. Er zahlte übrigens zeitweise auch Alimente für ein uneheliches Kind, das er mit einem Dienstmädchen in Harburg hatte. Keine sehr rühmliche Biographie, oder?«

»Nein.«

»Eben. Heinrich von Harbeck war alles andere als ein anständiger Bürger, glaube mir. Das zu zeigen, wird morgen eine meiner wichtigsten Aufgaben sein. Wenn du mich dabei ein wenig unterstützt, könnte das sehr nützlich sein.«

»Ich soll dich unterstützen? Wie stellst du dir das vor?« Ingeborg schüttelte den Kopf, sie war nahe daran zu lachen, so seltsam schien ihr diese Idee. »Ich fürchte, ich kann wenig tun, um Nicolai zu helfen. Ich war nicht dabei, als der Mann am Roten Kliff abstürzte.«

»Nein, das ist richtig. Aber du warst zu Hause, als Nicolai vom Strand zurückkam. Die Polizei hat dich zu Nicolais Rückkehr niemals befragt, stimmt's? Sie haben mit dir nicht darüber gesprochen, oder?«

»Nein, das haben sie nicht.«

»Der Totenschein des Verstorbenen gibt als Todeszeitpunkt den späten Nachmittag des 31. Mai an – keine genaue Uhrzeit. Wenn du dich zum Beispiel daran erinnern könntest, wann Nicolai an jenem fraglichen Tag nach Hause zurückgekommen ist, dann wäre ihm damit vielleicht geholfen.« Thomas lächelte. »Schließlich kann dieser von Harbeck ja auch gut allein von der Steilküste gefallen sein, nicht wahr? Im Nebel passieren solche Unfälle, da muss kein fremdes Verschulden im Spiel sein. Es kann ein Unfall oder ein Selbstmord gewesen sein – wer will das wissen? Zumal der Herr Staatsanwalt bei aller Scharfsinnigkeit seiner Gedanken uns bisher kein Motiv für die Tat hat anbieten können.«

»Nein, das hat er nicht.«

Thomas schenkte sich einen Schluck Wein ein. Dann hob er den Kopf und schaute Ingeborg an. »Vielleicht war dieser von Harbeck ja nichts anderes ein lebensmüder Kriegsheimkehrer, ein Heimatloser, der ziellos durch die Gegend irrte und dabei irgendwann feststellen musste, dass sein Leben keinen Sinn mehr machte. Vielleicht hat der Mann an jenem Nachmittag im Mai ganz bewusst zum Sprung in die Tiefe angesetzt, weil er nicht mehr weiterwusste. Wäre doch eine Möglichkeit, oder?«

»Ja, schon, aber …«

»Denk mal darüber nach.« Thomas lächelte sie an. »Denk auch an deine kleine Familie, Mädchen. Hanna hat mir erzählt, dass ihr bald zu dritt sein werdet. Ich freue mich natürlich für dich, das weißt du, nicht wahr?« Thomas drückte ihr kurz die Hand, aber Ingeborg schaute nur flüchtig auf. Sie war verwirrt, sie saß da und versuchte, ihre Gedanken zu ordnen. Was erwartete ihr Schwiegervater von ihr? Dass dieser von Harbeck ein Gauner war, hatte sie längst vermutet, aber diese Tatsache allein sprach doch Nicolai nicht von der Mitschuld an seinem Tod frei. Wenn sie sich in den Zeugenstand rufen ließ und behauptete, Nicolai sei an jenem 31. Mai schon früh am Nachmittag vom Roten Kliff zurückgekommen, würde man ihr das glauben? Gab es irgendeine Möglichkeit für den Staatsanwalt, diese falsche Aussage zu widerlegen? Und wenn nicht, konnte sie es dann mit ihrem Gewissen vereinbaren, so tief in den Lauf der Wahrheitsfindung einzugreifen?

Ingeborg spürte, dass ihre Ratlosigkeit ihr zu schaffen machte. Sie hätte Thomas gern noch ein paar Fragen gestellt, aber in diesem Moment erschien der Ober und servierte das Lamm. Gedankenverloren sah Ingeborg zu, wie er ihr einen Teller randvoll mit Delikatessen vorsetzte. Sie hatte keinen Hunger, insgeheim wünschte sie sich weit fort von hier, fort aus dieser Stadt. Selbst wenn sie sich nicht gerade in diesem kahlen Gerichtssaal mit den weiß getünchten Wänden aufhielt, fühlte sie sich in Flensburg unwohl. Erwartete Thomas wirklich von ihr, dass sie Nicolais Richtern die Unwahrheit sagte? Was geschah, wenn sie es tat? Und was würde passieren, wenn sie sich weigerte und Nicolai tatsächlich unschuldig war? Würde er ohne ihre Hilfe seine Unschuld beweisen können? Er hatte sich ihr nicht anvertraut, als er aus dem Krieg zurückgekommen war.

Und jetzt sollte sie für ihn die Kohlen aus dem Feuer holen? Was war richtig, und was war falsch? War es ihr schon jemals in ihrem Leben so schwer gefallen, beides voneinander zu unterscheiden?

Luise blieb an der Auffahrt stehen und schaute hinauf zu der Ruine, die Kliffende inzwischen war. Nur noch die Grundmauern des Hotels standen in der Dünenlandschaft. Die letzten Strahlen der Abendsonne übergossen die kahlen Wände mit einem rotgoldenen Schimmer. Das, was einmal ein großes und stattliches Haus dicht am Meer gewesen war, war jetzt nur noch ein Backsteinfragment.
Langsam kam sie näher. War es wirklich richtig, was sie taten? Das Friesencafé war verkauft, das alte Hotel Kliffende, ehemals Thiess Meinerts ganzer Stolz, wurde abgerissen. Ingeborg setzte alles auf eine Karte, genau wie sie selbst und Hanna auch. Inzwischen tat sogar Thiess Meinert mit, sie alle liehen Ingeborg die Hand für ihre Pläne. Im Grunde empfand Luise es als verwegen, was hier geschah. Der Neubau war eine Anmaßung. Hatte das Schicksal nicht schon drohend den Zeigefinger erhoben? Was war denn Nicolais Prozess anderes als eine Mahnung?
Luise näherte sich der Freitreppe, die früher zum Portal des Hauses hinaufgeführt hatte. Sie stieg die wenigen Stufen hoch, die noch da waren, die aber mittlerweile ins Nichts führten – gleich hinter der Freitreppe drohte der Absturz, der ehemalige Hoteleingang war mit Brettern vernagelt. Die Bauarbeiter hatten heute Morgen den Fußboden aus dem Erdgeschoss herausgerissen. Ein Schritt in die ehemalige Hotelhalle bedeutete jetzt einen Schritt ins Leere. Luise blieb auf dem obersten Treppenabsatz stehen, drehte sich um und schaute zum Meer hinüber, das unter der Steilküste lag.
Von hier oben hatte man einen fabelhaften Blick über das Land und das Wasser um sie herum. Da waren auf der einen

Seite die grün gekrönten Dünen, die landeinwärts in eine vom Wind gezauste Heide mündeten. Auf der anderen Seite gleißte das Meer im Abendlicht. Dazu kam der Geruch von Salz und Tang. Der Ruf der Regenpfeifer und Silbermöwen war zu hören. Sie sah Vögel, die seewärts zogen, mitten in das endlose Blau hinein, das schwerelos mit dem Horizont verschmolz. Luise hatte inzwischen das Gefühl, auf diese Insel zu gehören, viel mehr als nach Jarrelund, wo sie zwar ihr halbes Leben verbracht hatte, aber nie so recht glücklich gewesen war. Erst seitdem sie hier lebte, spürte sie so etwas wie Verbundenheit mit einem bestimmten Ort, mit einer Landschaft und ihren Menschen. Sie hatte einen Platz gefunden, an dem sie wirklich zu Hause war.

Ein Geräusch ließ Luise zusammenfahren. Neben ihr raschelte etwas. Sie drehte sich um. Im Schatten der Mauer schien sich etwas zu bewegen. Langsam stieg sie die Treppe hinunter und hielt auf die Mauer zu. Vorsichtig spähte sie um die Hausecke. Dort auf dem Boden, mitten im Sand, saß ganz still eine Gestalt. Die Beine von sich gestreckt, den Oberkörper gegen die Mauer hinter sich gelehnt, saß Thiess Meinert allein im Sand und starrte ins Leere. Luise stutzte. Was machte er so spät noch ganz allein hier draußen? Es sah aus, als schliefe er mit offenen Augen. Sein Jackett hatte er neben sich abgelegt, schlaff lagen seine Hände im Schoß. Ihm war doch hoffentlich nichts zugestoßen? Luise kam näher. »Herr Meinert – Thiess? Bist du das?«

Der Angesprochene zuckte zusammen, hob den Kopf und sah sie an. Im ersten Moment wirkte er verwirrt, aber dann lächelte er zaghaft. »Ach, Luise, du bist es.«

Thiess Meinert sprach leise, das Rauschen des nahen Wassers übertönte beinahe seine Stimme. Luise ging neben ihm in die Knie. »Thiess, was ist denn passiert? Was machst du hier? Fühlst du dich nicht wohl? Fehlt dir etwas?« Luise wartete. Sie hatte Thiess vor kurzem das Du angeboten, aber es war immer noch seltsam, ihn beim Vornamen zu nennen. Luise schaute ihn fragend an, bis er kaum merklich nickte.

»Mir wird etwas fehlen, Luise. Das Hotel, weißt du. Ich habe es seinerzeit bauen lassen, nach meinen eigenen Entwürfen. Es war das erste Gebäude, das damals hier draußen in den Dünen stand. Was haben die Leute sich nicht alles darüber erzählt. Der Blanke Hans wird es holen, die Steilküste wird es hinunterstürzen. Zwanzig Jahre lang hat es den Stürmen getrotzt – und nun wird es von uns dem Erdboden gleichgemacht. Es wird abgerissen – und ich muss dabei zuschauen, wie es verschwindet. Ein Abschied auf Raten, das ist manchmal schwerer zu ertragen als alles andere.«

»Ich verstehe.« Luise ließ sich neben Thiess Meinert im Sand nieder. Sie suchte seinen Blick, aber er schaute noch immer ins Leere.

»Ich habe hier so vieles erlebt, Luise.« Jetzt schloss er die Augen. »Durchtanzte Nächte, rauschende Bälle. Die großen Roben der Damen, die Diener alle in hauseigener Livree. Champagner perlte in den Gläsern, die Musik kam von der Empore im großen Kaisersaal. Um Mitternacht ein Wiener Walzer. Hochzeiten haben wir gefeiert, Weihnachtsbälle und Kaisers Geburtstag. Mir ist, als hätte ich die Melodien aus dem großen Tanzsaal noch im Ohr. Wenn ich die Augen schließe, kann ich sie hören, weißt du?« Meinert verstummte.

Luise saß einen Augenblick schweigend da, dann fasste sie nach seiner Hand und drückte sie leicht. »Wir werden etwas Neues beginnen, Thiess. Das Leben besteht aus Neuanfängen. Solange wir atmen, fangen wir immer wieder von vorne an. Jeder Tag ist voller neuer Möglichkeiten. Etwas Altes vergeht, und etwas Neues kommt hinzu.«

»Ich bin zu alt dafür, Luise. Ich hänge an der Vergangenheit, an den Traditionen. Gestärkte Häubchen für die Zimmermädchen und ein Kammerdiener im Frack, wenn hoch gestellte Persönlichkeiten ohne eigene Bedienung anreisen. Die Galadiners mit den Herren in Uniform. Zweihundert Kerzen gingen auf jeden Kronleuchter. Das war meine große Zeit, Luise, die kommt nicht wieder.«

»Unsinn, Thiess. Deine Zeit ist nicht vorbei. Du hast doch mich, oder?«

Thiess antwortete nicht. Luise wartete, aber er blieb stumm. Die Augen geschlossen, saß er regungslos vor ihr. Sie wusste nicht einmal, ob er überhaupt zugehört hatte. Im nächsten Moment rutschte sein Kopf zur Seite und gegen ihre Schulter. Erst als sie die Tränen spürte, die durch den Stoff ihres leichten Sommerkleides drangen und die Haut an ihrer Schulter benetzten, erst dann weinte auch sie.

# Kapitel 19

Nicolai nahm auf dem Stuhl im Gerichtsaal Platz, auf dem er auch schon den gestrigen Vormittag verbracht hatte. Mittlerweile störte ihn die Kälte, die der hohe Raum mit seinen kahlen weißen Wänden und dem abgetretenen Parkettfußboden ausstrahlte, nicht mehr. Auch die Balustrade aus Holz, hinter der er stundenlang auf seinem hohen, unbequemen Lehnstuhl gefangen war, nahm er kaum noch zur Kenntnis. Dass so viele neugierige Augenpaare die ganze Zeit über auf ihm ruhten, irritierte ihn allerdings nach wie vor. Doch da er das nicht ändern konnte, versuchte er es nach Kräften zu ignorieren. Stattdessen beschäftigte er sich in Gedanken möglichst mit anderen Dingen. Seine Blicke suchten in der Menge nach Ingeborg, die ganz vorne in der ersten Reihe saß. Heute, am zweiten Prozesstag, trug sie das mattgelbe Sommerkleid mit dem weißen Schalkragen, das ihr so gut stand, und dennoch sah sie, fand er, blass und übernächtigt aus. Tiefe Schatten lagen unter ihren Augen, als sie das Gesicht zu ihm hob und ihn mit einem Kopfnicken begrüßte. Er lächelte zu ihr hinüber, bevor das Gericht erschien. Nachdem die Richter Platz genommen hatten, wurde eine Zeugin aufgerufen, deren Name Nicolai rein gar nichts sagte – allerdings nickte ihm Thomas, der auf der Bank vor ihm saß, aufmunternd zu, ganz so, als wäre die zu erwartende Zeugin auf seiner Seite. Die junge Frau, die im nächsten Augenblick den Saal betrat, war von auffallender Schönheit. Nicolai kannte sie nicht – aber durfte er sich dessen sicher sein? Faszinierend war sie in jedem Fall, eine gertenschlanke Person mit kupferrotem Haar und verstörend schönen türkisfarbenen Augen. Ihr Name war Elisabeth Hagemann, und als Beruf gab sie Krankenschwester an. Während Nicolai sich noch insgeheim fragte, wann und in welchem Lazarett er ihr wohl begegnet war, gab sie schon zu Protokoll, dass sie in Westerland auf Sylt in der Praxis des Badearztes Dr. Johannes Lehmann als Sprechstundenhilfe tätig sei. Im ersten Moment glaubte Nicolai jetzt, sie würde etwas zur Obduktion der von Harbeck'schen Leiche sagen sollen, obwohl ihm klar war, dass sie darüber eigentlich nicht viel wissen konnte. Stattdessen begann sie von einem Vorfall zu erzählen, der sich im Mai dieses Jahres in der Praxis ihres Arbeitgebers abgespielt hatte. Damals war sie überraschend dazugekommen, als ein Mann, auf den von Harbecks Personenbeschreibung passte, sich an einem Schrank mit Betäubungsmitteln im Sprechzimmer von Dr. Lehmann zu schaffen gemacht hatte. Erstaunt, beinahe fassungslos, hörte Nicolai, wie Thomas Eckermann mit geschickt gestellten Fragen weitere Einzelheiten aus der jungen Frau herauslockte. Nach dem ominösen Besuch des unheimlichen Mannes hatten mehrere Ampullen eines morphinhaltigen Präparates in der Praxis gefehlt. Schließlich entnahm Thomas seinen Akten eine Fotografie Heinrich von Harbecks. Atemlos hörte Nicolai zu, wie die Zeugin bestätigte, dass dieser Mann genau derjenige gewesen sei, den Elisabeth Hagemann seinerzeit im Sprechzimmer angetroffen habe.

Thomas Eckermann hatte sich vor der Zeugin aufgebaut und lächelte ihr aufmunternd zu. »Welchen Eindruck hatten Sie von Herrn von Harbeck, Fräulein Hagemann? Wie wirkte er auf Sie? Können Sie dem Gericht Ihren persönlichen Eindruck von dem Mann an jenem Tag im Monat Mai beschreiben?« Thomas beugte sich vor und fixierte die schöne Rothaarige mit einem langen Blick.

Elisabeth Hagemann nickte mit ernstem Gesichtsausdruck. »Ja, das kann ich. Der Mann wirkte verstört auf mich. Er machte einen kranken und nervösen Eindruck. Ich vermutete damals, er hätte Schwierigkeiten mit dem Alkohol. Ich dachte, er wäre ein Trinker. Man hört das ja öfter von Kriegsheimkehrern.«

»Das ist wohl so. Und woher wussten Sie, dass es sich bei Herrn

von Harbeck um einen Kriegsheimkehrer handelte?« Thomas Stimme klang freundlich und einschmeichelnd.
»Er trug einen alten Mantel der Reichswehr ohne Rangabzeichen und hatte außerdem schwarze Armeestiefel an. Sein Auftreten besaß etwas Militärisches – jedenfalls schien es mir seinerzeit so.«
»Kann ein Süchtiger mit dem in der Praxis von Doktor Lehmann abhanden gekommenen Medikament Ihrer Ansicht nach etwas anfangen?«
»Aber ja. In den Ampullen war ein Betäubungsmittel, das Schwerstkranken zur Schmerzlinderung gegeben wird. Es wird mit einer Spritze verabreicht und wirkt betäubend, hebt aber auch die Stimmung. Der Patient wird euphorisch. Es können allerdings auch Wahnvorstellungen auftreten.«
Stille lag über dem Saal. Niemand, weder der Staatsanwalt noch das Gericht, stellte weitere Fragen. Als die Zeugin aus dem Zeugenstand entlassen wurde, erhob sich Gemurmel im Zuschauerraum. Nicolai saß regungslos auf seinem Stuhl und schaute zu Boden. Er bemühte sich, das eben Gehörte so schnell wie möglich zu verarbeiten. Von Harbeck war rauschgiftsüchtig gewesen? Das erschien ihm nicht abwegig. Es erklärte seine Geldnot und die Skrupellosigkeit, mit der er vorgegangen war. Auch sein ungewöhnlich wirkendes Verhalten an jenem Nachmittag am Roten Kliff wurde dadurch verständlicher. Womit mochte von Harbeck draußen im Feld seine Sucht gestillt haben? Mit Tabletten? Mit Alkohol? Oder hatte er noch andere Wege gekannt, um seine Sucht zu bedienen?
Nicolai seufzte. Er war erleichtert darüber, dass diese Wahrheit zu einem Zeitpunkt ans Tageslicht gekommen war, an dem er fast keine Hoffnung mehr für sich selbst gehabt hatte.
Er hob den Kopf und lächelte Thomas an, der ihm kaum merklich zunickte, bevor er aufstand und zum Richtertisch ging. Thomas legte den Richtern gleich mehrere Dokumente vor, die alle als Beweisstücke zugelassen wurden. Da war einmal die

Abstammungsurkunde eines Kindes mit dem Namen Magda Zimmermann, dessen Vaterschaft Heinrich von Harbeck anerkannt hatte. Die kleine Magda war von Harbecks uneheliches Kind aus der Verbindung mit einem Dienstmädchen aus Harburg. Nicht einmal ein halbes Jahr hatte von Harbeck der leiblichen Mutter Alimente bezahlt, bevor er sich im Sommer 1914 freiwillig zur Front gemeldet hatte und verschwunden war.
Als Nächstes wurde von Harbecks letztes Arbeitszeugnis vorgelesen. Mit wenig schmeichelhaften Worten war von Harbeck aus dem Dienst einer wohlhabenden Hamburger Familie entlassen worden, bei der er zuvor als Chauffeur gearbeitet hatte. Und dann, als würde das alles noch nicht ausreichen, um von Harbecks Ruf posthum zu ruinieren, wurde auch noch das polizeiliche Führungszeugnis des Toten vorgelesen. Eine einjährige Zuchthausstrafe wegen Betruges hatte der Mann im Jahre 1911 abgesessen.
Nicolai hockte auf seinem Platz und starrte zum Richtertisch hinüber. Die Neuigkeiten über Heinrich von Harbecks Lebenslauf warfen mit Sicherheit ein schlechtes Bild auf den Toten, aber entlasteten sie ihn von den Vorwürfen, welche die Anklage gegen ihn erhob? Immerhin sollte er von Harbeck, dessen Kriegskamerad er nachweislich gewesen war, getötet haben, wenn auch anscheinend ohne ein nachweisbares Motiv. Der Staatsanwalt unterstellte ihm, von Harbeck im Nebel zum Roten Kliff gelockt und im Streit die Steilküste hinuntergestürzt zu haben – aber worüber hatten sie gestritten? Die Anklage hatte diese Frage bisher nicht beantworten können. Der Staatsanwalt hatte die Geschichte mit Erichs Schmuck, den von Harbeck benutzt hatte, um Nicolai zu erpressen, offenbar nicht begriffen, jedenfalls hatte er nicht nachgefragt, als Fräulein Silbermann davon berichtet hatte. Während Nicolai darüber nachdachte, ob der Staatsanwalt irgendeinen Verdacht bezüglich der Uhr und des Ringes besaß, wurde Kriminalrat

Gerstner in den Zeugenstand gerufen. Was der Mann von der Kriminalpolizei zu erzählen hatte, war schnell gesagt. Er berichtete, wie er von Harbecks Leiche am Strand gefunden und untersucht hatte. Von Harbeck war mit gebrochenem Genick am frühen Nachmittag des 1. Juni von Spaziergängern gefunden worden. Dass ein Sturz aus großer Höhe die Todesursache war, stand fest, aber alles andere, was die Kriminalpolizei zur Aufklärung der Tat unternommen hatte, erschien Nicolai unergiebig. Gerstner berichtete ferner von seiner Unterhaltung mit Ingeborg und dann von einem Gespräch mit Dr. Lehmann, der den Totenschein für die Leiche ausgestellt hatte. Kriminalrat Gerstner hatte Nicolai im Wesentlichen deshalb für tatverdächtig gehalten, weil Morten Petersens Aussage den Schluss zuließ, dass Nicolai als Letzter mit dem Toten zusammen gewesen war.

»Haben Sie nach der Verhaftung des Angeklagten eine Durchsuchung seines Hauses durchgeführt?« Der Vorsitzende Richter, ein Mann mit einem strengen Gesicht, das von seiner dunklen Hornbrille dominiert wurde, beugte sich vor und sah Gerstner an, der unter diesem Blick langsam errötete. Eine ganze Weile blieb es still im Saal. Nicolai zwang sich, auch jetzt keine Regung zu zeigen. Er kannte die Antwort auf diese Frage bereits. Nein, die Polizei hatte das Friesencafé nicht durchsucht. Ein Versäumnis, das ihm mit einem bisschen Glück zum Vorteil gereichen würde. Was lernten die eigentlich auf ihrer Polizeischule? Die Pistole hätten sie im Friesencafé allerdings nicht gefunden, die hatte er am Tag nach von Harbecks Absturz weit draußen im Wattenmeer vergraben. Und mit Erichs Schmuck, der wahrscheinlich noch immer zu Hause unter Nicolais Matratze lag, hätten sie auch nichts anfangen können, wenn sie darauf gestoßen wären.

Noch immer herrschte Stille im Saal. Gerstner rutschte nervös auf seinem Stuhl herum. Selbst aus seiner Entfernung zum Zeugenstand konnte Nicolai erkennen, dass der Mann mittlerweile ins Schwitzen gekommen war. Der Vorsitzende Richter beugte sich weiter über den Tisch nach vorn. »Was ist denn, Herr Kriminalrat? Beantworten Sie bitte meine Frage. Wurde eine Hausdurchsuchung beim Angeklagten durchgeführt oder nicht?«

»Nein.«

»Und warum nicht?«

»Ich hielt es nach der Aussage des Zeugen Petersen nicht mehr für nötig, das zu tun. Die Staatsanwaltschaft hatte nicht darum gebeten, und ich hätte keine Ahnung gehabt, wonach ich im Haus des Angeklagten eigentlich hätte suchen sollen.«

»Soweit ich weiß, sucht die Polizei bei solchen Maßnahmen gemeinhin nach Beweisen, oder? Und derer hätte es ja vielleicht auch bedurft, wenn man zwar einen Toten und einen Tatverdächtigen, aber kein Tatmotiv hat – oder wie sehen Sie das, Herr Kriminalrat?« Der Vorsitzende Richter warf dem Mann im Zeugenstand über die Ränder seiner Brille hinweg einen weiteren fragenden Blick zu.

Nicolai sah, wie Gerstner erneut errötete. »Der Tote wies keine Spuren einer Fremdeinwirkung auf, Herr Richter. Die Suche nach einer Tatwaffe entfiel also. Und außerdem besaß von Harbeck gültige Ausweispapiere, seine Identität war geklärt. Alles schien klar. Angesichts dessen hielt ich es nicht für unbedingt erforderlich, eine Hausdurchsuchung durchzuführen.« Gerstner verstummte. Nicolai starrte ihn an. Jetzt würde gleich der Umschlag mit dem Geld zur Sprache kommen, die dreihundert Mark, die sie bei dem Toten gefunden hatten und die er von Harbeck gegeben hatte – aber es blieb still, nichts dergleichen geschah. Der Richter nickte einfach nur, der Zeuge war entlassen. Nicolai schluckte. Konnte es möglich sein, dass die Sache mit dem Geld nicht mehr zur Sprache kam? Das Bargeld, das der Tote bei sich gehabt hatte, war doch ein Indiz. Dreihundert Mark waren keine Kleinigkeit, insbesondere für einen Mann ohne festen Wohnsitz

und ohne Beschäftigung, der auf der Suche nach Rauschmitteln durch die Welt zog. Und dann die Sache mit Erichs Schmuck – hatte denn niemand zugehört, als Fräulein Silbermann davon berichtet hatte? Ihm war es heiß und kalt den Rücken hinuntergelaufen, als sie von Harbecks Besuch im Haus der Langkempers geschildert hatte, aber außer ihm schien niemand mit der Geschichte etwas anfangen zu können. War hier schlampig ermittelt worden, oder hatte der Staatsanwalt doch noch etwas in petto? Während er sich auf seinem Platz am Fenster Notizen machte, bereitete er sich vielleicht insgeheim auf einen Angriff vor, der Nicolai ins Verderben stürzen würde.
Nicolai warf seinem Vater einen Blick zu. Wie gerne wäre er kurz aufgestanden und hätte sich die Beine vertreten. Er brauchte frische Luft, aber die war ihm verboten. Er musste hier sitzen und seinen Untergang abwarten – wenn der denn kam, was ihm selbst immer noch nicht sicher zu sein schien. Hatte es Sinn, wenn er sich jetzt entgegen dem Rat seines Vaters entschloss, doch eine Aussage zu machen? Wenn er jetzt noch mit der Wahrheit herausrückte, jetzt, da alle wussten, dass von Harbeck ein vorbestrafter Mann war, Vater eines unehelichen Kindes, um das er sich nicht gekümmert hatte? Würden die Richter Nicolais Version der Geschichte glauben, nachdem sie erfahren hatten, was für ein Schuft von Harbeck gewesen war? Machte das, was sie über den Toten erfahren hatten, den tatsächlichen Hergang des Geschehens am Roten Kliff glaubwürdiger?
Nicolai hätte sich gern mit Thomas besprochen, aber der war aufgestanden. Er ging zum Richtertisch, wo er leise mit den Männern in den schwarzen Roben sprach, die die Köpfe zusammensteckten, um ihm zuzuhören. Während Nicolai wartete, spürte er seinen Herzschlag, der sich von Sekunde zu Sekunde zu beschleunigen schien.
»Also gut, meinetwegen.« Der Vorsitzende Richter schaute

auf, seine Blicke glitten über die Reihen der Zuschauer hinweg. »Das Gericht ruft Frau Ingeborg Boysen in den Zeugenstand.«

Nicolai erschrak. Ingeborg sollte als Zeugin aussagen? Augenblicklich brach ihm der Schweiß aus den Poren. Was würde sie denn aussagen wollen? Hatte sie etwa vor, dem Gericht die Geschichte der von Harbeck'schen Erpressung zu erzählen? Der anonyme Brief, den sie gefunden und gelesen hatte, Erichs Schmuck, die dreihundert Mark, die Nicolai mit ihrer Hilfe zusammengekratzt hatte, um von Harbeck zum Schweigen zu bringen – von all diesen Dingen wusste Ingeborg, aber würde es ihm etwas nützen, wenn sie das dem Gericht erzählte? Warum hatte Thomas ihm geraten, keine Aussage zu machen, wenn er jetzt Ingeborg in den Zeugenstand holte? War Thomas vielleicht der Ansicht, dass die Richter einer jungen Frau eher Glauben schenken würden als ihm, dem Angeklagten? Nicolai war irritiert. Seine innere Unruhe stieg ins Unermessliche, bis Ingeborg endlich aufstand und nach vorne ging. Sie wirkte so klein und verloren vor dem erhöhten Richtertisch. Die Art, wie sie mit beiden Händen ihre Handtasche an den Henkeln umklammerte, besaß etwas rührend Hilfloses.

»Sie heißen?« Die Stimme des Richters klang schnarrend.

»Ingeborg Boysen, geborene von Lassen.«

»Ihr Geburtsdatum?«

»Ich wurde am 17. August 1893 in Flensburg geboren.«

»Also, Frau Boysen«, der Vorsitzende Richter nahm Ingeborg über den Rand seiner Brille ins Visier, »Sie sind mit dem Angeklagten verheiratet. Als dessen Ehefrau müssen Sie vor Gericht nicht aussagen. Wenn Sie es tun, so haben Sie bei der Wahrheit zu bleiben. Das Gericht kann Sie hinsichtlich des Inhalts Ihrer Aussagen vereidigen, aber auch ohne eine Vereidigung ist eine falsche Aussage vor Gericht strafbar. Haben Sie das verstanden?«

Ingeborg nickte. Nicolai schien es, als wäre sie noch eine Spur blasser geworden.
»Gut. Dann beginnen wir. Sie kannten den verstorbenen Heinrich von Harbeck, Frau Boysen?«
»Ich bin ihm einmal begegnet, ja.«
»Wann und wo war das?«
»Das war im Frühjahr dieses Jahres. Ich glaube, der Mann kam an einem Nachmittag Ende April ins Friesencafé und wollte meinen Mann sprechen.«
»Hat Herr von Harbeck Ihnen gesagt, warum er Ihren Mann sprechen wollte?«
»Er sagte, er sei ein Kriegskamerad meines Mannes. Ich habe geglaubt, er wolle über alte Zeiten plaudern. Ich habe Herrn von Harbeck dann in den Garten geführt. Mein Mann reparierte dort ein Fahrrad. Danach habe ich die beiden allein gelassen.«
»Hat Ihnen Ihr Mann später erzählt, um was es in der Unterhaltung mit seinem Kriegskameraden von Harbeck ging?«
»Nein.« Ingeborg schüttelte den Kopf. Nicolai presste nervös die Handflächen aufeinander. Was sollte diese sinnlose Fragerei? Nicolai konnte sehen, wie unwohl Ingeborg sich im Zeugenstand fühlte. Er war nahe daran, aufzuspringen und sich selbst freiwillig zu Wort zu melden. Es drängte ihn, endlich die Wahrheit zu sagen, egal, wie das für ihn ausging. Er wollte nicht, dass Ingeborg mit in diese Sache hineingezogen wurde, und auch nicht, dass dieses Gericht weiter in seinem Leben herumstocherte. Er wollte, dass all dies ein Ende hatte. Er sehnte sich dringend nach Ruhe, und wenn es die Ruhe einer vergitterten Zelle war. Er war erschöpft, gereizt und am Ende mit seinen Nerven, aber anstatt das Wort zu ergreifen, blieb er sitzen und rührte sich nicht.
»Sie haben also nicht erfahren, warum der Verstorbene Ihren Ehemann an jenem Nachmittag im Frühling dieses Jahres aufgesucht hat?« Der Ton des Richters ließ Nicolai aufsehen. Un-

glaube schwang darin mit, aber Ingeborg schüttelte mit Nachdruck den Kopf. Sie wirkte mindestens ebenso erschöpft, wie er sich fühlte, das sah man ihr an. Kein Wunder. Nicolai wusste, dass sie es kaum ertragen konnte zu lügen. Und dennoch tat sie es – ihm zuliebe.

»Ich habe über den Inhalt des Gespräches nichts erfahren. Herr von Harbeck tauchte nach diesem Nachmittag auch nicht mehr bei uns zu Hause auf.«

»Sind Sie da sicher?«

»Ja.«

»Aber Ihr Mann hat Herrn von Harbeck dennoch wiedergesehen, dafür gibt es einen Zeugen. Das Treffen der beiden fand am Nachmittag des 31. Mai dieses Jahres statt. Was wissen Sie über diese Begegnung, Frau Boysen?«

»Mein Mann war am späten Nachmittag auf die Heide hinausgegangen. Wir bauen in den Dünen ein Hotel. Das Grundstück haben wir kurz vor dem Krieg gekauft. Mein Mann befand sich in Verhandlungen mit Handwerkern wegen des Neubaus. Ich glaube, er wollte sich an jenem Nachmittag auf der Baustelle mit einem der Handwerker treffen, aber das Treffen kam nicht zu Stande. Deshalb war mein Mann schon früh von der Baustelle zurück.«

Nicolai schloss die Augen. Mühsam unterdrückte er den Wunsch, Ingeborg ins Wort zu fallen. Was redete sie denn da? Es gab keinen Handwerker, mit dem er am 31. Mai verabredet gewesen wäre, das wusste sie. Sie erfand für ihn ein Alibi und machte sich strafbar, sie versuchte seinen Kopf aus der Schlinge zu ziehen. Hatte Thomas sie dazu überredet? Und vor allem, würden sie Erfolg damit haben? Wie, wenn das Gericht auf die Idee kam, ihre Aussage genauer zu überprüfen?

»Um wie viel Uhr kam Ihr Ehemann nach Hause?«

»Um kurz nach sechs war er da. Ich erinnere mich daran so genau, weil wir gleich danach zu Abend gegessen haben. Meine Mutter war bei uns zu Gast, und sie möchte immer um acht-

zehn Uhr zu Abend essen. An jenem Tag war es ein klein bisschen später. Ich schätze, es war so viertel nach sechs, als wir in der Küche saßen.«
Atemlose Stille breitete sich im Saal aus. Viertel nach sechs. Nicolai hätte lachen mögen, wenn die Situation nicht so abstrus gewesen wäre. Um sechs Uhr abends war er erst mit von Harbeck auf der Heide am Pavillon verabredet gewesen, aber der Mann hatte Verspätung gehabt. Nie im Leben war er selbst um viertel nach sechs schon wieder im Friesencafé gewesen. Um diese Zeit hatte er draußen in den Dünen mit von Harbeck gekämpft. Er sah die Szene noch einmal vor sich: Von Harbecks plötzliches Auftauchen aus dem Nebel, die gespenstische Stille am Kliff, die Feuchtigkeit, die nach dem schweren Gewitter über der Heide lag und sie fast zu erdrücken schien. Von Harbeck in seinem grauen Mantel, die Hände in den Taschen, mokant lächelnd. Einige Minuten später war der Mann im Angesicht seiner eigenen Waffe von der Steilküste gestürzt. Der Tod war gegen achtzehn Uhr dreißig eingetreten, so stand es jedenfalls auf dem Totenschein. Man hatte den Toten in Flensburg noch einmal obduziert und schließlich diesen Todeszeitpunkt angegeben. Nicolai hatte nach Aussage seiner Ehefrau gegen achtzehn Uhr schon wieder zu Hause am Tisch gesessen, in trauter Eintracht mit Luise, seiner Schwiegermutter, die gern früh zu Abend aß. Das war alles gelogen, er fand es beinahe lachhaft, so falsch war es.
Der vorsitzende Richter betrachtete Ingeborg einen Moment lang schweigend. Er legte seinen Bleistift aus den Händen. »Hat Ihr Ehemann später, nachdem die Umstände des Todes des Verstorbenen bekannt geworden waren, noch einmal mit Ihnen über diese Geschichte gesprochen?«
»Ich glaube nicht, Herr Vorsitzender, zumindest erinnere ich mich nicht daran. Wir hatten andere Sorgen. Der Neubau des Hotels …«
»Ja, schon gut, danke, aber die Geschichte kenne ich bereits.

Gibt es sonst noch Fragen an die Zeugin?« Der Richter blickte sich suchend um, und tatsächlich gab der Staatsanwalt ein Handzeichen. Der hagere Mann, der bisher überwiegend geschwiegen hatte, schob seinen Stuhl zurück und stand auf. Er schlenderte quer durch den Saal, bis er endlich lächelnd vor Ingeborg stehen blieb. »Sagen Sie, Frau Boysen, wussten Sie eigentlich, dass Ihr Ehemann nach seiner Rückkehr von der Front zunächst längere Zeit in Hamburg gelebt hat, bevor er nach Hause kam?«
Nicolai zuckte zusammen. Er sah, dass Ingeborg erbleichte.
»Nein, Herr Staatsanwalt, das wusste ich nicht.«
»Er hat es Ihnen nicht erzählt?«
»Nein.«
»Hohes Gericht!« Thomas Eckermann war aufgesprungen. »Diese Frage über das Vorleben des Angeklagten hat mit dem Tatvorwurf nicht das Mindeste zu tun. Sie dient nur dazu, die Zeugin zu verunsichern. Ich bitte darum, dass der Herr Staatsanwalt bei der Sache bleibt und zweckdienliche Fragen stellt!«
Der Vorsitzende Richter nickte, sagte aber kein einziges Wort. Sein Blick wanderte zum Staatsanwalt. Der lächelte noch immer, und das auch noch ein wenig breiter als zuvor. Jedenfalls hatte Nicolai den Eindruck.
»Sachdienliche Fragen wünscht der Herr Verteidiger zu hören, aber gerne doch. Sie sind keine Einheimische, nicht wahr, Frau Boysen? Sie sind nicht auf der Insel Sylt geboren.«
»Nein.«
»Aber Sie kennen den Weg von Ihrem Haus hinaus in die Dünen und zum Roten Kliff, nicht wahr? Wie lange geht man, wenn man die Strecke zu Fuß zurücklegt? Von Ihrem Haus an der Dorfstraße bis zu der Baustelle am Roten Kliff, dort, wo Ihr neues Hotel gebaut wird – wie lange sind Sie da unterwegs?«
Nicolai stockte der Atem. Dieser Schakal von einem Staats-

anwalt. Was würde Ingeborg ihm antworten? Nicolai sah, wie ihre Lippen sich bewegten, ohne dass sie ein vernehmbares Wort sagte.

»Sie erinnern sich nicht, oder? Sie haben nie auf die Uhr gesehen, wenn Sie den Weg zurücklegten? Ist es so? Natürlich ist es so. Ich verstehe.« Der Staatsanwalt fuhr herum, der Saum seiner Robe wirbelte durch die Luft. »Ich werde Ihrem Gedächtnis etwas nachhelfen, Frau Boysen. Ich habe die Ortspolizei in Westerland gebeten, die Strecke einmal von einem Beamten abgehen zu lassen, und zwar zügig, so wie ein gesunder Mann in den besten Jahren sie zu Fuß bei halbwegs passender Witterung zurücklegen würde. Wissen Sie, was die Ortspolizei mir mitgeteilt hat? Fünfzehn Minuten braucht man für den Weg von der Dorfstraße zum Roten Kliff – immerhin.« Der Staatsanwalt hielt ein Schreiben in die Luft. Nicolai konnte den Stempel der örtlichen Polizeidienststelle darauf erkennen, bevor das Blatt schwungvoll auf dem Richtertisch landete.

»Na gut, werden Sie sagen, dann braucht man eben so lange von der Dorfstraße bis in die Dünen.« Der Staatsanwalt kam vom Richtertisch zurück und blieb vor Ingeborg stehen, die ihn ansah, sich aber nicht rührte. »Alles in Ordnung, oder? Schließlich haben Sie mir noch nicht verraten, wann Ihr Ehemann an jenem Nachmittag des 31. Mai hinausgegangen ist. Das brauchen Sie auch nicht, Frau Boysen.« Der Mann in Schwarz beugte sich leicht vor. Jetzt lächelte er nicht mehr. »Auch hierzu habe ich nämlich Erkundigungen eingezogen.« Er senkte die Stimme, während er die Augen zusammenkniff und Ingeborg tadelnd ansah. »Bis um siebzehn Uhr fünfundvierzig tobte am 31. Mai ein Gewitter über der Insel, von dem wir schon gehört haben. Es goss, es donnerte, es stürmte und blitzte. Es schüttete wie aus Kübeln, nicht wahr? Kurz darauf, um fünf Minuten vor achtzehn Uhr – so hat es der Zeuge Petersen berichtet –, wurde der Angeklagte auf dem Weg vom Dorf in die Dünen gesehen. Zu dieser Zeit befand er sich noch nicht am Roten Kliff, o nein. Er war erst auf dem Weg dorthin, wohlgemerkt. Er ging in Richtung offenes Meer, war also offenbar noch unterwegs zu seiner Verabredung am Roten Kliff. Und Sie behaupten, um achtzehn Uhr fünfzehn saß Ihr Ehemann schon wieder bei Ihnen daheim am Abendbrottisch? Obwohl er das Haus erst um kurz vor sechs verlassen hat und allein fünfzehn Minuten brauchte, um die Baustelle zu erreichen? Dennoch soll er um fünfzehn Minuten nach sechs schon wieder bei Ihnen in dem Haus an der Dorfstraße gewesen sein? Wie hat er das gemacht? Ist er geflogen?«

Der Staatsanwalt ließ die Frage im Raum stehen. Er wandte sich ab und kehrte mit großen Schritten zu seinem Platz am Fenster zurück.

Es war totenstill im Saal. Ingeborg rührte sich nicht, aber Nicolai konnte sehen, dass sie am ganzen Körper zitterte. Warum hatte sie sich nur in diese Sache mit hineinziehen lassen? War es Thomas gewesen, der sie dazu überredet hatte? Wie hatte er so unverantwortlich handeln können? Ingeborg war einer solchen Situation nicht gewachsen. Es war ihr anzusehen, wie sehr die Sache sie mitnahm.

»Noch irgendwelche Fragen an die Zeugin?« Der Vorsitzende Richter griff nach seinem Bleistift. »Besteht jemand auf ihrer Vereidigung?«

Erneut blieb es still.

»Dann können Sie gehen, Frau Boysen.«

Ingeborg verließ den Zeugenstand. Während sie in den Zuschauerraum zurückkehrte, tauschte sie einen Blick mit Nicolai, in dem der ganze Kummer der vergangenen Monate zu liegen schien. Sie war völlig entkräftet und den Tränen nahe, es war nicht zu übersehen. Er war ihr eine Last, sie hatte nur Sorgen seinetwegen. Wäre Ingeborg besser dran, wenn er sich damals in Hamburg entschlossen hätte, nicht nach Hause zurückzukehren?

Ingeborg schrak hoch. Sie war sicher, einen Schrei gehört zu haben. Ihr Herz klopfte wild, während sie ihre Bettdecke beiseite schob. Die Laken waren durchgeschwitzt, alles um sie herum war klamm. Es war schwül hier drinnen. In ihrem Traum hatte ein Gewitter am Roten Kliff getobt, und dann hatte jemand laut geschrien. War von Harbeck ihr im Traum erschienen? Ingeborg tastete sich im Dunkeln zum Fenster hinüber und öffnete es. Sofort strömte frische Nachtluft herein. Sie schloss die Augen und legte ihre heiße Stirn an das kühle Fensterglas. Draußen rief eine Eule. Als sie die Augen wieder aufschlug, schoben sich Wolken vor den Mond, der über dem kleinen Wäldchen hinter der Villa stand. Natürlich, sie hatte bloß geträumt. Tatsächlich war sie im Haus ihrer Schwiegereltern und in Sicherheit. Von Harbecks Tod ließ sie nicht los, sie konnte sich von den Geschehnissen des vergangenen Tages nicht lösen, das war alles. Ihre unselige Falschaussage vor Gericht ging ihr nicht aus dem Kopf. Sie hatte Nicolai damit nicht weitergeholfen und sich selbst außerdem unglaubhaft gemacht. Warum nur hatte sie sich auf eigene Faust dazu entschlossen, im Zeugenstand zu lügen? Im Endeffekt hatte sie Nicolais Sache nur geschadet. Warum hatte sie nicht wenigstens mit Thomas vorher darüber gesprochen? Die Aussage von Morten Petersen war ihr nicht genau in Erinnerung gewesen, als sie auf die Idee mit dem gemeinsamen Abendessen im Friesencafé gekommen war. Sie hatte Morten damals gar nicht richtig zugehört, als er seine Aussage vor Gericht gemacht hatte. Und nun? Trug sie jetzt Mitschuld an dem Urteil, dass die drei Männer in Schwarz vermutlich morgen über Nicolai sprechen würden?

Draußen schrie noch einmal die Eule.

Ingeborg legte eine Hand auf ihren flachen Bauch. Hatte das Kleine sich bewegt? Was fühlte es wohl, ihr Kind? Bekam es etwas mit von den Schwierigkeiten, in denen seine Eltern steckten? Ingeborg schloss das Fenster, aber sie ging nicht wieder in

ihr Bett. Die Angst davor, erneut schlecht zu träumen, hielt sie zurück. Sie blickte hinaus in das Dunkel des Gartens, in dem die Bäume im schwachen Mondlicht lagen. In den vergangenen Tagen war ihr bewusst geworden, dass sie kämpfen musste. Viel zu lange hatte sie um die verlorene Liebe zu Johannes getrauert. Sie hatte sich ziellos treiben lassen. Seitdem sie hier war und miterlebte, wie die Justiz versuchte, Nicolai aus den seltsamen Umständen des Unfalls am Roten Kliff einen Strick zu drehen, seitdem wusste sie, dass sie ihrem Ehemann beistehen musste. Sie war mit Nicolai verheiratet, er war der Vater des Kindes, das sie erwartete. Sie hatte das Leben an seiner Seite gewählt, es war ihre freie Entscheidung gewesen. Der Krieg mochte Nicolai verändert haben, aber war das ein Wunder, nach allem, was die Männer an der Front erlebt hatten?
Ingeborg seufzte leise. Sie musste vergessen, was geschehen war, und ihre Kraft in ihre Ehe investieren. Nicolai musste freigesprochen werden, damit ihre Familie beieinander blieb. Sie dachte an die zärtliche Hingabe, mit der er sie in der einzigen Nacht geliebt hatte, in der sie nach seiner Rückkehr zusammen gewesen waren. Was auch immer geschah, sie musste zu Nicolai halten. Sie hatte es ihm am Altar versprochen, es gab keinen Grund, dieses Versprechen zu brechen.
Ingeborg ging zurück zu ihrem Bett und setzte sich auf die Bettkante. Schon seit Tagen schlief sie schlecht. Dabei sehnte sie sich doch so nach Schlaf, der ihr für eine Weile Vergessen schenken würde. Warum war es ihr nicht wenigstens eine Nacht lang vergönnt, Ruhe zu finden?

Der Saal war gerammelt voll. Ingeborg schaute sich um und sah, dass sie alle noch einmal erschienen waren. Die vielen Neugierigen, die sich am Prozessverlauf geweidet und jede Wendung der Geschehnisse kommentiert hatten, indem sie die Köpfe zusammengesteckt und auf den Zuschauerbänken miteinander getuschelt hatten. Der Staatsanwalt, der ruhig und siegessicher hinter seinem Tisch hockte und bis zum Prozessbeginn gelangweilt in seinen Akten stöberte. Der Mann von der hiesigen Lokalzeitung, der scheinbar desinteressiert mit seinem Notizblock spielte, war auch da, und sogar Morten Petersen war gekommen. Er musste sich freigenommen haben, um die Urteilsverkündung persönlich mitzuerleben. Warum lag ihm wohl so viel daran? Fräulein Silbermann allerdings fehlte, doch dafür saß Elisabeth Hagemann hinten im Saal. Johannes' Sprechstundenhilfe hatte sich unauffällig und bescheiden in die letzte Reihe der Zuschauerbänke gesetzt, war aber in ihrem eng geschnittenen türkisfarbenen Kostüm dennoch nicht zu übersehen.

Ingeborg hatte wieder ihren gewohnten Platz ganz vorn vor dem Richtertisch eingenommen, aber sie konnte nicht still sitzen. Das Gericht verspätete sich, ausgerechnet heute waren die Herren Richter unpünktlich. Sie wäre gern aufgestanden und ein wenig auf und ab gegangen, um sich zu beruhigen. Sie war nervös und rastlos. Morgendliche Übelkeit machte ihr neuerdings schwer zu schaffen. Keinen Bissen hatte sie von dem Frühstück hinunterbekommen, das man ihr im Haus ihrer Schwiegereltern serviert hatte. Sie fühlte sich abgespannt und müde, war aber zugleich hellwach. Ein paarmal sah sie zu Nicolai hinüber, an dessen Seite sich auch heute ein Wachtmeister aufgebaut hatte. Nicolai lächelte schwach, als ihre Blicke sich trafen, doch Ingeborg vermutete, dass er sich ebenso wenig Hoffnungen auf einen Freispruch machte wie sie – oder täuschte sie sich? Glaubte er dem Zuchthaus doch noch entkommen zu können? Immerhin, die Plädoyers der Anwälte mussten noch gehalten werden – der Staatsanwalt würde sprechen und Thomas auch.

Endlich öffnete sich die breite Flügeltür am anderen Ende des Saales. Die drei Richter traten ein, hinter ihnen im gebührenden Abstand die Schöffen. Ingeborg hörte nicht zu, während der Staatsanwalt plädierte. Sie wollte einfach nicht zur Kenntnis nehmen, was er zu sagen hatte. Erst als Thomas an der Reihe war, wandte sie dem Geschehen wieder ihre volle Aufmerksamkeit zu. Ihr Schwiegervater wirkte gelassen und selbstsicher. Er sprach laut und deutlich und verzichtete auf alle Polemik. Mit klaren Worten zeichnete er das Bild des Verstorbenen als eines rauschgiftsüchtigen, von den Folgen des Krieges gebrochenen Mannes, der nach seiner Rückkehr aus dem Feld vor den Trümmern seiner Existenz gestanden hatte. Heimatlos und finanziell in Bedrängnis, war er nach Kriegsende herumgeirrt und hatte ehemalige Kriegskameraden behelligt, um bei ihnen Hilfe zu finden. An Erich Langkempers Verlobten, Fräulein Silbermann, war er gescheitert und hatte sich danach an Nicolai gewandt, der ihn gleichfalls abgewiesen hatte, weil er nicht in der Lage war, den Mann zu unterstützen. In seiner Not und Verwirrung, seiner krankhaften Rauschgiftsucht zunehmend wehrlos ausgeliefert, hatte von Harbeck, nachdem sein Vorrat an den aus der Arztpraxis des Dr. Lehmann gestohlenen Arzneien aufgebraucht war, beschlossen, seinem Leben ein Ende zu machen. Am Nachmittag des 31. Mai hatte er sich von der Steilküste gestürzt, nachdem er seine Situation als ausweglos erkannt hatte. Selbstmord, das war die These, an der Thomas festhielt. Nur so ließ sich schlüssig erklären, warum an der Leiche keine Spuren einer Fremdeinwirkung zu finden gewesen waren. Nicolais Anwesenheit am Roten Kliff dagegen war lediglich der Tatsache zuzuschreiben gewesen, dass er dort draußen ein Hotel baute. Mit von Harbecks Tod hatte er nichts zu tun. Es gab keinen Grund, warum Nicolai Boysen vom Tod eines Rauschgiftsüchtigen hätte profitieren können. Thomas Eckermann machte eine kleine Pause und betonte dann noch einmal, dass man es mit einem Freitod zu tun habe. Es existiere kein Tatmotiv, keine Mordwaffe und es gebe auch keinen Tatzeugen. Eine Straftat, die mit keinem einzigen der üblichen Beweismittel bewiesen werden könne, sei von keinem Gericht dieser Welt abzuurteilen – mit dieser Schluss-

folgerung beendete Thomas sein Plädoyer. Es war unglaublich ruhig im Saal, als das Gericht sich zur Beratung zurückzog.
Ingeborg saß auf ihrer Bank und wartete. Es schien eine Ewigkeit zu dauern, bis sich hinter den breiten Türen des Saales wieder etwas regte. Endlich wurden die Flügeltüren von einem Wachtmeister aufgestoßen, die Richter nahmen ihre Plätze wieder ein. Ingeborg spürte, dass ihr schwindlig war, als sie sich erhob, um das Urteil zu hören. Das Blut rauschte in ihren Ohren, ihre Hände waren eiskalt. Zitternd umklammerte sie den Henkel ihrer Handtasche. Aus weiter Ferne drangen die Worte zu ihr vor, die vom Richtertisch kamen.
»Der Angeklagte wird freigesprochen. Die Kosten des Verfahrens trägt die Staatskasse.«
Die Worte hallten durch den Saal. Der Vorsitzende Richter sprach von den Zweifeln des Gerichts an Nicolais Schuld, davon, dass die Beweise gegen ihn nicht ausgereicht hätten und deshalb keine Verurteilung habe stattfinden dürfen. Ingeborg schluckte krampfhaft. Sie begriff kaum etwas von dem, was um sie herum geschah. Ein Raunen ging durch die Reihen der Zuschauer, Lärm brandete auf. Thomas Eckermann drehte sich lachend um und umarmte seinen Sohn. Ingeborg sah, dass Nicolai Tränen über das Gesicht liefen, aber sie blieb wie vom Schlag getroffen an ihrem Platz stehen. Freispruch – hatte das Urteil wirklich auf Freispruch gelautet? Im Saal herrschte ein Durcheinander, das es ihr nicht leichter machte, zu begreifen, was hier vor sich ging. Der Mensch vom *Flensburger Tageblatt* war plötzlich neben ihr. Er drängte sich dicht an sie heran.
»Dürfte ich um ein paar Worte für meine Leser bitten, Frau Boysen? Was sagen Sie zu dem Urteil?«
Ingeborg schob den Mann von der Zeitung schweigend beiseite. Sie wollte zu Nicolai und Thomas, doch sie kam nicht weit, denn jetzt tauchte schon wieder ein neues Gesicht vor ihr auf. Ein Fremder stellte sich ihr in den Weg.
»Einen Moment, bitte, eine Fotografie für unsere Leser, ja?«

Der Unbekannte hob seinen Fotoapparat, einen schwarzen Kasten mit einer großen Linse. Ingeborg senkte den Kopf und wandte sich hastig ab. Morgen als Bild auf dem Titelblatt irgendeiner hiesigen Zeitung zu erscheinen, das wollte sie auf keinen Fall.

»Ein Freispruch, Gott sei Dank! Ich habe von Anfang an gesagt, dass Ihr Mann unschuldig ist. Ich gratuliere Ihnen!«

Eine unbekannte Frau mittleren Alters streckte die Hand nach ihr aus und berührte sie mit einem aufmunternden Lächeln am Arm. Ingeborg nickte ihr kurz zu, aber dann schob sie sich schnell zwischen den Umstehenden hindurch und eilte den Gang im Saal hinunter. Alles, was sie jetzt noch wollte, war, den Raum verlassen, in dem sich so viele Neugierige um sie scharrten, in dem man sie anstarrte und nach ihr langte, als wäre sie eine Attraktion im Zoologischen Garten. Ingeborg wurde schneller, sie begann zu laufen – sie musste hier raus, sie brauchte frische Luft. Später würde sie zu Thomas zurückkehren und ihr Wiedersehen mit Nicolai feiern. Für den Augenblick wollte sie nur fort. Ingeborg lief, endlich hatte sie den Gang vor dem Gerichtssaal erreicht. Sie blieb nicht stehen, sondern betrat die oberste Treppenstufe der breiten Freitreppe. Im nächsten Moment entdeckte sie zu ihrer Überraschung Johannes, der unten im Erdgeschoss neben dem Haupteingang wartete. Ingeborg stutzte. War er ihretwegen hier? Hatte er mit Nicolais Verurteilung gerechnet und war hierher gekommen, um sie trösten? Das konnte nicht sein, sie hatte ihm doch gesagt, wie es um sie stand. Ingeborg zögerte, sie überlegte, was sie nun tun sollte. In diesem Augenblick spürte sie eine Bewegung neben sich. Sie wurde von einer Gestalt überholt, Elisabeth Hagemann ging an ihr vorbei. Lächelnd eilte die rothaarige Schöne Johannes entgegen, der die Arme ausbreitete und sie am Fußende der Treppe in Empfang nahm. Johannes zog die junge Frau an sich und küsste sie. Hier in der Öffentlichkeit lagen die beiden sich in den Armen. Ohne Ingeborg überhaupt bemerkt zu haben, nahm Johannes seine Rothaarige mit sich hinaus ins Freie. Händchen haltend bummelten die beiden davon.

Ingeborg schluckte. Sie stand noch immer am oberen Ende der Freitreppe. Fassungslos und verwirrt starrte sie dem Pärchen hinterher, hinter dem sich die breiten Glastüren des Gerichtsgebäudes schlossen. Sie spürte, wie ihr schwindlig wurde. Warum nahm sie diesen Anblick nur so schwer? Sie war tief enttäuscht und verletzt, dabei war sie es doch gewesen, die Johannes den Laufpass gegeben hatte. Hatte sie insgeheim etwa gehofft, dass er trotz allem weiter auf sie warten würde?

Ingeborg stolperte die Stufen hinunter. Sie musste nach dem Handlauf des Geländers greifen, damit sie nicht der Länge nach hinfiel. Die letzten Stufen nahm sie im Laufschritt. Sie stürmte ins Freie, aber draußen auf dem Vorplatz war von Johannes weit und breit nichts mehr zu sehen. Mit klopfendem Herzen blieb sie auf dem Bürgersteig stehen. Hatte sie nicht vorgehabt, Nicolai die Treue zu halten? Sie hatte sich fest vorgenommen, Johannes zu vergessen. Warum lief sie dann dem Doktor hinterher, wenn der Arm in Arm mit einer anderen das Gerichtsgebäude verließ? Würde sich das endlose Durcheinander ihrer Gefühle denn niemals auflösen?

»Das können wir nicht machen. Zwei Menschen in unserem Alter heiraten kirchlich – nein, das passt nicht.« Luise schüttelte mit Nachdruck den Kopf und warf dabei verstohlen einen Blick zu Hanna hinüber, die ein paar Schritte entfernt mit dem jungen Architekten vom Festland über dessen Bauzeichnungen gebeugt vor dem ehemaligen Hotelportal stand.

»Was heißt das, in unserem Alter? Warum betonst du das immer so?« Thiess Meinert gab mit einer wegwerfenden Handbewegung zu verstehen, dass er sich ganz und gar nicht zu den Alten zählte. »Wir sind beide allein, Luise, unsere Kinder sind erwachsen und aus dem Haus. Wir mögen uns. Wer soll etwas dagegen haben, wenn wir uns in allen Ehren und mit Gottes Segen zusammentun?«

»Mit Gottes Segen, du liebe Güte. Das ist doch etwas für die jungen Leute, Thiess.«

»Wieso denn das? Meinst du, wir brauchen Gottes Beistand nicht mehr?«

Luise schüttelte ärgerlich den Kopf. Sie spähte erneut zu Hanna hinüber, die aber viel zu sehr in das Gespräch mit dem Grünschnabel von einem Architekten vertieft zu sein schien, als dass sie der Unterhaltung zwischen Luise und Thiess Meinert hätte folgen können.

»Wir heiraten kirchlich oder gar nicht. Ich hätte eigentlich gedacht, du würdest es sein, die auf einer Trauung mit Pastor und allem Drum und Dran besteht.«

»Für solchen Rummel fühle ich mich eigentlich zu alt.«

Thiess Meinert runzelte die Stirn. »Rummel? Du nennst eine kirchliche Trauung einen Rummel? Ich weiß nicht, was unser Herrgott dort oben davon hält, aber ich würde dir raten, doch lieber etwas vorsichtiger in der Wortwahl zu sein.«

»Ich glaube, ich muss mir die Sache noch einmal in Ruhe überlegen.« Luise machte einen Schritt nach vorn, aber Thiess hielt sie am Ärmel ihres Kleides fest.

»Nein, meine Liebe, so nicht. Ich warte nicht ewig, das kann ich mir aus Altersgründen nun doch nicht leisten. Wenn du nicht meine Frau werden willst, dann sage es mir klipp und klar. Immer wieder vertrösten lasse ich mich nicht.«

»Ich brauche Bedenkzeit, Thiess. Das ist doch nicht zu viel verlangt, oder? Immerhin ist das eine große Entscheidung. Mein ganzes Leben würde sich dadurch verändern.«

»Das würde es, und zwar zu deinem Besten, meine Liebe. Wenn du dich nicht entschließen kannst, die Meine zu werden, musst du wohl oder übel demnächst zurück nach Glücksburg. Ich glaube nicht, dass deine Tochter dich und deine reizende Kusine für den Rest eurer Tage hier behalten möchte, zumal das Haus in Kampen verkauft ist. Ingeborg und Nicolai werden sich demnächst übergangsweise eine andere Bleibe suchen müssen, bis das neue Hotel fertig ist. Dabei können sie dich und Hedwig nicht unbedingt brauchen.«

»Ja, du hast Recht.« Luise nickte. »Ich werde zurückfahren müssen. Ich freue mich auch nicht gerade darauf, aber …«

»Du freust dich nicht darauf? Du bist kreuzunglücklich, das sehe ich dir an. Du möchtest hier bleiben, hast aber Angst davor, das Nächstliegende zu tun und meine Frau zu werden. Dabei bin ich nicht halb so schwierig, wie du glaubst, Luise. Ich habe nicht halb so viele Marotten, wie dein verehrter verstorbener Ehemann sie hatte …«

Luise fuhr herum und warf Thiess Meinert einen verärgerten Seitenblick zu. »Woher willst du wissen, wie Richard war?«

»Nach allem, was ich gehört habe, war er ein Scheusal. Bei allem Respekt vor den Toten, aber Hanna hat mir ausführlich von ihm erzählt, der Mann war immerhin ihr Halbbruder. Das Beste, was deine Ehe mit ihm hervorgebracht hat, war eure Tochter. Und die habt ihr adoptiert.« Thiess rückte ein Stück an Luise heran. Behutsam legte er einen Arm um ihre Schulter. »Komm schon, gib dir einen Ruck. Zu zweit ist das Leben schöner. Als meine Frau würde ich dich auf Händen tragen, ich verspreche es. Ich lege dir eine ganze Insel zu Füßen. Mein Hochzeitsgeschenk kann sich sehen lassen – ich schenke dir eine neue Heimat. Schau dich um – das silberne Meer, die weißen Dünen, der blaue Himmel, das alles kannst du mit mir teilen. Du gehörst hierher, Luise, an meine Seite, für den Rest unserer Tage. Sag ja, ich bitte dich.«

Luise wollte etwas erwidern, aber genau in diesem Augenblick drehte Hanna sich herum. Luise sah, dass sie lächelte, als sie bemerkte, dass Thiess den Arm um sie gelegt hatte. Ohne ein weiteres Wort ließ Hanna den Architekten stehen und kam zu ihnen. Luise spürte, wie sie unter Hannas Blick überflüssigerweise errötete.

»Na, ihr beiden, ist es so weit? Darf man gratulieren?« Hanna schaute Thiess Meinert an. »Ist es geschafft?«
»Nun ja, ich weiß nicht recht …« Thiess Meinert wirkte ein wenig verlegen. Er zögerte mit einer Antwort, aber Hanna hörte nicht länger zu. Sie wandte sich einfach ab und ging zu dem Landauer hinüber, der an der Einfahrt stand. Mit einer Flasche und Gläsern kam sie zurück.
»Dann wollen wir auf das Brautpaar trinken. Gottes Segen und alles Glück dieser Erde für euch.« Hanna drückte erst Thiess Meinert und dann Luise ein leeres Glas in die Hand. Luise riss die Augen auf. Sie war mehr als erstaunt über das leere Glas, das sie plötzlich in der Hand hielt. »Aber, Hanna … woher wusstest du, dass wir … dass Thiess mir heute hier draußen einen Antrag machen würde?«
»Er hat mir gestern Abend verraten, dass er das vorhat, Luise. Nachdem du schon zu Bett gegangen warst, haben wir noch ein wenig im Garten gesessen und geredet. Über die Vergangenheit natürlich, aber auch über die Zukunft. Wir fanden beide, es wäre eine gute Idee, wenn ihr zwei zusammenbleibt. Bist du nicht dieser Ansicht?«
»Doch, im Grunde schon. Ich fürchte mich nur ein wenig, weißt du? Meine Ehe mit Richard war nicht sehr glücklich. Ich hatte mir vorgenommen, so etwas nicht noch einmal zu tun.«
»Mit mir wirst du glücklich sein, Luise.« Thiess drückte ihr sacht die Hand. »Ich bin ein ganz anderer Mensch als dein verstorbener Mann, siehst du das nicht? Ich strebe nicht nach Ruhm, Geld oder Ansehen. Das alles kann und will ich dir nicht bieten. Was ich mir wünsche, ist ein beschaulicher Lebensabend an der Seite einer Frau, die mich versteht und die mich liebt. Und ich bin der festen Überzeugung, dass du die Frau bist, die ich suche. Was meinst du?«
»Ich hoffe, du hast Recht. Die Zuneigung sollte den Ausschlag geben, nicht wahr? Gut, ich bleibe bei dir. Ich fühle mich hier zu Hause. Ich will nicht wieder fort.» Luise lächelte vorsichtig.

Ihr fiel auf, dass sie eben nicht von Liebe gesprochen hatte, aber Thiess schien diese Antwort zu genügen, er lächelte selig. Sie spürte, wie Freude und Erleichterung in ihr aufstiegen und die Furcht verdrängten, die sie bis vor kurzem noch empfunden hatte.

»Na, also. Meinen herzlichen Glückwunsch zur Verlobung.« Hanna öffnete die Sektflasche, der Korken sprang mit einem Knall aus dem Flaschenhals. Der junge Architekt, der die ganze Zeit über mit erstauntem Gesichtsausdruck ein paar Schritte entfernt gewartet hatte, kam jetzt zögernd näher. Er warf Hanna einen fragenden Blick zu. »Ich möchte nicht stören, aber unsere Besprechung ist noch nicht beendet, oder? Ich würde gern noch Ihr Votum zu den Gauben hören – die Dachkonstruktion, die ich erarbeitet habe …«

»Vergessen Sie für einen Augenblick die Dachkonstruktion, Herr Hummel. Die Gauben können warten. Jetzt stoßen wir erst einmal miteinander an. Herr Meinert und Frau von Lassen haben sich eben verlobt. Das ist doch ein Grund, um zu feiern.« Hanna schenkte ein, perlend floss der Sekt in die Gläser. Während Luise sich insgeheim fragte, wo Hanna ein solch teures Getränk in Zeiten wie diesen wohl aufgetrieben haben mochte, warf sie nebenbei einen prüfenden Blick auf Alfons Hummel. Erleichtert stellte sie fest, dass er keineswegs verstört wirkte. Ihm schien weder das Alter des Paares, auf das hier getrunken wurde, noch die Umstände der Verlobung unter freiem Himmel Grund für eine Ablehnung zu sein. Nur im ersten Moment wirkte er überrascht, dann kam er näher und nahm mit einer leichten Verbeugung ein Glas Sekt entgegen, das Hanna ihm reichte.

Er lächelte. »Ja, wenn das so ist, auf Ihr Wohl, meine Herrschaften. Ihnen alles Gute!«

»Dem kann ich mich nur anschließen. Alles Gute und Gottes Segen.« Hanna kam zu Luise und küsste sie auf beide Wangen.

»Vielen Dank, auch im Namen meiner Braut.« Thiess Meinert

hob sein Glas. »Und an Erntedank laden wir zu unserer Hochzeit. Dann sehen wir uns in Sankt Severin vor dem Altar.«
Luise zuckte zusammen. An Erntedank sollte die Hochzeit sein? Sie erschrak ein wenig bei dem Gedanken, dass es bis zu diesem Festtag mal eben noch zwei Monate waren. Im ersten Moment wollte sie Thiess widersprechen, aber als sie sah, wie seine Augen leuchteten, schwieg sie. Doch, es war bestimmt richtig, was sie taten. Dem Ruf des Herzens diesmal nicht zu folgen, wäre eine Dummheit gewesen, die sie wahrscheinlich für den Rest ihres Lebens bereut hätte. Als Thiess sich vorbeugte, um sie zu küssen, näherte sie ihr Gesicht freiwillig dem seinen.
»Auf die Zukunft, Frau Meinert«, hörte sie ihn flüstern, bevor seine Lippen die ihren fanden. Ja, die Zukunft – das war etwas, woran sie jetzt tatsächlich wieder zu glauben wagte.

# Kapitel 20

Nicolai stand auf dem Bürgersteig, den schmalen Pappkarton unter dem Arm, den sie ihm im Untersuchungsgefängnis mitgegeben hatten. Die wenigen Utensilien, die er in seiner Zelle hatte besitzen dürfen, waren jetzt in der viereckigen Kiste verstaut. Bei jeder seiner Bewegungen rutschten die Zahnbürste, der Kamm und die Seife hin und her.

Thomas Eckermann streckte die Hand nach dem Karton aus. »Gib mir das, mein Junge, ich bringe es zum Wagen. So wie du dastehst, sieht dir jeder sofort den frisch entlassenen Häftling an.«

Sein Vater ließ sich den schäbigen Karton reichen, der mit einem dünnen Bindfaden verschnürt war. »Kommst du mit nach Hause oder bleibst du noch in der Stadt?«

Nicolai überlegte. Er konnte nachvollziehen, dass Thomas von hier wegwollte. Die Mauern des Untersuchungsgefängnisses warfen im Licht des späten Nachmittags lange düstere Schatten auf den Platz, auf dem ein paar abgemagert wirkende Eichen ihre Äste in den Himmel reckten. Jeder Passant, der vorbeiging, musterte sie interessiert. Es war nicht schwer zu erraten, was die Leute dachten, die sie hier miteinander stehen sahen. Nicolai schüttelte den Kopf. »Nein, ich komme nicht mit. Ich bleibe noch in der Stadt. Ich möchte wissen, wo Ingeborg geblieben ist. Warum ist sie im Gericht einfach weggelaufen?«

»Vermutlich war der Rummel zu viel für sie. Dieser aufdringliche Zeitungsmensch war hinter ihr her, der wollte unbedingt ein Foto von euch beiden für die nächste Ausgabe seiner Zeitung machen.«

»Mag sein, dass sie das verstört hat, aber sie hätte doch wenigstens unten in der Halle auf uns warten können. Oder vor dem Portal. Oder an deinem Wagen. Stattdessen ist sie einfach so fortgelaufen, ohne zu sagen, wohin. Das ist nicht in Ordnung, oder?« Nicolai schüttelte den Kopf und betrachtete dabei seinen Vater, der ziemlich fehl am Platz wirkte, elegant, wie er gekleidet war. Er trug einen maßgeschneiderten Zweireiher in dezentem Grau mit passendem Hut und hatte seine teure Aktentasche aus schwarzem Leder dabei. Selbst in seinem Sonntagsanzug kam Nicolai sich neben ihm unscheinbar vor, obwohl das im Grunde nicht wichtig war. Wichtig war jetzt, Ingeborg wiederzufinden. Nicolai suchte den Blick seines Vaters. »Meinst du nicht, dass Ingeborg sich in letzter Zeit manchmal seltsam verhalten hat?«

Thomas schob den unhandlichen Pappkarton von einem Arm unter den anderen. Die Frage war ihm unangenehm, das sah man ihm an, aber er versuchte trotzdem ein Lächeln zu Stande zu bringen. »Das weiß ich nicht, mein Junge. Ich denke, ihr hattet beide eure Schwierigkeiten miteinander, oder? Du hättest ihr sagen sollen, dass du nach deiner Rückkehr von der Front unter Gedächtnisstörungen gelitten hast. Ohne diese Erklärung musst du wie ein Fremder auf sie gewirkt haben.«

Nicolai nickte langsam. »Vielleicht, aber ich finde es trotz allem eigenartig, wie Ingeborg sich derzeit benimmt. Ich hatte schon ein paarmal den Verdacht …« Nicolai zögerte, doch dann hob er den Kopf und schaute seinem Vater direkt ins Gesicht, »Könnte es sein, dass da etwas war – mit Ingeborg und einem anderen Mann, meine ich? Hat sie dir gegenüber jemals eine Andeutung darüber gemacht?«

»Nein, das hat sie nicht, davon weiß ich nichts. Und was ist mit dir?« Thomas runzelte die Stirn. »Hast du eine reine Weste, mein Junge? Du hast eine Weile in Hamburg gelebt. Du wärst nicht der einzige Kriegsheimkehrer, der zuerst unter die Fittiche einer gutsituierten Kriegerwitwe geschlüpft ist. Vielleicht hegt Ingeborg dir gegenüber den gleichen Verdacht, den du gegen sie hast.«

Nicolai wollte antworten, aber sein Vater schüttelte im nächsten Moment schon den Kopf. »Nein, lass nur. Es geht mich nichts an, das ist deine private Angelegenheit. Wenn ich dir einen Rat geben soll, dann schlage ich vor, dass du die Vergangenheit einfach vergangen sein lässt. Schau auf die Zukunft. Du bist wieder frei, der Prozess ist zu Ende. Ihr könnt euer Hotel bauen und eine Familie gründen.«
»Falls wir das Geld für das neue Hotel zusammenbekommen, heißt das.«
Thomas Eckermann lächelte. »Das werdet ihr. Deine Mutter hat das Friesencafé zu einem sehr anständigen Preis verkauft. Und deine Schwiegermutter wird ihr Haus in Glücksburg auch verkaufen, sie hat bereits einen Makler damit beauftragt.«
»Was sagst du da?« Nicolai riss erstaunt die Augen auf. Das waren lauter gute Nachrichten, mehr, als er erwartet hatte. »Luise verkauft ihr Elternhaus? Aber gerade das wollte sie bisher doch nicht tun, oder?«
»Bisher nicht, das ist richtig. Aber jetzt hat Thiess Meinert ihr einen Heiratsantrag gemacht, und sie hat ihn angenommen. Sie braucht das Haus in Glücksburg nicht mehr. Ich bin sicher, dass sie euch mit dem Geld, das sie dafür bekommt, unter die Arme greifen wird. Und außerdem sind deine Mutter und ich ja auch noch da.«
Nicolai schluckte. Er konnte kaum glauben, was er da hörte. »Thiess Meinert wird mein Schwiegervater?«
»So ist es.«
»Da stehen ja große Veränderungen an.«
Thomas hob die Augenbrauen, er wirkte amüsiert. »Allerdings. Und es gibt noch mehr Neuigkeiten.«
»Und das wäre?« Nicolai wartete, aber sein Vater schüttelte nur den Kopf. »Ingeborg wird es dir erzählen. Lauf los und schau, ob du sie findest. Sprecht euch aus, mein Junge, das ist das Beste, was ihr jetzt tun könnt.«
Nicolai nickte. »Gut. Ich schaue mich in der Stadt um. Viel-

leicht habe ich Glück und finde Ingeborg. Wenn nicht, komme ich zu dir nach Hause.«

»Viel Glück, mein Junge.«

Nicolai sah zu, wie sein Vater zu seinem Wagen auf der anderen Straßenseite ging. Ihr Verhältnis hatte sich sehr gewandelt. Damals, als Thomas auf der Insel aufgetaucht war und sich als sein leiblicher Vater vorgestellt hatte, war er alles andere als begeistert gewesen. Selbst als Hanna Thomas geheiratet hatte, hatten sich Nicolais Gefühle für seinen leiblichen Vater nicht merklich verändert. Von Zuneigung zu Thomas war zu jener Zeit keine Spur gewesen. Erst durch die jüngsten Ereignisse fühlte Nicolai sich seinem Vater tiefer verbunden. Thomas Eckermann war es, der in schlimmen Zeiten zu ihm gehalten und ihm die Freiheit wiederverschafft hatte. Sicher gab es noch einiges, was Nicolai ihm aus den einsamen Tagen seiner Kindheit nachtrug, aber dies war bestimmt der richtige Augenblick, um dem Mann, der sein Vater war, endgültig zu verzeihen.

Sörensen, war das eigentlich ein in Flensburg gängiger Nachname? Für ihr Gefühl besaß er einen dänischen Klang, etwas typisch Nordisches schwang darin mit. Ob es in der Stadt wohl viele Familien gab, die so hießen?

Ingeborg blieb stehen und schaute sich um. Vor ihr lag das silberne Band der Förde. Über dem ruhigen Wasser kreisten schreiend ein paar Silbermöwen. Hier unten am Ufer hatten seinerzeit vor dem tödlichen Unfall ihre Eltern gewohnt, in einem Haus mit weißer Fassade und Treppengiebeln. Im Erdgeschoss ihres Elternhauses hatte sich ihr Vater seine Kanzlei eingerichtet, und darüber, im ersten Stock, befand sich die Wohnung, in der Ingeborg geboren worden war. Das Wenige, was sie von Luise über ihre leiblichen Eltern erfahren hatte, hatte Ingeborg sich gut gemerkt, und trotzdem würde es nicht einfach werden, auf die Spuren zu stoßen, die sie in dieser Stadt vor beinahe dreißig Jahren hinterlassen hatten.

»Entschuldigen Sie.« Ingeborg wandte sich an den erstbesten Passanten, der vorüberkam. Es war ein rotgesichtiger Mann mit einer Knollennase, der vor ihr stehen blieb. Aus schmalen Augen sah er sie misstrauisch an. »Ich suche die Rechtsanwaltskanzlei Sörensen und Kompagnon. Sie soll irgendwo hier am Wasser sein. Kennen Sie einen Rechtsanwalt dieses Namens?«
Der Mann schüttelte den Kopf, dann wandte er sich wortlos ab und ging weiter die Straße hinunter. Ingeborg spürte, wie Enttäuschung sie überfiel. Wahrscheinlich war es aussichtslos, was sie hier tat. Vermutlich hatte man die Kanzlei ihres Vaters gleich nach seinem Tod aufgelöst oder umbenannt. Es bestand kein vernünftiger Grund, sie weiter unter seinem Namen fortbestehen zu lassen. Immerhin wusste sie, dass schon ihre Großeltern väterlicherseits in Flensburg gelebt hatten, aber was half ihr das jetzt? Als sie sich im Anschluss an die Gerichtsverhandlung spontan entschlossen hatte, hierher zu kommen, hatte sie gehofft, hier unten am Wasser ein Stück ihrer eigenen Geschichte wiederzufinden. Sie hatte gedacht, es würde ihr Halt geben, wenn sie auskundschaften könnte, wer ihre Eltern gewesen waren und in welchen Verhältnissen sie gelebt hatten. Der Anblick ihres Elternhauses sollte ihr helfen, herauszufinden, wer sie wirklich war, aber sie musste einsehen, dass es alles andere als einfach war, die Vergangenheit ans Licht zu holen.
Ingeborg wanderte die Straße hinunter und betrachtete dabei die Fassaden der Bürgerhäuser, die sich dicht an dicht aneinander reihten und die beinahe alle weiße Giebel in Treppenformen zeigten. Immerhin konnte sie sich nun die Umgebung besser vorstellen, in die sie hineingeboren worden war. Das Viertel direkt am Wasser war keine der ersten Adressen in der Stadt, jedenfalls jetzt nach dem Krieg nicht mehr, da viele der Geschäftsräume in den unteren Etagen der Häuser leer standen. Ihre Türen waren zugenagelt, die Fenster von innen mit Papier verklebt, die Fensterscheiben außen blind

vor Schmutz. An der Hafenmauer waren ein paar alte Boote vertäut, die nicht mehr seetauglich zu sein schienen. Auch sie machten einen abgenutzten Eindruck, es waren bessere Wracks, deren Außenwände mit Vogelkot beschmiert waren. Die Stadt schien noch immer vom Krieg mit einem unsichtbaren Bann belegt, der nicht weichen wollte. Das Viertel kränkelte vor sich hin, eine Besserung schien nicht in Sicht zu sein. Ingeborg wollte weitergehen, als ihr eine junge Frau entgegenkam, die eine Milchkanne bei sich trug. Der Art nach zu urteilen, wie sie das Blechgefäß schwenkte, war die Emaillekanne leer. Wahrscheinlich war die Frau in der Hoffnung aufgebrochen, irgendwo ein bisschen frische Milch zu ergattern, und kehrte nun, müde von der ergebnislosen Lauferei, enttäuscht nach Hause zurück.

»Entschuldigen Sie«, Ingeborg trat der Fremden in den Weg und fing dabei deren leicht irritierten Blick auf. »Können Sie mir sagen, ob es hier in der Nähe eine Rechtsanwaltskanzlei gibt?«

»Einen Anwalt? Hier? Nein, nicht das ich wüsste, aber ich wohne auch erst seit ein paar Monaten hier, tut mir Leid.« Die Frau wollte sich abwenden, aber Ingeborg war noch nicht bereit, sie gehen zu lassen. Sie griff nach ihrem Arm, um sie festzuhalten, was die Fremde zusammenzucken ließ. Ingeborg lächelte entschuldigend. »Und eine Familie Sörensen, die hier in der Nähe wohnt, kennen Sie auch nicht, oder?«

»Nein, die kenne ich nicht, nie davon gehört. Tut mir Leid, aber ich muss jetzt nach Hause.« Die Frau befreite sich mit einem Ruck, drehte sich hastig um und ging weiter. Ingeborg schaute ihr nach und überlegte, was die Unbekannte wohl von ihr halten mochte. Recht eigenartig musste sie ihr vorgekommen sein, aber vielleicht war ihr Vorhaben ja auch tatsächlich eigenartig. Vielleicht war es aussichtslos, die Spuren von Menschen finden zu wollen, die man nur von einer uralten Fotografie kannte. Ingeborg dachte an das Bild in Sepia, das Einzige,

was ihr von den Eltern geblieben war. Verwaschene Gesichter im Sonntagsstaat und mit ernster Miene waren auf der Fotografie zu sehen, das junge Ehepaar Sörensen, abgelichtet anlässlich seiner standesamtlichen Trauung vor dreißig Jahren. Würde es helfen, wenn sie dieses Bild den Leuten zeigte, die sie traf? Würde vielleicht einer der älteren Bewohner des Viertels ihre Eltern darauf wiedererkennen? Oder war das Ganze so oder so hoffnungslos? Lebte vielleicht gar keiner der Menschen mehr, die damals in den letzten Jahren des vergangenen Jahrhunderts hier gewohnt und gearbeitet hatten?
Ingeborg blieb stehen und schaute sich um. Die Straße war menschenleer – leergefegt und öde, genau wie ihre Vergangenheit. Sollte sie weitergehen oder umkehren?

Nicolai warf einen besorgten Blick hinauf zum Himmel. Dort oben braute sich etwas zusammen, es würde bald zu regnen beginnen. Der Wind trieb ein paar lose Blätter über den Sandweg vor ihm und rüttelte an den Kronen der Bäume am Straßenrand. Er näherte sich dem Stadtkern, aber es waren trotzdem nur wenig Menschen unterwegs. War es sinnvoll, weiter durch Flensburgs Straßen zu laufen, ohne zu wissen, wo er mit der Suche nach Ingeborg anfangen sollte? Wohin konnte sie gegangen sein? Ihr war diese Stadt fremd, sie kannte hier außer ihren Schwiegereltern keine Menschenseele. Irrte sie ziellos durch die Straßen, oder war sie längst daheim bei den Eckermanns, wo sie hingehörte?
Nicolai blieb stehen und schaute ein paar Kindern zu, die brav in einer Reihe vor einem Bäckerladen Schlange standen. Auch er war hungrig, und müde war er obendrein. Trotz Lebensmittelrationierung und Lebensmittelknappheit würde bei Eckermanns wieder etwas Nahrhaftes auf dem Tisch stehen, da war er sicher. Er spürte, wie sein Magen sich bei dem bloßen Gedanken an ein warmes Essen schmerzhaft zusammenzog. Es war Nachmittag, und er hatte seit den frühen Morgenstunden

nichts mehr zu sich genommen – wenn man das, was ihnen im Gefängnis als Mahlzeiten aufgetischt worden war, denn als solche gelten lassen wollte.
Nicolai war gerade im Begriff, sich umzudrehen und den Weg zurückgehen, den er gekommen war, als sein Blick zufällig auf ein Reklameschild fiel, das über dem Hauseingang schräg gegenüber angebracht war. Ein Schokoladenhersteller warb für seine Vorkriegsware. Sörensens feinste Markenschokolade wurde dort angepriesen. Nach Süßwaren konnte man heute in den Geschäften lange suchen, die lagen kaum noch in den Regalen. Nicolai vermochte seinen Blick nicht von dem Schild abzuwenden. Eine dunkle Ahnung stieg ihn ihm auf und ließ ihn nicht los, eine Erinnerung bedrängte ihn, schemenhaft nur, dann ein wenig deutlicher und in Zusammenhang mit dieser Stadt stehend. Langsam formte sich in ihm ein Bild. Plötzlich ahnte er, wo er seine Frau finden würde.

»Dort oben haben sie gewohnt.« Die Alte deutete hinauf zum ersten Stock. Ingeborg folgte ihrem Blick zur erste Etage, dorthin, wo hinter verwaschenen Gardinen eine Wohnung lag, von der nur wenig mehr zu sehen war als die schmutzigen Fenster, die auf die Straße hinausgingen.
»Waren nette Leute, die Sörensens, vor allem die junge Frau war nett. Hat mir Leid getan, dass sie so plötzlich umkamen. Der Kutscher, der die beiden überfahren hat, war betrunken, wussten Sie das? War eine schlimme Geschichte, aber es ist viele Jahre her. Ist lange vor dem Krieg passiert, die Sache. Damals wohnten hier noch anständige Leute. Da war das eine gute Gegend.«
»Herr Sörensen war Rechtsanwalt?«
»Jaja. Ein gut erzogener Herr, immer höflich. Halbjude war er, von der Mutter her. Und sie, seine Frau, die war bildhübsch.« Die Alte senkte den Kopf und blinzelte Ingeborg an. Ihr von Furchen durchzogenes Gesicht wirkte nachdenklich.

»Das Haus hat den Eltern von Herrn Sörensen gehört. Das wurde nach ihrem Tod an so einen Wucherer verkauft, der seinen Mietern das Leben zur Hölle gemacht hat. Um nichts hat der sich gekümmert, der alte Geizkragen. Was soll's, jetzt liegt der auch in der Grube. Nur ich bin noch da. Hab alle überlebt, wissen Sie? Ich werde achtzig im Oktober, denken Sie mal.«
Ingeborg lächelte. »Ich gratuliere, das freut mich für Sie. Und die Sörensens? Was ist aus der Kanzlei geworden?«
»Nichts. Zugemacht, von einem Tag auf den anderen, aus und Schluss. Der Kompagnon von Herrn Sörensen ist nach Schleswig gegangen, und das war's dann. Warum wollen Sie das alles bloß wissen? Sind Sie eine Verwandte der Familie?«
»Ja, das bin ich.«
Die alte Frau nickte. »Aha. Na, ich weiß noch, dass die Sörensens gern getanzt haben, alle beide.« Sie lächelte, ihr Gesicht verklärte sich. »Zu jedem Ball sind sie hin, zu jeder Tanzerei. Und ins Theater, ganz oft. Herrliche Kleider hatte sie an, die junge Frau Sörensen. Und singen konnte sie, wie eine Nachtigall. Sie saß im Garten hinter dem Haus und sang vor sich hin. Nett war das. Schubertlieder, aber auch Volkslieder. Die konnte alles singen, es klang immer schön.«
Ingeborg nickte langsam. »Danke. Vielen Dank, dass Sie sich die Zeit genommen haben, um mich hierher zu führen.«
»Da nicht für, Kindchen. Gern geschehen.« Die Alte machte ein paar Schritte, blieb dann aber noch einmal stehen und drehte sich um. »Ein kleines Mädchen hatten sie, die Sörensens, jetzt fällt es mir wieder ein. So eine Süße, mal eben ein paar Monate alt war die, als ihre Eltern starben. Kam dann zu Verwandten nach Plön, das Kind. Ja, so war das damals.«
Nun wandte sich die Frau endgültig ab und humpelte, auf ihren Krückstock gestützt, davon. Ingeborg schloss die Augen. Sie versuchte sich zu erinnern. Das große weiße Haus, ein Garten, ein Kinderwagen und eine Stimme, die leise und melodisch sang. Bruchstücke einer fast verschütteten Kindheit, gab

es die in ihrer Erinnerung? Wusste sie davon noch etwas? Oder wünschte sie sich nur, etwas davon zu wissen?

Sörensen, Jakob und Dorothee Sörensen, das waren die Namen von Ingeborgs leiblichen Eltern gewesen. Nicolai wusste selber nicht, woher diese blitzartige Erkenntnis kam, die ihn schlagartig getroffen hatte, aber er war sicher, dass er sich nicht irrte. Er hatte den Namenszug vor Augen, es war lange her, aber er hatte ihn gesehen. Ein altes Buch, gekennzeichnet von seinem ehemaligen Besitzer. Die Familienbibel der Sörensens, das war das Buch, das Ingeborg ihm gezeigt hatte. Er überlegte, was er mit diesem neuen Wissen anstellen konnte. Auf Anhieb war damit nicht viel anzufangen, Ingeborgs Eltern waren schließlich tot. Gemeinsam waren sie bei einem Unfall gestorben, ein Pferdefuhrwerk hatte sie unter sich begraben. Hier in Flensburg hatte sich die Tragödie abgespielt, zu einer Zeit, als Ingeborg noch ein Kleinkind gewesen war. Plötzlich kam ihm eine neue Idee, die ihm ein Lächeln entlockte. Er wandte sich nach Norden, dorthin, wo er im Vorübergehen ein Postamt bemerkt zu haben glaubte. Er würde sich nach den Familien erkundigen, die den Namen Sörensen trugen und die heute noch in der Stadt lebten. Vielleicht würde ihm das weiterhelfen.

Gedankenverloren bummelte Ingeborg die Straße hinunter. Der Himmel über ihr hatte sich verdüstert, es würde demnächst zu regnen beginnen. Sie musste sich beeilen, wenn sie nicht nass werden wollte. Während sie ihre Schritte beschleunigte, dachte sie darüber nach, was ihr das Gespräch mit der alten Frau gebracht hatte. Sie wusste nun, wo sie geboren war, sie kannte das Haus ihrer Eltern und die Straße, in der es stand. Den Garten dahinter gab es nicht mehr. Ein hässlicher Schuppen mit allerlei Gerümpel darin hatte ihn verdrängt, sie hatte sich noch die Zeit genommen und nachgesehen.

Im Weitergehen fiel ihr Blick auf eine Uhr, die über dem Portal eines großen Gebäudes zu ihrer Rechten prangte. Es ging auf vier Uhr nachmittags zu, höchste Zeit, dass sie sich bei ihrem Schwiegervater meldete. Thomas und Nicolai würden sich Sorgen machen, denn seit Stunden schon war sie fort, ohne dass sie ein Lebenszeichen von sich gegeben hatte. Ingeborg hielt inne und betrachtete das große Gebäude, vor dem sie stand. Es war eine Poststelle darin untergebracht, dort drinnen würde sie ein Telefongespräch führen können. Die Eckermanns besaßen einen Fernsprecher, was es einfach machte, sich mit ihnen in Verbindung zu setzen. Anschließend würde sie sich eine Droschke nehmen, vielleicht auch ein Mietautomobil, und zurückfahren in die Villa am Stadtrand, dorthin, wo Nicolai wahrscheinlich schon auf sie wartete.
Ingeborg betrat die erste Treppenstufe vor dem Portal, das in die Halle des Gebäudes führte, und blieb gleich darauf erschrocken wieder stehen. Sie traute ihren Augen kaum, aber es gab keinen Zweifel an dem, was sie sah – Nicolai lief geradewegs auf sie zu. Ingeborg fragte sich, warum er hier war. Woher wusste er, dass er sie hier finden würde? Im nächsten Moment entdeckte er sie. Er stutzte und riss die Augen auf. Ein paar Sekunden standen sie einander reglos und stumm gegenüber, beide gleichermaßen erstaunt über dieses Zusammentreffen, mit dem keiner von ihnen an diesem Ort gerechnet hatte. Zum ersten Mal fiel Ingeborg auf, wie sehr Nicolai sich in den vergangenen Wochen und Monaten doch verändert hatte. Das war nicht mehr der strahlende, ungestüme junge Mann, den sie vor fünf Jahren geheiratet hatte. Der Krieg hatte ihn ihr genommen und stattdessen einen viel ernsthafteren und nachdenklicheren Menschen zurückgeschickt. Nicolai wirkte um einiges älter und erwachsener, doch anziehend war er noch immer. Etwas Trauriges lag in seinen dunklen Augen, das nicht weichen wollte, auch jetzt nicht, als er vorsichtig lächelte.
»Ingeborg. Was machst du denn hier?«

Er kam noch ein Stück näher, bevor er sie gleich darauf an sich zog und umarmte. Sie erwiderte seine Umarmung und spürte dabei ein Gefühl von Geborgenheit, das sie so lange vermisst hatte. Sicher war es auch ihre Schuld, dass sie einander fremd geworden waren. Vielleicht hätte sie nach seiner Rückkehr aus dem Krieg viel eher zu ihm gehen, mit ihm sprechen und ihm ihre Anteilnahme zeigen sollen?

»Hier bist du also.« Nicolai schob sie ein Stück von sich fort, behielt sie aber dabei im Arm. Hatte er Angst, dass sie wieder fortlaufen würde? Das tat sie nicht, jetzt nicht mehr. »Wie kommst du bloß hierher? Und warum bist du aus dem Gerichtssaal weggelaufen?« Nicolai runzelte die Stirn. Er wirkte besorgt und unsicher. Wie sollte es auch anders sein? Er hatte keine Ahnung, was in ihr vorging. Er verstand ihr Verhalten nicht, er wusste nicht einmal, dass sie schwanger war. Nicolai konnte nicht begreifen, dass sie sich an die vielen Veränderungen in ihrem Leben erst würde gewöhnen müssen. Ingeborg schaute ihm in die Augen. Fest entschlossen, jetzt keine Fehler mehr zu machen, lächelte sie ihn an.

»Tut mir Leid, dass ich fortgelaufen bin. Es war dumm von mir. Ich wollte einfach raus aus diesem Saal, weißt du? Ich musste an die frische Luft. All diese fremden Leute, die nach mir griffen, mir die Hand schütteln wollten oder ein Foto für ihre Zeitung brauchten – das war zu viel für mich.«

»Du warst wütend auf mich wegen der Geschichte in Hamburg, oder? Weil ich vor dem Prozess nicht ganz ehrlich zu dir war, bist du weggelaufen, stimmt's?« Nicolai runzelte die Stirn, er wirkte noch immer ein bisschen ratlos. »Als ich von der Front zurückkam, war mir meine Heimat fremd geworden. Die Sache mit meinem Gedächtnis hat mir zu schaffen gemacht. Ein paar- mal war ich nahe daran, es dir zu sagen, aber dann …«

Ingeborg schüttelte den Kopf. Hastig legte sie Nicolai die Hand auf den Mund, um ihn zum Schweigen zu bringen. Nur keine neuen Schuldbekenntnisse mehr, danach war ihr nicht zumute. Wenn er ihr sagte, was er in Hamburg und an der Front erlebt hatte, dann würde sie über Johannes sprechen müssen, und das wollte sie nicht. Sie wollte nur nach vorne schauen und nicht mehr zurück.

»Das ist alles vorbei, Nicolai. Für mich ist nur noch wichtig zu wissen, dass du diesen Mann nicht getötet hast.«

»Das habe ich nicht getan. Es war ein Unfall. Von Harbeck ist bei Nebel die Steilküste hinuntergestürzt. Ich habe nicht einmal gesehen, wie es passierte, wirklich.« Nicolai ließ sie los. Menschen kamen die Treppe hinunter oder wollten hinauf und rempelten sie dabei an, denn sie versperrten den Zugang zum Portal und waren den anderen im Weg. Ingeborg ließ sich von Nicolai die Treppe hinunterführen. Sie folgte ihm, bis sie den Bürgersteig erreichten. Dort blieb er stehen und schaute sie mit großen Augen an. Sie spürte, dass er auf eine Antwort wartete. Offenbar lag ihm viel daran, dass sie ihm seine Version der Geschichte um von Harbeck abnahm. Ingeborg nickte ihm zu. »Also gut, du warst nicht schuld an seinem Tod. Ich glaube dir. Und warum hat von Harbeck dich erpresst?«

»Einer meiner Kameraden hatte mir auf dem Totenbett im Lazarett seinen Schmuck vermacht. Von Harbeck wusste davon. Er hat den Angehörigen des Verstorbenen erzählt, ich hätte den Schmuck gestohlen. Von Harbeck war krank, Ingeborg, er war rauschgiftsüchtig. Dem Mann war alles recht, was ihm neues Geld einbrachte.«

Ingeborg nickte. Sie sah, wie die Spannung aus Nicolais Gesicht wich. Sein Lächeln zauberte eine Spur des jungenhaften Ausdrucks darauf zurück, den sie an ihm immer so geliebt hatte. Sie schmiegte sich an ihn. »Genug jetzt davon, wirklich. Ich habe eine Neuigkeit für dich. Du wirst Vater, Nico. Nächstes Jahr im Februar kommt unser Kind zur Welt. Die Vollmondnacht im letzten Mai, weißt du noch?« Ingeborg sah auf. In Nicolais Gesicht mischten sich Erstaunen und Freude. Sie

spürte Tränen in sich aufsteigen, ohne genau zu wissen, warum sie gerade jetzt weinen musste.
Er beugte sich zu ihr hinunter und strich ihr behutsam durch das Haar. »Wirklich? Stimmt das? Bist du auch ganz sicher?«
»Ja, ich bin mir sicher. Ich irre mich nicht. Wir bekommen ein Kind.«
»Das ist wunderbar. Und was hast du mit deinen Haaren gemacht? Warum sind sie so kurz?«
»Es ist praktischer so, aber das ist doch jetzt nicht wichtig, oder? Du wirst Vater. Freust du dich?«
Nicolai schaute sie an. Einen Moment lang wirkte er verwirrt, dann strahlte er übers ganze Gesicht. »Ich freue mich unglaublich, mein Herz. Das ist eine wundervolle Nachricht. Die beste von allen.«
Sie schloss die Augen und ließ sich küssen, froh darüber, glauben zu können, dass fast alles genau wie damals war, in den ersten Tagen ihrer großen Liebe. Es schien ihr beinahe so, als wäre Nicolai niemals fort gewesen – oder war sie vielleicht diejenige, die endlich heimkehrte?

# Epilog – 1929

»Frau Boysen! Er kommt! Schnell, er ist schon im Dorf! Wir müssen die Flagge hissen!« Lena riss die Türen des Frühstückszimmers auf und stürzte wie von Furien gehetzt in den Raum. Ingeborg, die damit beschäftigt war, frischen Blumenschmuck auf den Tischen zu verteilen, hielt in ihrer Bewegung inne und warf ihrem Zimmermädchen einen erstaunten Blick zu. »Wer kommt, Lena? Wovon sprichst du überhaupt?«

»Der Staatsschauspieler Gerhard Keslow, er ist da. Er muss den Mittagszug genommen haben. Er sitzt schon im Café Ekkehard auf der Terrasse. Jeden Moment kann er hier sein. Ich habe ihn gesehen. Gerade wie ich bei Brodersen aus dem Laden komme, sehe ich erst die schicke Limousine und dann den Herrn Staatsschauspieler mit seiner Gattin. Und …«

»Nun hol mal zwischendurch Luft, Mädchen, sonst erstickst du noch an deinen Neuigkeiten.« Lächelnd stellte Ingeborg die letzte Vase auf einen der Tische und strich die weiße Tischdecke glatt. Dann bückte sie sich und hob das Holzauto auf, das ihr Sohn Hannes auf dem Fußboden neben einem der Stühle hatte liegen lassen. Ihr Jüngster war ein Wirbelwind, viel stürmischer als sein älterer Bruder, der ein ruhigeres Wesen besaß. Als Ingeborg aufsah, stand Lena noch immer da. Sie wirkte ebenso nervös wie besorgt. Ingeborg lächelte sie an. »Es besteht kein Grund zur Aufregung, Mädchen. In dem Telegramm, dass Herr Keslow uns geschickt hat, steht, dass er morgen auf der Insel eintrifft. Sein Zimmer wird auch erst heute Abend frei. Wenn er einen ganzen Tag zu früh ankommt, dann wird er wohl samt seiner reizenden Gemahlin auf der Chaiselongue im Arbeitszimmer übernachten.«

»Aber das meinen Sie doch nicht wirklich, Frau Boysen, oder?« Lenas riss ihre große Augen noch ein Stück weiter auf, ihr rundes Gesicht zeigte vollkommene Fassungslosigkeit.

»Da wird er sich aber tüchtig beschweren. Wenn der Herr Staatsschauspieler sich bei seinem ersten Aufenthalt in Kliffende nicht wohl fühlt, dann steht das hinterher bestimmt in der Zeitung. Herr Boysen hat gesagt, wir sollen diesem besonderen Gast alle Wünsche von den Lippen ablesen.«

Ingeborg lachte. »Das tun wir bei allen unseren Gästen, oder? Also meinetwegen, lauf hinauf und sieh nach, ob die Schröders von Zimmer Nummer 4 schon gepackt haben. Falls sie mit ihren Koffern fertig sind, kann der Franz damit zum Bahnhof nach Westerland fahren. Ich spreche mit Frau Schröder, vielleicht räumt sie das Zimmer ein wenig früher als beabsichtigt.« Ingeborg seufzte. »Was tut man schließlich nicht alles für einen Staatsschauspieler?«

»Und die Flagge? Der Herr Keslow ist ein prominentes Mitglied der Partei. Der Führer selbst ist mit ihm bekannt, das habe ich gelesen.«

Ingeborg schüttelte den Kopf. »Es ist mir egal, wo der Herr Staatsschauspieler überall Mitglied ist. Vor unserem Haus weht die friesische Fahne, und sonst nichts. Das ist sowieso die einzige, die wir haben.«

Lena rang die Hände. Jetzt wirkte sie verlegen. Langsam wanderten ihre Finger über die Träger ihrer Schürze, gedankenverloren strich sie immer wieder über den weißen Stoff. »Aber der Herr Boysen wollte doch eine neue Fahne besorgen, oder? Das hat er dem Ortsvorsteher versprochen. Wenn hoher Besuch kommt, hat Herr Boysen gesagt …«

»Ich weiß nicht, was mein Mann dem Ortsvorsteher gesagt oder nicht gesagt hat, Lena, aber das ist mir jetzt auch egal. Wir besitzen nur eine Flagge, und die hängt draußen am Mast und schaukelt im Wind. Wenn das dem Herrn Staatsschauspieler aus Hamburg nicht passt, dann kann er ja anderswo übernachten. Freie Betten gibt es genug auf der Insel. Schluss jetzt damit, ich muss in der Küche nach dem Rechten sehen. Heute Abend deckt ihr Mädchen bitte auf der Terrasse, das

Abendessen kann draußen eingenommen werden. Und hängt die Lampions auf, unsere Gäste werden bei dem Wetter bestimmt noch eine Weile im Freien sitzen wollen.« Ingeborg war schon im Begriff, sich abzuwenden, als sie die kleine Eisenbahn ihres Sohnes auf dem Parkettfußboden entdeckte. Sie bückte sich und hob das Spielzeug auf. Lena drehte sich schweigend um und ging ohne ein weiteres Wort hinaus. Ingeborg hörte, wie ihre Schritte im Flur verhallten. Das Mädchen war fleißig und gutmütig, aber ärgerlicherweise schwärmte es für diesen schnauzbärtigen Menschen namens Hitler, dessen nationalsozialistische Arbeiterpartei so viel Furore machte. Überall tauchten sie inzwischen auf, diese hässlichen schwarzen Hakenkreuze in einem weißen Kreis auf rotem Grund. In Westerland gab es Geschäfte, die schmückten damit sogar ihre Auslagen. Ingeborg interessierte sich nicht für Politik, es befremdete sie nur, dass viele ihrer Mitmenschen übertriebene Hoffnungen auf eine einzige Partei setzten, die in ihren Augen auch nicht besser war als alle anderen.
Das Spielzeug ihrer beiden Söhne im Arm, blieb sie an der Tür stehen und drehte sich noch einmal um. Alles war genau so, wie es sein sollte – hell und freundlich, der lichtdurchflutete Raum wirkte einladend. Seine großen Fenster gaben den Blick auf das von Sonnenlicht glänzende Wasser frei. Ingeborg lächelte. Mit dem Hotel hatte sie es richtig gemacht, Kliffende war ihr ganzer Stolz. Das Haus besaß Charme, dafür war es nicht nur auf der Insel bekannt. Seine Gäste kamen inzwischen aus ganz Deutschland. Der Hindenburgdamm machte es möglich, dass die Gästeliste eine ganze Reihe prominenter Namen aus allen Ecken der Republik aufwies. Schauspieler und Schriftsteller waren ebenso darunter wie Adlige und Industrielle. Gemeinsam mit Nicolai durfte sie über dieses herrliche kleine Anwesen herrschen.
Ingeborg verließ den Raum. Sie durchquerte die Halle und ging zur Haustür hinüber, um den Sand abzuschütteln, der an

dem Spielzeug haftete. Die Jungen nahmen alles mit hinunter an den Strand und brachten es dann nass und verdreckt wieder mit ins Haus. Wahre Ladungen von Sand kippten die Kinder regelmäßig auf den Parkettfußböden und den Steinfliesen im Flur aus.

In dem Moment, als Ingeborg die Haustür öffnete, entdeckte sie eine beigefarbene Limousine, die gerade in diesem Augenblick die Einfahrt heraufgerollt kam. Da war er also tatsächlich, der Herr Staatsschauspieler, und einen ganzen Tag zu früh. Es stimmte, was Lena erzählt hatte. Ingeborg legte das Spielzeug beiseite und warf einen prüfenden Blick auf die blaurotgoldene Fahne vor dem Haus. In den Farben der Friesen schaukelte die Flagge sanft vor dem Eingang. Nun, mochte er ruhig kommen, der Herr Keslow. Er würde sich auch ohne Hakenkreuz wohl fühlen. Hier oben hatten die Leute schließlich ihren eigenen Dickschädel, egal wer in Berlin gerade das Sagen zu haben meinte. Das war so – und es würde immer so bleiben, ganz bestimmt.

# Danksagung und Anmerkung der Verfasserin

Erneut schulde ich meiner Familie, meinem Agenten und meinen Lektorinnen Dank. Sie alle haben maßgeblich dazu beigetragen, dass aus einer Idee ein ganzer Roman geworden ist. Auch die wertvollen Anregungen von Uta haben mir sehr geholfen, eine Geschichte entstehen zu lassen.

Kenner und Bewohner der Insel Sylt werden übrigens wissen, dass auch heute noch ein Haus mit dem Namen Kliffende in Kampen existiert. In den zwanziger Jahren des letzten Jahrhunderts gehörte es dem Berliner Ehepaar Tiedemann, das der Pension vor dem Zweiten Weltkrieg zu Rang und Namen verhalf. Außer dem Namen und der geographischen Lage hat mein imaginäres Hotel Kliffende mit dem tatsächlich heute noch in Kampen existierenden Haus allerdings nichts gemeinsam. Die Personen und die Handlung meines Romans sind frei erfunden. Wer sich für den Werdegang des noch immer bestehenden Gästehauses Kliffende und die Erlebnisse seiner prominenten Gäste interessiert, der sei auf die Memoiren von Clara Tiedemann verwiesen, die unter dem Titel *Kampener Skizzen* im Verlag Hansen und Hansen, Münsterdorf, erschienen sind.